LA PORTE DU VENT

DU MÊME AUTEUR

Le Magicien, Fleuve Éditions, 2008 ; Pocket, 2009
Le vent t'emportera, Fleuve Éditions, 2010 ; Pocket, 2015
Les Sirènes noires, Fleuve Éditions, 2015
Les Rotules en os de mort, nouvelle numérique

JEAN-MARC SOUVIRA

LA PORTE DU VENT

fleuvenoir

MIXTE
Papier issu de
sources responsables
FSC® C003309

L'éditeur de cet ouvrage s'engage dans une démarche
de certification FSC® qui contribue à la préservation
des forêts pour les générations futures.

Pour en savoir plus :
www.editis.com/engagement-rse/

ISBN : 978-2-265-15662-3

Dépôt légal : janvier 2023

Ce roman est une œuvre de fiction
qui s'inspire de faits réels.

À mes fils

« Le roman comble les silences de l'histoire. »

PROLOGUE

La tête du flic cognait contre la paroi métallique de la camionnette à chaque cahot. Le commandant de police Paul Dalmate ne voyait plus que d'un œil. Les paupières de l'autre, tuméfiées par les coups reçus, restaient soudées. Il respirait avec difficulté, sans doute à cause de son nez cassé et des caillots de sang qui ne laissaient filtrer qu'un filet d'air. Il remua lentement ses mains qui n'étaient pas attachées. À quoi bon l'entraver alors qu'il pouvait à peine bouger ? Il pria en silence. Il s'adressait à Dieu de manière simple et directe, comme à un ami. Il le faisait depuis près de trente ans, dont dix passés au séminaire qu'il avait quitté avant d'être définitivement ordonné prêtre. Sa vie s'arrêterait bientôt, mais il ne regrettait rien.

Aucune famille ne le pleurerait, sa mère était décédée des années plus tôt, son père n'existait plus pour lui, et il était fils unique. Marié quelques mois, son couple avait rapidement pris l'eau. Dalmate était un solitaire, mais il aurait préféré ne pas l'être. À cet instant, il se souvint d'une phrase lue ou entendue quelque part : « Un homme seul est un homme mal accompagné. » Il était trop tard pour réfléchir à la justesse ou pas de cette affirmation et rectifier le sens de sa vie.

Après l'assassinat de Dalmate, le ministre de l'Intérieur, costume sombre et mine de circonstance, prononcera une allocution solennelle avec des mots mille fois usités, mais c'est le parcours obligé du politique placé sous l'œil des caméras. Pendant vingt-quatre heures, les chaînes d'info en continu feront blablater des experts et des syndicalistes avec des mines graves, et des discours convenus sur fond d'images d'archives tourneront en boucle, gros plans sur les flics en intervention, gyrophares, etc. Ses collègues les plus proches seront en colère, bouleversés. Ils chercheront les auteurs du crime. Une salle secondaire de réunion de la préfecture de Police portera son nom qui ne dira plus rien à personne dans quelques années. Au mieux, une promotion d'officiers de police sera baptisée « Paul Dalmate ». Si Dalmate avait eu son mot à dire, il aurait envoyé balader tout le monde.

Puis un visage féminin s'imposa à lui, télescopant ses réflexions. Il se dit qu'il ne saurait jamais si la jeune femme avec laquelle il prenait plaisir à partager quelques discussions serait allée au-delà de leurs phrases échangées. C'était son seul regret.

Soudain, le violent coup de pied qu'il reçut dans les côtes le coupa net dans ses pensées et lui apprit deux choses : la première qu'il avait aussi des côtes cassées, et la seconde que les mecs n'en avaient jamais assez. Après quelques minutes à souffrir le martyre, il put lentement reprendre un souffle partiel. Mais la lumière puissante d'une lampe torche braquée à cinq centimètres de son œil valide lui causa une nouvelle douleur si aiguë qu'il lui sembla qu'une aiguille transperçait le cristallin jusqu'au cerveau. Son tortionnaire l'invectiva :

— Réveille-toi, connard. T'arrives au bout du chemin. Dis-toi que tu l'as bien méritée, la balle qui va te traverser la tête.

Paul Dalmate connaissait les quatre types. Il les traquait depuis plusieurs mois. À visage découvert, ils avaient intercepté le policier qui rentrait chez lui vers minuit, après une séance de cinéma et un repas dans une brasserie. Rituel d'un samedi soir qui bouclait une semaine éprouvante. Ce soir-là, Dalmate avait pris le métro et finissait à pied les dernières centaines de mètres qui le séparaient de son domicile. Il habitait une maison dans le 19e arrondissement de Paris, quartier Amérique, villa Eugène-Leblanc. Une rue étroite en légère montée, sans voitures, bordée de part et d'autre de petites maisons agrémentées d'arbres et de glycines. À l'occasion d'une enquête passée, il s'était immergé dans ce lieu aux allures de village et avait eu un coup de foudre pour une maison dont un panneau indiquait justement qu'elle était à vendre. Un mois plus tard, l'ensemble de ses économies et un crédit de vingt ans sur la table, il signait chez un notaire.

La pluie l'avait surpris en sortant du métro et le policier, en hâtant le pas, avait commis trois erreurs. La première, d'écouter de la musique. Le casque de l'iPod sur ses oreilles masquait tous les bruits de la rue. Le blues de John Lee Hooker transportait Dalmate à La Nouvelle-Orléans. La seconde, d'avancer tête baissée pour se protéger de l'averse. Il n'avait pas remarqué le fourgon Renault blanc stationné en double file rue de la Mouzaïa, devant l'entrée de la villa Eugène-Leblanc. Quand il s'était engagé dans la ruelle, il était tombé nez à nez avec ses agresseurs et n'avait pas eu le temps d'esquisser le moindre geste de défense, ses mains enfoncées dans les poches de son caban. Ce fut là sa troisième erreur. Le coup de batte de base-ball qu'il avait reçu en plein visage lui avait explosé le nez et démonté la mâchoire. La violence des coups de poing et de pied l'avait assommé.

Le policier avait été soulevé de terre et propulsé dans la camionnette où le cassage de gueule méthodique s'était poursuivi. À demi inconscient, Dalmate, le visage plaqué sur le plancher avait tout de même reconnu une odeur, celle du pain. Il s'était dit qu'un boulanger à qui on avait tiré son fourgon le retrouverait cramé dans quelques jours. Pas de bol pour l'artisan.

Le policier avait tout de suite compris l'issue du passage à tabac. La mort. Sinon les mecs auraient mis des cagoules, l'auraient massacré et jeté dans une quelconque ruelle. Vivant. Amoché, mais vivant. Ni vu ni connu. Tandis que là, ils opéraient à visage découvert sans précautions.

Dalmate se racla la gorge. Il parlait avec difficulté, mais curieusement il était très calme. Le calme du fatalisme, de l'ultime, quand on sait qu'il n'y a plus rien à faire, que l'on ne peut qu'accepter l'inéluctable.

— Tu sais ce qui m'agace le plus, Rudy ? C'est d'être flingué par le pire crétin que j'aie jamais connu !

Rudy Meïr, stupéfait par la sortie de Dalmate, dévisagea tour à tour les deux autres hommes, Michael Cohen et Jérémy Abitbol, qui gardaient un silence embarrassé. Ils firent mine de ne pas avoir entendu. Pendant quelques instants, le bruit du moteur de la camionnette que conduisait Marc, le frère de Michael, sembla être le seul point d'intérêt des trois types. Puis Jérémy Abitbol, sans doute le plus intelligent de tous, consulta sa montre et rompit un silence qui s'éternisait trop :

— Rudy, dans une demi-heure on sera sur le chemin du retour. Tu lui colles une balle dans la tronche, on rentre, on prend un verre et on pense à demain. D'accord ?

Rudy ne répondit pas, saisit son pistolet, un Glock 9 mm qu'il avait l'habitude de bloquer contre sa hanche avec la ceinture de son pantalon, et le colla sur la tête de Dalmate qui continuait de le dévisager, de son seul œil valide. Abitbol intervint à nouveau :

— Rudy, pas ici. Imagine qu'on se prenne un contrôle de police ! Avec tout le bordel du terrorisme, les flics sont chauds bouillants en ce moment, ils flippent comme des malades. S'ils ouvrent la camionnette, qu'ils sentent la poudre, aperçoivent du sang et des morceaux de cervelle, on est mort. Direction le placard pour perpète. Pas de pitié pour les assassins, et j'te raconte même pas quand ils découvriront que c'est un des leurs qu'on a buté. Alors que demain, tranquille, on va à cent bornes de Paris et on crame la caisse.

— Tu vois bien que tu es un gros con, Rudy, tes mecs doivent même t'expliquer les fondamentaux, lâcha dans un murmure Dalmate. Au fait, on est samedi, vous ne respectez pas le shabbat ? Le repos, c'est sacré ou je me trompe ? Pourtant à la PJ on a tout un lot de photos de vous quatre, kippa sur le crâne, devant la synagogue.

— Ferme-la, Dalmate, cracha Abitbol en posant la main sur la jambe de Rudy qui était prêt à dévisser la tête du policier. Bientôt, tu rejoindras le paradis de ton Dieu et nous, dans une heure, on boira un coup et on se tapera de belles putes. À chacun son paradis.

Le fourgon quitta une route goudronnée pour s'engager sur un chemin défoncé, creusé d'ornières. Le véhicule zigzaguait, sans doute pour contourner des trous plus importants. Ses tortionnaires ne parlaient plus, occupés à se cramponner pour éviter d'être trop secoués. Enfin, après un temps qui parut infini à Dalmate, la camionnette s'arrêta. Il fut soulagé de ne plus subir les cahots qui lui arrachaient des gémissements de douleur. Quelques secondes plus tard, les frères Cohen le sortirent du véhicule et le jetèrent au sol. Dalmate atterrit dans un hurlement. Il ne voyait plus rien, respirait faiblement, perçut tout juste une odeur qu'il adorait, celle de la terre mouillée après la pluie. Il se concentra sur le bruit du vent qui traversait les branches d'arbres et arrachait les feuilles. Le compara à celui des vagues. Il devait être dans une forêt à une ou deux heures de Paris, peut-être plus. Il n'aurait su dire.

Malgré le moment critique, il ressentit une sorte d'apaisement à l'idée de mourir dans la nature, et non pas achevé au fond d'une cave pourrie ou dans un quelconque endroit sordide. Paul Dalmate se détachait de son corps, sachant que son âme allait s'élever. Il préférait qu'elle voyage parmi les arbres, au-dessus de la forêt, avant de rejoindre sa destination. C'était donc en homme serein, qui sait être au bout de son voyage terrestre, qu'il attendit la mort.

— Rudy, à toi de jouer, ordonna Abitbol.

Les frères Cohen, Marc et Michael à l'état civil, Marco et Mika entre eux, essuyaient en râlant leurs chaussures couvertes de boue. Fabriquées sur-mesure par un bottier italien renommé de la rue Marbeuf, une rue perpendiculaire aux Champs-Élysées, elles valaient plus de huit mille euros la paire. Abitbol posa un jerrycan de vingt litres d'essence à côté de Dalmate. Une fois celui-ci flingué, il cramerait son cadavre. Il consulta pour la dixième fois sa montre de luxe en platine. Il ne savait plus s'il la regardait pour savoir l'heure ou pour l'admirer.

Rudy colla le 9 mm sur l'oreille droite du policier qui priait à voix basse, se concentrant sur le souffle du vent qui brassait les branches des arbres. Il voulait emporter avec lui le murmure de la nature plutôt que les âneries proférées par les tueurs. Il se remémora également une phrase de la Genèse : « C'est à la sueur de ton visage que tu mangeras du pain, jusqu'à ce que tu retournes dans la terre, d'où tu as été pris ; car tu es poussière, et tu retourneras dans la poussière. »

La détonation fut assourdissante. Des animaux détalèrent, d'autres s'envolèrent.

PREMIÈRE PARTIE

« Nous ne sommes pas des mafieux,
nous sommes des hommes d'affaires persuasifs. »

Albert Nathan

1

Plusieurs mois plus tôt.

La limousine Mercedes 500 noire conduite par Gilbert Azoulay, l'homme de confiance de Richard Nathan, longeait silencieusement le bois de Vincennes à Saint-Mandé. Sur le siège passager, Kamel Lakdar, le garde du corps, envoyait des textos à tous ses amis de Stains pour leur dire « qu'il se gavait grave de fric avec les feujs, mais qu'en ce moment c'était chaud ». Richard Nathan, assis à l'arrière, n'était plus qu'à quelques minutes de son hôtel particulier. Il rentrait chez lui après une de ses multiples parties de poker, prétexte pour déguster des whiskys rares et fumer des havanes très chers. Les partenaires étaient toujours les mêmes, gains et pertes s'équilibraient. Cette nuit, il avait gagné quatre-vingt mille euros, mais il s'en foutait, ce n'était pas ce qui allait changer sa vie. Tout au plus irait-il passer quelques jours à Deauville sans avoir besoin de retirer de l'argent. Nathan détestait les cartes de crédit et les chèques. Rien ne valait le cash qui ne laissait pas de traces. Approchant la quarantaine, il était à la tête d'une multitude de sociétés tournées vers l'import-export qui lui permettaient de berner le fisc en donnant l'illusion d'être un homme d'affaires international. C'était d'ailleurs ainsi qu'il se définissait, alors que la police judiciaire le qualifiait d'escroc de haut vol. Question de sémantique.

Pour l'heure, Richard Nathan était soucieux. Plus rien ne se déroulait comme prévu. Et son visage, observé dans le rétroviseur par Azoulay, exprimait son inquiétude. Le chauffeur donna un discret coup de coude au garde du corps pour qu'il cesse de pianoter sur son portable et se concentre sur son job. Lakdar comprit le message, rangea son smartphone dans la poche intérieure de sa veste et se montra vigilant. Le conducteur, lui, était particulièrement attentif aux croisements des rues, pour anticiper une éventuelle percussion ou un blocage de la voiture, et surveillait en permanence les trois rétroviseurs. Il n'avait qu'une confiance relative en Kamel Lakdar, beaucoup trop désinvolte à ses yeux.

Nathan tripotait son téléphone. Enfin, il se décida, fit défiler la liste de ses contacts, s'arrêta sur le prénom « RUDY » et appuya sur la touche d'appel. Quelques tonalités plus tard, le répondeur de son correspondant s'enclencha. Nathan avait du mal à masquer son impatience. Il composa de nouveau le numéro. Cette fois, une voix d'homme ensommeillé lui répondit :

— Richard, t'as vu l'heure ? Il est 3 h 30. Qu'est-ce qui t'prend ? Tu dors jamais ou quoi ?

— Ferme-la, Rudy ! Si tu ne m'écoutes pas, bientôt tu ne te réveilleras même plus. Lève-toi, mets-toi les idées au clair et après j'te parle.

Silence de Rudy qui essayait de rassembler ses idées. Il fit patienter Richard. Manifestement, il venait de quitter son lit et avait changé de pièce. Richard reconnut le bruit d'une porte de réfrigérateur qui s'ouvrait et se refermait, puis celui du bouchon d'une bouteille d'eau gazeuse qu'on dévissait. Il attendit que Rudy finisse de boire et reprit :

— Bon, j'espère que t'es réveillé. J'te la fais courte : j'ai une énorme embrouille avec un clan chinois, les Shen, je ne sais pas comment m'en sortir.

— Comment ça, une embrouille ? On bosse avec eux depuis des années et il n'y a jamais eu de problème.

— Il s'agit pas du genre de deal qu'on fait avec eux d'habitude. Rien à voir avec le blanchiment de fric et tout le bordel financier. De ce côté-là, tout roule.

— Je comprends rien de ce que tu racontes, Richard.

— J'ai un business parallèle avec Éric Shen, le fils aîné du clan chinois, et y a un truc qui a merdé.

— De quoi tu m'parles ? Un business parallèle ? Richard, ça fait des plombes qu'on est associés tous les deux et on se fait un paquet de fric. Cette histoire avec Éric Shen, je l'apprends maintenant. Là, tu fais le mystérieux en pleine nuit. Je sais même pas sur quoi vous êtes en affaires.

— Écoute, Rudy, je t'appelle justement parce qu'on est des amis. Je te parlerai plus tard du plan que j'ai avec Éric Shen, mais c'est compliqué. Faut juste que tu saches que les Chinois m'ont mis à l'amende de deux millions d'euros.

— Deux millions ! Mais putain qu'est-ce t'as foutu ?

Richard Nathan resta quelques secondes perdu dans ses pensées qui ricochaient dans son crâne, sans parvenir à les ordonner. Kamel Lakdar ne perdait pas un mot de cet échange, réfléchissant de son côté à la manière dont il pourrait passer à la caisse lui aussi. Il aurait bien aimé enregistrer la conversation pour la faire écouter à ses amis, ils auraient trouvé le moyen de faire casquer Richard Nathan. Mais Azoulay veillait au grain. Nathan poursuivit, un peu pour lui-même :

— Je croyais faire un très gros coup et les deux millions, je les aurais sortis sans m'en apercevoir. Mais d'autres mecs m'ont doublé et tout a merdé. Les Chinois l'ont appris et ont pété la gueule d'un de mes gars. En représailles, j'en ai envoyé trois massacrer un de leurs porte-flingues.

Gilbert Azoulay, agacé par les confidences que livrait Richard à Rudy, observait Kamel Lakdar, absorbé par ce qui se disait. Il se méfiait de ce type qu'il jugeait peu sûr. À plusieurs reprises, il s'en était ouvert auprès de Richard Nathan qui avait balayé les objections de son chauffeur et homme de confiance d'un revers de main. Le père de Kamel Lakdar, décédé maintenant, avait été l'ami d'enfance du chef de famille, Albert Nathan, pendant plus de quarante ans. Tout naturellement, la famille avait repris Kamel dans son giron.

— Richard, tu es en train de me dire que tu es entré en guerre avec les Chinois. C'est pas possible, c'est de la folie. Tu dois en parler à ton père, il va régler ça avec le vieux Shen.

— C'est hors de question. Faut que tu m'aides.

Un silence lourd tomba, dans lequel les deux hommes mesuraient les ennuis abyssaux à venir. Rudy essayait de réfléchir sereinement, mais n'y parvenait pas. Il en arriva au constat qu'il ignorait tout d'un conflit entre Richard et les Chinois qui risquait de les faire basculer dans l'enfer et ça le dépassait. Il ne voulait surtout pas s'engager dans ce combat.

— En fait, si je résume, tu montes un coup tout seul. Tu penses te gaver encore une fois tout seul, sauf que ça foire. Les Chinois te mettent à l'amende et tu m'appelles. Tu me demandes de t'aider sur un truc dont tu ne me dis rien. Je t'aime bien Richard, mais sur ce coup-là, j'peux rien pour toi !

— Rudy, je m'en fous que tu m'aimes ou pas. Je t'appelle surtout pour te dire que ce matin j'ai reçu une grosse enveloppe qui renfermait des balles de 9 mm, ma photo et *ta* photo, avec un mot : « Toi et ton associé, vous avez trois jours pour payer. »

La Mercedes roulait lentement et s'engagea dans la dernière partie du trajet, la chaussée de l'Étang à Saint-Mandé. Des immeubles de standing faisaient face au bois de Vincennes. Le chauffeur interrompit la conversation :

— Richard, on a les flics derrière nous depuis cinq minutes environ. J'ai déjà changé deux ou trois fois de direction, ils nous collent au cul, on va se faire contrôler.

Richard Nathan se retourna à demi et distingua les uniformes dans la Renault Mégane. Sans répondre aux angoisses de Rudy Meïr qui hurlait qu'il n'était pas d'accord, il raccrocha brutalement et s'adressa à son garde du corps :

— Kamel, t'as un flingue avec toi ?

— Oui, pourquoi ?

— Planque-le sous le siège. Si on se fait vraiment contrôler, je veux que tout se passe bien. J'ai assez d'emmerdes comme ça pour pas qu'on finisse tous les trois en garde à vue.

La lumière bleue du gyrophare éclaira soudain l'intérieur de la Mercedes, suivie d'un bref appel deux-tons. Gilbert Azoulay mit son clignotant et se gara sur la droite devant l'entrée d'un immeuble. La voiture de patrouille se positionna, en double file, derrière la Mercedes. Le chauffeur regarda dans le rétroviseur les deux flics s'extraire de la Mégane et ajuster leur casquette. Silence des trois hommes. Les policiers s'approchèrent chacun d'un côté de la limousine, munis de puissantes lampes torches. Azoulay appuya sur la commande des vitres électriques avant, abaissant la sienne ainsi que celle du garde du corps. Éblouis par la lumière des lampes Maglite, ils ne virent les canons des pistolets automatiques qu'à la dernière seconde, lorsqu'une brève rafale les cloua sur leur siège.

Richard Nathan reconnut aussitôt les frères Yang. L'un d'eux, celui qui présentait des ecchymoses au visage, séquelles de sa rencontre avec le trio qu'il lui avait envoyé, n'essaya même pas d'ouvrir la portière arrière qu'il devinait bloquée. Il regarda posément les yeux exorbités de son vis-à-vis, encore sous le choc du flingage, qui tentait vainement de s'incruster dans le cuir de la banquette. Puis il pulvérisa d'une longue rafale la vitre de la Mercedes et acheva Nathan dont la tête se transforma en bouillie.

Les faux policiers démarrèrent en trombe moins de trente secondes après s'être arrêtés. Alentour, les volets ne s'ouvrirent que plus tard, quand les policiers, les vrais ceux-là, déployèrent leur barnum sur la scène de crime.

2

Paul Dalmate fit le tour de la Mercedes, observa le nombre de douilles éjectées au sol, perplexe. Un de ses collègues lui avait rapporté, deux ou trois jours auparavant, une vague rumeur concernant un contrat posé sur un membre de la famille Nathan par des Chinois. Le policier n'avait pas accordé de crédit à ce tuyau, connaissant les relations apaisées entre les deux communautés qui travaillaient, en osmose, dans les escroqueries d'envergure et le blanchiment de fraude fiscale.

Si le visage de Richard Nathan n'existait pratiquement plus, rendant son identification difficile, en revanche Dalmate reconnut Gilbert Azoulay et Kamel Lakdar, deux de ses proches. Les ceintures de sécurité retenaient leurs corps affaissés. Il en déduisit que celui qui avait été massacré sur le siège arrière devait bien être Richard Nathan. Sans doute dans un ultime et illusoire réflexe de protection, il avait eu un mouvement de recul vers la gauche de la banquette. La rafale de l'arme automatique avait à la fois pulvérisé sa tête et déchiqueté son buste. Le numéro d'immatriculation du véhicule renvoya à une société dirigée par Nathan. Dalmate répercuta l'info aux policiers qui l'entouraient, et demanda à l'état-major de la PJ que les familles soient prévenues. Il savait que la nouvelle de l'exécution ferait le tour de Paris en moins d'une heure.

Deux voitures sérigraphiées bloquaient les issues de la rue pour éviter aux curieux de s'approcher. Certains, malgré tout, tentaient de filmer et de photographier le carnage, profitant de l'éclairage puissant des projecteurs, alimentés par des groupes électrogènes. Leurs téléphones portables tendus à bout de bras, ils espéraient diffuser les images sur les réseaux sociaux ou les envoyer à des chaînes d'info en continu, ce qui avait le don d'agacer les policiers. Par chance, ces paparazzis d'une nuit étaient trop loin, y compris pour les selfies avec la Mercedes en fond.

Les services techniques venaient, enfin, de capsuler la scène de crime d'immenses bâches permettant aux services d'identification d'œuvrer sereinement à l'abri des regards et des drones. Avant de pénétrer à leur tour sous cette sorte de grande tente, Dalmate et son groupe attendaient que les techniciens, vêtus de combinaisons intégrales blanches, achèvent leur travail sous la lumière artificielle. Comme dans un ballet muet et bien réglé, l'un photographiait et filmait sous tous les angles la voiture ainsi que les trois hommes abattus, pendant qu'un autre dessinait un plan de la rue, des immeubles et la position de la Mercedes sur une tablette numérique. Un troisième, après avoir répertorié, signalé avec des petits cônes de couleur et pris des clichés des douilles éjectées, les rassemblait pour les envoyer au labo afin d'effectuer des prélèvements. Si les tireurs avaient approvisionné les chargeurs à mains nues, il était possible de relever de l'ADN et de le comparer aux dizaines de milliers de profils contenus dans le fichier national des empreintes génétiques. À condition, bien sûr, que les tireurs figurent déjà dans la base. Ensuite seulement, ces douilles feraient l'objet d'un examen balistique qui dirait si l'empreinte du percuteur de l'arme était référencée ou non.

Une heure plus tard, les officiers de la police technique et scientifique quittèrent les lieux, les prélèvements méthodiquement rangés dans leurs mallettes, laissant le champ libre aux investigations de la police judiciaire. Aussitôt, Dalmate et deux autres flics enfilèrent des gants en latex et se livrèrent à une fouille des cadavres afin de confirmer leur identité. Dalmate s'occupa du corps qui gisait à l'arrière. Il récupéra dans une des poches du costume un passeport, en partie déchiqueté, confirmant qu'il s'agissait de Richard Nathan, et dans une poche du pantalon une grosse liasse de billets maculée de sang, qu'il glissa dans un sac en plastique transparent. L'argent serait compté ultérieurement et placé sous scellés. Il en fit de même avec le téléphone que Nathan tenait toujours dans sa main droite quand il avait été abattu, ainsi qu'avec les portables du chauffeur et du garde du corps. Dalmate, muni d'un dictaphone, enregistrait tous ses actes et parfois prenait une photo avec son smartphone. Autant d'éléments qui lui seraient utiles pour le procès-verbal de constatation qu'il rédigerait dès son retour au bureau.

Après ça, Dalmate écouta le compte rendu des policiers qui revenaient de l'enquête de voisinage. Une seule déclaration présentait un réel intérêt. À cette heure tardive, les témoins étaient rares. Un des jeunes flics lisait à haute voix ses notes :

— Un insomniaque fumait une cigarette sur son balcon du 5ᵉ étage. Il a vu une bagnole de police, gyro en action, suivre la Mercedes et la forcer à s'arrêter d'un bref coup de sirène, juste au pied de l'immeuble. Du coup, ça l'a intéressé de voir comment un contrôle s'effectuait. Il a vu deux flics en uniforme sortir rapidement de leur voiture, se porter à hauteur du conducteur et du passager, ouvrir le feu sur eux, et flinguer le passager à l'arrière en tirant longuement à travers la vitre.

— Il se souvient du type de véhicule utilisé par les tueurs ?

— Ah ça, non ! Le gars était tellement sidéré qu'il se souvient juste qu'il était de couleur claire. Il a regretté de ne pas avoir son téléphone pour filmer la scène, qu'il se serait sans doute empressé de balancer sur YouTube avant de nous la passer.

— Il a pu apercevoir le visage des tueurs ?

— Non plus, il surplombait la rue et les faux flics portaient leur casquette. Manifestement, ils se foutaient de savoir si quelqu'un les observait ou pas. En tout, ça a duré trente secondes maxi !

— Tu lui as laissé une convocation ?

— Oui, pour demain matin, 11 heures à la brigade.

— Parfait ! Les tueurs disposaient d'une fausse voiture de police. Je pense qu'on la retrouvera cramée quelque part, mais sans l'équipement « police » qui servira pour un autre coup.

Dalmate ne se faisait pas d'illusions sur leur capacité à renouveler rapidement leurs moyens logistiques.

Le commissaire Villeneuve de la brigade criminelle et le substitut de permanence arrivèrent à cinq minutes d'intervalle. Dalmate résuma rapidement la situation, mais garda pour lui ses réflexions sur un possible règlement de comptes provenant d'un clan chinois. Il devait, avant de verbaliser cette hypothèse, se donner le temps d'approfondir son tuyau. Un des gardiens de la paix, qui sécurisait la rue, s'approcha de Dalmate et lui indiqua que le père et deux des frères de Richard Nathan étaient retenus à quelques dizaines de mètres de là. Ils exigeaient de venir pour reconnaître les victimes. D'un signe de tête, Dalmate donna son accord. L'agent relaya les instructions par radio. Le commissaire et le substitut s'éloignèrent pour tenir un point presse aux journalistes bloqués par le barrage.

Dalmate vit s'avancer rapidement vers lui trois hommes, portant chacun la kippa, un costume sombre et une chemise blanche sans cravate. Le commandant connaissait le patriarche, Albert Nathan, la soixantaine enveloppée, et ses deux fils, Yannis et Franck, deux jeunes hommes dans la trentaine. Il alla au-devant d'eux, se présenta, et les prévint de l'état des corps. Puis ils parcoururent plus lentement les derniers pas qui les séparaient de la voiture toujours sous bâche, et le policier en faction écarta un des pans pour leur permettre d'entrer.

Le père et ses deux fils se tenaient maintenant par les épaules, vacillants, submergés de chagrin à la vue de Richard Nathan défiguré. Dalmate et les autres policiers s'étaient mis en retrait, respectant leur douleur. Le père contenait mal sa fureur.

— Qui sont les barbares qui les ont massacrés comme ça ?

— Pour l'instant, nous n'en avons aucune idée. Saviez-vous pourquoi votre fils avait un garde du corps armé ? On a retrouvé une arme sous le siège du passager avant.

Albert Nathan respirait fort, oppressé par la vue des corps déchiquetés qu'il n'oublierait plus jamais. Il prit le temps de la réponse en regardant Dalmate.

— Mon fils aîné était un businessman et brassait pas mal d'argent. J'ignorais tout de cette arme. Sans doute l'avait-il pour se protéger des rapaces. Mais il ne nous a jamais parlé d'ennuis particuliers.

— Je dois recueillir vos déclarations à tous les trois.

— On n'a rien à dire à propos de ce drame.

— Je tiens quand même à ce qu'on prenne le temps de se parler ailleurs que dans la rue.

Albert Nathan hocha la tête en silence en signe d'acquiescement.

— Commandant, Richard est mort d'une manière particulièrement violente. Il laisse une femme et trois jeunes enfants derrière lui. Nous, les juifs, sommes attachés à ce que l'âme puisse quitter en paix le corps du défunt, sans que rien n'y fasse obstruction. Nous aurions besoin de quelques minutes avec lui.

— Je comprends, je connais votre religion.

Albert Nathan se tourna vers Yannis et Franck. Ensemble, ils prononcèrent la phrase rituelle pour faciliter le voyage vers Dieu de celui qui vient de mourir : « Écoute Israël, l'Éternel est notre Dieu, l'Éternel est un. » Ils restèrent en silence quelques instants, têtes baissées, unis. Puis Albert Nathan revint vers Dalmate. Il s'exprimait d'une voix sourde où se mêlaient chagrin et colère.

— En tant que chef de famille, j'aurais dû faire quelque chose pour mon fils qu'il m'est impossible d'accomplir et qui va me hanter toute ma vie.

Le regard vide, il semblait parler pour lui-même. Dalmate hocha la tête.

— Je sais que vous auriez dû le placer dans une position respectueuse, en lui fermant les yeux et la bouche. C'est ce que disent vos textes. Mais les conditions de sa mort rendent impossible ce rituel.

Albert Nathan scruta Dalmate comme s'il cherchait une réponse dans son regard.

— Comment connaissez-vous ce rituel ? Vous êtes juif ?

Le commandant se contenta de hausser les épaules.

— Une histoire qui m'appartient et grâce à laquelle j'ai pris le temps d'apprendre les trois religions du Livre. La mort n'est pas une fin. La vengeance non plus.

3

Le fourgon mortuaire démarra dès que Dalmate eut apposé sa signature sur les documents qu'on lui présenta. Albert Nathan s'était éloigné de la scène de crime pour téléphoner. Il parlait en prenant soin qu'on ne l'entende pas et, précaution supplémentaire, sa main masquait le bas de son visage pour qu'on ne puisse pas lire sur ses lèvres. Yannis s'était positionné comme un écran protecteur devant son père, pendant que Franck surveillait l'arrière. Dalmate observa le comportement des trois hommes, leur attitude ne ressemblait guère à celle d'hommes d'affaires. Une fois la communication téléphonique terminée, Franck s'approcha de Dalmate.

— Que va-t-il se passer maintenant ?

— Les corps sont transportés à l'Institut médico-légal où une autopsie va être pratiquée.

Franck Nathan tentait de se maîtriser, refrénant sa colère. Il se retourna, sans doute pour chercher le soutien de son père et de son frère, mais, les voyant encore à distance, il poursuivit en haussant le ton :

— Non seulement vous n'êtes pas foutu de savoir qui a exécuté mon frère, mais en plus vous les envoyez tous les trois se faire découper en morceaux. Qu'est-ce que vous imaginez découvrir dans leurs tripes ou dans leurs crânes ? L'adresse des assassins ?

Dalmate connaissait ce type de réaction. Il savait garder son calme, mettant sur le compte de la douleur la fureur qui s'exprimait.

— C'est la procédure, monsieur Nathan. Je sais que dans votre religion vous devez organiser les obsèques sous trois jours au plus.

Je vais faire en sorte que l'on vous rende vite les corps, sauf si le procureur s'y oppose.

Franck n'avait pas l'intention d'en rester là. Son père et son frère s'approchèrent pour calmer la situation. Dalmate consulta sa montre. 6 h 15. Puis s'adressa au chef de famille :

— L'épouse de votre fils Richard est-elle chez elle ?

— Non, elle est avec ses filles à Deauville, Richard devait les rejoindre demain.

— Il faut que nous fassions une perquisition à son domicile.

Silence du père et des deux fils, sans doute pour laisser le temps à Albert Nathan de choisir ses mots.

— Rien ne nous aura été épargné cette nuit… Après l'exécution sauvage de mon fils, au lieu de tout mettre en œuvre pour traquer les assassins, vous allez perquisitionner chez lui, comme s'il était coupable.

Les officiers de police entouraient désormais Dalmate. Bloc contre bloc.

— D'après l'adresse que j'ai, reprit ce dernier sans chercher à polémiquer, votre fils habite à deux cents mètres. Vous allez nous accompagner puisqu'il n'y a personne chez lui.

— Et si je refuse ?

— Aucune difficulté. Je peux prendre deux voisins comme témoins.

Richard Nathan demeurait dans un hôtel particulier sur deux étages, meublé avec luxe. Dalmate avait trouvé les clefs dans le vide-poche de la Mercedes. Si les policiers ne s'attardèrent pas dans le salon, dans les chambres des enfants ou dans celle du couple, en revanche ils prirent leur temps pour fouiller le bureau. Yannis et Franck Nathan ne les lâchaient pas d'une semelle, contestant le moindre de leurs faits et gestes. Mais Albert Nathan arrêta d'un regard les sarcasmes de ses fils auxquels les officiers, habitués à ces harcèlements, ne répondaient pas.

Vers 8 h 30, ils emportèrent ordinateurs, tablettes et documents. Le policier qui avait rédigé l'acte pendant la perquisition fit signer le père et les deux frères Nathan ainsi que ses collègues présents. Dalmate, très diplomate, prit à part le patriarche.

— Cette opération n'est pas destinée à vous humilier. Peut-être que les contenus des ordinateurs, des tablettes et des documents vont nous éclairer sur les motifs de l'assassinat de votre fils. C'est lui seul qui était visé. Le chauffeur et le garde du corps n'ont eu que le tort d'être avec lui.

Albert Nathan et ses fils s'éloignèrent en silence. Ils patientèrent encore, observant le camion plateau charger la voiture criblée de balles et recouverte d'une bâche grise. Ensuite, les policiers quittèrent les lieux. Les badauds et voisins avaient réintégré leurs chez-eux depuis longtemps déjà, déçus de ne pas avoir pu glaner un seul cliché.

Les trois hommes étaient assis dans la voiture du père, une Audi A8 noire. Albert Nathan s'éclaircit la voix et prit la parole comme le chef de famille qu'il était :

— Il faut savoir avant les flics si ce sont bien les Chinois qui ont assassiné votre frère, et pourquoi. On travaille avec eux depuis des décennies, si ce n'est pas avec Shen Li, c'est avec un autre, et nos amis juifs qui sont dans le business bossent aussi avec eux. Il est urgent de démêler tout ce *balagan*[1].

Les deux frères approuvèrent d'un signe de tête. Nathan poursuivit :

— Je m'attendais à la perquisition de la maison, mais, normalement, la police ne trouvera rien dans ce qu'ils embarquent. Par contre, j'ai appelé Jérémy Abitbol pour lui demander de simuler un cambriolage de la principale société de Richard. Les autres sociétés on s'en fout, ce ne sont que des écrans. Il doit surtout emporter les ordinateurs, les disques durs et toutes ces petites conneries sur lesquelles on met des dossiers.

— Les clefs USB ?

— Oui, c'est ça.

— Ça va suffire ?

— Non, Yannis, ça ne va pas suffire. Je retarde seulement le moment où les flics vont fourrer leur nez dans nos affaires en leur compliquant la tâche pour reconstituer l'historique de nos affaires. C'est le temps qu'il va nous falloir pour tout transférer dans d'autres sociétés qu'on va créer ce matin. Toi, tu t'occupes de remonter le business le plus problématique pour nous en Lituanie, en Bulgarie

1. Un « bordel ambiant », en argot hébreu.

et en Pologne. Franck, tu clôtures les comptes bancaires qu'on a un peu partout et tu les rouvres dans d'autres pays. Commence par l'Ukraine et la Moldavie, des pays frontaliers de l'Union européenne, et ensuite tu vises Chypre et Malte. Là-bas, j'ai de bons avocats qui feront le ménage derrière nous. Ça nous laisse quelques mois.

Les deux frères approuvèrent à nouveau d'un signe de tête. À cet instant, le téléphone de Yannis vibra. Sur l'écran apparut le nom de Rudy.

— Prends-le, ordonna Albert Nathan.

Yannis obéit et enclencha le haut-parleur. Le timbre paniqué de Rudy Meïr emplit l'habitacle de l'Audi. Il venait d'apprendre l'exécution des trois hommes et relata la discussion qu'il avait eue plus tôt dans la nuit avec Richard. Yannis parla d'une voix forte pour être parfaitement entendu.

— Merci, Rudy. Les flics ont pris le portable de Richard. Ils vont voir que c'est avec toi qu'il a parlé en dernier. Surtout, ne dis rien sur les Chinois. Raconte-leur une autre histoire. Je compte sur toi. Et passe à la villa ce soir. En attendant, tu n'évoques plus cette affaire au téléphone avec qui que ce soit, ils vont tous nous brancher en moins de douze heures.

Yannis raccrocha sans attendre la réponse de Rudy.

— Maintenant on sait d'où ça vient, mais ce qu'on ignore encore, c'est pourquoi. Il y a beaucoup trop de zones d'ombre… Ce qui est sûr, par contre, c'est que même si votre frère s'est mis à la faute, on ne peut pas rester sans rien faire. Alors on laisse passer les obsèques et on réplique. Avant, il nous faut d'autres téléphones. On garde les officiels, ceux que les flics connaissent. On continuera à raconter des conneries dessus. Mais on en prend d'autres pour nous trois et pour tous nos mecs. Faites passer les consignes. Une guerre, ça s'organise.

— Tu vas appeler Yohan ?

Albert Nathan regarda sa montre en soupirant.

— Oui, mais c'est trop tôt, il doit être 3 heures du matin en Amérique. Je contacterai votre frère plus tard. En tout cas, on ne lui dit rien de notre business, il est à des années-lumière de tout ça et c'est tant mieux. Que Dieu le protège !

4

Paul Dalmate visionnait une nouvelle fois la vidéo enregistrée par le service de la police technique et scientifique. Il n'y avait rien de plus à découvrir, aucun élément caché comme sur une scène de crime en milieu clos, pas le rituel macabre d'un tueur en série. Rien de tout cela. Mais il s'imprégnait des images pendant que, dans les bureaux mitoyens, les officiers s'attelaient à la procédure, et que l'unique témoin livrait une déclaration qui tenait sur une seule page, comme si la violence de la scène à laquelle il avait assisté comprimait le temps et les souvenirs.

Dalmate, d'un clic de souris, mit fin à son visionnage et se leva pour faire quelques pas. La tension de la nuit était retombée. Il plaça un mug sur la machine à café et fit couler deux doubles expressos. Il espérait conserver les idées claires jusqu'à l'heure du déjeuner. Il avala le café chaud trop rapidement à son goût et se rassit à son bureau.

Il ouvrit son tiroir à la recherche d'un stylo et ne put s'empêcher de sourire à la vue de l'iPod et du casque qui y était relié. Il les posa devant lui, voulut mettre l'appareil en marche et s'aperçut qu'il était déchargé. Il le brancha. L'iPod entraînant des souvenirs, il saisit une enveloppe qui contenait un bref courrier de Ludovic Mistral, l'ancien chef de la brigade criminelle avec lequel il avait noué des liens d'amitié. Quelques phrases à la fois désabusées et ironiques.

Bonjour Paul,

Comme vous le savez, j'ai décidé de m'offrir une année sabbatique, ou plus, on verra si le temps est un grand effaceur, pour prendre du recul sur notre chère police. Il n'est pas utile que je m'étende sur cette décision, j'en ai simplement assez de l'hystérie stérile qui guide aujourd'hui la maison.

Je vais passer quelque temps en Argentine, plus particulièrement en Patagonie. Il y a de l'espace à l'infini et peu de personnes, la viande est exceptionnelle, les paysages sublimes, et j'ai envie que le vent me traverse et emporte avec lui les images et les cris de violence qui m'habitent depuis trop longtemps.

Je vous laisse ce lecteur qui contient des milliers de musiques et de chansons de tous les styles. Autant vos connaissances du genre humain, de la théologie et des chants grégoriens sont grandes, autant celles de la musique contemporaine sont proches du néant. Le jazz et le blues y occupent une grande place, ce sont mes genres préférés. Vous devriez devenir incollable !

Mon numéro de portable ne change pas, mais certaines zones en Patagonie ne sont pas couvertes par les relais.

Amicalement,

Ludovic

Dalmate termina, le sourire aux lèvres, la lecture de cette lettre qu'il connaissait par cœur. Il était en train de la ranger dans l'enveloppe quand les policiers qui venaient de terminer les auditions entrèrent dans son bureau pour faire un point sur l'enquête.

Ils fixèrent leur attention sur un triptyque en bois blanc accroché au mur. Les parties de droite et de gauche pouvaient se rabattre et se fermer à clef sur la partie centrale, occultant aux indiscrets le contenu des tableaux. Sur celui de gauche, sous l'intitulé « ALBERT NATHAN », figuraient les photos numérotées du clan au grand complet, y compris les épouses, les parents proches, les associés et quelques hommes de main connus. À côté de cette trentaine de clichés, un listing d'adresses de domiciles, de sociétés, de véhicules. Sur le panneau de droite, seul le nom « SHEN LI » avait été tracé. Sur celui du milieu, la photo de Richard Nathan était épinglée et, au-dessous, celles du chauffeur Gilbert Azoulay et du garde du corps Kamel Lakdar.

Dalmate répondit de manière lapidaire aux questions que les officiers ne lui avaient pas encore posées, mais qu'il devinait à leurs regards interloqués.

— C'est potentiellement le clan Shen Li derrière le flingage. Une info transmise par une source, mais qui ne connaît pas l'origine du conflit. Si c'est confirmé, le prochain mort sera chez eux.

Silence des policiers qui attendaient qu'il poursuive la démonstration. Cela ne servait à rien de le presser. Sa réputation de taiseux n'était pas usurpée. Dalmate s'approcha de la partie gauche du tableau où se trouvaient les renseignements sur le clan Nathan.

— Je déjeune de temps à autre avec Galtier, un capitaine. Nous étions dans le même groupe il y a deux ans. Il a choisi de quitter la Crim' pour aller à la PJ de Meaux, plus proche de son domicile. Dans son secteur, la communauté chinoise est importante et il s'intéresse à leurs business. Il a résolu quelques affaires judiciaires et, comme c'est un malin, il a développé tout un réseau d'informateurs grâce auquel il obtient des renseignements. La plupart, il les exploite. Mais certains ne sont pas mûrs ou pas de son ressort et, dans ce cas, il m'en parle.

— Comme pour Nathan et Shen Li ? questionna un des jeunes officiers.

— C'est ça. Apparemment, les deux clans sont très liés par un nombre incalculable d'arnaques, d'escroqueries à la TVA et montages de sociétés fictives, de fraudes avec des connexions vers des paradis fiscaux, tout un trafic qui génère de gigantesques sommes d'argent.

— On se fait flinguer à cause de ça ?

— On peut, reprit Dalmate après quelques instants de réflexion. Mais je suis étonné de la violence de cette tuerie. En général, les conflits financiers se règlent en silence, et sans aller jusqu'à des exécutions. Il y a beaucoup trop à perdre. Forcément, dans ce cas de figure, on va fourrer notre nez dans les deux clans, ce qui va créer de la panique dans leurs activités. Je ne pense pas que c'était l'effet attendu.

Le commissaire Villeneuve, chef du service, entra à son tour dans le bureau, salua les officiers et devina qu'il interrompait une réunion de travail. Il regarda longuement les panneaux, étonné de voir une partie déjà très bien renseignée sur le clan Nathan et, en opposition, une autre quasiment vide pour le clan chinois.

— Paul, je suppose que vous êtes sur le flingage de cette nuit. Et si j'en crois ce tableau, ou bien vous avez progressé à la vitesse de l'éclair, ou bien vous avez volontairement fait silence sur ce scénario.

— Oui, j'ai préféré ne pas soulever d'hypothèses face au magistrat tant que nous n'avions aucune certitude. C'est ce que je suis en train d'exposer aux collègues du groupe.

— Alors je vais profiter de vos explications.

— Très bien, je poursuis. Les infractions financières dont on parle nécessitent des réseaux structurés pour récupérer les centaines de millions d'euros générés chaque année. Il faut les faire circuler dans le monde, traverser la Chine, et réapparaître avec une nouvelle virginité en Israël et dans d'autres pays. Cet argent blanchi, qui a l'apparence de la légalité, est ensuite réinjecté sur les comptes bancaires des escrocs, après prélèvement d'un pourcentage variable par les blanchisseurs.

— Je croyais, reprit Villeneuve, que ce type de fonctionnement se faisait entre groupes de mêmes origines. Je ne vois pas ces deux clans, juifs et chinois, s'associer. Tout les oppose : leurs langues, cultures, croyances, nourritures, façons de vivre, lieux de résidence…

— On peut voir ça comme ça, admit Dalmate. Mais je me suis penché sur la question et, selon moi, le fait de naître, de vivre depuis des décennies dans le même pays, pour la plupart des protagonistes en région parisienne, a aplani une partie des différences. Les deux clans se rejoignent dans une association de savoir-faire qui dépasse tous ces clivages. Celui d'Albert Nathan est redoutable dans les arnaques financières et celui de Shen Li, spécialiste du blanchiment de capitaux. Illustration parfaite d'une criminalité organisée fonctionnant comme une multinationale. C'est dans ce business qu'ils sont associés et qu'ils conjuguent leurs talents. L'argent est leur dénominateur commun.

Villeneuve resta un long moment silencieux, le regard plongé dans le tableau incomplet de Dalmate, semblant assimiler son discours. Les autres policiers en firent de même. Puis le commissaire se racla la gorge et reprit :

— Pourquoi autant d'informations sur Albert Nathan et rien sur Shen Li ?

— La Crim', avant votre arrivée il y a deux ans, a travaillé sur le clan de Nathan à la suite d'une sordide affaire de racket et de séquestration. Richard, celui qui est mort, avait été enlevé. On a arrêté des types appartenant à un clan juif adverse, mais curieusement Richard n'a reconnu personne. Les écoutes n'ont rien donné non plus. Les deux chefs rivaux ont été contraints d'aller en Israël pour faire régler leurs différends par un big boss, Avi Richter, qui a visiblement trouvé les bons arguments pour calmer tout le monde, puisque la paix est revenue dans la communauté.

— Avi Richter ?

— Un chef mafieux très intelligent et très violent. Dans ce milieu il vaut mieux cumuler ces deux qualités si on veut rester en vie longtemps. D'ailleurs, il le démontre puisqu'il doit être âgé de plus de 80 ans. Dans les années 1990, il a réussi un coup de génie qui l'a enrichi de manière phénoménale. Il a acheté deux tonnes de cocaïne au Pérou et les a planquées à l'intérieur des roues d'une grande machine industrielle qu'il a fait livrer dans une boîte qu'il possédait au Canada. Il s'est ensuite associé avec des mafieux canadiens et américains pour la revente de la came jusqu'à New York. Il en a tué et fait tuer quelques-uns. Il a récupéré une somme colossale qu'il a blanchie grâce à des myriades de sociétés et, au final, il a rapatrié l'argent en Israël. Là-bas, avec cette puissance financière, il a arrosé le gotha politique, des flics, des juges, a recruté de grosses équipes et a mis la main sur tous les trafics juteux. Dans les grandes lignes, voilà le bonhomme.

— Et pour Shen Li ?

— Pas grand-chose hormis la composition de sa famille, et la partie visible de son business. On doit encore creuser, mais il paraîtrait que c'est un membre d'une triade chinoise, la 14K. Le problème c'est que la criminalité chinoise est extrêmement hermétique et que je n'ai aucune confiance envers les traducteurs de la communauté. J'attends des informations des services financiers pour en apprendre plus sur le sujet.

— La partie centrale de votre tableau est réservée aux victimes, je suppose.

— Oui, pour l'instant Richard Nathan, son chauffeur et son garde du corps sont les trois premières. D'après moi, ils ne vont pas rester seuls bien longtemps.

— Mais la guerre entre ces deux clans n'est qu'une de vos théories et rien n'est avéré, n'est-ce pas ?

— En effet, admit Dalmate.

— Vous avez d'autres options ?

— Pas pour le moment. Par contre, la riposte du clan de Nathan, qui ne saurait tarder, donnera un axe d'enquête.

Villeneuve acquiesça, visiblement satisfait de ce point, et, avant de quitter le groupe, lança :

— Tenez-moi informé au fil de l'eau, Paul, ce n'est pas à moi de venir dans votre bureau pour connaître vos hypothèses de travail.

Une fois la porte refermée, Dalmate distribua les missions sans faire de commentaire sur la repartie sèche du commissaire. Il aurait besoin de Villeneuve dans les jours à venir pour obtenir des renforts d'effectifs et de matériels, s'assurer de son soutien auprès des magistrats parfois difficiles à convaincre. Autant ne pas vexer pour rien et se le mettre à dos.

Des officiers partirent perquisitionner les sociétés de Richard Nathan. Un autre, accompagné d'un technicien de chez Mercedes, se chargea de transférer les enregistrements du GPS de la voiture sur son ordinateur portable pour analyser ses déplacements. Un dernier, Julien Caucher, s'occupa de la téléphonie.

Celui-ci avait développé un réel savoir-faire, toujours à l'affût des nouvelles technologies et des logiciels improbables qui existaient. Son rôle consistait à faire sauter les codes des portables des victimes et à en copier les mémoires. Deux heures plus tard, les appels émis et reçus, les carnets d'adresses, agendas, messageries, discussions WhatsApp, profils sur les réseaux sociaux et photos étaient enregistrés et classés sur le disque dur de son ordinateur. Il se concentra d'abord sur les coups de fil passés peu avant le règlement de comptes.

Rudy Meïr fut contacté par l'enquêteur qui le convoqua pour 18 heures le même jour. Même s'il s'y attendait, il trouva que les flics n'avaient pas traîné pour remonter jusqu'à lui.

Vers 13 heures, Dalmate enfila sa veste et sortit déjeuner. Depuis que la police judiciaire parisienne s'était installée au 36, rue du Bastion, dans le secteur des Batignolles, nombreux étaient les policiers qui partaient à la recherche de restaurants de quartier « bons et pas chers ». Dalmate acheta un sandwich et une bouteille d'eau et préféra marcher pour réfléchir, loin du bruit. Tout naturellement, son cerveau moulinait sur la stratégie à adopter dans cette guerre des clans qui débutait. D'expérience, il s'attendait à subir les assauts de journalistes qu'il se ferait un plaisir d'orienter vers Villeneuve.

Son téléphone vibra dans la poche intérieure de sa veste. Il lut le SMS : « Appelle-moi. Ton père. » Rien d'autre. Le numéro d'où provenait le message lui était parfaitement inconnu. En même temps, il n'avait plus de nouvelles de son père depuis près de trente ans. Le visage de Dalmate ne laissa rien paraître. Il eut juste envie de répondre : « Jamais. » Au lieu de quoi, il jeta dans une poubelle son sandwich à demi entamé, avala d'un trait le contenu de la bouteille d'eau et regagna son bureau.

Selon lui, le nouveau siège de la police judiciaire était bien plus fonctionnel que le mythique 36, quai des Orfèvres. Dalmate n'était pas un sentimental, et changer de lieu l'avait laissé indifférent, à l'inverse d'autres qui ne cachaient pas leur émotion. Il appréciait même en particulier les salles d'audition anonymes qui permettaient de recevoir témoins et mis en cause en dehors de leur espace de travail.

Albert, Yannis et Franck Nathan étaient entendus séparément par des officiers. Dalmate préférait avoir le recul nécessaire en lisant leurs auditions plutôt que de les écouter débiter des kilomètres de mensonges. Rudy Meïr, arrivé à l'heure, était quant à lui interrogé par une jeune femme récemment mutée dans le groupe, la lieutenante Sylvie Guyien. Transfuge de la brigade financière, elle apportait dans les enquêtes un regard différent, complémentaire du leur.

Dalmate estima que l'audition de Meïr, qui avait débuté depuis une demi-heure, devait aborder maintenant le contenu de la discussion téléphonique avec Richard Nathan. Il entra dans la pièce sans frapper et resta debout, appuyé contre un mur, à observer le type. La policière continua d'enregistrer sa déclaration sans même se retourner. Mais Rudy, voyant Dalmate, visage fermé, s'agita un peu sur sa chaise, mal à l'aise d'être sous le regard d'un autre flic. Il peinait à se concentrer sur sa réponse.

— … donc Richard était content d'aller à Deauville, de voir sa femme, ses filles. Vous savez, nous autres, businessmen, toute la semaine on est entre deux avions, à courir d'un aéroport à un autre, par contre le week-end, c'est sacré, on reste en famille !

Sylvie Guyien relit ses notes avant de poursuivre. Dalmate ne quitta pas Meïr des yeux. Il paraissait inquiet.

— Et c'est tout ? Richard Nathan vous appelle à 3 heures du matin pour dire qu'il est content d'aller à Deauville ? C'est si important d'avoir cette conversation en pleine nuit ?

— Il sait que je suis insomniaque, je suis son meilleur ami, on s'appelle sans regarder l'heure, c'est une habitude qu'on a prise depuis des années.

— Il n'avait pas de souci particulier ?

— Aucun. C'était l'homme le plus heureux du monde, après moi !

— Dans ce cas, comment expliquez-vous qu'il y ait trois morts dans la voiture de « l'homme le plus heureux du monde après vous » ?

— J'me l'explique pas. Il doit s'agir d'une méprise. Les tueurs l'ont confondu avec un autre. Il ne peut pas en être autrement.

— Il a raccroché normalement ? Il ne vous a pas semblé anxieux ? Il ne vous a rien dit d'autre ?

— Euh, non… Bonsoir, bon week-end, c'est tout.

— Et quelques minutes plus tard, ils se faisaient massacrer, son chauffeur, son garde du corps et lui.

La gorge de Meïr était sèche, il avait du mal à articuler, mordillait ses lèvres et tenait ses bras croisés contre sa poitrine. Les deux policiers l'observaient sans rien dire, ajoutant du malaise au silence. Puis Dalmate prit la parole :

— Vous dites être son meilleur ami, c'est bien ça ?

Rudy, pensant trouver là une échappatoire, commença à se montrer volubile :

— Oui, bien sûr ! Et si je vous racontais tout ce que…

Dalmate l'interrompit :

— Et son associé aussi ?

Meïr se referma.

— Oui… Enfin, dans quelques affaires, mais de loin en loin.

— Votre situation fiscale nous confirmera ça. Mais reprenons : Richard Nathan est votre meilleur ami, et vous êtes associés. Richard Nathan se fait exécuter quelques secondes après votre échange téléphonique. Vous ne craignez rien, monsieur Meïr ?

Rudy avait définitivement perdu l'aspect caramel de son bronzage aux UV. La pâleur de son visage valait toutes les réponses qu'il ne formulait pas.

— Vous ne voulez pas parler, monsieur Meïr, vous êtes en train de peser le pour et le contre, et vous ne savez pas si vous faites le bon choix. Les jours à venir nous le diront si l'on vous retrouve dans un tiroir à l'Institut médico-légal avec une étiquette à votre nom accrochée à l'un de vos orteils.

— Et si je demande la protection de la police ?

La voix de leur vis-à-vis était presque inaudible et Dalmate voyait monter en lui une panique irrépressible qu'il essayait de dissimuler tant bien que mal.

— Si vous demandez notre protection, c'est que vous redoutez quelque chose. Que les trois morts ne sont qu'un début. Qu'il s'agit d'un règlement de comptes et que vous êtes le prochain sur une liste écrite en chinois.

À ce moment, Rudy se ressaisit, secoua la tête en signe de dénégation et, pour la première fois, ressentit de la haine pour ce policier en costume bleu marine et chemise blanche sans cravate, appuyé contre le mur, qui le scrutait avec un regard ironique. De la haine, parce que manifestement ce flic se doutait que les Chinois étaient à l'origine du flingage et qu'il ne bougerait pas le petit doigt pour le protéger. Sauf s'il parlait et il n'en était pas question.

Voyant qu'il n'en tirerait rien, Dalmate quitta la salle et laissa Sylvie Guyien terminer. Revenu à son bureau, il saisit son téléphone, alla dans les messages et relu celui de son père. « Appelle-moi. » Il resta quelques minutes immobile, perdu dans ses pensées.

En fin de journée, deux officiers se présentèrent pour le compte rendu des missions de l'après-midi. À leur visage, Dalmate comprit qu'ils n'avaient rien découvert de fondamental, et il n'avait pas envie d'écouter ce qu'il savait déjà. Il se leva et leur lança simplement un « À demain » désinvolte en les plantant là.

Les deux mots du texto, accompagnés de la signature lapidaire, emplissaient tout son cerveau, le rendant incapable de réfléchir. Il avait besoin de respirer et d'évacuer sa rage. Il rentra chez lui à pied.

5

Paul Dalmate claqua avec soulagement la porte derrière lui. Enfin, il était seul. Après avoir acheté cette maison qu'il habitait depuis peu, il avait aussitôt engagé une entreprise pour effectuer des travaux. À l'étage, deux chambres, un bureau, un dressing, une salle de bains. Au rez-de-chaussée, une cuisine et un double salon ouvrant sur un petit jardin. Tous les murs étaient peints en blanc, les meubles peu nombreux, juste l'indispensable. Les livres qu'il avait étudiés lors de son apprentissage au séminaire, alignés sur des rayonnages de bois clair, voisinaient avec quelques dizaines de CD de chants grégoriens et de musique classique. Une chaîne HI-FI haut de gamme, récemment acquise et connectée en permanence à l'iPod offert par Ludovic Mistral, complétait son environnement. Dalmate découvrait de multiples genres musicaux pour lesquels il avouait tout ignorer, mais qu'il appréciait de plus en plus.

Après avoir bu d'un trait une canette de bière debout devant son frigo, Dalmate alla s'asseoir dans le salon sur un tabouret face à un échiquier sans pièces. Il observa le plateau de jeu, ferma les yeux et se remémora la partie commencée. Dalmate avait les pions noirs, il était à l'attaque. Il saisit son téléphone et envoya à son adversaire à l'autre bout de la Terre un message WhatsApp : « F 8 en 7 ». Il venait de bouger son fou mentalement. Ensuite, il resta le regard plongé dans l'échiquier. Il revoyait son père qui, lorsque Paul devait avoir dans les 10 ans, était entré dans sa chambre et avait raflé toutes les pièces du jeu d'échecs. « À partir de maintenant, tu feras sans. » N'importe quel enfant aurait été dans l'incompréhension la plus totale, mais pas lui, pas le petit Paul Dalmate qui n'était pour ainsi dire jamais sorti de sa chambre, ou alors pour s'aventurer en quelques rares occasions, la trouille au ventre, dans le reste de l'appartement.

Le père de Paul détestait le monde, les gens, son épouse et son propre fils. Il avait décidé un jour de fin novembre que celui-ci, alors en CP, n'irait plus à l'école et qu'il ferait lui-même son instruction, au grand désarroi de l'enfant. Tous les matins, il lui faisait donc la classe, et l'après-midi Paul ingurgitait des livres, y compris ceux portant sur les échecs. Il avait encaissé les coups quand les leçons étaient mal apprises ou pour tout autre prétexte, mais aussi sans aucun prétexte. Et avait subi une autre sanction qui le terrorisait : le placard où on pouvait le cloîtrer dans le noir pendant plusieurs jours.

L'enfant avait entendu aussi les coups qui s'abattaient sur sa mère. Il s'était bouché les oreilles, avait fermé les yeux, ouvert la bouche sur un cri silencieux. Il l'apercevait le lendemain, le visage tuméfié, toujours mutique, sans un regard pour lui, sans une once d'affection. Peut-être lui attribuait-elle l'origine des gifles qu'elle avait reçues. Sa mère était devenue tellement insignifiante, tellement distante, que Paul, pour se remémorer ses traits aujourd'hui, avait recours à la seule photo qu'il possédait d'elle. Des traits ingrats qui ne reflétaient que l'absence. En revanche, ceux de son père étaient bien ancrés dans sa mémoire, malgré tous ses efforts pour les effacer, pour oublier ce bourreau dont il portait le nom. Un homme au regard fuyant, une petite moustache peu fournie surplombant une bouche aux lèvres trop fines, au-dessus d'un menton arrondi qui se confondait avec le cou. Quand Paul Dalmate étudiait la photo de ses parents, il était étonné, perplexe, de ne pas du tout leur ressembler. Il avait beau la scruter de manière impitoyable, tenter de déceler ce qui aurait pu le raccrocher à ses géniteurs, il n'y parvenait pas, lui, tellement différent. C'était son unique sentiment de satisfaction et de soulagement.

Une éducation scandée par les coups et la peur des coups… Ce qui avait sauvé Paul Dalmate, ç'avait été son extraordinaire mémoire associée à une intelligence de survie. À 12 ans, il était parvenu à jouer aux échecs sans les pièces et à battre parfois son père, alors que celui-ci disposait d'un jeu caché pour pouvoir répliquer. Si ce dernier ne montrait aucune colère quand il perdait, en revanche les coups de ceinture redoublaient. « Avec la boucle », marmonnait-il. Et le petit Paul avait reçu cette avalanche de brutalité en serrant les dents parce qu'il avait compris qu'il était plus fort que son tortionnaire et qu'il valait mieux ne rien dire.

Jusqu'au jour où il avait trouvé la porte de sa chambre non verrouillée. En s'aventurant dans l'appartement, il s'était aperçu que ses parents étaient absents. La porte ouvrant sur l'extérieur, sur la liberté, n'était pas non plus fermée. Paul Dalmate était sorti du domicile pour ne plus jamais y retourner. Il avait toujours pensé que sa mère l'avait volontairement laissé seul avec la possibilité de s'enfuir. Ensuite, pour préserver sans doute un jardin secret, une période qu'il voulait garder pour lui seul, Dalmate faisait un saut de dix ans quand on l'interrogeait sur sa vie, éludait les questions, évoquait à demi-mot une famille d'accueil, un pensionnat, une vocation pour la prêtrise, des études de théologie, le séminaire et, pour finir, le renoncement à entrer définitivement dans les ordres. C'était ainsi que Paul Dalmate était devenu un adulte.

Il prit son téléphone et nota le numéro de portable associé au message qu'il avait reçu. Il le ferait identifier et effectuerait quelques recherches complémentaires, ça n'engageait à rien. Cela faisait environ trente ans qu'il n'avait plus revu ni entendu ses parents. Au courrier d'un avocat lui annonçant le décès de sa mère, il avait choisi de ne pas répondre. Il ignorait même si son père était encore vivant jusqu'à l'arrivée de ce SMS, et encore faudrait-il le vérifier.

Paul Dalmate referma mentalement la porte de ses souvenirs douloureux qui revenaient au gré des mots, des sons, des images, des odeurs, cette chimie du cerveau qu'il ne contrôlait pas. Ce soir-là, il faisait doux sur Paris. Il se prépara un dîner avec ce qui restait dans son réfrigérateur, une sorte de salade mal composée, et s'installa dans son minuscule jardin. Une haie qui sentait bon, plantée par les précédents propriétaires, l'isolait du faible passage piétonnier de l'impasse. Il profitait de ces moments de calme pour parfois lire et souvent écouter de la musique en sourdine. C'était ce qu'il s'apprêtait à faire quand il perçut, provenant d'une maison proche, le son d'un violon. Il ne reconnaissait pas l'air, ce rythme lent qui avait une structure proche de celle de la musique classique sans en être, et qui n'était pas non plus du jazz. Spontanément, cette mélodie fit surgir en lui un sentiment où se mêlaient tristesse, mélancolie et nostalgie.

Mais réflexion faite, la mélancolie s'imposa. Avec son téléphone, il eut le temps d'enregistrer quelques mesures avant que le violoniste cesse de jouer et referme ses fenêtres. Dalmate se demanda auprès de qui il pourrait obtenir des informations sur cette musique sans paraître ridicule.

Le lendemain matin, après la douche, il s'observa devant le miroir. Il avait pris soin de l'essuyer avec sa main pour enlever la buée. Il voyait un homme brun aux cheveux courts, de taille moyenne et de corpulence mince. *Je suis invisible tellement je suis ordinaire*, se dit-il. Puis il nuança son jugement quand il examina son visage. Une cicatrice le barrait depuis le haut de la tempe gauche jusqu'au bas de la joue droite, épargnant de peu la bouche. Un coup de rasoir reçu lors d'une de ses premières enquêtes à la brigade criminelle[1]. Cette cicatrice apportait une touche d'étrangeté dans un visage dont, sinon, on aurait oublié les traits aussitôt après les avoir vus.

Comme à l'accoutumée, il s'habilla rapidement d'un costume sombre et d'une chemise blanche, avala un café et monta dans sa voiture.

---

1. *Le vent t'emportera*, Fleuve Éditions, 2010.

6

Le clan Shen habitait en grande banlieue parisienne, à Dampart en Seine-et-Marne, non loin du parc d'attractions Disneyland. L'installation de la famille dans cette région datait du début des années 1980. Shen Li, le patriarche, avait fait construire une grande bâtisse que la façade extérieure et les murs d'enceinte en pierre grise rendaient anonyme et insignifiante. Dedans, elle était agencée comme une de ces maisons traditionnelles chinoises, les *siheyuans*, avec cours intérieures, pièces dévolues aux membres de la famille et autel pour le culte des ancêtres. Shen Li avait acheté de nombreux terrains autour de sa maison, « pour être tranquille », disait-il, et tout naturellement ses trois fils, sa fille ainsi que ses deux frères avaient fait construire leurs demeures sur ces terrains, mais davantage dans la tradition occidentale. Puis d'autres constructions avaient poussé autour et les nouveaux habitants parlaient du quartier chinois pour désigner les sept maisons de la famille.

Aux deux extrémités de la rue qui traversait ce quartier chinois, des caméras, miniaturisées, discrètes, installées par le clan, filmaient en continu. Les maisons elles-mêmes étaient équipées d'un autre système, celui-ci volontairement visible, afin de laisser penser qu'il s'agissait de la seule protection vidéo. Dans chaque maison, un local technique était réservé au visionnage des bandes, et celui du chef de clan les centralisait toutes. L'ensemble était connecté à un lecteur de plaques d'immatriculation qui diffusait une alerte quand au moins deux fois le même véhicule empruntait la rue.

C'est avec une information de ce genre que le responsable de la sécurité se présenta un soir devant Shen Li et lui remit les photos de quatre véhicules suspects. Quelques minutes plus tard, il se retira avec comme consigne de rester vigilant. Shen Li passa ensuite une trentaine d'appels téléphoniques dont chacun n'excéda pas une minute. Il s'exprimait dans un dialecte du Zhejiang, une province située dans l'est de la Chine.

L'horloge biologique de Shen Li fonctionnait sans aucun dérèglement depuis trente ans. Il s'endormait à 22 heures et se réveillait à 5 heures. Cette heure matinale et silencieuse lui appartenait. Les rituels de la toilette, des exercices de tai-chi et de la méditation étaient immuables. Devant l'absence d'intérêt de ses enfants aux choses de l'esprit, il avait renoncé à leur faire lire l'œuvre du philosophe Zhuangzi. Mais il leur disait encore souvent : « La méditation est la cure de désintoxication de l'esprit », phrase qui ne trouvait aucun écho chez eux. Après ces premiers rites matinaux, il s'estimait prêt pour s'adonner à l'art du thé. Ce rituel auquel il accordait beaucoup d'importance, prolongeait sa méditation. Il ne buvait que du thé jaune ou du thé vert en provenance de plantations chinoises qu'il connaissait. M. Shen versa l'eau chaude dans une théière en terre cuite, puis dans une cruche, et pour finir dans deux bols. Après avoir ainsi réchauffé les ustensiles, il les vida sur la table ajourée destinée à recueillir l'eau évacuée. Il avait le choix entre trois théières en fonction du thé qu'il utilisait. « Les théières ont de la mémoire, expliquait-il à ses hôtes, elles possèdent chacune leur thé. »

Une fois les ustensiles à température, Shen déposa quelques feuilles de thé vert dans la théière et ferma les yeux pour respirer les arômes qu'elles exhalaient. Il versa l'eau chaude et la vida immédiatement en maintenant les feuilles avec le couvercle. Enfin, il versa de nouveau de l'eau et laissa cette fois infuser. Trois minutes plus tard, Shen transvasa le thé dans une cruche qui lui servit à remplir la première tasse, la tasse à sentir. Il s'imprégna de l'odeur de la boisson. Pour finir, il versa le contenu de la cruche dans la tasse à boire en appréciant la couleur du liquide. Shen avala bruyamment ses trois tasses quotidiennes et goûta quelques fruits secs mélangés à du riz.

Chaque matin et chaque soir, il entrait en communion par la pensée avec son épouse. Veuf depuis plusieurs années, Shen Li ne s'était jamais remis du décès de sa femme. Sa joie de vivre disparue, il s'était consacré à son travail et à la lecture. Il était ainsi devenu l'impitoyable chef du plus puissant clan criminel qui régnait sur l'Île-de-France, de loin la région où la communauté chinoise est la plus importante du pays.

Shen avait coutume de quitter sa maison vers 6 h 30 pour se rendre au siège de son entreprise d'import-export situé à Aubervilliers, au cœur du poumon économique chinois de la région parisienne. Malgré son immense richesse, il prenait soin de se vêtir et de se chausser avec modestie. Son chauffeur conduisait un break Volvo noir, un modèle d'une quinzaine d'années qui ne voyait jamais de station de lavage. Le principe de Shen Li était simple : ne pas montrer inutilement sa fortune, rester humble, ne jamais attirer l'attention. Surtout des services fiscaux et de la police.

En fait, le mot « clan » était faible pour désigner l'empire de M. Shen. Les policiers, Paul Dalmate en tête, employaient davantage les termes de criminalité organisée, de mafia, de famille, ce qui correspondait parfaitement à la réalité. Paul Dalmate utilisait le même vocabulaire pour évoquer Albert Nathan et ses activités. En tout cas, nombreux étaient ceux qui bénéficiaient à la fois de la protection, des conseils et des prêts du très craint et très respecté, M. Shen Li.

À Aubervilliers, sa société occupait un immeuble de six étages où s'affairaient des dizaines de salariés. Les locaux, d'apparence banale, ne laissaient pas supposer la réelle activité qu'ils abritaient et encore moins son activité occulte, dédiée à la fraude fiscale et au blanchiment de capitaux. De nombreux jeunes hommes, eux aussi vêtus avec simplicité, se déplaçaient au rez-de-chaussée et dans l'entrepôt attenant. Il s'agissait en réalité des équipes chargées de la sécurité de l'entreprise, de ses employés et de la protection personnelle de Shen Li. Au besoin aussi, ils étaient là pour faire entendre raison aux récalcitrants qui oubliaient de payer leurs dettes, ou pour calmer les ardeurs de nouveaux concurrents qui ne connaissaient pas les règles.

Shen Li, qui s'occupait de leur recrutement avec l'un de ses fils, disait toujours : « Je ne veux pas de bandits de cinéma avec costume noir, chemise blanche, cravate noire et lunettes noires qu'ils portent même la nuit. Je veux des gens invisibles, des gens compétents, dévoués, qui obéissent et nous protègent. Comme cela, ils seront bien plus efficaces. »

* * *

6 h 30. Paul Dalmate conduisait une camionnette Ford qui avait connu des jours meilleurs et dont la carrosserie portait les stigmates d'accrochages. Les policiers surnommaient ce véhicule qui leur servait de planque « la cuve ». Malgré l'heure matinale, la circulation commençait à être chargée sur le périphérique nord de la capitale. Les Parisiens, excédés par les chantiers qui se multipliaient et qui plombaient le trafic routier, quittaient de plus en plus tôt leur domicile.

Dalmate roulait maintenant au pas en s'engageant sur la bretelle de sortie de la porte d'Aubervilliers, le flux des voitures ralenti par un feu rouge. Là, à quelques mètres, des centaines de tentes occupées par des migrants, en majorité subsahariens, s'alignaient, coincées entre les glissières de sécurité. Certains d'entre eux profitaient des véhicules à l'arrêt pour faire la manche, d'autres zigzaguaient entre les voitures et se noyaient dans le quartier. Dalmate regardait avec tristesse cette humanité échouée, reléguée entre les voies rapides avec une perspective d'avenir limitée.

Selon les indications transmises par le GPS, il ne se trouvait plus qu'à quelques centaines de mètres de sa destination. Il s'inséra sans difficulté dans la noria de camionnettes blanches, toutes pilotées par des Chinois. Déjà affairés, ils sillonnaient des rues où se dressaient partout des entrepôts. Il stationna en partie sur un passage pour piétons, de manière à avoir une vue sur la société de Shen.

Dalmate éprouvait le besoin d'observer, à chaque début d'enquête, les cibles potentielles sur lesquelles il allait travailler. Shen Li en faisait partie. Le policier jugeait la piste de ce clan chinois la plus probable concernant le règlement de comptes de Richard Nathan. Tassé sur son siège, il vit arriver à 7 h 30 un break Volvo noir ancien modèle, fatigué, avec à son bord Shen Li qui se fit déposer à proximité de l'entrée de son entreprise. Aussitôt, cinq jeunes hommes vêtus comme des manutentionnaires entourèrent le chef de clan pendant la quinzaine de mètres qui le séparait du hall d'entrée. Dalmate nota l'immatriculation de la voiture et prit quelques photos de cet homme dont l'aspect physique ne collait pas à la redoutable réputation qu'on lui prêtait. *L'art de la dissimulation poussé à l'extrême. Même ses gardes du corps fonctionnent en mode invisible ! C'est intelligent, et ils savent faire une bulle de protection*, estima le flic.

Plus tard, il rejoignit le périphérique dont la circulation était maintenant pratiquement à l'arrêt. Il prit son mal en patience pour regagner le siège de la police judiciaire.

* * *

À partir de 8 heures se présenta la première des trente personnes qui avaient reçu la veille au soir l'appel téléphonique de M. Shen. L'homme s'avança avec déférence et force courbettes, puis attendit que M. Shen, d'un geste, l'autorise à s'asseoir. Celui-ci lisait l'inquiétude sur le visage de son interlocuteur, qui ignorait l'objet de sa convocation, et ça ne lui déplaisait pas. La crainte qu'il inspirait était un moteur infaillible pour s'attirer la fidélité de ceux avec qui il s'entretenait. Il prit son temps avant de lui adresser la parole, décachetant quelques enveloppes avec un couteau dont le manche en bois représentait un dragon sculpté prolongé d'une longue lame effilée. La patine indiquait qu'il s'agissait d'un objet très ancien.

— Je te remercie d'être ponctuel, commença-t-il en posant son poignard coupe-papier. Ton restaurant marche bien m'a-t-on dit, et j'en suis très heureux pour toi et ta famille. Tu sais tout l'attachement que je porte à la réussite de ton commerce.

L'homme en face de lui se contentait d'acquiescer en silence, sachant qu'il n'avait pu acheter son local que grâce au prêt consenti par M. Shen à un taux proche de l'usure et à un « intéressement sur les bénéfices ». Le commerçant déglutit, se préparant à une hausse de sa contribution volontaire qui allait de pair avec la bonne santé de son affaire.

— Voilà, reprit Shen Li sur le ton de la confidence, je sais que tu as dans ta clientèle de nombreux policiers qui viennent déjeuner, et auxquels tu oublies souvent de présenter l'addition. Tu as bien raison. Il faut aider les forces de l'ordre qui ne sont pas bien payées et qui font un travail difficile.

Le commerçant, toujours muet, attendait la question ou la foudre. M. Shen Li lui remit un petit morceau de papier sur lequel étaient inscrites les quatre immatriculations.

— Essaye d'obtenir de tes policiers à qui appartiennent ces véhicules. Je te remercie.

L'homme se leva et inclina son buste à plusieurs reprises avant de partir. Quand M. Shen disait « essaye d'obtenir », le commerçant entendait : « Obtiens ! » L'entretien n'avait pas dépassé quatre minutes. La trentaine de restaurateurs, de spécialistes du textile, de la maroquinerie, les propriétaires de bazars, les loueurs de voitures, etc., se succéda tout au long de la journée. Le chef de clan les recevait individuellement, chaque demi-heure, et personne ne se croisait. Tous lui étaient redevables. Il testait par là leur connaissance du monde policier et leur rapidité à glaner des informations. Chacun pensait être son seul interlocuteur, ce qui décuplait les ardeurs et les inquiétudes de l'obligé.

Grâce à ce système, dès le lendemain, M. Shen lisait les premières réponses. Quatre des trente commerçants avaient transmis avec fierté les résultats de leurs recherches. Il s'agissait de véhicules de la brigade des stups qui enquêtait sur un trafic non loin du quartier chinois. Le chef de clan, pour les remercier, se montra généreux en supprimant à chacun une échéance de leur dette et s'attacha davantage leur fidélité. Les autres étaient mortifiés de ne pas avoir pu le satisfaire.

M. Shen n'avait rien à craindre de la brigade des stups. Plusieurs années auparavant, quand tous les responsables des clans chinois s'étaient réunis sous son autorité, il leur avait clairement ordonné de se tenir à distance de la drogue. Dans les années 1980, quelques chefs de la criminalité organisée chinoise en France s'étaient lancés dans le trafic de l'héroïne. Deux conséquences en avaient découlé : un enrichissement fulgurant suivi d'un emprisonnement tout aussi rapide. Fort de cette expérience, M. Shen avait imposé la discrétion aux membres de sa communauté. On pouvait devenir tout aussi riche, plus lentement bien sûr, en se spécialisant dans la fraude fiscale à grande échelle, le blanchiment de capitaux, la contrefaçon sous toutes ses formes, et on ne se mouillait pas beaucoup. La sanction pénale pour ces délits était infiniment moins forte que pour le trafic de drogue. Ce n'était que de l'argent, des infractions financières qui ne portaient pas atteinte à la santé publique.

Tous les chefs de clan s'étaient rangés à l'analyse de M. Shen. Dans la balance des coups à recevoir, le rapport bénéfice-risque excluait ce business qu'ils avaient laissé aux mains d'autres communautés qui s'entretuaient. Et les faits lui avaient d'autant plus donné raison que les policiers s'acharnaient sur deux objectifs : traquer les trafiquants de stups, principalement dans les cités « sensibles » comme disaient les médias, et les terroristes. L'activité des groupes criminels chinois, qui ne rentrait pas dans le radar des flics, prospérait à très grande vitesse. Shen Li avait ainsi démontré sa justesse d'analyse et renforcé son incontestable autorité.

M. Shen était cependant agacé et inquiet par la fusillade qui avait rayé de la carte trois membres de la communauté juive et que la rumeur attribuait injustement à son clan. Jamais il n'avait donné d'instruction de ce genre et il réfléchissait à la manière de désamorcer cette situation qui sentait la poudre. Car qui disait rumeur, disait police à brève échéance. Fini la tranquillité. Il fallait s'assurer que tout résisterait aux contrôles financiers qui ne manqueraient pas de pleuvoir pour mettre la pression sur les Chinois. C'est le message qu'il allait transmettre aux autres chefs.

Il passa quelques appels téléphoniques. Il s'exprimait dans un dialecte particulièrement hermétique, compris des seuls membres les plus anciens de sa communauté. M. Shen connaissait tous les traducteurs employés par les services de la PJ. Un seul le parlait, et les autres lui étaient redevables, ce qui lui permettait de savoir si la police s'intéressait à son clan ou à un clan allié. Dans ce cas, M. Shen fournissait gratuitement l'information à celui qui était dans l'œil du cyclone, et s'en faisait un obligé. Il résumait souvent les choses ainsi : « Il faut toujours avoir un coup d'avance, deux c'est mieux, trois on dort du sommeil du juste. »

7

Ce soir-là, à 21 heures, M. Shen attendait un visiteur. Son grand bureau dans la pénombre n'était éclairé que par les modestes 40 watts d'une lampe posée sur un guéridon. Il quitta son fauteuil et se planta, les mains croisées dans le dos, derrière la grande porte-fenêtre qui donnait sur le parking de sa société. 21 h 30. Le visiteur, d'ordinaire ponctuel, n'était pas là. M. Shen, visage de marbre, ne montrait ni impatience ni inquiétude. Il resta encore figé pendant une dizaine de minutes. Enfin, il observa un break Volvo gris foncé, poussiéreux, du même modèle que le sien, se garer devant le bâtiment. Un des gardes du corps se précipita pour ouvrir la portière avant droite, trois autres encadrèrent le véhicule, et un petit personnage en sortit. Il ressemblait en tout point à Shen Li.

Quelques minutes plus tard, ce dernier accueillit le visiteur. L'homme, modestement vêtu, portait une paire de chaussures en toile. Il fêterait bientôt ses 75 ans. Tous deux échangèrent force courbettes, et se donnèrent une accolade en silence. M. Shen, de la main, désigna un fauteuil avant de s'asseoir dans celui d'en face. Entre eux, une table basse où trônaient des fruits et des gâteaux. M. Shen effectua le cérémonial du thé qu'ils apprécièrent en connaisseurs. Puis il servit du thé jaune de la province du Hubei, au centre de la Chine, pour honorer son invité, originaire de cette région.

M. Shen traitait son hôte avec déférence et respect. Celui-ci se nommait Sun Hao. Un lien profond unissait les deux hommes qui se connaissaient depuis plus de cinquante ans. Ce lien prenait racine, plus d'un siècle plus tôt, dans la relation qui avait existé entre leurs grands-pères. M. Sun dirigeait également une branche de la criminalité chinoise et, comme M. Shen, il cultivait l'art de la discrétion extrême, dissimulant ainsi sa véritable activité et son immense richesse. M. Sun passait, dans la communauté chinoise, pour le sage, une sorte de juge de paix. Celui qui employait les mots justes et savait trouver dans chaque situation tendue la bonne solution. C'était pour cela que M. Shen l'avait prié de venir ce soir-là.

Avant d'aborder le sujet pour lequel Shen Li et Sun Hao s'étaient réunis, la discussion porta sur des banalités, toutes sortes de politesses indispensables. M. Sun prit deux tasses de thé dont il fit compliment à son hôte pour la qualité des feuilles. Les effluves de cette boisson le transportèrent quelques instants dans sa province natale. Pendant une quinzaine de minutes, l'échange entre les deux hommes se poursuivit sur le ton d'une véritable amitié. Il fut question de la Chine ancestrale, de la famille – la vraie –, de météo, de santé, d'affaires, etc. Il revenait à M. Sun de lancer la conversation sur le sujet principal, ce qu'il fit après avoir bu à petites gorgées bruyantes sa seconde tasse de thé. Quand il la reposa, vide, sur la table basse, la discussion pour laquelle Shen Li l'avait convié put débuter. Les deux hommes s'exprimaient à voix basse.

— Il me revient que ton clan est à l'origine de l'assassinat du fils Nathan, de son chauffeur et de son garde du corps.

M. Shen, impassible visage de cire, ne cilla pas. Il laissait M. Sun parler. Celui-ci poursuivit après un temps de silence, temps pendant lequel les deux hommes se jaugèrent les yeux mi-clos. M. Sun prit une légère inspiration et entra dans le cœur du sujet :

— Je ne me souviens pas du jour où il y eut un tel règlement de comptes de notre part envers les Juifs, ni d'ailleurs des Juifs envers des Chinois. Ces façons de faire ne nous correspondent pas. Nos liens sont anciens et profonds, nos conflits se réglaient autrement avant ce déchaînement de violence.

Nouveau silence de M. Sun qui réfléchissait. L'impassibilité contrôlée de M. Shen n'était qu'apparente. Il maîtrisait une rage qui ne demandait qu'à s'extérioriser. L'amitié ancestrale qui unissait ces vieux messieurs statufiés, respirant à l'économie, n'existait plus en pareille circonstance, elle s'effaçait au profit de la protection supérieure des intérêts chinois. Une règle non écrite, naturellement admise par les deux chefs.

— Si tu as pris cette grave décision, c'est qu'elle était fondée et que tu n'avais pas d'autre choix. Tu aurais dû m'en parler. Mais je suis sûr qu'avant d'agir, tu as mesuré toutes les conséquences que cela entraînerait pour ton clan, ainsi que pour toutes nos autres familles. Des gens de chez nous vont mourir sous la vengeance des Juifs, d'autres Juifs vont mourir parce que nous allons répliquer. Ainsi de suite. La police, les juges, la presse vont fourrer leur nez dans nos affaires et, là aussi, nous avons beaucoup à perdre.

D'un geste de la main, M. Sun invita M. Shen à parler. Il hocha la tête à plusieurs reprises, comme s'il avait besoin d'élan avant de se lancer :

— Je te remercie d'avoir répondu à mon appel. J'entends tes paroles, tes interrogations et je comprends tes inquiétudes. Mais comprends aussi les miennes.

Afin d'éviter toute équivoque, ou pour bien appuyer son propos, M. Shen poursuivit en ne lâchant pas M. Sun des yeux. Ses mots martelés renforçaient la conviction de son regard :

— Je ne suis pas à l'origine de l'assassinat des Juifs, je n'ai pas donné cet ordre, et n'avais aucune raison de le faire. Nous faisons du business avec les Nathan comme avec d'autres Juifs. Il y a parfois des discussions vives entre nous, comme toi aussi tu peux les avoir, mais rien qui nécessite une telle décision.

Nouveau silence.

— Bien, acquiesça M. Sun. Dans ce cas il faut savoir pourquoi tu as été immédiatement désigné comme le donneur d'ordre, faire en sorte de trouver les vrais commanditaires et que nos communautés, si nous sommes étrangers à ces meurtres, soient épargnées et se réconcilient.

— J'ai déjà fait le nécessaire pour savoir, j'attends les réponses.

— Parfait. Demain, les Juifs enterrent leurs morts. Nous avons vingt-quatre heures de répit. Tu iras voir, dès les obsèques terminées, Albert Nathan pour le convaincre que nous ne sommes en rien mêlés à cette histoire. Ce que j'espère.

M. Sun consulta sa montre, absorbé par mille réflexions. Il porta ensuite son regard sur Shen Li, qui comprit que son ami venait de prendre une décision.

— Shen Li, il faut que nous précipitions les choses. Quand on ne prend pas l'initiative, on subit et on reste sur la défensive. Il est 22 heures. Nous allons téléphoner à tous nos chefs de clan et nous irons déjeuner demain dans mon restaurant de Lognes. Les Juifs vont entamer leur semaine de deuil. Pendant ce temps nous aurons arrêté plusieurs plans en fonction de la tournure que prendront les événements dans les prochains jours. Il y a dix-huit chefs, répartissons-nous les appels.

Les conversations furent brèves, chacun connaissant les limites de la confidentialité de ce moyen de communication, même si tous les échanges se tenaient dans un dialecte hermétique. Aucun de leurs correspondants n'était en capacité de décliner l'invitation. C'est comme cela que fut présentée l'impérative convocation du tandem dominant de la criminalité chinoise en France.

Une fois les appels passés, M. Sun laissa volontairement s'installer quelques secondes de silence avant de conclure. Les deux hommes, immobiles dans leurs fauteuils, portables encore en main, se projetaient dans un avenir cataclysmique dans le cas où, pour une raison improbable, Shen serait toujours désigné comme le donneur d'ordre de l'exécution de Richard Nathan.

— Si tu ne parviens pas à rétablir la paix, malgré mon aide, tu recevras la visite d'émissaires de la compagnie de Hong Kong. Ils ne veulent pas de problèmes de ce genre. Cela entraîne trop de conséquences humaines, financières, retarde les investissements, les prises de contrôle d'entreprises, perturbe nos business et nuit à l'avenir de notre communauté. Ils auront une autre solution, plus radicale, à laquelle tu devras te soumettre. Je souhaite, pour toi et pour nous tous, que tu réussisses afin d'éviter la catastrophe.

M. Sun se leva sans attendre la réponse de M. Shen, il mettait un terme à l'entretien. Celui-ci le raccompagna. Les deux hommes s'étreignirent. Puis M. Shen retourna dans son bureau. Il avait besoin de téléphoner à des amis sûrs, en dehors de ceux qui se rendraient au déjeuner du lendemain, pour tenter de parer la foudre qui pourrait s'abattre injustement sur son clan.

Son hôte, lui, se trouvait plongé dans des abîmes de perplexité. Il voulait croire aux explications de son ami, mais ne comprenait pas pourquoi les soupçons avaient si vite convergé vers lui. Ni M. Du, le chauffeur, ni M. Sun ne prêtèrent alors attention à la camionnette déglinguée qui les suivit à distance quand ils quittèrent le quartier chinois d'Aubervilliers.

Chacun de son côté, M. Sun et M. Shen pensaient « Hong Kong » ou « la compagnie ». Un raccourci pour ne pas nommer la triade à laquelle ils appartenaient, la 14K, une des mafias chinoises les plus puissantes dans le monde du crime organisé. Aucun ne souhaitait voir débarquer ses représentants, ce qui signifierait des désagréments ultimes pour tous.

* * *

Rudy Meïr ne lâchait pas des yeux le break Volvo. Jérémy Abitbol conduisait la camionnette. Chacun un fusil à pompe à portée de main. À l'arrière, les frères Cohen, crispés sur leur kalachnikov, se tenaient en réserve. Ces quatre hommes, proches de Richard Nathan, se chargeaient de la vengeance.

— Je croyais que la Volvo du vieux Shen était noire. C'est ce qu'a dit Albert. Celle-là on dirait qu'elle est pas vraiment noire.

Rudy haussa les épaules, se pencha vers le plancher et cala son fusil qui venait de glisser sous son siège. Pas question de perdre trois secondes s'il fallait vite s'extraire du véhicule et canarder.

— Regarde, elle est pleine de poussière, c'est pour ça qu'elle te paraît pas noire. Réfléchis un peu, un vieux chinois qui sort de la société dont on a l'adresse, qui grimpe dans un break Volvo ancien modèle, foncé, conduit par un chauffeur, j'pense pas qu'y en a cinquante, hein.

— T'as raison.

Abitbol porta une nouvelle fois son regard sur les rétroviseurs alors qu'ils venaient de s'engager place Skanderbeg, plus communément appelée rond-point de la porte d'Aubervilliers, pour entrer dans Paris. Meïr interrogea Abitbol d'un simple mouvement de tête.

— Personne, c'est vide derrière.

— Une fois qu'on aura dépassé la place, on va prendre l'avenue de la porte d'Aubervilliers. Double-le avant d'attaquer le boulevard Ney. Y a plein d'arbres et la nuit on voit que dalle. Au besoin on peut se tirer en traversant la cité sur la droite.

* * *

Dans la voiture, M. Sun réfléchissait aux récents événements. Il ouvrit la boîte à gants et se saisit d'un petit objet de forme oblongue qui devait faire entre huit et dix centimètres de hauteur sur cinq de diamètre avec des petits barreaux serrés. C'était une cage en métal, ordinaire, très solide et très bien construite. Une cage pour transporter un criquet. Les Chinois étaient fanatiques depuis l'éternité des combats de criquets. Les insectes s'affrontaient sur une sorte de piste d'une vingtaine de centimètres de longueur, et les spectateurs hurlaient pour encourager leurs favoris. Les paris fusaient. Dans cette vieille cage, fabriquée plus de cent ans en arrière, ça faisait bien longtemps qu'aucun criquet n'avait séjourné. Le clan de M. Sun connaissait son histoire et la possédait depuis des décennies. Ainsi, à chaque transmission entre chefs du même clan, sa valeur affective augmentait.

Caresser ce petit objet d'apparence fragile et venant de si loin dans le temps permettait à M. Sun de se rappeler ce qu'il considérait être la vraie valeur de la vie. C'est en effleurant cet objet ancien, les yeux mi-clos et perdu dans ses pensées, qu'il reçut la charge de chevrotine en pleine tête. Deux détonations simultanées, dont une pour le chauffeur.

Rudy Meïr et Jérémy Abitbol, cagoulés et gantés, vêtus de combinaisons intégrales noires, se dépêchèrent de regagner la camionnette. Les frères Cohen, habillés de façon identique, restèrent en couverture pour protéger leurs arrières. Ils lâchèrent de longues rafales de kalach qui passèrent au-dessus de la tête de la trentaine de curieux qui accouraient depuis un campement de migrants situé aux abords du périphérique. Ces derniers détalèrent dans tous les sens. Les frères pointèrent ensuite leurs armes en direction de la conductrice d'une petite voiture qui venait d'arriver. Les yeux exorbités, complètement terrorisée, elle fixait les deux hommes cagoulés, les mains tétanisées sur le volant.

— Tire pas ! On se casse ! lança Abitbol.

Tous sautèrent dans le véhicule qui démarra moins d'une seconde après.

— C'est bon, on a remis les compteurs à zéro. Maintenant, ces connards de Shen vont comprendre qu'il ne faut plus bouger. Fonce, y a un mec qui doit nous récupérer porte de Vanves.

Sur ces paroles, Rudy Meïr eut le sentiment du travail accompli.

8

Deux heures après le départ de M. Sun, le chauffeur de M. Shen sortit le break Volvo du garage. Shen Li s'assit sur la banquette arrière, murmura « À la maison », et s'enferma dans ses pensées. Le chauffeur conduisait plutôt lentement, connaissant l'aversion de son patron pour la vitesse. Une dizaine de minutes plus tard, son attention fut attirée par les lumières bleues des gyrophares qui tournoyaient près du boulevard périphérique. Shen Li les regardait lui aussi, mais sans les voir, songeant aux réponses qu'il avait reçues des autres chefs interrogés et qui se résumaient par : « Il se dit qu'il n'y a que votre clan qui en veut à celui de Nathan et qu'il a commandité l'exécution de Richard. » Shen Li était abasourdi. Jamais il n'avait été confronté à une telle situation. De plus en plus, un mot revenait sans cesse qu'il s'efforçait de rejeter le plus loin possible, celui de « trahison ». Mais en tant que chef incontesté de tous les clans, il lui était difficile de parler de cette hypothèse qui aurait été prise comme un aveu de faiblesse et aurait entraîné de facto sa perte d'influence dans la communauté chinoise de Paris.

Enfin, son cerveau enregistra qu'il se passait quelque chose d'inhabituel devant lui. Les gyrophares, les véhicules de police en grand nombre, le barrage, la circulation pratiquement à l'arrêt l'alertèrent.

— Sans doute un contrôle qui a mal tourné, commenta le chauffeur en haussant les épaules. Les flics font toujours des opérations à cet endroit. Il est trop tard pour faire demi-tour, on va devoir rester dans l'embouteillage.

M. Shen allait répliquer que ça lui était égal, quand il reconnut l'arrière de la Volvo de son ami, M. Sun. La partie avant et l'habitacle du break étaient recouverts d'une bâche. Il comprit à la première seconde la méprise des tueurs et ce à quoi il venait d'échapper. La seconde suivante, il fut persuadé que plus rien n'était rattrapable et qu'il était précipité malgré lui dans la broyeuse. Il posa instinctivement la main sur la poignée de la portière. Il voulait se rendre compte par lui-même de ce qui venait de se produire.

— Je ne pense pas que ce soit une bonne idée, murmura le chauffeur sans regarder son patron.

Ces quelques mots arrêtèrent le geste de Shen Li.

— Tu as raison, tes paroles sont pleines de prudence. Je ne vais pas prendre le risque d'attirer la curiosité des policiers et les mille questions qui s'ensuivront.

* * *

Dalmate, en arrivant sur les lieux une vingtaine de minutes auparavant, s'attendait à découvrir le corps de Shen Li ou d'un membre de sa « famille ». Il fut surpris quand ses collègues lui apprirent qu'il s'agissait de celui d'un dénommé Sun Hao. Le ballet habituel se mit en place : photos, relevés de plans, identification formelle des victimes. Aucun témoin de la tuerie, si ce n'est une femme, professeure de piano, qui rentrait chez elle. C'était elle qui avait appelé la police. Choquée par la menace et par ce qu'elle avait vu – des corps décapités par des munitions de gros calibre –, elle se trouvait prise en charge par un médecin du SAMU.

Le commandant tournait autour de la Volvo aux vitres avant pulvérisées, il enregistrait mentalement la sauvagerie de l'exécution, copie conforme du *modus operandi* de l'assassinat de Richard Nathan, de son chauffeur et du garde du corps. Sylvie Guyien lui signala d'un geste l'arrivée du substitut du procureur et du commissaire Villeneuve qui les rejoignirent, observant le carnage en silence.

Dalmate se livra ensuite à toute une série de commentaires hésitants sur ce nouveau règlement de comptes. Pour le policier, la mise à mort de Sun Hao et de son chauffeur était, pour l'instant, inexplicable. Le substitut se satisfit pourtant de ces approximations.

Apparemment, il ne pensait qu'à rentrer chez lui se coucher. Villeneuve, de son côté, demeurait circonspect. Mais plutôt que d'en discuter au milieu d'une scène de crime, il préférait en parler en tête à tête avec Dalmate, le lendemain, pour évaluer plus précisément ses éventuelles hypothèses sur la guerre entre Nathan et Shen Li.

Une fois le substitut et le commissaire partis, Dalmate fit un point avec son groupe, et ne cacha pas son incompréhension face à l'identité des deux Chinois abattus. Il n'écartait plus l'idée d'une guerre de clans plus large que celle qu'il entrevoyait au départ. Pendant que les experts de la police technique et scientifique finissaient leur travail, la lieutenante Sylvie Guyien et lui se tinrent à l'écart. Dalmate, silencieux, regardait sans but les véhicules arrêtés, pris dans l'embouteillage provoqué par les secours. Dans les voitures, les curieux tentaient d'apercevoir sous la bâche qui couvrait l'avant de la Volvo « ce qui avait bien pu se passer ». Soudain, Sylvie Guyien le vit se précipiter vers un break Volvo noir. Elle le suivit en courant.

— Un policier voudrait s'entretenir avec vous, répéta le chauffeur à Shen Li pour la troisième fois.

M. Shen hocha la tête sans rien comprendre, son esprit revenant petit à petit d'un futur proche composé de fureur et de morts. Un homme portant un gilet pare-balles et un brassard « Police » lui fit signe de baisser la vitre. Comme dans un univers cotonneux, il l'entendit ensuite l'appeler par son nom et lui demander de sortir de son véhicule. Docilement, M. Shen obtempéra.

— Je suis le commandant de police Paul Dalmate de la brigade criminelle, et voici la lieutenante Sylvie Guyien.

Présentation lapidaire. Dalmate imaginait déjà les questions suivantes, repensant à son hypothèse initiale, Shen Li contre Nathan. Shen Li, quant à lui, recouvrait sa lucidité après la sidération. Il ne saisissait pas comment le policier, dont il avait oublié le nom, pouvait le connaître.

— Dites à votre chauffeur de nous suivre, nous allons au siège de la police judiciaire, 36, rue du Bastion. Vous montez avec moi.

— Si je refuse ?

— Vous pouvez. Demain matin, 6 heures, je suis chez vous.

Sylvie Guyien écoutait Dalmate prendre des libertés de procédure avec une personne loin d'être mise en cause dans le dossier. Il avait une idée en tête et voulait immédiatement la mener à terme. Shen Li sembla peser le pour et le contre avant de répondre :

— D'accord, mais je vous suis dans ma voiture.

Le commandant accepta et donna les instructions aux policiers pour terminer l'opération sur la voiture et les constatations sur les corps. Il demanda à Sylvie de l'accompagner au service. Shen, assis de nouveau dans son véhicule, attendait que Dalmate se mette en mouvement. Il l'observait, portable coincé contre l'oreille, ne pas quitter des yeux une voiture conduite par un chauffeur qui venait de s'arrêter dans le dispositif policier. M. Shen reconnut aussitôt la jeune femme qui en descendit, Jasmine Sun. La fille de son ami, destinée à prendre les rênes du clan.

La policière, dont il n'avait pas non plus retenu le nom, revint vers lui pour leur demander de patienter. Shen regardait Dalmate. Il apprenait beaucoup en scrutant les personnes. Leurs attitudes et leurs gestes étaient bien plus éloquents que leurs paroles. Au bout de quelques minutes, il conclut qu'il devrait se méfier de ce flic.

* * *

— Je m'appelle Jasmine Sun, j'ai appris que mon père venait d'être exécuté avec son chauffeur.

Dalmate dévisageait en silence la fille de Sun Hao, 30 ans peut-être, mince, distinguée. Pas de larmes, pas de cris, pas d'effusion. *Elle porte un parfum subtil*, nota-t-il avant de s'adresser à elle.

— Paul Dalmate, commandant de police à la brigade criminelle. Je suis chargé de l'enquête. Qui vous a informée de ce qui s'était passé ?

— Un membre de notre communauté, mais j'ai été tellement abasourdie par cette nouvelle que je ne me souviens plus de qui il s'agit.

Dalmate fit semblant de la croire.

— Qui les a tués ? Pourquoi ?

— Pour l'instant, je n'ai pas de réponse à vous offrir. Il n'y a pas de témoin immédiat de la fusillade et nous savons seulement, d'après une conductrice arrivée peu après, qu'il y avait au moins deux hommes tout en noir, cagoulés et armés. On sait aussi qu'ils ont tiré sur des personnes, sans les toucher. Je crois que ce sont des migrants installés sur le terre-plein central du périphérique qui étaient là, mais, effrayés, ils se sont tous sauvés. Il n'y a pas de caméra à cet endroit. Peut-être que de votre côté vous avez des informations à nous apporter.

— Vous connaissiez mon père ?

— Pas du tout !

— Dans notre communauté, il est réputé pour être un homme de paix. Les gens le consultent parce qu'il est juste et trouve toujours des solutions équitables aux conflits. Ce qui vient de se passer est incompréhensible.

— D'où venait-il ce soir ?

— Je l'ignore, mais vous pourrez vérifier avec son agenda, il note tout.

— Je vais devoir effectuer une perquisition à son bureau et à son domicile, c'est la procédure.

— Faites ce que vous avez à faire. Si vous voulez son agenda, vous le trouverez dans la poche intérieure gauche de sa veste.

— D'accord, j'attends simplement que les techniciens terminent leur travail. Ils n'en ont plus pour très longtemps.

— Je voudrais le voir.

— Vous n'y êtes pas obligée, ça va être très pénible.

— Merci, mais je souhaite voir mon père.

Dalmate passa un bref appel radio à destination des techniciens. Il obtint une réponse laconique : « Deux minutes. » Et effectivement, deux minutes plus tard, il les vit remballer tout leur matériel, laissant le champ libre aux investigations. Dalmate conduisit Jasmine Sun vers la voiture. Dedans, les éclats de vitres pulvérisées par les décharges de chevrotine parsemaient les corps. La plus grande partie des visages de M. Sun et de son chauffeur avait été arrachée. Le commandant, silencieux, observait Jasmine Sun graver dans son cerveau cette vision qui s'accompagnait du mot « vengeance ». *Une nouvelle guerre en perspective*, pensa-t-il. Seules la respiration de la jeune femme, maintenant saccadée, et les mains qu'elle avait portées à son visage, laissaient entrevoir les émotions qu'elle tâchait de maîtriser. Elle pivota vers Dalmate, désignant du doigt l'intérieur du véhicule.

— Je peux ?

— Quoi donc ?

— Mon père en mourant tenait ce petit objet qui est dans la famille depuis des générations. J'aimerais le récupérer.

Dalmate s'approcha, braqua sa lampe torche, et regarda attentivement l'objet dont elle parlait.

— De quoi s'agit-il ?

— Une cage pour les criquets. Mais il y a bien longtemps qu'elle n'en a plus vu.

Jasmine laissa mourir sa phrase sur un ton de nostalgie, l'esprit tourné vers une tradition chinoise qu'elle regrettait de ne pas avoir connue. Dalmate respecta ce silence sans savoir comment l'interpréter, attendant que la jeune femme poursuive.

— Les Chinois en Chine, reprit-elle, adorent les combats de criquets, ils les transportent dans des petites cages comme celle-ci.

— Qu'a-t-elle de particulier ? Un lien avec l'enquête ?

Jasmine Sun esquissa un faible sourire et resta de nouveau quelques secondes les yeux dans le vague.

— Non, rien à voir avec votre enquête, vous avez ma parole. Ma famille la possède depuis des décennies, elle ne présente aucune valeur marchande. Elle fait partie de notre identité, c'est tout, mais pour nous, pour moi maintenant, c'est fondamental.

Dalmate enfila une paire de gants en latex, se pencha à l'intérieur de l'habitacle, saisit avec délicatesse le petit objet entre les doigts de M. Sun et le remit à sa fille.

— Je vais rédiger un procès-verbal que vous signerez. C'est pour la régularité de la procédure. La police technique et scientifique a absolument tout photographié, y compris les mains de votre père. Il faut que j'explique où est passée cette cage.

Jasmine Sun acquiesça. Dalmate se pencha encore à l'intérieur de la voiture, écarta la veste de M. Sun couverte de sang et en sortit l'agenda qui se trouvait bien dans la poche intérieure gauche. Par chance, il n'avait pas été détruit par la décharge de chevrotine. Le commandant l'ouvrit, il était constellé d'écritures et d'annotations en caractères chinois. À la date du jour, à 21 heures, était tracée une inscription en idéogrammes. Dalmate en déduisit qu'il s'agissait du nom de la personne avec laquelle M. Sun avait eu rendez-vous. À côté, en français, figurait le nom de la société de Shen Li. Dalmate glissa l'agenda dans une grande enveloppe en papier kraft.

— Avec qui mon père avait-il rendez-vous ?

— Je l'ignore, c'est écrit en chinois.

— Je peux vous le traduire.

— Non, je vous remercie, cela fait partie du secret de l'enquête.

— Je comprends.

— En revanche, j'aurais besoin de vous voir d'ici, disons, quarante-huit heures. Juste quelques petites choses à préciser, des formalités, etc.

Tout en parlant, il remit à Jasmine Sun sa carte de visite.

— Très bien, je vous contacterai.

Jasmine Sun regarda Dalmate s'éloigner et monter dans sa voiture. Elle observa également un break Volvo pratiquement identique à celui de son père démarrer et suivre le véhicule du policier. Elle reconnut le passager. Quelques minutes plus tard, Shen Li lui téléphonait, lui faisait part de son immense chagrin, et toujours à mots couverts, dans leur dialecte, l'informait du déjeuner à venir. Elle décida, sans que Shen ait besoin de lui en dire davantage, d'y participer. Il comprit que la fille unique de Sun Hao venait de reprendre la direction des affaires de son père. Son vieil ami l'y avait préparée.

9

Paul Dalmate regardait de temps à autre dans le rétroviseur le break Volvo de Shen Li. Il s'était rapidement rendu compte que le chauffeur conduisait avec une lenteur exaspérante et faisait en sorte de ne pas perdre le véhicule. Arrivé au siège de la PJ, le commandant emmena Shen Li dans une salle d'audition et le confia à Sylvie Guyien.

— M. Shen, je vous remercie de votre coopération dans cette douloureuse affaire. Je dois régler des questions administratives, j'en ai juste pour quelques minutes.

M. Shen consulta sa montre en soupirant.

— Oui, bien sûr, mais il est tard maintenant, et je suis un vieux monsieur fatigué. On peut remettre à demain, si vous le voulez bien.

— Accordez-moi cinq minutes, la lieutenante Guyien va commencer, vous verrez ça ira très vite.

Sans attendre la réponse de Shen Li, Paul Dalmate sortit de la salle d'audition et fila au pas de course au 4e étage, celui de la BRB, la brigade de répression du banditisme. Il entra dans la pièce technique réservée aux interceptions téléphoniques. Trois officiers, casque sur les oreilles, yeux rivés sur les écrans d'ordinateur, prenaient des notes. L'un d'eux, voyant Dalmate, enleva son casque et lui fit signe de le suivre dans un bureau à côté. Dalmate connaissait l'officier, Jacques Plante, ils avaient été formés ensemble. Et les deux hommes partageaient un vrai sens de l'amitié et de la loyauté.

— On a géolocalisé depuis ce matin tous les numéros de portable du clan Nathan, indiqua aussitôt Jacques Plante. Nombreux va-et-vient du chef, de sa femme et de son premier cercle entre la synagogue de Notre-Dame de Nazareth, où ils ont rencontré un rabbin, et le cimetière Montparnasse. Ils préparent l'enterrement de Richard et de Gilbert Azoulay.

— Parfait. Et les équipes feu[1] ?

— Ne sois pas pressé, répondit en souriant son collègue. Tous les flingueurs que l'on connaît, ou ceux qui sont susceptibles de l'être comme Rudy Meïr, les frères Cohen, Jérémy Abitbol, Lucien Dahan, Jacky Peres et quelques autres, se sont pointés à la maison du chef à Neuilly vers 14 heures et n'ont plus bougé de la journée. Tous leurs téléphones ont borné là-bas. Ils sont une petite trentaine toujours présents.

— Si leurs téléphones bornent dans la maison, ça ne veut pas dire qu'eux y soient. C'est un grand classique chez les voyous. Tu as du monde en planque ?

— Trois bagnoles et un soum[2]. On a vu arriver Rudy Meïr et Jérémy Abitbol ensemble dans un Range Rover et dix minutes plus tard les frères Cohen dans un cabriolet Porsche. Peres et Dahan ont débarqué dans une Audi A6 noire. On les a en photo et en vidéo. Personne n'est ressorti, y compris pendant le flingage de ton Chinois.

— Aucune voiture n'a quitté les lieux de tout l'après-midi ?

— Une seule, un cabriolet Austin Mini décapoté conduit par une des filles de la famille Nathan. Elle était seule, et surtout ne devait pas avoir froid avec ce temps pour rouler en décapotable.

— Ou alors, ils se doutent que nous les surveillons et ils nous font passer le message qu'il est difficile de planquer plusieurs mecs à l'intérieur de cette petite bagnole. Pas d'autres issues à l'arrière ?

— Apparemment pas.

Dalmate réfléchissait, essayant de balayer toutes les hypothèses. Il jeta un bref coup d'œil à sa montre, les cinq minutes étaient écoulées, il devait retourner en salle d'audition.

— D'après toi, Jacques, est-ce qu'ils ont d'autres équipes commandos qu'on ne connaîtrait pas ?

---

1. L'équipe feu, dans le jargon policier, désigne une équipe de tueurs.

2. « Soum » – diminutif de « sous-marin » – est le nom donné par les policiers à leurs fourgons de surveillance.

— Possible. Si c'est très chaud, ils peuvent faire venir des mecs de leur communauté, mais d'autres pays. Inutile de te dire que si c'est le cas, on n'est pas près de savoir qui.

— OK. Concernant Sun Hao, le Chinois qui a été abattu, je pense qu'il l'a été par méprise. Les tueurs l'ont flingué parce qu'il possédait exactement le même modèle de voiture que Shen, que les deux hommes sont dans la même tranche d'âge et ont la même silhouette. Le commando l'a pris en filature quand il sortait de chez Shen, ils ont fait l'amalgame et n'ont pas buté le bon.

— Pas de bol !

— Comme tu dis !

— Tu crois que c'était la réplique à l'assassinat de Richard ?

— Oui, ce qui confirmerait la théorie selon laquelle Shen serait le donneur d'ordre pour l'élimination de Richard Nathan.

— Si c'est Albert Nathan qui a commandité l'assassinat de Shen, il ne sait pas encore que ses gars se sont gourés de cible. La mort de Sun, ça change la donne ?

— Sans doute, en la rendant plus compliquée ! Je ne sais pas qui était ce mec et ce qu'il représentait dans la communauté chinoise. Sa fille, qui a été prévenue par je ne sais trop qui, dit que c'était un sage, un homme de paix. Peut-être que certains vont vouloir le venger, et là on s'embarque dans un beau bordel où les morts vont s'accumuler sur les trottoirs chez les Juifs comme chez les Chinois. Bon, je me sauve, merci encore, et si tu sens que ça s'agite, appelle-moi.

— OK. Au cas où on partirait vraiment sur des règlements de compte à grande échelle, je vais prévoir des mecs en renfort, tu en auras besoin pour les surveillances et les interpellations.

Paul Dalmate acquiesça avant de filer retrouver Sylvie Guyien et Shen Li. La jeune femme avait bien avancé dans l'audition et lui en fit un résumé :

— M. Shen a reçu au bureau de sa société M. Sun vers 21 h 40. Les deux hommes se connaissent depuis pratiquement un demi-siècle. Ils ont l'habitude de se rencontrer le soir et de prendre une tasse de thé ensemble. Ils alternent les lieux, une fois chez l'un, une fois chez l'autre. Ce soir, c'était chez M. Shen. C'est bien ça ?

Le commandant observa le principal intéressé qui n'avait pas bougé en écoutant le compte rendu de Sylvie Guyien.

— C'est exact, confirma-t-il.

— De quoi avez-vous parlé ?

— Comme toujours, de la vie qui passe. Rien de bien particulier en fait, des nouvelles de nos familles restées en Chine, des affaires… On parle aussi de nos petites maladies. Nous ne sommes plus tout jeunes, vous savez ! C'était un rituel que j'avais avec mon vieil ami, et il a disparu maintenant.

Dalmate essayait de sonder le regard de Shen Li sans parvenir à y lire de la tristesse ou quoi que ce soit d'autre. Après quelques secondes de réflexion, il estima que la discussion de poker menteur avait suffisamment duré.

— Il se dit que M. Sun passait dans votre communauté pour un juste, un homme de paix.

— C'est vrai, c'était un homme bien, une grande perte pour nous tous. Je m'aperçois que vous avancez à grands pas dans la connaissance de notre petit monde, commandant !

— C'est mon rôle, monsieur Shen. Il se dit aussi qu'il existerait un contentieux entre votre clan et celui d'Albert Nathan dont le fils, Richard, a été abattu il y a environ quarante-huit heures avec son chauffeur et un garde du corps. Vous avez des choses à nous apprendre là-dessus ?

Sylvie Guyien demeurait silencieuse, les mains posées sur le clavier de l'ordinateur, attendant une réponse. Paul Dalmate était concentré sur le visage de M. Shen qui venait de se figer.

— Je crois que la discussion que vous m'avez proposée et que j'ai bien voulu accepter est en train de changer de nature. Une précision toutefois, je ne suis pas un chef de clan, comme vous dites, je ne suis qu'un honorable commerçant, un patriarche qui se préoccupe de sa famille. Vérifiez auprès de qui vous voulez ! À présent que ce point est éclairci, vous avez le choix : soit j'appelle immédiatement mon avocat, soit vous me laissez repartir. Je vous écoute.

Les deux hommes s'affrontèrent du regard. Sans surprise, Dalmate recevait la confirmation que Shen Li n'était pas qu'un patriarche comme il le proclamait, et ne put s'empêcher d'esquisser un sourire à l'évocation du mot « famille ».

— Vous reviendrez, évidemment, et avec votre avocat, mais quand je le déciderai. La lieutenante Guyien va vous raccompagner. Et je vous remercie de la réponse que vous venez de me donner.

À peine sa phrase terminée, le commandant quitta la salle et regagna son bureau. Là, le temps que sa collègue revienne, il ouvrit son triptyque, prit une feuille de bristol, écrivit « Sun Hao » et « chauffeur Du », puis punaisa les noms sur la droite de la partie centrale. Celle de gauche était occupée par Richard Nathan, son chauffeur et son garde du corps.

— Trois à deux en quarante-huit heures, murmura Dalmate. Et ça ne fait que commencer.

Quand Sylvie Guyien le rejoignit, il refermait le triptyque.

— Tu es sûr que tes panneaux vont pouvoir contenir tous ceux qui vont se faire descendre ? demanda-t-elle.

— J'espère que nous arriverons à stopper le carnage en les envoyant rapidement en prison, sinon, tu as raison, il va falloir investir dans des panneaux beaucoup plus grands, confirma Dalmate. Je n'ai pas envie de conduire ce soir, tu me déposes ? Je suis sur ton chemin.

Quelques minutes plus tard, pendant que la jeune femme était concentrée sur la route, Dalmate saisit son smartphone et enclencha « par erreur » la lecture des quelques notes de musique jouées par un violoniste dans la maison voisine de la sienne la veille.

— Je vois que le chef est romantique, s'amusa-t-elle. C'est ce que tu écoutes ?

— Oui, parfois. Tu connais ?

— Paul, tout le monde connaît la musique du film *In the Mood for Love*. Tu testes mes connaissances ?

Paul Dalmate remercia mentalement Sylvie Guyien.

10

Environ quarante-cinq minutes après l'exécution de Sun Hao et de son chauffeur, le fourgon d'un traiteur se présenta devant la maison d'Albert Nathan à Neuilly. Un des deux gardes en faction à l'extérieur échangea quelques mots avec le conducteur avant d'autoriser le véhicule à entrer. Dans une des voitures de surveillance de la BRB, un policier prit une photo, nota l'heure, le modèle de la camionnette et la raison sociale – ÉLIE BOKHOBZA TRAITEUR – inscrite sur l'un des côtés. Il remarqua également la présence de gardes à l'intérieur de la maison qui s'assuraient de la sécurité quand le portail s'ouvrait.

Une fois le portail à double battant refermé, et à l'abri des regards, Rudy Meïr, les frères Cohen et Jérémy Abitbol s'extirpèrent du fourgon par l'arrière. Un des hommes récupéra les cagoules, les gants, les combinaisons et les porta aussitôt dans un incinérateur. Un autre se saisit des quatre armes, les tronçonna et les jeta dans un tonneau d'acide. Demain, ils finiraient dans la broyeuse d'une déchetterie industrielle qui appartenait aux Nathan.

Yannis alla à la rencontre d'Élie Bokhobza, blanc comme un linge, qui buvait un grand verre d'eau dans la cuisine.

— Tout s'est passé comme prévu, Élie ?

— Oui, c'est bon, dit-il en essayant de retenir le tremblement qui agitait ses mains.

— OK. Détends-toi, j't'écoute.

— J'ai fait ce que vous m'avez demandé. J'ai garé ma fourgonnette porte de Vanves, à la sortie du périphérique, à 22 heures. Il faisait nuit. Peut-être une heure plus tard, une moto s'est arrêtée à ma hauteur. La moto est repartie en laissant le passager planqué dans l'obscurité sans enlever son casque. J'étais mort de trouille. Peu de temps après, une camionnette est arrivée. Meïr, Abitbol et les frères Cohen sont descendus très vite, ils portaient de gros sacs de sport. Le passager de la moto a enlevé son casque, a pris le volant de la camionnette et a filé. Meïr et les trois autres sont montés dans mon fourgon et j'ai démarré. Ça n'a pas duré plus de cinq secondes.

— Personne t'a vu ? Des flics ?

— Non, j'crois pas. M'sieur Yannis, ne me faites plus jamais recommencer un truc pareil, c'est trop grave. Je sais ce qu'ils ont fait, ils étaient complètement énervés, je les entendais rire et répéter sans cesse le déroulement du…

Élie Bokhobza ne termina pas sa phrase, il s'interdisait de prononcer des mots comme meurtre ou flingage. Yannis Nathan posa une main sur l'épaule du traiteur.

— Élie, mon père te remercie chaleureusement et apprécie, sois-en sûr, ce que tu viens de faire pour la famille. Assieds-toi, mange un peu et rentre chez toi ensuite. Mais rappelle-toi que tu nous es toujours redevable.

* * *

Albert Nathan, seul dans son immense bureau, enfoncé dans un fauteuil en cuir, le visage ravagé par le chagrin, pleurait son fils. Il ne souhaitait pas que les invités qui se pressaient dans sa maison le voient ainsi, lui, le chef naturel de tous les clans juifs, le vieux lion. Des lumières indirectes et atténuées diffusaient dans la pièce un éclairage qui se voulait apaisant. D'habitude, dans ce même fauteuil, avec un verre de whisky japonais et un long cigare fin – un Cohíba Lancero – à la main, il contemplait les œuvres d'art acquises depuis plus d'une trentaine d'années. Au début de son ascension, il achetait des tableaux parce qu'ils étaient chers, très chers même, sans s'intéresser réellement à ce qu'ils représentaient. C'était beau parce que c'était cher.

Le patriarche avait toujours fait partie de cette catégorie d'hommes à l'intelligence intuitive. Sa mère, sans ressources après la mort prématurée de son mari, l'envoya en apprentissage à 14 ans pour qu'il contribue aux dépenses du foyer. Neuf ans plus tard, il contrôlait tous les trafics de cigarettes, d'alcools et les tripots des ports de Tunisie. Il avait éliminé la concurrence. Il acheta une grande maison, embaucha une cuisinière, un jardinier et une femme de chambre. « J'ai beaucoup de chance aux courses, maman, grâce à Dieu. » Cette réponse contenta sa mère qui congédia aussitôt la cuisinière et la femme de chambre. « Je sais encore faire le ménage et mon lit, mon fils, et puis la cuisine de cette femme ne me plaît pas beaucoup. Elle met trop de sel dans le poulet aux olives et trop de sucre dans la tarte au citron. » Albert Nathan éclata de rire et embrassa sa mère.

Son ascension venait de débuter. Sans le savoir, dans la conduite de ses affaires, il appliquait à la lettre une devise de Machiavel : « Il est plus sûr d'être craint que d'être aimé. » L'âge venant, accompagné de la fortune, il s'intéressa au marché de l'art, fréquenta les musées, les galeries, écouta des conférences et lut des livres de référence. Albert découvrit sur le tard ce qu'était la culture et cela le ravit.

Dans son bureau, trois pièces maîtresses, trois tableaux de Berthe Morisot dont il connaissait par cœur la vie et l'œuvre, suscitaient l'admiration de tous. Contempler ses peintures, ses livres rares, sa collection d'œufs de Fabergé et d'autres objets précieux suffisait souvent à le tempérer. Il dissertait alors seul, en silence, sur la notion du beau et l'apaisement que cela lui procurait. Néanmoins ce soir, il ne voyait plus rien de tout cela.

Son regard ne quittait pas les photos encadrées que son épouse prenait plaisir à disposer avec goût sur une table basse. Albert Nathan se remémorait ses fils à différents âges de leur vie et, bien sûr, son attention se focalisait sur les clichés de Richard. Bébé, enfant, adolescent, jeune homme, marié, père. *Comment un tel malheur est-il possible ?* se disait-il, serrant dans ses mains un mouchoir en tissu pour essuyer ses larmes. Il aurait donné toute son immense richesse afin de revenir en arrière et de s'intéresser davantage aux affaires de Richard. Peut-être aurait-il pu empêcher son assassinat…

En attendant, le mal était fait, et Yannis devrait occuper, dans un avenir proche, une place importante dans la famille, succédant à son aîné. Albert, dans sa détresse, espérait ce soir que son fils engagerait une transition, à terme, vers un business plus légal et délaisserait leur fonctionnement mafieux. Il savait surtout que Yannis n'avait pas les épaules de Richard pour tenir le clan et résister aux faux amis. Franck, quant à lui, avait accepté sans difficulté de voir son frère prendre progressivement le contrôle des affaires et de le seconder.

Le patriarche venait de trouver les mots qui lui brûlaient les lèvres, mais qui résumaient toute sa vie et qu'il arriva, pour la première fois, à prononcer à mi-voix pour lui-même : « Le fonctionnement mafieux de son clan… » Oui, son clan fonctionnait comme une véritable mafia. Une partie des sommes gigantesques qu'il drainait prenait indirectement le chemin d'Israël grâce au mécanisme de blanchiment élaboré par les Chinois. Cela contribuait à acheter la tranquillité et la protection d'Albert Nathan quand il passait les deux mois d'été dans sa superbe villa proche de Tel-Aviv où il donnait des fêtes somptueuses. Là-bas, le gotha politique, artistique, policier, judiciaire, bref, tous ceux qui comptaient en Israël et qui lui serviraient de paratonnerre en cas de difficultés, intriguaient pour figurer sur sa très prisée liste V.I.P. Pour l'instant, cela lui réussissait, d'autant qu'à la fin de chaque réception, les principaux invités recevaient discrètement un cadeau qui se chiffrait à plusieurs milliers de dollars. C'était le côté tapageur et assumé d'Albert Nathan. L'autre facette de son séjour consistait, avec des précautions extrêmes, à rencontrer le vieux parrain Avi Richter, sans lequel rien ne pouvait se faire. Les deux hommes se voyaient en tête à tête, entourés par une noria de gardes du corps. Ils parlaient stratégie, marchés à conquérir, concurrents à intimider ou à éliminer.

Le regard d'Albert Nathan glissa de la photo de sa femme et de ses enfants vers celles de son grand-père Léon et de son père Maurice. Léon Nathan, d'une santé précaire, s'était engagé, comme infirmier, pendant la Première Guerre mondiale et avait quitté la Tunisie à l'insu de ses parents. La guerre terminée, il refusa de raconter ce qu'il avait vu. Quant à Maurice, son père, médecin à Tunis, il était décédé jeune dans un accident de voiture. Les deux hommes, reconnus et appréciés dans leur communauté, s'étaient échinés à faire vivre décemment leur famille. Albert n'avait pas suivi leur chemin vertueux. Malgré la réussite que semblait indiquer sa richesse, il n'était qu'un mafieux que personne ne considérait, hormis ceux qui le craignaient ou qui bénéficiaient de son statut.

Le patriarche percevait, dans un salon attenant, des voix d'hommes, un brouhaha atténué. Il savait qu'il y avait là les fidèles de son clan, mais aussi ceux que la police nommait les équipes feu, les spécialistes des manières fortes – terme pudique pour nommer les exécuteurs. Ils assuraient les protections rapprochées des quatre autres chefs de clans, venus présenter leurs condoléances et renouveler leur allégeance. Ces derniers, de la même génération qu'Albert, natifs de Tunis ou de Djerba, avaient rejoint la France dans les années 1960. Nathan exerçait un ascendant naturel sur ce groupe qui se côtoyait depuis près de cinquante ans.

Tous, sans exception, étaient extrêmement riches. Leur sport favori : le carrousel de TVA, la « tève », comme ils l'appelaient. À ce jeu-là, ils étaient imbattables. Avec des dizaines de sociétés fictives, ils achetaient des conteneurs de marchandises hors taxes dans des pays européens qu'ils revendaient plusieurs fois à d'autres sociétés tout aussi fantômes en appliquant la TVA. Au moment de rembourser les taxes, les sociétés s'évaporaient. Et comme les rotations incessantes de marchandises portaient sur des centaines de milliers d'euros, les revenus générés par le détournement de la TVA étaient conséquents.

Plus tard, ils avaient découvert le grand marché des quotas carbone créé pour limiter les émissions de gaz à effet de serre. Pour ces escrocs, c'était tout bonnement inimaginable. Ils n'en avaient pas cru leurs yeux. Une bourse, BlueNext, conçue pour l'occasion, mettait en relation acheteurs et vendeurs de droits à polluer, c'est-à-dire pour vendre de l'air. Avant de faire exploser le système, ils avaient débouché des bouteilles de champagne pour fêter l'événement. Ils avaient reproduit ce qu'ils savaient faire de mieux : le carrousel de TVA. Mais là, plus besoin d'acheter des conteneurs, ils achetaient et revendaient du vent entre leurs sociétés bidon. BlueNext n'y vit que du feu. Ils engrangèrent des centaines de millions d'euros.

La presse avait baptisé cette arnaque « le casse du siècle ». La police et les services des douanes avaient tiré la sonnette d'alarme. Bercy avait réagi avec une lenteur exaspérante et incompréhensible avant de supprimer, enfin, la TVA sur le droit à polluer après huit mois de fraudes. Pendant ce temps, les escrocs s'en étaient donné à cœur joie. Au moins deux milliards d'euros avaient quitté les caisses de l'État.

Cette manne financière providentielle s'était accompagnée, en revanche, de très grandes violences. Parce qu'ils voulaient en mettre plein la vue, les bénéficiaires de ces fulgurantes fortunes avaient étalé leurs richesses : appartements dans les quartiers chics parisiens, voitures, bijoux, vêtements de luxe, vacances dans les endroits les plus chers du monde, cash qui coulait à flots dans les discothèques à la mode, top-modèles à leur bras, etc. Si bien qu'ils s'étaient attiré les convoitises du grand banditisme de Marseille et d'ailleurs qui avait utilisé la manière brutale pour accaparer une partie de ce trésor. Pour que tout revienne à la normale, il avait fallu qu'Albert donne accès au robinet à millions à ces voyous et fasse taire quelques gourmands trop agressifs. Il avait ensuite enseigné à ses fils sa philosophie : pour être tranquille, il faut que tout le monde touche, et rester discret. Ceux qui mangent à leur faim ne viennent pas rôder autour de la maison.

À coups de règlements de comptes, d'extorsions et d'enlèvements, le clan Nathan avait éliminé la concurrence la plus rude et étendu son hégémonie sur d'autres activités criminelles. C'est ainsi qu'il se trouvait aujourd'hui à la tête d'une organisation mafieuse. L'argent n'était donc pas un problème pour partir en guerre, mais il ne fallait se tromper ni de stratégie ni d'objectifs face à un clan chinois au moins aussi puissant que le sien.

Au même moment, dans un autre salon, des femmes gémissaient. La mère, l'épouse, les filles pleuraient Richard. Les femmes des autres familles pleuraient les morts à venir.

11

Dans une chambre de la villa, à l'abri des regards, la 'hevra kadisha, la confrérie du dernier devoir, terminait la tahara, la toilette rituelle du corps de Richard Nathan, avant de le placer dans le cercueil. Un linceul blanc recouvrirait entièrement la dépouille. L'un des officiants coupa les franges d'un châle de prière. En faisant ce geste, il désacralisait le châle qui devenait un simple linge posé sur le linceul. Le corps pouvait être inhumé. Une fois la 'hevra kadisha partie, des membres de la famille entrèrent dans la pièce pour veiller Richard Nathan jusqu'à son enterrement. Une veilleuse brûlait désormais sans discontinuer. Les femmes avaient recouvert tous les miroirs de la maison. Dix hommes, costumes noirs, chemises blanches, cravates sombres, kippas, composèrent le *minian*[1] et se réunirent auprès du défunt pour réciter des prières en hébreu en se balançant d'avant en arrière.

Albert Nathan, quant à lui, parvint progressivement à atténuer son chagrin et se résigna à recevoir au compte-gouttes les condoléances et les renouvellements d'alliances.

Rudy Meïr, les frères Cohen et Jérémy Abitbol traversèrent le grand salon. Chacun d'eux toucha du bout des doigts la mezouzah fixée en diagonale sur le chambranle de la porte. Ils arboraient un sourire triomphant. Yannis, d'un geste, les ramena à plus de sobriété. Il entra avec son frère dans le bureau de leur père après en avoir reçu l'autorisation. Albert accepta de voir les quatre nouveaux arrivants.

1. Quorum de dix hommes adultes nécessaire à la récitation des prières.

L'équipe pilotée par Rudy Meïr se tenait debout, fière, silencieuse devant le bureau du patriarche. Yannis et Franck s'étaient positionnés derrière leur père. Celui-ci avait repris son attitude de chef, buste droit et visage dur. L'atmosphère devint très solennelle.

— Je t'écoute, Rudy.

— C'est réglé. J'ai agi comme vous l'aviez ordonné.

Albert Nathan hocha plusieurs fois la tête en les regardant à tour de rôle.

— Je vous remercie. Dieu bénisse, Richard a été vengé la veille de ses obsèques ! Je saurai me montrer à la hauteur de ce que vous avez accompli pour ma famille. Allez dans le salon, je vais vous rejoindre.

Une fois seul avec ses deux fils, le chef de clan poursuivit :

— C'était une décision difficile à prendre, mais j'en assumerai les conséquences. Personne, parmi nos amis ici présents et d'autres, n'aurait compris si je n'avais pas réagi avec justesse et fermeté. Les Chinois vont se tenir tranquilles, maintenant je vais parler avec eux sur un pied d'égalité.

Murmure d'approbation mesurée de Yannis et Franck qui pensaient que le règlement de comptes aurait pu se faire un peu plus tard.

— Les flics sont toujours autour de la maison ?

— Oui, depuis midi avec une relève vers 21 heures, répondit Yannis. J'ai donné des instructions à Bokhobza qui a ramené Meïr et ses gars pour qu'ils ne repartent pas tout de suite. Comme ça, on n'attire pas leur attention.

Albert Nathan approuva d'un hochement de tête.

— Sois généreux avec Bokhobza, c'est un froussard, qu'il ne fasse pas de conneries. Au fait, pourquoi l'équipe de Rudy n'a pas pu emprunter l'issue du sous-sol qui donne dans le conduit d'égout pour le retour ?

— Ce n'était plus possible, une voiture s'était garée avec une roue sur la plaque. On aurait dû mettre une bagnole à nous pour bloquer la place.

— Le plan B était parfait, les rassura-t-il. Je parie que ces abrutis de la PJ photographient qui entre et sort de la maison, qu'ils notent les horaires, la marque des véhicules, les immatriculations, etc. Avec leur technique, ils savent aussi que les téléphones de Rudy et de ses amis n'ont pas bougé de là. Même s'ils se doutent qu'on a fait le coup, ils ne peuvent rien prouver, et nos avocats sauront trouver les parades. Franck, toi qui as un contact chez les flics, essaye un peu de savoir qui est le chien enragé qu'ils ont désigné pour ne plus nous lâcher, ça peut servir.

— Pas de problème, j'en connais un qui aime bien le luxe et les bons restaurants. Je vais l'inviter dans une dizaine de jours.

— Comment tu vois la suite ? interrogea Yannis.

— La suite ? Demain, journée triste pour nous tous. Après l'enterrement de Richard, j'enverrai un message aux Chinois pour dire que je veux discuter avec eux dans la semaine.

— Oui, tu as raison. Et tu devrais recevoir maintenant les autres chefs, « tes vieux amis » comme tu dis. Ils patientent depuis plus de deux heures pour te parler.

— Très bien. Fais-les entrer, qu'on en finisse, et laissez-moi seul avec eux. Je vois d'ici leurs attitudes de servilité et les phrases de faux culs qu'ils vont débiter.

Précédé par ses fils, Albert se leva pesamment du fauteuil et contourna son bureau pour accueillir Joseph Dray, Lucien Teboul, Ely Smadja et Max Darmon. Une fois le battant refermé, Yannis resta discrètement à proximité, cala son Glock 9 mm à portée de main et espéra que tout se passe bien.

12

Tour à tour, les quatre hommes étreignirent Albert Nathan. Après les effusions vinrent les démonstrations de réconfort, de soutien, que leur hôte accepta en pensant qu'il faudrait désormais faire attention à eux. Pour reprendre une de ses expressions favorites, il ne les sentait en effet pas francs du collier.

Une fois les interminables phrases de condoléances terminées, Albert s'attendit à la vraie discussion. Il savait qu'il avait l'ascendant sur le groupe et, pour le conserver, qu'il devait se montrer intraitable. Sans surprise, Joseph Dray, qu'il surnommait « le Vaniteux », prit la parole, mine de circonstance et termes de compassion :

— Tu sais, Albert, nous sommes tous unis avec toi et ta famille dans cette épreuve, mais on aimerait parler du futur.

Nathan planta ses yeux noirs dans ceux de Joseph Dray et acquiesça. Il leur désigna les fauteuils. Il avait coutume, dans cet endroit, d'offrir cigares et alcools fins à ses invités. Le contexte ne s'y prêtait pas.

— Albert, sans vouloir te faire de reproches, tu aurais dû nous consulter avant d'aller faire flinguer Shen, poursuivit Joseph. C'est le chef des Chinois, pas un simple porte-flingue ! On a tous compris, quand Rudy Meïr a fait son entrée avec son équipe de tueurs, que tu avais choisi de laver l'affront avec ta justice foudroyante. Mais que tu le veuilles ou non, tu nous impliques dans ta vengeance ! Maintenant, nous aussi on devient des cibles. Tu y as pensé ?

— Joseph, ça se voit que ce n'est pas toi qui as eu un fils et ses amis massacrés. Sinon, peut-être que tu réfléchirais autrement. La loi du talion, y a que ça de vrai ! Ne vous inquiétez pas, les Chinois savent que c'est Albert Nathan qui a frappé. Ils ont reçu le message.

— On verra ça dans les jours à venir… En tout cas, ce qu'on déplore, c'est que tu aies tué sous le coup de l'émotion. Vu le bordel dans lequel nous sommes tous, il nous faut de la lucidité.

— Ce n'est pas dans ma tradition d'aller déposer plainte auprès de la police pour demander réparation. Je sais rendre justice moi-même, répondit froidement Albert.

Joseph Dray regarda les trois autres chefs de famille, Lucien Teboul, Ely Smadja et Max Darmon.

— Avec nos amis, reprit-il en les désignant, on a pris l'initiative de parler aux Chinois quelques heures après la mort de ton fils. Tu sais, on a fait ça pour t'aider, pour avoir une explication.

Silence hostile d'Albert Nathan qui embarrassa les quatre types. Dray ne se démonta pas pour autant.

— On a un problème de taille, et…

— Ah oui ? l'interrompit brutalement le patriarche. Moi, j'ai trois morts sur les bras, dont mon fils aîné qui laisse une femme et trois filles derrière lui ! C'est quoi, votre problème de taille, les gars ? Et qui vous a autorisé à vous adresser aux Chinois ? Vous êtes concernés ? Qu'est-ce que vous croyez régler ? Des factures impayées ? Un souci avec les stocks ? Réveillez-vous ! On parle d'assassinats !

— T'énerve pas, Albert. Ce qu'on a à te dire est important.

Lucien Teboul, surnommé par Albert « le Modéré », venait de prendre la parole. Smadja et Darmon, eux, étaient « les Suiveurs ». Le chef de clan l'encouragea à poursuivre d'un signe de tête.

— Les Chinois ne comprennent pas ce qu'il s'est passé. Ils jurent qu'ils n'y sont pour rien. Mais tant qu'on n'aura pas tiré ce merdier au clair, ils refusent de blanchir notre argent. Ils ferment le robinet. En clair, on a sur les bras trois ou quatre millions d'euros chaque semaine qu'on ne peut plus évacuer. Si les flics l'apprennent, on est morts.

— Ils vont nous asphyxier, renchérit Joseph Dray. Tu sais que notre business à tous, toi inclus, repose sur des embrouilles financières, et qu'on a des tas d'intermédiaires. Alors pour faire sortir le fric et le récupérer dans le pays que l'on souhaite, on ne peut bosser qu'avec les Chinois. Tout le monde y gagne. Ça fait des dizaines d'années que ce système fonctionne. Je ne vais pas réécrire l'histoire, tu la connais mieux que nous.

— Je connais en effet le marché, te fatigue pas ! Je vous rappelle quand même que, juste avant que Richard se fasse massacrer, il était au téléphone avec Rudy Meïr et lui a expliqué, sans davantage de détails, il n'en a pas eu le temps, qu'il était entré en guerre avec les Chinois et pas n'importe lesquels : les Shen. Donc il y a un vrai bordel avec ces mecs. Qu'ils ne viennent pas nous raconter des bobards en disant qu'ils n'y sont pour rien.

— OK, nous sommes d'accord, reprit Lucien Teboul, mais personne ne saisit ce déchaînement de violence. C'est du jamais vu entre eux et nous !

— Nous sommes solidaires, évidemment, mais..., intervint à nouveau Joseph Dray.

— Mais quoi ? lâcha Albert Nathan.

— Mais on ne veut pas être des victimes collatérales d'une guerre qui n'est pas la nôtre, dans laquelle on ne comprend rien et qui va exploser après l'exécution de leur chef, enchaîna Max Darmon.

— Max a raison, approuva Smadja.

Attitude fermée d'Albert Nathan. Les deux hommes, les plus taiseux du groupe, étaient connus pour leurs colères froides et le règlement expéditif des conflits. Leurs deux clans se chargeaient du « nettoyage du marché », comme ils l'appelaient pudiquement entre eux.

— Albert, nous sommes à la merci des Chinois et, depuis ce soir, chacun d'entre nous peut se prendre une rafale, quoi que tu en dises. On n'hésitera pas une seconde à riposter, nos gars ont reçu les consignes, mais il faut que tu règles cette affaire dans les huit jours. Pour le bien de nous tous, termina Smadja.

— Je n'aime pas les ultimatums, Ely, d'où qu'ils viennent et encore moins de mes amis. Je réglerai cette affaire à ma manière, et dans le temps que je jugerai bon. Autre chose ? Non ? Alors je vous remercie de votre sollicitude, messieurs, ironisa amèrement Nathan.

Ce dernier se leva dans la foulée, signifiant que la discussion était close. Le groupe regagna en silence le grand salon où, déjà, leurs équipes de protection profitaient des collations. Yannis, quelques minutes plus tard, relatait la teneur des échanges à son frère Franck lorsque leur père, un verre d'eau à la main, se dirigea vers eux.

— J'ai entendu votre discussion. Les choses ne se présentent pas bien, si tu veux mon avis.

— Yannis, où étais-tu ?

— Derrière la porte qui donne sur le couloir. J'ai préféré m'assurer que tout se passerait correctement.

Albert Nathan se satisfit de cette réponse, puis approuva :

— Tu as raison, je ne les sens pas, même si pour l'instant ils n'osent pas m'affronter. Il est certain qu'à terme ils vont faire cavaliers seuls, et sont capables d'aller dealer avec les Chinois pour nous laisser nous démerder. Il faut qu'on fasse gaffe, je ne veux que des fidèles autour de nous.

Silence des trois hommes. Chacun envisageait que la guerre déclenchée avec les Chinois pouvait s'élargir à une guerre interne. Albert changea de discussion :

— Demain matin, votre frère Yohan arrive à Roissy vers 6 h 30. Vous irez le chercher, et surtout pas un mot sur les fusillades, vous direz que vous ne comprenez rien à ce qui se passe. Je lui parlerai et trouverai une explication. Prenez avec vous une voiture de protection, on ne sait jamais.

À ce moment, le téléphone du patriarche vibra. La conversation se résuma à deux phrases prononcées par le chef du clan :

— Tu en es bien sûr ? Je te remercie.

13

Tous entendirent ces quelques mots articulés d'une voix incrédule. Tous virent Albert Nathan comme statufié, le sang refluer de ses lèvres, et un masque de colère se dessiner sur ses traits. Plus personne n'osa continuer à parler, à manger ou à boire, pressentant un cataclysme. À l'écart, les autres chefs de famille cessèrent également leurs échanges à voix basse. Le changement d'expression du visage de leur hôte n'annonçait rien de bon. Par souci de discrétion, celui-ci demanda que seuls ses fils et les quatre hommes restent dans le salon avec Rudy et son équipe. Les autres se dispersèrent dans le jardin.

— Un ami, dit-il en levant son téléphone. Ne vous inquiétez pas, ce portable lui est exclusivement dédié, même mes fils ne connaissent pas le numéro. Il m'a appelé pour me dire qu'un Chinois du nom de Sun Hao a été abattu. Tu peux nous en dire plus, Rudy ?

Le ton menaçant d'Albert Nathan percuta Rudy Meïr qui sentit ses jambes se dérober. Il répondit d'un timbre mal assuré. Relata le flingage du petit vieux Chinois qui avait quitté sa société à Aubervilliers en montant dans sa voiture, un break Volvo conduit par un chauffeur.

— J'ai suivi tes indications, Albert, conclut-il péniblement.

Joseph Dray, Lucien Teboul, Ely Smadja et Max Darmon, toujours en retrait, comprirent aussitôt les conséquences que l'erreur de cible allait entraîner.

— C'est mort, les gars, murmura Ely Smadja. On ne maîtrise plus rien. Il faut s'attendre au pire.

— Pas sûr. On a peut-être notre carte à jouer si les Chinois font sauter Albert et ses équipes. Laisse faire et on récupère les dividendes une fois le bordel terminé, murmura à son tour Max Darmon qui se tenait juste derrière Smadja.

Albert Nathan réfléchissait à la vitesse de la lumière. Il s'adressa de nouveau à Rudy :

— Le gars qui m'a rencardé sur Shen, la marque, le type et la couleur de sa voiture, l'adresse exacte de son bureau à Aubervilliers, l'horaire de ses départs tardifs, etc., a des tuyaux qui valent de l'or parce qu'ils sont absolument sûrs. Tu vas nous raconter exactement ce que tu as vu et fait, Rudy. Je veux comprendre comment toi et tes mecs avez pu foirer !

Les frères Cohen et Jérémy Abitbol priaient en leur for intérieur pour que le vieux Nathan ne leur demande rien. Ils sentaient approcher la foudre et préféraient qu'elle ne s'abatte que sur Rudy qui avait été désigné chef du commando. Ce dernier, voix blanche, rapporta avec de nombreux détails l'exécution de celui qu'il avait pris pour Shen. Albert écoutait les yeux mi-clos. Quand il s'arrêta de parler, personne n'osa rompre le silence. Inconsciemment, l'assistance retenait son souffle et braquait son regard sur l'équipe feu qui n'en menait pas large.

— Tu as dit que le break Volvo que tu suivais était gris foncé. C'est bien ça ?

— Oui, je crois, enfin peut-être noir, c'était la nuit, on voyait mal. Et puis la voiture était sale et couverte de poussière. Gris foncé, noir, on est dans la nuance…

Tous entendaient Rudy Meïr s'enfoncer petit à petit avec ses explications mal ficelées.

— Tu crois ? Rudy, quelle est très précisément l'information que je t'ai donnée ?

— Break Volvo noir, mais je croyais que…

— Ferme-la. On en reparlera plus tard. Toi et ton équipe vous dégagez. Demain, vous venez au cimetière pour que tout le monde, et surtout les flics, nous voient ensemble. Ensuite je réglerai votre incompétence.

Une fois Rudy Meïr, Marco et Mika Cohen ainsi que Jérémy Abitbol partis, le patriarche s'adressa en aparté à ses fils, veillant à ne pas être entendu des autres participants.

— C'est la pire chose qui pouvait nous arriver. Il va falloir que je m'entretienne avec Shen dès demain soir après l'enterrement de Richard. Organisez-moi un rendez-vous avec le Chinois, c'est lui qui choisit l'heure et le lieu de la rencontre. Dorénavant, il a les cartes en main.

Les quatre autres chefs de clans échangèrent un bref regard qui signifiait : « On laisse Nathan se démerder. » Puis ils quittèrent la villa avec leurs gardes du corps après lui avoir adressé un salut chaleureux de circonstance qui sonnait faux. Personne n'était dupe.

14

Pour couvrir les obsèques de Richard Nathan, Paul Dalmate s'était rendu la veille dans le 14e arrondissement de Paris, au cimetière du Montparnasse, avec deux de ses équipiers, Sylvie Guyien et Julien Caucher. « En repérage », avait-il précisé. L'enterrement se déroulerait dans les divisions israélites de ce lieu enserré entre les rues Émile-Richard, Froidevaux, Victor-Schœlcher et le boulevard Raspail. Le gardien leur avait remis un plan et indiqué l'emplacement exact de l'inhumation, dans la 29e division. Richard serait mis en terre dans le grand caveau de famille, un monument de marbre noir gravé de noms en lettres dorées. Les trois policiers avaient observé de part et d'autre l'alignement des pierres tombales juives, certaines récentes, d'autres recouvertes de mousse. Sur nombres d'entre elles, il y avait des petits cailloux.

— Pourquoi ces petites pierres sur les tombes ? s'était étonnée Sylvie Guyien.

— C'est pour honorer le défunt, on montre que l'on est passé pour se recueillir, et c'est moins triste que des fleurs fanées ou des pots desséchés et renversés.

Dalmate avait regardé en l'air, au-delà du mur d'enceinte.

— Nous avons de la chance d'être en hiver, les arbres sont nus. Il nous faut deux points hauts pour filmer les obsèques. L'idéal est d'en installer un rue Froidevaux et l'autre rue Schœlcher. Je vous laisse faire le tour des immeubles, je suis sûr que vous trouverez des gens compréhensifs. Ça devrait durer un peu plus d'une heure. De mon côté, je rentre à la brigade préparer le service.

À présent, deux équipes de policiers surplombaient, depuis le 5e étage d'un immeuble rue Schœlcher et le 6e étage d'un autre, rue Froidevaux, la division où allaient bientôt commencer les adieux à Richard Nathan. Les deux caméras étaient prêtes pour enregistrer. Paul Dalmate avait organisé le PC opérationnel dans un véhicule banalisé équipé de moyens radio et vidéo, devant le restaurant de spécialités du Sud-Ouest Chez Papa. Un plan détaillé du cimetière du Montparnasse et de la 29e division occupait un des panneaux de la camionnette avec un point rouge qui matérialisait la sépulture de Richard Nathan. Le commandant avait également pris le risque de faire installer des petits micros dissimulés parmi les ornements funéraires d'autres caveaux à proximité de celui de la famille Nathan. Un gros risque, mais s'il pouvait glaner une confidence qui le ferait progresser dans l'enquête, il n'allait pas s'en priver. Enfin, la PJ profitait aussi de ce moment où tous les clans associés avec celui d'Albert Nathan étaient réunis pour mettre à jour les organigrammes et les noms sur les photographies.

Une foule importante, tout de noir vêtue, avait pris progressivement possession de la 29e division. L'imposant cortège de voitures de luxe, pour la plupart de marque allemande, stationnait à l'intérieur du cimetière et monopolisait la totalité de l'avenue Thierry. Les policiers avaient, pour l'instant, du mal à établir avec certitude les identités des hommes, car tous arboraient des manteaux en cachemire portés sur des costumes bleu marine de chez Armani ou Hugo Boss, des chemises blanches au col ouvert et montraient des visages hermétiques dissimulés derrière de grosses lunettes de soleil. Ils comptaient donc sur les vidéos et les arrêts sur image pour prendre le temps de mettre un nom sur chacun.

Albert Nathan et le cortège funéraire arrivèrent en dernier. Lucien Dahan et Jacky Peres, la nouvelle équipe feu, munis d'oreillettes discrètes et de radios, pilotaient les gardes du corps, nombreux et sans arme, qui entouraient le clan. Rudy Meïr, Jérémy Abitbol et les frères Cohen se tenaient tous les quatre épaule contre épaule, relégués loin du chef qu'ils étaient censés protéger. Dalmate s'étonna de leur positionnement et en fit la remarque. Il nota ensuite l'ascendant pris par Yannis Nathan dans le dispositif de protection et d'organisation de la colonne. L'épouse d'Albert Nathan, en larmes, se cramponnait quant à elle des deux mains au bras d'un jeune homme, inconnu des policiers, qu'ils identifieraient plus tard comme le quatrième fils, Yohan. Celui-ci observait cette scénographie d'un œil curieux, intéressé et surpris. C'était un des rares qui ne portait pas de lunettes de soleil et qui était sobrement vêtu.

Depuis le véhicule de surveillance, Dalmate et Guyien communiquaient par radio avec les effectifs dispersés tout autour du cimetière. Deux puissants SUV, avec à leur bord des Asiatiques, firent plusieurs passages aux abords, ce qui déclencha, sur ordre du commandant, leur interpellation. Les coffres des véhicules renfermaient des clubs de golf, des armes redoutables pour qui sait bien les manier, mais encore fallait-il prouver leur utilisation en dehors d'un practice. Les policiers isolèrent donc simplement les Chinois et prirent un temps infini pour s'assurer de leur identité, histoire de les tenir à l'écart.

En attendant, les caméras renvoyaient images et sons dans la camionnette. Le rabbin termina l'oraison à la mémoire de Richard. Les micros enregistraient aussi des pleurs, des reniflements et des lamentations. Les deux policiers écoutaient une prière dite lentement en araméen par Albert Nathan. Sylvie Guyien jeta un regard interrogatif à Dalmate qui hocha la tête et répondit à sa question muette :

— C'est le kaddish après l'enterrement, murmura-t-il.

Inconsciemment, il avait baissé la voix en signe de respect, homme de spiritualité qu'il était toujours. Il poursuivit, un peu pour lui-même : « Dans le monde qui sera renouvelé et où Il ressuscitera les morts et les élèvera à la vie éternelle et rétablira la ville de Jérusalem... »

Dalmate, sentant l'étonnement de son équipière, s'interrompit, se racla la gorge et, désignant du doigt les écrans, expliqua :

— C'est la traduction des phrases que vient de prononcer Albert Nathan. Ne me regarde pas comme ça, j'ai creusé l'histoire des religions, il n'y a rien d'extraordinaire à ça.

— Mais tu comprends l'hébreu ?

— Ce n'est pas de l'hébreu, c'est de l'araméen. Je connais juste quelques phrases.

Ils observaient maintenant les proches jeter trois poignées de terre sur le cercueil, suivis par l'ensemble des participants qui répétèrent le rite funéraire. Dalmate se concentrait sur le clan Nathan et s'attarda sur le visage de l'inconnu, Yohan Nathan, intelligent et réservé, attentif aux personnes qui l'entouraient. Il se faisait la réflexion qu'il ignorait tout du jeune homme lorsque son téléphone vibra. Il prit l'appel qui émanait du commissaire Villeneuve.

— Paul, je viens d'avoir un des avocats d'Albert Nathan qui, je le cite, trouve indécent le déploiement policier autour du cimetière pendant les obsèques du fils d'une honorable famille, qui plus est chef d'entreprise reconnu. D'après lui, on ne respecte pas l'immense douleur ni leur deuil. Je sais ce que vous pensez, il en fait des tonnes, mais il est dans son rôle et doit justifier ses très chers honoraires.

— Si je comprends bien, on lève le camp ?

— C'est préférable. Ils ont dû envoyer leurs types procéder à des contre-surveillances et identifier vos équipes. Ce n'est pas impossible qu'ils aient pris des photos et qu'ils les diffusent avec des commentaires acides sur les réseaux sociaux. C'est calme ?

— Maintenant oui. Nous avons neutralisé deux véhicules avec des Chinois, sans doute venus tester notre efficacité. Les deux cérémonies sont sur la fin. Celle de Gilbert Azoulay est beaucoup plus confidentielle.

— Raison de plus, démontez le dispositif. Selon vous, que va-t-il se passer après ?

— Pas grand-chose. Pendant une semaine, les Nathan ne vont pas quitter la maison du défunt, où seront dites des prières quotidiennes. Il ne devrait donc pas y avoir de représailles des Chinois. Sauf s'ils décident de s'attaquer à d'autres clans. On verra bien. Ça nous laisse un peu de temps pour mettre à jour notre doc avec les infos recueillies aujourd'hui et nous préparer aux ripostes.

Sitôt raccroché, Dalmate répercuta les instructions aux effectifs sur le terrain qui évacuèrent les lieux. Il appela ensuite le chef du service technique et lui demanda d'enlever les micros, qui n'avaient pas servi à grand-chose. Puis il regagna son service où il prit le temps de relire les constatations des scènes de crime et de détailler les photos. La même sauvagerie se dégageait de tous ces assassinats. Quel que soit le clan, des hommes avaient été déchiquetés par de la chevrotine ou par des rafales d'armes automatiques.

Dalmate, assis dans son fauteuil, jambes tendues et pieds posés sur son bureau, réfléchissait à la mise en place d'un nouveau dispositif pour l'enterrement de Sun Hao et soupira devant la tâche fastidieuse qui attendait son groupe. Son portable vibra. L'écran affichait le nom « Galtier ».

— Je parie que tu étais aux obsèques du fils Nathan et que ça n'a rien donné, lança ce dernier sans préambule.

— Oui et je m'y attendais un peu. Un avocat nous a même fait dégager. Ce n'est pas grave en soi, on a tout filmé. Le plus difficile maintenant va être de mettre un nom sur tous les participants.

— J'ai un truc pour toi. Je suppose que tu bosses sur le flingage de Sun Hao et de son chauffeur, un flingage qui pue la riposte du clan de Nathan même si tu n'as aucune bille pour le prouver, n'est-ce pas ?

— Exact, c'est un peu tôt pour dire qui a fait quoi. Et je n'ai pas encore eu le temps de commencer à explorer le réseau de ce type. Je n'ai rencontré que quelques minutes sa fille, Jasmine Sun, qui s'est pointée sur la scène de crime.

— Bon, en deux mots : Sun Hao est le juge de paix de la communauté chinoise en France, pas uniquement à Paris. C'est un membre influent de la plus puissante triade, la 14K, l'équivalent des mafias italiennes, mais en plus effrayante. Tu vois où tu mets les pieds ?

— J'imagine seulement ! En tout cas, ça m'intéresse. Sun Hao sortait de chez Shen quand il a été abattu. Soit c'était une réunion mafieuse au sommet entre deux mecs importants, soit c'était les qualités de juge de paix que Shen recherchait.

— Oui, ou les deux. Le problème maintenant c'est que Nathan va avoir deux groupes chinois sur le dos. Au minimum.

Les deux policiers laissèrent passer quelques secondes de silence, puis Galtier poursuivit :

— Les clans juifs ne sont pas sûrs de gagner. La mafia chinoise dispose de moyens considérables, et s'il le faut, elle peut faire venir des mecs en renfort d'autres pays. Il faut que tu parviennes à arrêter ce bordel avant que Paris ressemble à un champ de tir. De mon côté, j'ai d'autres infos pour toi.

— Vas-y, j'espère que ça va m'aider.

— Sun Hao possède un grand restaurant à la sortie de Lognes. Pas un restaurant gastronomique, plutôt du gros débit avec parking destiné à une clientèle pressée qui déjeune rapidement pour pas cher. Il doit faire dans les trois cent cinquante repas par jour.

— Et il doit en déclarer cinquante au fisc, répliqua en riant Dalmate.

— C'est certain ! Aujourd'hui, le restaurant était inhabituellement fermé. Une vingtaine de responsables de groupes criminels chinois de la moitié de la France s'y est retrouvée pendant que se déroulaient les obsèques de Richard Nathan. Tout le gratin était là : ceux chargés de la contrefaçon, du trafic de migrants, des réseaux de prostitution, des salles de jeux clandestines, des ateliers de confection, des circuits bancaires parallèles, etc.

— Ça m'a tout l'air d'une veillée d'armes ou d'un conseil de guerre. Comment as-tu appris ça ?

— Par un des serveurs. Un gars qui a deux ans de taule à écoper pour trafic de véhicules volés. À peu près tous les mois, je vais le voir et il me balance des trucs sur la communauté, sinon il va au placard. C'est un deal que j'ai avec un magistrat, comme ça, je suis bordé.

— Bien vu ! Tu as pu faire des photos des invités ?

— Non, je n'ai eu l'info qu'en fin d'après-midi, une fois qu'ils s'étaient tous évaporés. Et ils avaient confisqué les téléphones portables des employés jusqu'au départ de la dernière voiture.

— Une organisation qui ne laisse rien au hasard !

— Tout avait été prévu. Chaque chef de clan est arrivé avec trois types. Deux gardes du corps, un serveur ou un cuisinier. Inutile de te dire que ce ne fut pas la nourriture pour Occidentaux pressés qui a été servie.

— Tu as pu savoir ce qui s'est dit ?

— Non plus, parce que les participants la fermaient pendant les va-et-vient du personnel. Le serveur m'a juste rapporté que les discussions étaient houleuses, d'après les bruits qui parvenaient dans les cuisines. Comme les serveurs et cuisiniers se méfiaient les uns des autres, ils ne se parlaient pas ou faisaient ceux qui n'entendaient rien.

— Est-ce que tu confirmes que Shen était le chef de la réunion ?

— Apparemment. Mais, selon ma source, la fille de Sun Hao, Jasmine Sun, la seule femme de l'assemblée, était très respectée aussi. Et avant que tu me poses la question, je te donne la réponse : j'ignore quelles ont été les conclusions de ce repas conspiratif, même si je me doute que ça va être chaud pour les Nathan.

— Possible. Pendant la première semaine du deuil, Albert et ses fils ne vont pas sortir de leur grande maison de Neuilly. Je pense qu'Albert va mettre à profit ce temps pour essayer de planifier des rendez-vous avec les Chinois.

15

Paul Dalmate, après avoir raccroché avec Galtier, resta un temps songeur. Son collègue jouissait d'une très bonne réputation dans la maison et Dalmate prenait au sérieux les hypothèses qu'il venait de soulever. Il ouvrit le triptyque et ajouta dans la liste des clans en guerre contre Nathan celui de Sun Hao. Son téléphone portable vibra à nouveau, affichant cette fois le signal « batterie faible ». Machinalement, il le mit en charge et se replongea dans les photos et les listes de noms du tableau.

Quelques minutes plus tard, il reconnut le bruit quotidien des roulettes du chariot de nettoyage qui se déplaçait dans le couloir. Il ferma le triptyque avec empressement, pivota et vit entrer dans son bureau la femme de ménage qui poussait le chariot avec sceau, balais, poubelles, chiffons et produits d'entretien. Elle répondit au salut de Dalmate par un bonsoir inaudible. Petite femme mince, un foulard serré couvrait ses cheveux, elle travaillait tête baissée, vidant la corbeille et nettoyant le sol. Dalmate l'interpella doucement :

— Quelque chose ne va pas, Khadija ? D'habitude, vous êtes plus bavarde.

— Non, tout va bien merci, juste un peu fatiguée par la journée, c'est tout.

Khadija continuait de travailler le visage obstinément tourné vers le sol, fuyante.

— Khadija, regardez-moi s'il vous plaît !

Elle entendit l'ordre dans la voix du policier et se résolut à obéir. Il vit alors un œil violacé, une bouche enflée, des traces foncées de formes allongées concentrées sur les lèvres et le menton. *Son tortionnaire doit utiliser un objet pour la frapper*, se dit-il. Les traits de sa mère se superposèrent à ceux de Khadija. Cela faisait trente ans qu'il n'avait plus été confronté à une telle vision. Une souffrance intense lui parcourut le corps. Il se revoyait enfant entendant les coups s'abattre sur sa mère qui les acceptait en silence, sa mère qui pénétrait ensuite dans sa chambre sans un mot, la peau marquée et bleuie, déposant par terre un plateau avec son assiette. Le souvenir de ces coups n'avait jamais été effacé, seulement enfoui dans un recoin de sa mémoire, prêt à rejaillir. Il ressentait de manière intacte cette violence qui l'avait habité dès son plus jeune âge et qu'il avait jusqu'ici réussi à refouler. Sans qu'il s'en rende compte, son expression changea, au point que ce fut Khadija qui le questionna :

— Vous allez bien, monsieur ?

Dalmate reprit pied dans la réalité.

— Oui, oui, merci. Qui vous a fait cela, Khadija ?

— Personne, je vous le jure. Je suis tombée hier soir en rentrant chez moi, il faisait nuit. C'est la vérité.

— Khadija, je suis policier, je peux faire en sorte que ça s'arrête. Dites-moi qui vous fait du mal.

— Personne, c'est vrai, je suis tombée toute seule, répéta Khadija sans pouvoir se retenir de pleurer, ses mains couvrant ses yeux.

Paul n'insista plus, il lui tendit des mouchoirs en papier.

— Oui, bien sûr, je vous crois Khadija. Mais soyez prudente, vous pourriez vous blesser davantage.

— Merci de vos conseils, je vais bien faire attention. À demain.

Une fois la femme de ménage partie, Dalmate rangea son arme, les chargeurs, les menottes et son brassard « Police » dans l'armoire forte, puis il s'assura du brouillage du code de fermeture. Il enfila son blouson et sortit en fermant à clef la porte de son bureau. Négligeant l'ascenseur, il descendit rapidement par l'escalier depuis le 6e étage. Enfin, arrivé sur l'esplanade, il se tint à distance de l'immeuble, attendant Khadija. Une demi-heure plus tard, celle-ci, le bas du visage masqué par un foulard, apparut. Elle portait un cabas contenant de toute évidence les courses pour le dîner. Le panier semblait lourd, Khadija changeait fréquemment de main pour soulager ses bras. Dalmate eut envie de l'aider. Il marchait une vingtaine de mètres derrière elle en pensant que c'était vraiment facile de suivre quelqu'un qui n'avait rien à se reprocher et qui ne se retournait pas toutes les dix secondes. Ils empruntèrent encore le métro avant que Khadija atteigne son domicile à Gennevilliers. Elle habitait dans un petit immeuble vieillot et gris de quatre étages dans une rue sans âme.

Dalmate patienta un court instant et se risqua dans le bâtiment, sans plan précis, essayant de localiser l'appartement de la femme de ménage. Il n'avait aucune idée de son nom de famille, mais, quelques minutes plus tard, il perçut des cris et imagina d'abord que c'était une petite fille qui pleurait. Plus attentif, il reconnut la voix de Khadija qui se plaignait, elle demandait pardon, mais recevait une avalanche de coups. Un type la battait en hurlant qu'il en avait marre de manger tous les jours la même chose. Dalmate ne savait que faire : casser la porte ? Se précipiter pour faire cesser la brutalité ? Il décida de contacter le commissariat et descendit dans la rue pour appeler. Il fouilla ses poches et se souvint qu'il avait laissé son portable en charge dans son bureau.

Dalmate tremblait de rage. Il essaya de se calmer en respirant profondément. Il réfléchissait à une solution. Au fur et à mesure, il oublia qui il était. Ses oreilles bourdonnaient et son cœur cognait à toute vitesse, mais il ne s'en rendait pas compte. Il n'était plus un policier, sa mémoire effaça également dix ans de séminaire, d'études de théologie, d'homme de Dieu. Soudain, il entendit Khadija qui appelait son mari depuis sa fenêtre, le suppliant de revenir. Un homme le dépassa en trombe, chauve, râblé, sentant le tabac et l'alcool. Il lui emboîta le pas, persuadé que, dans l'obscurité, la femme de ménage ne le remarquerait ni ne le reconnaîtrait. Dalmate suivait le type à l'instinct, son regard aimanté sur sa nuque. Dans son inconscience, il ne savait plus s'il suivait son père ou le mari de Khadija. Celui-ci traversa la rue en riant au téléphone, Dalmate le vit entrer rapidement dans un square. Là, il le rattrapa et lui ordonna de s'arrêter.

L'homme se retourna aussitôt, poings serrés et tête dans les épaules. Il réagit au quart de tour et envoya un puissant coup de poing vers le visage de Dalmate qui l'esquiva en une fraction de seconde. Le coup lui percuta malgré tout la tempe et l'oreille gauche, ce qui eut pour conséquence de faire tomber ses ultimes barrières. Saisissant une chaise de jardin en fer, Dalmate frappa de toutes ses forces son adversaire et le fit chanceler. Puis il continua de lui porter violemment plusieurs coups à la tête. Le type s'effondra au sol en se protégeant. Dalmate lâcha la chaise, se jeta sur lui et le roua de coups de poing jusqu'à ce qu'il ait trop mal aux mains. Ensuite, il entreprit de fouiller le type. Un réflexe de flic sans doute. Il trouva dans une des poches du blouson une petite matraque à l'embout plombé recouvert de caoutchouc. Il fit le lien entre les traces sur le visage de Khadija et la forme de l'objet. Dalmate bloqua la figure de l'homme d'une main en lui comprimant les joues, et de l'autre il brandit la matraque. À cet instant culminant de la fureur qui submergeait Paul, son père et ce type ne faisaient plus qu'un.

— Arrêtez, supplia l'homme.

La voix du mari de Khadija ramena Dalmate à la réalité et le sortit de la rage qui l'envahissait. Il regarda sans le voir l'homme qui pleurnichait, reniflait, et s'approcha très près de son visage ensanglanté. Dalmate ne parlait pas, il haletait, reprenait son souffle. Enfin, il chuchota à son oreille :

— Si tu touches encore une seule fois ta femme, je te tue. Tu as bien compris ?

— Qui êtes-vous ?

— C'est pas la bonne réponse. Je répète, tu massacres encore une fois ta femme je te tue, je te le jure. C'est compris ?

— Oui c'est bon, c'est bon, acquiesça l'homme qui urinait sous lui de terreur sans pouvoir détacher son regard de ces traits déformés par la colère, ceux d'un parfait inconnu.

Dalmate se releva, vacillant, et quitta le square rapidement sans se rendre compte que trois types assis sur un banc dans l'obscurité n'avaient rien perdu du passage à tabac. Ils auraient bien voulu intervenir, mais devant sa furie alors qu'il démolissait méthodiquement la terreur du quartier, ils avaient préféré laisser faire. Ils s'en allèrent en évitant celui qu'on appelait « Gros Serge », qui gémissait et ne parvenait pas à se redresser.

Paul, un ou deux kilomètres plus loin, à peine calmé, héla un taxi et donna comme point de chute la station Charles-de-Gaulle-Étoile. Le col de son blouson relevé, il s'enfonça le plus possible dans un coin de la banquette, prenant soin de ne pas être dans le champ de vision du rétroviseur du chauffeur, à qui il n'adressa pas la parole.

Pendant que celui-ci parcourait la banlieue ouest pour rejoindre Paris par la porte Maillot, Dalmate ne cessa de penser au message lapidaire de son père. Ce SMS qui avait ravivé cette douleur qu'il croyait bien enfouie et qui continuait d'alimenter sa colère.

Paul Dalmate paya sa course en espèces avec un pourboire raisonnable, ni trop faible ni trop fort, ne pas attirer l'attention, rester dans la norme, puis il laissa le taxi repartir et descendit une partie du boulevard Haussmann à pied. Là, il profita de l'eau qui coulait dans un caniveau pour laver la matraque et, d'un coup de pied, l'envoya dans une bouche d'égout. Enfin, il entra dans la station de métro Miromesnil et, après plusieurs changements, arriva dans son quartier. Dalmate se remémora toute cette scène et cette violence qui ne lui ressemblait pas. *Je me suis renié.*

En s'asseyant dans le taxi, il avait pris conscience de ses actes, de sa furie, et avait été envahi par le sentiment d'être un fuyard. Il s'était attaché à brouiller les pistes. Il avait fait en sorte de rendre impossible son identification dans le cas où le mari de Khadija déposerait plainte. Aussi, il était hors de question qu'il communique des éléments précis, comme son adresse, au taxi. Il aurait été trop facile à localiser. Et les conséquences étaient écrites d'avance : une plainte pour violences volontaires aggravées par sa condition d'officier de police lui vaudrait la prison et une radiation. Dalmate esquissa un pâle sourire en repensant à son téléphone portable toujours en charge dans le bureau. Techniquement, il ne pouvait pas être tracé. Un acte manqué. Dans le fond, il s'était comporté comme un sale type, comme les criminels qu'il pourchassait. Sans le vouloir, il avait appris d'eux les codes d'un homme qui ne veut pas être arrêté, et les avait reproduits.

Son jeu de piste pour revenir de Gennevilliers le rassura. *Difficile de remonter jusqu'à moi !* songea-t-il. À moins que Khadija n'ait un doute et que, pour s'attirer la reconnaissance de son mari, elle oriente les soupçons sur lui. Dalmate reprit peu à peu ses habits d'ancien séminariste et de policier, mal à l'aise de n'avoir pas su se maîtriser, et de s'être laissé emporter par une impulsivité nouvelle pour lui, d'avoir perdu toute lucidité. Il estima qu'il devrait éviter Khadija pendant quelques jours. *Je n'ai pas envie de prendre le risque d'affronter son regard, elle saura très certainement…*

Soulagé d'arriver enfin chez lui, Dalmate eut du mal à manipuler la clef dans la serrure avec sa main droite, de plus en plus douloureuse, et fit tomber son trousseau à plusieurs reprises. La fenêtre du 1er étage de la maison d'en face s'ouvrit et une voix de femme l'apostropha :

— Vous avez un problème ?

— Non, ça ira, je suis en train de cambrioler une maison et je débute, répondit-il avec humour.

— C'est ce que je me disais, s'amusa la femme. Vous manquez de pratique !

— Vous êtes dans la maison où habite le violoniste ?

— Oui, c'est moi *la* violoniste.

Paul esquissa un sourire, pénétra enfin chez lui et, au moment de refermer la porte, ne put s'empêcher de glisser :

— J'ai bien aimé votre interprétation de la musique du film *In the Mood for Love*.

Avant même d'avoir le temps d'entendre sa voisine, dont il n'avait pas vu le visage dans l'obscurité, le remercier, il repoussa le battant. Dalmate ne pouvait presque plus plier les doigts enflés de sa main droite. De la gauche, il ouvrit une bouteille d'eau et avala de l'aspirine. Il inséra dans le lecteur du salon le CD de la bande originale du film *In the Mood for Love* et se laissa gagner, debout, par la magie de cette musique qui doucement l'envoûta. Puis il récupéra, non sans mal, tous les glaçons de son congélateur qu'il versa dans un seau à glace. Il s'installa sur le canapé, plongea ses phalanges dans la glace et, alors que le quatrième morceau débutait tout juste, l'adrénaline reflua en bloc, la fatigue prit le relais, et Dalmate s'endormit, assis, sans ressentir une seule seconde le froid qui cadenassait sa main.

16

De retour des obsèques, Albert Nathan s'isola avec son fils Yannis.

— Tu as des infos sur les Chinois ? Ils acceptent le rendez-vous ?

— J'ai envoyé un gars de mon équipe comme émissaire chez les Shen. Un mec bien, mesuré, sans arme. J'ai préféré privilégier le contact humain plutôt que le téléphone avec les flics au milieu et leur casque sur les oreilles.

— Tu as bien fait. Et alors ?

— Alors rien. Un des sbires l'a fait entrer et il a été fouillé un peu brutalement. Il a poireauté debout pendant une demi-heure encadré par deux porte-flingues. Au final, un type lui a dit : « On vous fera signe quand on voudra. »

— C'est pas bon, ça. Ils veulent nous montrer que ce sont eux les patrons.

— Je sais bien, et maintenant ils sont en position de force par la faute de ce connard de Meïr qui s'est trompé de cible ! Comme tu me l'as demandé, tous nos gars sont en alerte.

Le vieux Nathan resta quelques minutes songeur, paraissant approuver des décisions silencieuses.

— Bon, on verra bien. En tout cas, Meïr et ses trois mecs nous ont foutus dans un bordel monstre. À cause d'eux, des gens de chez nous vont mourir. Je ne veux plus les voir. Définitivement. Fais le nécessaire.

— Ce sont des membres de notre communauté, plaida Yannis sans conviction. Ils ont été les fidèles parmi les fidèles quand tout le monde se faisait flinguer. Des boucliers à eux seuls. Je suis le parrain d'un des fils de…

— Arrête, Yannis, tu n'es pas leur avocat. Réfléchis deux secondes et tu verras qu'avec leur connerie, ils nous ont tous mis en danger. Je ne dirige pas une entreprise sentimentale, je suis là pour préserver le clan comme je l'ai toujours fait. Alors je te le répète une dernière fois : tu règles définitivement cette histoire. Tu as bien compris ?

Un blanc tomba entre les deux hommes. Yannis encaissa ce « définitivement », puis approuva et évita de croiser le regard de son père qui reprit la parole :

— Maintenant j'aimerais avoir un tête-à-tête avec ton frère Yohan. Va le chercher, s'il te plaît.

Yannis retrouva son frère dans un des salons. Il conversait au téléphone en anglais et s'exprimait très rapidement. Yannis l'écoutait parler sans en saisir le sens et l'observait. Il comprit ce jour-là que Yohan était très différent d'eux et se mit à admirer son élégance naturelle. Quand celui-ci raccrocha, il remarqua que son aîné le regardait en souriant.

— Impressionnant ! Tu es devenu un véritable Américain.

Dans l'intonation de sa voix se mélangeaient de la considération et une pointe de jalousie. La très grande richesse de Yannis ne lui permettrait jamais d'acquérir l'aisance de son frère qui le renvoyait de ce fait à sa propre illusion d'être « quelqu'un ». Yohan perçut ces sentiments dans les quelques mots prononcés par Yannis et dans son attitude. Il haussa les épaules en lui répondant :

— La famille m'a expédié à New York quand j'avais 10 ans, et personne ne parlait français dans mon entourage. Les premiers mois ont été difficiles, on se moquait de moi tous les jours. Pour m'en sortir j'ai appris l'anglais à marche forcée et l'hébreu à la synagogue. Maintenant, c'est de l'histoire ancienne et ça m'a renforcé.

— Papa veut te parler. Il t'attend dans la bibliothèque.

Albert Nathan, assis derrière son bureau, observa son jeune fils s'installer devant lui. Un léger sourire interrogatif étirait les lèvres du jeune homme. Tandis que ses yeux, eux, ne souriaient pas et il ne se retourna pas quand Yannis referma la porte, les laissant seuls.

— Il nous faut des circonstances tragiques pour nous voir. Je le dis tous les jours à ta mère, il faut qu'on aille plus souvent à New York, Skype deux ou trois fois par semaine, ce n'est pas suffisant. Mais avec les affaires c'est compliqué, on n'a le temps de rien ! Comment ça se passe à Harvard ?

— Comment est mort Richard ?

Le patriarche fut surpris par la question, par sa froide brutalité. Il avait pensé à une entrée en matière moins brusque, sachant qu'il devrait aborder prudemment le meurtre de Richard.

— Un vrai drame, commença avec difficulté Albert en se raclant la gorge. Une méprise affreuse. Ton frère, c'était un chef d'entreprise honnête, travailleur, qui aimait sa femme et ses filles. Il avait réussi, il avait tout. J'ai demandé à la police qu'elle fasse le maximum pour rechercher les assassins. Je suis sûr qu'il a été victime d'une erreur tragique.

Yohan Nathan scrutait son père sans parler, attendant qu'il poursuive. Mal à l'aise, il se sentit obligé de continuer :

— Je ne sais pas grand-chose de plus, ni tes frères d'ailleurs. Dans une semaine, après les prières, je retournerai voir les policiers pour qu'ils accélèrent l'enquête.

— J'ai eu une impression bizarre au cimetière en voyant les amis de Richard.

Albert Nathan perçut du mépris dans la façon dont Yohan prononçait le mot « amis ». Il interrogea son fils du regard.

— J'avais le sentiment d'être en compagnie de drôles de types. Mais je me trompe sans doute. C'est peut-être la mode en France d'aller à des obsèques avec des lunettes noires en plein hiver sous un ciel gris.

Le patriarche dissimula son agacement face à cette remarque. Il ne voulait pas se disputer avec ce fils qu'il regrettait amèrement de ne voir que trois fois par an. Et puis, dans le fond, il admit en silence que son commentaire n'était pas infondé. Lui-même avait observé le côté uniforme de tous les hommes rassemblés pour l'enterrement et s'était dit qu'ils en faisaient un peu trop.

— Ne sois pas méprisant et injuste !

— Je ne le suis pas, je te fais part de mon étonnement, c'est tout. Je ne connais ni ton business ni celui de mes frères. J'ai toujours eu des informations vagues, comme si j'étais en dehors de la famille. C'est dommage. Pour répondre à ta question : je termine Harvard, je serai avocat l'an prochain au barreau de New York et j'intégrerai un cabinet fiscaliste. Tout va bien.

Yohan s'exprimait sans chaleur et Albert avait du mal à ne pas montrer sa contrariété face à son jeune fils de 29 ans qui le déconcertait. Celui-ci, dans son attitude et sa façon de s'exprimer, avait créé une distance que le père ne parvenait pas à réduire. Albert Nathan découvrait aujourd'hui son fils. Il abaissa légèrement ses lunettes, son regard passa au-dessus des montures et il ne put s'empêcher de dévisager l'homme qui se tenait face à lui.

Oui, Yohan était différent d'eux, mais rien de surprenant à cela puisqu'il évoluait dans un autre pays où il y réussissait des études supérieures. Il possédait une intelligence vive, un recul sur les choses, une retenue que ni ses autres fils ni lui ne détenaient, mais qui présentaient bien des avantages. Pourtant, il percevait dans le comportement et la voix de Yohan tout le ressentiment qu'il nourrissait d'avoir été éloigné de la famille si jeune. *Et si c'était à refaire*, pensa Albert Nathan, *je le referais sans hésiter. Il entre les mains propres dans la société des élites, celle des surdiplômés, et non celle des mafieux, comme nous qui ne sommes reconnus que dans une petite sphère de violence et d'argent pourri. On fait semblant de nous aimer parce qu'on gave de fric des tas de gens, c'est tout. Je l'ai sauvé de ça. Je crois que c'est la seule bonne décision que j'ai prise dans ma vie.*

Le patriarche demeura sans doute silencieux trop longtemps, car Yohan le regardait, interrogatif. Il se ressaisit et déclara :

— Tu n'envisages pas de t'établir en France, si je comprends bien.

— Pas pour l'instant. Toi et maman avez voulu, pour mon bien, et je l'ai suffisamment entendu, que je fasse mes études aux États-Unis. Difficile d'envisager mes projets d'avenir ailleurs. Et puis j'ai obtenu la nationalité américaine, comme tu le sais.

— Tu as rencontré une jeune fille là-bas ? Enfin, tu n'es pas obligé de me le dire, on pourra en reparler à un autre moment, quand je viendrai te voir, bientôt, s'empressa d'ajouter Albert Nathan.

— Oui, nous en reparlerons plus tard.

Albert Nathan hocha la tête, abasourdi par les réponses de son fils. Plus la discussion avançait, moins il le comprenait. Il s'efforça de ne pas le montrer.

— Pour en revenir à Richard, reprit Yohan, il aurait donc été assassiné par erreur, son chauffeur aussi et paraît-il son garde du corps. Pourquoi Richard avait-il besoin d'un garde du corps alors que c'était un chef d'entreprise honnête et respectable ?

— Garde du corps, c'est un bien grand mot ! Tout au plus un secrétaire, nuança Albert avec maladresse.

— Qui avait une arme.

— D'où sors-tu ces informations, mon fils ? On dirait que tu mets ma parole en doute, que tu la contestes poliment, pour ne pas dire froidement.

— J'ai discuté ici et là avec les gens présents aux obsèques. Dès l'instant où ils ont su que j'étais ton fils, leurs langues se sont un peu déliées.

Le téléphone de Yohan vibra, il regarda le nom qui s'affichait sur l'écran et prit l'appel.

— Tu m'excuses ?

Sans attendre la réponse de son père, il se leva et sortit du bureau en s'adressant en anglais avec un fort accent américain à son interlocuteur. Albert Nathan écarquilla les yeux, interloqué devant cette attitude irrespectueuse. Il était partagé entre colère et soulagement. Par chance, la fin abrupte de cette discussion lui épargna les questions que Yohan aurait continué à lui poser de son ton inquisiteur et dont il aurait eu toutes les peines du monde à se tirer. Après quelques secondes, il sourit même, reconnaissant avec fierté les qualités de son fils. Et se rassura en admettant qu'il n'aurait jamais toléré de personne d'autre qu'on lui parle ou lui manque de considération de la sorte.

* * *

Durant les sept jours de prières et de veillées, pas un membre du clan Nathan ne quitta la maison. Comme l'exigeait la coutume, ce furent des amis proches qui apportèrent la nourriture à la famille. Yohan, lui, n'eut plus une seule conversation avec son père ou ses frères, estimant que les réponses sur l'assassinat de Richard qu'il avait obtenues ne lui convenaient pas, mais qu'il n'en aurait pas d'autres. Il réservait son temps à sa mère effondrée, qui ne comprenait rien à la situation ou faisait semblant, et passait de longues heures à réciter des prières en hébreu ou à discuter théologie avec un rabbin. Yannis et Franck, qui ne connaissaient de l'hébreu que quelques mots usuels et des rudiments de théologie, ne posèrent pas de questions à Yohan sur ses connaissances. La plupart du temps, celui-ci restait dans sa chambre à téléphoner ou à écrire sur son ordinateur.

Le jour de son départ pour New York, le plus jeune fils du clan embrassa ses parents et ses frères, refusa fermement d'être accompagné à Roissy et monta dans un taxi. Albert Nathan envoya une voiture de protection suivre à distance le véhicule alors que, pendant le trajet jusqu'à l'aéroport, Yohan ouvrait son ordinateur et faisait défiler une nouvelle fois tout ce qu'il avait récupéré sur les différents business des membres de sa famille. Il avait en particulier découvert avec agacement qu'il était le dirigeant et prête-nom, à son insu, de sociétés installées aux Bahamas. Sans compter que, grâce à ses contacts dans le monde de la finance, il avait obtenu quantité d'informations bancaires. Ses conclusions étaient d'une limpidité absolue : l'activité des entreprises était en grande partie fictive, elles ne servaient qu'aux montages d'arnaques à grande échelle, et sa famille était immensément riche, bien au-delà de ce que pouvaient rapporter leurs affaires. En revanche, il manquait encore à Yohan des pièces du puzzle qui lui donneraient une vision plus complète. Il ne tarderait pas à les obtenir, dès son retour aux États-Unis.

Aux informations financières qu'il possédait déjà, s'était ajouté le comportement de son père et de ses frères, les conditions de la mort de Richard, le déroulement des obsèques avec tout son lot de caricatures de types en voitures noires, costumes noirs et lunettes noires. Yohan ne se força pas beaucoup pour admettre que les Nathan faisaient partie, à l'évidence, de la criminalité organisée, et que son père régnait en chef mafieux.

* * *

Paul Dalmate envoya deux policiers chez le traiteur dont le fourgon s'était pointé à la villa de Neuilly le soir du meurtre de Sun Hao. Même s'il n'en attendait rien de particulier, il voulait que Nathan sache qu'il n'était pas dupe et qu'il était capable de mettre sous pression l'environnement du clan. « Allez secouer le cocotier », avait donné comme consigne le commandant.

Élie Bokhobza, mal à l'aise et transpirant, répondit que c'était un chauffeur qui avait assuré ce soir-là la livraison, mais que, pas de chance, il venait de partir un mois en vacances au Maroc et ne pourrait leur répondre avant son retour. Quand on lui mit sous le nez la photo de la camionnette qu'il conduisait en entrant chez les Nathan, l'homme s'emberlificota dans ses explications sous les sourires narquois des policiers. Ensuite, il eut bien du mal à présenter la commande censée avoir été livrée. Manifestement, il s'agissait d'un document bricolé à la va-vite pour justifier un déplacement chez Nathan. Les agents s'attardèrent dans le commerce, saisissant une grande partie des documents comptables et l'assurant, avant de quitter les lieux, d'un très prochain contrôle fiscal.

Dès que la porte se referma, Bokhobza, affolé, se précipita sur son téléphone pour tout raconter à Albert Nathan qui le fit taire d'un sec : « Ferme-la. » Le traiteur comprit avec un léger retard et termina la conversation en pleurnichant : « Oui, mais c'est sûr que je vais me prendre une amende salée. Je vais pas m'en remettre, monsieur Albert, il faut m'aider. »

Albert Nathan raccrocha en colère. Le flic qui écoutait la conversation nota quant à lui avec humour : « Le cocotier devra encore être secoué, il y a du potentiel. »

17

Durant les sept jours de deuil, les clans juifs et chinois se préparèrent à l'affrontement et échafaudèrent des stratégies qui se résumaient en deux mots : vengeance et carnage. Durant ces sept jours, Paul Dalmate et son équipe, pas spécialement enclins à rester passifs et à compter les douilles qui allaient s'accumuler sur les trottoirs parisiens, avaient mis en place un large dispositif de surveillance sur les cibles potentielles. Les Shen et les Hao d'un côté, les Nathan au complet de l'autre. Pour y parvenir, Dalmate avait reçu le soutien d'autres groupes de la brigade criminelle et celui de la brigade de répression du banditisme.

Le commandant remarqua rapidement que la principale équipe feu d'Albert Nathan, Rudy Meïr, les frères Cohen et Jérémy Abitbol, se faisait invisible. Aucun dispositif technique ne pouvait les tracer, leurs téléphones ne fonctionnaient pas et ils n'utilisaient jamais de cartes bancaires, ayant à leur disposition des montagnes de cash. Ses collègues et lui supposèrent unanimement que le petit groupe se planquait quelque part, soit pour riposter si besoin, soit pour préparer l'élimination d'une cible chinoise d'envergure. Les deux hypothèses étaient inexactes. En réalité, sentant un vent mauvais se lever, les porte-flingues avaient décidé, à la suite du fiasco de l'opération contre Shen, de prendre de la distance avec la région parisienne et de se tenir à l'écart de la famille Nathan en attendant que les choses se tassent. Marco et Mika Cohen s'étaient repliés du côté de Deauville, Rudy Meïr et Jérémy Abitbol avaient choisi Juan-les-Pins.

Le clan chinois de Shen Li et celui de Jasmine Sun, eux, s'associèrent pour la vengeance. Leurs équipes feu firent de nombreux passages aux abords de la villa de Neuilly, sans jamais être détectées par la protection de la famille Nathan. Pour maintenir la pression sur les clans juifs, ils incendièrent également quelques entrepôts de vêtements et de meubles, tabassèrent à coups de batte de base-ball quelques infortunés personnels de sécurité qui surveillaient ces hangars, puis détruisirent des voitures de luxe malencontreusement stationnées devant des discothèques ou des restaurants à la mode. Albert Nathan et ses amis s'y étaient préparés. Ely Smadja et Max Darmon, qui venaient de subir la perte de plusieurs entrepôts, répliquèrent à leur façon en brûlant des commerces et centres commerciaux asiatiques. Ils eurent aussi une discussion houleuse avec Albert Nathan, estimant faire les frais d'une guerre qui ne les regardait pas et qui les contraignait à se défendre face aux Chinois. L'escalade qu'ils redoutaient se produisait. Smadja et Darmon obtinrent de Nathan qu'il couvre financièrement la destruction de leurs dépôts.

Dalmate et son équipe, pour l'instant, comptaient les points au grand dam du commissaire Villeneuve qui dansait sur des braises à chaque demande d'explications du directeur de la PJ, lui-même mis sous tension par le préfet de police. Pour sa défense, le commandant soulignait qu'il n'y avait jamais de témoin et que seules des banalités affligeantes ressortaient des retranscriptions des écoutes téléphoniques, quel que soit le clan. Et si cette impuissance mettait ses nerfs à rude épreuve, sa main droite, elle, ne le faisait plus que modérément souffrir.

Le lendemain de son expédition punitive contre le mari de Khadija, il s'était rendu dans un hôpital où le radiologue avait conclu à l'absence de fractures, de simples contusions. Il s'était alors bourré d'antidouleurs et d'anti-inflammatoires, avait raconté à ses équipiers une vague chute sur un sol mouillé pour évacuer cet épisode. Tous les soirs, il s'arrangeait pour être ailleurs quand Khadija et le personnel de nettoyage passaient dans les bureaux. Il se donnait encore une dizaine de jours pour croiser la jeune femme et paraître enfin naturel. En attendant, il s'était plongé dans le boulot.

Les policiers avaient enrichi leurs connaissances sur les différents clans juifs et chinois, et le triptyque en bois venait d'être remplacé par un autre beaucoup plus grand. Grâce aux photos extraites des vidéos, le groupe de Dalmate put poser un nom sur les visages de tous les invités aux obsèques de Richard Nathan. Un travail méticuleux qu'ils complétèrent en ajoutant des adresses, des identifications de véhicules et tous les éléments pouvant être rattachés à chaque individu.

Dalmate s'attendait à un embrasement général dès la fin du septième jour de deuil et se tenait prêt pour opérer des arrestations. Les policiers intensifiaient leur travail sur les équipes feu qu'ils devraient neutraliser en priorité. Leurs téléphones restaient muets ou bien les discussions demeuraient inconsistantes. Les rares voitures balisées ne se déplaçaient que sur des trajets anodins.

Comme le commandant l'avait pressenti, la perquisition au domicile de Sun Hao et dans le bureau de son entreprise, avec la présence de Jasmine Sun, ne donna rien. Le vieil homme avait pris ses dispositions pour transférer ses documents sensibles dans un ailleurs sécurisé. Un ailleurs qui ne pouvait être chez Jasmine, toute structure mafieuse érigeant la dissimulation comme principe de base et protégeant ses membres. La jeune femme, formée à bonne école, ne possédait rien de compromettant. Sur le grand tableau à trois volets, Dalmate ajouta sous le bristol « Perquisition Hao » le chiffre zéro, comme il l'avait fait pour les locaux de la société de Richard Nathan soi-disant cambriolés. Pas dupe, il n'avait cependant aucun élément pour prouver ce faux cambriolage.

* * *

Les obligations administratives prévues pour le rapatriement du corps de Sun Hao réglées, les obsèques se dérouleraient dans un petit village chinois, lieu de naissance du dignitaire de la triade 14K. Avant leur départ, une dizaine de vieux messieurs chinois, dont Shen Li, rendirent visite à Jasmine et sa mère, une dame âgée qui n'avait jamais rien compris au réel business de son mari. Ils étaient venus participer à une cérémonie d'hommage au défunt qui réunissait une grande partie de la communauté implantée en région parisienne.

Le lendemain, Jasmine et sa mère partirent de Roissy avec le cercueil, accompagnant Sun Hao dans sa première étape du retour au pays. Jasmine avait entièrement planifié le déroulement du voyage et les funérailles de son père, y compris les nombreux banquets pour honorer sa mémoire. Dans les bagages des deux femmes, des vêtements blancs, couleur du deuil, qu'elles porteraient pendant la cérémonie, comme tous les autres participants.

À leur arrivée à Shanghai, Jasmine avait affrété un avion privé pour transporter le corps, entouré de membres de la famille, jusqu'à la ville de Huanggang. Pour terminer, des véhicules conduisirent le cortège dans le village natal de Sun Hao, un endroit paisible, vallonné, aux collines façonnées par la culture du thé. Ce thé dont il avait bu une dernière tasse très peu de temps avant sa mort.

À la suite de l'enterrement, une foule plus nombreuse, composée uniquement d'hommes, les dignitaires de la triade 14K, vint à son tour au cimetière honorer la mémoire de leur très respectable juge de paix en France.

* * *

À Paris, après le départ de Jasmine et de sa mère, et pendant que les cérémonies de la communauté chinoise se déroulaient, les policiers prirent de nombreuses photos des vieux Chinois qui s'étaient déplacés, mais furent incapables de les identifier, hormis Shen Li. En tout cas, les égards dont ils faisaient l'objet les intriguèrent.

À l'issue de ces rituels funéraires, marchant lentement, ces messieurs s'installèrent à bord d'un minibus. Les policiers, qui en souriaient presque, n'eurent aucune difficulté à suivre ceux qui se comportaient comme des retraités venus rendre hommage à leur ami. Le minibus s'arrêta une heure plus tard avenue de Choisy dans le 13e arrondissement de Paris, le petit groupe descendit du véhicule et se divisa en deux. Sans se presser, une partie entra dans un centre commercial, l'autre dans un supermarché voisin. Dans l'un comme dans l'autre, une foule identique de Chinois âgés, portant comme eux pardessus gris, écharpe et casquette grises, surgit de nulle part et les absorba. Il fut alors impossible aux agents de distinguer leurs cibles noyées parmi ce groupe d'hommes compact, fort opportunément présents.

Après dix minutes de flottement, les équipes firent le constat que les « retraités » chinois s'étaient évaporés. En silence et lentement, ils avaient trompé la vigilance de jeunes flics entraînés aux filatures. Pas vraiment à l'aise quand ils racontèrent leur échec à Dalmate, ils furent vite rassurés lorsque ce dernier se contenta de hausser les épaules en lâchant : « Relisez les fables de La Fontaine. » Il épingla dans son triptyque les photos de ces hommes paisibles dont le comportement, associé au soutien intelligent dont ils avaient bénéficié, illustrait les habitudes de la grande criminalité. Sous chaque cliché, il écrivit à la place du nom un point d'interrogation. Il les envoya ensuite par mail au commissaire de police attaché de sécurité intérieure à l'ambassade de France à Pékin, dans l'espoir qu'il puisse les identifier.

Aussitôt après, Julien Caucher entra précipitamment dans son bureau.

— J'étais avec les traducteurs qui suivent en direct les portables des Shen. Shen Li vient de passer un appel qui n'a duré que quelques secondes à un de ses fils, il va déjeuner avec les amis de Sun dans le restaurant Les Moines de Shaolin. J'ai vérifié, il n'y en a qu'un, rue Oberkampf dans le 11e. Par contre, on ne pourra plus géolocaliser le chef du clan, il a éteint son téléphone.

— Ça m'est égal, on sait où ils vont. Peut-être une chance de comprendre qui sont ces types qui sont capables de larguer des flics sans courir !

Une demi-heure plus tard, un imposant dispositif quadrillait le quartier pour s'assurer que, quelle que soit la direction prise par les convives de Shen, une filature serait effective. Par acquit de conscience, Dalmate envoya deux jeunes femmes déjeuner dans l'établissement et repérer le groupe. Il reçut un premier SMS : « Personne », qui fut le début d'une longue série identique. À 17 h 30, le commandant mit fin aux surveillances et, dans l'expectative, regagna le siège de la PJ. Julien Caucher l'attendait, la retranscription des dernières écoutes de Shen Li en main. Il apparaissait que celui-ci, de nouveau dans sa société d'Aubervilliers, se félicitait auprès d'un ami de la table Les Moines de Shaolin.

— C'est incompréhensible, personne n'est venu. Les traducteurs ne se sont pas trompés ? s'étonna Dalmate.

— Ils affirment que non. Dans le doute, j'ai quand même demandé une copie de l'enregistrement. On peut faire écouter cette partie à un autre Chinois sans dire qui parle, pour en être sûr.

— C'est ce que je vais faire, tu as raison, et je sais à qui m'adresser ! Tu es certain qu'il n'y a pas d'autres restaurants de la même enseigne, y compris en banlieue ?

— J'ai vérifié pendant que vous étiez en surveillance, c'est le seul d'Île-de-France.

* * *

Dans sa planque de Juan-Les-Pins, Rudy Meïr réceptionna un message WhatsApp d'un numéro de portable qu'il ne connaissait pas. Le message était laconique : « Salut les amis, le vieux a mis un contrat sur vos têtes à tous les 4. » Rudy n'eut ensuite aucune réponse à ses interrogations désespérées. Les « Qui c'est ? », « Vous vous foutez de ma gueule ? », « Tout ça c'est que des conneries, y a pas plus loyal que moi à la famille » ne reçurent aucun écho. Il appela, personne ne décrocha. Ce soir-là, Rudy Meïr et Jérémy Abitbol changèrent de villa. Les deux hommes renvoyèrent les prostituées qu'ils s'étaient payées pour quelques jours et firent passer, par WhatsApp toujours, l'information aux frères Cohen. Ceux-ci répondirent, en panique, et Rudy leur conseilla de bouger, de se faire discrets et de la fermer au téléphone.

Meïr resta assis sur son lit toute la nuit à griller des cigarettes les unes après les autres, concentré sur ce qu'il pouvait faire pour éviter de mourir. Puis, au petit matin, il avala un litre de café et des aspirines pour tenter de calmer sa gorge en feu dû à l'excès de tabac et d'apaiser le mal de crâne qui lui pilonnait le cerveau. De son insomnie, il ressortait avec un mince embryon d'espoir. Rudy décida de rentrer à Paris avec Jérémy Abitbol sans en parler aux frères Cohen.

18

Shen Li, dans son attitude familière, mains croisées derrière le dos, regardait par la porte-fenêtre de son bureau la pluie tomber en rafales et balayer la cour d'entrée de sa société. Depuis l'assassinat de son ami Sun Hao, ses gardes du corps se montraient plus vigilants et tous les visiteurs, accueillis avec courtoisie, passaient sous un portique détecteur de métaux avant d'être fouillés. À cela s'ajoutait une voiture de protection qui ne le lâchait pas quand il se déplaçait, ce qui ne lui plaisait pas. Il détestait en effet attirer l'œil, et le véhicule des gardes du corps était un peu discret Porsche Cayenne noir mat aux vitres teintées. *Il faudra leur faire changer de voiture*, songea-t-il.

Son attention se porta sur le Range Rover noir brillant qui venait de s'arrêter dans sa cour. Un homme massif, tout en puissance, en descendit et courut se mettre à l'abri de la pluie dans le hall. M. Shen identifia Zhou Lian, le chef des réseaux d'immigrations irrégulières et de prostitution. Zhou Lian ne faisait aucune distinction entre la traite des êtres humains qu'il organisait avec méthode, et l'achat ou la vente des voitures. Pour lui, ce n'étaient que des marchandises aux valeurs différentes. M. Shen n'aimait pas cet homme, même s'il lui reconnaissait un vrai savoir-faire dans son domaine. Il s'interrogeait sur sa venue aujourd'hui.

Zhou Lian subit avec mauvaise humeur une fouille à corps particulièrement précise, parce que son nom ne figurait pas sur le registre des visiteurs du jour. Après réflexion et sans consulter personne, il avait choisi de venir parler au chef des clans. La secrétaire de l'accueil et celle de Shen Li le firent patienter plus d'une demi-heure. Enfin, Shen Li consentit à lui accorder un entretien.

L'homme s'inclina avec la plus grande déférence et à plusieurs reprises devant lui. Il se répandit en remerciements, conscient d'être reçu alors qu'il n'avait pas sollicité de rendez-vous. Il mesurait tout l'honneur qui lui était offert et qui rejaillissait sur sa famille. Intrigué par la présence de Zhou Lian, M. Shen écoutait distraitement ses propos débordants d'obséquiosité, pressé qu'il en vienne à l'essentiel. Quand son visiteur se tut, d'un geste, le chef de clan l'autorisa à s'asseoir.

— Si tu es venu sans t'annoncer, c'est que tu as quelque chose d'important à me dire.

La réputation d'homme de fer de Zhou Lian lui collait à la peau. Personnage imposant, il inspirait la crainte dans les réseaux qu'il dirigeait. En revanche, quand Shen Li parlait, ce n'était plus le même homme. Et en l'occurrence la froideur et la sécheresse de son hôte ne lui facilitaient pas la tâche, d'autant que ce qu'il s'apprêtait à lui apprendre n'était simple ni à formuler ni à entendre.

— Tu sais, reprit-il, que je te suis fidèle et que tu peux disposer de moi et de mes hommes comme tu le souhaites. Il se dit avec insistance que ton clan est responsable de la mort de Richard Nathan et de la guerre avec les Juifs qui a commencé.

— Ce n'est pas original ce que tu me rapportes, et cette rumeur est fausse. J'espère pour toi que tu as mieux comme message, sinon l'entretien est terminé.

— Oui, bien sûr… Mon réseau comprend de nombreuses « têtes de serpents », des types malins qui savent se débrouiller pour charrier une cohorte de candidats à l'immigration. Tous les groupes qu'ils conduisent se déplacent en louvoyant d'une frontière à une autre, comme des serpents.

Zhou Lian se fendit d'un gros sourire, content de sa phrase qui reflétait parfaitement la situation.

— Tu ne m'apprends rien.

— Mes têtes de serpents sont au contact, depuis la Chine jusqu'en France, d'une myriade de gars qu'il faut payer, corrompre, pour qu'ils ferment les yeux et laissent passer les migrants. Ils rencontrent aussi des trafiquants de tout ce que tu peux imaginer et…

— Que veux-tu me dire que je ne sache pas déjà ? l'interrompit froidement Shen Li. Je te vois, toi aussi, louvoyer comme une vipère.

Zhou Lian avala sa salive et lâcha enfin l'information qu'il venait délivrer, et pour laquelle il espérait une reconnaissance :

— Ton fils, celui qui porte le prénom français d'Éric, était en affaires avec Richard Nathan.

Le chef de clan, immobile, silencieux, attentif sans le montrer, dévisageait son visiteur, mal à l'aise, en train d'extraire de la poche intérieure de sa veste de costume une enveloppe de papier brun qu'il déposa sur le bureau. Avec des gestes mesurés et lents, contrôlant une émotion grandissante, M. Shen ouvrit l'enveloppe et en sortit deux photos sur lesquelles figuraient trois hommes : son fils Éric, Richard Nathan et un Chinois inconnu de lui.

— Poursuis, intima-t-il.

— Ces photos ont été prises il y a un an à Shanghai. Le troisième homme est, d'après ce qu'on m'a rapporté, un industriel, mais j'ignore son nom et ce qu'il fait.

— Qu'est-ce que ça prouve ?

— Qu'il y a eu, selon une de mes têtes de serpents, un contentieux entre ton fils et Richard Nathan, et que c'est sans doute ton fils qui est à l'origine du déclenchement de la fusillade. C'est en tout cas ce qui se murmure.

Shen Li resta un long moment le regard planté dans celui de Zhou Lian, de plus en plus gêné. Il essayait de savoir, dans cet échange sans paroles, si celui-ci disait la vérité et s'il pouvait se fier à lui.

— Je vais faire en sorte de te croire. Qui est au courant de ce que tu viens de me confier à part ton informateur ?

— Personne.

— Bien ! Alors continue de te taire. Je vais vérifier tes renseignements. S'ils sont avérés tu seras récompensé, dans le cas contraire tu feras tes adieux à ta famille.

Zhou Lian, sûr de son fait, approuva d'un hochement de tête. Shen Li avança un bloc de papier et un stylo.

— Écris-moi le nom de ton informateur et son numéro de téléphone. Je sais remercier tous ceux qui respectent mes proches.

Zhou Lian s'exécuta en silence. *Il faudra*, se dit-il, *que je le prévienne. S'il reçoit de l'argent*, *c'est grâce à moi*. Puis, une fois son visiteur parti, le chef des clans chinois passa un bref appel dans son dialecte très hermétique et sur un ton autoritaire. Il resta ensuite plusieurs minutes à fixer les photos. Son fils Éric et les deux hommes étaient attablés dans un restaurant, ils souriaient face à l'objectif et paraissaient bien s'entendre. Il s'attarda sur le visage de l'inconnu. L'homme était un jeune Chinois, son attitude suffisante le désignait à ses yeux comme un parvenu. Il portait avec ostentation des vêtements de prix, une montre de luxe, et le col ouvert de sa chemise laissait entrevoir une lourde chaîne en or. Tout ce que détestait Shen. Ce dernier prit dans son tiroir une paire de ciseaux et coupa le cliché en deux, séparant ce type de son fils et de Richard Nathan. Il téléphona à son homme de confiance, lui donna la partie de la photo sur laquelle l'inconnu apparaissait et dit simplement :

— Je veux tout savoir sur cet homme.

Zhou Lian fut soulagé de quitter le vieux Shen. Il démarra en trombe dans sa voiture toute neuve et fonça chez Hermès, rue du Faubourg-Saint-Honoré, pour récupérer une ceinture en crocodile commandée quelques jours plus tôt. Il fila ensuite vers Torcy, en Seine-et-Marne, où il avait ses habitudes dans un très bon restaurant dirigé par un de ses compatriotes et amis. Zhou Lian appréciait surtout, après chaque repas, de terminer l'après-midi avec une serveuse dans une des chambres discrètes, à l'arrière de l'établissement. Son rituel du mardi depuis plus d'un an.

En conduisant, Zhou Lian se repassa mentalement la discussion. Il en avait dit peu, juste l'essentiel. Bien sûr qu'il en savait davantage, mais il avait joué la prudence. Le troisième homme, dont il connaissait l'identité, était un industriel de la chimie qui vendait aussi, via une multitude de sociétés écrans, des tonnes de produits pour un usage détourné. Les services occidentaux de lutte anti-stups étaient très bien informés sur ces substances toxiques au plus haut point qu'ils appelaient dans leur jargon « les précurseurs chimiques » et qui servaient à la fabrication des drogues de synthèse comme l'ecstasy. Zhou Lian n'avait pas eu le courage de dire à Shen que son fils était mouillé jusqu'au cou dans le business de la came avec Richard Nathan. Il préférait que le vieux chef le découvre seul. Shen Li n'aimait pas les porteurs de mauvaises nouvelles.

Comme toujours, le restaurateur accueillit Zhou Lian avec chaleur et franches accolades, celles que se donnent les membres d'une même communauté. Puis les deux hommes échangèrent quelques phrases amicales en dégustant des petits verres d'un bon whisky avant de s'installer à leur table habituelle. Zhou Lian fit honneur à un repas raffiné, dans la pure tradition de la gastronomie chinoise. Cependant, il avait hâte que le déjeuner s'achève pour aller honorer une des jeunes femmes de l'établissement qu'il n'avait jamais vue auparavant et qu'il trouvait superbe. Le patron le rassura d'un sourire entendu, sa patience serait récompensée.

Son repas terminé, Zhou Lian se leva pesamment et, le regard rivé sur les fesses de la demoiselle, la suivit dans une des chambres confidentielles. Une fois la porte refermée, celle-ci fit aussitôt volte-face dans la pénombre et, d'un geste leste et précis, lui trancha la carotide avec une lame effilée sortie de nulle part. Dans le même élan, elle fit un pas de côté pour éviter que le geyser de sang ne l'éclabousse. Zhou Lian, surpris, tenta de bloquer le sang et la vie qui s'échappaient de son corps en portant ses deux mains à son cou. Il tomba à genoux puis s'affala la tête la première sur le tapis. Quelques minutes plus tard, il était mort.

Cinq hommes entrèrent dans la foulée et allumèrent les lumières. Ils avaient revêtu des combinaisons, des bottes et des gants en caoutchouc. Tout le sol de la chambre était recouvert de bâches en plastique épais noir que Zhou Lian n'avait pas eu le temps d'apercevoir dans la demi-obscurité et qui serviraient à l'envelopper. Seul le tapis sur lequel il s'était effondré dissimulait l'une d'elles.

La jeune femme s'éclipsa en laissant les nettoyeurs à l'œuvre. Elle grimpa dans le Range Rover flambant neuf de Zhou Lian, traversa la France en n'empruntant que les routes nationales, observa le code de la route à la lettre et paya le carburant en espèces dans des stations-service de petites villes où il n'y avait pas de caméras. Enfin, elle acheta de quoi boire et se nourrir dans des boulangeries au gré de ses haltes.

Elle arriva ainsi dans le Sud, dans une des casses auto tenue par un membre du clan qui l'attendait. Après dix minutes sur place seulement, elle ressortit du « Centre de retraitement des véhicules usagés », ainsi que l'indiquait l'enseigne qui figurait à l'entrée. Immédiatement, six ou sept types, le visage protégé par un masque, chalumeau en main, entreprirent de découper le Range Rover.

Vingt heures après avoir quitté le restaurant de Torcy, elle dormait dans un TGV qui fonçait vers Paris, la boîte orange de chez Hermès renfermant la ceinture en crocodile à ses côtés. Chez elle, quinze mille euros étaient déjà à sa disposition.

* * *

En fin d'après-midi, peu après le départ de la jeune femme au volant du 4 × 4 de Zhou Lian, Shen Li téléphona au patron du restaurant. En attendant, celui-ci s'était remémoré la visite, dans la matinée, d'un émissaire de M. Shen, porteur d'instructions orales très précises. Le commerçant, sans discuter, avait eu une heure pour exécuter les ordres du chef de clan.

Il prit l'appel à la première sonnerie. Shen Li, sans se présenter et sans aucun autre préambule, ne lui posa que deux questions :

— De quoi avez-vous parlé à table ?

— De bagnoles et de putes, comme d'habitude, répondit sans hésiter le restaurateur.

— Bien, approuva Shen Li de son ton monocorde. Et ensuite ?

— Tout s'est bien passé.

Puis, après quelques instants de silence que le commerçant se garda bien d'interrompre, le vieil homme reprit la parole :

— Je viens de supprimer un an de remboursement du prêt que je t'avais consenti. Je sais récompenser et encourager ceux qui travaillent bien.

Le restaurateur se répandit en remerciements. Il raccrocha. Il était soulagé.

19

Julien Caucher gara la Peugeot 308 sur le parking de la police judiciaire de Meaux. L'arrêt de la voiture réveilla Dalmate qui somnolait depuis le départ de la PJ parisienne, bercé par le bruit de la pluie et celui des essuie-glaces. Les deux hommes étaient attendus par Galtier, le capitaine avec lequel Dalmate avait travaillé un temps à la brigade criminelle. Une fois qu'ils l'eurent rejoint, le commandant apprécia les deux tasses de café sans sucre qu'on lui servit et raconta les derniers développements de l'enquête :

— Mon informateur, le serveur du restaurant, nous attend dans le bureau d'à côté, indiqua Galtier. Tu vas lui faire écouter l'enregistrement, mais il ne faut pas lui dire qu'il s'agit de Shen, sinon il ne dira rien. Faut même espérer qu'il ne connaisse pas sa voix.

Les trois policiers entrèrent dans la pièce où patientait l'informateur. L'homme, petit et mince, se rongeait les ongles, assez anxieux d'être dans un service de police en présence d'inconnus. Galtier le tranquillisa d'un regard, puis présenta Dalmate et Caucher comme deux collègues sans davantage de précision. Le commandant sortit de la poche de sa veste son smartphone sur lequel la conversation de Shen avait été transférée.

— Je vais vous faire écouter quelque chose en chinois, je voudrais que vous me le traduisiez.

— C'est tout ? demanda, étonné, le serveur.

Dalmate acquiesça et déclencha la lecture de l'enregistrement en scrutant le visage du type, surpris par la brièveté de l'extrait.

— C'est très court !

— Vous avez compris ?

— Oui, bien sûr. L'homme dit : « On va au restaurant Les Moines de Shaolin. »

— Vous connaissez ce restaurant ? s'enquit Dalmate.

— Pas du tout.

Galtier et Caucher observaient Dalmate, pesant le pour et le contre des questions qu'il souhaitait poser.

— Nous sommes allés à proximité de cet établissement où devait se dérouler un rendez-vous. Personne n'est venu. Pourtant, dans une autre conversation, on apprend que la rencontre a bien eu lieu.

— Vous avez une photo du restaurant ?

La requête prit de court les trois policiers. Dalmate adressa à Julien Caucher un signe de tête approbateur. Le jeune lieutenant, ouvrit sa tablette, fit défiler des photos, en sélectionna une et la montra au serveur qui sourit, découvrant une denture irrégulière.

— C'est pas Les Moines de Shaolin.

— C'est inscrit sur l'enseigne, répliqua Caucher.

— C'est pas l'enseigne en français qui compte, c'est celle en chinois. Ce restaurant s'appelle Prospérité et Richesse.

— Comment c'est possible ? s'étonna Dalmate.

— Les Chinois savent en fonction des idéogrammes du panneau de quelle région est originaire le restaurateur. C'est un code entre nous, pas pour vous. Là, le premier idéogramme veut dire « village », ce qui signifie sans doute que le propriétaire était de la première génération de migrants chinois, et après c'est écrit « prospérité et richesse ».

— Et si on vous fait voir d'autres enseignes, vous pourriez nous les traduire ? proposa Dalmate.

— Non, répondit le serveur, buté.

— Vous sauriez, sinon, où se trouve le restaurant dont les idéogrammes indiquent Les Moines de Shaolin ?

— Non plus. Il existe pas d'annuaire, je me déplace pas et j'ai pas le temps.

Galtier, d'un signe discret, fit comprendre à Dalmate qu'il devait arrêter les questions. Celui-ci remercia alors le serveur que le capitaine raccompagna à la sortie du service avant de les rejoindre à nouveau, Caucher et lui.

— Mon informateur s'est complètement fermé quand il a saisi que tu souhaitais des renseignements sur le fonctionnement de sa communauté. C'est classique, lâcha Galtier en regardant sa montre. 13 heures, je propose qu'on aille déjeuner et on finira de discuter.

Quelques minutes plus tard, le policier les conduisit dans une brasserie du centre-ville dont le menu du jour annonçait un pot-au-feu. La conversation reprit une fois les entrées servies.

— Est-ce que ton informateur va raconter notre entrevue et dire ce qu'il a entendu ?

— Non, je ne pense pas, ça signifierait qu'il est en contact avec des flics et il aurait des ennuis.

— Tant mieux. C'est suffisamment compliqué comme ça. En fait, le fond du problème, c'est que je n'ai qu'une confiance modérée envers nos traducteurs, mais je n'ai pas le choix de faire appel à eux. Leur nombre est en plus très limité.

— Tu penses qu'ils te balancent auprès des cibles que tu écoutes ?

— À vrai dire je n'en sais rien, mais je fais gaffe, répondit Dalmate. Je vais réfléchir avant de brancher les téléphones les plus chauds des Chinois et peut-être commencer par des géolocalisations, puis les factures détaillées pour savoir avec qui ils sont en contact.

— Quand j'étais à la Crim', expliqua Galtier, avant que tu débarques, je suis allé en mission à Londres pour arrêter un type qui en avait tué un autre à Paris. Bref, rien de bien complexe. Et voilà qu'on se met à discuter avec les collègues anglais de nos procédures respectives, nos façons de travailler, comme font tous les flics du monde quand ils se déplacent à l'étranger.

— C'est vrai, ça m'est déjà arrivé, confirma Dalmate.

— Et c'est comme ça que les Anglais nous parlent du Chinatown de Londres où il y avait un gigantesque trafic de tabac qui rapportait des dizaines de millions de livres à la triade locale. Le problème, c'est que chaque fois qu'ils avaient recours à des traducteurs, ça fuitait dans tous les sens, et quand ils se pointaient en perquisition, le ménage avait déjà été fait : disparus les centaines de cartons de clopes et les montagnes de fric. Alors ils ont eu une idée de génie. Ils ont envoyé par Internet, en cryptant les enregistrements, les conversations des Chinois à leurs collègues de New York. À leurs cousins, comme ils disent.

— C'est astucieux !

— Des flics d'origine chinoise dans la police de New York, c'est pas ce qui manque, se sont fait une joie de se charger des traductions. Grâce à ce stratagème, les Anglais ont patiemment monté l'organigramme de la mafia de Londres, identifié tous les responsables et localisé les entrepôts jusqu'aux navires qui apportaient la contrebande, avant de plier la triade qui était à la manœuvre chez eux !

— Pas de chance pour nous, intervint Caucher, les flics de New York ne sont pas nos cousins…

— Peut-être même, reprit Dalmate en souriant, que les flics chinois de New York appartenaient à une triade concurrente.

20

La nouvelle équipe feu de confiance d'Albert Nathan, le duo Lucien Dahan et Jacky Peres, stationna la camionnette sur un emplacement de livraison d'une rue du 12e arrondissement, la bien nommée rue du Rendez-Vous. À quelques mètres d'eux, sur le trottoir, une Harley-Davidson noire, récente, bardée d'antivols. Une quinzaine de minutes plus tard, Lucien Dahan descendit du véhicule et fit quelques pas en fumant une cigarette. Il s'assurait discrètement que l'endroit était calme. En ce début de soirée, chacun était chez soi et dînait en regardant les infos. La bonne heure pour ne pas croiser grand monde. Vers 22 h 30, ce serait un peu plus animé à cause de ceux qui sortiraient leurs chiens pour les faire pisser contre les roues des voitures. C'était maintenant, dans ce créneau horaire de relative tranquillité, qu'il fallait agir.

Peres termina sa cigarette, l'écrasa sous sa botte et alla secouer la Harley-Davidson pour déclencher l'alarme. Un son strident retentit. Rapidement, un jeune type se pencha à une fenêtre, jura, et descendit en courant l'escalier. Jacky Peres avait rejoint son complice devant l'entrée de l'immeuble, écoutant la cavalcade qui se rapprochait. Quand l'homme ouvrit la porte à la volée, il reçut un violent coup de poing en plein visage qui lui fit perdre connaissance. Les deux types le balancèrent dans la camionnette. Dahan prit le volant et démarra sans se presser. Peres, à l'arrière, recouvrit la tête du jeune homme encore inconscient d'une cagoule et lui attacha les mains derrière le dos avec un Serflex.

Le véhicule arriva dans le parking souterrain d'un immeuble de la rue du Ranelagh dans le 16e arrondissement. Peres et Dahan, soutenant le jeune motard qui commençait à revenir à lui, le propulsèrent dans l'ascenseur. En haut, Yannis Nathan, qui devait guetter l'arrivée du trio dans l'œilleton de la porte, leur ouvrit. Silencieux, ils entrèrent précipitamment dans un petit appartement, volets baissés, meublé du strict nécessaire. Dans le séjour, un canapé, une table, quatre chaises. Sur la table, deux ordinateurs et une imprimante. Yannis se tenait derrière le jeune homme. Il fit un imperceptible signe de tête. Aussitôt, Dahan enleva la cagoule et coupa le Serflex avec un couteau à cran d'arrêt. Le claquement sec de la lame terrorisa le type qui se massait les poignets.

— Comment tu t'appelles ?

— Vous allez me tuer ?

— Tu réponds aux questions et après on verra. Ton nom ?

— Alexis Maurel.

— Parfait, c'est bien toi le hacker qui bossait pour Richard. Tu reconnais ce matos ?

Peres désignait les deux ordinateurs portables. Yannis, en retrait dans le dos de Maurel, restait discret. Celui-ci s'approcha et les examina.

— Oui, ce sont ceux de Richard Nathan.

— OK ! Tu vas les démarrer, et ensuite tu nous donneras les codes.

Le hacker s'exécuta. Quelques secondes plus tard, les écrans d'accueil s'affichèrent.

— Quel job tu faisais pour Richard ?

— Vous n'avez qu'à lui demander, j'veux pas d'ennuis.

Une gifle appuyée de Peres le mit par terre.

— Richard est mort. C'était quoi ton job ?

Alexis Maurel se releva, étourdi de douleur. Il ne pouvait se retenir de pleurer.

— Richard me donnait des dizaines de listes d'adresses mail. Il s'agissait de secrétariats de sociétés à qui je devais envoyer un message avec une pièce jointe qui était un cheval de Troie, dit-il d'une voix à peine audible.

— Parle plus fort, le rudoya Peres.

— Lorsque l'employé cliquait pour l'ouvrir, ça me communiquait une ligne de commandes qui me permettait de prendre à distance le contrôle de l'ordinateur. J'agissais pendant la pause déjeuner, entre 12 h 30 et 13 h 30. Les secrétaires s'absentaient généralement et laissaient leur machine en veille. C'était facile pour pirater. J'avais pour instruction de tout siphonner, mails et contenu du disque dur, et de donner l'ensemble des fichiers à Richard.

— Tu sais ce qu'il en faisait, des infos que tu lui filais ?

— Ce que je sais, c'est que quand une société l'intéressait, il me demandait de chercher ses succursales, et celles qu'il préférait étaient à l'étranger.

Alexis Maurel s'arrêta de parler, estimant avoir dit l'essentiel. Une gifle plus forte que la précédente l'incita à poursuivre :

— Ça sert à rien de me frapper, je vous raconte le truc. Richard voulait que je trouve les noms des dirigeants, les numéros de téléphone, ceux des comptes bancaires… Tout quoi !

— Vas-y, continue.

— Après, il lançait l'attaque. Richard se faisait passer pour le PDG de la boîte, et il appelait la succursale. Il foutait une trouille bleue au comptable, il prétendait qu'un contrôle fiscal était dans l'air et qu'il fallait sortir l'argent momentanément.

Alexis Maurel s'interrompit à nouveau, méfiant et craintif.

— C'est la fin de l'histoire ?

Dahan, menaçant, serra l'épaule du hacker.

— Non, il ordonnait ensuite d'envoyer le fric sur un compte à l'étranger et affirmait que, quand le contrôle serait terminé, il renverrait l'argent. Richard, il était hyper-balèze à ce jeu, et ces caves de comptables casquaient sans discuter. Voilà, j'en sais pas plus, je vous le jure.

— C'est déjà beaucoup trop.

Dahan lui balança une autre gifle sur l'oreille qui fit hurler de douleur le jeune homme.

— Combien il te donnait pour ton piratage ?

— Pour une vingtaine de jours de travail sur deux mois, il m'a acheté une Harley qui vaut plus de quinze mille euros. Pas d'quoi me plaindre. Je ne bossais pas tous les jours en plus ! Il m'appelait sur un téléphone qu'il m'avait filé et qui ne servait que pour nous.

— Tu faisais quoi d'autre sur les ordis ? Des trafics pour toi ?

— C'était pas possible. Quand j'étais dessus, il y avait toujours son pote sur mon dos en train de fliquer tout ce que je copiais.

— Qui c'était, ce type ?

— Rudy, l'associé de Richard. Je connais que son prénom. Il m'avait demandé de lui monter des sites Internet sur le Forex et sur la vente de diamants en ligne. Des trucs bidon pour plumer des gogos croyant avoir des retours sur investissements de 10 %. En fait, tout ça c'était du flan ! Mes sites de façade attiraient les gens et Rudy les embobinait en parlote. Il arrivait à les convaincre de verser leurs économies, leurs retraites sur les placements diamants, et le pire c'est que ces crétins y allaient franco. Rudy, il a ramassé un sacré paquet de blé comme ça. Avec Richard, ils se marraient comme des fous devant la connerie humaine.

— Est-ce qu'il y a un dossier, des mails qui concernent des Chinois ?

Alexis Maurel hésitait, mais, dans la crainte d'être frappé, il répondit :

— Oui, y a un dossier caché et crypté qui contient plein de trucs sur des Chinois. C'est moi qui l'ai créé pour Richard. D'ailleurs, il n'y avait que lui qui connaissait le mot de passe. Personne d'autre, pas même Rudy.

— Ouvre-le !

Le hacker n'était pas un type violent ou rebelle, et il avait peur de mourir. Après quelques manipulations, il s'exécuta.

— Dernière question : tu bossais ici avec Richard ? T'avais pas peur que les flics vous remontent ?

— On bossait en Israël, impossible qu'on nous trace avec tous les systèmes mis en place. Les numéros de téléphone, les adresses mail, tout était complètement brouillé. On était sûr d'être anonyme et intraçable.

La réponse de Maurel sidéra les trois hommes. Silence lourd dans la pièce. Dahan reprit la parole :

— Combien de fois es-tu allé en Israël et dans quelle ville ? Donne des détails, te plante pas.

— Une seule fois. Une dizaine de jours, peut-être quinze, il y a cinq ou six mois. Richard louait un bureau dans un immeuble à

Herzliya, pas loin de la plage. Je mangeais et dormais sur place. Je n'avais pas le droit de sortir.

— Tu as rencontré des gens, des amis de Richard ?

— Personne.

Yannis, toujours silencieux et en retrait, voulait rester anonyme pour le hacker. Il fit signe aux gars d'accélérer. Quelques instants plus tard, Alexis Maurel, de nouveau cagoulé et mains attachées, retrouva la camionnette. Il suppliait les deux hommes de ne pas le tuer.

— Tu parles, t'es mort, le menaça Jacky Peres en lui balançant une paire de gifles.

Maurel eut alors la certitude que ce n'était pas des paroles en l'air et, au milieu de ses sanglots, jura de se taire. Une heure après, on le déposa dans une allée peu éclairée du bois de Vincennes. Yannis Nathan, une fois seul, se plongea quant à lui dans les documents du dossier crypté. Des factures de produits chimiques commandés en grande quantité en Chine par une société de Richard, avec livraisons au port d'Anvers, l'intriguèrent. Les noms de ces matières ne lui disaient rien. Après une brève recherche sur Internet, il apprit qu'il s'agissait de précurseurs chimiques employés dans l'industrie, mais qui, grâce à un détournement d'usage, servaient aussi à la confection des drogues de synthèse. Les nombreux mails sibyllins échangés entre son frère et Éric Shen l'alarmèrent. Yannis les sélectionna, puis lança les impressions. Il enleva ensuite les disques durs des ordinateurs. Enfin, il rangea le volumineux dossier et les supports informatiques dans une sacoche. Il se demandait comment révéler cette découverte à son père.

21

Sylvie Guyien examinait les listings des numéros de téléphone attribués aux membres des clans juifs et chinois pour lesquels les factures détaillées avaient été demandées. Cela permettrait au groupe de Dalmate de faire des recoupements et de savoir vers qui se concentraient le plus les appels. L'étape suivante consisterait à brancher les lignes les plus pertinentes. Soudain, la jeune femme fut intriguée par un numéro localisé dans le Vexin, au nord-ouest de Paris, à un peu plus d'une heure. Le téléphone pointait très exactement dans une maison médicalisée pour personnes âgées et n'avait envoyé qu'un seul SMS. Sylvie reconnut comme destinataire les coordonnées de Paul Dalmate.

Elle entra dans son bureau pendant qu'il réfléchissait devant le tableau ouvert et agita devant ses yeux le listing avec le numéro qui bornait dans le Vexin surligné en jaune.

— Paul, tu m'expliques ce que cela signifie ? Je ne comprends pas. Ton portable apparaît en face d'un numéro dans la procédure de la guerre des clans !

— Oui, c'est moi qui l'y ai glissé. C'est une affaire personnelle et, comme je n'ai pas de cadre juridique pour approfondir la question, j'en ai profité pour le noyer dans le lot. Ne t'inquiète pas, je vais l'enlever.

Sylvie Guyien demeura quelques instants stupéfaite.

— Tu peux m'en dire plus ? Paul, si le juge s'en aperçoit, on risque un paquet d'ennuis.

— Personne ne risque quoi que ce soit. Ce sont des centaines de numéros qu'on va faire identifier dans cette enquête, on ne gardera que ceux qui ont un réel intérêt, et les autres on les écartera. C'est la procédure. Alors un de plus ou un de moins… J'ai reçu un SMS l'autre jour. Un truc très court, signé apparemment de mon père. Je voulais vérifier d'où ça bornait.

— Ton père ? Tu ne sais pas où il est ? Pourquoi tu dis « apparemment » ?

La jeune femme s'aperçut qu'elle se montrait trop intrusive. Dalmate répondit malgré tout pour la rassurer, mais ne lui donna qu'un aperçu, inexact à dessein, de son histoire personnelle :

— Quand j'étais môme, autour de 5 ou 6 ans, mon père est parti et je ne l'ai plus revu. Près de quarante ans plus tard je reçois ce message. C'est normal que je me pose des questions. Est-ce bien mon père qui me contacte ? Si oui, comment connaît-il mon numéro ? Que veut-il ?

Sylvie Guyien allait d'étonnement en étonnement.

— Ça doit être perturbant, en effet ! Mais tu aurais dû m'en parler avant, on aurait peut-être trouvé une autre solution pour localiser ce téléphone. Paul, c'est complètement illégal ce que tu as fait, et tu le sais !

— Tu as raison, approuva-t-il, mais s'il te plaît reste discrète, tu n'es pas censée être au courant, le listing m'était adressé. Je suis sûr que tu comprends que je dois en savoir davantage avant d'aller plus loin, et que c'est pour cela que je me suis permis cette entorse juridique. Je n'avais pas d'autre choix.

Oui, elle comprenait, mais n'admettait pas ce détournement de procédure, d'autant plus qu'il venait de Paul Dalmate. Dans le fond, elle admirait le professionnel qu'il était, mais ne connaissait rien de sa vie personnelle. *Un taiseux*, se dit-elle. *Quand il parle il ne révèle rien, mais tout est dans son regard et dans sa façon d'être.*

Ce soir-là, dans son salon, Paul Dalmate saisit sa tablette et entra le lieu où le téléphone avait borné. Un point rouge se matérialisa à proximité de la petite ville de La Roche-Guyon, dans la partie la plus à l'ouest du Vexin. Le logiciel de cartographie indiqua qu'il était à une heure quinze de la maison de retraite. Il enregistra l'information et reposa sa tablette.

Paul n'avait pas besoin de vérifier le contenu de son réfrigérateur et des placards de la cuisine pour savoir qu'ils étaient vides. Il sortit en faisant tout son possible pour enfouir au plus profond de lui son histoire, sans pour autant y parvenir. Une demi-heure plus tard, il prenait le chemin du retour avec une pizza. En passant, il s'arrêta chez l'épicier qui fermait boutique à 23 heures et acheta une salade verte, des fruits, du fromage et du pain en sachet.

Tout près de chez lui, il vit descendre d'un taxi une jeune femme en robe longue qui portait un violon dans son étui. D'un geste machinal, elle releva une mèche de cheveux roux échappée de son chignon. Il ne put s'empêcher de sourire. Se sentant observée, la jeune femme se retourna et lui rendit son sourire avec un regard interrogatif.

— Je suis le cambrioleur débutant, dit-il en guise de présentation.

Éclat de rire de sa voisine.

— Je suis l'interprète de *In the Mood for Love*, répliqua-t-elle.

— J'avais deviné. C'est vraiment une très belle musique.

— Romantique et triste. Mais je joue d'autres choses. Si vous aimez les récitals, je laisserai dans votre boîte aux lettres le programme des concerts à venir. Il faut que je me sauve, on m'attend. Bonsoir !

Paul Dalmate mangea sa pizza refroidie, écoutant en sourdine Alain Bashung qui interprétait « La nuit je mens » de sa voix hypnotique et envoûtante. Les paroles de cette chanson, soudain, prenaient une autre dimension et il se remémora l'expédition punitive contre le mari de Khadija. Plus tard, il reçut sur WhatsApp la réponse à son déplacement de pion du jeu d'échecs. Dalmate regarda son plateau vide de toutes pièces, visualisant leurs positions. Il haussa les épaules en trouvant tout d'abord le coup faible. Il ferma les yeux et passa en revue tous les mouvements semblables joués dans des parties connues. En fait, le coup n'était pas si faible et Paul réfléchit à la riposte.

* * *

Cette même nuit, en Italie, non loin de la frontière française dans les Hautes-Alpes, trois Chinois jouaient aux dés. L'un d'eux était ce que Zhou Lian appelait une « tête de serpent », un de ses informateurs. Les deux autres, des candidats à l'immigration. Ils appartenaient à un groupe d'une dizaine de Chinois qui attendaient pour entrer en France.

Une fois le jeu terminé, le passeur alluma une cigarette et s'éloigna pour téléphoner discrètement à son contact afin de connaître l'état des patrouilles à la frontière. L'homme composait le numéro quand deux types, vêtus de sombre et portant des gants, lui tombèrent dessus par surprise. L'un le bâillonna d'une main et l'immobilisa de l'autre bras. Le second le frappa de plusieurs coups de couteau dans le ventre et d'un dernier dans le cœur. Le passeur, petit et fluet, n'était pas de taille à se défendre, il mourut en silence en moins de deux minutes. Les tueurs, des Chinois également, lui prirent son téléphone, ses papiers et son argent. Le lendemain, les policiers italiens conclurent à un règlement de comptes entre trafiquants d'êtres humains, ce qui était banal et courant, et n'allèrent pas chercher plus loin.

Shen Li reçut d'un émissaire un message sibyllin disant que tout était réglé.

22

L'ensemble des documents imprimés provenant des PC de Richard se trouvait étalé sur le bureau d'Albert Nathan et Yannis les utilisait pour faciliter ses explications. Il était d'ailleurs en train de terminer de raconter à son père et à son frère, Franck, comment il avait obtenu le contenu des ordinateurs de son aîné quand le patriarche lui fit signe de s'arrêter.

— Le jeune informaticien, celui que vous avez un peu malmené, Alexis Maurel, tu es sûr qu'il ne parlera pas à la police ?

— Sûr et certain, il a trop peur de mourir. Il nous a fait un topo sur le business de Richard et celui de Rudy. Rien qu'on ne sache déjà. Richard, c'était le roi des escroqueries, celui que la presse a baptisé « le Faux Président », et Rudy celui des arnaques aux placements Forex et diamants. Là aussi, la presse économique en a fait tout un plat. Richard et Rudy se sont gavés l'année dernière, à eux deux ils se sont fait plus de vingt millions !

— Que les gens sont stupides ! Plus les escroqueries sont énormes et plus ça marche ! Pourquoi s'en priver ? commenta en souriant tristement Albert Nathan. Qu'est-ce que tu as appris d'autre, Yannis ?

— Alors, sur les ordinateurs de Rudy…

D'un geste de la main, Albert Nathan interrompit son fils.

— Yannis, avant que tu commences, épargne-moi ton charabia technique. Les hackers, le soft, le hard, le cloud, je n'y comprends rien. Qu'est-ce que je dois savoir ? Dis les choses simplement et donne-moi les documents les plus importants sur du papier !

— Bien, je pense que Richard était en business avec Éric Shen…

— Business de quoi ? s'étonna Albert Nathan.

— La came.

Silence lourd dans la pièce. Les deux frères échangèrent un regard, n'osant affronter celui de leur père.

— Est-ce que tu peux te tromper, Yannis ?

— Je suis sûr que non. Richard commandait des produits chimiques en très grande quantité, toujours auprès d'une même société de Shanghai. Il les faisait livrer au port du Havre ou à celui d'Anvers. Après chaque réception, il envoyait un message au fils Shen pour une « invitation à dîner ». Les deux s'entendaient très bien, et j'ai découvert qu'ils avaient plusieurs sociétés d'import-export en commun aux Pays-Bas, pour brouiller les pistes. D'après ce que j'en déduis, les produits chimiques étaient transformés dans les labos qui produisent de l'ecstasy et toutes ces merdes. Mais je n'ai pas trouvé comment et auprès de quels intermédiaires ils revendaient la came.

— On verra plus tard. Continue.

— Le ton dans les derniers mails change. Il a dû se passer quelque chose entre Richard et le Chinois, et les menaces sont à peine voilées, d'un côté comme de l'autre. Sans doute une question de fric.

— Je veux voir le fils Shen rayé de la carte. C'est lui qui l'a tué ou fait tuer. Yannis, règle-moi ça en priorité.

— OK, je m'en occupe.

— Richard a fait ce que j'ai toujours interdit. Le trafic de came, ce n'est pas pour nous. Regardons les choses en face, on est déjà tous blindés et on ne sait même pas comment dépenser notre blé. Si les flics mettent leur nez dans nos affaires, au pire on prend cinq ans, et on ne fait même pas dix-huit mois. Comme on a des comptes bancaires et des propriétés dans des dizaines de pays, il ne peut rien nous arriver. Rien ! Avec la came, on risque vingt ans et quand on sort de taule, si on en sort, on est rincé à vie. Ruiné ! Vous connaissez ma position et je n'en ai jamais varié. Est-ce que les flics peuvent savoir ce que tu viens de m'apprendre ? Parce que si c'est le cas, je ne suis pas certain qu'on pourra s'en tirer.

— Je n'en sais rien…

— D'accord. Laissez-moi seul, maintenant, s'il vous plaît. J'ai l'impression d'avoir perdu Richard une deuxième fois.

* * *

La Porsche Panamera noire avançait lentement dans les rues de Neuilly. Jérémy Abitbol était au volant, Rudy Meïr à ses côtés, Glock 9 mm à portée de main, toujours sur ses gardes.

— T'es sûr que tu veux parler au vieux ? insista Abitbol.

— Plus que jamais.

— Tu vas te fourrer dans la gueule du loup, réfléchis !

— C'est tout réfléchi. Ils viennent de terminer leur semaine de deuil, personne de chez eux ne va prendre les armes pour tuer un autre juif ! C'est sans danger. Et en plus, le vieux Nathan est assez intelligent pour ne pas buter quelqu'un dans sa propre maison.

— C'est toi qui vois… Je t'attends dehors comme convenu.

La Porsche s'arrêta devant la villa d'Albert Nathan. Malgré son discours, Rudy Meïr ne cachait pas son inquiétude et regardait de tous les côtés. Le portail ne s'ouvrit pas. Trois hommes sortirent de la demeure. Ils portaient ostensiblement des armes à la ceinture, signifiant ainsi que Meïr et Abitbol n'étaient pas les bienvenus. Rudy baissa la vitre et s'adressa à l'un d'eux d'un ton faussement enjoué :

— Ruben, c'est comme ça que vous accueillez les amis ?

— Qu'est-ce que tu veux, Rudy ?

— Voir le patron. Je sais, j'ai pas appelé avant, mais c'est important. Demande-lui s'il peut me recevoir.

Quelques minutes plus tard, l'homme revint chercher Rudy. La Panamera recula un peu pour laisser l'accès au portail libre. Cela permettait aussi à Abitbol d'avoir en visuel l'entrée de la villa. Une fois en position, il actionna le verrouillage automatique des portières, laissa tourner le moteur et posa sur sa cuisse le Glock avec une balle engagée dans le canon.

Dès que le portail fut refermé, Rudy, lui, subit une fouille au corps poussée et fut ensuite conduit dans le grand salon où Yannis l'attendait. Atmosphère glaciale. Yannis restant les bras croisés et ne saisissant pas la main tendue, le porte-flingue eut la confirmation qu'il ne faisait plus partie du clan et qu'il ne verrait pas Albert Nathan.

— Qu'y a-t-il de si important, Rudy, pour que tu viennes à l'improviste ? Tu sais que notre semaine de deuil s'achève tout juste. Tu ne pouvais pas patienter deux ou trois jours ?

— Je suis conscient qu'on a merdé. Oui, on s'est trompé de cible. Mais crois-moi, je n'ai jamais discuté les ordres de ton père et j'ai toujours obéi. Yannis, repense à tout ce qu'on a fait avec Jérémy et les frères Cohen pour le clan ! Vous pouvez pas nous rayer de la carte comme si on était des traîtres.

— C'est ce message qui est important ?

— Oui. J'aurais aimé m'adresser à ton père pour lui dire que nous sommes avec vous, que nous sommes toujours dévoués. On est prêts à réparer notre erreur. Votre douleur est nôtre, et…

— Arrête, Rudy, t'en fais un peu trop !

Rudy, mortifié, se tut. Son vis-à-vis le regardait et réfléchissait.

— Je n'ai pas oublié que tu étais l'associé de Richard. Est-ce que tu sais si mon frère était en affaires avec les Shen ?

— Yannis, on travaille tous avec les Chinois ! s'étonna le porte-flingue. Peut-être avec les Shen, j'en sais rien. Où est le problème ?

— Je cherche, justement. Richard pouvait-il bosser de son côté sans que tu le saches ?

— Oui, bien sûr. On avait un business en commun, et un en propre chacun dont on ne se parlait jamais. Mais pourquoi ces questions ?

— Comme ça, pour savoir.

— Yannis, je souhaiterais pouvoir m'expliquer avec ton père. Que tout redevienne comme avant. Moi aussi j'ai une famille, des enfants… Je peux repasser jeudi ou vendredi prochains. C'est possible ?

— Jeudi, c'est le jour où il va à la synagogue, et vendredi il part en voyage. Je lui dirai que tu veux le voir. Tant qu'on ne t'appelle pas, inutile de revenir ici ou d'essayer de le croiser quand il est en ville. Tu as compris ?

— Oui, bien sûr.

Yannis fit signe aux deux hommes qui assuraient sa protection de raccompagner l'indésirable, puis il rejoignit le bureau de son père.

— Qu'est-ce qu'il voulait ? demanda Albert Nathan.

— Ne pas mourir.

— C'est banal.

Rudy, lui, monta dans la Panamera, et Jérémy Abitbol démarra aussitôt. La caméra installée dans une voiture banalisée de la police filma l'arrivée et le départ du véhicule. Les images renvoyées en direct à la PJ prétendirent, à tort, au flic qui regardait l'écran, que l'équipe feu était de retour et qu'elle avait dû prendre des consignes pour un règlement de comptes. Il appela Paul Dalmate et lui transmit l'information.

Chaque fois que la Porsche s'arrêtait à un feu rouge, à un stop ou ralentissait, Abitbol et Meïr scrutaient de tous les côtés pour répliquer en cas d'attaque, celle-ci pouvant provenir soit des Chinois, soit de leur propre camp. Quand la voiture fila enfin sur l'autoroute vers Reims, où les deux hommes avaient une planque, Jérémy, plus détendu, interrogea Rudy :

— Tu as eu ce que tu souhaitais ?

— Oui, je pense.

— Rudy, on joue avec le feu ! Tu préviens Marco et Mika ?

— Je n'en sais rien encore. Mais plus on est discrets et mieux on se porte.

23

Les maisons de la famille Shen qui composaient le quartier chinois de Dampart faisaient l'objet d'une vigilance maximum de la part des hommes du clan. La protection se voulait discrète pour n'attirer ni l'attention des riverains ni celle de la police. Shen Li, d'un geste, fit asseoir le chef de sa sécurité. L'homme, mince, toujours vêtu d'un costume bleu foncé, d'une chemise blanche et d'une cravate bordeaux, ressemblait davantage à un bureaucrate avec ses petites lunettes de vue et ses mains manucurées qu'au responsable des équipes de protection, d'extorsion et de règlement de comptes.

— As-tu les précisions que je t'ai demandées ? Ça tarde.

— J'ai donné les numéros d'immatriculation aux commerçants que tu m'as indiqués. L'un d'eux a obtenu les informations par une équipe de deux policiers qu'il paye tous les mois. Par contre, pour interroger le fichier des véhicules, les flics doivent inscrire leur matricule et sont donc identifiables. Pour ne pas être tracés informatiquement, ils ont été obligés de faire le tour des parkings des services de la PJ. C'est pour cela que ça a pris du temps.

— On a la réponse ?

— Oui, ils ont trouvé les voitures que tu cherchais. C'est bien la police judiciaire que nous avons sur le dos. La brigade criminelle et la brigade de répression du banditisme. Je te confirme qu'ils sont en surveillance sur nos maisons et qu'ils nous prennent même parfois en filature.

— On continue comme si de rien n'était, on ne change pas nos habitudes sauf quand on a des rendez-vous qui ne regardent que nous, là nous prendrons des précautions. Préviens nos amis de ce désagrément momentané. Remercie le commerçant qui a eu ces informations, je ferai un geste.

Le chef de la sécurité sorti, Shen Li, en cette fin de journée, prépara en silence le thé avec tout le cérémonial qui s'imposait. Dans la grande pièce, autour de lui, sa fille aînée Sophie et ses trois fils, Pierre, Éric et Thomas, venaient de faire leur entrée à sa demande. Leurs âges s'échelonnaient entre 24 et 30 ans. Ils portaient tous des prénoms français, mais possédaient aussi des prénoms asiatiques qu'ils utilisaient quand ils voyageaient. Les discussions en famille se déroulaient aussi bien en français qu'en chinois, parfois une phrase commençait dans une langue et se terminait dans l'autre. Ces jeunes gens, en effet, maîtrisaient à la perfection le mandarin, même s'ils gardaient un léger accent français. Ils savaient d'ailleurs bien que, dans leur dos, en Chine, on les surnommait « les Bananes », jaune dehors et blanc dedans. Ce qui les irritait particulièrement.

Le silence pesant qui régnait inquiéta ses enfants. D'ordinaire, quand Shen Li se livrait au cérémonial du thé, il se montrait plus volubile, commentant avec plaisir les différentes phases du rituel qu'il suivait à la lettre. Après une poignée de secondes, la porte s'ouvrit et un très vieux monsieur, petit, mince, que tous accueillirent avec tendresse, les rejoignit. C'était le père de Shen Li, le grand-père très respecté. Âgé de 92 ans, il s'appelait Tao. À ses côtés trottinait un chien qui ne le quittait jamais. Un bâtard noir et blanc de taille moyenne, avec une bonne gueule carrée qui mordillait affectueusement les doigts du grand-père. Ce dernier s'assit dans un fauteuil avec un sourire joyeux.

— J'ai une très bonne nouvelle, commença-t-il de sa voix fluette. Une portée de chiots dont Cric est le père vient de naître. Il y a quatre mâles et une femelle. Nous voilà rassurés, la descendance est là.

Tao caressait la tête de l'animal. Tous applaudirent à cette bonne nouvelle qui contribua quelque peu à détendre, pour un temps, l'atmosphère.

— Cric est le seul chien qui comprenne à la fois le chinois et le français, dit en riant Éric.

— Je peux rester ? demanda le vieil homme.

— Naturellement, répondit Shen Li avec une pointe d'hésitation. Nous allions prendre le thé, je vais te servir.

Une demi-heure plus tard, après sa troisième ou quatrième tasse, le grand-père ferma les yeux et s'endormit en silence. Le chien en fit autant. Shen Li s'exprima alors longuement sur la guerre qui venait de débuter avec le clan juif d'Albert Nathan, sur l'assassinat par erreur de Sun Hao, et la spirale de vengeance qui venait de s'enclencher. Sa fille et ses trois fils, gérants de très nombreux commerces et sociétés, étaient tous impliqués dans les montages sophistiqués du blanchiment d'argent, de la fraude et de l'évasion fiscales. Tous s'étonnèrent de la tournure que prenaient les relations avec les clans juifs, d'autant que le business entre les deux communautés était en plein essor depuis plus d'une vingtaine d'années et que l'un ne se faisait pas sans l'autre.

— Des membres importants des familles juives associées à Albert Nathan sont venus, dans son dos, s'entretenir avec un de nos financiers pour tenter de désamorcer la guerre qui a débuté. Je leur ai fait dire qu'on ne prendrait plus leur argent tant que la situation ne reviendrait pas à la normale. Ça va leur coûter davantage à eux qu'à nous. Vous êtes d'accord, je suppose.

La jeune femme et les trois hommes approuvèrent sans enthousiasme.

— Est-ce que l'un d'entre vous a quelque chose à ajouter en particulier ?

Dénégation unanime.

— Éric, je t'écoute. Je crois que tu étais en affaires avec Richard Nathan. As-tu oublié une information que l'on pourrait partager ?

La voix glaciale de Shen Li et son regard insistant planté dans celui de son fils n'appelaient aucun faux-fuyant.

— Oui, j'étais en affaires comme tout le monde avec Richard Nathan et avec d'autres de sa communauté. Rien de particulier. On a monté un business qui maintenant fonctionne tout seul et nous n'avons plus besoin de nous rencontrer. Des coursiers de Nathan, sur leurs 500 T-MAX, les mecs adorent ces scooters, déposent dans différents de nos points de collecte cinq cent ou six cent mille euros en cash. On les injecte dans nos structures, le fric arrive en Chine et repart dans des pays où ils ont des comptes. Au passage on prend la com' sur les opérations. Toute la chaîne est contente. Rien de plus.

— Éric, je connais ce travail. C'est moi qui l'ai en partie mis sur pied. N'oublie pas qui je suis. Alors je te repose la question : as-tu quelque chose à nous dire ?

— Non, je ne vois pas.

— Bien, reprit Shen Li. J'ai reçu d'amis très sûrs, comme tu peux t'en douter, des réponses à mes inquiétudes.

Tout en parlant, il ouvrit une enveloppe dans laquelle il avait glissé deux documents qui lui étaient parvenus par Internet via l'homme de confiance de sa société.

— J'ai ici une photo où l'on te voit avec Richard Nathan et un de nos compatriotes qui se nomme Lin Wu. Cette photo a été prise à Shanghai il y a un an environ, dans le restaurant d'une des plus grandes discothèques qui lui appartient. Apparemment, vous paraissez bien vous entendre tous les trois. Je me trompe ?

Éric Shen, pétrifié, se tut. Son père poursuivit sur le ton monocorde qui lui était habituel, le regard toujours fixé dans celui de son fils. Ses explications s'adressaient aussi à ses autres enfants.

— Lin Wu est un magnat de l'industrie chimique. Tous les services de lutte contre les stupéfiants européens essayent de faire tomber « le Chimiste », comme ils le surnomment. Lin, au-delà de son activité liée à la chimie et pour laquelle il est devenu très puissant, livre aussi les produits qui entrent dans la composition des drogues de synthèse. Toi et Richard Nathan étiez dans le business de la came avec Lin Wu. Peux-tu me dire pourquoi j'ai toujours interdit le business de la came dans notre organisation ?

— Parce qu'on gagne assez d'argent et que nos affaires nous exposent à des peines de prison relativement faibles, se força à répondre du bout des lèvres Éric Shen.

— C'est à peu près cela. Mais je vois que tu n'as pas compris l'essentiel. Quand tu trafiques de la drogue, un jour ou l'autre, tu pars pour dix ans, quinze ans, ou plus. C'est très long, insupportable, surtout quand on est enfermé à ton âge. Tu sais ce que font les autres détenus ? Ils te défoncent jusqu'à ce que tu leur donnes tout ton argent. Et comme ce n'est pas suffisant, les flics viennent te voir tous les ans pour que tu balances ton clan en te promettant de te faire intégrer le programme des repentis. Au bout d'un moment, c'est inévitable, comme tu en as marre de servir de femme aux six détenus de ta cellule, tu racontes tout et notre organisation, qui s'est implantée patiemment pendant un siècle, s'effondre. Voilà pourquoi j'ai aussi interdit le trafic de drogue.

Silence dans la pièce, chacun mesurant l'imminence d'un désastre annoncé.

— Je pense que quelque chose n'a pas fonctionné entre Richard Nathan et toi et que tu l'as fait abattre. Le meurtre est le compagnon de jeu de la drogue. Je me trompe ?

— Non, admit Éric Shen sous les regards effarés de sa sœur et de ses frères.

— Tu as franchi l'interdit absolu que j'ai édicté pour tous les membres de notre communauté en France, et en premier lieu pour ma famille. Notre business nous a rendus immensément riches, mais surtout très respectables parce que nous donnons aux œuvres de charité, nous faisons travailler du monde, et nous ne vendons pas ce produit mortel. Le soir quand je m'endors, je n'ai aucun mort sur la conscience. C'est simple à comprendre et à appliquer. J'en suis persuadé.

— Comment se tirer de cette impasse ? s'inquiéta Sophie.

— Éric, poursuivit Shen Li sans prêter attention à sa fille, tu as placé notre famille dans un grand danger, tu m'as fait perdre mon honneur et tu as affaibli mon autorité. Je te retire toutes les directions et gérances de tes sociétés. Pendant que je te parle, les commissaires aux comptes sont en train de t'exclure de tout notre dispositif économique. Tu vas rester chez toi et ne plus en sortir. J'ai besoin de réfléchir plus calmement. Des hommes vont mourir à cause de toi. Il faudra que tu en assumes la responsabilité. Tu es la prochaine cible à abattre pour le clan juif. En t'obligeant à rester chez toi, je te sauve la vie pour l'instant.

Shen Li se leva et quitta la pièce. Trois hommes de main entrèrent dans la foulée, encadrèrent Éric qui leur emboîta le pas. Sophie et ses deux autres frères s'isolèrent pour parler de cette situation. Une fois tout le monde parti, le grand-père, quant à lui, ouvrit les yeux, s'extirpa avec difficulté du fauteuil, et s'adressa au chien en chinois :

— Viens, Cric, ils sont devenus fous ! Heureusement que Shen a cru que je dormais…

À petits pas, le chien à ses côtés, le vieux monsieur traversa le hall des cérémonies, où se trouvait l'autel des ancêtres. Il s'agissait d'un meuble ouvragé, en bois brun, face à la porte principale. Les âmes ancestrales y étaient représentées sous la forme de tablettes individuelles et nominatives, rangées par ordre généalogique jusqu'à la cinquième génération au-dessus de celle du maître de maison. Des photos des ancêtres, certaines en noir et blanc, floues et parfois retouchées, d'autres aux couleurs passées, étaient accrochées sur le mur et rappelaient à tous l'importance du culte familial. Des fruits, de l'encens et des veilleuses complétaient l'autel. Tao, de ses doigts décharnés, rectifia l'alignement des tablettes et communia avec ses ancêtres. Il resta quelques instants, les mains posées sur le bois, l'esprit oscillant entre méditation et réflexion. Il se dit qu'il n'avait que très vaguement raconté l'histoire des communautés juives et chinoises à son fils, et ne savait toujours pas s'il devait le regretter.

Suivi de Cric, il regagna ses appartements qui se situaient, comme l'exige la tradition, à la droite du hall des cérémonies. Il mit ensuite peu de temps à retrouver un carnet de cuir noir très usé dans lequel figuraient des centaines d'annotations et de noms inscrits au crayon en idéogrammes chinois. Il alluma toutes les lumières, chaussa ses lunettes, s'assit dans son fauteuil et entreprit une lecture attentive du carnet. Satisfait, il prit le téléphone portable que son fils lui avait offert pour son dernier anniversaire et, sans s'inquiéter de l'heure qu'il pouvait être à Pékin, il composa un numéro. Enfin, à la dixième sonnerie, son correspondant décrocha.

— Il n'y a que toi pour m'appeler à 4 heures du matin, n'est-ce pas, Tao ? Comment vas-tu mon vieil ami ?

La voix amicale et assurée était celle d'un vieux monsieur s'exprimant dans un dialecte chinois. Les deux hommes rirent tous deux presque silencieusement avant que Tao prenne la parole :

— Guo, comment as-tu su que c'était moi alors que je n'ai pas encore prononcé un seul mot ?

— La technique, Tao ! Il n'y a rien de magique : ton nom s'est affiché sur mon écran parce que tu es dans mon répertoire.

— C'est incompréhensible pour moi ce que tu dis, murmura Tao.

— Aucune importance ! Quelles nouvelles me donnes-tu ? Ta santé ? Bonne, j'espère.

— Elle va comme celle d'un homme qui entrevoit bientôt la fin et qui va rejoindre ses ancêtres dans peu de temps.

— Comme tu ne l'ignores pas, je fais partie des patriarches moi aussi, et je saisis ce que tu ressens. Je perçois aussi que quelque chose ne va pas. Que se passe-t-il ?

— Je te contacte parce qu'un désastre se prépare, ici, en France. Notre communauté va s'entretuer avec celle des Juifs pour une histoire épouvantable de trafic de drogue. Déjà, les morts se rappellent à notre souvenir et je ne veux pas en voir d'autres, plus maintenant. J'en ai trop vu !

— Ton fils est notre représentant en France. Il ne peut pas l'empêcher ?

— C'est difficile pour lui. C'est son fils, mon petit-fils Éric, qui est en partie la cause du conflit.

— Que veux-tu que je fasse ?

— Tu es le chef de notre organisation, je m'en remets à toi.

— Tao, mon vieil et fidèle ami, laisse-moi réfléchir. Il faut que je prenne les bonnes décisions. Que peux-tu m'apprendre d'autre ?

Tao retranscrivit la discussion entendue en donnant le plus de détails possible. Les deux hommes échangèrent encore pendant quelques minutes sur le temps qui passe inexorablement et raccrochèrent. Puis Tao s'adressa encore un long moment en chinois au chien assis devant lui. Celui-ci semblait comprendre les tourments du patriarche. Il posa sa grosse tête sur les genoux de son maître et ferma les yeux.

* * *

À Pékin, Guo, malgré l'heure avancée, ne s'était pas encore couché. Et il n'était pas près de s'endormir après son entretien avec Tao. Il demeura longtemps à songer à la demande de son ami, se déplaça en silence dans la grande maison pendant que le personnel dormait encore et se prépara finalement du thé vert. La chaleur de la boisson le réconforta. Il s'accorda une demi-heure de méditation en écoutant le clapotis de l'eau qui s'écoulait dans une vasque du jardin. En retournant vers sa chambre, sa décision était prise. Il était 6 heures du matin à Pékin, Guo fit un rapide calcul et estima qu'il devait être autour de minuit à Jérusalem. Il fit défiler les noms du répertoire de son mobile crypté et s'arrêta sur celui d'Avi Richter. Sans hésiter, il appuya sur la touche d'appel.

— *Shalom*, Guo ! Je vois ton nom sur mon écran et je me dis que j'ai de la chance qu'un ami lointain me téléphone.

— *Shalom*, Avi, j'entends du bruit derrière toi, je te dérange ?

— Pas du tout, on termine un dîner. Tu sais, nous, les Juifs, quand on est dix à table on fait du bruit pour cinquante.

— Comme les Chinois, c'est pour ça qu'on se comprend si bien ! plaisanta Guo avant d'entrer dans le vif du sujet.

— Tu peux t'isoler ? Il faut que je te parle. Ton téléphone est toujours sécurisé ?

— Comme le tien, mon ami.

Quelques instants plus tard, le silence se fit autour d'Avi Richter et Guo sut que son interlocuteur avait pu trouver un endroit discret. Il lui relata alors la conversation qu'il avait eue avec Tao. Il prenait très au sérieux l'inquiétude du vieil homme, d'autant que cinq morts figuraient déjà au compteur du conflit.

— Avi, il faut que nous allions ensemble à Paris pour ramener le calme chez nous, termina Guo.

— Je comprends. Néanmoins, il y a une différence entre les Chinois et les Juifs. Toi, tu peux imposer ton autorité partout sur la planète où ton organisation est implantée. Vous avez vos rites d'entrée dans la triade, une hiérarchie, des signes distinctifs, des mots de reconnaissance, vous constituez presque une armée. Chez nous, les Juifs, ça n'existe pas. La mafia israélienne n'est pas une structure comme la mafia sicilienne, les triades chinoises ou les yakusas japonais. Chacun de nous fonde son clan et fait son business sans rendre de compte à personne. C'est comme ça qu'on fonctionne, quel que soit le pays où l'on s'installe.

— Je sais tout ça, Avi. Néanmoins, tu représentes une autorité morale importante, même si elle n'est pas codifiée comme chez nous. Ta personnalité, ton engagement, la puissance de ton organisation sont incontestables. Depuis combien de temps es-tu l'homme que toute ta communauté respecte ? Trente, quarante, cinquante ans ?

— Quarante-trois, et j'ai 82 ans. J'ai passé la main à mes fils et à mes petits-fils, je leur dispense des conseils maintenant, même si je conserve toujours un regard sur la famille. C'est la vie.

— Tu connais les familles juives de Paris ? Nathan, Dray, Teboul, Smadja, Darmon ? Ce sont eux qui sont au cœur du conflit avec les Chinois Shen, Sun et peut-être d'autres bientôt si nous n'intervenons pas.

— Oui, bien sûr, je les connais tous. D'ailleurs j'ai instauré un deal avec eux. Quand ils font des affaires depuis Israël, ils me rétrocèdent un pourcentage sur leurs gains. Le prix de leur tranquillité. Ce sont des gens qui sont accessibles à la raison.

— Il faut donc que nous allions mettre un terme à cette guerre. Ensemble, nous pouvons les ramener dans le droit chemin. Tu sais pourquoi, Avi ?

— L'Histoire, Guo, l'Histoire ! Celle qui s'écrit avec un grand H, qui nous a unis il y a fort longtemps et dont nous sommes les derniers, je crois, à porter la mémoire.

— Oui, avec Tao. Nous sommes les ultimes témoins vivants de l'origine de nos relations. Nous allons devoir la leur révéler.

— Retrouvons-nous à Paris dans cinq ou six jours, je dois régler quelques affaires avant de partir.

24

Après le deuil d'une semaine observé par la famille Nathan, les policiers, convaincus que les hostilités allaient reprendre, déployèrent toute une série de surveillances sur les cibles potentielles. Celles-ci se concentrèrent sur Albert Nathan, Shen Li, Jasmine Sun et leurs proches immédiats, environ une trentaine de personnes, ce qui était considérable en matière d'effectifs pour se mobiliser dans la durée. D'autant que la foudre pouvait s'abattre sur n'importe qui, n'importe quand, et pas forcément dans les premiers jours.

Dès le deuxième jour, Yannis, dont les équipes de protection avaient repéré les voitures de police, se dirigea vers l'une d'elles et demanda à parler au chef du dispositif. Quelques minutes plus tard, Paul Dalmate entrait dans le bureau d'Albert Nathan. Il était entouré de ses deux fils. La discussion fut brève.

— J'apprécie votre sollicitude, commandant. Je tenais à vous dire que l'argent des contribuables serait mieux employé à protéger ceux qui en ont réellement besoin. Je vous rappelle que vous êtes chargé de l'enquête sur le meurtre de mon fils et je vous remercierais de faire cesser vos surveillances.

Le troisième jour, Dalmate fut contacté par Jasmine Sun depuis la Chine. Le message était à peu près identique à celui délivré par la famille Nathan. Elle indiquait par là, sans expressément le souligner, que malgré son éloignement le temps des funérailles de son père, elle était parfaitement informée de ce qui se passait à Paris. Il lui appartenait, maintenant, de prendre les décisions. La jeune femme en profita pour lui signaler qu'elle serait de retour d'ici peu et se tiendrait à sa disposition.

Le quatrième jour, Yannis Nathan reçut, dans l'appartement de la rue du Ranelagh, Lucien Dahan et Jacky Peres qu'il avait convoqués via l'application Telegram, toujours aussi hermétique pour les forces de l'ordre.

— Vous avez fait le nécessaire ? demanda-t-il en guise de préliminaire.

— Pas de téléphone activé et des coups de sécurité pour venir jusqu'ici. Personne derrière nous, répondit Jacky Peres.

— On est venus chacun de notre côté avec des voitures de location, ajouta Lucien Dahan. Difficile de se faire remonter.

Les trois hommes prirent place autour de la table. Yannis Nathan affichait un visage grave.

— Vous allez terminer le travail de ce connard de Rudy Meïr. Il faut flinguer Shen Li.

— Ce sont les instructions de ton père ?

— Ça te pose un problème, Jacky, si ce n'est pas mon père qui te parle en direct ?

Jacky Peres n'avait encore jamais vu Yannis aussi tendu. Il comprit qu'il venait de commettre une faute. La passation de pouvoir se faisait sous les yeux des deux exécuteurs.

— Non, non, bien sûr…

— Parfait, alors préparez le coup dès maintenant. Je ne veux pas que les flics ou les Chinois puissent avoir des soupçons sur notre famille. Une fois la mission menée à bien, et sans attendre, Jacky tu vas à Bruxelles et tu prends l'avion pour Tel-Aviv où tu passeras deux ou trois mois de vacances. Même chose pour toi, Lucien, tu fonces à Genève et tu prends l'avion pour Tel-Aviv. Des voitures vous conduiront aux aéroports. Sur place, on ne doit jamais vous voir ensemble.

Yannis sortit de sa sacoche deux pochettes en cuir qui contenaient cinquante mille euros chacune.

— Pour vos dépenses. Je ferai également des virements réguliers sur vos comptes de sociétés. Des questions ?

— On le flingue n'importe où ?

— Où vous voulez, c'est le résultat qui compte. Mais j'insiste sur un point : rien, strictement rien, ne doit permettre aux flics de relier l'exécution du Chinois au clan Nathan. C'est sûr, ils vont se douter qu'on est derrière, mais aucune conviction policière n'égale une preuve judiciaire. Sans preuve, ils n'ont que dalle !

Le quatrième soir, Franck Nathan se leva de la table réservée au restaurant du Pré Catelan pour accueillir son hôte, un agent de la sous-direction des affaires financières de la PJ. L'homme, qui répondait au prénom d'Étienne, appréciait les mets subtils et le bon vin. Tous les deux mois, le mafieux l'invitait donc dans un établissement raffiné, différent à chaque rencontre. Au début des repas, il déposait sur la table un journal dans lequel se trouvait dissimulée une enveloppe contenant de cinq à huit mille euros, « pour les faux frais et le dérangement ». Ensuite, le policier avait le regard aimanté par le journal, et surtout par l'enveloppe qu'il devinait. Franck lisait la cupidité dans les yeux de l'officier qui essayait mentalement d'évaluer le montant de son cadeau.

Au fil du temps, le policier était passé de petites indiscrétions à de réelles informations très utiles pour la famille Nathan. Les enveloppes s'épaissirent en conséquence. Les deux hommes, selon un processus bien rodé, n'abordaient pas d'emblée les sujets qui intéressaient Franck Nathan. Les americanos maison favorisaient la détente et conduisaient plus naturellement aux confidences. Étienne insista sur les vacances qu'il envisageait de passer avec une de ses amies à Cuba, sur le prix exorbitant d'un séjour de quinze jours pour deux là-bas. L'île était devenue une destination à la mode et ce n'était pas la peine d'aller dans un si bel endroit, si loin, en classe touriste, pour dormir ensuite dans un hôtel pourri et manger dans la rue avec les doigts. Franck approuva, signifiant par là qu'il avait compris le message. Le policier, rassuré, changea de ton et laissa tomber les vacances à Cuba désormais acquises.

— Franck, ta famille va se retrouver dans l'œil du cyclone dans peu de temps.

— C'est-à-dire ?

— Vous êtes au centre d'une enquête criminelle. Ce n'est pas un scoop, puisque ton frère aîné a été malheureusement assassiné.

— Étienne, dans cette histoire nous sommes les victimes ! Qu'est-ce que tu veux qui nous arrive ?

— Tu sais très bien qu'il s'agit d'un règlement de comptes ! Dans ce cas, la notion de victime devient un peu plus floue.

— Admettons. Mon père est en contact avec un commandant de la brigade criminelle, Paul Dalmate de mémoire. C'est ce flic qu'on a rencontré sur les lieux lorsque Richard a été massacré. D'après toi, il va rester sur l'enquête ou c'est un autre type qui va la piloter ? Qu'est-ce que tu en penses ?

— Dalmate continue. Je le connais de réputation, un pro, très accrocheur, il va au fond des choses, et son groupe est à son image. Très bien pour la maison, mais pas terrible pour toi s'il juge que vous n'êtes pas clean dans l'histoire.

— Il m'a pourtant paru quelconque, banal, le flic qui exécute son taf et basta !

— C'est là qu'est le piège, parce que tu n'as pas fait gaffe. Ce mec, il a l'air calme comme un lac, mais y a la guerre dans ses yeux ! Je ne sais pas d'où il la tient !

— Ouais, bon, on verra. Ce genre de guerrier ne me fait pas peur.

— OK, mais fais attention quand même ! Dalmate est également saisi de l'enquête sur l'assassinat d'un Chinois. La brigade criminelle croit que ta famille est à l'origine du règlement de comptes, mais que vous vous êtes gourés de cible. Il ne va pas vous lâcher. C'est pour ça que je te dis d'être prudent.

— Je t'assure que nous n'y sommes pour rien !

— Franck, je ne veux pas le savoir. Et ne me fais pas le coup de « on est tous des innocents, des victimes ». Si c'est vrai ce que j'entends à la PJ, je ne devrais même pas être là ! Le risque est énorme pour moi, je peux morfler comme tu n'as même pas idée ! On n'est plus dans tes arnaques, même si elles sont gigantesques, mais dans des meurtres, tu captes ? On change de catégorie. On passe de cinq ans maxi, à vingt ans ou à la perpétuité. Les assises !

— Cool, mec ! Toi et ton service, vous n'êtes pas dans le jeu puisque c'est la brigade criminelle qui mène la danse. On discute juste entre potes !

— Bordel, Franck, tu as un train de retard, pourtant je te l'ai déjà expliqué ! Maintenant, dès que des assassinats semblent liés avec le crime organisé, les services financiers et criminels sont associés. Le but c'est de mettre à genoux financièrement les organisations mafieuses avant de coller leurs membres en prison. Tu vas en taule avec les poches retournées ! T'as pigé ?

Franck Nathan mesurait l'arrivée du cyclone dévastateur et resta quelques instants silencieux, le regard fixé sur la rondelle d'orange qui décorait le verre vide de son americano.

— Et toi, dans tout ce merdier, tu peux nous aider ?

— Pas évident. Une de mes anciennes collègues a été mutée à la Crim', chez Dalmate. Elle est au cœur de l'enquête. Je vais essayer de l'approcher.

— Elle peut te renseigner ? Qui c'est ?

— Une jeune femme. Une flic sérieuse et très fine. Frontalement, je ne vais rien lui demander. Impossible. Je vais l'appeler pour prendre un café et je verrai ce qu'elle peut me dire.

— Si tu obtiens de belles infos, je crois qu'il y aura un vrai bonus en récompense ! Pas comme celui qui atterrit dans l'enveloppe habituelle. Là, je parle de celui à six zéros qui apparaîtrait sur un compte bancaire discret. Je peux t'en ouvrir un en Lituanie. Facile. Ni vu ni connu. À toi de voir.

Le flic avala l'hameçon jusqu'à l'estomac, oubliant aussitôt les meurtres passés et à venir.

— C'est compliqué pour l'instant parce que c'est la Crim' qui est à la manœuvre. Mon service va bientôt être de la partie, je pourrai le savoir par ma collègue avant que ce soit officiel, et ça donnera une indication du timing des opérations ! À ce moment-là, vous allez rentrer dans une zone à haut risque !

— Ça va, j'ai compris ! Qu'est-ce qu'on doit faire en urgence ?

— Faites le ménage dans toutes vos sociétés, vos comptes bancaires, ceux de vos femmes et des enfants, vos ordinateurs, votre compta, l'officielle, la double, la triple, je ne peux pas te dire mieux. T'as intérêt à avoir des factures qui tiennent la route pour tous vos achats, du moindre stylo à vos propriétés en passant par les bagnoles, motos, billets d'avion. Tout. Absolument tout. N'envisage même pas de conserver tes téléphones bidon pour parler avec tes équipes de tueurs, bazarde tout ton matos.

— On a déjà commencé. On va jusqu'où dans le ménage ?

— Que rien ne puisse vous relier de trop près aux Chinois, ce serait déjà pas mal. Ou alors que le business normal, à condition que vous en ayez un. Pareil pour tout ce que vous avez délocalisé à l'étranger. Effacez toutes les traces possibles.

— Ça ne va pas être simple, mais on va essayer !

— Ah, j'allais oublier : attention, il y a un autre service sur lequel je n'ai pas la main et qui peut vous détruire.

— Lequel ? demanda Franck, sur le qui-vive.

— Bercy, le ministère des Finances.

— Il entre quand dans la danse, celui-là ?

— En même temps que ma brigade, dans deux à trois semaines, je pense !

— C'est court pour bétonner notre défense, trouver les bonnes explications et justifier nos déplacements de fric. Heureusement, on a la chance d'avoir des avocats fiscalistes efficaces. Ils coûtent une blinde, mais, pour l'instant, on a toujours réussi à passer entre les gouttes grâce à eux.

— Tout se paye !

— Quand il y aura des perquisitions et des interpellations prévues chez nous, tu pourras nous rencarder ? Juste un WhatsApp, deux mots et on comprendra. Tu prends un téléphone à carte qui ne servira qu'à ce message et ensuite tu le jettes dans la Seine. Comme ça, t'es peinard.

— OK, c'est faisable. Et gaffe aussi aux avocats trop médiatiques, certains ont le don d'agacer les magistrats. Il faudra que tu me passes les noms de vos défenseurs pour voir s'il n'y a pas d'incompatibilité d'humeur avec les juges d'instruction qui auront été désignés.

Franck remplissait mentalement une check-list pour pouvoir restituer avec précision son échange avec le flic à son père et à son frère.

— Tu sais si on est sur écoute ?

— Je le suppose, mais j'en sais rien. Pars du principe que tu es branché, comme ça tu en dis le moins possible. Dès le premier briefing entre services, je pourrai en avoir le cœur net en fonction des indications de procédure qui nous seront données.

— Nos amis sont aussi dans le collimateur de tes collègues ?

— Les Smadja, les Dray, etc. ? Bien sûr. La pression va porter sur tous les clans juifs dans l'espoir que vous vous balanciez les uns les autres. Tout le monde est sur écoute, c'est presque sûr ! Franck, tu peux limiter la casse à condition que tout soit nickel chez toi. Si tu dois parler à tes amis, va les voir, rien par téléphone ou par mail.

— OK ! On va faire le nécessaire.

— Parfait. En tout cas, merci de m'avoir invité dans ce si bel endroit ! apprécia le policier alors qu'il dépliait sa serviette et l'étalait sur ses genoux. Quel vin nous as-tu choisi ?

— Un Charmes-Chambertin grand cru 2015 pour accompagner un civet de lièvre, répondit distraitement Franck Nathan, tout en évaluant les dangers en cascade qui s'annonçaient.

Étienne, grand connaisseur en vins, évalua le prix de la bouteille que présentait le sommelier à plus de trois cents euros. Il en saliva de plaisir par avance.

— Pour le compte en Lituanie, comment ça marche ?

25

Le cinquième jour, le jeudi, Albert Nathan et ses deux fils se rendirent à la synagogue de la rue de la Victoire, dans le 9e arrondissement de Paris. Yannis Nathan reçut comme ferme instruction de son père de ne pas organiser une protection trop voyante. Il essaya vainement de faire changer d'avis le patriarche qui répliqua par un cinglant : « C'est encore moi le patron et c'est moi qui décide ! » Yannis cessa alors de discuter et, agacé, appliqua les consignes du patron. Un seul véhicule, une BMW, avec trois gardes du corps suivait l'Audi A8 noire où avaient pris place Albert Nathan et ses deux fils. Franck en profita pour faire le point avec eux sur les informations obtenues auprès de sa source. Trois d'entre elles se détachèrent : « Dalmate, un flic accrocheur, centralise les affaires des meurtres de Richard et de Sun Hao parce qu'il veut nous mettre sur le dos l'assassinat du Chinois. » ; « Les services financiers de la PJ et ceux de Bercy vont bosser ensemble sur la famille. » ; « Mon indic nous préviendra pour les perquisitions et il faut faire attention quand on parle au téléphone. »

— On doit accroître notre opacité sur les sociétés et nos montages financiers. Pour le reste, les enquêtes criminelles n'aboutiront pas. Par contre, c'est bien de savoir que c'est Dalmate le chien enragé chargé de nous mordre. S'il s'approche trop, soit on lui met une muselière, soit on lui casse les dents.

— À combien tu évalues la muselière d'un flic comme Dalmate ?

— J'en sais rien, Franck, cinquante, cent mille, ou plus. Tout dépend de l'endroit où il va planter ses dents, de la force de sa mâchoire… Après, s'il ne veut pas mordre c'est encore mieux. Mais ce qui est certain, c'est que personne ne résiste au fric. Et s'il se prend pour un incorruptible, c'est tant pis pour lui. Combien tu lui donnes à ton flic de la financière ?

— De cinq à huit mille tous les deux mois.

— C'est rien ! C'est un gagne-petit, faut faire gaffe à ce genre de bonhomme.

— Je lui ai promis un bonus important sur un compte en Lituanie.

— C'est bien. Il a dû se jeter sur l'hameçon !

— C'est rien de le dire, je le tiens par les couilles ! Et si ce con ne fait pas le job ensuite, comme par miracle les références de son compte en Lituanie atterriront chez ses collègues de l'inspection.

L'Audi A8 s'arrêta devant le 17, rue Saint-Georges où s'effectuait désormais l'entrée, plus facile à surveiller, de la synagogue. La façade principale de l'édifice religieux, sur la partie de la rue de la Victoire, était protégée par une double rangée de barrières métalliques qui empêchaient le stationnement, ainsi que par un dispositif policier permanent en raison de menaces persistantes d'attentats.

Les trois hommes descendirent de la voiture. Ils adressèrent un bref salut au policier vêtu d'un gilet pare-balles qui était en faction dans une guérite aux vitres blindées. Puis ils se présentèrent dans le sas donnant accès au lieu de culte. Là, après les prières et le recueillement convenu, une longue discussion avec un rabbin réconforta pour un temps Albert Nathan. Ses fils et lui déjeunèrent ensuite dans un de leurs restaurants, rue de Châteaudun.

* * *

L'homme portait, sanglé sur son dos, un long étui rectangulaire et rigide de couleur noire. Il stoppa face à la double porte vitrée de l'immeuble et, avec la clef que possèdent tous les facteurs, déverrouilla la gâche électrique et s'engouffra dans le hall. Il prit l'ascenseur jusqu'au cinquième et dernier étage. Deux portes sur le palier. Il s'octroya quelques secondes pour se repérer dans l'espace et sonna à celle de droite. Une dame âgée ouvrit, elle regarda avec étonnement l'homme affublé d'une casquette et de lunettes de soleil qui lui souriait. Il entra si vite que la dame, plus interloquée qu'apeurée, n'eut pas le temps de dire quoi que ce soit. Il claqua la porte avec son talon. Il souriait toujours. Un doigt sur les lèvres, il lui fit signe de se taire. Il posa au sol son long étui et la força à s'asseoir sans la brusquer. Il la bâillonna avec du gros scotch marron en prenant soin d'intercaler, entre sa bouche et le ruban adhésif, le foulard qu'elle portait. Sans trop serrer, il lui attacha les pieds et les mains à la chaise en moins de trente secondes et l'embrassa sur le haut du crâne. Il ne craignait pas qu'elle puisse défaire ses liens, la vieille dame était tout à fait inoffensive. L'homme fit rapidement le tour des pièces et fut soulagé de découvrir que seul un monsieur grabataire dormait dans une chambre.

L'intrus saisit son matériel, coulissa la porte-fenêtre donnant sur la terrasse, enleva sa casquette, ses lunettes et s'agenouilla derrière l'occultant qui recouvrait les grilles du balcon. Il ouvrit l'étui, dégagea des alvéoles un fusil autrichien de précision, un Steyr SSG 08, dont il déplia la crosse et le bipied en une seconde. Il vissa le silencieux, enclencha le chargeur contenant dix cartouches de calibre 308, spécialement conçues pour détruire une cible derrière une surface vitrée. Il déplaça la table de jardin contre la balustrade et cala le fusil. L'homme s'assura du réglage de la lunette sur un point situé à deux cent dix mètres, distance à laquelle se trouverait la cible. Il l'avait calculée avec exactitude en réalisant un repérage de nuit avec une lunette de visée depuis l'entrée de l'immeuble, puis il avait tiré une centaine de cartouches dans une forêt pour s'entraîner en tenant compte de ce paramètre. *Ce fusil m'a coûté une fortune, mais c'est une pure merveille*, s'extasia-t-il. Avec tous ses accessoires, il valait en effet huit mille euros, plus cher que dans le commerce, car majoré du coût de la discrétion. Cela faisait maintenant plus d'un an qu'il possédait cette arme avec laquelle il avait environ trois mille cartouches à son actif. Alors oui, on pouvait dire qu'il la connaissait bien. Il manœuvra la culasse et engagea une munition.

Quelques instants plus tard, dans son oreillette, il entendit prononcer deux fois et à quelques secondes d'intervalle : « Deux minutes. » Il jeta un bref coup d'œil en direction de la vieille dame qui s'était endormie et se remit en position de tir. L'homme s'efforçait de respirer lentement et profondément pour calmer les battements de son cœur. Dans la lunette, il tenait en enfilade une partie de l'avenue. Le téléphone de l'appartement se mit à sonner très fort. Une sonnerie stridente qui augmenta le stress du tireur. Il essaya de faire abstraction du son perçant et répétitif, ainsi que de la voix du monsieur grabataire, réveillé par le téléphone, qui appelait sa femme.

Dans sa ligne de mire, il vit le portail de la villa coulisser. L'Audi n'allait pas tarder. Comme à son habitude, et par mesure de sécurité, le chauffeur prévenait le gardien de son arrivée imminente pour qu'il actionne l'ouverture et que la voiture ne s'arrête pas. Aussitôt, l'Audi A8 lui apparut de face. Le véhicule, à très faible allure, entama la manœuvre pour s'engager dans la cour intérieure. Le tireur ne disposait que de quatre secondes pour exécuter sa mission. Derrière, la BMW bloquait la circulation. Les gardes du corps s'en éjectèrent le temps que l'Audi des Nathan entre et que le portail se referme. La sonnerie du téléphone continuait à retentir, l'homme ne l'entendait plus.

Quatre secondes. Une : les roues avant de l'Audi passaient au ralenti le rail du portail électrique. Il ne devra agir que lorsque les roues arrière seront sur le point de le franchir. Albert Nathan avait horreur d'être secoué, le véhicule sera alors presque immobile. Deux : le tireur cala le profil d'Albert Nathan dans le réticule de la lunette. Trois : respiration bloquée, il remonta doucement de son index droit la queue de détente jusqu'à ce que le coup de feu parte, détonation atténuée par le silencieux. Quatre : le tireur observa instantanément la tête d'Albert Nathan basculer sur le côté gauche et l'Audi disparut de son champ de vision. La sonnerie du téléphone s'arrêta, pour autant, l'homme, en stress maximum, ne s'en rendit pas compte.

Le conducteur de l'Audi et Franck, assis à l'avant, ne comprirent pas ce qui venait de se produire quand le hurlement de Yannis, des éclaboussures de sang et des particules de cervelle sur le visage et le cou, submergea tout l'habitacle de la berline. Les gardes du corps ne virent pas non plus le corps d'Albert Nathan s'affaisser. Yannis, le moment de sidération passé, jaillit de la voiture son arme à la main, suivi de son frère Franck. Les deux hommes firent face à l'incompréhension des agents de protection qui n'avaient rien vu ni entendu. « Y a un tireur », hurla Yannis. Tous cherchèrent des yeux un homme embusqué derrière une voiture, ou son mouvement de fuite. Aucun ne pensa à lever la tête. Quarante secondes.

Quarante secondes qui permirent à l'homme, agenouillé derrière l'occultant de la terrasse, de démonter l'arme et de la ranger dans les compartiments de l'étui sans se faire repérer. Son cœur cognait à deux cents battements par minute. Il remit sa casquette, réintégra l'appartement un couteau à la main et sectionna les adhésifs qui retenaient les poignets de la vieille dame réveillée, elle aussi, par le vacarme du téléphone et les appels de son mari. Il descendit en courant l'escalier. Devant l'immeuble attendait un taxi. L'homme, aux aguets, observa les alentours avant de s'engouffrer dans la voiture. Il s'allongea sur le siège arrière. Le chauffeur démarra lentement. Dans le rétroviseur, il vit la protection d'Albert Nathan courir dans tous les sens. Le véhicule tourna dans la première rue, sortant ainsi du champ de vision des frères Nathan et des gardes du corps. Il s'éloigna de la zone.

26

Paul Dalmate et une quinzaine de policiers de la brigade criminelle se livraient au rituel des constatations, photos, etc. Le commissaire Villeneuve et le procureur s'adressaient à la presse maintenue à distance de la voiture dans laquelle se trouvait Albert Nathan avec la tête explosée. Aucun coup de feu n'avait été entendu. La balle avait pulvérisé la vitre arrière droite, arraché le haut du crâne du patriarche et, déviée de sa trajectoire, s'était plantée dans le montant arrière gauche de la berline. À cinq centimètres près, elle aurait pu faire coup double et atteindre Yannis Nathan. À la place, ce dernier regrettait de ne pas avoir réagi plus vite et laissé s'enfuir le tireur.

Les armes des deux frères et des gardes du corps disparurent avant l'arrivée des services de police. Yannis et Franck se bornèrent à déclarer à Dalmate qu'ils ne comprenaient pas qui pouvait en vouloir à ce point à leur famille, eux, des honnêtes chefs d'entreprise. Le commandant les écoutait, feignant de les croire. Il observait leur nervosité et leur colère qui prenaient le pas sur leur peine. Tous deux respiraient la vengeance.

Sylvie Guyien fit remarquer le nombre de caméras qui ceinturaient l'imposante demeure des Nathan. Plusieurs d'entre elles prenaient en enfilade les abords. Pendant que Yannis passait son temps le téléphone portable greffé à l'oreille, Dalmate choisit de s'entretenir à ce sujet avec son cadet, qu'il jugeait moins retors.

— Je souhaite visionner l'enregistrement de vos caméras de surveillance.

Sans rechigner, Franck conduisit Dalmate, suivi de deux collègues, vers une petite pièce équipée de tout le dispositif technique de surveillance.

— Il y a plusieurs enregistrements en simultanée, lesquels vous voulez voir ?

— Tous, mais d'abord ceux qui filment la rue où se trouve l'entrée principale et celui où l'on voit l'Audi de votre père passer le portail.

Encore une fois, Franck s'exécuta. Il pianota sur un clavier et sur les moniteurs apparurent trois angles de prises de vues. Sur le premier écran, les policiers observèrent à la fois l'ouverture du portail et la voiture d'Albert Nathan. Elle ralentissait pour s'engager dans l'allée. Le second écran montrait la partie de la rue au-delà du portail. Pendant que le véhicule pénétrait sur la propriété, un taxi, une Toyota Prius blanche, stationnait en double file devant un immeuble à environ deux cents mètres. Le troisième écran diffusait l'enregistrement de l'entrée de l'Audi depuis l'intérieur. Les officiers regardèrent la vitre arrière droite exploser, puis les deux frères jaillir du véhicule et se précipiter dans la rue, arme au poing. Franck, très ému, découvrait l'assassinat de son père. Les policiers, le regard planté sur le moniteur, virent quant à eux une silhouette d'homme, portant vraisemblablement un étui long, sortir d'un immeuble et s'engouffrer dans le taxi qui démarra aussitôt. Aucun d'entre eux ne fit de commentaire.

— Il nous faut tous vos enregistrements pour les nécessités de l'enquête, observa Dalmate d'une voix tranquille.

Franck Nathan, encore sonné, manipula les appareils et lui remit les DVD.

— Puisque nous y sommes, reprit le commandant, deux de mes équipiers vont récupérer les armes que nous avons vues à la caméra ainsi que vos autorisations de détention. Si vous n'en possédez pas, vous ferez l'objet de poursuites judiciaires.

Franck n'avait pas pris le temps de réfléchir au piège. Quelques instants plus tard, les policiers revinrent avec cinq armes de poing et leurs chargeurs, chacun placé dans des sacs en plastique distincts. Aucune autorisation de détention d'armes ne les accompagnait. Franck faisait la gueule.

Un flic spécialisé en balistique, présent pendant le visionnage, comprit très vite qu'il faudrait chercher un point haut et le précisa discrètement à Dalmate quand ils quittèrent la villa. Une fois éloigné de l'agitation, ce dernier rassembla son groupe.

— Il faut qu'on en sache plus sur le taxi qui précède la voiture des Nathan, et qui repart juste après le flingage en embarquant un type. En principe, on doit pouvoir lire la plaque d'immatriculation sur les DVD saisis.

— On identifie le taxi, on vérifie la course, et si c'est OK on laisse tomber ?

— Exact. À Neuilly, il y a des dizaines de caméras devant les immeubles, villas, certains commerces, banques, pharmacies, etc. C'est peut-être notre chance. Allez-y maintenant et récupérez tout ce que vous pouvez dans un large périmètre autour de la maison. Commencez par le commissariat de police et n'oubliez pas le PC sécurité et la vidéo protection de la mairie. Il faut se dépêcher avant que les données soient effacées.

Paul Dalmate, à ce moment, sentit son téléphone vibrer et vit sur l'écran s'afficher « EMPJ », l'état-major de la police judiciaire. En décrochant, il reconnut la voix de Chantal Fromelles, commandant de police et chef de salle de permanence.

— Salut, Paul. On vient de recevoir une information via le 17 police secours qui devrait t'intéresser. Une femme âgée a été séquestrée et attachée chez elle par un gars qui est allé sur sa terrasse. Je n'en sais pas davantage. Je t'envoie le nom et l'adresse de la dame par SMS. Elle habite à Neuilly, pile là où tu te trouves. Tu vois ce que je veux dire ?

— Merci Chantal j'ai compris. Avec un peu de chance, on a sans doute le lieu d'où a opéré le tireur.

Dalmate se tourna vers l'équipe de policiers chargée de récupérer les éventuels enregistrements des caméras vidéo.

— Mettez le paquet sur le taxi ! De suite !

27

Yannis Nathan observa Dalmate et son équipe quitter les abords de la villa pour remonter l'avenue.

— Qu'est-ce que tu foutais avec les flics dans la maison ? demanda-t-il à Franck qui le rejoignait.

— Ils voulaient voir les enregistrements des caméras. Ils ont réclamé les vidéos, pour l'enquête.

— Franck, tu es le roi des cons, explosa Yannis. Fallait pas leur donner, tu aurais dû dire que le système était en panne.

— Ils auraient vérifié.

— Ouais, mais tu aurais dû te démerder et retarder le truc, tu déconnes ! Y a combien de jours d'enregistrement ?

— Deux. Maximum trois. Il n'y a que la famille qui est venue sur cette période, ce n'est pas important.

Et Rudy Meïr et Jérémy Abitbol, pensa Yannis, *mais les flics les connaissent, je m'en fous.*

— Par contre, y a un autre problème. Ils ont vu sur les images qu'on avait des flingues. Ils les ont saisis. Et comme on n'a pas d'autorisations, ce connard de flic en profite pour nous baiser la gueule. Yannis, je suis désolé.

* * *

Quelques minutes plus tard, Paul Dalmate, accompagné de Sylvie Guyien, de policiers de son groupe et de deux techniciens des scènes de crime, entra dans l'appartement du couple de personnes âgées.

Le fils, prévenu par sa mère, les accueillit. Certains se dirigèrent vers la terrasse, virent la table appuyée contre la balustrade et prirent des photos en direction de l'entrée de la villa des Nathan. Ils reviendraient avec des instruments balistiques pour s'assurer que le tir provenait bien de là. D'autres récupérèrent les rubans adhésifs ayant servi à immobiliser et à bâillonner la vieille dame qui relata avec précision à Sylvie Guyien ce qu'elle avait subi.

— Madame, vous souvenez-vous de votre agresseur ?

— Oui, un monsieur très gentil qui m'a embrassée sur la tête. Il ne m'a pas attachée très serré et son bâillon ne m'a pas empêchée de respirer.

— Mais vous n'avez pas eu peur ?

La femme haussa les épaules en souriant.

— J'ai 92 ans. Pendant la guerre, à 18 ans, j'ai été séquestrée, battue et emprisonnée. J'ai tout de suite vu dans les yeux de cet homme que je ne craignais rien.

Les policiers restèrent silencieux et admiratifs en regardant la frêle petite dame. Sylvie Guyien reprit :

— Il a fouillé votre appartement ?

— Non, je ne crois pas. Il est allé uniquement sur la terrasse, mais je n'ai pas vu ce qu'il faisait, je me suis assoupie parce que je prends des somnifères. Ils sont trop forts. Il faudra que je le dise au docteur, ce n'est pas normal de s'endormir comme ça sur une chaise en pleine journée, n'est-ce pas ? Qu'est-ce que vous en pensez ?

— Oui, oui, vous avez raison… Concernant son signalement, que pourriez-vous nous dire ?

— Il portait une casquette et des lunettes de soleil quand il est entré.

— Grand, gros, mince ?

— Plutôt mince et pas très grand.

— Quel type ? Européen ? Asiatique ? Africain ?

— Européen, j'en suis certaine. Lorsqu'il est revenu de dehors, je l'ai vu. Je m'étais réveillée à cause du vacarme que faisait le téléphone. C'est mon fils qui me l'a réglé pour que je l'entende bien.

— Vous avez pu voir son visage ? questionna patiemment Sylvie Guyien en recentrant la discussion.

— Mais oui ! Figurez-vous qu'il avait oublié de remettre ses lunettes de soleil. Après, il a coupé les liens qui me bloquaient les poignets et les chevilles et il s'est enfui en courant. Il n'a pas dit un mot. De toute façon, je n'allais pas le poursuivre à mon âge !

Les policiers furent surpris par la réponse de la dame. Ils s'attendaient tous à ce que le tireur soit asiatique.

— Vous pourriez le reconnaître ?

— Ah non, c'est allé trop vite.

La lieutenante, jugeant qu'elle n'obtiendrait rien de plus de son témoin, la remercia pour sa coopération et se rapprocha de Dalmate.

— La donne se complique, commenta celui-ci. Je ne vois pas les Chinois sous-traiter un meurtre auprès d'un Occidental.

— À quoi penses-tu ?

— À un règlement de comptes au sein de la communauté. La guerre de succession est peut-être ouverte. Certains ont dû estimer qu'en éliminant Albert Nathan, qui n'a plus le soutien de son fils aîné, il y avait un coup à jouer, d'autant que Yannis est un peu jeune pour reprendre le flambeau, Franck pas du tout à la hauteur pour l'aider et Yohan absent de leurs embrouilles. On va voir s'il y a un truc à exploiter du côté des enregistrements.

* * *

Quand Yannis se retrouva enfin seul, il réfléchit aux difficiles décisions qu'il allait devoir prendre. Des choix qui engageraient le clan Nathan, mais aussi les autres clans alliés ou présumés tels. La famille, quelques jours après l'assassinat de Richard, était encore une fois dans la tourmente. De nouveau le deuil, les obsèques, le retour de Yohan… Finalement, ce n'est qu'au terme d'une nuit sans sommeil, et conscient de n'avoir pas la lucidité nécessaire pour savoir quelle option retenue serait la meilleure, que Yannis prit ses résolutions. Son père tenait le clan de Shen pour responsable de l'assassinat de Richard. Sans la connerie de Meïr, qui avait flingué un autre type par erreur, les discussions entre les deux clans rivaux auraient pu débuter. Et maintenant, cela ne faisait aucun doute pour lui, il voyait bien les Chinois à l'origine du meurtre de son père, pour venger le mort « par erreur ».

Yannis Nathan, trop tôt propulsé chef par la fatalité, se devait d'agir avec fermeté. La sagesse aurait voulu qu'il s'entretienne avec les quatre chefs les plus proches de son père pour définir la stratégie de riposte, mais c'était impossible. Venant d'hériter par défaut de la direction du clan Nathan, il savait qu'il ne ferait pas le poids face à ces hommes expérimentés qui le traiteraient au mieux avec condescendance, au pire avec mépris et imposeraient leurs points de vue. Personne autour de lui ne pouvait le conseiller. Son frère Franck en serait incapable, et Yohan était à des années-lumière de leur business. Il s'efforça alors d'assumer sans délai cette nouvelle charge et d'endosser un costume bien trop grand pour lui. Il n'aurait bientôt pas d'autre choix, non plus, que de recevoir les quatre chefs qui viendraient présenter leurs condoléances et préparerait, avec son cadet, l'entrevue qui se profilait. Il réfléchissait au moyen de contenir leurs volontés d'expansion qu'ils ne manqueraient pas d'exprimer.

Dès le petit matin, Yannis envoya de manière sécurisée un message laconique à Peres et Dahan : « Démarrez la partie ! »

Vingt-quatre heures plus tard, Yohan était de retour.

28

En provenance de New York, Yohan Nathan patientait dans la file de voyageurs qui s'allongeait pour le contrôle des passeports à l'aéroport de Roissy-Charles-de-Gaulle. Il en profita pour échanger, malgré le décalage horaire, quelques SMS avec sa petite amie. « Tout va bien, l'avion s'est posé à l'heure, j'ai hâte de te retrouver. » « Moi aussi, prends soin de toi ». Puis, une fois passé la douane, il rejoignit Franck qui l'attendait à la sortie de la zone des bagages. Yohan remarqua tout de suite trois hommes qui encadraient son frère et balayaient lentement du regard l'environnement immédiat. Franck lui fit signe que tout allait bien. Ils s'étreignirent sans chaleur. Et, avant que Yohan le questionne, Franck, embarrassé, lui expliqua que les trois hommes étaient des accompagnateurs qui facilitaient les choses et réglaient des problèmes. Yohan ne fut pas dupe, il saisit le coude de son frère et l'entraîna à l'écart des types de la sécurité à qui Franck, d'un geste, demanda de rester à distance.

— Je t'écoute, Franck. Je n'ai plus le temps de jouer aux devinettes. À quoi ça rime, ce cirque ?

— Ce sont des gardes du corps, tu t'en doutes. Papa a été abattu, il faut nous protéger. Yannis ne veut pas que je t'en parle. Il le fera, peut-être, à sa manière.

— Quand nous serons dans la voiture, j'exige que tu me dises exactement ce qui se passe. Est-ce que maman risque quelque chose ?

— Non, c'est entre hommes que ça se règle, ces choses-là. Viens, il faut qu'on y aille.

D'un pas pressé, ils se dirigèrent vers l'extérieur, entourés de leur protection rapprochée. Ils montèrent à l'arrière d'une Mercedes, l'un des types prit place à l'avant, et la voiture démarra aussitôt. Elle fut immédiatement suivie par une Audi avec, à son bord, les deux autres gardes. Les véhicules se déplaçaient rapidement sans jamais laisser, entre eux, plus de deux mètres d'intervalle. En ville, le chauffeur de l'Audi serrait au plus près la Mercedes. Impossible qu'un intrus se glisse entre elles.

— Cette fois, je t'écoute, Franck. N'oublie pas que je ne suis pas de votre monde, et qu'il me faut des explications claires.

— Yannis n'y tient pas.

— Ce que pense Yannis m'est égal. Papa et Richard ont été assassinés, je crois qu'il est temps que vous cessiez votre comédie stupide, d'autant que je sais beaucoup de choses. Raconte-moi tout, je ne dirai rien à Yannis, sois tranquille.

Pendant tout le trajet jusqu'à la villa de Neuilly, Franck brossa un tableau du fonctionnement du clan Nathan en allant à l'essentiel. Yohan écoutait attentivement sans l'interrompre. Franck l'informa de la guerre entre leur famille et les Chinois avec, pour origine du conflit, le trafic de stupéfiants organisé par Richard et le fils aîné de la famille Shen, à l'insu de tous. Le meurtre de leur frère était lié à ce trafic. Il parla aussi de la réplique du clan Nathan qui s'était trompé de cible en abattant un chef chinois qui n'y était pour rien, avec pour conséquence une escalade prévisible. Pour Yannis, l'assassinat de leur père était la réponse à cette bévue. Le balancier de la vengeance oscillait d'un clan vers l'autre. Et puis Franck livra tout le reste : les escroqueries, le blanchiment, les fraudes fiscales, etc. Mais il eut honte de certains aspects de leurs activités et préféra les passer sous silence. Son frère en savait suffisamment. Sans compter qu'ils étaient arrivés à destination.

L'émotion submergea Yohan quand il entra dans le grand hall de la maison familiale. Sa mère, Esther, l'attendait. Dévastée par le chagrin, elle le serra dans ses bras en sanglotant. Les membres de la famille et tous ceux qui se trouvaient déjà là lui présentèrent leurs condoléances. Yohan rajusta sa kippa et se dirigea vers la chambre pour, enfin, se recueillir auprès de son père. Une dizaine d'hommes, portant la kippa, vêtus de costumes noirs, de chemises blanches et cravates noires, les *tsitsit*[1] dépassant des vestons, psalmodiaient des prières en hébreu et se balançaient d'avant en arrière. Yannis et Yohan échangèrent une brève accolade, puis Yohan se joignit au groupe pour réciter des prières. Yannis, qui ne connaissait ni les prières ni l'hébreu, restait debout tête baissée, silencieux.

Yohan, après de longues minutes, s'adressa en hébreu aux hommes qui arrêtèrent leur litanie et sortirent de la pièce.

— Pourquoi tu les fais sortir ? demanda Yannis.

— Je leur ai dit que je voulais rester seul avec Papa quelques instants. Ils ont compris. Yannis, toi aussi, sors s'il te plaît.

Ce dernier s'exécuta. Yohan referma la porte derrière lui, approcha une chaise et regarda son père. Il avait du mal à le reconnaître à cause du haut du crâne reconstitué pour le rendre présentable. La balle qui l'avait atteint sur le côté droit, au-dessus de l'oreille, avait détruit en partie la boîte crânienne. Albert Nathan portait un costume bleu marine avec une pochette blanche, une chemise blanche, une cravate bleu foncé et des chaussures noires cirées. Yohan posa une main sur celle, glacée, du défunt. Puis il s'effondra. Il sanglota sans pouvoir reprendre sa respiration. Laissa s'exprimer cette douleur profonde que provoque l'absence définitive. Enfin, il parvint à s'apaiser et, à voix basse, dit tout ce qu'il n'avait jamais osé lui confier, par pudeur et par fierté.

Son père lui avait manqué pendant toutes ces années passées, seul, aux États-Unis, et il regrettait de lui avoir tu ce sentiment. Yohan se souvenait de l'attitude distante qu'il prenait vis-à-vis de lui lors de ses trop rares visites à New York, répétant à l'envi : « Je vais très bien, merci. » Il se reprochait aussi de ne pas lui avoir suffisamment dit qu'il l'aimait. Enfin, Yohan s'en voulait, par-dessus tout, du peu de respect avec lequel il s'était adressé à lui lors de la discussion qu'ils avaient eue avant les obsèques de Richard. Yohan, le front maintenant posé sur la main de son père, murmurait deux mots en boucle : « Pardon Papa, pardon Papa, pardon Papa… »

C'est par vagues successives que l'émotion reflua et qu'il put retrouver son calme. Il respira profondément, sécha ses larmes et

1. Le *tsitsit* désigne des fils ou des franges présents aux quatre coins du châle de prière et qui rappellent les commandements de la loi de Moïse.

sortit de la pièce. Le groupe de prieurs reprit alors sa place et les psalmodies. Yohan, lui, rejoignit son frère Yannis qui fumait un cigare dans le jardin.

— Yannis, allons dans le bureau de Papa, je pense que tu me dois des explications, je veux savoir ce qui lui est arrivé. Tu imagines bien que je ne peux pas me contenter d'un vague commentaire au prétexte que je vis loin et que je suis le dernier de la famille.

— Je t'aime bien, Yohan, mais je suis persuadé que tu n'es pas en mesure de comprendre ce qui n'est pas de ton monde, et je ne souhaite pas aborder avec toi les conséquences que va entraîner la mort de Papa. Excuse-moi, mais je dois rejoindre mon avocat qui vient de rentrer.

Yohan Nathan, à la fois décontenancé et déçu, observa son frère qui salua le visiteur avant de l'entraîner vers le bureau de son père. Lui-même se rapprocha de sa mère qui conversait avec un vieux rabbin. Il s'assit avec eux et partagea les mots qui apaisent l'âme. Une fois le rabbin parti, il se retint de poser une question simple à sa mère : « Qu'est-ce que tu savais de l'activité de Papa ? » Mais Esther Nathan sembla deviner la réflexion de son fils, et murmura :

— Ton père a fait ce qu'il pensait être bien.

La personne chargée de l'accueil annonça que Joseph Dray, Lucien Teboul, Ely Smadja et Max Darmon venaient d'arriver.

— Ce sont les amis d'enfance de ton père et je crois qu'ils étaient associés en affaires.

Esther Nathan reçut les quatre hommes dans le salon. Ils présentèrent leurs condoléances et se répandirent en amabilités que Yohan jugea excessives. Ils n'arrêtaient pas de parler d'Albert, « cinquante ans qu'on se connaissait, ça compte ». Albert enfant, adolescent, le service militaire, les quatre cents coups, la réussite, la famille, les enfants. D'emblée, ils ne lui plurent pas, sans raison objective, juste la première impression. Ils dévisageaient Yohan avec intérêt, exagérant, là aussi, les compliments. Puis, après une nouvelle série de formules plus obséquieuses les unes que les autres, ils prirent enfin congé.

— Les amis, on a un boulevard devant nous, ne put s'empêcher de se féliciter Joseph Dray avant de monter en voiture. C'est comme au casino quand tu gagnes trente-six fois la mise. On rafle tout le business de ce pauvre Albert. Au fait, qu'est-ce qu'il fait comme job, le jeune Nathan ?

— Avocat d'affaires en Amérique, répondit Ely Smadja.

— Parfait, qu'il reste où il est, celui-là.

29

Shen Li recevait dans le bureau de sa société à Aubervilliers Jasmine Sun, rentrée la veille de Chine, et trois des chefs les plus influents de sa triade. Pendant ce temps, des membres du clan assuraient des surveillances discrètes sur de nombreux carrefours à Aubervilliers. Ils n'hésitèrent pas, une fois les voitures des « invités » passées, à créer un blocage artificiel avec des véhicules qui tombèrent opportunément en panne. Ces camionnettes déglinguées, conduites par des Chinois modestement vêtus, n'attiraient pas l'attention. Les klaxons d'automobilistes excédés ou les sirènes des voitures de police restèrent sans effet sur des hommes qui jouaient la panique à merveille. De cette manière, et par précaution, ils neutralisèrent l'accès à un périmètre élargi autour de la société, jusqu'à ce qu'un message bref parvienne dans les écouteurs des chauffeurs. Il signifiait que les voitures des hôtes de M. Shen se trouvaient à l'abri des regards. Alors les capots se refermèrent et les moteurs redémarrèrent. Mais c'était compter sans le zèle des flics qui en profitèrent pour contrôler les véhicules. Aucun n'était en règle. Les amendes pleuvaient. Comme les Chinois râlaient, les policiers, agacés, immobilisèrent tout ce petit monde et de nouveau ce fut le chaos. Deux heures plus tard, les camionnettes remorquées, la situation revint à la normale.

Dans son bureau, Shen Li, avec des mots pesés, sans entrer dans les détails, admit l'implication d'une partie de sa famille dans l'exécution de Richard Nathan. Les participants à la réunion, ayant présent à l'esprit l'autorité de Shen Li au sein de leurs groupes, évitèrent de poser des questions. D'expérience, ils attendraient le temps des explications.

— Quelle est votre analyse du risque ? demanda Shen Li, une fois son exposé terminé.

— Risque faible puisque nous ne sommes pas, cette fois, à l'origine de cette élimination, se prononça l'un d'eux. Nous maintenons la pression sur les clans juifs parce que nous ne blanchissons plus leur argent. Cela va rapidement les fragiliser et les conduire à se désolidariser de la famille Nathan.

Shen Li, d'un mouvement de tête, donna la parole à un second interlocuteur.

— Je suis d'accord, risque plutôt faible, mais qui ne doit pas nous empêcher d'être sur nos gardes, souligna celui-ci.

— Je vais me renseigner sur les policiers qui sont susceptibles d'enquêter. Jasmine, quel est ton point de vue ?

— Risque élevé si les Nathan nous désignent comme les auteurs pour obliger les clans juifs à faire bloc contre nous. Certes, ils ne disposent d'aucun élément tendant à nous attribuer l'assassinat de leur chef, parce que nous y sommes étrangers, mais si Yannis Nathan reprend le flambeau de son père, il va vouloir frapper fort pour asseoir son autorité.

Shen Li approuva le bien-fondé de la remarque de Jasmine Sun. Ils actèrent ainsi de rester vigilants lors de leurs déplacements et de renforcer leur sécurité. Puis Shen Li se leva et prépara le thé, silencieux, réfléchissant aux prochains jours, loin des méditations philosophiques propres à ce rituel.

* * *

Yohan Nathan, seul dans le jardin de la villa de Neuilly, était tellement absorbé dans ses pensées qu'il n'entendit pas son frère, Franck, qui lui parlait. Il réagit finalement quand ce dernier lui fit face en souriant.

— Yannis souhaite s'entretenir avec toi, il t'attend dans le bureau de Papa.

— Dis-lui que je suis dans le jardin et que l'on peut se parler ici.

Gêne perceptible de Franck.

— C'est peut-être mieux d'être assis dans le bureau, non ?

— Je suis bien ici.

— Bon… Dans ce cas, je vais le lui dire.

Yohan, satisfait, se replongea dans ses réflexions jusqu'à ce que Yannis le rejoigne, suivi de Franck.

— Que se passe-t-il, Yohan ? Pourquoi ne viens-tu pas quand je te le demande ?

— C'est une convocation ?

— Pas du tout, nous sommes entre frères. On doit discuter. La mort de Richard et de Papa en si peu de temps bouleverse profondément la famille. Être dans un bureau tous les trois aurait été plus confortable que plantés debout, tu ne crois pas ?

— Entièrement d'accord pour discuter. Je t'écoute. Et debout dans le jardin c'est bien aussi, ça ne me gêne pas !

— Tu ne nous facilites pas les choses. Ne sois pas si arrogant ! Tu te comportes comme si tu n'appartenais déjà plus à la famille.

— Yannis, que veux-tu me dire ? Une absurdité du genre : « C'est une balle perdue tirée par un inconnu on ne sait trop d'où qui a abattu Papa » ? Ou bien, plus vraisemblable, que tu reprends la direction mafieuse du clan ? Figure-toi qu'en examinant vos comptes bancaires, vos montages de sociétés un peu partout dans le monde, vos activités supposées, vos actifs, votre tissu relationnel, j'ai découvert qui vous étiez. Et je ne me sens, en effet, pas tellement concerné.

— On va pas se mentir, je me fous de ce que tu penses, monsieur le banquier, l'avocat, ou je ne sais trop quoi !

— Grâce à mon job de « je ne sais trop quoi », comme tu dis, je suis en relation avec des banques, des cabinets d'avocats, des systèmes financiers, etc. Dans notre business, on se rend tous des services sans poser de questions ! J'ai eu, en moins d'une semaine, des informations confidentielles là où il faudra des mois aux flics pour les obtenir, et encore s'ils y parviennent. Les montages de vos sociétés sont classiques, faibles et convenus. Je connais au dollar et à l'euro près ce que vous possédez. Bravo, vous n'êtes pas mal du tout ! Par contre, je ne sais pas si c'est une révélation, mais Richard est très très loin devant Papa et vous deux réunis. Je n'ai pas pris le temps de creuser de son côté, mais je me doute de ce qui a fait la différence.

— Qu'est-ce que tu veux dire par là ? demanda Franck, espérant que Yohan ne dévoile pas la discussion qu'ils avaient eue en revenant de l'aéroport.

— Ferme-la, Franck, ce n'est pas le sujet pour le moment, l'interrompit Yannis.

— Écoute le grand frère qui te donne des ordres, Franck ! Au fait, ne soyez pas surpris, les sociétés bidon que vous avez créées aux Bahamas en me mettant comme prête-nom sans me prévenir, je les ai liquidées. L'argent a été ventilé anonymement au bénéfice d'associations caritatives.

Yannis ne répondit pas. Il avait juste envie de le massacrer.

— Dans quarante-huit heures, une fois les obsèques de Papa achevées, je regagne New York. Maman, après les sept jours de deuil, me rejoindra très vite là-bas et y passera quelques mois, ou plus si elle veut. Elle ne peut pas rester dans un tel environnement mortifère. Tout lui rappelle la violence et la mort qui vous colle à la peau. Je la ferai suivre par des médecins si besoin.

— Bravo, monsieur le businessman, répliqua en applaudissant Yannis. Le futur célèbre avocat d'affaires américain a parlé ! Quelle belle leçon ! T'es-tu déjà posé la question de savoir comment tu as pu vivre toutes ces années comme un riche expatrié français ? Combien de centaines de milliers d'euros ont coûté tes études, la location de ton appartement et ton train de vie ? D'où provenait cet argent ? Ou alors tu as préféré l'ignorer, trop content de pouvoir en profiter en te pavanant avec ton accent américain et tes costards à cinq mille dollars.

— Sept cent quatre-vingt-dix-sept mille et cinquante-trois dollars. Je rembourserai l'intégralité de cette somme à la famille avec de l'argent honnête, le seul sans doute qui entrera sur vos comptes. Je l'ai prévu et planifié sur cinq ans. Une fois cela réglé, nos relations s'arrêteront là. Je pense que notre conversation est terminée.

Yohan jeta à cet instant un regard sur son smartphone.

— Le Uber que j'ai commandé vient d'arriver, annonça-t-il. On se reverra demain au cimetière.

Yannis et Franck suivirent des yeux leur frère quitter la villa.

— Tu crois qu'il a compris que Richard était dans le business de la came avec Éric Shen ?

— À tous les coups, marmonna Yannis. Yohan est intelligent. Et je te parie qu'il sait d'où provient notre argent aussi.

— Conséquences ?

— Difficile à estimer. Mais Yohan n'aime pas que son nom soit associé à une famille de gangsters et il va détester qu'il le soit à un frère trafiquant de drogue. Ça fait tache sur un CV, et par-dessus tout quand tu es avocat américain.

30

Shen Li, une fois les chefs de clans partis, souhaita que Jasmine Sun reste un peu de temps avec lui. Il rappela à la jeune femme la stratégie de riposte adoptée lors du déjeuner qui s'était tenu avec les autres membres de la triade, après l'assassinat de son père. Puis il l'écouta développer sa théorie sur les responsables adverses à abattre en priorité par des exécuteurs chinois venus d'autres pays, ce qui avait déjà été expérimenté par le passé.

— Tout devrait être réglé en une seule journée, dit-elle, pour à la fois asphyxier les flics qui seront submergés par les multiples homicides à gérer, et créer la panique au sein des clans juifs. Une seule précaution sera nécessaire : il faudra que nous ayons tous des alibis en béton.

Jasmine suggéra que, lorsqu'ils en arriveraient là, une semaine avant les éliminations, leurs deux familles partent en voyage dans des pays lointains. Shen Li approuva en silence, frappé par l'intelligence de cette jeune femme impitoyable en qui il voyait la future cheffe de l'organisation qu'elle serait dans quelques années. Il lui posa ensuite une question qui la dérouta parce qu'elle n'avait rien à voir avec la discussion en cours :

— Tu connais celui qu'on appelle Lin le Chimiste ?

— Lin Wu ? Pas personnellement, mais de réputation. Pourquoi ?

— Tu as travaillé avec lui ?

— Non, bien sûr. Lin a une activité légale et une autre de fabrication de drogues de synthèse. Mon père et toi avez donné des instructions très claires et très fermes à ce sujet.

— Peut-il nuire à notre communauté en France ?

Shen, les yeux mi-clos, écoutait chaque réponse attentivement. Au-delà des mots, c'était l'accent de sincérité que le vieux chef guettait.

— Si des oreilles complaisantes l'écoutent, certainement.

— Jasmine, as-tu des informations que tu me caches ?

— Non, respectable Shen.

Shen se leva, signifiant que l'entretien était terminé. À Jasmine Sun succéda un autre visiteur qui attendait en silence, dans l'obscurité, au rez-de-chaussée. Shen fit asseoir l'homme, un Chinois entre deux âges, vêtu d'une manière quelconque, portant un sac en bandoulière en matière synthétique. C'était un traducteur-interprète qui travaillait pour la police judiciaire et, depuis quelques jours, à la brigade criminelle, affecté au groupe de Paul Dalmate. Shen entretenait avec lui une relation amicale fondée sur la confiance et le désintérêt qui datait de plusieurs années.

— Alors, où en sommes-nous ?

— Il y a cinq écoutes téléphoniques qui vous enregistrent. Ton portable, ceux de tes enfants, et même celui de Tao, ton père.

— Je ne me fais pas de soucis pour Tao, il n'est au courant de rien et ne communique qu'avec de vieilles connaissances. En ce qui nous concerne, avons-nous commis des imprudences ?

— Pas vraiment.

— C'est-à-dire ?

— On sent que vous vous méfiez et que vous parlez tous à mots couverts.

— Il n'y a que toi qui t'occupes des traductions ?

— Nous sommes deux. Mais le second n'est pas très habile pour traduire le dialecte que vous employez, il ne maîtrise que le mandarin, donc il me demande de vérifier les retranscriptions de ses écoutes.

— Parle-moi de lui. Je suis censé le connaître ?

— Je ne crois pas. La police recherche des jeunes fraîchement nommés sur la liste d'aptitude agréée par le tribunal. Elle pense que cette génération est moins investie dans la communauté. C'est un étudiant en droit.

— À l'occasion tu me le présenteras, les jeunes ont toujours besoin de quelque chose, ou alors je verrai ses parents. Et les policiers avec lesquels tu travailles ?

— Je les vois peu. Dans leur nouveau centre, au quartier des Batignolles, il y a des salles d'écoutes, on n'a plus accès à leurs bureaux. Je sais juste que les comptes rendus ne les satisfont pas, il n'y a rien, ils disent qu'on n'a pas les bonnes lignes. Ils sont persuadés que vous utilisez d'autres portables. Je vous avertirai quand ils les auront branchés.

— Tu pourras modifier les traductions des conversations ?

— Seulement les atténuer. Le plus simple, c'est donc que je te prévienne pour que vous soyez discrets et naturels. Je voulais t'annoncer aussi que le même groupe de flics a placé sur écoute des familles juives.

— Comment es-tu au courant de ça ?

— Parfois, entre traducteurs, on fait une pause-café et on parle de choses et d'autres. De petits riens, mais quand on est attentif, on comprend.

— Bien, bien... Si tu apprenais quoi que ce soit qui te paraisse important, viens m'en rendre compte le soir même. Tu n'auras pas besoin de téléphoner avant, je vais prévenir ma secrétaire, je te recevrai immédiatement.

Avant que le traducteur quitte son bureau, Shen lui remit une petite boîte de pâtisseries qui contenait aussi une enveloppe avec cinq mille euros en billets de cinquante. Il veillait à lui témoigner sa gratitude avec une certaine discrétion, connaissant l'humilité de l'homme.

Quand le chef de clan s'installa dans son break Volvo, cela faisait déjà près d'une demi-heure que le traducteur était parti. Bientôt, il placerait le clan en ordre de bataille pour la guerre qu'il prévoyait de déclencher. Il avertirait ses amis de Pékin pour qu'on lui envoie des équipes de tueurs de leur communauté, implantées aux Pays-Bas et en Italie, afin d'éliminer les chefs des clans juifs. Dès le lendemain, il se rendrait également dans une agence de voyages à Paris pour planifier une excursion aux États-Unis avec ses enfants. Pour une fois, il réglerait avec sa carte de crédit. Parfois, la traçabilité d'un moyen de paiement revêtait de l'importance. Il préférait anticiper plutôt que subir. Soudain, une immense tristesse enveloppa le vieux chef chinois, mais il n'avait pas le choix. Tout ça à cause de la drogue, ou plutôt de l'argent de la drogue…

Le chauffeur attendit le traditionnel « À la maison », murmuré par son patron pour enclencher la commande de la boîte de vitesses sur « Drive », puis démarra. Derrière le break, la Porsche Cayenne de protection se colla pratiquement à eux. À l'intérieur, quatre hommes dont trois munis d'armes automatiques à grande cadence de tirs. Les deux voitures se déplaçaient avec une lenteur insupportable. Les gardes du corps scrutaient de part et d'autre les mouvements des véhicules ou de rares piétons, essayant d'identifier des menaces alors que les voitures s'engageaient porte d'Aubervilliers, là même où Sun Hao avait été exécuté.

Une moto BMW 1200 GS remontait la file rapidement. Le conducteur de la Porsche ne la remarqua pas immédiatement, d'autant que le pilote conduisait tous feux éteints. Quand le chauffeur s'en rendit compte, la moto le doublait déjà par la droite, freinait et se calait à hauteur de la voiture de Shen. Spontanément, le chauffeur bloqua le klaxon pour attirer l'attention des occupants de la Volvo. Il hurla « Attention ! » quand le passager du deux-roues, agrippé au pilote, se pencha vers la voiture de Shen et fixa un objet aimanté, une sorte de sphère noire d'une dizaine de centimètres de diamètre, sur la portière du côté où se trouvait Shen. Un des gardes du corps surgit de la Porsche, tira avec son pistolet-mitrailleur et vida le chargeur en direction de l'engin qui remettait les gaz. Une partie de la rafale atteignit le dos du passager toujours arrimé au pilote. La BMW, en pleine accélération, disparut.

Quatre secondes plus tard, une forte explosion déchiquetait le break Volvo. Shen Li et son chauffeur n'eurent pas le temps de s'extraire de la voiture. La déflagration pulvérisa également une partie de la Porsche, tuant son chauffeur, le passager avant, ainsi que le tireur sorti pour ouvrir le feu sur la moto.

Lucien Dahan, pleins phares, fonçait sur les boulevards parisiens. Il sentait Jacky Peres se cramponner pour ne pas tomber. De temps à autre, dans le rétroviseur, il apercevait le casque ballotter de droite à gauche, son passager était dans l'impossibilité de maintenir sa tête. La moto s'engagea plus lentement dans une rue calme du 18e arrondissement. Là, une camionnette attendait, portières arrière ouvertes. Deux hommes en jaillirent et glissèrent une rampe métallique qui permit au deux-roues de rentrer. Les portes se refermèrent aussitôt. La camionnette quitta son stationnement.

Pendant que le véhicule roulait, les deux types stabilisèrent la moto et aidèrent Jacky Peres à en descendre. Sous la douleur, celui-ci avait vomi dans son casque. Ils le lui ôtèrent, ainsi que son blouson et son gilet pare-balles qui portait la trace de plusieurs impacts. La protection balistique avait fonctionné. Jacky Peres, plusieurs côtes fracturées, s'évanouit.

La camionnette déposa Lucien Dahan dans une rue passante du 8e arrondissement. Dans la foulée, il monta dans une berline qui fila vers l'aéroport de Genève où il avait pour ordre de prendre un vol vers Israël. Pour Jacky Peres, ce fut plus problématique. Pourtant gavé d'antalgiques, les deux heures de voyage en voiture jusqu'en Belgique se transformèrent en calvaire. Mais après un passage chez un médecin proche du clan, un bandage maintenant ses côtes et une dose conséquente de morphine injectée, il s'envola enfin pour Tel-Aviv.

Pendant que les deux exécuteurs rejoignaient leurs aéroports respectifs, les vêtements, casques, gants et chaussures portés pendant l'exécution de Shen Li furent brûlés. La moto finit entièrement broyée dans une casse, et la camionnette ayant servi au transport, carbonisée.

31

Paul Dalmate, à son retour des constatations sur le carnage consécutif au meurtre de Shen Li, fut convoqué chez le commissaire Villeneuve où il prit une soufflante. On lui reprocha de compter les points, de remplir son tableau de photos, d'informations diverses qui finalement ne servaient à rien, puisque les morts continuaient de s'accumuler. Dalmate s'entendit clairement dire que, faute d'avancées rapides, les enquêtes seraient transférées à d'autres groupes. Cela signifiait, en jargon administratif toujours riche pour tourner autour du pot, insuffisance professionnelle, l'antichambre du renvoi de la brigade criminelle.

Dalmate s'en foutait. Harassé de fatigue, il n'avait qu'une seule hâte, rentrer chez lui. Auparavant, il relut pourtant les dernières retranscriptions des écoutes téléphoniques qui, sans surprise, ne révélèrent pas grand-chose. Pour être sûr de ne rien oublier, il avait fait placer sur écoute tous les portables connus des membres de chacun des clans. « Même celui du grand-père ? », s'était étonné Julien Caucher. « Imagine qu'un des fils veuille passer un coup de fil urgent sans toucher à son téléphone, avait-il répondu. Jamais il ne pensera que celui du grand-père est branché. D'ailleurs, j'ai dû batailler ferme avec le juge pour écouter le vieux monsieur, on est à la limite de la légalité. Ça ne donnera sans doute rien, mais on ne sait jamais. »

Ce soir, Dalmate s'intéressa à une brève conversation entre Tao et un certain Guo Tran. Le traducteur avait noté en préambule : « Dialecte incompréhensible pendant cet échange. Seule la dernière phrase a pu être traduite. » Tao s'adressait à Guo, à qui il expliquait : « Tu dois agir, tu ne dois pas laisser détruire l'œuvre de Zhang, Fu Pei et Jen Tin. » Paul Dalmate écrivit sur des bristols les noms de ces trois Chinois suivis d'un point d'interrogation et les fixa sur le tableau avant de plier bagage.

En regagnant son domicile, il trouva dans sa boîte aux lettres une invitation pour un concert dans la salle principale du cinéma le Grand Rex, boulevard Poissonnière « Les musiques de films célèbres interprétées par un orchestre symphonique ». La représentation avait lieu dans quelques jours. Au dos, une phrase manuscrite : « Au plaisir de vous compter parmi mes invités, il y aura un cocktail ensuite. La voisine d'en face. »

Pour la première fois depuis des semaines, Paul sourit. Il nota la date dans l'agenda de son smartphone en espérant qu'il n'aurait pas d'empêchement ce soir-là. Puis son repas se limita à une assiette de pâtes arrosées de sauce tomate en tube, un dîner qu'il expédia avec, en sourdine, Leonard Cohen et sa voix grave sur la mélodie « So long, Marianne ». Pas une journée ne se passait sans qu'il écoute de la musique, c'était devenu sa respiration.

Cette fois-ci, pourtant, l'évasion n'était pas totale. Dalmate ne cessait de penser au message que son père lui avait envoyé. Cela le taraudait. Grâce à l'identification du portable, il savait d'où l'appareil avait émis, un établissement pour personnes âgées à La Roche-Guyon. Il devait lever le doute. Sans plus réfléchir, il composa le numéro du standard du centre qu'il venait de récupérer sur Internet. À la quatrième sonnerie, une voix féminine décrocha. La gorge sèche, la rage au ventre, Paul s'entendit dire :

— Bonsoir, je souhaiterais parler à M. Dalmate, s'il vous plaît.

— Bonsoir, monsieur. Il est 22 heures, nous ne passons plus de communication à cette heure-ci.

— Oui, bien sûr, je suis désolé, je n'avais pas fait attention qu'il était si tard.

— Ce n'est pas dérangeant. Je peux peut-être vous renseigner ?

— Oui, tout à fait. À quelle heure je peux téléphoner à M. Dalmate ?

Paul prononça cette dernière phrase qui se voulait banale en fermant les yeux. Pour deux raisons. La première, parce que c'était inédit pour lui de demander à s'adresser à son père. La seconde, parce que cette question lui apporterait obligatoirement une réponse.

— Vous pouvez l'appeler soit vers 11 heures, après, les pensionnaires sont conduits à la salle du déjeuner, soit après la sieste, vers 16 heures.

— Merci. Et pouvez-vous me donner son numéro de chambre ?

— 304. Vous êtes ?

— Un de ses neveux, mais je ne suis pas sûr qu'il se souvienne de moi.

— Détrompez-vous ! Il a une mémoire exceptionnelle, expliqua la dame. Il passe ses journées à jouer aux échecs, à refaire des parties célèbres avec des livres. C'est formidable pour un homme de son âge, vous ne trouvez pas ?

— Oui, oui, bien sûr, c'est formidable. Je vous remercie beaucoup. Surtout, ne lui dites pas que quelqu'un a téléphoné, je voudrais lui faire une surprise.

— Très bien, ça lui fera plaisir, d'autant qu'il n'y a personne qui vient le voir d'ordinaire.

Quand Paul Dalmate raccrocha, son cœur cognait à tout casser et il était en sueur. Cette nuit-là, malgré la fatigue, il ne ferma pas l'œil et laissa l'éclairage de sa lampe de chevet, incapable de se retrouver dans le noir. La peur du noir, cette putain de peur du noir qu'il avait mis des années à évacuer et qu'il subissait encore à cause d'un simple rappel à son enfance, le mit en colère. Près de quatorze ans de violences endurées le submergeaient, et à nouveau il souffrait dans sa chair. Recroquevillé dans son lit, sa mémoire faisait rejaillir, gravés dans toutes les parcelles de son corps, l'acharnement de son père, chaque coup, chaque humiliation, chaque mauvais traitement infligés pendant des années. Il revécut son innocence saccagée et l'absence de sa mère elle aussi battue. Puis attendit avec impatience les premières lueurs de l'aube.

Sa rage de vivre et plus tard l'amour de ceux qui l'avaient recueilli lui avaient permis à l'époque de ne pas sombrer. Et aujourd'hui, son tortionnaire vivait encore, à seulement quelques dizaines de kilomètres. Paul Dalmate repensait à l'enseignement sur le pardon reçu au séminaire. Il entendait cette phrase, mille fois répétée, résonner dans sa tête : « Le pardon est une exigence chrétienne. La capacité du cœur à tenir une offense pour non avenue, à renoncer à en tirer vengeance, à privilégier l'amour sur la revanche. » C'était maintenant au-delà de ses forces.

32

Deux berlines Lexus noires, à cent mille euros chacune, s'arrêtèrent devant l'immeuble de Lin Wu – Lin le Chimiste – dans un des quartiers d'affaires de Shanghai. Six hommes en descendirent. Parmi eux, le numéro deux de la triade. Il représentait Guo, le chef, la Tête de Dragon selon la terminologie consacrée. Très mince, il portait un costume sombre taillé sur-mesure à Londres. Son élégance le désignait davantage comme le dirigeant d'une multinationale que d'une organisation mafieuse. Rien d'étonnant puisque les dirigeants des organisations criminelles pilotent leurs trafics aux ramifications internationales telles de véritables entreprises. Ils sont attentifs aux cours des Bourses mondiales et placent leur argent blanchi dans de réelles activités économiques. D'où ce mimétisme.

Le numéro deux de la triade était accompagné du « bâton rouge », désigné dans leur institution secrète comme celui chargé de la sécurité et de la discipline. Conformément à la tradition, le bâton rouge était un expert en arts martiaux. Les quatre autres étaient des « soldats », et leur mode de pensée simpliste se résumait à cet axiome : « On exécute les ordres sans poser de question. »

Après trois courtes phrases qui n'appelaient pas de contestation, aussi bien à l'accueil du rez-de-chaussée que face aux gardes du corps de Lin au 26e étage, les six hommes pénétrèrent dans le bureau de Lin le Chimiste. Celui-ci en reconnut aussitôt deux et tenta de faire bonne figure, d'autant qu'ils entraient en terrain conquis, flanqués de quatre soldats, ce qui n'augurait rien de bon. Le numéro deux de la triade s'adressa à Lin, presque à voix basse, poliment, pendant que se tenaient en retrait le bâton rouge et les soldats déployés derrière leur responsable.

— On vient prendre de tes nouvelles parce que tu es profondément dépressif nous a-t-on dit, commença-t-il en guise d'introduction.

— Mais pas du tout, je vais très bien ! D'ailleurs, tu pourras rapporter au respectable chef Guo que je viens d'acquérir une usine aux États-Unis qui va augmenter la puissance de mon groupe. Ainsi, je pourrai être plus reconnaissant envers vous.

Le numéro deux de la triade hocha la tête, ouvrit sa sacoche, en sortit une lettre qu'il mit sous le nez de Lin.

— Signe ce document, s'il te plaît.

Lin le Chimiste lut le feuillet et sentit ses jambes devenir en coton.

— Il est écrit que je suis dépressif et que je vais mettre fin à mes jours, ce n'est pas vrai. Je ne signerai jamais ce papier, dit Lin en essayant de raffermir sa voix.

Le bâton rouge, d'un geste imperceptible, mit en mouvement les quatre soldats. Trois des types s'emparèrent de Lin Wu et le soulevèrent, le quatrième fit coulisser la porte-fenêtre de la terrasse, puis ils le balancèrent dans le vide depuis le 26e étage. La porte-fenêtre fut aussitôt refermée, étouffant le hurlement de celui qui fonçait droit vers le sol.

— Il n'a pas signé, observa le bâton rouge.

— Ce n'est pas important, c'est nous qui finançons le service d'enquête.

Quelques minutes plus tard, les deux Lexus quittèrent silencieusement le stationnement en contournant l'attroupement qui se formait autour du corps disloqué de Lin le Chimiste. Guo reçut un message de son adjoint indiquant que la mission était accomplie alors que son avion privé roulait sur la piste d'envol pour Paris. Shen Li aurait apprécié de savoir que ceux qui avaient contribué à déstabiliser l'organisation en France n'existaient plus. Guo Tran se félicita de cette élimination. Cela lui permettrait d'installer un de ses hommes de confiance à la tête du complexe industriel et de mieux contrôler le trafic de drogue.

Quatre heures plus tard, l'avion personnel d'Avi Richter décollait de l'aéroport David-Ben-Gourion de Tel-Aviv pour Paris. Le vieux chef d'une des mafias israéliennes craignait que les morts d'Albert Nathan et de Shen Li soient celles de trop et que les deux communautés ne retrouvent la paix avant longtemps.

33

Paul Dalmate rejoignit une de ses équipes au commissariat de police de Neuilly. Des moniteurs renvoyaient les images des caméras de surveillance installées dans la ville. Julien Caucher, le spécialiste de la technique au sein du groupe, lui expliqua ce qu'il allait voir :

— À partir de la vidéo de la maison des Nathan, on a extrait une image du taxi Toyota et on a pu déchiffrer la plaque d'immatriculation. RAS de ce côté. Malgré tout, on a prospecté et voilà ce que ça donne.

Julien se tourna vers un des policiers de la salle de surveillance qui pianota sur son clavier et appuya sur la touche « Entrée ». Aussitôt, des images en noir et blanc ou en couleurs, en fonction des caméras qui les avaient enregistrées, défilèrent. Les premières séquences montraient le taxi en train de doubler la BMW de protection et l'Audi des Nathan à un feu rouge, quelques centaines de mètres avant la villa. Alternaient ensuite les enregistrements des caméras de la villa, des commerces et des rues de Neuilly. Le taxi se dirigeait vers Paris, porte de Champerret. La Toyota Prius entra finalement dans une zone qu'aucun dispositif ne couvrait et disparut. La séquence durait une trentaine de secondes.

— Qu'est-ce que je suis censé voir ? demanda Dalmate.

— Je savais que tu me poserais cette question. J'ai préparé la suite.

De nouveau, le policier préposé à la vidéo appuya sur la touche « Entrée ».

— Ce sont des arrêts sur image à partir des vidéos que tu viens de visionner. Première image : le taxi est stationné au pied de l'immeuble d'où a opéré le tireur. Un type, vêtu de sombre, trop loin pour que l'on devine son visage, avec sans doute une casquette et un sac à dos, se tient devant le bâtiment. Il va rester quinze secondes sans bouger avant de s'engouffrer dans le véhicule. Deuxième image extraite d'une caméra positionnée sur un feu rouge : on distingue les mains du chauffeur et, à l'arrière, on entrevoit le passager allongé. Curieux, non ? Je poursuis. Troisième image, toujours une caméra de la ville, cette fois en protection d'un passage piétons : on est de face, on aperçoit à peu près le visage du chauffeur. Quatrième image, celle de la caméra d'une pharmacie qui en avait marre de se faire braquer : voiture de profil, le passager s'assied et se cale au fond du siège, casquette rabattue sur les yeux. On ne discerne rien de lui. Et c'est terminé. Enfin presque.

— Pourquoi presque ?

— Parce que le taxi a été volé.

— Tu m'as dit le contraire il y a cinq minutes, rétorqua Dalmate.

— Quand on a interrogé le fichier des véhicules volés juste après avoir quitté le lieu du flingage, le taxi était clean. C'est quand on a vu le comportement atypique du client qu'on a de nouveau effectué un passage au fichier. Et là, bingo ! Deux heures après l'assassinat d'Albert Nathan, le commissariat de Levallois-Perret a enregistré la plainte d'un chauffeur de taxi. Il s'était fait casser la figure par deux types qui lui avaient tiré sa voiture. Deux mecs cagoulés et gantés. Ils l'ont bâillonné, attaché avec du ruban adhésif de déménageur et l'ont enfermé à moitié assommé dans un local réservé aux poubelles d'un immeuble.

— On a les adhésifs ?

— Pas de chance, le chauffeur a été délivré par le concierge qui a tout saccagé.

— Et le taxi ?

— On s'attend à le retrouver cramé quelque part en banlieue.

Dalmate apprécia la qualité de l'enquête et le jeu théâtral de Julien Caucher pour présenter les recherches de l'équipe.

— Affiche à l'écran le visage du conducteur de la Prius.

Les policiers observèrent l'image agrandie du chauffeur, les deux mains posées sur le volant. Le reflet du pare-brise et la faible définition laissaient tout juste entrevoir les traits de l'homme partiellement dissimulés par de larges lunettes de soleil et une écharpe sur le menton.

— C'est pas facile de savoir qui c'est…, conclut l'un d'eux.

— OK. Résumons : d'après le témoignage de la dame qui a vu le tireur, ce n'est pas un Asiatique qui a flingué Albert Nathan. On écarte donc l'hypothèse des clans chinois. Alors à qui profite son élimination ? A priori à ses concurrents, les Dray, Smadja, Darmon et Teboul. Mais comme on ne peut rien exclure, il faut envisager aussi que ça vienne de son propre camp, proposa le commandant. On peut essayer de comparer l'image avec les photos prises aux obsèques de Richard Nathan. On peut l'améliorer, Julien ?

— À la marge seulement.

Paul Dalmate était songeur dans la voiture qui le ramenait à la brigade criminelle. Comme les autres membres de son groupe, il souhaitait très vite se pencher sur la galerie de portraits dont il disposait et essayer de trouver une concordance. Quand il regagna son bureau, un mail de l'attaché de sécurité intérieure en Chine, le commissaire de police chargé des relations entre les polices chinoises et françaises, l'attendait. Le ton du mail se voulait ironique et sérieux à la fois : « Bonsoir Paul, j'ai reçu les clichés que m'a envoyés un de vos équipiers, ceux, comme vous dites, "de vieux messieurs chinois entrant dans un restaurant et dans un centre commercial à Paris". Dans un premier temps, j'ai cru à une plaisanterie. Ensuite, pour être sûr de ma réponse, je les ai montrés à un de mes correspondants à la PJ de Pékin. La réponse est simple, mais elle soulève de nombreuses questions de ma part et de mes collègues chinois. Il s'agit des membres les plus éminents des triades. Ils se déplacent ensemble une fois tous les dix ans, et encore ! Que faisaient-ils à Paris ? Quel était l'événement qui les a rassemblés ? Merci de vos éclaircissements très attendus. »

Dalmate ne prit pas le temps de réfléchir, c'était inutile. Il rebondit de manière laconique, comme à son habitude : « Bonsoir monsieur, je vous remercie de ce message qui n'est qu'une demi-surprise pour moi. Ces personnes ont assisté au départ du corps d'un de leurs amis, Sun Hao, assassiné à Paris. Selon nos informations, Sun Hao était le juge de paix d'une triade (la 14K ?) implantée en France. Apparemment, l'homme était plus important qu'il n'y paraît au regard du mouvement que sa disparition a généré. À suivre. » Puis, à ces quelques lignes, il ajouta la photo et l'identité de Sun Hao pour que son correspondant à Pékin poursuive son enquête.

Le commandant regarda l'heure affichée sur son ordinateur, 20 heures. 2 heures du matin à Pékin. Le policier de l'ambassade prendrait connaissance du message à sa prise de service. Il éteignit donc son ordinateur et glissa dans sa sacoche la tablette sur laquelle figuraient tous les visages des invités aux obsèques de Richard Nathan. Il les comparerait, chez lui, au calme, avec la photo du chauffeur de taxi. Dans le hall de l'immeuble, à deux pas de la sortie, il croisa Khadija. La femme ne ménage ne portait aucune trace d'ecchymoses et adressa un bref salut à Dalmate qui fut soulagé de ne pas avoir à engager la conversation.

Avant de rentrer chez lui, Paul s'arrêta chez son épicier habituel avec qui il aimait parler de la pluie et du beau temps. Parfois, ils regardaient ensemble une mi-temps du PSG sur l'écran d'une petite télévision en buvant un thé à la menthe brûlant et très sucré. Pour Dalmate, pas du tout fan de foot, le vrai spectacle résidait dans les commentaires et la gestuelle enflammés de l'épicier originaire de La Goulette, en Tunisie, et de quelques autres clients.

— Qu'est-ce que tu me conseilles pour mon dîner de ce soir, sachant que je veux en faire le moins possible ?

L'épicier quitta sa caisse, se dirigea vers le fond de la boutique et en revint, souriant, avec deux boîtes qu'il rangea dans un sac en papier.

— Du houmous et du guacamole, plus des petites carottes déjà épluchées et une endive. Voilà pour le moins possible, comme tu dis. Et ça, c'est cadeau pour ton dessert, poursuivit l'homme en glissant deux branches de dattes dans le sac. Manges-en le matin, c'est bon pour le cerveau des policiers comme toi !

— J'ai une enquête qui me tracasse en ce moment, mais, quand j'en aurai terminé, je t'invite à la maison. D'accord ?

— Avec plaisir, je ferme à 23 heures.

Ce soir-là, Paul mit en fond sonore Melody Gardot, s'installa à table avec son houmous et son guacamole dans lesquels il plongeait alternativement les carottes et des feuilles d'endive, sa tablette posée devant lui. Concentré, il analysa chaque photo avant de s'attarder en particulier sur deux d'entre elles, leur trouvant quelques vagues similitudes avec le visage du chauffeur de la Prius. Au vu des noms, cela paraissait improbable, mais pourquoi pas ?

Au fur et à mesure, une stratégie se dessina. Il éteignit sa tablette, mit dans un sac les emballages de son repas et alla jeter le tout dans une poubelle au bout de la rue. L'hiver humide traînait en longueur, même s'il ne faisait pas réellement froid. Dalmate resta quelques instants, appuyé contre le mur de son minuscule jardin, ressassant ce qu'il envisageait de faire et qu'il jugeait périlleux à tout point de vue.

— Que cet homme semble soucieux !

Devant lui se tenait la musicienne, son instrument dans la housse calé sur son dos. Il ne l'avait pas entendue arriver.

— Je parie que vous sortez de répétition.

— Tout à fait. Le concert a lieu dans deux jours, vous viendrez ?

— Oui, bien sûr, bredouilla Paul, qui avait complètement oublié.

— Ah, tant mieux ! Et vous, quel est votre métier ?

— Moins poétique que musicien. Je suis policier.

— J'adore les films policiers et les séries télé. Il faudra me raconter. Je me sauve, je dois libérer la baby-sitter.

Dalmate regarda filer la jeune femme, regrettant son départ si rapide. *Elle porte un parfum subtil, élève un jeune enfant dont s'occupe une baby-sitter. Soit elle est seule, soit son bonhomme est ailleurs. Je préférerais la première solution.* Puis il rentra chez lui en pensant à son plan casse-gueule. Il le mettrait à exécution dès le lendemain.

34

Dans un salon privé de l'Hôtel de Crillon, place de la Concorde, Guo Tran et Avi Richter, les deux puissants responsables d'organisations criminelles, dînaient en tête à tête, leurs gardes du corps positionnés en protection à l'extérieur. Un dîner léger composé de poisson et de légumes cuits à la vapeur accompagnés d'une bouteille d'eau. Depuis plus d'une heure, Guo et Avi parlaient de politique, de leurs gouvernements respectifs, d'économie, de tendance des marchés, des places financières. Une oreille indiscrète aurait cru entendre débattre deux économistes ou deux grands capitaines d'industrie. Ce qui était un peu le cas, compte tenu des sommes faramineuses que leurs business généraient et des investissements qu'ils opéraient. Quant à l'origine de ces fonds…

— Qui sait que nous sommes à Paris en ce moment ?

— Je ne me suis pas caché pour quitter Israël, et toi non plus pour sortir de Chine, je suppose. Les services de renseignement de nos pays ont déjà dû envoyer un message aux Français. Ça m'est égal. Je ne suis plus recherché par aucun service de police dans le monde. Avant de partir, j'ai demandé au chef de la police à Tel-Aviv qu'il vérifie auprès des fichiers Interpol. C'est lui qui m'a donné le feu vert. J'imagine que tu as procédé de la même manière !

Guo approuva en riant.

— Le mien m'a réclamé des sacs Vuitton, pour sa femme et ses maîtresses !

Avi éclata à son tour d'un rire sonore.

— Et moi, je mettrai dans mes bagages deux montres Cartier, pour femme, identiques. Pour ne pas que je me trompe, il m'a envoyé une photo du modèle !

Les deux hommes échangèrent quelques considérations dévastatrices sur chacun de leurs responsables policiers, puis Avi reposa ses couverts de part et d'autre de son assiette, but un verre d'eau et planta son regard bleu dans celui couleur d'obsidienne de son ami.

— Guo, quelque chose m'amuse. Tu es le chef d'une des plus importantes triades du pays le plus peuplé de la planète. Vous êtes implantés pratiquement partout, et…

— Toi, l'interrompit Guo, tu es le représentant d'une des plus puissantes organisations d'un des pays les plus petits, et tu veux savoir pourquoi Juifs et Chinois sont si proches, alors que la population d'Israël ne représente même pas celle de la moitié d'un arrondissement de Shanghai. Je me trompe ?

— Quand on pose la question on connaît souvent la réponse, Guo, mais j'aimerais te l'entendre dire.

— Avi, vous, les Juifs, êtes un peuple de traditions qui respectez la famille au plus haut point. Nous, les Chinois, avons le culte des ancêtres et dans chacune de nos maisons brûle un peu d'encens pour les honorer. Si nos religions sont différentes, nous puisons dans leurs racines la force et la philosophie.

— C'est vrai, nous avons une attitude commune face à l'existence et à l'adversité, à la persévérance et à l'absence de renoncement, renchérit Avi. Juifs et Chinois, nous partageons cette soif d'apprendre qui fait que nous sommes toujours en mouvement. Tu es d'accord, Guo ?

— Bien sûr, et nous pourrions passer des heures à disserter sur l'histoire de nos diasporas, parce que vous êtes bien plus nombreux à l'extérieur d'Israël, reprit Guo en riant. Bien plus qu'un arrondissement de Shanghai.

— Mon ami, quand nous quitterons la France, nos deux communautés devront recommencer à vivre en paix. Je te propose que nous emmenions les responsables du désordre sur le lieu où tout a débuté.

— Exactement ce que j'allais te proposer ! Albert Nathan et Shen Li sont morts, et je le regrette sincèrement. J'aurais préféré m'appuyer sur eux pour régler ce conflit plutôt que sur la nouvelle génération qui veut s'affranchir de nos codes et qui ignore notre histoire. Les racines de la violence y sont profondément ancrées.

— Ce qui fait défaut aux miens, c'est un vrai *mensch*[1]. Je vais convoquer Yannis Nathan, il est devenu le chef de sa famille par défaut, et je ferai passer un message d'extrême fermeté aux autres clans de ma communauté.

— J'agirai de même. D'après ce que l'on m'a expliqué, c'est Éric Shen qui est à l'origine de cette guerre. J'indiquerai donc clairement que je ne veux pas que ce soit lui qui préside aux destinées de la triade en France.

Avi Richter resta un long moment silencieux. Les deux hommes se regardaient, les mots devenant inutiles. Puis Avi secoua la tête en signe d'assentiment.

— Très bien ! Tu as raison. Un conflit ne peut être assaini que par des personnes qui n'ont de sang ni sur les mains ni sur la conscience.

* * *

Non loin de là, Jasmine Sun arrêta son chrono en reprenant son souffle après avoir parcouru une boucle d'une quinzaine de kilomètres entre son domicile du Champ-de-Mars et le bois de Boulogne. Avant de rentrer, elle effectua toute une série d'étirements avec les deux types qui l'accompagnaient, sa protection rapprochée. Et, n'ayant pas prévu de sortie nocturne, leur fixa rendez-vous pour le lendemain matin 8 heures.

La jeune femme ajouta des gouttes d'huile essentielle de lavande dans un diffuseur, prit une longue douche suivie d'un repas diététique. Elle effectua ensuite quelques exercices de yoga, et enchaîna sur une séance de méditation pour apaiser son esprit encombré par les récentes morts violentes. Enfin détendue, depuis sa terrasse, elle profita du spectacle de la tour Eiffel qui scintillait la nuit, pendant dix minutes.

De retour dans le salon, Jasmine alluma son ordinateur portable, vérifia l'heure et, compte tenu du décalage horaire, se connecta sur un site boursier à Tokyo. Pendant plus d'une heure, elle passa des

---

1. Un « homme », un « vrai mec », en yiddish.

ordres d'achats et de ventes de titres, ses doigts pianotant à toute vitesse sur le clavier. Quand elle referma son portable, elle venait d'enregistrer un gain de dix-huit mille dollars, ce qui la laissa parfaitement indifférente au regard des sommes colossales qu'elle possédait. Jasmine Sun, mathématicienne de haut vol, jouait avec les chiffres, les probabilités et autres fantaisies inaccessibles à la plupart des gens. Dans le fond, ce qui excitait la jeune femme n'était pas le gain, mais la façon d'en générer et de vaincre.

Son père, décédé trop tôt, trop brutalement, lui manquait. Fille unique, elle avait hérité de lui une forme de sagesse et la capacité à analyser les situations. Bien sûr elle ne reprendrait pas les fonctions de juge de paix de la triade, n'ayant ni sa légitimité ni son expérience. En revanche, elle se trouvait désormais naturellement à la tête de l'organisation qu'il avait créée. Un système bancaire parallèle au bénéfice de la myriade de sociétés chinoises souhaitant échapper en partie au fisc.

Alors qu'elle entamait ses études de mathématiques, son père, un jour, avait déployé une carte du monde sur laquelle ils s'étaient penchés. Il avait pointé du doigt la Chine et la France.

— Si tu envisages uniquement la France pour notre business, tu réfléchis en boutiquier, en bazar de quartier. Il faut avoir une vision plus large, avait-il expliqué en traçant avec un crayon les contours de l'Europe de l'Ouest. C'est là notre terrain de jeu, un périmètre sur lequel je me suis implanté et que tu devras développer.

Jasmine Sun repensait à cette discussion. Elle tenait délicatement entre ses doigts la petite cage à criquet, dernier objet que son père avait serré dans sa main. Elle la reposa sur une étagère du salon, curieuse et triste à la fois. Elle ignorait l'origine de cet artefact qui se transmettait, avec le cérémonial d'un talisman, entre les générations de sa famille. À plusieurs reprises, elle avait questionné son père, dont la réponse, immuable, était : « Un jour, je te raconterai. »

Deux heures du matin. Jasmine Sun n'avait pas sommeil. Elle avait envie d'un homme.

35

Onze heures quarante-cinq du matin. Brigade criminelle. Les frères Nathan, Yannis et Franck, se trouvaient chacun dans une salle d'audition. Yannis face à Paul Dalmate et un officier, Franck face à Sylvie Guyien et Julien Caucher. Motif de leur présence : une procédure ouverte pour détention illégale d'armes de quatrième catégorie, la catégorie des armes de poing interdites à la vente sauf autorisation. Les deux frères ne pouvaient nier l'évidence puisque les photos extraites de la vidéo les montraient, surgissant de la voiture, pistolet automatique au poing. Un délit passible d'emprisonnement. En fait, un prétexte pour les avoir sous la main et leur mettre la pression.

Comme la loi le leur permettait, deux avocats spécialisés dans les affaires pénales accompagnaient les Nathan. Pas des avocats commis d'office, ceux de la famille. Yannis et Franck comptaient faire valoir leur droit au silence, les avocats les en dissuadèrent. Ils devraient argumenter sur les menaces avérées, la mort du père, l'absence de protection de la police malgré l'assassinat de Richard. Bref, ils joueraient la contrition et, surtout, devraient faire profil bas.

L'officier enregistrait par procès-verbal les réponses de Yannis. L'avocat, assis légèrement en retrait, notait les échanges. Tout se déroulait comme le prévoyait Dalmate qui savait que la procédure n'irait pas bien loin. Le magistrat se ferait en effet présenter les deux frères et les remettrait en liberté après une mise en examen. C'était ce qui était prévu. Yannis signa son procès-verbal. L'avocat, quant à lui, estima que tout se passait sans accroc pour son client.

La véritable raison de l'audition des frères Nathan à la brigade criminelle arrivait maintenant. Dalmate prit le temps d'exposer les pistes d'enquête ouvertes à la suite des meurtres de Richard et Albert Nathan. Yannis écoutait mollement, l'avocat cherchait le piège.

— Avez-vous reçu des menaces depuis l'assassinat de votre père ?

— Non, aucune. Ma famille vit un véritable drame, je ne sais pas comment nous allons nous en remettre, ma mère surtout d'ailleurs. Elle a perdu son mari et un fils en très peu de temps.

— Je comprends. Vous allez être conduits avec votre frère devant un magistrat concernant les infractions sur les armes. Il vous expliquera la procédure à suivre, votre avocat sera là pour vous assister.

Paul Dalmate laissa s'écouler quelques instants de silence, le temps de poser une chemise sur son bureau.

— Avant que vous partiez, je souhaiterais vous montrer deux photos. Dites-moi si cela évoque quelque chose pour vous.

Une seconde plus tard, Dalmate ouvrait la chemise cartonnée et présentait deux clichés à son vis-à-vis. L'un où l'on devinait le faux chauffeur de taxi dissimulé en partie par un reflet du pare-brise, les mains cramponnées au volant. L'autre où l'on apercevait le profil du passager assis à l'arrière, casquette enfoncée, visière rabattue sur le front. Puis il scruta l'expression de Yannis, mais ce dernier était impassible, visage de marbre, sans émotion, attentif, prenant son temps. Le jeune homme, les yeux passant du visage du chauffeur à celui du passager, secoua lentement la tête. Une moue se dessinait sur ses lèvres.

— La qualité est mauvaise, difficile de dire de qui il s'agit. D'où sortent ces clichés ?

— C'est illégal ce que vous faites, tonna l'avocat, coupant la parole au flic. Mon client est en garde à vue pour une affaire de détention d'armes pour laquelle il reconnaît les faits. Là, vous l'interrogez sur une affaire d'homicide. Je vais rédiger une protestation auprès du juge d'instruction.

— Je ne comprends pas, maître, reprit posément Dalmate, je fais le point sur une enquête dans laquelle votre client et sa famille sont victimes. Je cherche à élucider ces meurtres. Les deux hommes sur la photo sont potentiellement des suspects et…

— Ne jouons pas sur les mots, commandant ! Monsieur Nathan, je vous demande de ne plus répondre aux questions des policiers. Nous en avons terminé.

Une fois les frères Nathan conduits chez le magistrat, Sylvie Guyien rejoignit Paul Dalmate dans son bureau.

— Tu prends un risque énorme, Paul. Si Yannis Nathan identifie le chauffeur ou le passager, il va les buter.

— On devrait peut-être le savoir avant qu'il parte en guerre. Julien est en contact avec un informateur proche de Yannis qui est censé connaître les numéros des portables cachés du clan Nathan. Si tout se passe bien, je pense que dans moins de vingt-quatre heures ils seront branchés. Mais rien n'est sûr, comme toujours.

— Et dans le cas contraire ?

— On verra.

— Il a semblé réagir face aux photos ?

— Non, il est resté très maître de ses émotions, ça n'a rien donné. Mais il peut aussi simuler. La suite nous le dira.

— Classique chez un type qui sait ses faits et gestes épiés en continu par la police. Et toi, tu as reconnu quelqu'un ? Paul, si tu as manœuvré de la sorte, c'est que tu dois avoir une idée ! Je me trompe ?

Attitude de sphinx de Dalmate.

* * *

Quelques heures plus tard, de retour du palais de justice où un magistrat venait de les mettre en examen, Yannis et Franck s'enfermèrent dans le bureau de leur père avec trois de leurs proches.

— J'ai fait flinguer Shen Li pour rien, dit d'une voix blanche Yannis. Le flic qui nous a baisés pour les armes m'a montré une photo de Meïr et Abitbol dans une bagnole. Apparemment, ils seraient suspectés du meurtre de notre père. Ces ordures se sont retournées contre nous.

— Les flics les ont identifiés ?

— Non, je crois pas. Je comprends mieux maintenant pourquoi Meïr est venu à la maison, soi-disant pour voir Papa et s'excuser. Comme un connard, je lui ai dit ce qu'on ferait dans la semaine, et le jour de notre passage à la synagogue. Il a eu tranquillement le temps de choisir le lieu pour préparer l'exécution.

— Donc là, on a deux problèmes sur les bras, estima Franck. On a descendu Shen Li alors que ce sont les nôtres qui ont assassiné notre père.

— Et Éric Shen, son fils, celui qui a donné l'ordre de tuer Richard, on l'a pas eu, compléta Yannis.

— C'est ça… Mais lui on l'aura plus facilement. De toute façon, ce qui est fait est fait, on peut pas revenir en arrière. Qu'est-ce que tu proposes, Yannis ?

— D'éliminer Meïr, Abitbol et les frères Cohen. Je ne sais pas où ils étaient ces deux-là, mais ils appartiennent à la même bande. Papa m'avait demandé de m'en occuper et je n'ai pas bougé. Ce qui vient d'arriver est ma faute.

— Et on révèle tout à Yohan ?

— Je me vois pas l'appeler pour lui raconter cette histoire, j'en ai pas le courage et, en plus, je me méfie des téléphones. Si nos portables sont clean, le sien j'en sais rien.

— OK, mais il faudra quand même qu'on lui dise, d'une manière ou d'une autre, que la mort qui a frappé Papa vient de chez nous.

36

23 heures. Rudy Meïr et Jérémy Abitbol terminaient de dîner dans un restaurant en vue à Bruxelles en compagnie d'escort-girls. « Des top-modèles à cinq mille euros la nuit », comme ils se plaisaient à le dire. Pendant ce temps, les WhatsApp se succédaient sur le smartphone de Rudy qui choisit un temps de les ignorer. Mais, au bout du dixième message, il consentit à retirer sa main posée haut sur la cuisse de la jeune femme révélée par la minijupe. Il reconnut aussitôt le numéro de téléphone de l'inconnu, celui qui l'avait déjà alerté du contrat lancé par Albert Nathan sur sa tête et celle de ses amis.

Rudy, nerveux, lut le même message envoyé dix fois. « Les flics ont montré les photos d'un chauffeur de taxi et de son passager à Yannis. Il vous a identifiés Jérémy et toi. Il sait que tu as buté son père. » Soudain, plus rien n'existait autour de lui. Le vide et le silence absolus. Il n'entendit pas Jérémy lui parler ni le garçon demander s'il souhaitait un dessert. D'un doigt tremblant, il pianota : « Qui, les flics ? C'est encore des conneries ! » Réponse immédiate de l'inconnu : « Dalmate, celui qui enquête sur les meurtres. Yannis veut vous choper vivants. »

Rudy Meïr associa immédiatement les deux derniers mots du SMS, « choper vivants », à torture et mort lente. Pour la première fois de sa vie, il sut qu'il allait buter un flic. Il ne pouvait pas en être autrement.

* * *

L'information parvint simultanément de Pékin et de Jérusalem à Paris, à la direction centrale de la police judiciaire. Elle émanait de policiers français en poste dans ces ambassades. Le message synthétisé et communiqué à différents services, dont celui de la préfecture de police, disait : « Les ambassades de Pékin et Jérusalem ont signalé le départ de Guo Tran, chef de la triade 14K, et d'Avi Richter, chef d'une mafia israélienne, pour Paris à bord d'avions privés avec des membres de leurs organisations. L'aéroport du Bourget a confirmé l'arrivée de ces personnes. Aucun ne fait l'objet de fiches de recherche et de demandes d'arrestation. Surveillances discrètes sollicitées. »

Les vidéos prises par les caméras de l'aéroport montraient les deux chefs et leur entourage. Paul Dalmate envoya, via une liaison Internet cryptée, une copie de ces enregistrements aux attachés de sécurité intérieure à Pékin et Jérusalem, accompagnée de la requête suivante : « Pouvez-vous identifier les personnes figurant sur ces vidéos ? » Quelques heures plus tard, il recevait, par le même canal sécurisé, les informations des deux ambassades qui avaient choisi de répondre de manière identique, en faisant des arrêts sur image sur chacun des groupes. Le policier en poste à Pékin avait associé un numéro à chaque homme et avait écrit : « 1 = Guo Tran, le plus âgé, encadré par quatre types, sa protection rapprochée, est le chef de la triade 14K, c'est la Tête de Dragon. 2 = Leung, un des responsables de la sécurité et de la discipline. » Le policier terminait son descriptif par cette phrase : « Paul, c'est assez rare que deux hauts dignitaires de la 14K se déplacent hors de Chine. Essayez d'en savoir davantage, bon courage ! »

Dalmate s'imprégna des six visages et passa à la seconde photo, envoyée par Jérusalem. Il lut le commentaire : « Le vieux monsieur entouré par une protection de cinq hommes est Avi Richter, surnommé "le Loup". Il paraît frêle et inoffensif, mais ses détracteurs comme ses admirateurs évaluent le nombre de types qu'il a butés ou fait buter à plus d'une centaine. Les cinq gardes du corps sont tous des anciens du Mossad. » Dalmate les détailla. Tous identiques, grands, athlétiques, cheveux très courts, costume gris clair, chemise blanche sans cravate, col ouvert. « Les ex des services secrets israéliens se font souvent embaucher dans des sociétés de sécurité. D'autres franchissent le pas et bossent pour des chefs mafieux.

Ils sont payés sept ou huit fois ce qu'ils gagnaient au Mossad, une façon pour eux de se mettre en conformité avec leur conscience. Et comme on ne quitte jamais vraiment un service de renseignement, les infos montent et descendent. Tout le monde y trouve son compte. Pékin me dit qu'une délégation de la 14K est arrivée en même temps que les Israéliens. Au vu de la personnalité des deux chefs, je ne serais pas étonné s'ils venaient faire une recomposition de leur organisation en France. Je suis preneur de vos avancées. À bientôt. »

Paul transmit une copie de ces communiqués aux membres de son groupe, sans oublier le susceptible commissaire Villeneuve. Et, en fin de matinée, un service de renseignement français confirma à son tour la présence des chefs mafieux, depuis la veille, à l'Hôtel de Crillon. Dalmate n'attendait que cette information pour mettre sur pied un dispositif conséquent qu'il déploya autour du prestigieux établissement. Une rencontre discrète avec le concierge de l'hôtel lui apprit que deux fourgons Mercedes Viano sept places et une limousine Audi loués par un membre de l'entourage de Guo Tran stationnaient devant le bâtiment. Dalmate passa devant les véhicules et releva leur immatriculation qu'il communiqua à l'ensemble des policiers en surveillance. Puis il rejoignit un des officiers, chargé des moyens techniques, positionné place de la Concorde.

— Ils ont trois véhicules. Une limousine Audi, a priori pour les chefs, et deux fourgons de sept places chacun, pour leurs gardes du corps. Ils se déplaceront sans doute dès demain matin. Là, il est 18 heures, je ne crois pas qu'ils vont bouger ce soir. Tu as du matos avec toi ?

— Plusieurs balises et les tablettes pour suivre leurs progressions. C'est à ça que tu penses ?

— Oui. Dans la nuit, il n'y aura au pire que le portier de l'hôtel dehors. Il faudrait que tu puisses intervenir à ce moment. Quand ils partiront, on leur laissera de l'avance pour qu'on ne nous repère pas.

— D'accord. Si dehors c'est clean, je baliserai les caisses vers 3 ou 4 heures du matin. En général, c'est l'heure où tout le monde dort.

— Tiens-moi au courant sur le portable.

— OK. On reste en place jusqu'à quelle heure ?

— La relève se fera pour tout le monde à 5 heures.

Dalmate s'assura que son dispositif couvrait tous les abords de l'hôtel. Vers 19 heures, le concierge du Crillon lui téléphona pour dire que Guo Tran et Avi Richter dîneraient dans un salon privé, et que leurs « assistants », comme il les appelait pudiquement, prendraient eux aussi leurs repas dans le restaurant de l'établissement. Cette information confirma Dalmate dans son analyse que cette nuit personne ne bougerait. La montre du tableau de bord de sa voiture indiquait 20 h 40 quand il prit la direction du Grand Rex. Un quart d'heure plus tard, il pénétrait dans la salle de cinéma où le concert avait débuté depuis une demi-heure. Une ouvreuse vérifia son carton et l'installa dans le carré des invités. Dalmate chercha ensuite des yeux la violoniste et la trouva, étincelante, dans sa robe de soirée noire. Elle se tenait devant les autres violons. Il ne la quitta plus du regard, se laissant envoûter à la fois par la musique et par le jeu du premier violon.

Le concert terminé, le commandant appela le chef du dispositif positionné avenue Gabriel, non loin de l'ambassade des États-Unis, à quelques centaines de mètres du Crillon. « Tout est calme, lui répondit-il. On pourra baliser vers 3 heures. » Tranquillisé par ces nouvelles, Paul se dirigea vers une brasserie à côté du cinéma, privatisée pour la soirée. Les membres de l'orchestre arrivaient au compte-gouttes et se mêlaient aux invités, des amis ou des proches. Enfin, la violoniste entra, accompagnée du chef d'orchestre. Tous les applaudirent longuement. Dalmate, appuyé contre un mur au fond de la salle, observa sa voisine remerciant les uns et les autres. Balayant la foule du regard, elle semblait chercher quelqu'un. Jusqu'à ce que ses yeux croisent ceux de Dalmate. La jeune femme parvint alors à se libérer des personnes qui la félicitaient et vint à sa rencontre.

— Bravo ! Vraiment, c'était formidable ! Quelle bonne idée aussi de diffuser des images de ces grands films pendant que vous jouiez.

— Oui, et ça change des concerts de musique classique. Nous avons tous pris beaucoup de plaisir à répéter et interpréter ces morceaux. Mais, monsieur le policier, reprit en souriant la musicienne, j'ignore toujours votre prénom.

— Oui, c'est vrai ! Je m'appelle Paul, et vous ?

— Éléonore. Je suis contente que vous soyez venu. Vous restez dîner avec nous ?

— Je suis désolé, je ne peux pas. En ce moment, je suis sur une affaire qui m'occupe presque nuit et jour ! Quand tout sera terminé, j'aimerais vous inviter à dîner. Je vous parlerai de films et de romans policiers et vous me raconterez la musique. Qu'en pensez-vous ?

De nombreux admirateurs entourèrent soudain la musicienne en l'acclamant. Chacun se bousculant pour faire un selfie, comme il se doit maintenant, vite le diffuser en proclamant : « J'y étais ! » Dalmate regarda cette scène imposée, agacé de n'avoir pu terminer sa brève conversation. La jeune femme se tourna vers lui, signifiant d'une mimique qu'elle était navrée, mais acquiesça joyeusement à la proposition du policier.

Dalmate rentra chez lui et somnola plus qu'il ne dormit. À 3 h 30, il reçut un SMS disant « Balises en place », il y répondit par un laconique « Merci ». À 4 heures, il prenait une longue douche chaude suivie de plusieurs cafés et, à 5 heures, il transmettait les consignes place de la Concorde aux policiers qui relevaient leurs collègues.

37

Les deux fourgons Mercedes Viano quittèrent l'Hôtel de Crillon à 7 heures précises. La limousine restant sur place. Dans l'un d'eux se trouvaient les gardes du corps de Guo, dans l'autre ceux d'Avi Richter. Les policiers ne démarrèrent pas tout de suite et suivirent sur leurs tablettes les déplacements des deux véhicules balisés. Alors que le premier empruntait la direction de l'autoroute A4 vers la Seine-et-Marne, le second s'engagea vers Neuilly. Les voitures de police en prirent chacune un en filature à distance. Dalmate se concentra sur l'hôtel pour assurer le départ de la limousine.

Dans la matinée, celui-ci reçut un appel d'un officier qui s'occupait en direct des écoutes téléphoniques.

— Yannis vient de contacter son frère Franck pour lui dire que des émissaires d'Avi Richter venaient le chercher et qu'il n'avait pas d'autre choix que d'y aller. Éric Shen a quant à lui téléphoné à sa sœur, la prévenant que des membres de la triade étaient chez lui et qu'ils l'obligeaient à les suivre.

— Et quelle a été leur réaction ?

— La peur ! Chez les Juifs comme chez les Chinois, même message, ne pas alerter la police. La triade emmène aussi un autre type qui se prénomme Tao, le père de Shen Li. S'il y a du nouveau, je te préviens.

— Ils savent tous qu'ils sont sur écoute. C'est une manière indirecte de nous informer, observa Dalmate. Le message est clair : si on se fait buter, vous saurez par qui.

Dalmate renforça son dispositif et, dans la foulée, le concierge du Crillon – « l'homme aux clefs d'or », comme il le désignait – l'appela pour l'avertir du départ imminent de Guo Tran et d'Avi Richter. Les chefs historiques venaient de se rejoindre dans le hall avec leurs protections. Guo regardait d'un air distrait l'exposition photo organisée dans le hall du grand hôtel. Il se tourna vers Avi Richter :

— J'ai demandé que Tao nous accompagne. Nous sommes les derniers témoins d'un monde que nous avons contribué à faire émerger.

— Oui, bien sûr. Son fils a été assassiné et son chagrin est infini. Ce sera aussi son dernier voyage. Je vais te confier une chose Guo, Tao n'a jamais raconté en détail à son fils l'origine de notre fraternité.

Quelques instants plus tard, les deux fourgons s'arrêtèrent devant le grand hôtel, Guo s'avança vers un des véhicules et un vieux monsieur en descendit avec difficulté. *Sans doute Tao*, observa Dalmate. Guo étreignit longuement Tao et le conduisit vers la limousine. Avi Richter lui adressa un salut chaleureux. Les trois hommes prirent place dans la voiture et le cortège démarra en direction de l'avenue des Champs-Élysées. La dizaine de voitures de police suivait à distance. Le cortège contourna l'Arc de Triomphe, descendit l'avenue de la Grande-Armée, passa la porte Maillot et l'avenue Charles-de-Gaulle à Neuilly. Sous le tunnel de la Défense, il s'orienta vers l'autoroute A15, puis vers l'A16 en direction d'Amiens, laissant les officiers perplexes. Les écoutes téléphoniques ne donnaient strictement rien. Silence total. Le convoi respectait à la lettre les limitations de vitesse.

— Ce voyage, sans aucun doute le dernier, est émouvant pour moi, murmura Tao. À son terme, j'aurai tristement terminé l'histoire de ma vie. Shen disparu, ma famille va s'effondrer. Une vie pour rien.

— Ce voyage est émouvant pour nous tous, approuva Avi Richter. Sois assuré que nous ferons en sorte que justice soit rendue.

— Tu crois que les policiers sont derrière nous ?

— Certainement, mais ça nous est égal, nous n'avons rien à nous reprocher. Au contraire, nous empêcherons des morts futurs, même s'ils ne le savent pas encore.

Guo s'adressa en chinois au chauffeur :

— À quelle heure arrivons-nous ?

— Dans une heure environ.

Il traduisit pour Avi Richter, puis le silence retomba dans l'habitacle. Plus tard, le cortège emprunta la sortie 26, « Étaples/Le Touquet ». Dalmate demanda de ne laisser qu'une voiture en contact visuel, les autres, plus en retrait, suivraient les déplacements des balises. La limousine en tête, les véhicules traversèrent Étaples-sur-Mer en direction de Boulogne. Et, à un kilomètre de la sortie de la petite ville de pêcheurs, tout le monde s'arrêta face à l'entrée d'un immense cimetière militaire devant lequel un panneau en anglais stipulait : « Étaples Military Cemetery ». Seul un Land Rover immatriculé en Grande-Bretagne était garé sur le bas-côté.

Pendant que ses collègues continuaient pour ne pas se faire repérer, prêts à faire demi-tour plus loin et à se déployer ensuite pour se rapprocher de lui, Dalmate se stationna derrière le Land Rover. Un seul véhicule banalisé attirerait moins l'attention. Il essayait du moins de s'en convaincre. En réalité, en plein milieu de semaine en hiver, il ne devait pas y avoir grand monde dans le cimetière et ils ne seraient pas discrets bien longtemps. Mais il n'avait pas le choix.

Les deux chefs, entourés de leur garde rapprochée, pénétrèrent dans le cimetière. Ils précédaient Yannis Nathan et Éric Shen, encadrés par les autres gardes du corps. Dalmate, accompagné de Sylvie Guyien et de Julien Caucher, monta les quelques marches que surplombait un gigantesque glaive de pierre blanche. Ils s'arrêtèrent sur une esplanade entourée de grands drapeaux de pierre en berne. S'étendaient sous leurs yeux des milliers de stèles blanches alignées au millimètre près sur une pelouse uniformément verte, entretenue avec soin. De là, les trois policiers observèrent le petit groupe piloté par Guo Tran et Avi Richter se diriger, sans hésiter, vers la partie la plus à gauche du cimetière. Dalmate, d'un geste, intima à ses deux équipiers de ne pas bouger. Julien en profita pour pianoter sur son smartphone et résuma ce qu'il lisait :

— Nous sommes dans le plus grand cimetière de guerre du Commonwealth en France. Il y a environ douze mille tombes d'hommes et de femmes venus du monde entier, décédés pour la plupart pendant la Première Guerre mondiale.

Tous trois restèrent sans voix, impressionnés par ces milliers de stèles blanches, comme autant de régiments au garde-à-vous.

Elles renvoyaient à tant de sacrifices humains. Un couple, sur la droite, se recueillait devant une de ces tombes, sans doute les occupants du Land Rover. Deux jardiniers entretenaient au loin une allée. Il n'y avait personne d'autre. Le silence régnait dans cette immense nécropole sous un ciel bleu pâle et un froid soleil d'hiver.

Guo Tran, Avi Richter et Tao, soutenu par deux gardes du corps, s'arrêtèrent devant une stèle isolée, séparée de l'alignement majestueux des milliers d'autres. Tao s'approcha de la pierre tombale et posa quelques instants une main dessus, dans une attitude de recueillement. Après quoi il se retourna, puis s'adressa à Guo et Avi qui hochèrent la tête. Certainement sur l'ordre d'un des deux chefs que les policiers n'entendirent pas, les gardes du corps empoignèrent Éric Shen et Yannis Nathan, les projetèrent au sol devant la tombe et les passèrent à tabac. Un cassage de gueule effectué par des pros, supervisé par Leung, l'un des responsables de la sécurité. Les deux hommes ne bougeaient presque plus quand les coups cessèrent.

Sylvie Guyien et Julien Caucher esquissèrent le même geste simultanément, celui de sortir leur arme et de se précipiter. Dalmate les stoppa net.

— Ils ne vont pas les buter. S'ils avaient voulu, ils les auraient déjà flingués et on n'en aurait rien su. Je parie que Tran et Richter se doutent que nous sommes ici. On est en train de voir les parrains reprendre la main. Et que ces deux-là se fassent défoncer, ça ne me gêne pas, bien au contraire.

Les policiers se contentèrent d'observer la scène. Enfin, Yannis Nathan et Éric Shen furent relevés, puis ils écoutèrent longuement, sans bouger, parler Tao, Guo et Avi. Les gardes du corps distribuèrent encore plusieurs coups jusqu'à ce que les deux hommes acquiescent en silence. Alors le petit groupe se remit en mouvement vers la sortie. Yannis Nathan marchait avec difficulté, courbé, son bras gauche plaqué contre sa poitrine.

— Je dois avoir les côtes et un bras cassés, gémit-il.

— Ce n'est rien au regard de ce que ta famille a déclenché, répliqua Avi Richter.

Yannis observa Éric Shen, aussi mal en point que lui. Spontanément, il eut la certitude qu'il devrait l'abattre dès que les deux vieux seraient repartis, sans même lui laisser le temps de récupérer. Il faudrait cependant réussir à faire porter le chapeau à d'autres Chinois, cela demandait réflexion et, pour l'instant, il n'était pas en état d'échafauder des plans. Éric Shen se fit la même réflexion.

Soudain, alors qu'il peinait à reprendre son souffle, Yannis s'adressa à Avi Richter qui, d'un signe de tête, sembla donner son accord pour quelque chose. Alors il se dirigea lentement vers une des stèles, se baissa et ramassa quelques cailloux blancs qu'il déposa au sommet de la pierre tombale avant de se recueillir un instant.

— Yannis a dû voir l'étoile de David sur une stèle. Un soldat juif mort pour la France. Il a déposé, selon leur rituel, des petites pierres pour honorer la mémoire du défunt, commenta Dalmate.

Celui-ci descendit les marches de l'esplanade et avança sur la pelouse au milieu des tombes, à l'opposé du groupe qu'il ne voulait pas croiser. Il appela par radio le chef du dispositif aux abords du cimetière pour le prévenir du départ des objectifs. Sylvie Guyien et Julien Caucher, à sa demande, le laissèrent seul et rejoignirent le rang de ceux qui repartaient sur Paris derrière les véhicules des clans juifs et chinois.

Les ouvriers, au loin, rassemblaient leurs outils, plus personne ne se recueillait désormais. Un silence froid enveloppa les douze mille stèles, renforçant la solennité et la tristesse de l'endroit. Paul Dalmate trouva incongru le son pourtant atténué du vibreur de son téléphone dans sa poche. Sur l'écran apparut le nom du commissaire.

— Paul, je viens de recevoir un appel de l'IGPN[1]. Serge Brémond, ça vous dit quelque chose ?

— Strictement rien. De quelle enquête s'agit-il ?

— Rien qui concerne la brigade. Mon collègue a été assez elliptique, vous savez, à l'IGPN, on joue souvent les mystérieux. L'épouse de ce Serge Brémond, Khadija, fait partie du personnel de ménage dans l'immeuble de la PJ.

— Effectivement, je vois qui c'est, elle passe le soir dans nos bureaux, répondit sobrement le commandant alors qu'une alerte rouge s'allumait dans son cerveau.

1. L'IGPN, ou « police des polices », désigne l'Inspection générale de la police nationale.

— D'après ce que j'ai compris, son mari a été victime d'une agression violente, et pour une raison qui m'échappe, l'IGPN cherche à vous contacter.

— Dans ce cas, je les appellerai à mon retour d'Étaples, même si je ne sais pas en quoi je pourrais leur être utile.

En raccrochant, Dalmate, irrité par cette nouvelle, se remémora toute la séquence à Gennevilliers et les efforts entrepris pour ne pas être identifiable. Il ne voyait pas comment l'IGPN pouvait remonter jusqu'à lui et s'efforça d'enfouir dans un recoin de son cerveau la foudre qui le menaçait pour se concentrer sur son enquête actuelle.

Il reprit sa marche dans le cimetière vide, attentif aux noms, aux dates de naissance et de décès. De jeunes hommes étrangers qui n'avaient pas 25 ans, morts en terre de France. Les tombes des soldats se succédaient à l'infini, séparées les unes des autres de quelques centimètres, sauf celles des officiers qui bénéficiaient de plus d'espace entre elles. *Pas d'égalité même dans la mort*, pensa-t-il, fataliste. Seul au milieu de ce vertigineux rappel aux carnages, Dalmate, spontanément, se souvint de la prière pour les défunts qu'il récita à voix basse. « Donne Toi-même, Seigneur, à l'âme de tous Tes serviteurs défunts, le repos dans un lieu lumineux, verdoyant et frais, loin de la souffrance, de la douleur et des gémissements. »

Saisi par un froid amplifié par le soleil déclinant, il resserra son écharpe, releva le col de son caban et se rapprocha de la tombe à l'écart, celle érigée au centre d'un bosquet de bambous. Un jardin à la chinoise. Sur la stèle figuraient des idéogrammes ainsi qu'une devise en anglais : « *A Good Reputation Endures for Ever* ». Le numéro 9436 était également gravé dessus, accompagné d'une inscription : « *Chinese Labour Corps. Died Sep 23rd 1917* ».

Qu'est-ce qui a bien pu se passer ici qui justifie le déplacement de deux des plus grands chefs mafieux ? se questionna Dalmate. *Je suis devant la tombe d'un Chinois décédé le 23 septembre 1917 à qui on a attribué la devise : « Une bonne réputation demeure à jamais », et dont je suis incapable de lire le nom.* Perplexe, il prit la sépulture en photo avec l'idée de faire traduire les idéogrammes, et n'entendit pas arriver derrière lui un des jardiniers qui se racla la gorge pour attirer son attention. Surpris, il se retourna précipitamment.

— Désolé, monsieur, mais c'est l'heure de fermeture du cimetière.

— Oui, bien sûr, je n'avais pas vu l'heure, s'excusa Dalmate en regardant sa montre. Je peux vous demander pourquoi la tombe de ce Chinois est seule face aux douze mille autres ?

— J'en sais rien. Vous êtes quoi ? Journaliste ? Historien ?

— Non, policier, j'essaie de résoudre des meurtres.

— Ça, c'est pas banal ! Au moins, on sait comment sont morts, ou à peu près, les douze mille qui sont ici. Un assassinat de masse, en quelque sorte, murmura l'homme en haussant les épaules et en désignant du menton la nécropole. Enfin, je connais un gars qui peut vous raconter l'histoire du Chinois, du moins en partie, mais vous n'avez pas de temps, je parie !

— Du temps ? Je n'ai que ça.

Quelques minutes plus tard, Dalmate suivait la camionnette du jardinier qui s'arrêta devant un petit bar dans une rue déserte d'Étaples. Le froid hivernal et la nuit tombée calfeutraient les gens chez eux. Ou dans ce bar de quartier au mobilier et à la peinture fatigués. Dedans, cinq ou six clients, que des hommes, retraités de longue date. Visiblement des habitués qui se connaissaient depuis des années, silencieux parce qu'ils n'ont plus rien à se dire ou plus envie. Ils trompaient leur ennui devant un programme de télévision qui braillait, en trempant leurs lèvres de temps à autre dans leur verre de bière tiède, attendant l'heure d'aller à la soupe.

Le jardinier salua la compagnie d'un doigt porté à sa casquette. Mais tous dévisagèrent l'étranger avec ses habits de ville. Les deux hommes se dirigèrent vers le comptoir. Sans que le jardinier ait besoin de parler, le patron fit glisser une chope de bière devant lui et interrogea Dalmate du regard, qui commanda un Perrier sans glace avec une rondelle de citron. Celui-ci observa le barman. La cinquantaine, mince, assez grand, chemise à carreaux, jean, les traits asiatiques atténués par une succession de métissages. Derrière le comptoir, entre les étagères supportant des verres, quelques photos épinglées tellement décolorées par le temps que Dalmate ne parvenait pas à discerner quoi que ce soit dessus.

— Monsieur cherche des infos sur la tombe du Chinois. C'est pas un historien ou un journaliste. C'est un policier, fanfaronna le jardinier. Il enquête sur des meurtres.

Les clients tournèrent la tête d'un seul homme vers Dalmate. Après cette révélation, les animateurs télé qui couraient dans tous les sens en vociférant ne présentaient plus aucun intérêt. Le patron du bar braqua ses yeux bridés sur Dalmate qui s'agaça de cette introduction un peu brutale et s'en voulut de cette confidence spontanée.

— Le hasard de mon enquête m'a conduit jusqu'ici, précisa-t-il sans élever la voix. Et j'ai été étonné de découvrir cette pierre tombale sous laquelle repose un Chinois dans un cimetière de la Première Guerre mondiale.

— Ça a à voir avec votre enquête ? lança le patron sur un ton moqueur et avec un fort accent du Nord.

— Je n'en sais rien, à vrai dire.

— Y a eu de l'animation au cimetière cet après-midi, renchérit le jardinier. Sept ou huit personnes devant la tombe du Chinois, et y en a deux qui ont passé un sale quart d'heure. Enfin, d'après ce que j'ai pu voir de loin. Pas vrai, m'sieur l'policier ?

Dalmate ne releva pas, laissant sur leur faim les habitués du bar. Le patron, lui, le jaugea du regard.

— Qu'est-ce que vous voulez savoir ?

— Qui est ce Chinois ?

Les clients devaient avoir entendu mille fois l'histoire, ou bien ils s'en foutaient, et ils comprirent aussi que le policier ne dirait plus rien. Il était 19 h 30, l'heure de la soupe. La monnaie des consommations se répandit sur les tables et le bar se vida. Le jardinier salua Dalmate qui resta seul avec le patron. D'un coup de télécommande, celui-ci coupa net, avec un soupir de soulagement, les énervements artificiels d'un jeune couple peroxydé, acteurs d'une inepte émission de téléréalité.

— Je connais en partie la vie de 9436, mais il y a des trous, un peu comme lorsqu'on fait un puzzle.

— 9436, comme sur la stèle ?

— Oui. Pendant la guerre de 14, des milliers de Chinois sont venus travailler ici. La plupart ne savaient ni lire ni écrire. Certains, parfois, ignoraient même leurs noms, ils s'appelaient par leurs surnoms. Pour simplifier les choses, l'administration française leur a donné un numéro. À l'époque, tout cela n'avait pas d'importance. Des noms ou des numéros, tout le monde s'en foutait, l'humain ne valait pas grand-chose, pour ne pas dire rien. Mon arrière-grand-père a porté un de ces numéros. Il a fait partie des tout premiers arrivants, comme 9436. Autre chose ?

— Quel est le nom de celui qui repose dans le cimetière militaire ? Je crois qu'il est inscrit en idéogramme.

Le cafetier considéra Dalmate différemment, avec plus d'attention.

— C'est la première fois que l'on me pose cette question. Il s'appelait Fu Pei.

Ce fut alors au tour de Paul de manifester plus d'intérêt dans son échange avec cet homme. Celui-ci avait sûrement beaucoup à lui apprendre, mais il tergiversait. Il n'était pas à l'aise à l'idée de dévoiler trop d'informations à une personne qu'il ne connaissait pas. Malgré cela, il se lança :

— Je vais vous faire une confidence. Dans mon enquête, il y a eu un échange entre deux Chinois, et l'un a dit : « Tu ne dois pas laisser détruire l'œuvre de Zhang, Fu Pei et Jen Tin. » Maintenant, j'aimerais bien comprendre pourquoi, cet après-midi, il y a eu autant d'agitation devant la tombe de Fu Pei.

— Là-dessus, je pense pas pouvoir répondre, faites votre job.

— Vous pouvez m'en raconter davantage sur tous ces Chinois ? Peut-être que ça m'aiderait à saisir ce qui se passe.

— Je suis né ici et, avec mes origines, forcément, la question des Chinois… Alors, pourquoi pas, mais faudra pas me dire dans cinq minutes que vous êtes pressé, sinon c'est pas la peine.

— J'ai tout mon temps.

Le patron du bar s'absenta, laissant Dalmate perdu dans ses réflexions. Le policier en profita pour consulter ses messages. Un WhatsApp d'une des voitures qui filaient les chefs de clans faisait le point : « La caravane rentre sur Paris à allure réglementaire. RAS. » Puis trois SMS suivaient. Le premier d'un numéro inconnu, mais au contenu explicite : « Merci de rappeler ce numéro pour prise de contact avec l'IGPN sous quarante-huit heures. » Un second qui déclencha chez lui une poussée de colère immédiate : « Tu tardes à répondre. Peur de te confronter à ton passé ? Tu n'as jamais été un grand courageux. Ton père. » Dalmate eut envie de pulvériser son téléphone. Le dernier message lui ramena pourtant un sourire : « Allons bon, vous voilà absent ! J'allais vous proposer de prendre un verre. Je viens d'écouter *Blue Velvet* interprétée par Isabella Rossellini, je suis sûre que ça vous plairait. Éléonore. »

— J'ai reconstitué une grande partie de cette histoire à partir des souvenirs de ma famille et de celles d'autres métis comme moi, lança le patron du bar en le rejoignant, le ramenant instantanément à son enquête.

— Je ne vous cache pas que ça m'intéresserait de la connaître.

— Je vais fermer le bar pour que nous soyons tranquilles. Si vous voulez, on mange un morceau, et en même temps je vous parle de tous ces Chinois. J'ai de la charcuterie, des huîtres, des langoustines et de belles soles rapportées ce matin par nos pêcheurs, et tout ce qu'il faut pour boire. Vous savez, moi, personne ne m'attend.

— Moi non plus.

DEUXIÈME PARTIE

« Tout homme a deux patries, la sienne et puis la France. »

Thomas Jefferson

Automne 1916
Chine
Bianliang (Kaifeng) – Port de Pukou

1

La finale pouvait débuter. Une cinquantaine de paysans, mais aussi des vagabonds, des vauriens, des hommes de sac et de corde, de ceux qui battent la campagne à la recherche de vols ou de pillages, s'étaient rassemblés dans un champ, les yeux rivés sur les combattants et la piste.

Les combattants, deux criquets dans leur cage. La piste, un plat creux en terre cuite. Le public, une masse compacte pour ne rien perdre de cette rencontre qui durerait au maximum une minute. Les Chinois raffolaient de tous les jeux sur lesquels ils pariaient et les combats de criquets faisaient partie de leurs passions.

Les voleurs s'agglutinaient autour des parieurs, profitant de la cohue pour glisser leurs mains dans les poches et subtiliser des billets. Alors que le spectacle n'avait pas encore commencé, l'assistance hurlait et misait en fonction des duels précédemment gagnés par les deux champions qui allaient s'affronter. Des billets sales s'échangeaient à la vitesse de l'éclair.

L'arbitre pesa les criquets. Tous deux, bien que n'affichant que quelques grammes sur la balance, appartenaient à la catégorie des lourds. L'un appartenait à Zhang, un jeune scientifique d'à peine 20 ans qui était connu pour utiliser avec adresse les aiguilles qui soignent[1]. L'autre à Wei Chi, le chef de la bande des « Loups blancs », un ramassis de pilleurs et d'assassins tellement nombreux qu'ils en étaient devenus intouchables. Le criquet de Zhang provenait

1. Ce que l'on désigna plus tard sous le nom d'acupuncture.

du Shandong, une province réputée pour la vigueur de ses insectes. À l'occasion de son apprentissage chez un médecin renommé de cette région, Zhang avait rapporté quelques criquets avec lesquels il avait remporté beaucoup de combats.

Cet après-midi, confiant dans son champion, il espérait empocher un bon paquet. Son criquet présentait toutes les qualités des meilleurs combattants : une tête tachetée de blanc, le cou bleu, les ailes dorées et le front strié d'or et d'argent. Il n'avait fallu qu'une seconde à Wei Chi pour savoir que son champion ne ferait pas le poids, mais ce n'est pas pour autant qu'il laisserait partir l'argent des paris, au contraire. Derrière Wei Chi se pressaient quelques membres de sa confrérie qui incitaient le public à miser davantage. Tous les billets devraient, quelle que soit l'issue du combat, leur revenir. Le chef des Loups blancs se déplaçait toujours avec quelques-uns de sa bande pour récupérer les gains des paysans et des ouvriers peu enclins à résister.

Wei Chi et Zhang, accroupis de part et d'autre de la piste, attendaient que l'arbitre lance les hostilités. Wei Chi, menaçant par habitude, ne quittait pas des yeux Zhang qui, lui, évitait de croiser son regard. L'arbitre déposa les deux criquets dans le plat, chacun à l'opposé l'un de l'autre. Avec une fine tige de bois, il frotta le dos et les antennes des deux insectes pour les exciter. Ils se rapprochèrent alors l'un de l'autre et, très vite, le combat débuta. L'empoignade par mandibules interposées était frénétique et se poursuivit dans un ardent corps à corps. Le public encourageait, tapait des mains, invectivait, criait. Le criquet de Zhang renversa son adversaire et le mit sur le dos. Le public et l'arbitre hurlèrent « *BeiKou* ». Le champion venait de remporter la finale. Satisfait, Zhang rafla tous les paris, reprit délicatement l'insecte qu'il enferma dans une petite cage en fer spécialement fabriquée quelques jours plus tôt. Ce soir, pour fêter la victoire, le criquet aurait droit à un surcroît de nourriture, mais, pour l'instant, le jeune homme n'avait qu'une hâte, mettre de la distance le plus rapidement possible avec Wei Chi et ses hommes.

À cet instant, une bagarre se déclencha entre les parieurs à l'instigation des Loups blancs qui contestèrent la victoire de Zhang. L'arbitre, un des paysans choisi pour sa connaissance des combats de criquets, fut le premier à fuir, sachant qu'à la fin certains se retrouveraient égorgés et d'autres avec le ventre transpercé d'une lame. Il ne pouvait en être autrement lorsque Wei Chi pensait que l'argent allait lui échapper. Zhang, paniqué, rangea la cage avec le criquet dans la sacoche de toile qu'il portait en bandoulière, enfonça les billets froissés au fond de sa poche et tenta de se sauver. Des mains le retinrent, le tirèrent en arrière en agrippant sa longue natte et essayèrent de lui arracher son sac tout en le frappant. Comme il ne savait pas se battre, Zhang protégea son visage avec ses bras, espérant ne pas recevoir un coup de couteau. Les bandits avaient délesté les paysans des billets qui leur restaient avant de s'en prendre à lui. L'arbitre s'estima heureux de s'en sortir vivant, même les poches vides.

* * *

Deux garçons d'une vingtaine d'années, l'un se nommait Sun Hao et l'autre Shen Li, se dirigeaient à pied vers la ville de Kaifeng pour y faire une halte. Ils trimbalaient leurs affaires suspendues à une longue tige de bambou posée en travers de leurs épaules. Ils entendirent tout d'abord les invectives et les hurlements d'une foule puis, leur curiosité aiguisée, quittèrent la route en terre et grimpèrent sur un talus. De là, ils aperçurent dans le champ une mêlée confuse sans distinguer qui était contre qui, mais nombreux étaient ceux qui s'acharnaient sur un jeune homme.

— Un proverbe cantonnais dit : « Lorsque des Chinois s'attroupent, c'est qu'il y a quelque chose de bon à manger, une bagarre ou un jeu. Avec les trois à la fois, c'est la bonne fortune assurée. » Allons voir, dit Shen Li.

Sun Hao et Shen Li observèrent la scène encore quelques instants et décidèrent de porter assistance au jeune homme. Ils firent glisser leurs baluchons à terre et manièrent leurs longues tiges de bambous, cinglant dos et visages. Tous s'enfuirent alors sans demander leur reste, excepté Wei Chi et ses quatre acolytes qui jaugèrent les deux intrus. Zhang se releva péniblement, récupéra sa cage et chercha son criquet. Un des hommes de Wei Chi se précipita sur lui, mais reçut, de Sun Hao, un violent coup de bambou qui lui lacéra la figure. L'homme, surpris, s'écroula. Wei Chi et ses trois comparses brandirent de longs couteaux pour en finir avec ces inconnus qui bouleversaient le bel ordonnancement de leurs vols habituels. Très vite, une lutte s'engagea à quatre contre deux. Zhang, meurtri de coups, avait cessé de se préoccuper de son criquet disparu, volé ou envolé. Seule consolation à cette perte, il avait pu conserver les billets des paris.

Désormais, il examinait ces deux hommes providentiels qui l'avaient secouru, et qui maniaient avec dextérité leur bambou comme une arme. Sun et Shen frappèrent ensemble et violemment deux des bandits, l'un perdit un œil, l'autre eut la bouche déchirée de part en part. Le coup qui cingla ensuite le poignet de Wei Chi lui fit lâcher son couteau et mit un terme au combat. Le chef des bandits et les deux soutiens qui lui restaient reculèrent. Wei Chi regarda Zhang et se passa le pouce sous la gorge. Le message était clair. Le jeune homme, grand et filiforme, dépassait d'une tête Sun et Shen, râblés et musclés. Tous trois portaient la traditionnelle coiffure chinoise, le crâne rasé excepté l'arrière, où les cheveux très longs étaient tressés. Un bonnet en toile leur servait de couvre-chef. Zhang se répandit en gratitude, mais se fit fataliste.

— Ils savent que j'étudie la médecine et que j'habite à Kaifeng. Ils reviendront se venger et me tueront demain, dans la semaine ou dans le mois. Wei Chi ne laissera jamais cet affront impuni, son geste de m'égorger est une sentence. Vous, vous pouvez partir, ils ne vous connaissent pas.

— On ne va pas rester là en attendant qu'il revienne avec d'autres gars, on va te ramener chez toi et après on verra.

Sun et Shen accrochèrent leurs sacs à leur bambou qu'ils calèrent de nouveau en travers de leurs épaules. Shen, avant de se mettre en route, ramassa le couteau de Wei Chi, « en souvenir ». Il admira le manche en bois sculpté en forme de dragon prolongé d'une lame fine et pointue, et le glissa sous sa veste dans la ceinture de son pantalon. Puis les trois jeunes hommes se dirigèrent vers Kaifeng, à plus d'une heure de marche. Sun et Shen racontèrent qu'ils venaient de quitter une confrérie de prêtres jésuites français, après y avoir passé plus de dix ans, et se déplaçaient sans but précis pour découvrir leur pays. Zhang, lui, poursuivait avec succès des études de médecine, mais ne se voyait plus exercer à Kaifeng à cause de la menace de mort qui pesait sur lui désormais. Il se trouvait dans une situation nouvelle où il devrait expliquer à ses parents pourquoi il les abandonnait. Sun Hao et Shen Li écoutaient, impuissants, le désarroi de leur camarade.

Ils traversaient un champ quand Zhang s'arrêta soudain et leva les yeux au ciel. Des milliers d'étourneaux tournoyaient. Compacts, ils montaient, descendaient, changeaient brusquement de direction, obéissant à un ordre interne au groupe qui dictait ces variations. Sun Hao et Shen Li admiraient eux aussi ce phénomène mystérieux, s'interrogeant sur ce vol à la fois désordonné et coordonné. Zhang, comme aimanté par le nuage d'oiseaux, s'écarta des deux hommes sans prononcer un mot, fit glisser de son épaule son sac à terre et enroula rapidement sa natte sous son bonnet. Il s'avança de quelques pas et tendit ses deux bras vers la nuée d'étourneaux qui s'éloignaient. Sun s'en étonna. Il s'apprêtait à le questionner quand Shen lui fit signe de se taire et lui désigna le ciel du regard. Les oiseaux revenaient ensemble vers Zhang qui démarra une série de mouvements lents, amples, une sorte de danse que l'énorme masse des oiseaux se mit à suivre, se laissant guider par l'homme, petit point rivé sur le sol. La silhouette filiforme de Zhang était un mélange d'élégance et de force. Il ressemblait à un chef d'orchestre guidant des musiciens sur une partition connue d'eux seuls. Il était évident, à cet instant précis, que rien d'autre n'existât pour Zhang. Un lien étrange, fort, invisible le reliait aux oiseaux. Cette connivence silencieuse créait un monde à part dans lequel Zhang et les étourneaux évoluaient.

Sun Hao et Shen Li, fascinés à la fois par Zhang, hors du temps, et par le ballet des oiseaux qui virevoltaient, n'osaient briser par une parole, un geste ou une respiration cette harmonie parfaite. Quelques minutes plus tard, Zhang ralentit ses mouvements, puis ramenant doucement ses bras le long du corps, il inclina son visage en guise de salut. Les milliers d'étourneaux amorcèrent alors une spirale ascendante au-dessus du jeune homme, lui rendant son adieu muet, et reprirent leur vol vers le sud, disparaissant en seulement quelques secondes. Le spectacle terminé, Sun et Shen eurent spontanément envie d'applaudir, d'acclamer, de questionner Zhang, mais le calme s'imposa pour prolonger la poésie de ce moment de magie. Zhang ramassa son sac, le plaça en bandoulière et continua son chemin sans se retourner. Ce fut Sun Hao qui, finalement, se lança :

— Zhang, peux-tu nous expliquer ce que l'on vient de voir ? Tes signes avec les oiseaux ? Ta danse ? Ton ballet ? Je ne sais pas comment décrire ce que tu nous as montré.

— Je parle avec eux depuis tout petit, dit-il en haussant les épaules. À mes mouvements répondent les leurs, c'est notre langage, je ne parviens pas à poser des mots sur ce que je ressens, mais je suis apaisé par ce qu'ils me transmettent. C'est comme si je volais avec eux.

Sun et Shen ne trouvèrent pas les mots non plus pour poursuivre la discussion avec Zhang, encore dans la féérie de ce tableau et de la puissance surnaturelle qu'il dégageait. Les trois hommes continuèrent leur marche silencieuse vers Kaifeng, qu'ils atteignirent en début de soirée. La famille de Zhang habitait dans un quartier surplombant le fleuve Jaune, à l'abri de ses crues dévastatrices qui emportaient les digues et balayaient tout sur leur passage. Ses parents étaient des gens de condition très modeste. Le père travaillait le bois, la mère tenait la maison. En s'engageant dans la rue dans laquelle jouaient des enfants, Zhang remarqua aussitôt leur présence sur le pas de la porte et sut qu'ils savaient. Sun et Shen, après les avoir longuement salués, entrèrent sur invitation du chef de famille qui referma la porte. Le visage de la mère et ses mains qu'elle tordait exprimaient sa détresse.

Le père, une fois le thé préparé et servi, s'adressa aux deux jeunes hommes qui accompagnaient Zhang.

— Nous avons appris ce qui s'est passé par un des enfants du quartier qui a assisté de loin à la bagarre. Vous avez été courageux, mais vous ne pourrez pas indéfiniment défendre mon fils. Il doit partir dès maintenant s'il veut rester en vie. Vous aussi qui êtes étrangers, même si personne ne vous connaît, vous devrez quitter la ville au plus tôt. L'humiliation de Wei Chi est immense, elle vous a condamné à mort aussi.

Zhang écoutait les yeux rivés au sol, sachant que son départ affaiblirait considérablement ses parents dont les revenus étaient insuffisants pour faire vivre ses trois jeunes frères et sœurs. Il se dirigea vers une alcôve et prit une boîte en laque qui renfermait une liasse de billets. Il ajouta ceux des paris qu'il avait dans sa poche et les déposa de manière très solennelle devant son père qui hocha imperceptiblement la tête en signe de remerciement.

Personne ne prononça une seule parole, n'osant rompre le silence et la tristesse qui enveloppaient la maison. La mère se leva, plaça quelques bûches dans l'âtre et alluma une lampe à pétrole. Zhang, comme tout Chinois élevé dans la tradition, portait en lui le respect de son père et de sa mère, avec une tendresse toute particulière pour la mère gardienne du foyer et de l'éducation des enfants. À son tour, le père se leva et revint quelques minutes plus tard avec un coffret en bois qu'il remit à son fils.

— Je ne sais pas où tes pas vont te guider, mais tu auras besoin de te rappeler tes origines. Dans ce coffret, que ton grand-père a fabriqué, il y a les symboles de notre religion. Avec notre livre, tu la feras vivre où que tu sois. Ici, à Kaifeng, notre communauté religieuse, sans guide et sans les textes sacrés vendus à des étrangers de passage, s'efface de jour en jour. Notre lieu de culte a été dévasté, il y a bien longtemps, par la colère du Huang He, le fleuve Jaune, et plus jamais nous n'avons pu le reconstruire. Mais toi, n'oublie jamais.

Le père signifia qu'il avait terminé de parler. Sun Hao et Shen Li saluèrent les parents de Zhang et s'éclipsèrent, laissant leur camarade faire ses adieux. Peu de temps après, le jeune homme rejoignit ses nouveaux amis. Désormais, il portait lui aussi, en travers de ses épaules, un bambou à chaque extrémité duquel il avait suspendu ses maigres affaires.

Avant de quitter Kaifeng, Zhang, suivi de Sun et Shen, entra dans un temple peu entretenu. Deux statues en bronze, représentant chacune un homme, hautes d'environ 1 m 70, étaient gravées, de face et de dos, des douze méridiens et des trois cent soixante-cinq points pour les aiguilles qui soignent. Zhang sortit de son sac un rouleau de papier humide qu'il avait préparé dans la cuisine avant de partir. Il découpa deux grandes feuilles qu'il appliqua avec soin sur le métal pour transférer par contact les méridiens et les points des aiguilles. Satisfait, il les laissa sécher, puis les plia et les rangea avec précaution. Sun et Shen échangèrent un regard dans lequel se mêlaient à la fois l'étonnement, l'admiration et un je-ne-sais-quoi de sympathie envers

Zhang. Le jeune homme perçut leur interrogation et répondit avant qu'ils le questionnent :

— C'est la statue forgée par notre maître à tous, Wang Weiyi, médecin réputé sous la dynastie des Song. Elle date de 1027. Elle servait à l'apprentissage de la médecine. Les étudiants copiaient, comme je viens de le faire, les lignes et les points d'énergie du corps humain. Ces feuilles me seront utiles pour soigner les malades que je croiserai. J'ai lu tout son enseignement, celui d'autres médecins et de mon professeur.

— Mais tu n'as pas pris tes livres de médecine ? demanda Sun.

— Non. Tout ce que je lis une fois, je le retiens. Ce n'était pas nécessaire de les emporter, ils m'auraient plus alourdi qu'autre chose.

Sun et Shen hochèrent la tête d'un air entendu, comme si les facultés de Zhang allaient de soi et ils quittèrent Kaifeng en prenant soin d'éviter les grands chemins, afin de ne pas croiser les hommes de Wei Chi.

* * *

Quelques jours plus tard, trois hommes se présentèrent devant la maison de la famille de Zhang. Le plus âgé déclara se nommer Meng, professeur en médecine chez qui Zhang avait été formé. Les deux autres, jeunes et robustes, sans être hostiles, demeurèrent silencieux. Le père les invita à entrer et sa femme prépara le thé.

— Nous savons, commença Meng en désignant ses deux accompagnateurs, le grand danger que court votre fils. Où est-il ? Il faut que je lui parle.

— Il n'est plus là. Le jour même de cette bagarre avec les bandits, il s'est enfui et j'ignore vers quelle ville il se dirige et ses projets.

— Vous devez me faire confiance, nous sommes là pour le protéger.

— Je sais qui vous êtes, et je n'ai pas de doute sur votre sincérité. Zhang, conscient de la menace, est parti avec deux hommes de son âge qui l'ont sauvé des Loups blancs. Mais pourquoi autant de sollicitude à l'égard de mon fils ?

— Parce que votre fils est quelqu'un de spécial, reprit le vieux médecin. Il est à part. Il possède des aptitudes, un don, que je n'ai jamais rencontrés chez quiconque. Après deux ans d'études assidues à mes côtés, j'ai découvert qu'il en savait autant que moi qui ai cinquante ans de pratique.

Le père allait poser une question, Meng fit signe de la main qu'il n'avait pas terminé de parler.

— Zhang sera sans doute le plus grand médecin de son temps. Il a accumulé une somme de connaissances gigantesque, et continue d'apprendre. Mais ce n'est pas tout. Il est en symbiose avec la nature et les animaux. Il a aussi quelque chose de très étonnant, d'étrange, de dérangeant que je résumerai en disant : « Il voit. » Pour toutes ces raisons, votre fils doit vivre.

Le père se ravisa alors et livra la seule information qu'il possédait :

— Je sais simplement que Zhang a pris la direction de l'est.

— Très bien. Les deux hommes qui m'accompagnent vont partir dans cette direction. Ils sauront quoi faire.

2

Les trois jeunes hommes passaient les nuits enroulés dans leurs couvertures, à l'abri, cachés dans une cabane à l'écart, et se remettaient en marche à l'aurore, espérant mettre suffisamment de distance entre eux et le chef des Loups blancs et sa meute.

Un matin, après un thé chaud qu'ils burent accroupis sur le trottoir d'un village, Sun Hao et Shen Li s'isolèrent un long moment hors de la présence de Zhang. Ils avaient besoin de se concerter pour prendre une décision. Au début, ils semblaient en désaccord. Zhang observait de loin leurs mimiques et leurs gestuelles agitées. Puis il constata qu'ils arrivaient progressivement à un terrain d'entente, leur discussion s'apaisant. Quand ils le rejoignirent, Shen Li prit la parole :

— Si l'on veut rester en vie, il faut qu'on parte loin, très loin. La confrérie des Loups blancs possède des ramifications un peu partout dans le pays et nous ne serons jamais en sécurité bien longtemps. Même si nous savons combattre, un jour viendra où nous serons vaincus.

— Nous sommes condamnés, si je saisis bien, résuma Zhang.

— Pas si on quitte la Chine, conclut Sun.

— Pour aller où ? s'étonna Zhang.

Sun regarda Shen et, d'un mouvement de tête, l'encouragea à parler.

— En France. Une guerre a commencé il y a deux ans et demi, et il y a déjà des centaines de milliers de morts, paraît-il. Les Français et les Anglais se battent contre les Allemands, et…

Zhang leva la main et interrompit Shen.

— C'est où la France ? Qu'est-ce que c'est cette guerre ? Qui sont les Anglais, les Allemands ? Je ne comprends rien.

Ses camarades soupirèrent, conscients de la difficulté de rendre compte de ce qui se passait à des milliers de kilomètres de la Chine à quelqu'un qui devait à peine savoir à quoi ressemblait la planète. Shen alla couper une petite branche d'arbre et, à l'aide de cette baguette, traça dans la terre, schématiquement, un planisphère qui comportait les principaux continents. Il les expliqua à Zhang qui hochait la tête. D'une croix, il localisa la Chine, et d'une autre la zone représentant, autant que possible, la France et l'Allemagne.

— Où as-tu appris tout ça ?

— Chez les jésuites à Pékin. Ce sont des religieux français qui nous ont enseigné la géographie et l'histoire dans des livres. Nos parents nous ont confiés à ces missionnaires pour notre éducation. Moi, je viens du Wenzhou et Sun du Hubei. Nous avons aussi appris à parler le français et un peu l'anglais, parce que nous allions dans leur concession, c'est une sorte de petit territoire de France chez nous. En ce moment, les puissances étrangères se partagent notre pays. Les Français, les Anglais ainsi que les Allemands occupent Pékin et d'autres villes.

Sun et Shen respectèrent le silence dans lequel était plongé Zhang. Impressionné, les yeux fixés sur le planisphère improvisé qui suscitait chez lui des dizaines d'interrogations, il prenait conscience, peu à peu, de ce qu'il découvrait.

— Bon, reprit-il, et la guerre ?

— C'est simple, enchaîna Sun. Les soldats français meurent par milliers tous les jours et leurs généraux envoient de nouvelles troupes en permanence. À ce rythme, il n'y a déjà plus d'hommes pour travailler dans les champs et les usines. Ce sont les femmes qui les remplacent, mais elles ne peuvent pas tout faire. Personne ne sait combien de temps va encore durer cette guerre.

— Je ne veux pas quitter la Chine pour aller sur un autre continent faire une guerre qui m'est étrangère, objecta Zhang.

— Il ne s'agit pas de ça. Un ingénieur français, Georges Truptil, est venu à Pékin il y a quelques mois et a demandé à la Chine d'aider la France en fournissant des ouvriers. Les jésuites nous ont missionnés pour jouer les interprètes entre des diplomates de l'ambassade de France qui parlent très mal le mandarin, l'ingénieur Truptil et des intermédiaires à Pékin qui doivent fournir la main-d'œuvre. C'est pour ça que nous sommes au courant.

— Les Français, mais aussi leurs alliés anglais, précisa Sun, ont exprimé leur volonté que des Chinois rejoignent la France pour travailler, mais pas pour faire la guerre. Déjà plusieurs centaines de nos compatriotes sont partis, et ont débarqué cet été dans un port français qui s'appelle Marseille.

Zhang écoutait attentivement, absorbant des informations qu'il avait du mal à concevoir. Tous ces noms de pays, leur situation géographique, la guerre, étaient nouveaux pour lui.

— C'est loin la France ?

— Environ cinquante jours de mer.

— Je n'ai jamais vu la mer.

— Tu seras un autre homme après cette aventure, comme nous tous. Mais nous pensons qu'il ne faut pas laisser passer notre chance. Les volontaires seront bien payés pour un labeur facile. Ils seront aussi nourris, logés et habillés. Les Français l'ont écrit.

— Mieux payés qu'ici ? demanda Zhang.

— Bien plus. Sun et moi sommes prêts à y aller. Nous en avons discuté tous les deux. La condamnation à mort que Wei Chi fait peser sur nous nous a décidés. Si tu nous accompagnes, tu pourras envoyer de l'argent à tes parents et tu mettras de la distance avec les Loups blancs. Ensuite, quand la guerre sera finie, il sera temps de voir ce que nous ferons.

— Ce dont nous sommes persuadés, reprit Shen, c'est que notre avenir est déjà tracé dans le Grand Livre, mais il nous est indéchiffrable et inaccessible parce que nous ne sommes pas initiés. Nous devons donc choisir notre destin.

Sun et Shen s'arrêtèrent de parler, attendant que Zhang s'exprime.

— Ce matin, reprit Zhang, j'ai vu une araignée qui tissait sa toile. C'est un bon présage. Je viens avec vous. Que faut-il faire ?

3

Les trois hommes se dirigèrent vers la ville de Shanghai, lointaine d'environ neuf cents kilomètres de Kaifeng. Shen Li expliqua qu'à partir de villes portuaires, les Français et les Anglais avaient installé des centres de recrutement pour leur pays. Le port de Pukou près de Shanghai pour les Français, et celui de Qingdao dans la province du Shandong pour les Anglais.

Le trajet, interminable, leur prit près de deux mois. Sous la conduite de Shen, ils se déplacèrent dans un premier temps à pied pour rejoindre une voie ferrée. Ils déjeunaient quand ils avaient faim et dormaient dans des gîtes retirés de la route. Grâce à l'ingéniosité de Zhang qui proposait une séance d'aiguilles qui soignent en échange d'un repas ou d'un hébergement pour la nuit, ils purent voyager sans bourse délier. Une certaine quiétude les gagna au fur et à mesure, peut-être due à la distance qui se creusait avec Kaifeng, et au fait qu'aucun signe n'indiquait que Wei Chi était à leur poursuite. Malgré tout, Sun et Shen restaient vigilants.

Enfin, ils prirent place à bord d'un train, déjà surchargé d'hommes seuls et de familles de paysans. Le convoi se traînait à trente kilomètres/heure, s'arrêtant des jours entiers au milieu de nulle part, dans des endroits faisant office de gare où ils pouvaient acheter de quoi se nourrir. Zhang, qui préférait se rendre utile afin de tromper l'ennui, proposa son aide pour soulager des voyageurs de quelques maux bénins.

Au cours d'une halte dans une gare improvisée, alors qu'il officiait à l'écart auprès d'un vieillard qui souffrait de maux de dos, il entendit que deux hommes, qui se déplaçaient dans la foule, demandaient où se trouvait Zhang, le médecin de Kaifeng. Ce dernier comprit aussitôt la menace. Le patient l'observa en silence poursuivre la séance de soin. Zhang enleva ensuite les aiguilles qu'il rangea sans se presser. Le vieil homme hocha la tête en signe de remerciement.

Sans plus tarder, Zhang rejoignit ses amis et les alerta sur la présence des Loups blancs à bord du train. Ensemble, ils s'installèrent, non sans peine, dans un autre wagon où Zhang se comporta comme un voyageur anonyme, cessant d'agir comme un médecin qui voulait sauver l'humanité. Quand les deux Loups blancs entrèrent une nuit dans le wagon bondé, ils lancèrent à la cantonade qu'ils cherchaient celui qui soignait avec les aiguilles. Tous les ignorèrent. Ils enjambèrent des corps allongés dans le couloir central. Zhang, coincé entre une vieille femme et un paysan, fit mine de dormir, comme Shen et Sun assis en face de lui. Shen, la main glissée sous sa veste, serrait le manche en forme de dragon du poignard abandonné par Wei Chi. Quand les bandits quittèrent le wagon, quelques-uns de leurs voisins jetèrent un regard vers Zhang comme une protection silencieuse.

Au cours d'une de leurs longues nuits, toujours entassés les uns sur les autres, et alors qu'ils voyageaient depuis une quinzaine de jours, Sun Hao dégagea de l'un de ses sacs un livre épais et le tendit à Zhang.

— Les jésuites nous ont offert des livres lors de notre apprentissage du français. Celui-ci est la base de tout, de la prononciation, de la conjugaison et de la grammaire. Il t'indique le mot en mandarin et sa correspondance la plus proche en français. Tu peux déjà commencer à l'étudier, ensuite nous t'aiderons. Quand on débarquera en France, il faudra que tu possèdes quelques mots simples, des rudiments de cette langue qui est très différente de la nôtre. Tu verras, il n'y a pas d'idéogrammes et leurs phrases ne ressemblent en rien à ce que tu connais.

Zhang s'empressa de feuilleter le manuel, c'était la première fois qu'il voyait des caractères alphabétiques. À partir de ce moment-là, il se plongea dans le livre dès qu'il le put. Rien ne comptait plus pour lui. Sun et Shen, eux, observaient leur ami. Chaque soir, et parfois le matin, celui-ci, les yeux fermés, priait. Un léger mouvement des lèvres laissait alors deviner des paroles murmurées. Ils ne pratiquaient aucune religion, mais respectaient cependant la foi de leur camarade.

Deux jours avant d'arriver à Pukou, Zhang rendit le livre à Sun sans faire de commentaire. Celui-ci échangea un regard de déception avec Shen qui fit une remarque en français pour ne pas vexer Zhang.

— Il a abandonné... Ça va être très difficile pour lui, en France.

— On devra rester ensemble si c'est possible, pour l'aider, approuva Sun.

— Je pense pas difficile pour moi France, répondit Zhang en français, avec un très fort accent chinois.

Sun et Shen éclatèrent de rire. Zhang, très sérieux, poursuivit en chinois :

— J'ai lu six fois le manuel. Je retiens tout ce que je lis en une fois quand c'est écrit en mandarin. Dans une langue très différente, je retiens pareillement, mais je ne comprends pas la première fois. Il faudra maintenant me parler en français et me corriger.

— J'ignore où se trouve le Grand Livre de ton destin, Zhang, je serais curieux de savoir ce qui y est inscrit, mais ce ne doit pas être ordinaire..., murmura Sun Hao.

Début novembre, ils atteignirent exténués le port de Pukou où grouillaient des milliers d'hommes attirés par les promesses de salaires réguliers et de primes versées aux familles en contrepartie d'un travail facile. Les employés de la société Huimin, chargée par la France d'effectuer le recrutement, hurlaient en permanence des instructions pour canaliser la foule. Des centaines d'affiches, des *dazibaos*, placardées à l'entrée des marchés, des champs de foire, dans les fumeries d'opium, les restaurants, les salles de jeux, les encourageaient à s'enrôler auprès des entreprises françaises. Comme les trois quarts des futures recrues étaient analphabètes, quelques bateleurs payés pour les racoler lisaient à haute voix ces *dazibaos* et annonçaient un argent gagné sans trop de peine.

— Restons bien ensemble, avec cette effervescence on pourrait se perdre, avertit Sun Hao.

Du regard, Zhang détaillait les candidats au départ. La plupart, comme il l'apprit rapidement, provenaient de la province du Shandong. Des paysans et des ouvriers, des hommes grands et forts, insensibles à la rudesse du travail qu'ils accomplissaient depuis leur plus jeune âge. Nombre d'entre eux vivaient dans une vraie précarité. Zhang en avait aperçu à Kaifeng dans les champs, traversant les villages à la recherche d'un emploi pour une récolte, un labour ou un toit à réparer. Des vagabonds débonnaires, insouciants, qui dépensaient immédiatement leurs maigres salaires dans les jeux de cartes ou de Fan Tan, dans des paris, confiant au hasard leur bonne fortune. Shen et Sun observaient eux aussi ces hommes qui n'avaient souvent pour identité qu'un prénom ou qu'un surnom. Ils étaient bien incapables de lire ou d'écrire, et encore moins de comprendre le contrat qui les lierait pour cinq ans à la France ou d'y apposer leur signature. Bientôt, ils ne seraient plus qu'un numéro.

Trois officiers français, uniformes impeccables et bottes rutilantes, contemplaient, depuis un balcon de la société Huimin, la foule grouillante. Le capitaine s'adressa à ses deux jeunes lieutenants fraîchement arrivés de France en désignant la cohue de sa badine.

— Voyez-vous, messieurs, cette main-d'œuvre chinoise, là en dessous, nous vient du nord, de la région du Shandong, où nous recrutons en priorité. Elle doit, nous a-t-on assurés, nous donner satisfaction. On la dit sobre, robuste, endurante et docile, et je veux bien le croire quand je la regarde. Ces ouvriers, et on nous l'a garanti, devraient s'habituer à notre climat et à des travaux pénibles. Nous n'attendons d'eux, après tout, qu'un simple effort physique.

— Combien devrons-nous en embarquer, mon capitaine ?

— Il nous en faudrait environ quarante mille, selon Truptil, lieutenant. Il est spécifié dans leur contrat qu'ils n'iront pas en zone de guerre. On a surtout besoin d'eux dans les usines d'armement, dans les mines, bref, partout où il est nécessaire de remplacer nos hommes partis combattre dans les tranchées. La guerre n'est pas finie, nous verrons ce que nous ferons d'eux si le conflit perdure.

— Très bien. Alors cette main-d'œuvre exotique conviendra en effet. Et elle sera d'autant plus motivée que, paraît-il, certains d'entre eux comptent faire fortune. Ne les dissuadons pas !

Le capitaine de Lapomarède approuva d'un léger signe de tête, lissa entre ses doigts sa moustache soignée, tourna les talons et, sa badine sous le bras, suivi des deux lieutenants, se dirigea vers le mess des officiers. Le repas était servi à midi précis.

En fin de journée ce fut au tour de Shen, Sun et Zhang de se présenter devant les tables des recruteurs. L'interprète chinois, qui officiait au côté d'un militaire français, leur demanda s'ils connaissaient leur nom. Les trois hommes répondirent en français sous le regard écarquillé du fonctionnaire chargé d'enrôler les travailleurs.

— Parlez dans ma langue pour que je vérifie votre niveau.

Shen et Sun, forts de leur vécu de plus de dix ans au contact des jésuites, s'exprimaient facilement. Ce fut plus laborieux pour Zhang.

— Vous deux, vous m'épatez ! Toi, continua-t-il en s'adressant à Zhang, tu baragouines plus qu'autre chose.

— Quand j'arrive en France, je parle, dit avec conviction Zhang. Je connais cinq dialectes chinois, je sais écrire et je suis médecin.

— Bien. Je vous recrute tous les trois comme interprètes, et toi, le médecin, si tu n'y entends rien dans la médecine, parce que tu me parais bien jeune, tu feras brancardier interprète. Votre contrat est de deux ans renouvelables, vous serez payés cent cinquante francs par mois. Sachez que vous gagnerez cinq fois plus qu'un ouvrier. Trente francs par mois seront envoyés à vos familles.

Les trois camarades acceptèrent. Comme tous les candidats au départ, ils ne possédaient rien et se contenteraient de ce salaire de misère qui aurait le mérite d'être régulier, espérant des jours meilleurs là où le destin les enverrait. Zhang fut rassuré par cette petite ressource allouée aux siens, elle compenserait en partie l'argent qu'il ne remettait plus à ses parents.

— Nous deux avons aussi de bons rudiments d'anglais, ajouta Sun, et notre ami devrait également les acquérir.

— C'est la première fois que je rencontre trois Chinois qui sont capables d'écrire leur nom et de parler autre chose qu'un dialecte, s'étonna le recruteur. Tous les contrats que vous voyez là, empilés sur ces tables, sont signés de l'empreinte du pouce droit et du pouce gauche, et les gars connaissent à peine leur prénom. Ils ne savent que dire : « Je vends ma main-d'œuvre. »

— Qu'est-ce qu'on doit faire précisément en France ? demanda Sun.

— D'abord, vous accompagnerez comme interprètes vos compatriotes pendant le voyage pour transmettre les consignes. Ensuite, après avoir débarqué à Marseille, vous irez sans doute dans une usine ou dans les champs.

— Est-ce qu'on sera loin du front ? s'inquiéta Shen.

— Bien sûr, assura le fonctionnaire. C'est écrit dans votre contrat. Vous allez en France pour travailler, pas pour combattre. Vous participerez à l'effort de guerre en tant que civils. Pas de risque pour vous.

Les trois hommes écoutaient en silence et firent un léger signe de tête en guise d'acquiescement.

— Est-ce que vous êtes d'accord ? Si oui, vous signez en bas de cette feuille, je vous donne une copie et vous passez derrière moi pour poursuivre les formalités. Vous ne pourrez alors plus revenir en arrière. Cinquante francs de prime d'engagement seront versés à votre famille une fois embarqués. Compris ?

Tour à tour, ils signèrent le formulaire qui les projetait dans l'inconnu en dissimulant leurs angoisses. Puis ils se retrouvèrent avec plusieurs centaines d'autres à marcher vers un camp distant d'une dizaine de kilomètres, chacun transportant de lourds baluchons.

Le lendemain matin, après qu'ils eurent avalé un bol de riz et une tasse de thé, commença la visite médicale sous l'œil attentif de militaires français, képis vissés sur la tête et moustache lustrée. Des médecins et des infirmiers vêtus de longues blouses blanches examinaient les dentures, les signes de trachome, de paludisme, ou des éléments apparents de fragilité comme des blessures ou des musculatures trop faibles.

Shen, Sun et Zhang passèrent sans difficulté cet examen que Zhang jugea vexatoire. Il le comparait à celui que des maquignons infligeaient à des chevaux sur une place de village. Ils ne purent ensuite qu'accepter de mauvaise grâce de se faire tondre. Sans leur traditionnelle natte portée depuis toujours, ils perdaient une partie de leur identité. Tous touchaient leur crâne entièrement lisse. Dépossédés d'eux-mêmes, ils contemplaient, incrédules, les centaines de nattes qui jonchaient le sol. Par groupes de cinquante, ils défilèrent sous une douche tiède, concentrés sur le mur pour ne pas voir la nudité de leurs voisins.

Après cela, ils furent photographiés avec leur numéro d'immatriculation inscrit sur une ardoise accrochée autour du cou. 9122 Shen Li.

9123 Sun Hao. Zhang 9124. La plupart de leurs compatriotes découvraient la photographie, portant un regard où se mêlaient étonnement, crainte et amusement sur l'appareil. Le moral des trois amis était au plus bas. Ils avaient le sentiment d'être traités comme du bétail, alors que le reste des hommes attendait dans l'indifférence, insensibles à ce qu'ils subissaient. Pourvu qu'ils aient trois repas par jour et de l'argent pour jouer, tout allait bien.

Les nouvelles recrues rejoignirent, dans des entrepôts, celles arrivées peu de jours auparavant. Shen, Sun et Zhang se déplacèrent dans le brouhaha généré par les mille cinq cents candidats au départ vers la France pour avoir une idée plus précise de leurs futurs compagnons de voyage. Assis contre leurs baluchons sur des couvertures, les hommes parlaient fort. Très vite, en fonction des groupes qui s'étaient constitués naturellement, ils établirent que la grande majorité était des paysans et des ouvriers. Cependant, deux autres groupes minoritaires se détachèrent. L'un était formé par plus d'une centaine d'anciens militaires. Leurs vêtements, leur vocabulaire et leur posture indiquaient cette appartenance. L'autre, de même importance, montrait des types affairés à jouer aux cartes, buvant de l'alcool introduit en cachette, le couteau à portée de main et s'injuriant à la moindre incartade. Sun les appela « les Brigands ».

Avant d'attirer l'attention des anciens soldats ou celle des Brigands, ils s'installèrent à côté d'un petit rassemblement, plus paisible, d'une trentaine d'étudiants. Zhang les écoutait échanger. Ils appréhendaient leur arrivée dans un pays en guerre, sans en connaître les conditions de vie, mais c'était une aubaine pour, peut-être, découvrir une nouvelle culture. Trois d'entre eux sortirent de leur sac des instruments de musique, des flûtes et une sorte de petit violon rudimentaire, un erhu. Zhang se fit plus attentif. Les deux flûtistes jouèrent une mélopée lente qui se perdait dans la cacophonie des discussions, des cris et des invectives. Puis, le joueur d'erhu posa l'instrument à la verticale sur sa cuisse et, se tenant bien droit, ferma les yeux avant de promener l'archer sur les deux cordes. Le trio vibra à l'unisson. Certains cessèrent de parler, le regard tourné vers les musiciens. Le silence gagna une partie de l'entrepôt où résonnaient les notes plaintives. Quand les joueurs s'arrêtèrent, les discussions repartirent. Zhang s'approcha du violoniste.

— Je m'appelle Zhang et je viens de Kaifeng. Les sons que tu produis avec ton erhu sont très beaux, très sensibles. Je te remercie.

Le jeune violoniste se leva et salua Zhang.

— Je m'appelle Jen Tin, et je viens de Pékin. Je suis étudiant en lettres et musicien. J'apprends le français, j'espère que je le parlerai mieux dans quelques mois.

Les deux hommes devisèrent encore quelques minutes puis se quittèrent en se souhaitant bonne chance. Zhang rejoignit ses amis et leur fit part de son inquiétude due à la présence d'une centaine de bandits, et certainement, parmi eux, des Loups blancs. Il espérait que ceux qui le traquaient dans le train ne figuraient pas parmi ce groupe. Sun lui conseilla, une fois de plus, de taire sa qualité de médecin et l'origine de sa ville. Il en allait de leur survie.

4

Le lendemain matin, à 5 heures, dans ce mois de novembre 1916 encore plongé dans la nuit et le froid, des coups de sifflet les réveillèrent. Traînant les pieds, les centaines d'hommes silencieux, endormis, se dirigèrent, sous les ordres aboyés par haut-parleur, vers des tables en bois où les attendaient un bol de riz et du thé qu'ils prirent debout. Ensuite, sous la conduite de militaires français, les quinze cents recrues parcoururent les quelques kilomètres qui les séparaient du port. Elles formaient maintenant une colonne « par cinq » qui s'étirait le long de la route poussiéreuse en direction de l'embarquement.

Quand ils parvinrent à destination, l'émotion fut vive pour la grande majorité d'entre eux qui n'avaient jamais vu la mer et encore moins d'aussi imposants navires, dont certains faisaient retentir le son grave de leur sirène en prenant le cap vers le large. La morosité céda aussitôt face à l'excitation de l'aventure. Les hommes riaient, s'exclamaient et parlaient fort, masquant ainsi pour partie leur anxiété. Shen Li et Sun Hao, pour qui les ports et les navires étaient familiers, regardaient avec amusement les réactions de leurs compagnons. Zhang observait, sans manifester sa surprise, tous les détails de ce nouvel environnement.

Le groupe s'arrêta devant un des navires, amarré au quai. Son nom, qui figurait en lettres blanches sur la coque noire, était indéchiffrable pour tous, excepté des quelques interprètes. Les cheminées crachaient une fumée lourde qui empestait le charbon, et le grondement des machines qui tournaient au ralenti impressionnait les recrues. Les passerelles abaissées étaient d'ores et déjà prêtes pour accueillir ce contingent de travailleurs chinois en partance pour la France.

Zhang s'étonna qu'un bateau aussi massif soit en acier. *Comment l'acier peut-il flotter ?* s'interrogea-t-il. Il s'en ouvrit à Shen et Sun qui, malgré leur savoir, l'ignoraient. Un marin français, dans son uniforme bleu, arpentait le quai, tenant une planchette en bois sur laquelle étaient fixés des documents. Il examinait la foule des Chinois curieux, visages levés vers l'imposant navire, ébahis par la taille des cordages qui le maintenaient à quai. Lorsqu'il arriva à leur niveau, Sun l'interpella en français, ce qui fit sourire le marin.

— Bonjour monsieur, nous allons bientôt embarquer. C'est la première fois que nous allons mettre le pied sur un tel bateau et naviguer. On ne risque rien en pleine mer ?

— Vous faites partie des interprètes de ce contingent, je suppose ?

Approbation silencieuse des trois jeunes hommes.

— Normalement, nous ne risquons rien. Le bâtiment mesure cent soixante mètres de long, dix-huit de haut, pèse plus de dix-huit mille tonnes et ses machines sont puissantes. Mais nous sommes en guerre et il ne ferait pas bon rencontrer un navire allemand.

— Comment dix-huit mille tonnes flotter ? demanda Zhang.

— Question de physique, répondit le marin en s'éloignant.

Des haut-parleurs crachotaient les instructions en chinois. Des marins et des fonctionnaires français, au bas de chaque passerelle, comptabilisaient les travailleurs et relevaient leurs matricules. Tout contractant se voyait remettre dans un sac un équipement neuf composé de deux vestes, deux pantalons, un paletot, une paire de chaussures en étoffe, des chaussettes chinoises, une coiffe, une couverture, une natte pour le voyage et des ustensiles de vaisselle. On remit également à chacun d'entre eux quarante francs qui devaient correspondre à une traversée de quarante jours, leur premier salaire.

Les hommes commencèrent à grimper d'un pas instable sur les passerelles, serrant contre eux leurs effets, et accédèrent au pont du navire. Puis tous descendirent un escalier raide qui s'enfonçait profondément vers les ponts inférieurs où ils furent incommodés par une odeur de poussière, d'huile et de charbon. De nouveau, l'anxiété les reprit. Ils se retrouvaient dans un lieu clos, sans aucun hublot, et se demandaient comment ils pourraient rester enfermés dans de telles conditions pendant plus d'un mois. Ils s'installèrent au hasard, posant leurs sacs sur des lits de camp, les uns à côté des autres. Et, naturellement, les groupes se reformèrent : paysans, ouvriers et étudiants d'un côté, anciens militaires et bandits de l'autre.

Sun, Shen et Zhang, ainsi que deux autres interprètes retenus sur le pont par un des officiers, regardaient la cohorte bavarde suivre les consignes, docile. Une fois l'embarquement terminé, le commandant du bateau, entouré d'officiers, s'adressa à eux :

— J'espère que vous maîtrisez bien notre langue, entama-t-il. Vous êtes cinq pour environ mille cinq cents de vos compatriotes. C'est peu, mais, une fois en France, vous serez avec des groupes plus restreints. Vous devrez transmettre strictement mes instructions. À chaque traversée, on dénombre des malades et des morts à cause des maladies ou des bagarres. On vous dira quoi faire. Compris ?

— Oui, répondirent les cinq hommes, surpris par le ton très ferme.

— La traversée dure entre quarante et cinquante jours, l'arrivée se fera à Marseille, un port du sud de la France, nous passerons par Port-Saïd et le canal de Suez pour accéder à la Méditerranée. Nous aurons deux escales de prévues. Personne ne descendra du bateau. Compris ?

Les interprètes acquiescèrent d'un signe de tête.

— Trois repas seront servis chaque jour. Vous devrez faire connaître au second l'état des malades et dresser le bilan des décès tous les matins. Les malades, c'est important de les recenser très vite, car certains peuvent être contagieux. On doit les isoler pour éviter qu'ils ne contaminent les autres.

— Et s'il y a des morts ? interrompit Shen Li.

— Enveloppés dans un linceul et passés par-dessus bord selon la tradition de la marine. Les salles froides sont réservées à la nourriture. Nous récupérerons les identités pour aviser les familles.

Silence gêné des cinq Chinois. L'un d'eux interrogea le commandant :

— On doit aller nous aussi dans les ponts inférieurs ?

— Vous croyez que vous faites une croisière de plaisance ? Vous êtes sur un navire marchand réquisitionné par l'armée parce que là où l'on vous emmène, c'est la guerre. Autre question ? Non ? Tant mieux, rejoignez vos compatriotes.

Le rudoiement du ton employé par le gradé entouré de ses officiers, visages fermés, mains dans le dos, ne correspondait pas à son physique. Les traits de cet homme, la cinquantaine élégante, dégageaient davantage d'humanité que de brutalité. Il regarda les interprètes quitter le pont en silence. Ceux-ci s'imprégnèrent une dernière fois de la vue de leur pays et de l'odeur du port que le vent portait. Sun et Shen, pour être sûrs que Zhang avait bien compris les directives du capitaine, les lui répétèrent.

— Il fait semblant d'être interprète, votre ami ? Ça ne va pas bien se passer si le commandant l'apprend, intervint un de leurs homologues.

— Pourquoi, tu comptes le lui raconter ? lança, agressif, Sun Hao.

— Non, je disais ça comme ça.

— Il parlera mieux français que toi dans quarante jours, poursuivit Sun.

— Tant mieux ! conclut le type avant de se tourner vers Zhang. En tout cas, j'ai entendu dire que tu étais médecin. S'il y a des malades, je pourrai te conduire auprès de certains qui ont un peu d'argent en échange d'une commission. Qu'en penses-tu ? Rien ne nous interdit de rentabiliser notre voyage.

— Je ne suis pas médecin, désolé de te décevoir.

— Ah bon ? Tu n'es pas Zhang de Kaifeng, le jeune médecin ?

— Je m'appelle Zhang en effet, mais je suis étudiant et ma famille est de Shanghai.

— C'est curieux, mais puisque tu le dis… Moi je suis Meigu et je viens du Zhejiang. Qui que tu sois, sache qu'on pourra toujours s'arranger.

Zhang s'éloigna, suivi de Sun et Shen, agacé par l'insistance de Meigu. Les interprètes descendirent vers les ponts inférieurs où ils répercutèrent les instructions du commandant. Les murmures de désapprobation, au fur et à mesure que les consignes étaient précisées, s'amplifièrent pour devenir un véritable vent de contestation. L'entrée de marins en armes dans les cales ramena aussitôt le calme parmi les Chinois.

Rapidement, aux cris des dockers se mêlèrent ceux des marins hurlant les ordres pour le largage des amarres. Le grondement des machines s'amplifia, le bateau vibra et commença à manœuvrer pour se dégager du quai. Les Chinois demeurèrent silencieux, attentifs au moindre mouvement. Enfin, le navire se stabilisa et entama sa sortie du port, puis le bruit régulier des machines et le balancement ample d'avant en arrière du navire indiquèrent qu'ils se trouvaient désormais en pleine mer. Petit à petit, les hommes se remirent à parler. Certains voulurent se déplacer, mais renoncèrent très vite. Tangages et roulis rendirent leur démarche trop hésitante.

Dès le premier jour de navigation, la plupart des recrues furent victimes du mal de mer. Les cales devinrent insalubres et le manque d'hygiène déclencha des maladies. Les interprètes eurent le droit de monter sur le pont pour écouter les directives qu'ils transmettaient aux hommes. Et, pour apaiser les tensions, le commandant organisa une corvée qui consistait à puiser des seaux d'eau de mer pour nettoyer les cales. Les hommes prirent ainsi l'air et tout rentra progressivement dans l'ordre. La nourriture, elle, se résumait à des bassines de riz mélangé à des morceaux de viande d'origine incertaine avec, comme boisson, de l'eau ou du thé qui n'en avait que l'apparence. Par souci de commodité, pour les repas, le contingent des mille cinq cents travailleurs avait été divisé en dix groupes de cent cinquante qui patientaient, leurs gamelles à la main, en différents points du bateau. Les cuisiniers servaient trois fois par jour à peu près les mêmes repas.

Dans l'ensemble, l'intendance était un des points noirs du voyage. Il y avait en permanence foule devant les toilettes qui, sans tarder, montrèrent leurs limites en termes de salubrité. Il en était de même pour l'accès à l'eau pour boire et se laver. Les fatalistes, les plus nombreux, s'en accommodaient. D'autres, comme Sun, Shen et Zhang, s'en indignaient. Finalement, pour maintenir un calme relatif et juguler les épidémies, le commandant autorisa deux fois par semaine à ce que les mille cinq cents Chinois sortent par rotation plusieurs heures sur les ponts. Un pis-aller au regard des conditions déplorables et inhumaines du transport de ces hommes.

Le premier mort apparut au dixième jour. Une partie de cartes qui avait mal tourné. La victime était, selon la rumeur, un tricheur. Les officiers ne cherchèrent pas à en savoir davantage, d'autant que les joueurs qui avaient assisté à la scène gardaient un mutisme total, et que les interprètes n'apportaient aucune aide. Le corps fut balancé dans la mer de manière expéditive, après une cérémonie religieuse réduite à sa plus simple expression. Le douzième jour, un nouveau mort fut recensé. Il se dit que c'était l'auteur de la précédente rixe. Pour éviter que les règlements de comptes ne se multiplient, le commandant fit enfermer dans des cellules les participants à la partie de cartes qui avait tout déclenché. Le deuxième corps fut à son tour jeté à l'eau selon le même protocole.

Un soir après le dîner, alors que Zhang, isolé, était absorbé dans une de ses prières quotidiennes, Meigu vint le déranger.

— Viens avec moi, je voudrais te montrer quelque chose.

À contrecœur, Zhang suivit Meigu à travers les cales du navire. Là, certains Chinois jouaient à la lueur des bougies pendant que d'autres fumaient, parlaient ou dormaient. Ils atteignirent enfin l'endroit que les bandits s'étaient attribué, et où une odeur douceâtre flottait. Quelques-uns d'entre eux, étendus sur le côté, sur leur paillasse, les yeux dans le vague, tiraient mollement sur une pipe chargée d'opium. Meigu s'arrêta près d'un homme allongé qui grelottait et le désigna à Zhang.

— Tu es médecin, il faut le soigner. C'est ton devoir de t'en occuper.

Zhang regarda l'homme sans le toucher et s'adressa à Meigu :

— Je ne suis pas médecin, je te l'ai dit. Mais n'importe qui verrait qu'il a de la fièvre. Ma mère m'aurait déjà fait boire des infusions de plantes. Va voir l'infirmier du bateau, il aura sans doute un remède. Tu gaspilles ton temps et celui du malade en venant me chercher.

— J'espère pour toi que tu ne mens pas en prétendant ne rien pouvoir pour lui.

Zhang, la trouille au ventre, s'attendait à tout moment à recevoir un coup de lame. Sans se presser, il tourna le dos au groupe des bandits et rejoignit ses amis. Le lendemain, Shen et Sun épièrent discrètement Meigu et l'aperçurent en grande discussion avec d'anciens soldats, puis avec les bandits. Il organisait des parties de cartes ou de Fan Tan, et prenait sa dîme au passage. Les quarante francs remis à chacun avant d'embarquer changèrent ainsi de mains rapidement. Meigu et ses nouveaux amis s'enrichirent, tandis que les ouvriers, paysans et étudiants acceptaient comme une fatalité cette perte au jeu. Mais, le vingt-cinquième jour, une rixe prévisible éclata entre anciens soldats et bandits qui se conclut par quatre morts, deux dans chaque camp. Sans surprise, elle avait pour origine des querelles d'argent. Comme à l'accoutumée, les corps finirent dans la mer et le commandant en second les avertit qu'il était prêt, cette fois-ci, à fusiller les responsables des deux groupes, ce qui calma la violence pour un temps.

L'ambiance dans les ponts inférieurs devint, au fil du temps, insupportable. Confinement, absence d'hygiène, épidémies de diarrhée, nourriture de mauvaise qualité rendirent les hommes furieux. Certains, proches de la démence, forcèrent les accès au pont et se jetèrent à la mer pour en finir. Les marins tirèrent tout d'abord en l'air puis, armes braquées sur les Chinois, ils les menacèrent d'ouvrir le feu si la situation ne revenait pas à la normale. Shen, Sun et Zhang se tenaient à l'écart, jugeant les instants explosifs. Meigu profitait du désordre absolu pour fouiller les sacs dans les cales désertées en quête de quelques objets ou argent à voler. Il cherchait aussi les affaires de Zhang. Peu à peu, la tension baissa. De nouveau, les Chinois entreprirent de nettoyer leur environnement de vie et les ponts avec des seaux d'eau puisés dans la mer au bout d'une longue corde. Le commandant les laissa à l'air libre plus souvent, sous surveillance.

Zhang progressait en français et le parlait régulièrement avec des marins qui voulaient apprendre de la Chine comme lui-même était curieux de savoir comment était la France. Et ces échanges amicaux lui permirent de rester davantage à l'extérieur où il scrutait le ciel, se réjouissant parfois d'apercevoir les vols d'oiseaux migrateurs en direction du sud et de leur adresser des signes discrets. Quand cela lui était possible, il se dissimulait derrière les canots de sauvetage et accomplissait les rituels propres à sa religion, fermant les yeux et récitant des textes qu'il connaissait par cœur. Il appréciait ces moments de solitude loin des cris et des bagarres toujours prompts à éclater entre ces hommes dont la plupart vivaient jusque-là de nomadisme et à qui on imposait une bien trop longue promiscuité.

Pour tromper l'ennui, Zhang dessinait aussi dans un carnet de feuilles cousues. Rien que des portraits. Il observait les uns, les autres, son entourage, les marins, ses compatriotes, et rapidement un visage apparaissait, surprenant de vérité. Sans qu'il puisse l'expliquer, il croquait parfois une personne dans ses traits actuels, et parfois une autre avec la physionomie d'un vieillard, ce qui amusait ceux qui se voyaient représentés âgés. La galerie de portraits des jeunes marins avait un franc succès et Zhang les offrait volontiers.

— Ne me dessine pas vieux, s'exclamaient-ils en riant, il sera bien temps de se voir ainsi.

— Je dessine vous tel que je vois, et vous avez chance, je vois tous jeunes, répondit le jeune Chinois. Mais le commandant, je vois vieux avec barbe blanche et vieille casquette. Faut pas dire à lui.

Chaque soir, le commandant consignait dans le journal de bord du navire les événements quotidiens. Il avait, par exemple, relaté la journée la plus violente avec ces quelques mots : « Cela aurait pu dégénérer si je n'avais pas autorisé les Chinois à respirer l'air du large pendant quelques heures. Avec les trois recrues qui se sont volontairement jetées à l'eau, ce sont dix hommes qui ont déjà péri depuis notre départ. Six dans des rixes, un de maladie et ces trois-là. Les malheureux ne sachant pas nager ont immédiatement disparu, impossible de les secourir. Maintenir l'ordre est de plus en plus difficile dans de telles conditions de promiscuité. Les marins ne quittent pas leur fusil, d'autant qu'un groupe de repris de justice pose problème. Ce n'est pas acceptable de recruter ce type d'individus, cela revient à importer de la violence en France qui n'en a pas besoin en ce moment. Je signalerai ces faits au major Truptil. Ancien militaire, il comprendra. »

Le second entra dans la cabine du commandant alors que celui-ci séchait l'encre du compte rendu du jour avec un buvard.

— Je conçois, soupira-t-il, que la marine marchande participe à l'effort de guerre en transportant de la main-d'œuvre pour aider notre pays, mais ce ne sont pas des animaux, ce sont des hommes. Et les conditions dans lesquelles nous les faisons voyager sont tellement insupportables que cela révèle chez eux leurs pires instincts. Ils deviennent violents et criminels pour leur survie, ce qui peut s'entendre, mais n'est pas pour autant tolérable.

— Vous allez l'écrire dans le journal de bord ?

— C'est déjà fait.

Hiver 1917
France
Marseille – Boulogne-sur-Mer – Paris

5

Début décembre 1916, sous un mistral transperçant qui s'engouffrait en hurlant dans le couloir de la vallée du Rhône, éclaircissant le ciel et arrachant les dernières feuilles des platanes, le navire gagna enfin Marseille, quarante-huit jours après son départ de Chine. Au terme d'une traversée chaotique ponctuée de décès, de maladies et de révoltes supplémentaires, le commandant n'était pas mécontent d'accoster. Tous les Chinois se trouvaient sur les ponts extérieurs, grelotant de froid. Ils ne voulaient rien perdre de leur arrivée dans un pays dont il n'avait jamais entendu parler cinquante jours auparavant.

Le bateau se maintenait pratiquement à l'arrêt, attendant les instructions pour l'accostage. Depuis le poste de pilotage, on voyait, à cinq cents mètres environ, l'entrée du port gardée par le fort Saint-Jean et, plus loin, à bâbord dans le langage des marins, les quais du port de commerce en eau plus profonde. C'était un spectacle dont le commandant ne se lassait jamais, lui, Breton natif de Brest. Il admirait cette cité ouvrant sur la Méditerranée, protégée par Notre-Dame-de-la-Garde, visible de tous les marins quand l'étrave des navires se présentait face à Marseille. Là, le soleil matinal de décembre éclairait la ville d'espoirs. Pendant quelques courts instants, il parvint même à ne plus penser aux centaines de milliers de civils, habillés en militaire, pulvérisés et en décomposition sur les champs de bataille du nord et de l'est de la France dans cette guerre qui révélait la barbarie des hommes.

Le commandant avait besoin d'exprimer son amour pour la mer malgré cette traversée détestable. Il s'adressa à son second sans le regarder :

— « Il y a trois sortes d'hommes : les vivants, les morts, et ceux qui vont sur la mer. »

Le second approuva en silence cette réflexion.

— C'est d'Aristote. Parfois on prête cette citation à Platon ou Socrate. Pour moi, peu importe qui l'a formulée, je suis marin depuis toujours et je l'ai faite mienne.

Un petit bateau à vapeur s'amarra contre le flanc du navire et le pilote qui allait guider les manœuvres d'accostage rejoignit le commandant sur la passerelle. À vitesse réduite, ils prirent ensuite la direction du port de commerce et se positionnèrent le long du quai. Les Chinois observaient les marins lancer d'énormes cordages récupérés par les dockers pour amarrer le navire et l'immobiliser. Le mistral dispersait les fumées noires qui jaillissaient des cheminées des machines tournant au ralenti. Des dizaines de mouettes volaient au-dessus des bateaux, balançant leurs cris incessants. Zhang n'avait pas envie de communiquer avec elles, il ne comprenait pas leur langage.

Enfin, les instructions parvinrent du commandement militaire pour le débarquement des Chinois. Encadrés par une troupe en armes, ces derniers descendirent par petits groupes sur le quai et furent parqués à l'intérieur d'une zone délimitée par des barrières pour ne pas être en contact avec la population. En voyant ces hommes le long des passerelles, leur démarche incertaine après des dizaines de jours en mer, le commandant du navire se dit qu'il en avait assez de ces missions faites en dépit du bon sens, sans aucun respect pour les personnes qu'il transportait. Il ne niait pas les pertes humaines françaises catastrophiques en ce début de troisième année de guerre. Le recours à des travailleurs chinois dans les usines pour remplacer les hommes mobilisés était une partie de la solution. En effet, les femmes ne pouvaient plus pallier seules l'absence de tous les hommes morts ou blessés sur le front, la guerre industrielle dévorait l'humanité. Mais pourquoi fallait-il traiter ces Chinois comme des animaux et les considérer comme des sous-hommes ? Il s'apprêtait à faire savoir le jour même sa façon de penser à l'amirauté, d'autant que la noria de ces travailleurs allait s'accentuer vers la France.

Les mille quatre cent cinquante Chinois jugés aptes à descendre à quai se retrouvèrent enfin sur le sol marseillais. Moins d'une quarantaine restaient maintenus à bord, certains en détention, d'autres trop malades pour être transportés. C'était en tout cas toujours un spectacle pour les enfants des alentours qui découvraient des Asiatiques pour la deuxième fois, le premier contingent étant arrivé l'été passé, de contempler ces hommes dans leurs vêtements ouatés, bleu foncé, serrés les uns contre les autres. Ils étiraient de leurs index leurs paupières « pour voir comme les Chinois », disaient-ils en riant. Ils les regardaient à la fois amusés et apeurés, comme s'ils débarquaient d'une autre planète, leurs sacs suspendus au bout de leur longue perche de bambou dont ils ne se séparaient jamais.

Les interprètes, qui parlaient eux-mêmes le français avec un fort accent, ne comprenaient pas un seul mot des Marseillais qui ne s'exprimaient qu'en provençal. Pourtant, Zhang avait mis à profit ces jours en mer pour étudier intensivement le français. Et il le maîtrisait désormais suffisamment pour être autonome, s'affranchissant des conseils de Shen et Sun. Ainsi, il s'adressa à un jeune militaire qui se tenait près de lui :

— Pourquoi entourer nous avec armes ? En Chine, c'est prisonniers comme ça ! Nous travailleurs volontaires venus aider.

— Ce sont les ordres et toi on te demande pas de réfléchir. Rejoins les tiens, dépêche-toi !

Par groupes de cent, toujours sous escorte, les Chinois furent dirigés vers un vaste dépôt en lisière du port qui servait en temps ordinaire au stockage des céréales ou d'autres marchandises venues des quatre coins de l'Orient. Des odeurs familières flottaient dans l'air, que Zhang ne parvint pas à reconnaître. Là, le rituel du départ se reproduisit : douche, crâne tondu, photographies avec numéro d'identification.

Des militaires moustachus coiffés de leurs képis, des fonctionnaires et des chefs d'entreprise portant chapeaux melon et redingotes noires observaient les nouveaux arrivants, les « bras » attendus pour faire tourner les industries françaises liées à l'économie de guerre. Les militaires parlaient entre eux de discipline ferme à exiger des Chinois.

— Qu'entendez-vous précisément par « discipline ferme » ? demanda un des fonctionnaires.

— Obéissance et soumission, c'est simple ! Même si ce sont des civils, ils devront exécuter les ordres sans hésitation. C'est le règlement militaire et il leur sera appliqué à la lettre.

Les conditions harassantes du voyage et l'omniprésence de la troupe pendant le débarquement n'avaient pas plu à Zhang, pas davantage que la façon dont ces personnes les jaugeaient. Il avait ôté discrètement le carton fixé au revers de sa veste révélant son statut d'interprète pour se rapprocher du groupe qui conversait, estimant du regard le potentiel des Chinois comme s'ils évaluaient des bêtes de somme sur un marché, jour de foire. Quand il rejoignit Shen et Sun, il leur demanda la signification des mots obéissance et soumission, indiquant où il les avait entendus. L'explication l'inquiéta.

Après quelques minutes, un des militaires, un commandant, fit venir les interprètes.

— J'espère que votre niveau de français est suffisant pour que vous me compreniez. Je vais parler lentement et avec des mots simples, comme ça tout ira bien, leur dit-il, à la fois hautain et ironique, dès qu'ils furent réunis. Demain matin, vous allez être tous appelés par vos numéros de matricule. C'est plus facile pour nous. Nous ne comprenons rien à vos noms, certains d'entre vous d'ailleurs ne les connaissent pas, et vous vous ressemblez tous. Nous ferons alors des groupes de trois cents. Chaque groupe sera envoyé par train, encadré par des militaires pour votre sécurité, dans des usines ou dans des champs pour travailler. C'est clair ?

— Oui, répondirent simultanément les cinq hommes.

— Et nous, on va où ? demanda Meigu.

— Je n'en sais rien pour l'instant, j'attends des instructions. Je continue. Ce soir, vous dormirez ici même sur des lits de camp et le repas sera servi à 18 heures. Je ne veux pas, j'insiste, je ne veux pas de jeux d'argent, de bagarres ou de désordre. Leurs auteurs seront sévèrement punis. Maintenant, allez répéter précisément mes consignes à vos camarades.

Shen Li, Sun Hao et Zhang, avant de s'adresser aux groupes, s'isolèrent quelques minutes. Ils venaient de comprendre que leurs chemins allaient se séparer et éprouvaient une certaine angoisse à l'idée d'affronter seuls un environnement de plus en plus hostile. Inquiets, ils ne croyaient plus à un travail facile et hors de danger, la présence permanente des militaires ne coïncidait pas avec un tel tableau.

Ils répercutèrent ensuite mot à mot les instructions du commandant qui ne trouvèrent aucun écho auprès de cette masse d'hommes épuisés par cinquante jours de mer, de confinement, de mauvaise nourriture, et maintenant de dépaysement total. Après le dîner, les trois amis restèrent ensemble pour essayer d'imaginer un moyen de communiquer une fois leurs affectations connues. Shen et Sun redoutaient de laisser, livré à lui-même, Zhang, imprudent, naïf et rêveur. Ils firent cadeau à leur ami des livres sur lesquels il avait appris le français et l'anglais.

À 20 heures, extinction des feux. Nombreux furent ceux qui s'endormirent rapidement, heureux de ne plus être secoués par le roulis du navire. D'autres allumèrent quelques bougies. Aussitôt, les cartes et les billets réapparurent malgré l'interdiction. Zhang, assis à l'écart sur son lit de camp, réfléchissait à sa nouvelle vie. Il n'aperçut que trop tardivement les deux hommes qui, en deux secondes, l'arrachèrent de son lit, le bâillonnèrent et le conduisirent dans un recoin. Il identifia immédiatement Meigu et un autre type du clan des brigands.

— Zhang, le médecin de Kaifeng, dit Meigu. J'ai trouvé l'autre jour dans ton sac tout ton matériel pour soigner. Tu es bien celui que les Loups blancs recherchent !

Zhang, bien que plus grand, ne faisait pas le poids face au bandit qui le maintenait, plaqué contre un mur, l'étouffant de son avant-bras en lui écrasant la gorge. Meigu, s'assurant que personne ne les voyait, sortit un couteau de sa ceinture et, dans le même mouvement, s'affaissa au sol. Une lame venait de se planter dans son dos à hauteur du cœur. Puis ce fut au tour de son complice de recevoir en pleine tête un poignard projeté avec force qui lui transperça un œil et le cerveau. L'homme s'écroula. Apparut alors un grand type. Celui-ci portait autour du cou son numéro de matricule, 9436, qu'il retourna, mais que Zhang eut le temps d'apercevoir malgré la pénombre. Faisant signe à celui qu'il venait de sauver de se taire, 9436 rejoignit son lit dans l'obscurité, s'allongea et cala sous sa jambe un long poignard. Il demeura à l'écoute du moindre bruit toute la nuit. Zhang, terrorisé, se coucha et ne put fermer l'œil.

À 6 heures du matin, après le réveil à coups de sifflet, les militaires découvrirent les deux cadavres et bloquèrent la centaine d'hommes qui se trouvaient à proximité. Parmi eux, Zhang. Les autres groupes furent évacués en attendant que le commandant arrive. Celui-ci déboula, quelques minutes plus tard, en rage, escorté d'une vingtaine de soldats avec fusils et baïonnettes au canon pointés vers le groupe de Chinois silencieux.

Aussitôt, il fit appeler Zhang et lui demanda ce qu'il savait. Celui-ci écarta les mains en signe d'ignorance. L'homme se mit ensuite à hurler. Il exigea que les auteurs se dénoncent, sinon tout le groupe en subirait les conséquences. Zhang traduisit davantage le sens que les mots bafouillés de colère par le commandant qui se préparait, de la part de sa hiérarchie, à un torrent de questions administratives sur sa gestion de cette précieuse main-d'œuvre. Personne ne réagit. Zhang expliqua que personne n'avait rien vu ni entendu, tous dormaient, épuisés par le voyage. Les deux cadavres furent évacués et tout le groupe resta confiné. Zhang aperçut progressivement les autres travailleurs quitter les entrepôts sans avoir eu la possibilité de parler une dernière fois avec Shen Li et Sun Hao. Il ne chercha pas non plus à retrouver 9436, dont il avait à peine entrevu les traits dans l'obscurité.

Son groupe demeura trois jours dans le hangar, surveillé continuellement par des militaires en armes qui avaient ordre de tirer en cas d'émeute ou de mutinerie, ce que Zhang traduisit à la demande d'un officier. Puis les gendarmes arrivèrent pour l'enquête, accompagnés d'un Français qui enseignait le chinois pour faire office d'interprète sûr. Rien n'y fit. Le groupe, dont la plupart des hommes ignoraient tout de ces deux meurtres, resta mutique. Attendant d'être fixés sur leur sort, ils échouèrent trois mois en prison. Leur salaire fut annulé pendant la détention, de même que la contrepartie versée aux familles. Les Chinois, résignés, acceptèrent l'incarcération qu'ils estimèrent moins inconfortable que leur traversée maritime. Zhang, de son côté, vécut très mal cet épisode, même si sa qualité d'interprète lui apporta quelques avantages. Les gardiens, le jugeant à raison totalement inoffensif, passaient de longues heures à l'écouter leur décrire la vie en

Chine. Cela lui rappelait les conversations avec les marins. Il bénéficiait aussi de repas améliorés. Dans un sens, Zhang progressait en français, même si parfois il ne comprenait pas certains mots à cause de l'accent provençal.

L'enquête des gendarmes au point mort, un juge décida qu'il n'y avait aucune charge à retenir contre les Chinois et informa qu'il allait prononcer un non-lieu et les libérer. Les autorités militaires étaient partagées pour la suite à donner après leur remise en liberté. Le commandant, sanctionné pour ne pas avoir su maintenir l'ordre dans l'entrepôt, argumentait pour qu'on les renvoyât sans délai chez eux, d'autres pour les affecter comme il était prévu dans les usines. Le torpillage du paquebot l'*Athos* par un sous-marin allemand le 17 février 1917 faisant 754 victimes, dont 543 travailleurs chinois, fit pencher la balance. Le rapatriement n'était plus une option. En dernière analyse, le choix de les expédier dans la zone des armées par mesure disciplinaire fut retenu.

À leur sortie de prison, fin février, les hommes reçurent une paire de grosses chaussures en cuir et un manteau. Les godillots usés aux semelles parfois trouées et les manteaux élimés transformèrent les Chinois en une cohorte de clochards boitillants. Sous escorte permanente, serrés les uns contre les autres pour se préserver d'un froid perçant, et entourés de petits Marseillais rigolards, ils marchèrent en silence jusqu'à la gare Saint-Charles où ils s'entassèrent dans les voitures d'un train en direction de Paris. Arrivés trois jours plus tard gare de Lyon, ils patientèrent encore de longues heures assis par terre dans les courants d'air, attendant que leur destination soit décidée.

Un officier de l'état-major fit remarquer que les Anglais, dans le nord de la France, manquaient de main-d'œuvre pour leur logistique. Après avoir perdu soixante mille hommes en une seule journée, le 1er juillet 1916, et quatre cent mille depuis le début de leur engagement, ils accéléraient la cadence pour débarquer recrues et matériel dans le port de Boulogne-sur-Mer, site stratégique pour leur armée. La centaine de Chinois corvéables à merci leur serait fort utile et leur permettrait de tenir jusqu'à ce que leurs propres travailleurs recrutés en Chine les rejoignent. « Il sera temps ensuite d'affecter nos Chinois ailleurs », dit-il, satisfait de sa brillante idée.

Des camions bâchés les transportèrent gare du Nord pour être parqués dans un train militaire en direction de Boulogne-sur-Mer. Pendant le trajet les conduisant à la gare, et profitant d'un embouteillage, cinq Chinois sautèrent du dernier véhicule, abandonnant leurs affaires, et détalèrent. Les militaires ne réagirent pas assez vite et les déserteurs, comme ils furent nommés plus tard, disparurent dans Paris.

6

Boulogne-sur-Mer. Premiers jours de mars 1917. Ils descendirent des wagons sous une pluie glaciale, enroulés dans leurs manteaux, se tordant les pieds dans les brodequins de cuir durci qu'ils ne supportaient pas. En remontant le long des voies, encadrés par les soldats français dans leurs uniformes bleu horizon, ils surent qu'ils entraient dans une ville en état de guerre, à la différence de Marseille. Des trains de marchandises, stationnés les uns derrière les autres, formaient des convois à perte de vue. Leur déchargement était assuré par des centaines d'hommes. Ordres aboyés, injures et coups de sifflet, ajoutés au bruit des moteurs des grues et autres engins, rythmaient l'activité fébrile de la gare.

Des caisses renfermant toutes sortes d'équipements étaient acheminées vers des camions ou des charrettes positionnés près des quais aménagés. D'autres soldats manœuvraient des palans pour soulever les caisses d'obus et les déposer sur des chariots. Les Chinois n'avaient jamais vu une telle puissance militaire à l'œuvre. Mais ce fut depuis un train sanitaire d'où sortaient sans discontinuer des hommes en souffrance, gémissants, transportés avec précaution, que la réalité de la guerre s'invita.

Des odeurs fortes, mélange d'éther, d'alcool, d'autres indéfinissables, écœurantes, douceâtres, enveloppaient les corps. Silencieux, ils s'arrêtèrent pour laisser passer les blessés dissimulés sous des pansements imbibés de sang. Zhang devinait sous les bandages des êtres mutilés, amputés, mourants qu'on chargeait dans des camions. Suivant les brancardés, une colonne avançait lentement avec à sa tête un soldat, un bras en écharpe et s'appuyant sur une canne. Ils étaient une trentaine, en file indienne derrière lui, leur main droite posée sur l'épaule droite de celui qui les précédait, aveugles, leurs visages recouverts de bandages. Une dizaine de militaires, sans blessure apparente, fermait ensuite la marche. Zhang fut bouleversé de voir ces hommes aux visages vides, inexpressifs, les regards perdus, hagards. La démarche hésitante, tremblante, certains se déplaçaient courbés en deux, à l'équerre. Il lut l'effroi et la folie qui avaient définitivement pris possession de ces inconscients.

Les soldats français saluèrent leurs frères d'armes anglais, un hommage silencieux. Les Chinois, cohorte déguenillée appuyée sur leurs bambous, sacs et outils en bandoulière, demeurèrent immobiles, respectueux de la détresse de ces militaires.

— D'où ils viennent ? demanda Zhang, une fois le cortège passé, à un des militaires de l'escorte.

— Du front, de la Somme, répondit celui-ci en murmurant.

— Où on les emmène ?

— Ceux qui sont trop gravement atteints, à bord d'un bateau-hôpital qui les conduit ce soir en Angleterre. Les autres, dans un des hôpitaux des alentours, à Boulogne, à Berck ou à Étaples.

— Y en a beaucoup ?

Le soldat se tourna vivement vers Zhang, agacé par l'absurdité de ses questions.

— Vous plaisantez ? C'est la guerre ! Vous savez ce que c'est la guerre, bordel ? Vous autres, Chinois, vous êtes ici pour prendre de l'argent sans vous battre, vous devez pas être de grands courageux !

— On est là pour travailler et aider dans usines et champs ! se défendit Zhang avec véhémence.

— Vous risquez rien quand même ! Vous ferez jamais partie de ces dizaines de milliers de gars, comme ceux que vous avez vu passer, qui remplissent les hôpitaux, les trains et les bateaux tous les jours. Y en a de toutes les nationalités, sans compter les morts qui pourrissent à perte de vue sur les champs de bataille.

Zhang, vexé, décida de se taire. À leur sortie de la gare, un petit attroupement de badauds qui n'avaient jamais vu d'Asiatiques entoura les Chinois avec curiosité. Certains disaient : « Ces pauvres chinouos aveuc leurs zius bridés, vnus d'si loin d'leu poéyi, travailleu in France. » Zhang ne saisissait rien à cette langue étrangère, étonné de ne pas entendre ces gens s'exprimer en français. Ce n'est que plus tard qu'il comprit que, comme en Chine, une multitude de dialectes et de patois étaient parlés en France.

Devant eux, défila tout un convoi de charrettes tirées par des chevaux sur lesquelles s'empilaient des meubles, des valises et deux ou trois générations d'hommes, de femmes et d'enfants.

— Encore des réfugiés belges qui fuient les combats, observa un des militaires.

— Ouais, mais y en a ben moins qu'en 14, quand les boches ont lancé leur grande offensive, répliqua un autre. On peut dire merci aux Tommies[1]. Y a pas à dire, heureusement qu'on les a.

Zhang ignorait ce que signifiaient les mots Belges, Boches et Tommies, mais n'osa pas le demander. Le groupe de Chinois, la tête couverte du petit bonnet en tissu qui ressemblait à un bol pour se protéger des intempéries, se mit enfin en marche. Comme les gosses à Marseille, les petits Boulonnais les suivaient en riant.

Les rues pavées de la ville, sillonnées par une multitude de chariots lestés d'obus ou de canons, tirés par des chevaux peinant sous la charge, étaient défoncées et rendues glissantes par les pluies persistantes. Cette présence massive de troupes anglaises et françaises en armes, se déplaçant au son des brodequins cloutés, donnait l'illusion que Boulogne-sur-Mer, coloriée en bronze, vert kaki ou gris, nuances qui n'appartiennent qu'aux armées, n'était qu'une gigantesque caserne.

Zhang se fit la réflexion qu'il n'avait jamais vu autant de chevaux, peut-être plusieurs centaines, dans une ville. Le martèlement des sabots ferrés, les hennissements, les fouets qui claquaient, les types qui hurlaient des injures s'ajoutaient au bruit des moteurs de tous les véhicules et des régiments en action, le tout rendant l'endroit assourdissant. Il aurait bien aimé partager ses observations avec ses amis qui lui manquaient, et ne trouvait personne de confiance à qui parler.

Les Chinois marchèrent quelques kilomètres après la sortie de Boulogne. Là, s'étendaient à perte de vue des camps de toile abritant

---

1. En argot militaire, terme qui désigne les soldats anglais.

des soldats britanniques, canadiens, indiens, etc., en attente de partir au front. Des femmes, à la lisière de ces camps, trimbalaient des paniers de nourriture et les hélaient pour leur vendre leurs produits. Les militaires français arrêtèrent la colonne des travailleurs chinois devant ce que les locaux appelèrent très vite le « camp chinois ». Un espace constitué de plusieurs baraquements et de tentes, entourés de hauts piquets en bois entre lesquels un grillage avait été installé. Une chaîne terminée par un lourd cadenas pendait à un des montants du portail.

Arrivés à destination, ils déposèrent leurs affaires dans ces abris de fortune bâtis sur un terrain boueux, aux planches mal ajustées laissant passer l'air froid. Silencieux, Zhang et son groupe examinaient, amers, leur nouveau lieu de vie prévu pour vingt personnes, mais où ils s'entasseraient à trente. Un vieux poêle en fonte, planté au milieu de la pièce et censé dispenser de la chaleur dans toute la baraque, fut immédiatement allumé avec quelques morceaux de bois. Un des Chinois, assis sur son lit, enleva ses brodequins, massa longuement ses pieds meurtris, puis marcha avec difficulté vers le poêle au feu vacillant et y jeta ses godasses. Le feu reprit et fut entretenu par d'autres paires de chaussures. Sans se concerter, les Chinois alimentèrent ainsi tous les poêles du cantonnement.

Le chef du détachement militaire français, un jeune sergent chargé d'encadrer ces travailleurs, disposait dans le camp d'une cabane servant de bureau. Il fit venir Zhang pour lui donner les instructions à transmettre. Et celui-ci se sentit aussitôt en confiance face au sous-officier qui se comportait différemment de tous ceux rencontrés jusque-là. Il parlait avec calme, sans aboyer des ordres absurdes et sans porter de jugement de valeur sur les hommes. Enveloppé dans son manteau, il finissait de bourrer une pipe.

— Comment vous appelez-vous ? Votre nom, pas votre matricule.

— Je m'appelle Zhang et je viens de Kaifeng, près du fleuve Jaune.

— Que faisiez-vous dans votre pays ?

Bien que Zhang perçoive le jeune Français comme bienveillant, il se remémora les injonctions de Sun et de Shen de ne pas dévoiler sa condition de médecin.

— J'enseigne la calligraphie, inventa Zhang, qui possédait une vague notion de cet art chinois.

— Ah ? C'est très beau ! Il faudra me montrer. Mais alors, pourquoi venir en France, dans un pays en guerre, comme travailleur, puisque vous êtes un lettré ?

— Pour voir autre pays.

— Je vois, mais la guerre n'est pas le moment le plus idéal pour découvrir un pays… Où avez-vous appris notre langue ?

— Dans un livre.

— C'est remarquable. Je vous félicite ! Je serai bien incapable d'en faire autant avec le chinois. Vous et votre groupe êtes dans cette zone, en arrière du front, à cause de ces deux meurtres à Marseille. Au départ, vous auriez dû aller dans une usine, loin des secteurs militaires. C'est une sanction disciplinaire qui vous est appliquée. Je ne suis pas là pour reprendre l'enquête, mais savez-vous ce qui s'est réellement passé cette nuit-là ? Vous pouvez me parler en confiance, j'ignore presque tout de cette affaire.

— J'étais sur mon lit et… Très fatigué par conditions difficiles du voyage. J'ai dormi. Je sais rien, même pas entendu bruit.

— Je comprends… Vous êtes à Boulogne pendant un temps limité pour décharger les bateaux qui viennent d'Angleterre en attendant les milliers de vos compatriotes qui ont été recrutés par les Anglais. Il est question, en tout, de cent mille hommes qui vont débarquer au fur et à mesure en France, et notamment ici.

— On ira où après ?

— Je n'en ai aucune idée. Mais la sanction disciplinaire qui vous frappe vous suivra toute la durée de votre contrat en France. Un conseil, si vous ne voulez pas que ça s'aggrave, dites bien à vos bonshommes de rester tranquilles. Bon, maintenant, je vais vous expliquer l'organisation de votre tâche. Vous serez, pour l'instant, en contact uniquement avec des Anglais, mais mon escouade ne sera jamais loin. Un interprète anglais-français fera le lien avec vous. Vous devrez traduire ses instructions. Pas de difficulté ?

— Non. J'ai aussi livre grammaire anglaise, et j'essaye apprendre cette langue.

— Vous êtes incroyable ! répondit en souriant le sergent. Je me demande vraiment ce que vous êtes venu chercher en France. Enfin, cela vous regarde ! Le contrat stipule que vous travaillez dix heures par jour avec une demi-journée de repos par semaine ou une journée par quinzaine. Les salaires seront remis deux fois par mois. Les malades auront une retenue sur leur solde. Il vous est interdit de sortir du camp et d'aller au contact de la population française. Les déplacements se feront encadrés par mes soldats.

— Pourquoi nous toujours avec soldats ? Pourquoi pas possible sortir du camp ? Nous des ouvriers, pas des prisonniers, s'étonna une fois de plus Zhang.

Silence dans la cabane, seulement perturbé par la pluie qui martelait le toit enduit de goudron. Le jeune sous-officier releva le col de son manteau, resta un moment à contempler tour à tour son interlocuteur et sa pipe qui s'était éteinte. Il la cura avec la pointe d'un couteau et laissa tomber le tabac calciné sur le sol, puis il ouvrit de nouveau sa blague à tabac et bourra le foyer. Que pouvait-il dire à ce Chinois ? La vérité ? Certainement pas ! Les consignes étaient simples : interdiction aux Chinois, comme à tous les travailleurs et soldats étrangers, de fréquenter les civils pour éviter une trop grande proximité avec les femmes françaises, la mixité n'étant pas bien vue. Et pour qu'il n'y ait pas de malentendu, circulaires et autres instructions militaires et civiles rappelaient que le mot étranger englobait tous ceux qui n'étaient pas blancs.

Avec un briquet-tempête qui puait le pétrole, il alluma la pipe et, après avoir tiré deux ou trois fois dessus pour bien la faire partir, il répondit, ennuyé, à Zhang :

— Je n'ai pas d'explication précise à vous donner. Nous avons reçu des consignes très strictes. Vous faites partie d'une population étrangère, méconnue, on veut limiter les risques de conflits, je pense, pour vous protéger aussi. Je suppose que cette directive vient de là. En tant que militaire en guerre, je me contente d'obéir.

— Bon, je dirai aux autres. Des jours de repos pour nos fêtes ? Essentiel pour notre communauté, même si on n'est là que pour travailler. Nous en prison le 23 janvier de votre calendrier pour le nouvel an, pas possible le fêter.

— Le nouvel an, le 23 janvier ? Vous ne le fêtez pas le 1er janvier ?

— Calendrier différent, l'année finira le 10 février 1918. C'est l'année du Serpent de feu, année 4615 pour la Chine, 1917 pour vous.

— Il y a une signification ? C'est important ?

Zhang éclata de rire.

— Pour les Chinois, le zodiaque n'est pas important, il est comme les Français dire, fondamental. Chaque signe conduit l'année. Le Serpent de feu, c'est changement, renaissance, bien pour 1917.

— Je l'espère de tous mes vœux. C'est aussi un animal mortel, peu de gens aiment les reptiles, ils font peur.

— Pas dans notre culture. Le serpent perd ancienne peau et reconstruit une nouvelle. Cycle de la vie.

— On en a bien besoin, marmonna le sergent. Chez nous, ce n'est pas l'année du Serpent, mais les années des barbares, des sauvages, du carnage qui continue. Souhaitons-nous que ce ne soit pas celle du serpent qui étouffe tout, mais celle du serpent qui apporte l'espoir.

— Qu'est-ce que vous dites ? J'ai pas compris.

— Rien d'intéressant. Je vais me renseigner, mais je crois que vous avez droit à trois jours dans l'année.

— Merci, murmura Zhang.

— Je suis sergent, c'est mon grade. Mon nom est David Fleisher. Dans le civil, j'enseigne l'histoire de France et la géographie dans un lycée à Paris.

7

En colonne par deux, les pieds de nouveau enfoncés dans leurs chaussures en toile et sous la conduite des militaires français, les Chinois prirent dès le lendemain matin la direction du port de Boulogne. Le sergent Fleisher ne fit aucune remarque sur le changement de chaussures, ignorant que les autres avaient servi, pour une partie d'entre elles, à chauffer les baraques. Pendant toute la journée, interrompue d'une unique pause d'une demi-heure pour le déjeuner, pris debout à l'abri de cabanes en bois, ils déchargèrent de lourdes caisses de munitions qu'ils charriaient sur leur dos pour les ranger dans des camions. Zhang transmettait tant bien que mal les instructions aboyées par un Anglais qui parlait à peine le français. Plusieurs fois, celui-ci, exaspéré de ne pas se faire comprendre, mima le geste que devait accomplir la main-d'œuvre. Le sergent Fleisher, de son côté, insista auprès des soldats alliés pour que Zhang, ayant un statut d'interprète, ne soit pas employé dans les travaux de force, ce pour quoi il avait peu d'aptitudes.

Le soir, les Chinois, exténués, rentraient au camp et se précipitaient sur les poêles pour allumer les feux et chasser l'humidité. Les repas étaient peu variés : des pâtes, du riz, de l'ail. De la viande en boîte, que les militaires français appelaient dans leur jargon « du singe », et les Anglais « corned-beef », en réalité du bœuf de Madagascar, arriva un jour dans le cantonnement. Zhang traduisit mot à mot les paroles des soldats qui apportaient la nourriture. Ses compatriotes, véhéments, rejetèrent alors immédiatement la viande en hurlant qu'ils ne mangeraient jamais du singe. Le sergent Fleisher, alerté par les cris, écouta avec amusement les explications de Zhang et s'employa à lui faire comprendre que ce n'était pas du singe, mais du bœuf. Plus laborieux, il tenta de le familiariser avec la notion d'argot. Zhang entreprit ensuite de résumer approximativement la discussion qu'il avait eue avec le sous-officier en disant : « Ce n'est pas du singe, c'est du bœuf qui vient de loin. » Sceptiques, les Chinois laissèrent Zhang goûter. Celui-ci trouva cela très bon. À partir de là, les Chinois imaginèrent des astuces pour agrémenter cette viande de singe qu'ils appréciaient.

Les journées s'enchaînaient, harassantes, dans le port de Boulogne transformé en zone exclusive pour l'effort de guerre, lien vital entre la France et l'Angleterre pour toute l'armée britannique. Zhang profitait de tous les instants pour satisfaire sa curiosité et sa soif d'apprendre, sollicitant consciemment tous ses sens. Du pont supérieur d'un navire anglais, le jeune homme, qui accompagnait le sergent Fleisher, parcourait du regard une partie du port où s'alignaient à la fois des transporteurs de troupes qui débarquaient à flot continu des colonnes de soldats, mais aussi des cargos bourrés de canons, de munitions et autres attirails militaires, déchargés par des dizaines de grues. Elles déposaient également, avec précaution, des centaines de boxes métalliques dans lesquels des chevaux apeurés étaient transbahutés. Enfin, Zhang observait, amusé, des soldats vêtus de jupes qui marchaient au pas en quittant les quais au son aigrelet d'un drôle d'instrument de musique.

Les munitions de tous calibres s'empilaient dans les entrepôts récemment construits en bordure des quais, ou bien directement dans des wagons, à présent que les nouvelles voies ferrées s'étendaient jusqu'au port. Fleisher nota, sur une feuille fixée à une tablette, le planning de travail et les noms des bateaux à décharger communiqués par l'officier anglais. La discussion terminée, les deux hommes se saluèrent.

Le sergent Fleisher estimait que le statut d'interprète de Zhang lui permettait de l'escorter en toutes circonstances, dès l'instant où il était question de futurs travaux que devraient accomplir les Chinois. En fait, il appréciait surtout la compagnie de Zhang qui manifestait de la curiosité sur tout ce qui l'entourait et portait un regard décalé sur les choses. Ce grand Chinois mince avec son allure paisible lui insufflait une touche de sérénité.

Un jour, Fleisher dégagea de sa besace un livre qu'il tendit à Zhang. Ce dernier déchiffra sans difficulté le titre, *Histoire de France et géographie du monde*.

— Ce livre, sur l'histoire de mon pays, répondra en partie à vos interrogations et les cartes de géographie vous donneront un aperçu du monde.

Fleisher ouvrit le manuel sur une double page qui présentait un planisphère. Il indiqua Shanghai comme point de départ du périple, dessina du doigt le trajet effectué en bateau par Zhang, l'arrivée à Marseille, le chemin en train jusqu'à Paris, puis jusqu'à Boulogne-sur-Mer. Zhang regardait avec intérêt le tracé de son voyage.

— Je vous remercie, sergent Fleisher. Je vais lire.

— J'en suis certain. Pour en revenir à votre mission, ce n'est pas demain que vous arrêterez de décharger des bateaux, observa Fleisher en tapotant sa tablette. L'armée britannique intensifie ses acheminements de soldats, de chevaux et de matériels. Les Allemands ne vont pas rester les bras croisés, leurs sous-marins sont redoutables.

— Leurs sous-marins ?

— Oui, des navires qui ressemblent à des cigares, qui vont sous l'eau et lancent des torpilles, des sortes de bombes propulsées par moteur pour transpercer les coques des bateaux et les couler.

— C'est incroyable, ces inventions, murmura Zhang.

Mille questions se bousculaient dans sa tête, mais il préféra s'abstenir. Ils descendirent du navire, traversèrent les quais encombrés pour rejoindre la zone de travail des Chinois.

— J'ai remarqué que vous portiez tous de nouveau vos chaussures en toile, nota le sergent. Qu'en est-il de celles, plus robustes, qui vous ont été fournies à Marseille ?

— Elles servent pour le poêle, pas assez de bois.

— Vous détruisez volontairement des effets militaires ? s'étrangla Fleisher.

— Oui, vieilles chaussures pourries, semelles trouées, très mal aux pieds. On nous considère pas bien et en plus on nous retient argent pour les payer.

— Bon, je vais voir ça, mais vous auriez dû me le dire au lieu de les transformer en combustible.

Devant eux, un petit attroupement de quatre ou cinq soldats anglais s'était créé autour d'un des leurs assis sur le sol, grimaçant, un pied déchaussé, la cheville enflée. Les tommies riaient.

— Ce n'est pas avec une entorse que tu pourras éviter le front, dit l'un d'eux dans un argot londonien parfaitement incompréhensible pour Fleisher et Zhang.

Celui-ci, toujours curieux, s'approcha du groupe et, en un clin d'œil, vit de quoi souffrait le soldat. Il s'agenouilla, sous les quolibets qu'il ne comprenait pas. Il ouvrit rapidement son sac, en sortit une petite boîte d'aiguilles et commença à en planter dans la cheville de l'anglais en disant : « Doctor, doctor ». Ce fut alors au tour des Anglais de ne rien comprendre, le mot doctor étant prononcé avec un fort accent chinois. L'un d'eux donna un violent coup de pied dans les côtes de Zhang en hurlant : « Le chinetoque va t'estropier avec ses saloperies d'ferrailles. » Fleisher s'interposa aussitôt et le début de bagarre fut stoppé net par la police militaire anglaise en patrouille. Zhang ramassa ses aiguilles, se releva douloureusement, expliqua avec difficulté qu'il était médecin-acupuncteur. Fleisher, étonné de l'apprendre, traduisit tant bien que mal. Imperméabilité totale des Cockneys aux aiguilles qui soignent.

— Entorse pas guérie, résuma Zhang en haussant les épaules.

Il s'assit quelques centaines de mètres plus loin sur un empilement de traverses de chemin de fer, retira sa veste, écarta sa chemise et palpa la zone où le coup de pied l'avait atteint. Il saisit sa boîte d'aiguilles, en attrapa quelques-unes et les passa sous la flamme d'allumettes, « pour nettoyer », indiqua-t-il à Fleisher comme si c'était naturel. Le jeune sergent observa les gestes précis de Zhang qui resta ensuite une vingtaine de minutes sans prononcer un mot, immobile. Après quoi il ôta ses aiguilles, les rangea, enfila sa veste, se leva et se remit en marche.

— Pourquoi m'avoir raconté que vous étudiiez la calligraphie et taire votre activité de médecin ?

— Pas dire que je suis médecin chez les Chinois, dangereux pour moi.

— Pour quelle raison ?

Fleisher allait d'étonnement en étonnement.

— Un jour j'expliquerai. Pas maintenant.

Une quinzaine de jours plus tard, après avoir reçu leurs premières payes, six ou sept Chinois, malgré l'interdiction de fréquenter la population locale, décidèrent de sortir du camp. Ils insistèrent auprès de Zhang pour qu'il les accompagne, sa connaissance du français étant indispensable à cette excursion, et celui-ci accepta parce que dans ce groupe se trouvait 9436.

Zhang regarda l'un de ses compatriotes pratiquer une ouverture dans la clôture pour laisser passer un par un les hommes, et remettre les fils de fer barbelés en place sans que les gardes s'en aperçoivent. Après une heure de marche, ils pénétrèrent dans la ville tels des ombres anonymes. Dans les rues sans éclairage se croisaient des groupes de soldats anglais qui bravaient eux aussi les consignes. Ce n'était pas tant les Chinois qui les inquiétaient, mais plutôt les patrouilles de la police militaire à éviter.

Le petit groupe repéra dans une ruelle une faible lueur qui émanait d'une porte vitrée en partie masquée par un rideau. Au-dessus, une enseigne éteinte indiquait qu'il s'agissait d'un café.

En entrant dans le bar, les conversations s'arrêtèrent net. La quinzaine de types qui jouaient aux cartes et aux dés en buvant de la bière, fumant et riant fort, tous des pêcheurs, des hommes trop âgés pour être mobilisés, observaient les Chinois eux aussi silencieux, n'osant pas dépasser le seuil de la porte. C'était la première fois que ces locaux voyaient des Chinois d'aussi près.

— Bonsoir. On a argent pour payer, annonça Zhang en désignant des bouteilles alignées derrière le comptoir.

— Ils parlent l'français, s'étonna l'un des pêcheurs.

— Dans un mois, ils causent picard, c'est sûr ! s'esclaffa un autre.

— Ben asseyez-vous, les gars, dit le patron en balançant des coups de torchon sur une table et des chaises. Qu'est-ce vous v'lez boère, d'la bière ?

Zhang ne comprenait rien au dialecte des pêcheurs qui les pressaient de questions. Sans avoir besoin de commander, une tournée de bières arriva.

— Ché la mienne, hurla le patron. L'premier bar d'Boulogne où c'est qu'y a des chinouos !

Pendant deux heures, ils furent l'attraction du bar, payant une tournée en buvant cinq. Les pêcheurs saisirent vite que seul Zhang parlait à peu près le français et ne le lâchèrent plus. Zhang ne percevait pas leur ton ironique et parfois malveillant, ne maîtrisant pas suffisamment ce français teinté d'un puissant accent picard. Plus tard, quand la porte du bar se referma sur les Chinois, les pêcheurs demeurèrent malgré tout circonspects. L'un d'eux, après quelques minutes de silence, nota qu'ils étaient peut-être porteurs de maladies. Aussitôt, le patron lava les verres utilisés par Zhang et les siens à l'eau de javel. Un autre dit : « Faudrait pu qui reviennent, on sait jamais. » Tous approuvèrent. Le bistrotier temporisa : « Ça se discute, apparemment y z'ont de l'argent, j'vais leur faire payer pu cher les coups à boère et vous les plumerez aux cartes. »

Le petit groupe, quant à lui, rentra vers le camp en espérant ne pas se faire repérer par des militaires français. Zhang aborda alors 9436, un peu à l'écart.

— Tu m'as sauvé la vie à Marseille.

— Toi aussi en ne me dénonçant pas, répliqua 9436. Si tu avais parlé, les Français m'auraient fusillé.

— Pourquoi as-tu pris ce risque ?

— J'ai été soldat et je connais ces pillards. J'ai observé Meigu pendant le voyage, il a été à l'origine de toutes les bagarres et certains sont morts par sa faute. Toutes les occasions étaient bonnes pour se faire de l'argent. Il t'aurait assassiné un jour ou l'autre. J'ai éliminé deux types qui ne méritaient pas de vivre.

— Je m'appelle Zhang et je suis de Kaifeng.

— Je sais qui tu es. Le chef des Loups blancs a promis une belle somme à celui qui te tuera. Je suis Fu Pei et je viens du Tianjin. Fais bien attention à toi.

Les deux hommes marchèrent côte à côte jusqu'au campement, et tout le groupe s'infiltra par l'endroit qui leur avait permis de sortir sans se faire remarquer des troufions qui montaient la garde près du portail. Dans le baraquement, la plupart des hommes dormaient à la chaleur du poêle alimenté par des chaussures.

8

Une pluie persistante, froide, s'abattait depuis des jours sur la région de Boulogne-sur-Mer, transformant les champs, les chemins et les rues en bourbier. Ce mois d'avril 1917, délivrant d'ordinaire les prémices du printemps, restait désespérément tourné vers l'hiver. Dix heures par jour, les Chinois poursuivaient sous ces intempéries et sans aucune protection ni vêtement adapté le déchargement des bateaux anglais de caisses de munitions, de vivres et de matériels. Et à ces conditions de travail éprouvantes s'ajoutaient les insultes croissantes qu'ils ne comprenaient pas, mais devinaient. Ils rentraient le soir, fourbus, et entassaient leurs habits près du poêle dans l'espoir de les retrouver à peu près secs le lendemain matin. Avec l'humidité, l'absence d'équipements chauds et l'insalubrité des baraquements, la dysenterie et la bronchite apportèrent leur lot quotidien de malades. Le seul remède de l'autorité militaire fut, dans un premier temps, la suspension des soldes pour ceux qui ne pouvaient plus se rendre au port. Puis David Fleisher insista pour qu'un médecin examine la vingtaine de Chinois souffrants, avant que leur état s'aggrave et qu'ils contaminent les autres.

Zhang, déjà préservé par sa qualité d'interprète, échappa aussi aux maladies. Une fois le dîner terminé, il s'asseyait sur son lit à l'écart des autres, qui se livraient à leurs jeux de cartes favoris. En fonction de son état d'esprit, soit il lisait inlassablement ses ouvrages de grammaire française et anglaise, soit il consultait le manuel d'histoire et de géographie que lui avait confié le sous-officier, soit il dessinait les portraits de ses camarades. Il en représentait un ou deux en vieillards, les autres avec leurs visages et expressions du moment. Un soir, il pensa au jeune sergent et s'amusa à le caricaturer. En quelques coups de crayon, il devint un homme d'une quarantaine d'années, tel qu'il le voyait. Sous son air d'intellectuel, accentué par une paire de lunettes de vue à la fine monture métallique ronde, l'humanité et l'intelligence de David Fleisher transparaissaient.

Zhang ne s'était plus aventuré dans les rues de Boulogne. Il ne se l'interdisait pas pour autant, attendant la fin de cet hiver qui s'éternisait. Ses compatriotes, eux, s'enhardissaient et, très souvent maintenant, dès la nuit tombée, sortaient en petits groupes, toujours par la même issue, à la recherche de cafés dont ils revenaient ivres et sans un sou. D'autres rentraient complètement surexcités après la découverte d'un bordel dans lequel ils se promettaient de retourner. Fu Pei, l'ancien soldat portant le matricule 9436, et Zhang discutaient de longues heures, songeant à leurs familles restées en Chine et dont ils n'avaient aucune nouvelle depuis leur départ. Zhang espérait des réponses à des lettres envoyées régulièrement. Et il n'était pas le seul. Sa réputation de lettré circula très vite dans les baraques et, chaque soir, le jeune homme rédigeait une courte missive pour les proches de ceux qui le sollicitaient. Quelques-uns seulement de ces courriers parvenaient à leurs destinataires, les Chinois ne connaissant qu'imparfaitement leur adresse.

C'est dans cette routine installée que Zhang consacrait du temps au rituel quotidien de la prière du soir. Au début, ses compagnons le regardèrent étonnés, debout, les yeux fermés, récitant à voix basse des textes dans une langue dont ils ignoraient tout. Puis, ne comprenant rien au fait religieux, les premiers instants de curiosité laissèrent vite place à l'indifférence.

Un soir, David Fleisher reçut dans sa cabane servant de bureau un interprète chinois du nom de Han, qui s'exprimait en français et en anglais. Le jeune homme faisait partie du large contingent de Chinois qui commençaient à arriver en France pour renforcer la logistique des armées britanniques. Deux mille d'entre eux venaient d'être affectés en priorité sur le port de Boulogne, après un passage par le camp de Noyelles-sur-Mer. Le sergent, surpris par cette visite, fit asseoir Han, un étudiant de Pékin qui avait vu dans cette expatriation l'occasion de fuir la misère qui régnait en Chine et qui, pour l'heure, paraissait pressé.

— Je n'ai que très peu de temps, les soldats anglais qui nous gardent sont très durs. S'ils apprennent que je suis sorti, je serai fouetté.

— Fouetté ?

— Oui, ce sont des sanctions physiques qui nous sont infligées en cas de manquement à la discipline. Cela fait plus d'un mois que nous sommes là et beaucoup déjà ont reçu le fouet. Ce ne sont pas les conditions auxquelles nous nous attendions.

— C'est révoltant ce que vous me dites ! Avez-vous essayé de discuter ?

— C'est impossible, mais je ne suis pas là pour parler de nos conditions de vie. Est-ce que c'est dans votre détachement que se trouve Zhang l'interprète ?

— Oui, et…

— Dans le contingent de travailleurs qui vient d'arriver avec moi, j'ai identifié des Loups blancs et leur chef, qui s'appelle Wei Chi. Ce sont des voleurs, des pillards. De nombreux bandits ont été volontairement sortis de nos prisons et noyés dans la masse des cent mille ouvriers pour être expédiés en France. Comme ça, la société qui recrute les travailleurs a perçu sa commission sur le quota prévu.

— La guerre, source de profits pour les uns et tombeau pour la majorité, un grand classique ! J'en ai la nausée de toutes ces histoires !

— J'ai appris que le chef des Loups blancs était à la recherche d'un jeune médecin de Kaifeng, nommé Zhang, pour le tuer. J'ignore pourquoi. Mais si vous confirmez qu'il est chez vous, il est en grand danger.

— Je vous remercie, pour l'instant personne ne sait que Zhang l'interprète est aussi médecin. Il faut que je parvienne à le protéger, ce ne sera pas simple.

— Il y a autre chose, poursuivit le jeune homme en se levant. Vous devez savoir qu'ils ont tué ses parents.

Dès que son visiteur s'en alla, David Fleisher, abasourdi, referma la porte de son bureau. Ce qu'il venait d'entendre demandait réflexion avant d'agir. Il se rapprocha du poêle, ouvrit le foyer et enfourna une pelletée de boulets de charbon. Le vent soufflant en bourrasques accélérait le tirage et, très vite, le feu repartit. Le sergent resta là un moment, fumant la pipe, debout, et écoutant le chant du vent qui grondait dans le tuyau du poêle. Enfin, il se décida. Il devait parler à Zhang. Il se sentait incapable de lui révéler l'assassinat de ses parents. Les nouvelles circulant sur le camp, il l'apprendrait, d'une manière ou d'une autre, bien assez tôt. Pour autant, il ne pouvait pas taire la menace imminente qui pesait sur lui.

David Fleisher resserra les pans de sa capote, sortit de sa cabane et, d'un pas rapide pour éviter de trop se faire mouiller par la pluie propulsée par les rafales, se dirigea vers le baraquement de Zhang. Il devinait, à travers les planches, l'éclairage orangé des flammes des bougies et des éclats de voix qui ponctuaient les parties de cartes. Quand Fleisher et les deux soldats, qui par prudence l'accompagnaient, entrèrent, les Chinois les regardèrent à peine, continuant de jouer, fumer et rire. Le sergent chercha du regard Zhang et l'aperçut dans un angle de la pièce, près de son lit, debout les yeux fermés, tenant un livre et psalmodiant des phrases. Fleisher se figea en l'écoutant, se gardant de l'interrompre. Les deux soldats, eux, surveillaient les joueurs. Après quelques secondes, Zhang ouvrit les yeux et se rendit compte de la présence du sous-officier, statufié.

— Désolé, sergent, je faisais prière du soir, pas entendu arriver.

— Vous pouvez répéter ce que vous disiez ?

— C'est ma religion. Très ancienne. « Chema Israel Ado-Nai éloénou Ado-Nai e'Hade Baroukh Chem kévode malkouto léolam vaéde[1]. » C'est mon père qui me l'a apprise, je commence toujours la prière du soir par ces formules. Je devrais dire même chose le matin, mais difficile ici.

— Comment s'appelle cette prière du soir ?

— *Ma'ariv.* Vous connaissez ?

— Oui, je connais. Quelle est votre religion, Zhang ?

— C'est la religion juive, celle de ma communauté de la ville de Kaifeng.

David Fleisher hochait la tête, ébahi. Des dizaines de questions se télescopaient dans sa tête, incapable d'en formuler une seule.

---

1. « Écoute, Israël, l'Éternel, notre Dieu, l'Éternel est Un. Béni soit à jamais le nom de Son règne glorieux. »

— Suivez-moi dans mon bureau, lança-t-il finalement. Prenez votre livre, je souhaiterais m'entretenir avec vous.

Zhang enleva sa kippa noire, que le Français ne remarqua qu'à cet instant, la rangea et obéit. Lorsqu'ils furent tous les deux, le sergent rechargea sa pipe, l'alluma. Ce petit rituel facilita sa réflexion.

— J'ignorais qu'il y avait des juifs chinois. Parlez-moi de votre religion.

— C'est mon père qui enseigne à moi, personne d'autre. Nous sommes très petite communauté qui va disparaître, fini lieu de culte, notre synagogue détruite par fleuve Jaune, plus de docteurs de la foi depuis longtemps. Nos textes de loi vendus à des marchands. Juste transmission orale. Je suis presque le dernier de ma communauté.

Le sergent Fleisher, stupéfait, regardait Zhang différemment.

— Comment des Juifs sont arrivés en Chine ?

— Je comprends pas question. Nous depuis toujours en Chine.

— Vous maîtrisez l'hébreu ? *Ma'ariv*, la prière du soir, celle que vous récitiez ?

— Non, comme ça, à l'oreille, je répète les phrases apprises par cœur. Je connais des prières entières dans cette langue, j'ai la chance d'avoir très bonne mémoire. Mon père m'a expliqué le sens de certains textes. À mon retour en Chine, je poursuivrai cet apprentissage avec lui.

— Oui, bien sûr, murmura Fleisher, bouleversé.

— Ici, j'ai seulement mon livre en chinois qui raconte. C'est le seul qui reste dans ma famille, il a été très lu, par tous les hommes avant moi, c'est pour ça qu'il est abîmé.

— J'aimerais voir votre livre. Je peux ?

— Oui.

Zhang le lui tendit en le tenant à deux mains. Le geste paraissait cérémonieux, c'est en tout cas comme cela que Fleisher l'interpréta. Il feuilleta l'ouvrage avec précaution. Des textes en ancien hébreu côtoyaient des écrits en yiddish et en mandarin. Le sous-officier ne put s'empêcher de penser au voyage de ce jeune Chinois et de son livre, son bien le plus précieux, depuis Kaifeng jusque dans le nord de la France en guerre. Des milliers de kilomètres. Il referma le recueil et, à son tour, le tendit en le tenant à deux mains à Zhang.

— C'est un très bel objet que vous possédez. Prenez-en soin.

— Merci, sergent. Pourquoi vous êtes venus ce soir ?

Fleisher se leva, fit quelques pas dans la cabane, ralluma sa pipe. Il se devait de lui délivrer, au moins partiellement, le message de l'interprète, même s'il ne se sentait toujours pas le courage de lui annoncer la mort de ses parents.

— J'ai appris que des Chinois vous recherchent pour vous tuer, des criminels surnommés « les Loups blancs », avec leur chef. J'imagine que ça ne vous surprend pas. Je me souviens que vous ne vouliez pas que je dise que vous étiez médecin. Pour ne pas que l'on vous retrouve, n'est-ce pas ?

Zhang, en confiance, lui raconta alors toute l'histoire, le combat de criquets, les adieux à ses proches, la traversée éprouvante, l'arrivée à Marseille, les meurtres, en omettant simplement l'implication de 9436.

— Savez-vous qui vous a sauvé la vie ?

— Non, j'ai pas vu, il faisait nuit.

— D'accord... Il faut que je réfléchisse à votre situation, avoua Fleisher.

Zhang hocha la tête comme si c'était une évidence. Près de deux mois de mer depuis la Chine n'avaient pas supprimé le danger. Au contraire, il se rapprochait. Sauf que Sun et Shen n'étaient plus là pour le protéger. Zhang lui-même semblait désemparé. Il changea de conversation :

— Pourquoi autant de questions sur la religion ?

— Parce que je suis juif moi aussi, et mon père rabbin.

9

David Fleisher, suivi d'un caporal et de Zhang, passa en revue les cent cinquante Chinois en rang dans le camp en donnant les consignes du jour. Le sergent consulta sa montre qui indiquait 6 heures. La nuit se prolongeait dans le paysage gris, brumeux et humide de cette mi-avril 1917. Les hommes, silencieux, tassés les uns contre les autres, patientaient, indifférents, dans l'attente des instructions traduites par Zhang. Ce serait, comme toujours, dix heures à décharger un bateau ou charger un train avec un mauvais repas au milieu. Sans surprise.

Ingénieux, ils avaient cependant pris la mesure de leur environnement de travail et, à tour de rôle, par groupe de dix, parvenaient à se dissimuler derrière des caisses, des sacs, ou tout autre objet qui les masquaient des regards des intraitables logisticiens anglais pour s'offrir des moments de repos et fumer une cigarette. Zhang avait bien sûr repéré le manège de ses compatriotes. Quand il voyait les Anglais s'attarder à détailler l'organisation du labeur des Chinois, il criait donc d'une voix forte : « Attention les surveillants arrivent », et ses camarades se remettaient discrètement dans le circuit. Les Anglais, eux, félicitaient Zhang sur la manière qu'il avait de houspiller ses congénères, interprétant ses phrases hurlées, qu'ils ne comprenaient pas, comme des invectives pour accélérer les cadences.

Au fil des semaines, une osmose s'était ainsi créée au sein de ce groupe. Zhang faisait l'unanimité, d'autant qu'il ne révélait rien non plus des trafics liés aux jeux d'argent établis entre les baraquements et les Boulonnais. « Tout va bien », répétait-il inlassablement à David Fleisher, qui avait pris le parti de le croire.

Le sergent se racla la gorge avant de parler et consulta brièvement la feuille de route fixée sur sa tablette.

— Déchargement des caisses de munitions d'un navire. Vous serez aujourd'hui sous la responsabilité du caporal. Je vous rappelle qu'il est interdit de quitter le quai pendant le déjeuner et d'aller à la rencontre de vos compatriotes qui seront sur différentes zones du port.

Zhang traduisit les paroles de Fleisher qui n'eurent aucun écho parmi les hommes. S'ils devaient se retrouver entre eux, ce ne serait pas sur un quai, mais dans un des bars de la ville où ils avaient désormais leurs habitudes, pensèrent-ils spontanément, et pour jouer. Quelques minutes plus tard, Fleisher regarda la petite troupe se mettre en marche, le caporal en tête accompagné d'une vingtaine de militaires positionnés sur les côtés et à l'arrière.

Fleisher regagna sa cabane, envoya une pelletée de boulets de charbon dans le foyer du poêle, ranima le feu en secouant un morceau de carton et attendit qu'une relative chaleur envahisse les lieux. Il s'installa ensuite à la table qui lui servait de bureau pour écrire. Du papier, un encrier et un porte-plume. Il rédigea une longue lettre à son père, relatant sa discussion avec Zhang, Chinois et juif, et lui demanda conseil pour la suite. Une fois cette mission terminée, il ajusta son uniforme, attacha son casque, cala son fusil en bandoulière et prit la direction du cantonnement militaire français, croisant des centaines d'hommes de troupe anglais qui montaient au front. Le professeur d'histoire qu'il était dans le civil se rappela, non sans amusement, la colonne de la Grande Armée érigée à Wimille, à quelques kilomètres de là. Elle commémorait l'armada de deux cent mille hommes mise sur pied par Napoléon pour débarquer en Angleterre en 1805. Débarquement qui n'eut jamais lieu. Un siècle plus tard, les ennemis d'hier devenus les alliés d'aujourd'hui avaient transformé Boulogne-sur-Mer et le littoral de la côte d'Opale en base d'appui contre les Allemands. L'ironie de l'histoire.

Le sergent atteignit le camp français après plus d'une heure d'efforts. Ce qui restait d'un régiment d'infanterie de ligne revenant du front, après avoir été relevé, était rassemblé dans la cour. Les soldats, sortes de morts-vivants couverts de boue, de poux et pour la plupart de pansements sales, paraissaient tellement exténués que parler était au-dessus de leurs forces. Certains avachis à même le sol, d'autres fumaient adossés aux murs, quelques-uns serraient entre leurs mains un quart en fer-blanc contenant un approximatif café chaud mélangé à un mauvais alcool. Quatre-vingts rescapés sur deux mille neuf cents hommes que comptait leur régiment vingt jours auparavant. Tous, le regard fixe, éteint, tourné en pensée vers leurs compagnons d'infortune écrasés par l'artillerie allemande. Plusieurs semaines durant, ils se sont terrés dans les tranchées dévastées, ne mangeant qu'un jour sur trois et uniquement de la nourriture froide, dormant debout, mordus par les rats et la vermine, priant pour que les obus qu'ils entendaient arriver, précédés de leur sifflement angoissant, les épargnent.

Fleisher se fraya un chemin parmi ces survivants silencieux qui, d'ici peu, seraient regroupés avec d'autres pour former un nouveau régiment qui se fera déchiqueter par les mitrailleuses en sortant de la tranchée au coup de sifflet. Puis il frappa à la porte d'un bureau sur laquelle une inscription au pochoir indiquait « Capitaine Samuel Rosenberg ». Il salua l'officier qui, au lieu de lui rendre la pareille, le serra dans les bras amicalement.

— Quel plaisir de te voir, David ! Tu m'as l'air en pleine forme. Comment ça se passe avec tes travailleurs chinois ?

— La routine, Samuel, rien à voir avec les rescapés du carnage que je viens de croiser.

— Je m'en doute. Tant que tu le peux, reste loin des massacres, tu n'iras que trop tôt. De notre côté, nous avons de mauvaises nouvelles des armées. La contestation monte, les types se demandent à quoi servent ces hécatombes qui n'en finissent pas. Nous sommes à un tournant après trois ans de guerre. 1917, c'est l'année décisive, celle qui nous amène vers la victoire ou la défaite.

— C'est l'année du Serpent, tout est possible. Il mue, change de peau, je veux croire que la prochaine peau sera celle de l'espoir. Je n'ai pas d'autre choix que d'être optimiste.

— Qu'est-ce que tu racontes, David ? Tu as appris cela de tes Chinois, j'en suis sûr. Ce ne sont que des balivernes, tu t'es fait envoûter par leurs croyances, s'amusa Rosenberg.

— Tu savais qu'il y avait des juifs chinois ? lança soudain Fleisher, faisant fi de sa remarque. Un truc incroyable !

— Assieds-toi. Je t'écoute.

Samuel Rosenberg, expert-comptable dans le civil, fréquentait la même synagogue parisienne que David Fleisher. Il versa deux grandes tasses de café fort et sucré pendant que son ami lui relatait l'histoire de Zhang.

— C'est extraordinaire, murmura Rosenberg. J'ignorais complètement que notre religion s'étendait jusque là-bas. À mon sens, il faut faire deux choses : le protéger des Loups blancs et l'envoyer à Paris pour qu'il rencontre ton père dont l'érudition est reconnue.

— Le sauver, bien sûr ! C'est pour ça que je suis ici. Je vais en parler au colonel Valette pour qu'il nous affecte sur un autre lieu de travail, loin du port et des types qui veulent le tuer. C'est lui, le patron du régiment.

— Bon courage, David ! Valette est un vrai connard. Si tu lui dis la vérité, il s'emploiera à maintenir tes Chinois à Boulogne, juste pour le plaisir, ou de leur dénicher un truc pire.

— Peut-être, mais il faut que je trouve une solution. Ensuite, ton idée d'aller à Paris avec Zhang, ce serait l'idéal, mais c'est impensable ! Ils ont très peu de permissions, un jour à peu près par quinzaine, et encore. Rien n'est prévu pour eux. Entre le voyage et les discussions avec mon père, il faudrait de quatre à cinq jours.

— Je vais réfléchir, on ne peut pas laisser passer une telle occasion. Il y a deux membres de notre communauté qui reviennent du front. Ils appartiennent au régiment décimé. L'un d'eux suit des études rabbiniques à Paris, je l'ai appris par un de leurs officiers. On peut déjà lui demander s'il a connaissance d'une communauté juive en Chine, ça nous éclairera peut-être en attendant de pouvoir envoyer ton Chinois à Paris.

— Pourquoi pas. J'ai aussi écrit une lettre à mon père. Il faudrait que tu la fasses passer en évitant la censure. Pas besoin que tout le monde soit au courant de cette situation, je ne sais pas où ça nous mènerait.

Samuel Rosenberg glissa le courrier dans une des poches de sa vareuse, ajusta son képi et, David Fleisher dans ses pas, descendit dans la cour à la recherche des deux hommes. Le colonel Valette, entouré d'officiers et de sous-officiers, vociférait après les quatre-vingts soldats pour leur faire rectifier leur position et les mettre au garde-à-vous.

— Votre attitude apathique est indigne d'une troupe combattante. Cet après-midi, je veux vous voir à 16 heures, lavés, rasés et prêts pour l'entraînement.

Les hommes, debout, taiseux, dévisageaient avec animosité et mépris ce militaire à la moustache peignée, l'uniforme rutilant et les bottes cirées, et rêvaient de le voir ramper dans la boue, sous la mitraille, parmi des morceaux de cadavres en décomposition.

— Les types ne supportent plus le comportement de leurs supérieurs, souffla Rosenberg. On a perdu plusieurs centaines de milliers d'hommes sans gagner un mètre de terrain. Ce sont des ouvriers, des paysans, des instituteurs qui crèvent sur les champs de bataille ! Ils sont à bout, et rien ne change dans la manière de faire la guerre et de commander, c'est à désespérer !

Le colonel hurla : « Rompez. » Puis il aperçut Rosenberg et Fleisher qui le saluèrent.

— Vous cherchez la synagogue ? dit-il, goguenard.

— Pas besoin, mon colonel, rétorqua Rosenberg en pointant son doigt sur son cœur, elle est là et bien présente !

— Et vous, Fleisher, qu'est-ce que vous foutez là ? Vous ne devriez pas être avec vos Jaunes ?

— Oui, mon colonel, mais je venais au rapport. Les Anglais ont, depuis quelques semaines, reçu le soutien de deux mille Chinois pour décharger leurs navires. La centaine de nos travailleurs pourrait être utile autre part, maintenant.

— Possible. À voir. Est-ce qu'ils servent vraiment à quelque chose ? On dit les chinetoques plutôt indolents. Je n'aime pas trop ces gens qu'on paye en temps de guerre et qui se tiennent à distance des emmerdes. Je vais aviser.

Fleisher allait répliquer quand son ami lui donna un léger coup de coude, lui signifiant par là de se taire.

— Personnellement, continua Valette, je reste persuadé que ce sont des bons à rien. Mais comme c'est une décision de l'État de les faire travailler pour le compte des armées et que l'État a toujours raison, je vais montrer tout l'intérêt que je leur porte. Rosenberg, faites venir le service photo, qu'il me photographie ces types en plein boulot, ou pendant qu'ils font semblant, je m'en fous.

— Bien, mon colonel.

— Rosenberg, vous me transmettrez les épreuves que j'enverrai au haut commandement. Un peu de zèle, ça ne peut pas faire de mal.

Le colonel, satisfait, tourna les talons, et les deux hommes se rapprochèrent des soldats rendus furieux par les paroles du chef de corps. Rosenberg se fit désigner par un officier le jeune rabbin qu'il trouva accroupi en train de dérouler ses bandes molletières collées par la boue. Quand il remarqua le capitaine, il se leva et se mit au garde-à-vous.

— Repos, soldat ! Vous êtes bien Jean Stein ?

— Affirmatif, mon capitaine.

— Je suis le capitaine Rosenberg et voici le sergent Fleisher. Je crois que vous étiez accompagné d'un membre de notre religion, ce matin.

— Oui, le soldat Raymond Rueff. Il revient dans quelques instants.

— Je souhaiterais faire appel à votre connaissance rabbinique. C'est possible ?

— Certainement, mon capitaine.

D'un même mouvement, ils s'isolèrent du reste de la troupe et David Fleisher relata une nouvelle fois l'histoire de Zhang. Jean Stein écoutait attentivement, les yeux rivés au sol. Quand Fleisher acheva son récit, il demeura un long moment silencieux, puis hocha la tête avant de parler :

— C'est une histoire peu connue, qui s'est perdue dans les limbes du temps, celle de la communauté juive de Kaifeng. D'après ce que nous en savons, elle serait peut-être originaire de Perse. Je la croyais disparue, ses membres dilués au fil des siècles dans la société chinoise.

— Donc on ne peut pas douter de ce que dit Zhang, observa Fleisher.

— Non, et il doit avoir tellement de choses à raconter, à condition qu'on lui pose les bonnes questions. Je serais curieux de voir son livre.

— Voudriez-vous le rencontrer ? Je peux essayer de l'amener ici discrètement.

— J'aurais aimé, bien sûr, mais c'est impossible. Selon la rumeur, nous partirions dans moins de quarante-huit heures.

Jean Stein aperçut Raymond Rueff et lui fit signe de la main de les rejoindre. Il lui présenta ensuite Rosenberg et Fleisher et lui résuma l'objet de leur entretien. Rueff arriva à la même conclusion que les trois autres, il fallait voir ce Chinois, mais c'était irréalisable.

— Savez-vous dans quelle zone vous envoie l'état-major ? Je n'ai pas encore vu votre feuille de route.

— Absolument pas, mon capitaine, répondit Rueff. Cela fait trois fois que le régiment est reconstitué avec des lambeaux d'autres unités qui ont survécu à de précédents combats. Jean Stein et moi avons intégré l'idée que nous allons mourir, tout comme des centaines d'autres soldats juifs qui ont été enrôlés massivement pour défendre la France. En versant notre sang, nous serons enfin reconnus comme des patriotes aux valeurs républicaines.

— C'est ce que nous partageons tous, acquiesça Fleisher. Je pense que je ne verrai pas la fin de cette guerre non plus, je l'accepte avec fatalité parce que je sais ce qu'elle représente pour notre communauté. Notre sacrifice prépare l'avenir.

— Oui, mais l'affaire Dreyfus ne nous aide pas, poursuivit Jean Stein. L'antisémitisme reste très vivace, il ne faut pas l'oublier. Nous devons, par conséquent, affirmer notre loyauté à la patrie plus que quiconque. Nous sommes des *menschen*. Personne ne nous fera mettre un genou à terre, et le don de ma vie ne compte pas au regard de notre objectif commun.

— Du côté allemand c'est pareil, ajouta Rueff. Tous les fils du judaïsme se combattent les uns les autres, et je préfère ignorer qui je tue en face. J'espère que cela en vaut la peine.

— Il en va de même pour les autres confessions, souligna David Fleisher.

Tous approuvèrent en silence cette évidence. Jean Stein sortit de sa sacoche en toile deux petits livres qu'il tendit à Rosenberg et Fleisher. Ces derniers, curieux, les ouvrirent.

— Mon capitaine, sergent, c'est *La Téfila du soldat*, le livre de prières pour les militaires israélites plongés dans la guerre. Il a été publié il y a deux ans par le grand rabbin de France Alfred Lévy. Ces textes vous réconforteront quand vous en aurez besoin.

— *Makht's achtik of aykh. À guikh mazl*[1], répondit Rosenberg.

— *Danken ir kapitan*[2].

Finalement, les quatre hommes se serrèrent la main avec chaleur avant de se séparer. Rosenberg et Fleisher traversèrent la cour pendant que les soldats se mettaient en rang sous les ordres aboyés par des sous-officiers.

— Je ne te propose pas de partager le repas, ce salaud de colonel exige de ses officiers de déjeuner et de dîner avec lui tous les jours dans sa salle à manger. Il pérore et c'est insupportable. Et je préfère ne pas te parler du service en gants blancs et de la nourriture, ce serait indécent en temps de guerre.

— J'imagine, Samuel, et je ne t'envie pas.

— David, il faut vraiment que tu réfléchisses au moyen de protéger Zhang. Je ne sais pas combien il reste de Juifs à Kaifeng, très peu d'après ce que tu me dis. C'est une occasion inespérée d'en apprendre davantage sur cette communauté et peut-être, quand la guerre sera finie, de lui venir en aide.

David Fleisher reprit la direction de Boulogne, les idées s'entrechoquant dans sa tête. Il s'arrêta en chemin, posa son fusil contre un arbre, s'adossa au tronc et avala une boîte de corned-beef ainsi qu'un morceau de pain, sans réussir à trouver la réponse à ce problème qui le minait : *Comment je vais faire pour qu'on ne le tue pas ?*

Il se remit en marche et regagna le port de Boulogne où travaillait sa compagnie de Chinois. Là, une grande agitation régnait sur le quai que des militaires anglais et français parvenaient difficilement à canaliser. Les Chinois, massés autour des cordages, invectivaient les dockers qui n'osaient pas descendre du bateau. Fleisher se mit à courir en retenant son fusil qui ballottait dans son dos. Plus il se rapprochait du groupe et plus il percevait la fureur. Le sergent n'arrivait pas à repérer Zhang et l'inquiétude l'envahit. Il traversa l'attroupement et le vit accroupi avec d'autres qui tentaient de dégager quatre Chinois écrasés par des caisses d'obus. Des cordages rompus, secoués par le vent, pendaient du bateau.

---

1. « Faites attention à vous. Bonne chance. », en yiddish.
2. « Merci mon capitaine. », en yiddish.

Zhang aperçut Fleisher et, sous le coup de l'émotion, parla très rapidement avant même que celui-ci ne le questionne :

— Dockers pour finir plus vite ont chargé caisses trop lourdes sur cordes de la grue, cordes cassées, écraser les quatre travailleurs dessous. C'est injuste.

10

Zhang écoutait David Fleisher décrire la procédure. Les familles seraient prévenues et les corps enterrés en France, conformément au contrat de travail qui stipulait que les défunts ne seraient pas rapatriés en Chine.

— Mais je suis ennuyé, expliqua le sergent, car à part les numéros de matricules, nous n'avons aucune identité. Quand vos camarades se sont engagés, ils n'ont souvent donné que leur surnom et ils ont signé avec leurs pouces. Avez-vous davantage de précisions pour qu'on prévienne leurs proches ?

— Non, très rare ils savent noms. Surnoms c'est tout. Où on enterre ? Lieu important pour chasser les mauvais esprits. Il faut terrain en pente et ruisseau.

Fleisher fit une moue d'ignorance.

— Ils seront inhumés au cimetière de Saint-Étienne-au-Mont, à quelques kilomètres de Boulogne. Les Anglais s'occuperont des obsèques.

— On doit assister. Si cimetière pas comme nous on veut, pas possible enterrement.

— Je comprends. On ira là-bas et on verra. Vous viendrez seulement avec trois de vos compatriotes. Que pensent vos amis de cet accident ?

— Pas contents, dockers et soldats anglais très désagréables avec nous. On commence à dire arrêter travail si pas changer.

Le sergent, familiarisé par le français encore heurté du jeune Chinois, n'y prêtait plus attention. En revanche, il entendit parfaitement son message.

— Je vais régler ça avec les Anglais.

Zhang hocha la tête et quitta Fleisher pour rejoindre les équipes qui transbahutaient des caisses d'obus dans des wagons. Les militaires anglais pressaient la main-d'œuvre pour expédier au plus vite les trains de munitions vers les régiments d'artillerie proches des lignes de feu. La colère rentrée des Chinois rejaillissait sur Zhang. Fleisher percevait ces tensions depuis l'accident survenu quelques jours plus tôt. Il aurait souhaité poursuivre la discussion sur la religion avec Zhang, mais l'attitude du jeune homme, renfermée, lui interdisait, à regret, d'aborder ce sujet.

Le jour des obsèques, Zhang et trois de ses camarades, dont Fu Pei, se rendirent à la morgue et déposèrent deux bâtonnets d'encens dans les cercueils. Ils les placèrent ensuite sur le plateau d'un camion qui les conduisit au cimetière, symbole du dénuement dans lequel ces adieux auraient lieu. Zhang examina les lieux. Le cimetière de Saint-Étienne-au-Mont était en pente. En contrebas, au-delà de la route et du champ, un petit cours d'eau circulait. Le hasard faisait bien les choses. Zhang donna son accord, au grand soulagement de Fleisher.

Les Chinois chargèrent les cercueils sur leurs épaules et les amenèrent jusqu'à la parcelle qui leur avait été réservée. Pendant que les fossoyeurs les descendaient dans la terre, la tête des défunts orientée vers la colline et les pieds vers le ruisseau, Zhang et ses compagnons se retournèrent pour ne pas voir l'inhumation. Ensuite, ils plantèrent quatre croix de bois portant uniquement les numéros de matricules.

— C'est coutume chinoise, répondit Zhang au questionnement silencieux de Fleisher. On regarde pas la mise en terre.

Le jeune Chinois grimpa dans la foulée à l'arrière du camion et sortit d'une sacoche en toile sa cage à criquet. Il la contempla comme pour la première fois, laissant glisser ses doigts sur les petits barreaux, se remémorant les combats, les joies éprouvées quand il gagnait, les déceptions quand il perdait. Il revit l'expression de ses parents lorsqu'il partageait avec eux exaltations et tristesses. Il leur racontait les exploits de ses champions comme s'il décrivait des luttes acharnées entre dragons. L'éloignement, le manque de sa famille et de son pays, l'absence de ses amis, les Loups blancs qui se rapprochaient, la violence de la guerre qui imprégnait l'air ambiant, le mépris dont ils étaient victimes, les conditions de vie et de travail épouvantables qu'ils subissaient, tout concourait au désespoir qui l'envahissait.

Alors qu'il rangeait la cage qu'il savait être le symbole heureux d'une période révolue, Fu Pei, soucieux, interrompit sa rêverie. Le bruit du moteur couvrit leur discussion, empêchant les deux autres chinois de les entendre.

— J'ai appris que Wei Chi et quelques-uns de ses types étaient arrivés chez les Anglais. Ils te recherchent. Pour l'instant ils n'ont pas la certitude que tu es dans le camp français. Et seul, il me sera difficile de te protéger. Tu aurais peut-être une chance si on s'enfuyait, sans rien dire à personne, et là je pourrais plus t'aider.

— S'enfuir ? Pour aller où ? Je ne connais rien de ce pays. Au bout de deux jours, nous serions rattrapés et j'ignore ce qui nous arrivera. On sera sans doute fusillés ou emprisonnés.

— Réfléchis.

— Je ne préfère pas. Je n'ai pas peur.

Un silence fermé s'installa entre les deux hommes. Zhang comprenait que son ami ne partage pas sa décision de rester. Pour rompre ce mutisme, il changea de sujet.

— Je vais te montrer quelque chose qui me trouble.

Zhang fouilla de nouveau dans sa sacoche et en sortit cette fois son carnet de dessins qu'il ouvrit sur les portraits des quatre ouvriers qui venaient d'être inhumés. Fu Pei l'interrogea du regard.

— Quand je dessine quelqu'un, et je ne m'en rends pas compte de suite, je ne le représente pas forcément tel qu'il est. Certains apparaissent très vieux, d'autres entre deux âges, mais la plupart gardent leurs traits actuels. C'était le cas de nos amis qui ont été écrasés sur le quai.

— Qu'est-ce que tu veux dire ?

— C'est comme si pour certains, intuitivement, je savais qu'ils n'allaient pas vieillir.

— C'est stupide ce que tu racontes Zhang. C'est le hasard, ton imagination, ta fantaisie, appelle ça comme tu veux, mais rien d'autre.

Nouveau silence entre les deux hommes.

— Zhang, reprit Fu Pei, est-ce que tu m'as dessiné ?

— Non, mentit Zhang en rangeant son carnet.

Cette nuit-là, Zhang et ses camarades se glissèrent sous les grillages et prirent la direction de la ville. Les rues, plongées dans l'obscurité, facilitaient aussi les déplacements des soldats qui filaient discrètement vers les bars et les bordels. Les Chinois du groupe de Zhang tenaient quant à eux leurs habitudes dans deux ou trois cafés. Ils commencèrent leur soirée par celui que connaissait l'interprète. L'accueil plus ou moins amusé du premier soir, dont il se souvenait, avait laissé place à la cupidité assumée du tenancier. Ses camarades payaient plus cher les consommations, ce qui ne les dérangeait pas car, en joueurs confirmés, ils avaient intégré les règles et les tricheries des jeux de cartes et de dés auxquels jouaient les Français. Au point qu'ils raflaient maintenant les mises des pêcheurs boulonnais qui faisaient la gueule. Les uns parlaient en picard, les autres en chinois, c'était à qui filoutait le mieux. À ce petit jeu, les Chinois excellaient.

Au-dessus des étagères à alcool, bien en évidence, une affiche officielle du 31 mars 1917 proclamait : « Dans la zone du corps d'armée, l'accès des cafés, estaminets, débits de boissons, restaurants, hôtels, auberges, spectacles et tous autres établissements similaires est interdit aux travailleurs indigènes employés par l'armée britannique, Indiens, Nègres du Cap, Cafres, Chinois, Égyptiens, Fidjiens, etc. » Le patron du bistrot regarda Zhang qui lisait le décret. Il remarqua la moue de dépit et de colère plaquée sur son visage.

— J'me souviens, c'est ti pas toi l'interprète ? J'vois qu'tu lis l'affiche. J't'esplique : si une patrouille entre, et y vous trouve, j'ai une amende salée, j'ai pas l'droit d'vous servir. Mais comme j'veux point d'ennui, j'donne des sous aux responsables de rondes. Voilà pourquoi qu'vous payez plus cher, c'est ça l'commerce.

— Nous pas concernés. Engagés par la France, pas par les Anglais.

— Ouais, mais vous êtes chinouos, et moi j'fais pas la différence. Qu'est-ce tu bois ? J'suis pas là pour causer.

Zhang passa sa commande, puis il la récupéra, tourna le dos au patron et s'assit à une table à l'écart pour boire un verre de limonade, une boisson, nouvelle pour lui, qui lui plaisait. Les autres s'amusaient. Même si l'endroit ne leur était pas hospitalier, au moins, pendant quelque temps, ils ne souffraient ni du froid ni de l'humidité. Jen Tin, le joueur d'erhu et étudiant en lettres à Pékin avec qui il avait fait connaissance dans l'entrepôt qui regroupait les volontaires au départ pour la France, le rejoignit. Zhang appréciait leurs fréquentes discussions et, dans ce bar miteux, cette nuit, ils partagèrent leur mal du pays. Soudain, la porte donnant sur la cuisine s'ouvrit en coup de vent, une petite fille déboula dans la salle du café, elle s'arrêta interloquée devant la table de Zhang et de Jen Tin. C'était la première fois qu'elle voyait des Asiatiques. Les deux hommes lui sourirent. Le patron, trop occupé à servir les boissons et compter son argent, n'avait pas vu la fillette.

— Comment tu fais pour voir avec tes yeux ? demanda-t-elle en étirant ses paupières avec ses index.

— Pareil que toi, répondit Zhang en riant.

Jen Tin, qui comprit avec un léger décalage, éclata de rire à son tour.

— Je m'appelle Zhang, et mon ami Jen Tin. Comment ton nom ?

— Je m'appelle Élise et j'ai 4 ans. Mais toi, tu parles bizarrement.

Une jeune femme, blonde comme Élise, sortit à cet instant de la cuisine et attrapa la fillette par le bras.

— Je te cherchais ! Tu sais que c'est défendu d'entrer dans le bar, grand-père va être très en colère s'il te voit, chuchota la jeune femme.

— Elle dérange pas, intervint Zhang. Enfants amusants.

— Vous connaissez notre langue ?

— Assez, oui, je suis interprète, je m'appelle Zhang.

— Et votre ami aussi ? questionna-t-elle en désignant Jen Tin.

— Mon nom Jen Tin, j'apprends français vite pour parler.

Jen Tin était subjugué par les yeux bleus et les cheveux clairs de la jeune femme.

— Comment votre nom ? Où travailler ?

— Je m'appelle Jeanne et je fabrique des ustensiles de cuisine pour les soldats dans l'usine à Boulogne.

Jen Tin, sous le regard amusé de son camarade, rassemblait ses mots pour s'adresser à Jeanne, mais il fut interrompu par une invective du patron du bar.

— Qu'est-ce vous foutez là toutes les deux, bordel ? Jeanne, c'est interdit de rentrer dans l'bar avec la p'tiote. J't'l'ai déjà dit. Et en plus c'est plein d'chinouos qu'on p'têt des maladies. Allez, dégagez d'là, tonna le cafetier.

La jeune femme, rougissante, saisit la main de l'enfant et fila sans discuter. Zhang et Jen Tin payèrent quatre fois le prix de leur limonade et décidèrent de repartir vers leur baraquement. Des voix fortes résonnaient dans les rues. Les soldats en permission à l'arrière du front regagnaient leur cantonnement, leurs souliers cloutés martelant le sol. Tous étaient ivres, conscients pour la plupart, malgré le brouillard de l'alcool qui les enveloppait, que leur durée de vie était limitée tout au plus à quelques mois. À ces voix britanniques répondaient en écho celles des Indiens ou des Égyptiens.

Zhang et Jen Tin entendirent les rires d'un groupe d'hommes à l'autre bout de la rue. Au fur et à mesure qu'ils se rapprochaient, sans même deviner leurs silhouettes dans la nuit, Zhang comprit, au silence de leurs pas, que ce n'étaient pas des militaires. Puis il perçut distinctement des intonations chinoises et il fit alors signe à Jen Tin, qui allait ouvrir la bouche, de se taire. Jouant la prudence, il l'entraîna derrière une charrette et le força à s'accroupir. Le jeune étudiant, surpris, obéit. Le groupe de Chinois passa sans les voir, parlant de trafics de tabac à faire avec les soldats. Zhang reconnut immédiatement la bande des Loups blancs, mais n'en dit rien à Jen Tin qui avait d'autres idées en tête.

— Tu crois que tu pourrais savoir où travaille Jeanne ?

— Je vais me renseigner. Mais si tu la revois, comment vas-tu réussir à discuter avec elle ?

— Avec les yeux.

— Au moins, tu ne feras pas de fautes de français, souligna Zhang en souriant.

11

David Fleisher et Zhang songeaient à la même chose. Le printemps tardif installé depuis mi-mai n'apportait ni renaissance ni espoir. Le sergent se souvenait du plaisir qu'il éprouvait d'ordinaire à cette époque de l'année en se promenant dans les allées du jardin du Luxembourg. Zhang, lui, se remémorait les nuances de vert des plantations de thé autour de son village natal et les fleurs multicolores que sa mère cultivait.

Ici, le printemps se refusait. Les hommes, endurcis par les rudes conditions de travail, se rendaient à peine compte du léger adoucissement de l'air. Boulogne, malgré elle, puait une guerre qui gommait tout signe des saisons. Aux odeurs de graisse et d'essence brûlées dispersées par le vent s'ajoutaient celles, tout aussi malodorantes, qui s'échappaient par les innombrables cheminées des cuisines des cantonnements. Les timides senteurs des trop rares floraisons passaient inaperçues. Le printemps tournait le dos à la vie. Zhang scrutait le ciel à la recherche des oiseaux qu'il ne voyait ni n'entendait, et cela lui manquait.

Boulogne connut ses premières attaques aériennes. D'abord, les Chinois, qui n'avaient jamais vu d'avion, se précipitèrent étonnés et rigolards pour s'extasier devant ces drôles d'engins volants. Mais quand les bombes explosèrent, il en fut tout autrement, ce fut la débandade. Effrayés, ils coururent dans tous les sens. Pas un ne fut atteint, même si les projectiles, destinés aux bateaux et aux trains anglais, tombèrent là où ils travaillaient. David Fleisher et les soldats eurent ensuite toutes les peines à les regrouper et les ramener dans le cantonnement. Leur mission était déjà pénible et les Chinois, qui n'y étaient pas préparés, devaient désormais également se confronter aux risques de la guerre.

Le sergent savait depuis le début que les recrues dont il avait la charge sortaient la nuit par un passage percé dans les grillages à l'arrière du camp. Il n'était pas dupe et n'ignorait pas que ces escapades représentaient des bouffées d'oxygène pour cette population maltraitée, et que les contraindre jour et nuit aurait été dangereux. Son seul point d'inquiétude était la rencontre inéluctable entre Zhang et les Loups blancs. Il avait d'ailleurs enfin choisi de s'en ouvrir à Zhang. Pourtant, quand celui-ci entra dans le bureau, Fleisher lut aussitôt sur le visage du jeune homme un mélange de colère et d'abattement. Il l'interrogea du regard.

— On m'a dit parents tués par les Loups blancs. Vous au courant ?

— Non, mentit Fleisher. Qui vous l'a appris ?

— C'est Han, l'interprète qui est avec autres Chinois. Il l'a dit aussi à vous. Pourquoi pas m'informer ? Pourquoi encore mentir ? Moi plus confiance, je veux plus parler avec vous, hurla Zhang.

— Je ne savais pas comment vous l'annoncer. Vous ne pouviez pas regagner la Chine, c'est très compliqué. Je vais vous aider.

— Aide pas besoin, je vais venger mes parents. Frères et sœurs en sécurité chez oncle, loin de Kaifeng. À moi régler ça ici.

Devant la détermination de Zhang, Fleisher comprit qu'il ne réussirait pas à le raisonner, qu'aucun argument ne porterait. Ne parlant pas le chinois, il ne pouvait pas non plus demander à ceux qui entouraient habituellement le jeune homme de veiller sur lui. Le soir même, le sergent institua donc un système de patrouilles avec une partie de son escouade. Elles sillonneraient les quartiers où se trouvaient les bars et les bordels fréquentés par les soldats et les Chinois. De cette façon, Fleisher s'efforcerait de protéger Zhang, même imparfaitement, et pourrait le secourir sans peine si des affrontements survenaient. Aux hommes de troupe qui l'interrogeaient sur ces nouvelles rondes, le sergent s'en tira par un commode : « Ce sont les ordres d'en haut. »

Fleisher regarda sa montre, elle indiquait 1 h 30. Comme toutes les nuits depuis deux semaines maintenant, le service prendrait fin à 2 heures. À cette heure-là, les soldats, quelles que soient les nationalités, se dépêchaient de rentrer vers leur cantonnement en essayant d'éviter les interceptions des polices militaires.

Soudain, des éclats de voix, des cris, des invectives indistinctes parvinrent d'une rue non loin de l'endroit où patrouillait l'escouade du sergent. Il pressa ses soldats vers le lieu où des hommes se battaient. Il discernait des Chinois et des Indiens, identifiables à leurs turbans. Impossible de savoir si Zhang se trouvait pris dans cette bagarre.

— Formation en ligne, baïonnette au canon, hurla Fleisher.

Les quinze soldats obéirent aussitôt, pointant leurs fusils en direction de la rixe.

— Trois tirs de sommation, ordonna le sous-officier.

Les soldats relevèrent leurs canons et firent feu à trois reprises au-dessus des têtes puis mirent en joue la cinquantaine d'hommes qui se figèrent instantanément. Dans un silence brutal qui suivit les salves, les militaires réarmèrent ensemble. Seul le claquement sec des culasses engageant une balle dans le canon, amplifié par l'absence de bruit, retentit. Tous s'enfuirent alors, laissant sur le carreau une dizaine de types. Certains, agenouillés auprès des blessés, tentaient de colmater comme ils le pouvaient les blessures au couteau. Parmi eux, Zhang portait assistance à un Chinois que Fleisher ne connaissait que par son matricule, 9436. L'homme avait reçu plusieurs coups, majoritairement sur les bras, en essayant de parer les attaques, et une autre plus sérieuse dans le ventre d'où le sang coulait en abondance. Zhang pointa du doigt deux Loups blancs, morts, que Fu Pei avait poignardés.

— Ils sont venus pour me tuer, c'est eux qui fait exprès provoquer bagarre. Si Fu Pei pas là, Zhang mort maintenant. Il sauve la vie à moi deux fois.

— On va s'occuper de votre ami, répondit Fleisher en faisant signe au soldat porteur d'une trousse de secours de prendre le relais.

Le lendemain matin, après les premiers soins, Fu Pei embarqua dans un train sanitaire en direction de la ville d'Étaples, distante d'une trentaine de kilomètres de Boulogne. Étaples disposait d'environ une dizaine d'hôpitaux installés à la hâte, et d'un immense centre d'entraînement militaire anglais surnommé « le ring ». Fleisher, de son côté, se fendit d'un long rapport destiné « à ce connard de colonel

Valette », comme il aurait aimé l'inscrire dans l'en-tête, pour relater la situation de danger à laquelle étaient exposés les membres de son contingent chinois. Puis il fit l'aller-retour au poste de commandement français pour le déposer au secrétariat du chef de corps.

L'intervention armée des militaires français calma, un temps, les ardeurs des Chinois à se déplacer la nuit dans les rues de Boulogne. Ils transformèrent plutôt leurs baraquements en tripots où jeux d'argent et consommation d'alcool échauffaient les esprits. Zhang, calfeutré dans son coin, pratiquait avec ferveur sa religion, répétant à l'envi des prières dans un hébreu phonétique qu'il ne comprenait pas toujours. Il devinait dans le son des mots qu'il prononçait à voix basse des messages de paix, cela lui suffisait et l'apaisait. Une fois passé ce moment de recueillement, il enveloppait son précieux livre dans un tissu et le rangeait dans ses affaires. Jen Tin rejoignait alors son ami avec qui il se lançait dans de longues discussions. Parfois une odeur doucereuse s'échappait d'une des baraques, toujours la même, d'où aucun bruit ne filtrait. Fleisher imagina que quelques rares Chinois trouvaient dans les effluves lourds de l'opium, la drogue endormeuse comme ils l'appelaient, une sorte de soulagement, d'oubli, de baume à leur mal du pays. Il décida de ne pas en faire état dans son rapport quotidien, sachant que les faibles quantités d'opium qui avaient voyagé avec eux ne dureraient pas éternellement.

Pendant cette période, les opérations militaires s'intensifièrent. Les recrues s'épuisaient dans des travaux de bêtes de somme consistant à vider les cales des bateaux à des rythmes soutenus. Ils devaient aussi brancarder des trains entiers de mourants mutilés. Désormais, ils pouvaient faire la distinction entre les odeurs de la mort, de l'effroi ou du sang, celle-ci caractéristique avec sa dominante de fer. Leurs contrats de travail stipulaient qu'ils ne serviraient pas en zone de guerre, mais ils se rendirent compte que cela ne voulait rien dire.

Zhang, lui, se refusait à toute discussion avec Fleisher, même s'il avait compris que les patrouilles nocturnes mises en place étaient destinées à le protéger.

Lors d'une nuit étrangement douce, David Fleisher, qui naviguait toujours entre insomnies et cauchemars, sortit de son cantonnement pour fumer une pipe en se baladant. Ses pas le conduisirent instinctivement vers les baraquements des Chinois. En chemin, il salua les sentinelles aux abords du camp, puis il perçut une musique surprenante provenant de « la baraque à opium », comme il la nommait désormais dans son for intérieur. Une succession de sons plaintifs, mélancoliques, mais harmonieux s'échappait d'entre les planches disjointes. Aucun chant n'accompagnait cette mélopée.

Après une courte réflexion, le sergent s'invita dans le dortoir noyé dans un épais brouillard de fumée de tabac mêlée à celle de l'opium. Des lampions fabriqués à partir de papier d'emballage, et recouverts d'idéogrammes, étaient accrochés ici et là. À l'intérieur, des mèches de chanvre qui trempaient dans de petits bols remplis de pétrole diffusaient une lumière tamisée. Fleisher se trouva en une seconde transporté en Chine. Il s'adossa au battant qu'il venait de refermer délicatement et les regardait. Ils étaient une cinquantaine, silencieux, recueillis, grillant cigarette sur cigarette, écoutant cette musique lancinante qui leur rappelait leurs familles et les villages quittés quelques mois plus tôt. Les dos voûtés de ces hommes, certains accroupis, d'autres assis sur des bancs, les coudes posés sur les genoux et le visage enfoui dans les mains disaient tout le mal du pays qu'ils ressentaient. Fleisher distingua également trois ou quatre Chinois dans le fond de la pièce, allongés sur des nattes, qui fumaient de l'opium.

Il rechargea sa pipe de l'habituel tabac gris et se laissa bercer par ces sonorités qui le pénétraient à son tour, lui, l'Européen, communiant avec ces Chinois, découvrant des sons jamais entendus auparavant, mais qui parlaient à toutes les âmes tourmentées. Les huit musiciens jouaient les yeux fermés, eux aussi projetés par la pensée dix mille kilomètres plus à l'est. Le sergent, sans le connaître, repéra Jen Tin, assis bien droit au centre du petit orchestre. Le visage hermétique, il maniait avec virtuosité l'archet d'un erhu, posé à la verticale sur sa cuisse. Les autres instruments se calaient sur le tempo de son violon.

Au bout d'un moment, la musique s'arrêta. Pas d'applaudissements. Juste un silence persistant pour prolonger l'écho des dernières notes qui retentissaient chez ces hommes. En se levant, quelques-uns aperçurent Fleisher et l'ignorèrent. Zhang, qu'il n'avait pas remarqué jusque-là, se mit à discuter avec Jen Tin et Han, l'interprète qui l'avait alerté sur la menace encourue par Zhang. Le sergent s'approcha des trois hommes, puis félicita Jen Tin pour sa prestation. Han traduisit ses paroles, Jen Tin s'inclina avec un grand sourire et demanda à son camarade de traduire ses paroles aussi.

— Je joue de l'erhu depuis mon enfance, c'est comme un violon, mais à deux cordes frottées par un archet. Il est très célèbre en Chine, et présent dans tous les orchestres traditionnels.

Jen Tin appela les autres musiciens, qui firent découvrir à Fleisher leurs instruments : deux luths – le pipa et un sanxian –, des petites flûtes – un bangdi et un xiao –, un tambour – le bangu –, deux clochettes – des pengling – et un petit gong.

— Jen Tin très modeste, poursuivit Zhang, c'est lettré et musicien très connu à Pékin. Il fabrique aussi erhu, prince instrument musique.

Quand David Fleisher regagna son dortoir, l'harmonie des notes jouées ne l'avait toujours pas quitté. Il songeait à tous ces travailleurs corvéables, dont certains puisaient la ressource de continuer grâce à ces fragments de Chine ravivés par la musique. Il ferma les yeux et se sentit plus proche de ces hommes. Désormais, il guetterait les soirs où les sons plaintifs s'échapperaient de la baraque à opium.

Le matin suivant, Jean Stein se présenta à Fleisher et tendit un ordre d'affectation signé du capitaine Samuel Rosenberg, qui le mettait à disposition du sergent. Le jeune soldat faisait partie, une fois de plus, des rescapés d'un régiment d'infanterie qui venait d'être anéanti, en moins d'un mois, dans la Somme. Raymond Rueff n'avait pas eu cette chance.

— Le capitaine a lu votre rapport sur les dangers encourus par les Chinois, il m'a dit que je devais vous rejoindre pour renforcer votre équipe. Il a ajouté : « *Zayt nicht kayn held*[1]. »

Fleisher sourit en pensant aux arguments habiles, mais détournés, qu'il avait fallu à Rosenberg pour rédiger cet ordre d'affectation afin de protéger Jean Stein et le sortir pour un temps des lignes de feu. Certainement à l'insu de Valette.

— Sois le bienvenu et remercions Samuel Rosenberg.

1. « Ne jouez pas au héros. », en yiddish.

12

Depuis plusieurs jours, Jean Stein regardait les Chinois travailler. Leur attitude alternait entre fatalisme, détachement et je-m'en-foutisme. Ils avaient pris le rythme et s'en accommodaient. Stein avait aussi repéré leur manège, les voyant, à tour de rôle, par groupe d'une dizaine, se dissimuler pour se reposer et fumer. *Ingénieux, et ils ont raison*, pensa-t-il. Pendant ce temps d'observation, il réfléchit à la manière dont il pourrait approcher Zhang, et se décida finalement après que celui-ci eut hurlé en chinois : « Attention, le surveillant anglais arrive. » Aussitôt, il vit les Chinois qui se planquaient s'insérer, sans que personne ne s'en aperçoive, dans le flot de leurs compatriotes chargeant un train de munitions. Jean prit ce prétexte pour engager la discussion sur un ton complice et ironique, ce qui favorisa par la suite les échanges réguliers avec Zhang. Le soldat lui fit part des études de rabbin qu'il avait entreprises et les conversations sur la religion juive devinrent quotidiennes. Jean Stein découvrait la soif de savoir de Zhang, mais aussi la tradition orale dont il était porteur. Un jour, David Fleisher s'immisça dans une de leurs discussions et renoua naturellement avec son protégé qu'il se mit même à tutoyer.

Quelque temps plus tard, trois employés du service photographique des armées se présentèrent au sergent avec toute une série de documents tamponnés. Ils étaient autorisés à prendre en photo des travailleurs chinois soutenant l'effort de guerre. Zhang réunit un groupe de camarades qui œuvraient sur un des quais pour leur expliquer ce qu'on attendait d'eux. Au début tous se marrèrent et, très enthousiastes, se prêtèrent volontiers aux mises en scène. Mais, après plusieurs heures et des dizaines de clichés, ils en eurent assez. D'autant que les poses longues des appareils leur interdisaient de bouger.

Fin mai 1917, Fleisher reçut un ordre du colonel Valette. Il lui fallait affecter vingt de ses ouvriers à l'usine de Boulogne qui fabriquait des gamelles en fer-blanc pour les soldats. Le rendement devait être augmenté afin de pourvoir à l'intendance du front. L'effectif restant, ainsi que la totalité de l'escouade du sergent, serait quant à lui chargé du soutien logistique d'un régiment en zone de combats. L'ordre de rejoindre cette unité serait communiqué à une date ultérieure. Le courrier se terminait par cette formule lapidaire : « Les consignes devront être appliquées dès connaissance prise. »

Fleisher, révolté, archiva le document, s'assit à son bureau et rédigea plusieurs réponses à « ce connard de Valette » pour lui rendre compte que les Chinois, d'après leur contrat, ne pouvaient pas être envoyés à proximité d'une zone de guerre. Aucun de ses brouillons ne le satisfit, anticipant les sarcasmes de Valette à la lecture de son rapport. Il les balança à la poubelle et, résigné, demanda à Zhang de lui fournir une liste de la main-d'œuvre destinée à l'usine de ferblanterie. Quand celui-ci la lui remit, en tête se trouvait Jen Tin. Le sergent, la parcourant intégralement, vit que Zhang ne s'y était pas inscrit. Le jeune homme expliqua qu'une fois qu'on aurait montré à ses compatriotes comment fabriquer les objets, ses compétences ne seraient plus utiles. Malgré l'incertitude sur les risques à venir, Zhang préférait rester avec David Fleisher et Jean Stein qu'il considérait comme ses amis.

Dans la soirée, Jen Tin, comprenant la faveur que lui avait faite son ami et voyant là l'occasion de côtoyer Jeanne, se répandit en reconnaissance. Il en profita pour lui raconter qu'il avait eu à plusieurs reprises le loisir de parler avec la jeune femme. Elle finissait son travail à 18 heures et il s'arrangeait pour marcher à ses côtés quelques instants. Jeanne le corrigeait avec patience et lui apprenait du vocabulaire. Les ouvrières gloussaient maintenant quand elles voyaient le manège de Jen Tin pour approcher Jeanne qui ne le repoussait pas.

— C'est y ben vrai qu'il est beau ce chinouo avec sa figure toute fine et ses yeux nouères. Et pi, il a ben belle allure, c'est pas comme ces gros lourdauds d'pêcheurs qui nous flanquent la main aux fesses. Elle a ben raison la Jeanne, mais faut pas qu'elle s'fasse pincer par son vieux qu'est tout grincheux.

Dès le lendemain matin, les vingt désignés prirent la direction de la ferblanterie. Terminé l'esclavage sous les intempéries. Zhang traduisit les instructions des contremaîtres en présence de toutes les ouvrières. À la fin du premier jour, fabriquer des gamelles, des couverts et des quarts était chose entendue par les Chinois. Jen Tin, dès son arrivée dans l'usine, n'eut de cesse de chercher Jeanne du regard. Quand il la découvrit, il parvint à se frayer un chemin jusqu'à elle. Le deuxième jour, les nouvelles recrues travaillèrent en binôme pour parfaire leur apprentissage. Tout naturellement, Jen Tin fit en sorte que ce soit la jeune femme qui le guide. Le troisième jour, les Chinois se virent attribuer des postes à l'écart de ceux des ouvrières. Les contremaîtres appliquaient des consignes strictes, inscrites en majuscules sur un grand panneau : POSTES DE TRAVAIL SÉPARÉS ENTRE OUVRIÈRES ET CHINOIS.

Alors que Fleisher était toujours en attente de consignes pour le reste de son régiment, il apprit que plusieurs milliers de « coolies[1] » étaient versés dans les troupes combattantes anglaises qui souffraient du manque de personnels de soutien. Tous ceux qui étaient sur les installations portuaires venaient de partir, remplacés par de nouveaux travailleurs récemment débarqués de Chine. *Les Loups blancs y compris*, songea-t-il avec soulagement.

Pendant le déchargement de caisses d'obus d'un navire anglais, un après-midi, Zhang interrogea le sergent sur l'équipage du bateau qui l'avait conduit à Marseille depuis la Chine. Il repensait souvent à ses dessins, ses croquis à main levée sur lesquels apparaissaient, sous un simple trait de crayon, des visages saisis dans l'instant. Des visages plus ou moins vieillissants. Le jeune

1. Terme désignant des travailleurs agricoles d'origine asiatique que les Anglais ont galvaudé en l'employant de manière péjorative, considérant ces hommes comme des bêtes de somme.

homme était toujours troublé par ce phénomène parce qu'il n'avait pas d'explication.

— C'est curieux que tu me poses cette question. Il y a eu une explosion accidentelle dans la salle des machines qui a embrasé tous les réservoirs de carburant. De nombreux marins, des jeunes, sont morts.

— Et le commandant ?

— Il avait dû s'absenter au dernier moment, convoqué à une réunion à l'amirauté. Une chance inouïe.

— Tant mieux, murmura Zhang, mais triste pour les marins. J'en connaissais beaucoup.

Zhang s'interdisait de décrire le malaise que lui inspiraient ses croquis, cette sorte de vision prémonitoire qu'il n'avait jamais eue auparavant. Mais le malaise était bien là, de plus en plus pesant. Ce jour-là, sur le quai, les Anglais alimentaient un feu avec des détritus pour faire de la place. Zhang s'approcha, tira de sa musette son carnet, et, sans même l'ouvrir une dernière fois, le jeta dans le brasier. Pour autant, il connaissait son contenu par cœur.

Loin de se douter des états d'âme de Zhang, Fleisher, pendant ce temps, avait rejoint Jean Stein. Il lui tendit la lettre de son père, qu'il venait de recevoir et qui concernait Zhang. Le soldat lut quelques phrases à haute voix : « C'est une bénédiction de pouvoir rencontrer cet homme, et il a fallu que ce soit dans des circonstances si douloureuses. Mais peut-être aussi que sans cette guerre, nous ne l'aurions jamais rencontré. J'ai procédé à quelques recherches rapides sur cette communauté juive, il y a peu d'écrits, cela demande des approfondissements. Ça paraît en tout cas incroyable qu'elle existe encore. Ces Juifs ne doivent plus être très nombreux, maintenant. Je voudrais m'entretenir avec ce Juif chinois, nous avons à apprendre de lui. Fais en sorte qu'il vienne à Paris, nous pourrons le recevoir. »

— Ça ne va pas être simple, conclut Jean Stein.

Le lendemain, David Fleisher, après avoir réfléchi aux arguments qu'il devrait déployer, prit le chemin du cantonnement français. Il testa dans un premier temps son discours sur Rosenberg qui se montra sceptique quant à sa portée. Une heure plus tard, le colonel Valette consentait à recevoir le sergent. Salut réglementaire, claquement des talons, bras qui retombe fermement le long de la jambe, menton volontaire, Fleisher en rajouta dans la présentation. Il savait son interlocuteur plus attaché aux rites militaires qu'à son engagement à se précipiter vers les tranchées. Ainsi, il demeura au garde-à-vous et, contrairement à l'usage, le colonel ne lui ordonna pas le « repos ». Au lieu de ça, il posa sur une table, à côté d'une corbeille de fruits et d'une assiette de pains au lait, sa tasse de café, puis il fit signe de la main à Fleisher de parler.

— Mon colonel, je sollicite une permission de quatre jours pour moi-même et l'interprète Zhang de mon détachement pour aller à Paris avant de rejoindre notre zone de combats. Je n'ai pas pris de permission depuis cinq mois.

— Acceptée pour vous, refusée pour votre Chinois. Il ne bénéficie pas de permission, ce n'est pas un militaire, mais un civil payé pour travailler et qui peut prétendre à des jours de congé.

— Mon colonel, si vous me le permettez, Zhang possède un très bon esprit d'initiative, il parle parfaitement le français et sait tirer le meilleur des ouvriers. J'ajoute qu'en deux mois, il n'a pas pris un seul jour de repos. Il verrait ces quatre jours comme une récompense à ses efforts et cela le motiverait davantage.

Le colonel Valette se tourna vers son adjoint, le commandant Roussel.

— Qu'en pensez-vous, Roussel ?

— Pourquoi pas, mon colonel. Cela montrera que vous êtes magnanime, mais ferme. Vous pouvez octroyer cette permission en retenant six jours de salaire à ce Chinois et en lui faisant payer son billet de train pour Paris.

— Bonne idée, Roussel. Vous avez entendu, Fleisher ? Faites signer ça par Rosenberg. Vous pouvez disposer.

— Je vous remercie, mon colonel.

De nouveau, salut réglementaire et demi-tour martial. Le sergent quitta le bureau écœuré par l'attitude des deux officiers, mais content malgré tout d'avoir pu obtenir satisfaction.

* * *

Roussel, lui, n'en avait pas fini. Il avait en effet eu vent de quelque chose dont il voulait faire part à son supérieur. Une occasion de faire un peu de zèle.

— Mon colonel, poursuivit-il, un des soldats de l'escouade de Fleisher me renseigne sur l'état d'esprit de cette unité. Il m'a appris une nouvelle surprenante. Zhang, l'interprète chinois au sujet duquel le sergent vient de s'entretenir avec nous, est de religion juive. Ensemble, avec le soldat Stein, ils tiennent, paraît-il, des discussions théologiques.

— Un Chinois juif ? Qu'est-ce que c'est encore que cette idiotie ?

— Je vous assure, mon colonel, mon informateur affirme que tous les soirs le Chinois fait ses prières en hébreu.

— On aura tout vu... Un Chinois juif, ça alors ! Et en plus dans une de mes unités. Je suis sûr qu'ils vont à Paris faire le tour des synagogues, ou je ne sais trop quoi. Roussel, gardez ça pour vous pour le moment. Que le type qui vous rencarde sur ces gens continue, qu'il vous notifie tout fait de nature à porter atteinte au moral de cette section. Pour l'instant, je ne vais pas le signaler à l'état-major.

Sur ces mots, le colonel Valette ouvrit une grande chemise cartonnée dans laquelle était rangée la commande photographique qu'il avait reçue plus tôt. Des clichés en noir et blanc montraient des Chinois affairés au transport de caisses de munitions, ou découpant au chalumeau des poutrelles métalliques.

— Franchement, Roussel, regardez, on les prend en photo, ils sont maussades, déguenillés. On n'aurait pas pu les préparer avant, non ? Certains sont complètement flous, comment voulez-vous que je me serve de ces clichés pour mettre en valeur mon action ? Ils sont inutilisables.

— Mon colonel, je crois que s'ils affichent un air si renfrogné, c'est parce que le temps de pose de ces appareils est long. Je ne pense pas qu'ils se plaisaient à rester immobiles une ou deux minutes. D'où ces images floues. Quant à leurs vêtements, il me revient qu'ils n'ont rien d'autre...

— Bientôt ils pataugeront dans la fange, remettront des tranchées et des chemins en état, évacueront les morts, et là, qu'ils fassent la gueule ou pas et qu'ils soient en haillons, je m'en foutrais. Personne ne les verra.

13

Le train des permissionnaires entra dans la gare du Nord au ralenti. Les soldats penchés aux fenêtres, pressés de sortir, riaient et frappaient en rythme sur les tôles des wagons comme s'ils voulaient accélérer l'arrivée du convoi. La locomotive, avant de stopper, lâcha un grand jet de vapeur, tel un gros soupir. Des centaines d'hommes lavés et épouillés, dans leur uniforme bleu horizon nettoyé pour l'occasion, s'éparpillèrent en parlant fort, à la recherche de parents, fiancées ou amis. Tous criaient, se hélaient, s'embrassaient. David Fleisher et Zhang laissèrent la cohue se disperser puis se dirigèrent vers l'extérieur où patientait, à proximité d'un taxi, un monsieur âgé. Ezra Fleisher, l'oncle de David. Celui-ci étreignit son neveu et serra longuement les mains de Zhang, qui s'efforçait de sourire, ne comprenant pas pourquoi ce monsieur lui secouait les mains ainsi. Ezra Fleisher ne cachait pas son plaisir en dévisageant ce juif chinois.

Quelques mois plus tôt, se remémora Zhang, en débarquant gare de Lyon, ils avaient été transférés dans des camions jusqu'à la gare du Nord, n'entrevoyant alors Paris que par les interstices des bâches malmenées par le vent qui les dissimulaient de la population. C'est pourquoi il resta durant tout le trajet le nez collé à la vitre du taxi, derrière laquelle il vit défiler une ville où circulaient des soldats en uniforme, seuls ou par petits groupes, mais en moins grand nombre qu'à Boulogne. Paris ne respirait pas la guerre avec ses cafés aux terrasses bondées, ses restaurants et ses magasins aux enseignes lumineuses où se pressaient les badauds. Le jeune Chinois admirait des passants correctement vêtus, et ne saisit pas le sens de la phrase d'Ezra

Fleisher lorsqu'il maugréa : « Regarde-moi ces embusqués, David, ces types qui ont graissé des pattes pour ne pas aller se battre. Et ce sont ceux qui s'époumonent le plus fort en hurlant : "À mort les boches !" » David Fleisher haussa les épaules, fataliste, surpris qu'il soit encore indigné par ce comportement vieux comme le monde.

Le taxi arrêta sa course rue Ferdinand-Duval, dans le 4e arrondissement. Cinq ou six hommes vêtus de costumes noirs, de chemises blanches et de cravates sombres, portant la kippa, attendaient le véhicule sur le bord du trottoir. Parmi eux, le rabbin Simon Fleisher, le père de David, dont l'imposante barbe blanche tranchait sur son veston noir. Zhang fut entouré dès sa descente de l'auto par ce comité d'accueil. Le rabbin prit son fils dans ses bras et prononça des mots de bienvenue pour le jeune Chinois. Tous lui adressèrent ensuite des paroles chaleureuses en lui tenant les mains. Zhang, qui n'avait jamais été reçu de la sorte, par un joyeux brouhaha, s'amusait de les entendre parler le français avec un accent indéfinissable. *Décidément*, se dit-il, *chaque fois que je rencontre des Français, aucun n'a le même accent et certains s'expriment même dans un dialecte. C'est exactement comme en Chine.*

Le rabbin Fleisher, après les effusions, guida tout le monde dans son appartement. Tous franchirent le seuil en effleurant du bout des doigts la mezouzah. Zhang ajusta sa kippa et les suivit. Son hôte observait, sans le montrer, l'attitude du jeune Chinois. Soudain, une cacophonie de questions s'éleva, chacun étant pressé de découvrir la vie de la communauté juive en Chine. Le rabbin appela au silence de sa voix douce.

— Mes amis, je vous propose de passer à table où nous débuterons cette conversation. Mais avant, allons nous laver les mains.

D'un signe, il indiqua à Zhang la direction de la cuisine, curieux de savoir s'il pratiquait l'ablution rituelle des mains. Ce dernier ferma les yeux devant l'évier, sachant ce qui était attendu de lui. Il n'effectuait plus ce geste symbolique depuis plusieurs mois, depuis son départ de Kaifeng. Il se remémora son père à ses côtés. Apaisé, il rouvrit les yeux. Tout d'abord, il inspecta ses mains, rien ne devait faire obstruction entre elles et l'eau. Ensuite, il saisit le verre posé en évidence, le remplit d'eau et en versa trois fois sur sa main droite, puis répéta la même opération sur sa main gauche. Il fit en sorte que l'eau recouvre toute sa main à partir du poignet, et écarta légèrement les doigts pour qu'elle puisse couler entre eux. Il fit cela avec un sourire triste, éprouvant l'absence de son père. Enfin, il leva les mains à la hauteur de son cœur et murmura une phrase en chinois. Il frotta ses mains et les sécha. Pas besoin de traduction, tous savaient ce qu'il venait de dire, et les hommes, après leurs propres ablutions, récitèrent chacun leur tour, mais en hébreu, cette même phrase par laquelle ils rendaient grâce à Dieu.

Dès que leur hôte donna son approbation d'un signe de tête, les convives passèrent à table et gardèrent le silence jusqu'à ce que le rabbin prononce la bénédiction sur le pain : « Béni sois-Tu, Éternel notre Dieu, Roi de l'univers qui fait sortir le pain de la terre. » Il lui revint aussi tout naturellement de conduire la conversation et de tester les connaissances de Zhang, mais, auparavant, il lui présenta ses invités comme des hommes de religion et de paix.

Le jeune Chinois parla alors de sa famille, de ses frères et sœurs. Sa voix se troubla à ce souvenir. Il évoqua l'assassinat de ses parents pendant qu'il se trouvait en France et n'échangea aucun regard avec David Fleisher, signifiant ainsi que cette discorde était définitivement close. Il leur apprit son espoir de pratiquer la médecine avec les aiguilles qui soignent et, face aux interrogations muettes, décrivit en quelques mots ce qu'était cette technique.

— Il faudra qu'on en en discute avec le docteur Kaplan, s'exclama l'un d'eux en yiddish.

Zhang en vint à expliquer son départ de Chine, le recrutement, les conditions de navigation, la prison à Marseille, le difficile travail confié à ses camarades, le mépris et le rejet dont ils étaient victimes et la menace émanant des Loups blancs qui pesait encore sur lui. David Fleisher approuvait d'un simple mouvement de tête. Autour de la table, les convives écoutaient Zhang, découvrant l'existence de ces milliers d'hommes propulsés dans une guerre qui ne les concernaient pas. Puis le rabbin, après quelques instants de silence, laissant ces paroles résonner en chacun, amena la discussion sur la communauté juive de Kaifeng. Zhang apprit qu'elle venait de Perse, ayant emprunté la route de la soie au IXe siècle pour s'installer en Chine, à Bianliang, ancienne capitale impériale. Simon Fleisher reconnut qu'il croyait, à tort, que cette communauté n'existait plus, absorbée par le confucianisme.

Zhang fit circuler son livre, des milliers de fois ouverts avant de lui appartenir, unique relique témoignant des écrits religieux de sa tribu. Les hommes le feuilletèrent avec précaution et émotion, commentant ici ou là quelques prières rédigées en hébreu noyées dans des textes en chinois. Et le jeune homme relata la vie de la communauté des derniers juifs de Kaifeng, une communauté qui comptait moins de deux cents âmes et qui allait en s'amenuisant. Quand on lui demanda comment cohabitaient juifs et Chinois, il ne comprit pas le sens de la phrase.

— Nous avons toujours vécu en paix, dit-il. Chacun vit sa foi comme il l'entend.

En écho à cette observation, les hommes autour de la table baissèrent la tête avec tristesse en pensant à l'antisémitisme persistant qui sévissait dans toute l'Europe. Zhang répondait à toutes les questions à la fois. Les juifs de Kaifeng, depuis la destruction de leur synagogue par des inondations successives et le décès de la dernière lignée de rabbins, plusieurs dizaines d'années auparavant, avaient perdu la connaissance de la plupart des rites, de certaines fêtes et de la cérémonie du shabbat. Désormais, la religion se transmettait oralement, avec le risque de se diluer au fil du temps. Lui-même tirait son enseignement religieux de son père, et de ce dont il se souvenait, mais il continuerait à le pratiquer et n'y renoncerait pas.

Les juifs de Kaifeng, raconta-t-il encore, mangeaient du pain sans levain, ne consommaient pas de porc ni le sang des animaux. Les mariages entre hommes juifs et femmes chinoises étaient tolérés, mais pas entre hommes chinois et femmes juives. Zhang concevait cependant, depuis qu'il était en France, qu'il n'avait pas d'autre choix que de s'adapter, notamment en s'alimentant avec la nourriture apportée dans les baraquements, même si c'était souvent en contradiction avec sa religion. Par ailleurs, il ne parvenait à réciter que deux prières sur les trois quotidiennes, mais toujours tourné vers l'est, vers Jérusalem.

Le rabbin, en homme sage, attentif à ce que disait le jeune homme, écoutait plus qu'il ne parlait. Il réfléchissait. Le repas terminé, les invités partirent ensemble, formulant en yiddish des mots de remerciements à leur hôte, et saluèrent Zhang avec chaleur et compassion.

Puis Simon Fleisher, accompagné de son frère et de son fils, fit découvrir à Zhang le quartier juif de Paris, le Pletzl[1]. Il prit plaisir à lui raconter l'histoire et la vie des lieux qu'ils croisaient. Très rapidement, la rumeur de cette visite d'un juif chinois parlant le français se répandit. Une petite foule amicale et curieuse se pressa, voulant se rendre compte par elle-même de ce à quoi pouvait ressembler un tel personnage. Certains lui offraient même des hallots, ces brioches tressées servies au moment du shabbat.

Le dimanche matin, à quelques heures de reprendre le train pour Boulogne, le rabbin proposa à Zhang d'assister au cérémonial de l'enterrement des livres. Sur une charrette, des dizaines d'ouvrages très usagés, aux couvertures déchirées ou inexistantes, aux pages cornées, froissées, lues mille fois, s'empilaient. Simon Fleisher répondit à la curiosité qui s'affichait dans le regard de Zhang :

— Ce sont des livres d'étude, des textes sacrés, des prières, des commentaires de rabbins éclairés sur lesquels des centaines d'hommes se sont penchés, ont usé leurs yeux, apprenant jusqu'à l'ivresse ces écrits. Ces recueils, qui les ont accompagnés pendant des dizaines d'années, ne brûleront pas dans nos cheminées, leurs pages ne finiront pas en fumée ni dans une quelconque décharge comme un simple journal ou du papier d'emballage. Ces livres nous ont ouvert le cœur et l'esprit, ont nourri notre âme, ils méritent notre respect et doivent terminer leur vie paisiblement.

Le jeune Chinois, enthousiasmé par cette explication, suivit la petite charrette tirée par deux hommes. Celle-ci traversa plusieurs rues du quartier juif, puis pénétra dans un entrepôt qui sentait la poussière et dans lequel s'entassaient des meubles. Là, un homme souleva une trappe dans le plancher qui révéla une échelle qu'il emprunta. La lumière d'une lampe à pétrole éclaira l'endroit. Zhang, invité à descendre, découvrit dans un vaste espace, le sous-sol du hangar, des milliers de livres et de documents serrés les uns contre les autres. Le cimetière des livres, en quelque sorte. Il ne fallut que peu de manutention pour décharger, ranger les manuscrits, sortir de cette réserve et en refermer l'accès.

— Ton livre, qui est très usagé, pourrait un jour rejoindre ceux-là.

1. « Petite place », en yiddish.

— Pas possible, répondit Zhang. Ce livre donné par mon père. Je n'ai rien d'autre de lui. Tous les hommes de ma famille ont appris la religion avec. Je le connais entièrement, même ce qui est écrit en hébreu. Je n'ai plus besoin de l'ouvrir. Mais je veux pouvoir le toucher, comme ça je suis en pensées avec mon père et mes ancêtres.

— Je comprends, bien sûr. Mais tu veux dire, reprit le rabbin, que tu sais par cœur ce que contient ton recueil ?

— Oui, je retiens tout ce que je lis.

— C'est exact, confirma David Fleisher face à la surprise que manifestait son père. J'ai pu le vérifier avec un livre sur lequel il a appris seul le français, un autre l'anglais, et pareillement avec mon manuel sur l'histoire de France et la géographie. Il connaît désormais mieux l'histoire de notre pays que la plupart de mes élèves. Étonnant, n'est-ce pas ?

— Oui, comme tu dis, murmura Simon. Il pourrait faire des études de théologie poussées avec de telles dispositions.

Finalement, Zhang traversa cette permission de quatre jours au pas de charge, allant de synagogues en yeshivot[1], accueilli dans des maisons, invité à déjeuner ou à dîner. Il refusa tous les cadeaux, la nourriture, les vêtements et les chaussures. Il se savait déjà favorisé en ayant quitté pendant quatre jours les baraquements insalubres, les repas insipides, les Anglais qui aboyaient continuellement des ordres comme s'ils parlaient à des chiens en leur assénant des coups de gourdin. Il ne souhaitait pas, en plus, revenir mieux équipé que ses amis. Ce séjour fut comme une parenthèse heureuse qui se termina par une photographie de groupe devant l'immeuble du rabbin Fleisher. Pourtant, une ombre au tableau le perturbait. Il ne pouvait s'empêcher de projeter mentalement sur son carnet de croquis les visages de ces hommes et de ces femmes qu'il croisait. Aucun n'apparaissait sous les traits de vieillards, tout au plus ceux-ci étaient-ils vieillis d'une vingtaine d'années.

Avant de monter dans le taxi qui devait conduire Zhang et David à la gare du Nord, le rabbin lui remit une somme d'argent équivalente aux six jours de retenue de salaire et au billet de train ainsi qu'un ouvrage ancien, mais pas encore usé. Un Talmud.

1. École religieuse.

— Ne me remercie pas. Ma communauté et moi-même t'exprimons notre gratitude d'être venu à nous, et de nous avoir rappelés que vivent au loin des tribus isolées d'Israël. Malgré ta solitude et la dureté de la vie qui te frappe, tu demeures enthousiaste, ouvert au monde, et fidèle à notre religion. Emporte avec toi ce Talmud, c'est celui qui m'accompagne depuis fort longtemps, mais, comme tu le vois, il n'est pas près de rejoindre le cimetière des livres. Étudie-le, continue de le faire vivre, ce sera ton guide. J'ignore ce que tu décideras à la fin de cette guerre, mais si tu souhaites rester en France, tu trouveras ici de quoi te loger et travailler. Tu fais partie de notre famille.

14

Dès le lundi matin, Zhang reprit son rythme habituel avec le groupe des cent trente Chinois encore employés à la manutention. Pour autant, il y eut un avant et un après ces quatre jours durant lesquels il découvrit un autre monde. Comme il s'y attendait, à son arrivée le dimanche soir, tout le baraquement le bombarda de questions, et il répondit à chacun avec sa gentillesse coutumière, minimisant l'accueil, passant sous silence la qualité des repas, le plaisir de dormir dans un vrai lit et de bénéficier d'eau chaude pour faire sa toilette. Inutile de donner envie à ses compagnons qui ne connaîtraient rien de tel pendant leur passage en France. Le commandant Roussel, lui, eut confirmation du retour de David Fleisher et de son protégé en temps et en heure par le soldat qui le renseignait, mais n'en apprit pas davantage sur le déroulement de la permission.

Une fin d'après-midi de début juin 1917, les Chinois œuvrant dans l'usine de ferblanterie regagnaient le camp, contents de leur nouvelle mission, moins harassante et à l'abri des intempéries. Là-bas, ils travaillaient rapidement et avec habileté, donnant satisfaction à leur patron, et en oubliaient presque la guerre. Zhang, en revanche, se fit du souci quand il eut vent, par un de ses compatriotes, de l'évolution de la relation de Jen Tin avec Jeanne. Ce soir-là, il attendit Jen Tin qui revint tard. Il le mit en garde contre son imprudence.

Jen Tin écouta son ami, mais ne put s'empêcher de lui raconter les émotions qu'il ressentait quand il raccompagnait Jeanne près de chez elle. Les ouvrières, complices, s'arrangeaient pour les entourer et les dissimuler aux regards des curieux. Zhang imaginait son camarade effleurant la main de la jeune femme qui ne se dérobait pas. Il devinait qu'il mélangeait le français au chinois pour parler de poésie, de la nature ou du printemps en Chine. Sans doute cela ravissait Jeanne même si elle ne comprenait pas tout. Souvent, il lui laissait un petit papier sur lequel était représenté un caractère chinois calligraphié. « C'est poésie », disait-il. D'autres fois, c'était un dessin, une jonque, un dragon, des petits animaux. « Pour Élise », précisait-il. Jen Tin expliquait qu'ils ralentissaient la marche quand ils apercevaient la maison de Jeanne, pour retarder la séparation.

— Fais attention, si vous êtes surpris, tu reviendras dans la minute charrier des caisses sans aucun espoir de la revoir. Sois très vigilant. Ici, ils ne plaisantent pas sur le rapprochement des étrangers avec leurs femmes.

Le lendemain matin, un véhicule conduisit le capitaine Samuel Rosenberg sur un quai où travaillait l'escouade encadrée par David Fleisher. Les rotations de navires marchands anglais apportant régiments et munitions s'intensifiaient chaque semaine, et la pression à laquelle étaient soumis les milliers de Chinois pour tenir les cadences devenait insupportable. Rosenberg et Fleisher, silencieux, les observaient ployant sous les charges dans un mouvement de va-et-vient continu entre navires et trains.

— Les accidents sont en forte augmentation, Samuel. Les gars sont épuisés. J'ai appris que chez les Anglais une trentaine de coolies, comme ils les appellent, étaient décédés dans des opérations risquées de manutention, et les blessés ne se comptent même plus. Les pertes humaines que subissent nos alliés sur le front les rendent fébriles. Rien ne va assez vite et ils se comportent violemment avec leurs Chinois. Certains d'entre eux ont été fusillés, je ne sais plus pour quelles raisons.

— C'est terrible ce que tu dis. Cela montre bien le désarroi dans lequel sont plongés les hommes. Toutes les armées sont en train de s'effondrer, les Anglais, les Canadiens, nos régiments, nous sommes proches de la rupture. Il faut toujours plus de canons, toujours plus d'effectifs. Il y a une telle hécatombe dans nos rangs que des mutineries ont éclaté dans les tranchées. Les types en ont marre de se faire massacrer à cause d'ordres insensés délivrés par des généraux qui se trouvent à soixante kilomètres du front et ne font que se pencher sur des cartes. Et tu connais la réponse apportée à ces mutineries ?

— Aucune idée.

— Nos soldats sont exécutés par leurs frères d'armes. Voilà où nous en sommes rendus. Dans deux jours, les Américains mettent pied à terre à Boulogne. On attend ensuite l'arrivée massive de milliers de leurs hommes dans les semaines à venir. C'est le dernier espoir. J'ai des instructions à te donner à ce sujet.

L'équipe de Fleisher fut mise à contribution pour dégager le quai de la gare maritime des cordages, caisses et tout ce qui l'encombrait pour le nettoyer. Dans la foulée, des soldats du génie l'aménagèrent pour un accueil d'honneur de personnalités. Des drapeaux français et américains furent hissés. Le 13 juin 1917, l'ensemble des troupes françaises dans les parages se rassembla dès 7 h 30. Sur le port, se pressèrent également, plus tôt que d'habitude, de hauts représentants politiques et militaires cherchant les meilleures places pour être vus et photographiés. À 9 h 30, le général américain Pershing débarqua en grand uniforme du paquebot *Invicta*, main posée sur le pommeau du sabre qui pendait au côté gauche, suivi de plus d'une centaine de membres de son entourage.

Hymnes nationaux, discours, poignées de mains, saluts militaires, passage des troupes en revue. Les soldats français, dont Fleisher et son escouade, regardaient avec soulagement ces premiers Américains qui arrivaient pour renforcer leurs rangs. En début d'après-midi, Pershing et ses compatriotes prirent la direction de Paris. Les coolies, quant à eux, se remirent, impavides, à leur manutention.

Le lendemain de ce bel ordonnancement, une violente bagarre éclata entre des militaires anglais et les coolies de Fleisher. Les soldats français durent faire usage de leurs armes par des tirs de sommation, puis utilisèrent leurs crosses de fusils en guise de matraques pour séparer les deux groupes. Des officiers s'en mêlèrent aussi, tentant de ramener l'ordre, pour autant les injures continuaient de fuser de part et d'autre. Fleisher éloigna les Chinois pour éviter que les violences ne reprennent. Certains d'entre eux présentaient des blessures, dont Zhang, visage tuméfié, le souffle court, plié en deux.

— Je crois côtes abîmées. Faut mettre bandage.

— Zhang, on va s'en occuper, mais que s'est-il passé ?

— Les Anglais très agressifs, toujours. On sait qu'ils nous insultent dans leur argot même si on ne comprend pas. Mais aujourd'hui pas leur faute. Ils trouvaient qu'on n'allait pas assez vite alors ils criaient « Go ! go ! go ! », mais en mandarin « gou » ça veut dire « chien » ! Même prononciation que « go » anglais. Tous les travailleurs ont cru que les Anglais nous traitaient de chiens, c'est pourquoi la bagarre.

Le sergent, le calme revenu, expliqua à ceux-ci les causes de l'affrontement, sans pour autant que cela diminue les tensions. Le travail reprit sous surveillance permanente des militaires français et anglais.

Quelques jours plus tard, Samuel Rosenberg vint à la rencontre de David Fleisher pour lui rapporter les dernières nouvelles. De retour de Paris, le colonel Valette avait réuni l'ensemble de ses officiers, encore gonflé d'importance d'avoir été intégré dans la délégation française autorisée a assisté à l'entrevue entre Français et Américains. Il leur en avait fait un compte rendu mitigé :

— À ce jour, dit-il, les Américains ne connaissent rien aux techniques de combat dans les tranchées, ils ont peu d'armement, pas de casques, et seront en mesure, au mieux, d'avoir une unité à peu près opérationnelle cet hiver ou au début 18. Pershing estime que l'ensemble du corps expéditionnaire américain sera en ordre de bataille au printemps 19.

Silence consterné de l'assemblée.

— Joffre a pressé Pershing en martelant que l'armée française était saignée à blanc, les Anglais et les Canadiens à genoux, et qu'il espérait que les Américains n'arriveraient pas trop tard. Il s'est engagé à leur fournir armes, munitions, casques et personnels pour l'entraînement en attendant que leur propre industrie de guerre déploie sa pleine puissance et que leurs divisions débarquent.

Samuel conclut, peu optimiste :

— On racle tous les effectifs pour tenir le coup. Prépare-toi à ce que d'ici peu nous rejoignions le front. Tes cent cinquante bonshommes sont prévus dans le lot. Je concède que ce n'est pas grand-chose, mais au point où nous en sommes…

Été 1917-Hiver 1919

France

Front du Nord et de l'Est

15

Le convoi se déplaçait depuis deux jours à une vitesse de quinze kilomètres/heure sur des routes rendues boueuses et glissantes par les pluies surprenantes de cette fin juillet 1917, et défoncées par les milliers de passages d'engins militaires. Le régiment d'infanterie de ligne commandé par le colonel Valette s'approchait désormais du front. Zhang et des Chinois étaient entassés dans des camions qui fermaient la marche et ces hommes, d'habitude bavards et rigolards, se muraient dans un silence de colère, épaule contre épaule, serrant contre eux leurs affaires.

La semaine précédant leur départ, et apprenant qu'ils allaient dans une zone de combats, contrairement à l'engagement de leur contrat, ils se mirent en grève. Plus de manutention entre navires et trains. Par effet de contagion, les autres Chinois, en réaction aux brimades et mauvais traitements infligés par les militaires anglais, rejoignirent le mouvement. Une rébellion parfaitement inédite. Les injonctions de David Fleisher, retranscrites par Zhang, n'eurent alors aucun effet sur ces hommes. Les Anglais menacèrent d'en fusiller de nouveau quelques-uns. Et la grève se transforma en début de mutinerie.

Devant ces tensions, Samuel Rosenberg fut dépêché sur place avec un message du colonel Valette qui souhaitait à tout prix calmer les esprits, histoire d'éviter qu'en haut lieu cette situation mal gérée soit connue, et qu'il en porte la responsabilité. Zhang traduisit le texte lu par Rosenberg, des paroles qui laissèrent ses camarades de marbre :

— La guerre entre dans une phase décisive où la victoire est à portée de nos mains. Tous, nous devons faire un effort, et vous, travailleurs, « les Célestes » comme vous êtes si joliment nommés, serez à nos côtés. Non pas dans les premières lignes bien sûr, mais à l'arrière, sans risque, pour soutenir les combats de vos camarades en leur offrant l'aide et la logistique dont ils ont besoin. Je veillerai à ce que vous soyez bien traités.

Rosenberg et Fleisher échangèrent un regard en coin, connaissant la vraie nature du colonel Valette qui ne pensait pas un traître mot de ce qu'il avait écrit, ou sans doute fait écrire par son adjoint, le commandant Roussel. Finalement, Zhang, le soir dans les baraquements, discuta longtemps avec ses compatriotes et les persuada de suivre le régiment pour éviter les ennuis. Sa présence à leurs côtés dans cette zone dangereuse les rassura en partie, et ils acceptèrent, quoique sans enthousiasme.

Un peu après Arras, tous les hommes descendirent des camions qui continuèrent leur route, à vide, vers le front. Un campement à la va-vite fut installé pour la nuit. Puis, dès le lendemain matin, bien avant l'aube, toute la troupe, à marche forcée, prit la direction de la région de Cambrai, distante d'une cinquantaine de kilomètres. Derrière eux, des chevaux tractant des cuisines et toute l'intendance du régiment. Pas un chant, pas un mot, les soldats lourdement chargés avançaient dans un silence troublé par les seuls bruits de ferraille des casques, des fusils et de toutes les gamelles accrochées aux sacs à dos. Rosenberg s'était laissé glisser vers l'arrière pour discuter avec Fleisher.

— En 14, on avait des régiments de régionaux, des Bretons, des Provençaux, etc. Au fur et à mesure du carnage qui a englouti des centaines de milliers de vies, et quand il a fallu reconstituer les troupes, on a pris ce qui restait. On a mélangé les régions, les professions aussi. Les paysans de l'Aveyron ont fait cause commune avec les employés des postes parisiens qui, eux, découvraient des écrivains ou des poètes qui, à leur tour, côtoyaient des ouvriers du Havre. La guerre a favorisé un grand brassage des populations, les gens se dévoilent et parlent le même langage. Je ne sais pas ce qu'il en restera.

— Sans compter les Anglais, Canadiens, Australiens, Asiatiques, Indiens, Africains et Nord-Africains qui se font pulvériser dans nos tranchées. Et j'oublie encore les Américains qui, demain, rejoindront leurs rangs, ainsi que nos pauvres Chinois qui ont été dupés. Un jour, quand la guerre prendra fin, le monde ne sera plus comme avant, il ne peut en être autrement.

— Si tu le dis.

Au bout de trois heures de marche, les soldats commencèrent à exiger de faire une halte. Le commandement fit la sourde oreille. Les hommes, très nombreux, le réclamaient maintenant sur le ton de la colère. Si bien que Valette, face à l'insistance des officiers, ordonna la pause depuis sa voiture. La troupe s'arrêta dans un champ en maugréant et en jetant à terre les sacs à dos qui cisaillaient leurs épaules, avant de casser la croûte. Les soldats, par petits groupes d'affinité, agrémentaient leur pitance insipide de charcuterie, de fromage et de vin expédiés par leurs proches dans des colis. Les Chinois, restés entre eux, se contentaient de la nourriture servie.

Après une brève pause, le régiment reprit la route, se déplaçant sur le bas-côté pour faciliter le passage des camions roulant en sens inverse. La plupart transportaient des blessés, des mutilés et des mourants. Tous regardaient ce cortège, redoutant de se retrouver dans un de ces véhicules dans les jours à venir. À la nuit tombée, un bruit sourd, comme un grondement, se fit entendre et des éclairs se mirent à illuminer parfois l'horizon. Instinctivement, les soldats avancèrent le dos de plus en plus voûté, la tête rentrée dans les épaules, silencieux.

— Il y a de l'orage. Bientôt nous aurons de la pluie, remarqua Zhang.

— Ce n'est pas le tonnerre, mais le roulement des tirs de canons qui préparent un assaut, dit Fleisher.

Zhang s'abstint de traduire cette phrase à ses compagnons pour ne pas les effrayer et éviter une débandade. Ils apprendraient bien assez tôt qu'ils se rapprochaient des combats. Le régiment stationna pour la nuit aux abords d'un village dans des granges réquisitionnées ayant déjà servi à d'autres troupes de passage, ainsi qu'en attestaient les pailles en partie souillées et les déchets jonchant le sol. Les soldats firent la queue pour le dîner puis, résignés, s'endormirent tout habillés. Les Chinois ne purent en faire autant, trop angoissés et en proie à de furieuses démangeaisons. Ils étaient envahis par les poux qui pullulaient dans les paillasses.

Au réveil, ce furent des hommes sales, taiseux, maussades, hargneux, subissant depuis des mois, voire des années pour certains, l'inhumanité d'une guerre qui les broyait, passant plus de temps dans la boue, le sang, la merde et la pourriture que dans des vêtements propres et de vrais lits, qui se mirent en mouvement vers le front. Les Chinois, bientôt, allaient endurer ces terribles conditions de non-vie, victimes d'un conflit qui n'était pas le leur.

Après une journée de marche supplémentaire, le régiment rejoignit une division d'infanterie dans la région de Cambrai, le secteur qui leur avait été affecté en relève d'un autre régiment en partie décimé. Les deux troupes se croisèrent sans se parler, sans se regarder. Dans les yeux de ceux qui quittaient momentanément le front, un profond vide avait pris place, et dans les yeux de ceux qui y montaient se lisait la peur. Une peur qui se répandait, telle une épidémie, sur les Chinois regroupés autour de Zhang. Ces derniers assistaient à ce relais qui s'organisait sans paroles, rythmé par le bruit des pas assourdis par une boue épaisse qui compliquait leur progression et le cliquetis métallique des armes cognées sur les casques et les gamelles.

Zhang fut pris de terreur. Ce fut le mot qui s'imposa à son esprit, mais il le trouva encore bien faible quand il se rendit compte que sur l'ensemble des rescapés qu'il venait de croiser, pas un seul ne vieillirait. Et que ce destin serait partagé par la plupart des soldats qu'il accompagnait. C'est ce qu'il imprima, malgré lui, sur son carnet de croquis mental.

Le régiment s'installa en retrait de la zone de combats, tandis qu'une compagnie allait occuper la ligne de front pour surveiller tous les mouvements ennemis. L'escouade de Fleisher conduisit quant à elle les Chinois près de dix kilomètres en arrière, ce qui les rassura quelque peu. Ils traversèrent plusieurs positions de canons et les artilleurs s'arrêtèrent d'empiler des centaines de caisses d'obus pour regarder passer, amusés et interloqués, ces Chinois dans leurs vêtements ouatés de couleur bleue, portant bonnets et chaussons de toile.

Ce soir-là, Zhang, une fois leurs grandes tentes montées, prétexta une fatigue persistante pour s'isoler. Il ne dîna pas, se recroquevilla dans sa couverture et ne put maîtriser ses tremblements et ses sanglots. Le jeune homme se bouchait les oreilles pour ne pas entendre les roulements des tirs de barrage des canons qui grondaient plus à l'est en continu, mais cela ne servait à rien, il ressentait les convulsions de la terre qui engloutissait les milliers d'obus. Il ne voyait plus d'issue dans ce fracas. En milieu de nuit, il atténua ses angoisses avec ses aiguilles.

16

Tôt le lendemain matin, Fleisher déroula une grande photo en noir et blanc, légèrement floue, prise depuis un avion de reconnaissance. Zhang détailla en silence ce cliché, c'était la première fois qu'il contemplait une vue aérienne de la terre. Sous ses yeux s'étalaient des dizaines de cratères, des maisons en ruine où plus rien autour ne subsistait. Tout n'était que désolation, les arbres et la végétation n'existaient plus. Il passa un doigt sur la photo comme pour se rendre compte du carnage.

— Les cratères sont des trous d'obus et les lignes, les tranchées, expliqua le sergent.

— On dirait des coups de couteau dans la terre, ou des coups de griffe d'un tigre géant. Vous allez vous battre jusqu'à ce qu'il n'y ait plus d'hommes ?

Fleisher écarta les mains en signe d'impuissance. Puis il désigna une ligne en dents de scie.

— C'est la tranchée allemande. De l'autre côté, tu vois, il y a la tranchée française. Entre les deux, c'est le territoire de personne, ce que les Anglais appellent le no man's land. C'est là où les confrontations entre soldats ont lieu.

Zhang ne quittait pas le cliché des yeux, secouant lentement la tête, désespéré. Fleisher continua :

— Toutes ces tranchées sont creusées en zigzag pour éviter qu'une artillerie bien réglée ne pulvérise tous les soldats d'un seul coup. Celles qui se font face sont les premières lignes d'où partent les assauts. La deuxième ligne française est à environ soixante-dix mètres de la première, c'est celle de repli. Et la troisième, celle où l'on stocke divers matériels, se trouve à peu près à deux cents mètres de la deuxième. Ces trois lignes sont reliées entre elles par des boyaux de communication. Votre camp ne figure pas sur la photo parce qu'il est très loin du front.

— J'ai compris, répondit Zhang. Mais nous, on n'ira jamais dans ces trois tranchées. C'est zone de combats.

— En ce moment, les tirs d'artillerie et les assauts sont concentrés plus à l'est, reprit Fleisher sans s'attarder sur la dernière observation de Zhang. D'après le commandement, nous avons encore un peu de répit. Vous allez transporter des caisses de munitions, de vivres et du matériel dans la troisième ligne. Explique à tes gars que c'est sans risque.

— C'est vraiment sans risque ?

— Presque. Selon nos avions de reconnaissance, les Allemands sont en train, eux aussi, de réparer leurs tranchées, d'évacuer leurs blessés et de remettre en état leur artillerie. Si on se dépêche, nous serons prêts avant eux.

— Je vais dire le message, mais mentir, parce que c'est grand risque.

Des centaines de caisses, déchargées dans la nuit d'une noria de camions, s'empilaient, attendant que les Chinois les charrient. Chacune pesait cinquante kilos. Deux hommes pour en soulever une, soit soixante-cinq caisses par rotation. Trois tonnes deux cent cinquante de munitions. Les Chinois commencèrent leur manutention. Au fur et à mesure qu'ils se rapprochaient des tranchées, leur curiosité laissa place à de l'inquiétude. Quand ils arrivèrent au niveau de la troisième ligne, David Fleisher désigna un vague repère pour situer à Zhang les positions allemandes, à quelques centaines de mètres. *Très proches*, songea-t-il.

Jusqu'où pouvaient porter leurs regards, ces hommes découvraient qu'il n'y avait plus rien, hormis la dévastation. Plus un arbre, plus une maison, plus un muret. Que de la terre boueuse des milliers de fois retournée par les obus, parsemée de cratères qui s'ouvraient ici ou là. Zhang apercevait ce qu'il avait vu en photo, c'était encore plus terrible. Sidération. S'ils devinaient la guerre dans leur travail à Boulogne-sur-Mer ou en brancardant les mourants et les mutilés, là, ils y étaient pleinement confrontés, sans filtre.

Suivant les soldats de Fleisher, ils descendirent dans la tranchée et déposèrent les premières caisses de munitions. Puis, pendant une semaine, dix heures par jour, ils transbahutèrent ces tonnes de matériel, protégeant leurs mains entaillées de chiffons qu'ils entortillaient autour des poignées en corde servant à soulever les caisses. Ils effectuaient ces corvées la peur au ventre, interrompus par quelques rares duels d'artillerie ou par les tirs sporadiques de mitrailleuses. Ils s'aplatissaient alors dans la boue et la poussière, les doigts crispés sur leur illusoire petit bonnet, vingt fois, trente fois par jour. Parfois, ils s'enfuyaient vers leur campement, qui n'était pas la cible des canons adverses. Dans ces cas-là, Fleisher, aidé de Zhang, faisait son possible pour les ramener à leur mission sans brusquerie. Une fois la journée terminée et le dîner expédié, ils s'endormaient épuisés, fourbus, terrorisés, n'ayant plus l'énergie de jouer aux cartes ou de discuter. Zhang, qui participait aussi à cette manutention, s'endormait quant à lui en récitant ses prières. Leur sommeil, agité de cauchemars, était envahi par la mort omniprésente.

Les coolies alternaient entre travaux de force et nettoyage des camions et canons. Munis de longues lances à incendie, ils décollaient la boue qui étouffait le matériel. Cette maintenance, effectuée loin des zones de combats, leur convenait mieux. Ce dont Fleisher se félicitait, car il avait observé un changement d'attitude chez les Chinois. De fatalistes à Boulogne-sur-Mer, ils étaient devenus méfiants et vindicatifs. Une agressivité à fleur de peau. Il s'en ouvrit un soir à Zhang.

— On nous traite avec mépris, expliqua celui-ci. En plus, nous sommes des travailleurs en zone de guerre avec la peur toujours au ventre. Compliqué pour nous.

Le « je n'y suis pour rien » sincère du sergent ne souleva aucun écho chez Zhang. Et ce que le sous-officier ignorait, c'est que ses recrues n'étaient pas au bout de leur surprise. En effet, après le décrassage du matériel, Rosenberg transmit à Fleisher les ordres de Valette. Une nouvelle mission attendait les Chinois.

— Samuel, tu le sais bien, ce n'est pas envisageable. Déjà, ils ne devraient même pas être ici. On ne peut pas leur en demander davantage.

— J'en ai parlé au colonel, tu t'en doutes. Il a clos la discussion en rappelant qu'ils font l'objet de sanctions disciplinaires depuis Marseille et selon lui, je le cite, « il n'y a pas de raison qu'on se prive des bras de nos Chinetoques en ce moment ».

Quelques jours plus tard, par les boyaux de communication qui zigzaguaient entre les tranchées, les Chinois rejoignirent la première ligne dans laquelle pataugeaient, dans l'eau qui ne s'évacuait plus dans la terre saturée, les sentinelles en alerte. Tous les soldats, fusils en main, se tenaient prêts à encaisser un éventuel assaut. Une odeur effroyable flottait au-dessus des hommes, un mélange de chairs en décomposition, de vomi, de pisse et de sang. Un bruit incessant recouvrait le silence, celui du vrombissement de dizaines de milliers de mouches s'affairant sur les cadavres putréfiés, dévorés par les asticots et les rats, qui tapissaient le no man's land. Les Chinois, très excités, s'exprimèrent soudain tous ensemble. Zhang traduisit.

— Pas possible de travailler ici. La profondeur de la tranchée est pareille que celle de nos tombeaux. C'est comme si on était chez les morts. Nous pas rester.

Un éclat de rire ponctua la phrase de Zhang. Il provenait d'un grand type, brun, moustachu, les yeux d'un noir intense, brillants, fiévreux. Le bleu horizon de son uniforme disparaissait sous les couches de boue séchée. Comme tous les poilus des tranchées, il utilisait une canne pour se déplacer qui lui servait à sonder les trous remplis d'eau avant d'y mettre un pied. À cet instant, il la brandissait comme une matraque, menaçant.

— Mais bien sûr qu'tu vas rester, l'Chinetoque ! Bienvenue chez les morts, mon pote. Au moins, tu t'es pas gouré en disant ça. Vous allez prendre vos pelles et vos pioches et me redresser ces parapets fissa. Et quand ce s'ra fini, vous renforcerez les parois avec des sacs de terre pour qu'on fixe nos échelles. Comme ça, on pourra aller causer aux boches.

— Chef, intervint Fleisher, il ne faut pas les exposer, ils ne sont pas là pour ça. Si ça vient à chauffer, faut qu'ils dégagent.

— Ta gueule, Fleisher. C'est moi qui commande ce trou à rats de merde, et ils feront c'que j'leur dis, crois-moi. Le jaune c't'une couleur qui porte malheur, et des Jaunes y en a plein ma tranchée d'un seul coup. En attendant, toi et ton escouade de bons à rien, barrez-vous, j'te ferai signe quand y faudra les ram'ner.

Le visage de Zhang se durcit et il s'entretint rapidement avec les soixante-dix travailleurs qui l'entouraient. Puis, sans un mot, ils se mirent à la tâche. Le sergent le rejoignit, confus.

— Je suis désolé, Zhang, je ne peux pas aller contre lui, c'est un adjudant-chef, il est plus gradé que moi. C'est le plus sale type du régiment, mais le colonel Valette le considère comme un héros. Il est sur le front, de tous les combats depuis trois ans, et tutoie la mort quotidiennement. Un gars coriace comme seule la guerre en fabrique. Qu'as-tu dit à tes compatriotes pour qu'ils acceptent de bosser ?

— C'est entre nous. Tu n'as pas besoin de savoir, David.

Pendant des jours durant, les Chinois se dépêchèrent de restaurer ce qui avait été détruit par l'artillerie allemande. Ils œuvraient, la peur au ventre, le dos courbé pour éviter d'être la cible des tireurs d'en face quand, exposés, ils creusaient la tranchée pour la rendre plus profonde. Les soldats, désapprouvant celui qu'ils nommaient Chef, sympathisèrent avec les Chinois. Ils leur offrirent café, cigarettes, et exigèrent des cuisiniers qu'ils améliorent l'ordinaire de ces hommes. Cette fraternité faisait s'esclaffer Chef qui braillait : « Continuez comme ça et vous finirez les yeux bridés. » Parfois, il prenait à partie Zhang en imitant sa façon de parler et son accent. Ce dernier ne répondait jamais aux brimades. Il s'endurcissait mentalement, mais aussi physiquement depuis que, moins sollicité comme interprète, il travaillait comme terrassier aux côtés de ses camarades.

Un des passe-temps préférés de Chef était de décapiter les rats qui pullulaient autour d'eux, disputant un pain noir aux soldats. Il propulsait avec dextérité une courte pelle, aiguisée des deux côtés comme un rasoir, qui s'abattait en tournoyant sur les rongeurs. Le manche scié lui permettait de la caler dans son ceinturon. De cette manière, cet outil était aussi devenu son arme favorite dans le corps-à-corps.

Pendant ce temps, les guetteurs et les avions de reconnaissance ne détectaient toujours aucune préparation d'assaut du côté allemand, même si les échanges de tirs étaient réguliers. La réfection de la tranchée se terminant, Chef, qui puait le tabac et le rhum ordinaire, décida donc de faire sortir les Jaunes de la ligne de front, en pleine nuit, pour qu'ils réparent les barbelés malmenés par les assauts et bombardements successifs.

— Et puisque vous y êtes, vous m'nettoierez le séchoir, ça m'gêne pour observer les fritz. Vous risquez plus rien, il fait nuit noire. Allez, bougez-vous l'cul, bordel.

Murmure de désapprobation chez les soldats, qui osèrent un : « C'est périlleux, Chef, les boches peuvent nous aligner facile, et ces pauvres Chinois n'ont jamais mis les pieds là-haut », qu'il ponctua d'un : « Vos gueules, bande de crevards ! » Zhang, lui, tint un conciliabule avec son groupe qui acquiesça d'un bref mouvement de tête. Une quinzaine de recrues se portèrent volontaires, rejoints par cinq jeunes soldats munis d'un rouleau de barbelés et de cisailles. Ceux-ci leur donnèrent de gros gants épais pour les manipuler.

— C'est quoi le séchoir ?

— Ce sont les barbelés sur lesquels nos gars sont tombés en sortant de la tranchée, déchiquetés par les mitrailleuses d'en face. Certains sont là depuis plusieurs semaines en train de sécher. Le plus ancien, ça fait six mois qu'il sèche.

17

En pleine nuit, suivant les éclaireurs, les Chinois mirent le nez hors de la tranchée, la peur leur tordait les boyaux en escaladant les échelles qu'ils venaient de poser. Ils se déplaçaient courbés en deux, silencieux, accomplissant les mêmes gestes que les cinq soldats. Zhang restait au contact des Français pour traduire les consignes. Protégés par l'obscurité, ses camarades se mirent à plusieurs pour décrocher, un à un, la vingtaine d'hommes entravés dans les barbelés, figés dans une mort violente, pourrissant, dévorés par les rats et les asticots. Imitant les soldats qui les accompagnaient, ils respiraient au travers de tissus trempés dans de l'alcool pour atténuer l'odeur épouvantable. Zhang murmura les prochaines instructions : « Il faut laisser les cadavres au sol, les fouiller pour rapporter les portefeuilles, documents d'identité, courriers et photos. » Tous obéirent. Certains en profitèrent pour dissimuler sous leur veste revolvers, couteaux et grenades pris sur les corps. Ils déployèrent ensuite de nouvelles rangées de barbelés, redressèrent des piquets et aménagèrent des passages pour permettre aux vagues d'assaut de se ruer vers l'ennemi, distant d'une centaine de mètres, si elles parvenaient jusque-là.

Ils en étaient là quand plusieurs fusées tirées de la tranchée allemande éclairèrent d'une forte lueur blanche et crue le no man's land. Surpris, les Chinois pétrifiés, debout, le visage levé vers ces trainées lumineuses qu'ils n'avaient jamais vues auparavant oublièrent un instant où ils étaient. Cette lumière vive ajoutait du relief à la désolation du paysage qui les entourait. Ensuite, il ne leur fallut que quelques secondes pour réagir aux premiers coups de feu, suivis des hurlements « À terre ! » des soldats français. Instinctivement, sans comprendre ce que ceux-ci disaient, ils s'aplatirent au sol parmi les cadavres décrochés du séchoir, devenus des remparts improvisés. Les morts encaissaient les balles pour les vivants. Zhang gueulait, lui aussi : « Ne bougez pas, baissez la tête. » La riposte française fut extrêmement violente et rapide, toute la tranchée ouvrit le feu en même temps, des centaines de balles passaient au-dessus des hommes terrorisés et incrustés dans le sol. Au bout d'un temps très long, les tirs cessèrent des deux côtés. Zhang répercuta les ordres : « Ne vous redressez pas, regagnez la tranchée en rampant. »

Quand, enfin, ils s'y laissèrent glisser, aidés par les soldats, Chef les accueillit de son rire habituel, avec un : « On les a bien baisés les mecs d'en face, c'est sûr, ils s'attendaient pas à un tel canardage de notre part. » Convulsions et tremblements dus à l'effroi cédèrent alors place à une rage partagée par les cinq soldats, dont deux étaient blessés.

— Chef, vous nous avez pris pour les dindons de la farce. Vous saviez qu'on allait se faire dégommer en allant jouer les clowns sur le séchoir et vous avez organisé la riposte pour flinguer les boches.

— V'là un PCDF[1] moins con qu'la moyenne. Ben ouais, mon gars, t'as vu juste. Et c'est quoi l'bilan au final ? Deux blessés légers et d'autres qui ont eu les jetons. C'est pas cher payé pour avoir détruit deux mitrailleuses ennemies. Tapez-vous un bon coup de gnôle à ma santé, et maintenant tirez-vous dans vos gourbis, j'veux plus vous voir.

Zhang traduisit l'échange entre le soldat et Chef. Dès qu'il eut fini, les Chinois plongèrent leurs mains sur les manches des couteaux et les crosses des revolvers qu'ils planquaient sur eux en regardant Chef. Le jeune homme leur adressa encore quelques phrases brèves. Les mains lâchèrent les armes. Ils reconnaissaient Zhang comme chef de leur groupe parce qu'il était respecté par les « blancs ».

— Qu'est-ce que vous avez à me regarder comme ça ? Vous croyez qu'j'ai les grelots parce qu'une poignée de Jaunes me fixent méchamment ? J'vais vous botter l'cul, plutôt. Barrez-vous, bande de péteux, avant qu'je vous défonce.

---

1. « PCDF », ou « Pauvres cons du front », est la manière dont s'autodésignaient les poilus des premières lignes.

Zhang, en retrait, ne quittait pas des yeux Chef qui ôtait avec l'ongle du pouce des brins de tabac collés sur ses lèvres. Le visage d'un vieil homme dévoré par l'alcool, l'air absent, se matérialisa sur son carnet de croquis. Zhang se dit qu'un jour, il le lui montrerait. À cet instant, Chef sentit l'attention dont il faisait encore l'objet. Mal à l'aise, il se détourna.

Rosenberg et Fleisher, alertés par les échanges de tirs, ne tardèrent pas à débouler dans la tranchée. D'un geste, le premier intima l'ordre à Chef de la fermer et de le suivre. Personne n'ignora le savon gigantesque que lui passa le capitaine. À la suite de cette opération dans le no man's land, qui se solda par des blessures superficielles et une trouille monstrueuse chez les Chinois, leur travail consista à l'approvisionnement de la troisième ligne et au nettoyage régulier du matériel. David Fleisher et Jean Stein purent enfin reprendre leurs échanges théologiques avec Zhang.

Début août 1917, deux jeunes soldats juifs furent affectés dans le régiment de Valette. Léon Nathan, 23 ans, infirmier dans la vie civile, avait débarqué à Marseille en provenance de la Tunisie en octobre 1916. Sans prévenir ses parents de ses intentions, il leur avait laissé un mot, à son départ, expliquant son engagement pour faire la guerre et « défendre la patrie ». Il était ensuite parvenu à dissimuler sa santé fragile et ses bronchites chroniques. Après quelques semaines d'un entraînement éprouvant passé au maniement des armes et au quotidien dans les tranchées, pour lesquels il était inapte, il avait été affecté dans plusieurs unités comme infirmier. Valette, lui, décida de l'employer au secours des blessés dans le no man's land après les assauts, et au service du médecin qui tentait de maintenir les types en vie avant leur évacuation.

— Comme je suis maigre, raconta Nathan, le bureau de recrutement de Marseille a dit que j'étais un juif qui s'engageait pour la gamelle. Quand j'y pense, j'aimerais bien leur faire bouffer ce qu'on ingurgite à ces embusqués, ça leur ferait du bien tellement ils sont gras.

À l'inverse de cet homme qui relata facilement son histoire, peu d'informations figuraient dans le livret militaire du second soldat, Chaïm Richter. Soi-disant originaire de Paris, il restait à ce point évasif sur les quartiers de la capitale et sur son métier que tous se demandèrent s'il venait réellement de là et s'il travaillait. En revanche, pendant sa période de formation au combat au corps-à-corps, au tir, et aux déplacements discrets, il s'était montré, à 23 ans, d'une redoutable efficacité, surclassant les instructeurs.

Très vite, Léon Nathan et Chaïm Richter rejoignirent Fleisher, Stein et Zhang dans ces soirées où ils bavardaient de tout sauf de la guerre. Tous discutaient, excepté Chaïm qui fumait en silence du gros Q, le tabac de la troupe. Parfois, il sortait d'une des poches de son manteau une montre de gousset en or enveloppée dans un tissu de velours, non pour l'exhiber, mais pour la contempler pensivement. Tous les soirs à la même heure, il remontait avec soin le mécanisme. Si Léon Nathan participait activement à ces échanges qui réconfortaient son âme, Chaïm expliqua qu'il n'était pas religieux, mais qu'il les écoutait volontiers. Le petit groupe respecta la réserve du jeune homme qui ne se livra jamais. Et cela n'empêcha pas Jean Stein de lui offrir, ainsi qu'à Nathan, *La Téfila du soldat*. Aussitôt, Nathan s'attarda sur le livret. Richter le feuilleta à peine avant de le glisser dans une de ses poches, sans manifester un intérêt quelconque.

Un jour, le commandant Roussel, toujours bien renseigné, rapporta au colonel Valette la permanence des discussions entre juifs organisées autour de Fleisher et Stein. Son supérieur en fut très agacé.

— Voyez-vous, Roussel, je ne suis pas antisémite. Mais les Juifs, à part faire de l'argent, qu'est-ce qu'ils font ? Militairement s'entend. À mon sens, pas grand-chose. Je ne sais même pas s'ils sont courageux.

— Le capitaine Rosenberg est un officier de grande valeur, se risqua son adjoint à voix basse. Et je n'ai rien à dire des sous-officiers et des soldats juifs. Au contraire, j'ai l'impression qu'ils veulent en faire plus que les autres, peut-être pour montrer leur attachement à la...

— Ne parlez pas de patrie, Roussel, l'interrompit avec brutalité Valette. Si nous perdons la guerre, ils perdront gros dans leurs tiroirs-caisses, c'est tout. Et puis, rappelez-vous cette histoire autour de l'officier Dreyfus. Je ne suis pas convaincu de son innocence. C'est surtout le battage de la presse qui l'a blanchi.

Roussel renonça à argumenter, il ne souhaitait pas se faire mal voir. Quelques jours plus tard, l'ordre parvint directement entre les mains de Chef, qui le transmit à Fleisher :

— Tu prends cinq mecs avec toi pour partir en patrouille, le colonel veut savoir ce que foutent les boches à l'ouest de notre position. Départ à 2 heures du matin, faut qu'vous soyez de retour à 6. Après, le jour se lève, et vous risquez de vous faire plomber le cul. Compris ?

— Compris, chef. Je vais choisir les gars.

— J'ai choisi pour toi. Tu seras accompagné de Stein, Nathan et Richter. Les deux autres, j'men tape, t'emmènes qui tu veux.

— Nathan vient d'arriver, je ne crois pas qu'il soit encore au point pour une patrouille de nuit. Il n'en a jamais fait, n'y connaît rien. C'est dangereux pour lui comme pour nous.

— L'occasion rêvée pour lui apprendre. Et en plus, il est infirmier, ce sera très utile dans ta mission de reconnaissance. Je pense à tout, sergent. Rompez.

Après dîner, les quatre hommes retrouvèrent Zhang, mais la discussion eut du mal à prendre, ils ne réussissaient pas à mettre toute la finesse, toute la profondeur dont ils étaient d'ordinaire capables quand ils discouraient sur la religion. Zhang s'étonna de l'embarras qui flottait. Fleisher lui avoua qu'ils devaient écourter leurs échanges pour se préparer pour la mission de cette nuit. Intuitif, Zhang perçut que le malaise ambiant avait une autre cause et insista. Fleisher jeta un bref coup d'œil aux trois autres avant de répondre :

— Tous les quatre sommes obligés d'y aller, je ne peux choisir que deux soldats pour finir de constituer l'équipe.

— C'est mieux, non ? Au moins, vous vous connaissez, répliqua Zhang.

— Oui, mais ce n'est pas pour cela que le groupe a été formé de la sorte. C'est parce que nous sommes juifs, et les Juifs ne sont pas très bien considérés, même ici. Tu ne comprends sans doute pas ce que je dis, tout cela t'est étranger, et c'est tant mieux. De toute façon, ce n'est pas le moment d'en parler.

— On nous envoie volontairement au casse-pipe, résuma Chaïm Richter, quittant son mutisme habituel en écrasant sa cigarette.

Zhang demeura silencieux, balayant du regard le visage des hommes qui lui faisaient face, tous d'accord avec la repartie de Richter.

À minuit, dans la tranchée de première ligne, Fleisher et son escouade examinaient une carte et recevaient les consignes de

Rosenberg, consterné par cet ordre. Chef, malgré le « fermez votre gueule, Chef, et préparez la riposte pour la protection de nos hommes » asséné par Rosenberg, observait, goguenard, le briefing. Zhang apparut, au grand étonnement du sergent, alors qu'il venait de s'isoler avec son équipe pour les dernières mises au point.

— Je vous ai épiés pendant la discussion avec le capitaine, je sais me dissimuler. Personne va mourir cette nuit, j'en suis sûr. En plus, le 23e jour du mois de notre calendrier lunaire, c'est journée porte-bonheur.

Fleisher n'était plus étonné par les affirmations décalées du jeune homme. Chaïm haussa les épaules. Trois autres furent pris d'un fou rire nerveux, irrépressible, en répétant en boucle : « C'est journée porte-bonheur. » Tous, en tout cas, s'accrochèrent à ces paroles hallucinantes avec toute l'espérance possible qu'elles tromperaient l'insatiable grande faucheuse.

À 2 heures, après que les guetteurs eurent donné le feu vert, les six militaires, Fleisher en tête, se glissèrent hors de la tranchée en rampant. Avant de partir, ils avaient tous confié en garde leurs effets personnels et écrit une lettre à leurs proches. Tous, excepté Chaïm. Ils n'étaient munis que de revolvers, de grenades et de poignards. Léon Nathan, brassard d'infirmier serré sur sa vareuse, transportait en plus une sacoche en toile de première urgence. Ils se faufilèrent sous les barbelés et louvoyèrent pendant plus d'une heure entre les corps disloqués. Enfin, ils s'abritèrent dans un cratère d'obus rempli d'eau croupie où planait l'odeur de la chair en décomposition. Fleisher en profita pour consulter sa boussole et sa carte avant de recentrer le déplacement du commando qui s'éloignait de sa destination.

Les soldats, figés, se concentraient sur les voix allemandes qui s'élevaient au-dessus de la tranchée ennemie, désormais distante d'une quinzaine de mètres. Jean Stein traduisit l'essentiel des conversations : « Ils vont envoyer une patrouille de deux près de nos lignes pour connaître nos intentions et positionner un tireur d'élite. » Nathan se mit à prier en silence, transi de peur. Un des soldats sortit de sa vareuse une petite gourde en métal entourée d'un chiffon, pour éviter qu'elle ne fasse du bruit en cognant sur d'autres objets métalliques, et la tendit à l'infirmier qui interrogea des yeux son camarade.

— Du rhum de premier choix, chuchota l'homme, pas du tord-boyaux.

— La gourde et la boisson ne sont pas casher, je ne peux pas en boire.

— Écoute bien, Léon. Tous les dieux sont aux abonnés absents, y compris le tien. Nous sommes seuls ici. Pas un n'empêche les carnages et ils se gardent tous bien de jeter un œil à ce qui se passe. Tu crois que la gorgée de rhum qui n'est pas casher va t'attirer la foudre céleste ?

— Probablement pas. Mais je ne me sens pas à l'aise avec ma conscience.

— Laisse ta conscience se reposer. Vas-y, ça va te donner du cœur au ventre. Ton Dieu te pardonne déjà. De toute façon, il devrait bosser dur avec les autres pour mettre fin à ce bordel plutôt que de perdre son temps à te blâmer.

Léon Nathan acquiesça à cette réflexion. Le soldat lui tendit sa gourde pour vaincre sa dernière hésitation et continua :

— Tu n'es pas dans un salon parisien à t'interroger sur ce qui est bien ou mal. Ouvre les yeux, tu es dans un grand charnier à ciel ouvert rempli d'eau pourrie et de cadavres français et boches mélangés dont pas un n'est entier. Bois, camarade.

Léon Nathan s'enfila une gorgée, puis une seconde, puis une troisième. L'alcool le réchauffa et lui apporta un réconfort inattendu. Son compagnon lui toucha alors le coude pour qu'il cesse de boire, reprit sa gourde et avala d'un trait le rhum restant. Une fois terminé, il la rangea dans sa musette en souriant à Nathan.

18

Soudain, les six hommes entendirent les Allemands se hisser hors de leur tranchée presque sans bruit, et quelques minutes plus tard les suivirent en rampant, se retenant parfois de respirer. Ils les aperçurent en train de se glisser dans une fondrière et se positionner face aux lignes françaises. Fleisher ordonna aussitôt de les neutraliser en maintenant Nathan à l'écart. Chaïm en tête, les cinq soldats sautèrent dans le cratère d'obus sur leurs ennemis, pris par surprise. Chaïm planta son poignard dans la carotide de l'un d'eux en le bâillonnant pendant qu'il agonisait pour l'empêcher de crier. Les quatre autres neutralisèrent son binôme avec plus de difficultés. Puis Fleisher fouilla les corps, récupéra un porte-documents qui contenait une carte et divers feuillets, ainsi que leurs plaques d'identité et un fusil, une arme de tireur de précision destinée à faire des ravages au sein de leurs troupes. Ils poursuivirent ensuite leur mission, découvrant des tissus de camouflage étendus au-dessus des positions allemandes, les dissimulant aux avions d'observation. Fleisher les nota sur sa carte pour orienter les artilleurs français.

Ils étaient sur le retour, vers 5 h 30, lorsqu'ils furent pris sous des tirs ennemis. Ils avaient été localisés. Compte tenu de la faiblesse de leur armement, ils n'étaient pas en capacité de riposter, et le chargeur du fusil de précision avait dû rester sur le soldat allemand. Ils s'aplatirent derrière des monticules de terre retournée par des obus, sur lesquels les mitrailleuses de leurs adversaires se concentraient. Les six Français, ensemble, balancèrent leurs grenades au jugé, n'atteignant pas leurs cibles hors de portée. Ils étaient coincés.

Chaïm, allongé sur le dos, fumait tranquillement une cigarette en cachant son rougeoiement avec la paume de sa main. Tout à coup, une fusée verte puis une rouge éclatèrent au-dessus d'eux.

— Notre artillerie va riposter, cria Fleisher.

Chaïm écrasa sa cigarette à regret, planta ses doigts dans les oreilles et attendit que ça se passe. Ses camarades, par instinct, tentèrent de s'enfouir davantage dans le sol, les mains agrippées à leur casque, priant de ne pas être touchés par les obus de leur propre camp. Les projectiles arrivèrent en sifflant et tombèrent une trentaine de mètres devant eux, soulevant des geysers de terre et les assourdissant. C'était la première fois que Léon Nathan subissait un tir d'artillerie et le souffle dégagé par les explosions lui compressait la poitrine.

— Il faut en profiter pour se tirer de là, ordonna Fleisher.

Les six hommes quittèrent leur illusoire rempart, courbés en deux, courant, trébuchant sur des corps, s'affalant dans la boue, se relevant, zigzaguant entre les trous, repartant vers leur ligne. Le tir de barrage neutralisa un temps les mitrailleuses allemandes. Jusqu'à ce que l'une d'elles reprenne son staccato meurtrier, atteignant aux jambes deux des gars. L'artillerie française régla immédiatement son tir pour tenter de l'enrayer. Fleisher et les trois autres soldats revinrent sur leurs pas pour secourir leurs deux compagnons qui gémissaient de douleur. Jean Stein avait le haut de la jambe gauche transpercé par des balles, et le second type serrait dans ses mains un genou dont les os affleuraient le tissu de son pantalon. Nathan se précipita, déchira les vêtements, posa des garrots, recouvrit les blessures d'alcool et de pansements. De la tranchée française surgit une dizaine de militaires qui purent évacuer les deux blessés et les ramener à l'abri. Les canons de 75 mm bombardèrent une heure durant la position ennemie, réduisant à néant les mitrailleurs allemands.

Chef écouta le compte rendu de Fleisher, jetant un coup d'œil faussement désintéressé sur le fusil de précision.

— L'histoire est belle, Fleisher. J'en ai presque les larmes aux yeux. Mais qui me dit que tu m'racontes pas des conneries, et que tes mecs répètent pas ce que tu leur as ordonné de m'dire ? Ce beau flingot, tu l'as p'têt récupéré dans un trou sur un macchabée. En plus, j'vois qu'y manque le chargeur, tu parles d'une trouvaille. Enfin, y m'plaît bien quand même, j'vais voir combien j'peux le vendre.

— Enlève tes mains de ce fusil. Si tu veux le même, rien ne t'empêche d'aller en chercher un. Il paraît que c'est facile, il y en a des quantités sur les cadavres qui pourrissent dans les trous. Tu pourras même t'offrir un chargeur supplémentaire.

Sur ces mots, Fleisher ouvrit sa vareuse, saisit sa carte annotée, le porte-documents et les plaques d'identité des deux soldats allemands, puis il les balança sur Chef avant de partir avec le fusil. Chaïm, qui se tenait en retrait, planta son regard bleu translucide dans celui de Chef.

— La prochaine fois, je peux te ramener des oreilles, un scalp ou une paire de couilles. Qu'est-ce que tu choisis ?

Chaïm Richter s'exprimait à voix basse, sur un ton rauque et violent. Ce fut la plus longue des phrases qu'il prononça dans le mois. Chef remarqua le poignard glissé, sans étui, dans le ceinturon de celui qui lui faisait face. Il ne répondit pas, et tourna les talons.

* * *

Le médecin et les infirmiers, dans le poste de secours aménagé au sein d'une excavation de la ligne de repli, familiers du fracas des armes, avaient reconnu le bruit syncopé des mitrailleuses allemandes et la réplique des armes françaises. Ils fumaient des cigarettes, attendant que les tirs cessent totalement. Ensuite, ils le savaient, ne manqueraient pas d'arriver les blessés habituels d'une patrouille. Les morts, eux, resteraient sur le champ de bataille.

Cette fois, ils furent surpris de ne voir que deux soldats brancardés, et d'apprendre que les quatre autres, dont Nathan qui les rejoignit, étaient sains et saufs. Ils examinaient les blessés quand Zhang fit irruption, sous leur regard interrogatif.

— Je m'appelle Zhang, je suis interprète et aussi médecin. Je peux vous aider.

Le médecin, perplexe, détailla le jeune homme et hocha la tête.

— Il faut que je les opère tous les deux et aujourd'hui je n'ai de la morphine que pour un. Je l'ai administrée à celui qui a le genou en bouillie, c'est la blessure la plus grave. J'attends que ça fasse effet avant d'intervenir. Je viens d'ausculter celui qui a reçu une rafale dans la cuisse. Par chance, sa fémorale n'est pas atteinte.

Nathan, qui ignorait la qualité de médecin de Zhang, l'observait avec étonnement.

— Je vais devoir lui extraire au moins deux projectiles et des tas de saloperies sans calmant, reprit le médecin, les mains plantées dans les poches de sa blouse autrefois blanche. Il va avaler la moitié d'une bouteille de rhum et on lui collera un morceau de cuir entre les dents pour qu'il le morde, ça l'empêchera de trop gueuler. Vous l'immobiliserez pour éviter qu'il s'agite. Montrez-moi comment vous pouvez m'assister.

— Je peux arrêter la douleur, si vous me laissez faire.

Le médecin des tranchées, comme les soldats le nommaient, qui durant trois ans de carnages avait vu défiler des centaines de blessés et de mourants, avait amputé à vif des dizaines de membres, haussa les épaules, désabusé.

Zhang, aidé de Nathan, ôta alors ce qui restait de l'uniforme de Jean Stein, inquiet et livide tant il souffrait. Il extirpa ensuite de sa musette sa boîte d'aiguilles. Silencieux, il se lava les mains à l'alcool, en tamponna les blessures de son compagnon qui hurla. Après quoi il déploya sur un des brancards la grande feuille sur laquelle figurait le relevé des méridiens et des points d'énergie, dupliqué depuis la statue en bronze avant son départ de Kaifeng. Pendant deux ou trois minutes, il se concentra sur cette feuille, puis, sous les yeux écarquillés de ceux qui l'entouraient, stérilisa ses aiguilles à la flamme d'un briquet. Dans un geste amical, il posa une main sur le front de Jean Stein, prit son pouls, et se mit à l'œuvre. Le visage, le cou, les bras, le thorax et le pourtour de la blessure furent plantés d'aiguilles. Progressivement, le soldat recouvrit des traits plus sereins et sa respiration ralentit.

— Vous pouvez extraire maintenant les balles. Allez-y doucement, il ne sentira rien. Pas besoin de rhum, ni de morceau de cuir entre les dents, ni de le tenir. Rhum après, pour récompenser.

Zhang croisa ses bras et attendit que l'intervention commence. Le médecin, incrédule, saisit son bistouri avec appréhension, se préparant aux hurlements habituels des types qu'il charcutait à vif. Les infirmiers se tenaient prêts à maîtriser leur patient. Rien de tout cela ne se produisit. Les projectiles et des débris divers atterrirent dans une coupelle métallique. Le médecin poursuivit la désinfection de la plaie et recousit Jean Stein. Une fois l'opération terminée, tous fixèrent Zhang comme s'ils ne l'avaient jamais vu. Indifférent à ce qui l'entourait, celui-ci reprit le pouls de son ami en hochant la tête de satisfaction, plaça ensuite ses deux mains de part et d'autre du visage du blessé. Puis il ôta les aiguilles, les passa de nouveau sous la flamme et rangea ses affaires. Zhang, sa sacoche de toile en bandoulière, repartit comme il était venu, en saluant le médecin interloqué.

— Je croyais avoir tout vu…, souffla ce dernier.

19

Le quinzième jour du septième mois lunaire[1], les Chinois avaient coutume de fêter les fantômes. Les journées précédentes, ils s'étaient rasé le crâne, avaient fabriqué des lampions et remis à peu près en état leurs vêtements et le cantonnement. Zhang participait activement à ces préparatifs et déclina toute invitation aux habituelles soirées avec Fleisher, Nathan, Richter et Stein, revenu après deux semaines de convalescence. La veille des festivités, Zhang adressa un courrier officiel à Fleisher stipulant que les Chinois ne travailleraient pas à l'occasion de cette fête essentielle pour eux. Peu importaient les conséquences, les retenues sur salaire ou d'éventuelles sanctions. Le sergent transmit l'information à Samuel Rosenberg, qui, en soupirant, en parla à Roussel, devinant déjà le « inacceptable pour le colonel » qu'il ne manqua pas de lui opposer. Les Chinois demeurèrent inflexibles. Valette, en rétorsion, leur supprima cinq jours de congé et de salaire, ce qui les laissa indifférents.

Le quinzième jour du septième mois lunaire, donc, à la lune pleine et ronde, la fête des fantômes se déroula comme prévu. Zhang avait invité ses quatre amis à partager le repas. Des tables bricolées à l'aide de planches et de matériaux divers, recouvertes d'emballages qui faisaient office de nappes, étaient ordonnées devant les grandes tentes. Des caisses à obus servaient de sièges. Les Chinois apportèrent des plats accommodés à partir de la nourriture de la cantine. Et un temple improvisé, éclairé par de grandes lanternes suspendues à de

1. Le 1er septembre 1917, selon le calendrier grégorien.

longues perches, qui se balançaient au gré d'un vent léger, installait la Chine superstitieuse dans ces lieux de désolation. Les offrandes et les effigies divines en papier intriguèrent Fleisher, Nathan, Richter et Stein.

— Elles sont destinées à tenir en respect les fantômes trop turbulents, expliqua Zhang, comme une évidence.

Une ambiance irréelle émanait de ce banquet installé proche des champs de bataille dévastés et parsemés de milliers d'hommes désintégrés, sans sépulture. Les Chinois commencèrent le dîner. Zhang s'apprêtait à préciser le sens de cette fête quand apparut Chef entouré de quelques soldats, ivres, l'œil mauvais. Chef, sa main crispée sur le manche de sa pelle aiguisée, défiait l'assistance du regard. Sans accorder d'attention aux arrivants, les célébrations se poursuivirent. Ceux qui avaient des armes les dégagèrent discrètement de leur veste. Chaïm Richter posa son poignard sur la table.

— C'est quoi, ce bordel ? brailla Chef à l'adresse de Zhang. Et toi, qu'est-ce tu fous là, Fleisher, avec tes mecs, en train de ripailler en compagnie des Jaunes ?

— Je n'ai pas de compte à te rendre, on n'est pas dans les tranchées, répliqua le sergent.

— C'est la fête des fantômes, répondit Zhang. Les Chinois, partout où ils se trouvent, célèbrent cette fête. Aujourd'hui, les esprits non apaisés, les âmes en peine, ceux condamnés aux enfers à la suite d'une mort violente ou de mauvaises actions sont relâchés sur terre, et sont parmi nous. Il faut faire attention.

Chef éclata d'un rire gras qui sonnait faux.

— On peut dire que vous êtes au bon endroit parce que ici, s'esclaffa-t-il en faisant de grands gestes circulaires de ses bras, des morts violentes, c'est pas c'qui manque. Pas vrai, les gars ?

Les soldats, bravaches, hochèrent la tête, mais sentirent qu'ils étaient de trop face à l'hostilité silencieuse et palpable des Chinois. Le mauvais alcool ingurgité ne les rendait pas pour autant belliqueux. Et ces histoires d'esprits et d'enfer, dans ces temps de carnages industrialisés, ne les enchantaient pas, même s'ils se défendaient d'être superstitieux.

— Et c'est avec vot' bouffe de merde, sans pinard ni casse-pattes[1], que vous v'lez faire peur ou amadouer vos fantômes ? Y a qu'les Jaunes pour penser à des conneries pareilles. On est au cœur du grand abattoir, tête de citron, alors j't'le dis tout net, ton gueuleton y f'ra rien du tout face aux enfers. Ça s'saurait, bordel !

— Peut-être que vous devriez vous méfier de ces revenants, Chef. Ce mois-ci est dangereux et porteur de malchance. Beaucoup de soldats vont mourir, poursuivit Zhang en dévisageant avec insistance ceux qui l'accompagnaient. Ce repas est une offrande pour apaiser la colère des errants et, plus tard, nous prierons pour libérer les morts des enfers. Vous voulez vous joindre à nous et partager notre bouffe de merde, Chef ?

Chef, hargneux, chercha une repartie qu'il ne trouva pas. Un air lancinant joué sur des xiaos, des petites flûtes en bambou, s'éleva, tandis que très loin vers l'est, les artilleries se déchaînaient. La nuit était striée d'éclairs de feu. Un vent léger, tiède, s'invita qui, en d'autres temps et d'autres lieux, aurait ravi les amoureux. Rapidement, il se renforça. Portées par ses rafales, les déflagrations sourdes des obus leur parvinrent, sans pour autant réussir à couvrir les notes plaintives des instruments. Zhang pointa un doigt dans la direction des tirs des canons.

— Encore des milliers de morts violentes qui viendront vous hanter, Chef. Les fantômes de tous vos compagnons anéantis marchent à votre côté, vous entourent. Vous vous bouchez les oreilles pour ne pas les entendre crier ou appeler, mais rien n'y fait, ils vous empêchent de dormir. Vous croyez défier la mort, mais elle vous terrorise. Vous l'espérez, mais redoutez votre tour.

— Ta gueule, hurla Chef, la voix étranglée.

Dans la foulée, il fit volte-face pour recueillir le soutien de ses soldats, mais s'aperçut qu'il était seul. Ses hommes s'étaient éclipsés en silence, craignant le malheur annoncé par les Chinois. *Après tout, ils ont peut-être raison*, avaient-ils pensé. À cet instant, les joueurs de flûte furent rejoints par des bangus, des petits tambours qui marquèrent le tempo de cette musique triste accompagnée par les parfums de dizaines de bâtons d'encens. Cette odeur envoûtante

1. Une eau-de-vie artisanale, en argot militaire.

que Chef ne connaissait pas, ajoutée à son ivresse, eut raison de sa vindicte. Titubant, il repartit. Les Chinois avaient très rapidement rangé leurs armes, devinant combien était insignifiante la colère de Chef désamorcée par Zhang. Le poignard de Chaïm Richter avait, lui aussi, réintégré sa place dans le ceinturon.

Zhang expliqua enfin la légende de la fête des fantômes, attablé devant le pudu, le dîner donné pour leur délivrance. Fleisher, concentré sur sa pipe, Nathan, Stein et Richter l'écoutaient, attentifs, eux-mêmes tournés vers les âmes perdues françaises, anglaises, canadiennes, allemandes et autres, qui flottaient au-dessus des champs de bataille. Une réflexion silencieuse occupa quelques minutes ces hommes : les âmes s'affrontent-elles aussi ? Poursuivent-elles, sans bruit, le combat des vivants ? D'un commun accord, ils préférèrent imaginer que la violence entre les âmes était impossible.

— C'est un peu comme le *mazik* chez nous, mélange de fantômes et de génies malintentionnés, reprit Chaïm Richter, brisant le recueillement dans lequel ils s'étaient réfugiés.

Tous le fixèrent avec surprise, lui qui n'intervenait jamais dans les discussions. L'entendre dire quelques mots sur les croyances et superstitions les étonna davantage encore.

— Tu parles le yiddish ? demanda Jean Stein.

Chaïm Richter acquiesça d'un bref signe de tête.

— Et tu sais ce qu'est le *dibbek* ?

— Un esprit qui a abandonné un corps et qui s'est installé dans un autre pour y faire des ravages. Je pense qu'avec moi vous en avez l'exemple vivant, murmura de sa voix sourde Chaïm Richter, qui contemplait sa montre en or.

Les quatre amis portèrent sur leur camarade un regard nouveau, celui de la compassion. Fleisher décida de réorienter un peu la conversation :

— Zhang, tu es juif pratiquant, mais tu es aussi très impliqué dans la tradition et les croyances chinoises. Comment est-ce possible de concilier ça ?

— Ce n'est pas incompatible, il n'y a pas de lutte en moi. Je vis en paix avec ces deux traditions ancestrales qui ont fait de moi l'homme que je suis.

— *Tzeit hakochavim*[1], annonça Jean Stein en levant ses yeux vers le ciel de nuit.

Fleisher, Nathan et Zhang se lavèrent les mains, puis, debout, tournés vers l'est, vers Jérusalem, ouvrirent leur livre de prières et récitèrent *Ma'ariv*, la prière du soir. Chaïm Richter, lui, rangea sa montre de gousset dans le tissu de velours, marmonna un mot de remerciement à l'attention de Zhang, et regagna son trou aménagé dans une tranchée pour y dormir.

1. Observation de trois étoiles moyennes dans le ciel, signe du début de la prière du soir.

20

Chinois et soldats s'entendaient bien. Les Chinois, habiles de leurs mains, s'adonnaient à la gravure à partir de douilles d'obus ou de balles, une matière première disponible en abondance. Leurs couteaux, tournevis, poinçons révélaient alors des scènes poétiques traditionnelles chinoises, des scènes de pêche, d'oiseaux sur des arbres en fleur, d'amour qui transformaient ces objets destinés à la dévastation. De ponctuel au début, cet artisanat suscita un véritable engouement auprès des militaires, qui passèrent commande. Tout le monde y trouvait son compte. Les soldats qui expédiaient des cadeaux originaux à leur mère, fiancée ou épouse, et les Chinois qui gagnaient de l'argent pour alimenter leur passion du jeu.

— Je ne t'ai jamais vu jouer ou parier, s'étonna un jour Léon Nathan, assis à côté de Zhang.

Les deux jeunes hommes observaient une partie de cartes acharnée où les enjeux se matérialisaient par un gros tas de billets.

— « Ne parie jamais. Si tu sais que tu vas gagner, tu es une canaille, et si tu ne le sais pas, c'est que tu es fou. » Des paroles très sages de Confucius, tu ne crois pas ?

Léon Nathan éclata de rire. À la nuit tombée, comme tous les jours désormais, les Chinois s'installèrent en lisière du camp militaire français, accroupis devant leurs objets travaillés posés sur des tissus, attendant leurs clients. Les poilus se pressaient devant leurs étals de fortune, et certains se faisaient fabriquer des objets personnalisés. Un petit marché qui offrait une nouvelle occasion à Chef de vitupérer : « J'vais interdire tout ce bordel de chinoiseries, on est en guerre, pas au marché aux puces, merde ! » Menaçant, il faisait tournoyer sa canne comme une matraque sous le nez des Chinois pour qu'ils déguerpissent. Les soldats n'osaient intervenir, craignant la foudre de leur supérieur. En fonction de sa démarche, plus ou moins vacillante, qui indiquait le nombre de gourdes de rhum ingurgitées, chacun se dépêchait de remballer ses affaires. Chef envoyait valdinguer, à coups de pied, celles des traînards.

Un soir où, à jeun, il se contentait de grommeler en passant devant les Chinois prêts à décamper, l'un d'eux s'approcha de lui.

— Qu'est-ce tu m'veux, tête de citron ? Tire-toi de mon passage.

Le jeune Chinois qui lui faisait face en souriant, loin de se démonter, ouvrit sa main et lui montra une longue balle de mitrailleuse.

— Pour toi.

— C'est quoi ? Des menaces de mort ? Il est pas né celui qui m'butera, hurla Chef, brandissant sa canne pour cogner.

— Non, non. Pas menace, douille sculptée avec dragon en colère.

Chef saisit l'objet, l'examina sous toutes ses faces en passant deux doigts crevassés et jaunis par la nicotine sur la gravure qu'il ne put s'empêcher d'admirer. Calmé, il la tendit au jeune homme qui leva sa paume en signe de dénégation.

— Cadeau. Toi dragon toujours colère. Porte-bonheur quand boum-boum guerre.

Chef referma ses doigts sur la balle de mitrailleuse et la fourra au fond d'une poche de sa vareuse. Il remercia vaguement le jeune artiste. Il ne l'admettrait jamais, mais ce cadeau le remplissait de fierté : les Chinois le comparaient à un animal mythique. *Dragon en colère. Oui, c'est ça, j'suis un dragon en colère*, se dit-il.

Par la suite, plus personne ne le vit s'en prendre au petit marché. Ainsi, le commerce des Chinois prospéra grâce à une balle de mitrailleuse sculptée, offerte opportunément. De plus en plus souvent, Chef plongeait sa main dans la poche de sa vareuse pour s'assurer que le dragon en colère s'y trouvait toujours. Pendant les assauts, avant de sortir de la tranchée comme un dément, baïonnette pointée en avant, il s'interdisait de penser que c'était son talisman. *Un soldat ne doit pas se raccrocher à ce genre de connerie*, se persuadait-il. Pourtant, au retour des combats, il tapotait la poche en guise de reconnaissance muette.

* * *

Le colonel Valette détailla avec intérêt les dizaines de photos en noir et blanc qui s'étalaient sur son bureau de campagne. La vie et la mort dans les tranchées, les lignes d'artillerie, l'expression des visages des poilus avant l'assaut, la chirurgie de guerre, l'organisation de l'intendance, les cuisines roulantes, etc., tout cela lui convenait. Il estimait, avec suffisance, que l'activité de son régiment qui tenait la position, comme il le répétait à l'envi, était bien valorisée. Mais un tirage le satisfaisait davantage encore. Le photographe l'avait immortalisé dans une attitude martiale de chef de guerre, droit, uniforme impeccable, devant ses officiers à l'air grave. Il observait le front aux jumelles. Photo posée, nette, personne de flou. L'envers du décor : le cliché pris à dix kilomètres de la ligne de feu, sans risque, était une mise en scène. L'orgueil des couards. À proximité de la tranchée ennemie, il aurait reçu une balle en pleine tête.

Son enthousiasme fut gâché quand le commandant Roussel lui montra une autre série de prises de vues. Les Chinois. Au travail, comme terrassiers, remettant en état une tranchée, comblant les trous d'une route pour permettre aux camions de passer, creusant des latrines, ou nettoyant des engins. Mais aussi des Chinois se rasant la tête mutuellement, s'amusant avec des cerfs-volants, dansant avec des dragons en papier agités au moyen de perches ou festoyant entourés de lampions recouverts d'idéogrammes.

— C'est quoi ces conneries, Roussel ? Quel est le crétin qui les a autorisés à sortir de la commande que j'avais assignée à ces abrutis de photographes ?

— Ils ont cru bien faire, mon colonel. Les photographes ont rencontré par hasard les Chinois pendant leurs déambulations, qui leur ont offert des douilles de fusil sculptées. De bonnes relations se sont nouées, au point qu'ils ont sollicité d'autres instructions à la division. Et, de fil en aiguille, le général a donné son accord.

— Pourquoi ne m'avoir rien dit ? J'aurais appelé le général pour tenter de le faire changer d'avis. Nous ne faisons pas un reportage folklorique.

— J'ai découvert ces clichés hier, avec un mot du général de la division qui en est très satisfait.

— On dirait qu'ils sont à une fête. De quoi s'agit-il ?

— Il y a quelques semaines, ils ont célébré la fête des fantômes, m'a-t-on dit, pour calmer les errants, enfin ce genre de trucs, vous savez, leurs croyances..., bredouilla l'adjoint.

— J'en ai assez vu. Virez-moi ça de là.

* * *

Rosenberg et Fleisher parcouraient la tranchée de première ligne, accompagnés de Chef. Le capitaine s'arrêta pour observer la position de l'ennemi avec une sorte de périscope.

— Ils ont renforcé leurs barbelés et surélevé leurs parapets de sacs de sable, dit Chef.

— C'est ce que je vois. Leur défense est terminée. Attaque prévisible ?

— Ça m'en a tout l'air. Ils doivent préparer une offensive. Nos sapeurs sondent la terre. Des coups de pioche trop proches pourraient nous faire craindre la pose d'explosifs sous nos pieds, un dispositif qui nous anéantirait. Mais rien du tout pour l'instant. Ils vont, sans doute, bientôt nous arroser.

— Je vais faire rapatrier l'artillerie nécessaire pour détruire leurs lignes défensives et les réseaux de barbelés. Ils vont être occupés un moment, le temps de tout remettre en état. Mais avec ces zigs-là, on ne sait jamais. Chef, je veux tout le monde en alerte, personne ne dort cette nuit.

En quittant la tranchée, Rosenberg fit part de son inquiétude à son ami :

— D'après ce qui se murmure, ça va barder par ici. Les Anglais engagent des milliers d'hommes à côté de nos positions, sur le secteur de Cambrai. Tu les verras prochainement. Si les Allemands ripostent à l'artillerie lourde, le camp chinois sera exposé. Dès demain, fais-les replier de dix kilomètres supplémentaires.

— Très bien. Ils seront à vingt kilomètres de la première ligne, ça devrait aller.

21

Début octobre 1917, David Fleisher confia le déplacement du camp chinois à Chaïm Richter, Léon Nathan et deux autres soldats. Avec sa section, il avait quant à lui rejoint les compagnies d'assaut sur la ligne de front.

Les tentes et l'ensemble des affaires furent chargées sur dix charrettes tirées par des chevaux et les cent trente coolies s'alignèrent derrière les attelages, prêts à partir. Chaïm Richter montra à Zhang, sur une carte, la future implantation du camp, adossé à une clairière, puis il lui donna les dernières instructions qu'il traduisit à ses compatriotes, satisfaits de cet éloignement qui les mettait à l'abri des champs de bataille.

Zhang observait les chevaux. Des animaux nerveux, les yeux exorbités derrière les œillères, la peau parcourue de frissons, secouant la tête, donnant des coups de sabot de leurs antérieurs et hennissant. Les palefreniers qui s'occupaient de la vingtaine de bêtes leur parlaient d'une voix douce, comme pour les rassurer.

— Ils sont terrorisés par la guerre, expliqua l'un d'eux à Zhang avant même qu'il ne l'interroge. Ceux-là sont attelés à des canons depuis des mois. Ils les tractent dans les zones de combats. Aujourd'hui, ils reconnaissent le bruit de la mitraille, de la canonnade, et sentent l'odeur de la mort qui a frappé d'autres chevaux. J'en ai vu, rendus fous de peur, qui fracassaient leurs brancards à coups de ruades en découvrant sur les bords des chemins des congénères éventrés. Impossible de les arrêter. Certains sont morts d'épuisement, d'autres se sont rompus les jambes dans des crevasses et ont agonisé pendant des jours, ou ont sauté sur des mines. Ce n'est pas humain de traiter comme ça les animaux.

— La barbarie de la guerre n'est pas pour les animaux, admit Zhang. Elle est réservée aux hommes.

Le palefrenier, les larmes aux yeux, haussa les épaules, fataliste, signifiant par là : « La vie des hommes ne vaut rien, alors celle des animaux... » Puis, sur un signe de Richter, il claqua de la langue, saisit les rênes des chevaux de tête, leur montra son fouet sans s'en servir et le cortège se mit en marche docilement. À mi-chemin, ils firent une pause. Des Chinois caressèrent les flancs des bêtes, les apaisant à leur manière. D'autres vérifiaient le harnachement des sangles et des brancards sous le regard compréhensif des palefreniers.

Cinq heures plus tard, ils installaient leur campement dans la clairière située en lisière d'une route en terre par laquelle transitait, nuit et jour, une noria de camions chargés de soldats ou tractant canons et matériels divers. De l'autre côté de cette route s'étendait un immense champ où stationnaient des dizaines de tanks, ces nouvelles machines que ni les soldats français ni les Chinois n'avaient jamais vues. Ils détaillaient, avec admiration pour les premiers, et curiosité pour les seconds, ces forteresses roulantes semblant invincibles. Et s'en assuraient en testant à coups de marteau le blindage, persuadés qu'avec ça ils réduiraient à néant les tranchées allemandes.

Des militaires français et anglais assignèrent comme tâche aux Chinois le maintien en état, en permanence, d'une portion de route de plusieurs kilomètres, perpétuellement défoncée par les passages des véhicules. Quelques-uns, aussi, apprenaient le nettoyage et le graissage des tanks qui s'entraînaient à manœuvrer. Sans compter ceux qui, à coups de masse et à force de jets, décollaient la glaise épaisse qui s'insinuait dans les chenilles des chars ou sur les axes des roues des camions et des canons avant de devenir dure comme de la pierre. Munis de pelles, ils comblaient les ornières, poussaient sur le bas-côté les engins en panne pour que les convois puissent circuler. Chaque jour, ils accomplissaient exactement les mêmes gestes aux mêmes endroits, dix heures par jour, indifférents à leur travail répétitif et sans fin. Le soir, ils faisaient commerce de leurs objets sculptés, gagnaient de l'argent et le jouaient aussitôt reçu.

Zhang alternait entre terrassement et nettoyage. Il parlait peu, pensait avec tristesse et rage à sa famille disparue. Désormais, après dîner, ses compatriotes, toujours plus nombreux, se pressaient pour des séances d'aiguilles qui soignent. Ils patientaient, assis à même le sol, devant un banc où il officiait. Il calmait leurs maux, rafistolant leurs corps épuisés. Une fois seul, il se plongeait dans la lecture de son livre de prières ou de celui offert par le rabbin Fleisher. Souvent, la contemplation de la petite cage à criquet qu'il conservait sur lui le projetait dans la Chine familiale, du temps où il était insouciant.

D'autres nuits, Zhang et Nathan discutaient pendant que Chaïm écoutait. Après des jours de silence, celui-ci exprima en quatre mots, les poings serrés, sur un ton dur, une sorte de besoin irrépressible qui inquiéta ses amis : « Je veux me battre. »

Entre octobre et novembre 1917, l'armée anglaise prit position dans le secteur de Cambrai. Des dizaines de milliers de soldats, des centaines de chars et de matériels affluèrent, préparant une opération d'envergure. Sur les talons des troupes britanniques, des compagnies de cinq cents Chinois commandées par un major arrivèrent aussi, portant chacune un numéro d'identification. Parfois, après le travail, le groupe de Zhang et les nouveaux venus se réunissaient, heureux de parler de leurs provinces, partageant des repas improvisés et jouant aux cartes ou aux dés. De grands feux réchauffaient les hommes, chassant l'humidité d'un automne de nouveau froid et pluvieux.

Très vite, une information circula autour de l'existence d'un médecin qui soignait avec les aiguilles venant de Kaifeng et remonta jusqu'à Wei Chi, le chef des Loups blancs. Il envoya alors quelques-uns de ses gars rôder aux abords du camp pour en être sûr. Chaïm Richter, qui fumait une cigarette de gros Q en écoutant distraitement un argumentaire théologique entre Zhang et Nathan, remarqua le comportement inhabituel de cinq Chinois se dissimulant parmi leurs compatriotes pour les observer. Il n'en fit pas état, mais, avant de regagner son couchage, s'assura que les rôdeurs étaient partis.

Quand Wei Chi eut confirmation de la présence du jeune homme dans les parages, il ordonna son élimination.

22

La vie se poursuivit pendant des semaines avec un rythme de travail exténuant, de la nourriture insipide améliorée par les cuistots chinois et des parties de cartes attendues. La circulation d'importantes sommes d'argent engendrait les bagarres ordinaires. Quand les invectives et les coups cessaient, chacun regagnait son camp. C'était le moment que choisissait Zhang pour prier, à l'écart des quelques hommes fumant une dernière cigarette avant le sommeil.

Un soir où il se recueillait, il reconnut Wei Chi, se déplaçant avec cinq de ses sbires. La meute déployée en éventail avançait vers lui. Zhang n'avait pas peur. Il n'était plus le jeune homme dégingandé et naïf qui avait embarqué un matin de décembre 1916 pour la France. Aujourd'hui, il s'apprêtait à faire face aux Loups blancs. Sans se presser, il se dirigea vers les outils et prit une courte pioche avec laquelle il avait l'habitude de travailler ainsi qu'une pelle qu'il posa à ses pieds. Wei Chi et ses tueurs se rapprochèrent, poignard à la main. Les fumeurs, n'osant plus bouger, restèrent assis, silencieux, craintifs, sur leurs bancs.

Zhang tenait fermement sa pioche devant sa poitrine. Wei Chi remarqua le changement d'attitude chez le jeune homme, plein d'assurance, qui ne cherchait pas à fuir. Un voile invisible recouvrait Zhang, tissé de rage, de détermination et de soulagement, pressé de se retrouver face aux assassins de ses parents. Deux des Loups blancs s'avancèrent, leur couteau le long de leur jambe. Spontanément, il releva alors sa pioche au-dessus de sa tête et la projeta avec force sur le plus proche. Après avoir tournoyé, elle se planta dans son abdomen.

Les fumeurs ne purent s'empêcher de crier. Zhang ramassa rapidement sa pelle et en porta un coup du tranchant au visage du second agresseur. Tous deux, se tordant au sol, ne comprirent pas comment ils avaient pu se laisser surprendre par ce crétin d'interprète. Les quatre autres se ruèrent sur Zhang qu'ils n'atteignirent jamais.

Dans le crâne de Chaïm en furie résonnaient en permanence ces mots qui le hantaient : « Je veux me battre. » Si bien que lorsqu'il déboula de sa tente, alerté par les hurlements, il ne réfléchit pas. Sa sauvagerie explosa face aux agresseurs de son camarade. La rapidité avec laquelle il poignarda trois d'entre eux, portant des coups précis au niveau des carotides, fit reculer Wei Chi. Aussitôt, quatre autres Chinois apparurent, silencieux, tenant eux aussi de longs poignards. Chaïm Richter, instinctivement, sut que la bataille allait être plus difficile. La façon de se déplacer, de tout voir sans bouger la tête, de tenir leur lame, tout indiquait des combattants aguerris. Deux des Chinois s'emparèrent de Wei Chi et l'égorgèrent. D'autres, sortant de nulle part, emportèrent les morts et les blessés comme si rien de tragique ne s'était déroulé dans la clairière. Celui qui dirigeait ce groupe, un très jeune type, mince, flottant dans ses habits, sans arme, s'approcha de Chaïm et le dévisagea longuement. Ce dernier ne baissa pas les yeux. Ce n'était pas un affrontement. Les deux hommes se sondaient et se reconnaissaient l'un dans l'autre. Paroles inutiles.

Le jeune Chinois rompit finalement le silence d'une voix douce, à peine audible. Zhang tendit l'oreille et traduisit.

— Je m'appelle Guo. Vous avez défendu cet homme alors que vous n'y étiez pas obligé. Ce n'est pas votre combat.

— C'est mon ami, je n'ai pas besoin d'en savoir plus.

Chaïm, estimant avoir dit l'essentiel, salua d'un imperceptible signe de tête Guo et regagna sa paillasse.

* * *

Les centaines de tanks, dans un vacarme de ferraille grinçante, quittèrent les terrains sur lesquels ils étaient stationnés pour se rapprocher des zones de combats. Les Chinois regardaient ces mastodontes d'acier se déplacer à petite vitesse, enveloppés d'un nuage noir de gaz d'échappement. Des dizaines de milliers de fantassins anglais se conditionnaient à l'attaque. Le 20 novembre, une brève préparation d'artillerie donnée par mille canons, fulgurante, violente, sonna le début de l'assaut.

Chaïm Richter, appuyé contre un arbre dans la clairière, écoutait le roulement continu des tirs de barrage, regrettant de ne pas être avec ses camarades qui allaient surgir de la tranchée. Sa conception de la mort était basique. C'est elle qui décidait de frapper ou pas, quel que soit l'endroit où l'on se trouvait, même s'il existait des zones où les faux s'activaient davantage. Léon Nathan et les deux autres soldats préposés à l'encadrement des travailleurs ne se plaignirent pas, eux, de ne pas participer à la bataille. Ils étaient sûrs qu'on ne les oublierait pas pour la prochaine.

Les soldats avaient reçu, la veille, triple ration de mauvais rhum. Pas de générosité gratuite. Pas besoin d'explication. Les anciens, ou ce qu'il en restait savaient. Les jeunots ne tardèrent pas à comprendre. « Bourrez-vous la gueule, demain, on va morfler. »

Le tir de barrage cessa. Les hommes, alignés les uns contre les autres dans leur boyau de terre, casques serrés, fusils avec baïonnette au canon, livides de peur, attendaient. Ils redoutaient le coup de sifflet de l'officier qui enverrait le signal de la sortie de la tranchée. Ces mots, « sortir de la tranchée », terrorisaient les poilus. C'était la mort assurée pour la première vague. Pourtant, quand le coup de sifflet strident retentit, tels des automates, ils escaladèrent les échelles en bois pour se ruer à l'attaque de l'ennemi, une centaine de mètres plus loin. Les mitrailleuses découpèrent les lignes ainsi formées et le séchoir recueillit dans ses barbelés des jeunes types qui n'avaient pas parcouru dix mètres.

L'escouade de Fleisher, à plat ventre au milieu du sang, de la boue et des cadavres, tentait de neutraliser en vain une des mitrailleuses. Chef balançait ses grenades en hurlant des insanités sur la riveteuse[1]. Sans doute croyait-il qu'elles seraient plus efficaces portées par sa rage. Jean Stein reçut un obus de mortier qui le décapita. À la mi-journée, sur les trois cents soldats qui participèrent à l'assaut, ceux qui purent rejoindre leur position de départ se comptaient à peine sur les doigts des deux mains. Chef, sa pelle de combat couverte

1. Dans l'argot des poilus, surnom de la mitrailleuse.

de sang fut le dernier à revenir, bien après les autres. La plupart le pensaient mort, aspiré par l'eau dans un trou d'obus ou haché par une rafale. Enfin à l'abri, il s'empressa de vider une gourde de rhum d'un trait, s'approcha de Fleisher, prostré, et lui tendit, en silence, le portefeuille, la montre et *La Téfila du soldat* de Jean Stein.

* * *

Pendant cette terrible période, les ouvriers chinois, nuit et jour, maintinrent à peu près en état les routes. Ils se postaient de part et d'autre de la chaussée, et jetaient des pelletées de graviers sous les roues à rayons en bois des camions pour éviter qu'ils ne s'enlisent dans les ornières boueuses.

Dans un va-et-vient incessant, les convois de véhicules tractant des canons, chargés de munitions et de matériels s'en allaient vers le front. Ils en revenaient transportant blessés et mourants. Puis, le 7 décembre 1917, les combats cessèrent, laissant sur les champs de massacres quarante-cinq mille morts. Pas un pouce de terrain n'avait été gagné.

Les Chinois retapèrent les chars qui avaient échappé à la destruction. Impressionnés par ces masses d'acier, ils les avaient imaginés, avant le début des assauts, invincibles. Inlassablement, avec pelles et pioches, ils poursuivirent leur travail de Sisyphe sur les routes en terre.

23

Les pluies intermittentes et la nuit qui tombait tôt confinaient, après le dîner, les Chinois sous leurs tentes. Ils jouaient des heures durant dans une atmosphère enfumée. Léon Nathan et Zhang, eux, lisaient dehors, éclairés par une lampe à pétrole, protégés par un abri de fortune. Zhang, la plupart du temps, était plongé dans le Talmud que lui avait offert le rabbin Simon Fleisher. Il le parcourait inlassablement. Chaïm, mutique, impénétrable, se tenait comme d'habitude appuyé contre le tronc d'un arbre et regardait parfois sa montre de gousset en or.

Un soir, il vit débouler un Chinois venant du camp anglais. Ce dernier se dirigea vers Zhang, puis les deux hommes s'éloignèrent et un long échange s'ensuivit. Zhang et son interlocuteur se tournaient, de temps à autre, vers Chaïm. Enfin, ils s'approchèrent de lui.

— Shan est interprète chez les militaires anglais et parle aussi le français, dit Zhang en guise de présentation. Il a un message pour toi. Guo t'invite à le rejoindre, il serait très honoré que tu acceptes.

Sans réfléchir, Chaïm acquiesça, mais fut étonné de voir que son ami ne les accompagnait pas.

— Je ne peux pas venir, c'est interdit pour moi. Tu comprendras pourquoi. Shan traduira.

Shan et Chaïm Richter marchèrent sur le bas-côté de la route en terre éclairée par les phares des camions chargés. Les boîtes de vitesses craquaient, les moteurs ahanaient, les véhicules peinaient dans les montées et avançaient au pas. Les deux hommes bifurquèrent après quarante-cinq minutes dans un chemin qui s'ouvrit sur deux vastes camps, l'un chinois et l'autre indien. Les seules nations de travailleurs envoyées dans les secteurs de combats. Trois hommes, du côté chinois, les attendaient et les conduisirent vers une grande tente d'où sortit Guo. Il salua son hôte, puis s'adressa très rapidement à Shan qui retranscrivit ses paroles :

— Guo vous invite à une cérémonie où seuls certains Chinois sont admis. Il souhaite honorer votre attitude de générosité et votre bravoure. Vous ne devrez pas révéler ce que vous allez voir, et je ne vous traduirai pas ce qui sera dit. Vous acceptez ?

Chaïm Richter, curieux, accepta. Guo écarta le tissu qui masquait l'accès à la tente et y pénétra. Au moment de le suivre, Chaïm, en homme prudent, jeta un bref coup d'œil en arrière, et aperçut deux Chinois qui se positionnaient devant l'entrée, une fois la toile rabattue. Les gardiens. La dizaine de Chinois déjà installée à l'intérieur, de dos, silencieux, assis en éventail face à trois hommes, demeurèrent immobiles quand Guo, Chaïm et Shan les rejoignirent. Guo salua celui qui présidait cette petite assemblée, prit le siège à côté des trois hommes, et indiqua un banc à ses invités.

Chaïm observait le décor de cette tente et les participants. Ils portaient leurs vêtements habituels, nettoyés. Des lanternes recouvertes d'idéogrammes diffusaient un éclairage rougeâtre. Tous les hommes étaient jeunes, y compris celui qui menait la séance. Guo prit longuement la parole, recueillant l'assentiment des autres responsables qui approuvèrent, d'un signe de tête ou par interjections, son discours.

— On parle de vous, de votre courage, de ce que vous avez accompli dans la clairière pour défendre votre ami, seul face à une horde de bandits. Guo dit que vous êtes un Tchenn-jen, un homme véritable.

Celui qui présidait s'exprima ensuite en phrases courtes, regardant alternativement Guo et ceux qui se tenaient à ses côtés. Il lança un ordre bref à Shan.

— Notre responsable m'a autorisé à traduire une partie de ses propos, expliqua celui-ci. Nous sommes une société d'entraide et protégeons nos membres et leurs familles. Quand l'un de nous est arrêté, nous honorons les frais du procès et payons l'avocat. S'il est emprisonné, sa famille reçoit un traitement décent et les études de ses enfants sont assurées. Si un décès survient dans une de nos familles, nous payons les frais des obsèques. En contrepartie, les membres sont astreints à des obligations, que je ne dois pas détailler.

Chaïm se remémora les « obligations » dont il pensait avoir été le témoin. L'exécution du chef des Loups blancs et l'élimination des morts et des blessés de la clairière devaient en faire partie. L'homme qui dirigeait la séance enchaîna et s'adressa aux participants qui se levèrent. Un de ses assistants ouvrit une cage située derrière lui, saisissant par le cou un coq qui battait furieusement des ailes. Ses pattes entravées l'empêchaient de balancer des coups avec ses ergots. Il connaissait déjà, sans doute, le sort qui allait lui être réservé. Une fois les ailes immobilisées, un autre assistant le décapita et le sang fut versé dans un bol en fer-blanc dans lequel un des officiants ajouta une boisson alcoolisée. Sous l'œil attentif des organisateurs, le récipient circula devant chacun des hommes qui récitèrent une phrase rituelle, puis s'entaillèrent un doigt et pressèrent quelques gouttes de sang dedans. Ensuite, à tour de rôle, ils trempèrent leurs lèvres dans ce mélange d'alcool, de sang humain et animal.

Le chef de l'assemblée prononçait des formules répétées par les membres. Chaïm saisit simplement qu'il s'agissait de la cérémonie d'intronisation de nouveaux affiliés à cette société secrète, sans rien perdre de ce qui se déroulait sous ses yeux. Il devinait les paroles de serment et d'allégeance qu'ils prêtaient, se demandant malgré tout ce qu'il faisait là. Le chef énonça encore quelques mots et tous regardèrent Chaïm. Guo parla et Shan traduisit :

— Guo va vous présenter le bol. Si vous acceptez, vous ne pourrez pas prononcer la phrase du serment parce que vous n'êtes pas Chinois.

Chaïm acquiesça. Guo, comme convenu, lui présenta le bol dans lequel il trempa ses lèvres. Les yeux plantés dans ceux de son hôte, Guo s'exprima une fois de plus par l'intermédiaire de Shan.

— Tu ne peux pas appartenir à notre société, parce qu'on ne peut pas mélanger ton sang au nôtre. En buvant quelques gouttes de ce breuvage rituel, tu t'es lié à nous, mais tu ne seras pas astreint à nos obligations. Tu ne te sentiras jamais seul.

La cérémonie terminée, Chaïm Richter sortit de la tente, accompagné par Guo. Un des responsables les rejoignit. L'homme s'adressa à Guo qui, d'un mot, autorisa Shan à retranscrire ses propos.

— Un premier homme a été chargé de protéger Zhang à tout prix. Il s'appelait Fu Pei et faisait partie de notre société secrète. Il est mort en quelques jours des suites de blessures reçues après avoir tué deux membres des Loups blancs qui s'en prenaient à Zhang. Il avait voyagé sur le même bateau que lui et lui avait sauvé la vie à plusieurs reprises. Vous aussi l'avez défendu. Il faudra continuer.

— Pourquoi porter autant d'attention à Zhang ? s'étonna Richter.

— Zhang est un être différent, un homme à part. Il possède de grandes vertus.

Chaïm comprit qu'il n'en saurait pas davantage. Il considérait Zhang comme son ami, et acceptait volontiers de veiller sur lui. Il interrogea ensuite Guo sur les raisons du meurtre de Wei Chi, le chef des Loups blancs.

— Zhang aurait toujours été en danger avec les Loups blancs. Ils ont assassiné ses parents. En représailles, nous les avons tous supprimés. Et puis ces bandits effrayaient les ouvriers, exigeant qu'ils leur remettent plus de la moitié de leur salaire. Sans compter que l'agitation de cette association et de son chef pouvait nuire à nos activités en Chine et ailleurs.

Sur ces paroles, Chaïm regagna son camp. Zhang lisait toujours le Talmud. Il le salua d'un signe de la main sans lui poser de question. Il savait. Chaïm Richter, par un serment tacite, ne s'ouvrit quant à lui à personne de ce qu'il avait vu et accompli au cours de cette nuit de janvier 1918 lorsqu'il avait été partiellement initié dans une Tien-Ti-Houei, une société secrète du Ciel et de la Terre, une triade.

24

L'année du Serpent de feu se termina au soir du 10 février 1918. Lui succéda celle du Cheval de terre. Tous les Chinois dans le monde, comme ceux présents en France dans les usines ou à proximité des champs de bataille, décidèrent de célébrer la plus importante des fêtes de leur calendrier. Zhang se souvint que, lors du passage à l'année du Serpent, avec ses compatriotes emprisonnés à Marseille, ils n'avaient pas eu cette chance.

Une journée de repos avait été octroyée à ces travailleurs pour cette occasion, qui avait nécessité plusieurs jours de préparation. Des militaires français et anglais, des photographes et des photos-filmeurs enregistraient cette manifestation incroyable qu'ils découvraient pour la première fois. Les Chinois déposaient des bâtons d'encens devant des autels pour honorer leurs ancêtres, et se recueillaient en prononçant des phrases d'apaisement. Tout était nouveau pour les Occidentaux qui s'étonnaient de la profusion de lanternes rouges fabriquées avec des papiers de fortune. La Chine ancestrale et colorée, porteuse de ses traditions, prenait vie dans ses symboles recréés grâce à la magie de ses artistes improvisés. Elle surprenait les visiteurs. Les interprètes expliquèrent que la couleur rouge éloignait les monstres, et la profusion des plats rassurait les ancêtres. Des soldats s'essayaient à manger avec des baguettes.

— Zhang, que nous réserve l'année du Cheval de terre ? J'espère en tout cas qu'elle sera meilleure que celle du Serpent de feu. La France et ses alliées sont proches du désastre militaire. Les armées sont exsangues, des centaines de milliers de nos jeunes sont morts, toute une génération démolie. Sans compter que les révoltes et les mutineries dans nos rangs n'ont pu être contenues qu'en fusillant nos propres hommes…, résuma amèrement le capitaine Rosenberg.

— Le Cheval de terre est fougueux, mais plus patient que les autres chevaux. Il est réfléchi, persévérant, déterminé et atteint toujours ses objectifs. La combativité du Serpent de feu va se poursuivre sur un plan plus stratégique.

— Que Dieu t'entende, quel qu'Il soit ! Je pense que nous sommes sur un point de bascule, et si l'on s'en sort, ce ne sera que d'un souffle. Tu as remarqué que je ne parle même pas de victoire. Mais je choisis d'apercevoir une faible lueur dans la description que tu fais du Cheval de terre. A-t-on vraiment le choix, dans le fond ?

Fleisher écoutait cet échange en fumant sa pipe et, une fois Zhang parti rejoindre ses compatriotes, il s'adressa à Rosenberg :

— Souviens-toi de ce que tu m'as dit sur un ton moqueur quand, l'an passé, j'ai évoqué l'année du Serpent : « Ce ne sont que des balivernes, tu t'es fait envoûter par leurs croyances. »

— C'est vrai, mais quand nous sommes dans une telle situation d'apocalypse, il faut se raccrocher à tout ce qui nous permet de ne pas sombrer. À la religion, à la superstition, aux signes que nous envoie l'univers et, pourquoi pas, aux prédictions chinoises. En fait, si je suis lucide, je suis désespéré.

— En attendant, viens profiter de la fête donnée par nos amis chinois. Nous aurons toujours le temps d'affronter ce qui nous reste à vivre, je m'en remets au destin. Nous sommes déjà des survivants après les massacres de ces dernières semaines. N'oublions pas notre cher Jean Stein.

— Tu as raison. Le premier de nous deux qui ira à Paris se chargera de restituer ses affaires à ses proches. Quand je pense que Chef a parcouru le champ de bataille à la recherche de Stein pour récupérer ses effets ! Ce type m'étonne.

— En réalité, il est simplement prisonnier de son personnage.

— Certainement. En tout cas, le régiment va être relevé. Nous allons prendre un peu de repos à l'arrière avant de fusionner avec une autre unité et repartir au casse-pipe. Rien de nouveau, en somme.

Comme annoncé, les soldats se retrouvèrent, loin du fracas, dans un village qui avait l'habitude de voir transiter les régiments. Là, ils passèrent une partie de la semaine à chasser les poux et la vermine de leur corps et à nettoyer leurs vêtements. Ensuite, ils écrivirent des lettres à leurs familles ou expédièrent des courriers à celles des « morts pour la France ». Tous reprenaient les mêmes expressions : « Il est mort en héros sans souffrir. » Des formules dont usait aussi Fleisher, conscient que la vérité aurait été insoutenable à lire. À d'autres moments, des hommes qui, pour cacher leur illettrisme, disaient ne plus se rappeler comment on orthographiait tel ou tel mot ou qui avait du mal à tenir un crayon s'adressaient au sergent qui écrivait des lettres d'amour pour des épouses ou des fiancées. Les jeunes soldats écoutaient, les larmes aux yeux, les phrases très poétiques de Fleisher, les ponctuant de : « Bien, bien, c'est exactement ça que je voulais dire, elle va être contente. »

Plusieurs épiceries de fortune vendaient de tout, aussi bien de la nourriture que des objets de toilette, des briquets, du tabac, du papier à lettres, etc., le tout à des prix exorbitants. Le message était clair : « Vous n'aurez plus besoin de votre argent puisque vous allez mourir. Autant que nous, les vivants, en profitions. » Les Chinois payaient sans discuter, certains se rattrapant aux jeux, mais les militaires jetaient leurs billets, le regard haineux, à la face de ces « mercantis », comme ils les surnommaient. Chaïm Richter saccagea même un de ces commerces et cassa la figure à deux des charognards qui extorquaient des jeunes soldats n'osant protester. Il passa ensuite les quelques jours de repos qui restaient aux arrêts de rigueur, dans la prison improvisée du régiment. Quand Chef l'apprit, il lui fit apporter par un fantassin, tous les soirs, de la viande, du pain, du fromage et du vin. Chaïm Richter ne sut jamais que ce fut Chef qui, agissant de la sorte, approuva, en secret, son comportement.

La nuit, tous cherchaient les bordels. Il y avait ceux pour les soldats et ceux pour les officiers. Une fois, Léon Nathan se laissa entraîner par une bande qui jouait les fiers-à-bras. Les filles étaient des employées de fermes, prostituées pour l'occasion, convaincues, par quelques exploiteurs saisissant des opportunités, qu'elles participaient au bien-être des soldats. Elles ne voyaient pas, pour autant, la couleur de l'argent des passes. Léon Nathan, intimidé et maladroit, se retrouva avec une fille de son âge dans une pièce miteuse. Le lit défoncé, les draps tachés et les lambeaux de tapisserie qui pendaient aux murs n'existaient pas pour lui. Il avait besoin d'être dans les bras d'une femme. Son regard l'exprima. Ce n'était pas un matamore qui dégrafait son ceinturon en laissant tomber son pantalon d'un air de défi, mais un gamin abasourdi par la violence des armes. En silence, la jeune fille l'attira contre elle. Instinctivement, elle le berça avec douceur en lui caressant les cheveux. Léon Nathan enfouit son visage dans ce cou qui sentait la sueur et l'eau de Cologne. Il respira alors quelques minutes ce qui lui sembla être le plus merveilleux des effluves. Jusqu'à ce que des coups frappés contre la porte le tirent de sa rêverie. Une voix masculine beugla : « Y en a d'autres qui attendent, barre-toi maintenant. » Léon Nathan murmura un « Merci mademoiselle », quitta la chambre en croisant le souteneur qui grommela : « C'est pas trop tôt, j'suis pas l'Armée du salut, moi, faut qu'le fric y circule ! »

À l'aube, le régiment se rassembla. La rumeur persistante se vérifia. Le colonel Valette, jugé incapable, venait d'être relevé de ses fonctions. Les photos à sa gloire et ses piètres résultats militaires l'avaient balayé. Son remplaçant passa en revue les troupes. Il se remettait d'une grave blessure dans le dos et marchait encore difficilement, s'appuyant sur une canne. L'uniforme moins flambant, le regard bienveillant, il adressa quelques mots aux hommes avec une empathie qui n'était pas feinte. Le colonel Léopold Chapelle remonta le moral des poilus. Il s'attarda ensuite avec les travailleurs chinois, leur exprima sa reconnaissance pour leurs efforts et remarqua l'intelligence de Zhang. Dès le lendemain, tout ce beau monde prit la direction de l'Argonne dans la Marne.

— Là-bas ça chauffe, résuma de manière lapidaire Rosenberg à Fleisher. Notre régiment est intégré à la 16e division d'infanterie.

Fleisher haussa les épaules. Il s'en foutait et se demandait si l'Argonne allait être son tombeau. Il s'assit dans un coin, bourra sa pipe, l'alluma en protégeant la flamme du vent et ouvrit *La Téfila du soldat*. Il en lut quelques passages pour se réconforter.

25

Le général américain marchait de long en large, mains dans le dos, bottes de cavalier cirées façon miroir, dans le grand bureau de son état-major de la caserne Damrémont à Chaumont. Par-delà la fenêtre, la neige venait de cesser de tomber. Ce mois glacial de février 1918 statufiait tous les soldats, quel que soit leur camp. Dans les tranchées, les hommes, les membres engourdis, se pressaient autour de braseros. Ils redoutaient les assauts. Engoncés dans leur manteau, havresac sanglé sur les épaules, ils avançaient pliés en deux, la démarche saccadée, le fusil pointé en avant. Les brodequins de cuir durs comme du bois meurtrissaient leurs pieds et, quand les balles les fauchaient, ils chutaient sur de la terre pareille à du granit.

Un général français et ses officiers observaient, en silence, le va-et-vient de l'Américain qui réfléchissait en lissant sa moustache. Seules les bûches qui crépitaient dans la cheminée apportaient un semblant d'âme à la pièce. Enfin, l'Américain s'arrêta et se planta, agacé, devant les Français.

— Vous insistez, de nouveau, pour obtenir dès à présent l'engagement de nos armées. Je vous l'ai déjà dit et je vous le répète, nous ne serons prêts qu'au début de 1919. Pas avant.

— Nous avons un besoin urgent de vos renforts, répondit son homologue. Les Allemands jettent toutes leurs forces dans la bataille depuis qu'ils ne sont plus déployés sur le front russe, et dans ces conditions nous ne tiendrons plus longtemps.

— Il faut être patient.

— Ce n'est pas la patience qui lève des régiments quand il n'y a plus d'hommes à enrôler. Si nous nous replions, nous perdons Paris, et c'en sera fini, parce que vous arriverez trop tard et ne pourrez plus rien. Vous avez des milliers de soldats noirs qui déchargent des bateaux et construisent des voies ferrées, ils pourraient déjà se battre à nos côtés.

— Les nègres sont de mauvais combattants, ils ne sont bons qu'à la manutention. L'armée des États-Unis est une armée de Blancs.

— Qui n'est pas opérationnelle selon vous. Alors oui, j'insiste, d'autant qu'il nous revient que vos troupes de Noirs veulent monter au front. Peu importe la couleur de la peau, noire ou blanche, ce sont des hommes, et la couleur du sang est la même.

Le général américain, de mauvaise grâce, hocha la tête.

— Vous, les Français, avec vos idéaux de liberté, d'égalité et de fraternité, vous ne comprendrez jamais rien.

Le général français allait répliquer vertement, mais s'abstint, voyant de l'indécision chez son interlocuteur.

— Deux divisions de nègres. Elles viendront sans armes et sans équipements, elles n'ont reçu qu'un entraînement minimum. À vous de vous en débrouiller.

— Nous allons les équiper et les entraîner comme nos propres soldats, ce n'est pas une difficulté.

— Il y a des conditions à leur affectation. Je ne veux pas que vous les gâtiez en leur serrant la main, que vous les valorisiez devant des Américains blancs, ou que vous mangiez avec eux. La situation des nègres dans notre pays n'a rien à voir avec celle des Noirs en France. Nous pratiquons la ségrégation et ne comptons pas l'abandonner parce que nous sommes ici.

— Les hommes au combat, côte à côte, ne feront aucune différence avec leurs frères d'armes noirs américains quand il faudra sortir des tranchées, baïonnette au canon.

— Là n'est pas la question. Laissez tomber vos élans de lyrisme et de romantisme. Nous n'admettrons jamais que le contact avec les soldats français puisse inspirer à nos nègres des prétentions d'égalité à leur retour aux États-Unis. Le danger social serait trop important. Nous y veillerons donc.

Le général français comprit qu'il ne servait à rien de discuter avec son homologue sur ce sujet. Il s'estimait déjà satisfait, à ce stade, de pouvoir compter sur un renfort militaire, même minime.

— Soit. Pour soutenir votre logistique, et en compensation des troupes que vous consentez à mettre à notre disposition, je vous fais affecter dix mille de nos travailleurs chinois à des tâches de manutention ou de terrassement. Leurs contrats stipulent qu'ils ne doivent jamais intégrer des troupes combattantes.

L'Américain haussa les épaules en signe d'évidence.

* * *

Début mars 1918, la troupe de Léopold Chapelle prit ses quartiers dans la région de Givry-en-Argonne. Le 17 mars, débarqua au même endroit le 369e régiment d'infanterie de l'armée des États-Unis. Les deux mille Noirs américains venaient d'être incorporés, eux aussi, dans la 16e division d'infanterie qui avait combattu dans toutes les grandes batailles depuis le commencement de la guerre. Éprouvés à Verdun ou aux Éparges, ces soldats aguerris, alignés, observaient dans un silence curieux ces hommes portant des équipements français, dont le casque Adrian, qui leur faisaient face. Chef, les yeux écarquillés, regardait, incrédule, les nouvelles recrues.

— Après des poilus juifs, v'là des poilus noirs, j'aurai tout vu dans cette putain d'guerre.

Soldats français et américains se dévisagèrent. Ensuite d'un même pas, les Français s'avancèrent, mains tendues. Les Noirs américains serrèrent des mains blanches, une situation inédite pour la plupart d'entre eux. Le capitaine Rosenberg, lui, s'approcha de Chef qui soufflait sur ses doigts pour les réchauffer.

— Chef, prenez vos meilleurs gars, et dans cette division ce n'est pas ce qui manque, pour commencer demain matin l'entraînement des Américains. Je les veux opérationnels dans un mois. Mettez le paquet.

— À vos ordres, mon capitaine.

— En attendant, montrez-leur le cantonnement et les roulantes pour les repas.

Quelques minutes plus tard, les soldats français et américains, mêlés, se mirent en rangs devant les cuisines. Aucun ne parlait la langue de l'autre. Les Auvergnats, Bretons, Picards, Provençaux, Parisiens communiquaient par gestes avec les Yankees et les autres, originaires du Mississippi ou de l'Alabama, puis leur servirent un coup à boire. Ensemble, tous revêtus du même uniforme, ils rigolaient, oubliant un instant pourquoi ils étaient assis là, dans le froid, par terre, ou sur des troncs d'arbres, tenant leurs gamelles ou leurs quarts, partageant la tambouille et le pinard.

Zhang se déplaçait dans le camp de sa démarche souple. Il regardait ces hommes qui fraternisaient. Certains Américains lui adressaient un salut de la main auquel il répondait. Nombreux étaient les Chinois en Amérique, et les deux communautés se connaissaient. Plus grand que la plupart des poilus, Fleisher aperçut Zhang, perdu dans ses pensées, qui déambulait. Voyant Fleisher, il vint à sa rencontre.

— Je viens de remarquer que l'insigne porté par ces soldats américains était un serpent à sonnette noir. Ils ont débarqué quand ?

— En fin d'année dernière pour les premiers, je crois, et leur arrivée a continué jusqu'en janvier.

— Des soldats qui portent l'insigne du serpent à sonnette et qui rejoignent votre pays pendant l'année du Serpent de feu. C'est un bon présage.

Zhang repartit de son allure élégante, laissant Fleisher perplexe. Après le repas, Chef constitua un groupe d'une cinquantaine de militaires endurcis au combat pour l'entraînement des nouvelles recrues. Parmi eux, David Fleisher et Chaïm Richter.

— Le problème, résuma Chef, c'est que personne cause l'américain. On peut faire pas mal de choses avec des gestes, mais pas tout.

— Notre interprète chinois se débrouille pas trop mal en anglais à ce qu'il paraît. C'est comme l'américain, à peu de chose près. Il peut nous aider, proposa Fleisher.

— C'est un phénomène, ce gars ! Amène-le pour voir s'il baragouine avec les négros.

— Tu veux dire avec les Américains, Chef ?

— Fais pas chier, Fleisher, amène ton chink'.

Un peu plus tard, Chef retenait son sourire en se triturant la moustache. Il regardait Zhang qui, au bout de quelques minutes d'adaptation, communiquait déjà avec les soldats noirs. Ces derniers, de leur côté, faisaient des efforts pour ne pas employer des mots d'argot ou parler trop vite.

— Je crois qu'on tient une partie de notre solution, Chef. Il faudra trouver encore quelques gars qui maîtrisent un peu l'anglais, mais on peut déjà commencer demain. Au fait, tu te souviens que notre interprète chinois est juif ?

— Fleisher, quand tu t'y mets, à raconter des conneries, t'es vraiment le roi.

26

Chef et sa cinquantaine de combattants français commencèrent dès l'aube, dans un froid de Sibérie qui rendait la terre dure comme de la pierre, la formation des deux mille soldats noirs répartis par sections. Ces derniers sortaient d'un camp d'instruction aux États-Unis où ils apprenaient à marcher au pas avec un manche à balai ou une pelle en guise de fusil. En Amérique, les Blancs ne souhaitaient pas que les Noirs sachent manier les armes. C'est ce que Zhang traduisit à Fleisher et Richter, indignés.

Juste avant d'être incorporés dans une unité, ces soldats avaient reçu une formation militaire de base dispensée par des instructeurs français. Mais l'entraînement aux techniques de combat débuta réellement sous la houlette de Chef. Prévu pour un mois, il s'acheva au bout de trois semaines, à raison de dix heures par jour, tant l'envie de montrer leur vaillance était forte chez ces hommes. On enseigna aux Américains la sortie des tranchées avec assaut à la baïonnette, le tir au fusil et à la mitrailleuse, le déplacement en rampant sous les barbelés, etc.

Les Américains excellaient dans le maniement des grenades qu'ils envoyaient loin et avec précision. Chef s'en étonna, Zhang interrogea l'un d'eux qui lui parla du base-ball. Zhang expliqua à Chef qu'il s'agissait d'un sport populaire que les Noirs pratiquaient dans leur quartier ou sur des terrains vagues. Le lancer de la balle y était essentiel et, familiers de ce geste, ils le reproduisaient dans la façon de jeter les grenades. Chef haussa les épaules.

— Me prends pas pour un con, chinetoque, t'as rien pigé à ce que t'a raconté le sammy[1] et tu veux m'faire avaler ton histoire à la gomme.

Zhang éclata de rire et tourna les talons.

Quoique contraire aux ordres du commandement américain, une franche camaraderie s'installa rapidement entre instructeurs français et soldats américains. Ils poursuivaient leurs échanges bien après les entraînements, par gestes, avec des bribes de phrases dans chacune de leurs deux langues. Les Noirs américains découvrirent ainsi un pays dans lequel la ségrégation n'existait pas, cela les rendit heureux, mais tristes en même temps en pensant à leur retour.

— Les Blancs qu'y a ici sont pas les mêmes qu'chez nous, dit l'un. J'vais écrire une lettre aux amis pour leur raconter.

— Te fatigue pas, frère, personne te croira, répondit un autre.

L'heure du départ pour les tranchées arriva enfin. Avant d'engager la totalité de ce bataillon américain dans une zone difficile, une centaine d'entre eux intégra le régiment du colonel Chapelle afin d'évaluer leurs aptitudes. Chef et Fleisher veillaient au parfait ordonnancement des hommes. Zhang traduisait les instructions en omettant les « ces putains de négros » prononcés à tout va par Chef. Pour valoriser ce premier rapprochement franco-américain, les opérateurs, nombreux, filmaient les allures impeccables de ces soldats new-yorkais défilant sous les deux bannières qui claquaient au vent glacial.

L'orchestre surprit tout le monde. Une cinquantaine de Noirs américains, sous la baguette d'un officier noir, démarrèrent *La Marseillaise* sur un rythme éclatant, enlevé, entendu une première fois à Brest lors de leur débarquement. Lui succéda l'hymne américain sur la même cadence. Tous étaient au garde-à-vous, et sur les visages des Français s'affichaient l'étonnement et l'incompréhension.

— C'est quoi ce bordel de musique ? demanda Chef.

— Du jazz, répondit Chaïm Richter, un nouveau style musical de plus en plus en vogue en Amérique et qui débarque chez nous.

— D'où tu connais ça, toi ?

Chaïm Richter haussa simplement les épaules. Huit ans plus tôt, âgé de 15 ans, serré dans une foule compacte venue des quatre

1. Nom donné aux troupes américaines de l'oncle Sam.

coins de l'Europe qui se tassait devant les services de l'immigration à Ellis Island, face à New York, il espérait entrer dans cette grande ville. L'Amérique l'attendait.

Ses parents, en quittant la région quelques mois auparavant, avaient volontairement omis de dire où ils partaient, abandonnant leur fils. Et ce dernier avait alors décidé de fuir la maison de correction du Havre où il était battu de manière régulière, « parce qu'on ne pourrait rien tirer de ce sale gosse ». Ce jour-là, Chaïm prit son destin en main et, avant de décamper de la maison du « bon pasteur », passa par le bureau de l'intendant. Il fractura un secrétaire dans lequel se trouvait l'argent que les familles versaient chaque mois pour l'éducation des enfants, fit main basse sur tous les billets et une montre de gousset en or, décrocha du portemanteau un pull dix fois trop grand et une écharpe qu'il noua autour de son cou, puis il fila. L'intendant, qui ponctionnait allègrement la caisse et préférait s'acheter une montre en or plutôt que d'améliorer les repas de la cantine, devrait patienter pour se renflouer. Cette idée plut particulièrement au jeune Chaïm.

Très tôt, celui-ci eut de la suite dans les idées. Rester en France signifiait être récupéré par les gendarmes et réintégrer aussitôt la maison de redressement où l'intendant lui aurait fait payer cher, à coups de fouet, sa fuite et ses vols. Une seule solution, prendre la direction du port et se fondre parmi les centaines de candidats à l'exil qui attendaient un départ pour l'Amérique. Il déambula dans cette foule et repéra une femme seule avec deux enfants. Son message fut simple : « Faites-moi passer pour votre fils et vous aurez de l'argent. » La femme accepta.

Arrivée à New York, elle pleura beaucoup devant les services de l'immigration américains. Elle s'arracha les cheveux, gémit, disant qu'on avait volé les papiers d'identité de son aîné et qu'elle ne pouvait le laisser repartir seul. Chaïm prit une mine de circonstance et passa sans difficulté les contrôles médicaux. Il avait pourtant regardé avec une pointe d'angoisse ceux dont la veste était marquée d'une croix blanche signifiant qu'ils avaient un problème de santé qui entraînerait un refus d'entrée. Il répondit ensuite avec intelligence à la trentaine de questions qu'on lui posa, en serrant bien fort la main de sa bienfaitrice.

Ensemble, ils franchirent les différents contrôles. La femme empocha les billets et lui souhaita bonne chance. Chaïm détala sur les quais en riant avec le peu d'argent qu'il lui restait et un vague document de l'immigration. Il avait aussi des adresses dans la communauté juive d'Europe centrale données par une famille de migrants qui l'avait pris en affection pendant la traversée. Il admira, tout en courant, une grande statue qui marquait l'accès à la baie, sans savoir qu'il s'agissait de la statue de la Liberté.

Le jeune homme fut hébergé chez des cordonniers polonais en contrepartie de menus services. Très vite, il découvrit cependant que le travail n'était pas fait pour lui, mais il avait appris le yiddish et l'anglais. À 20 ans à peine, avec trois de ses amis, loin des avenues éclairées, il se mit alors à traîner dans les bars de nuit, de ceux qui vendent de l'alcool frelaté et où le poker et les bagarres règnent en maître. Dans ces tripots, des musiciens noirs faisaient sonner leurs instruments au rythme de ce qui allait devenir le jazz et le blues. Chaïm appréciait surtout les accords de blues, mais n'aurait pas su dire pourquoi. Il se lia d'amitié avec deux frères, les Johnson, dont l'un était trompettiste et l'autre jouait du trombone. Originaires de Louisiane, ils parlaient le français avec un accent acadien prononcé.

Chaïm excellait aussi dans les rixes de rue qui finissaient au couteau et dépouillait les vaincus de leurs gains. Puis il se lança dans le racket, agaçant rapidement, par son ambition, les autres bandits qui virent en lui un rival pressé dont il fallait se débarrasser. La police reçut ainsi une information anonyme sur ce jeune délinquant français qu'elle appréhenda pour l'expédier en prison. Mais il s'échappa du fourgon cellulaire et, une fois de plus, fila vers le port. Il s'enfuyait de nouveau, sept ans plus tard, en sens inverse, en grimpant dans un navire marchand qui s'apprêtait à lever l'ancre, et se promit de revenir un jour.

Quand il débarqua à Brest, sa montre en or ne l'avait jamais quitté et ses poches étaient remplies d'argent gagné au poker contre les marins pendant la traversée. Pour se faire oublier, il s'enrôla dans l'armée française, très avide de recrues. Et aujourd'hui, avant de partir au front, il écoutait avec plaisir cette musique qui naissait sous la baguette de Jim Europe, célèbre chef d'orchestre new-yorkais qu'il avait déjà vu diriger. Chaïm se concentra sur chacun des visages des musiciens virtuoses, méconnaissables dans leur uniforme. Après quelques minutes, il hocha imperceptiblement la tête en apercevant les frères Johnson.

Les officiers français et américains, suivis de Chef, se mirent en mouvement pour passer en revue la première ligne du régiment. En une fraction de seconde, Chaïm Richter, simple soldat, décida d'emboîter le pas de Chef qui n'osa pas, devant autant d'officiels, chasser le jeune homme qui n'avait pas sa place dans ce protocole. Celui-ci, tête haute, casque, fusil et uniforme briqués, légèrement en retrait, se cala sur le pas martial de son supérieur. Les autorités s'arrêtèrent près des musiciens pour féliciter Jim Europe de son audace musicale. Pour autant, elle plongea dans la perplexité quelques officiers généraux blanchis sous le harnais.

— Elle a un style vraiment original cette euh…, comment dire ? musique ? surprenante même. Comme s'appelle-t-elle déjà ?

— C'est du jazz, paraît-il, mon général. Elle a été popularisée par les Noirs américains, c'est pour cela que l'orchestre est composé uniquement de ces gens. Cette formation est, d'après ce que nous en savons, très réputée aux États-Unis. J'ai appris que leur chef, le lieutenant Europe, était le fils d'un esclave affranchi.

— Ah oui ? Un fils d'esclave chef d'orchestre ? Nos amis d'outre-Atlantique seraient-ils en train d'évoluer ?

— J'attends de voir. Et cette musique, alors qu'en pensez-vous, mon général ?

— Aucune chance qu'elle s'implante en France, elle est tellement différente de notre culture. Mais bon, nous l'aurons écoutée au moins une fois.

— Je suis entièrement de votre avis, mon général.

Chaïm Richter, trop loin pour entendre ce dialogue dont il n'aurait pas partagé la sentence, parvint à attirer l'attention du joueur de trombone. Il fallut quelques secondes à celui-ci pour le reconnaître, et, aussitôt, un large sourire s'afficha sur son visage. D'un léger coup de coude, il alerta le trompettiste. Les deux Américains et Chaïm échangèrent un long regard, accompagné d'imperceptibles mouvements de tête qui signifiaient : « On se voit bientôt. »

Après le « En avant, marche ! » hurlé par le colonel qui commandait le régiment, les troupes partirent au pas, fusil à l'épaule, en direction du front. L'orchestre entama une série d'airs entraînants jusqu'à ce que les soldats disparaissent à l'horizon. Là, Chef se porta à la hauteur de Chaïm Richter.

— C'est quoi c'merdier que t'as foutu, Richter ? Tu te crois où ? Dans un cirque ? T'as voulu faire le malin devant tes copains en passant les régiments en revue ? J't'écoute. T'as intérêt à trouver la bonne explication, mon gars.

— Chef, vous ne m'avez pas donné comme instruction de rester sur place. J'ai cru bien faire en vous suivant jusqu'à la fin de la cérémonie.

— J'vais t'en filer une d'instruction, et précise en plus. Quand on reviendra de la castagne avec les boches, et si t'es toujours en vie, tu te taperas dix jours de gnouf.

— À vos ordres, Chef.

À la nuit tombée, la troupe pénétra dans la tranchée de première ligne en renfort d'une autre unité qui ne cacha pas son étonnement de découvrir une compagnie entière de Noirs américains. Tous les poilus se demandaient comment celle-ci allait se comporter sous la mitraille. L'information circula rapidement : l'assaut était prévu à 3 heures du matin avec pour objectif l'occupation de la position d'en face. Fleisher et Richter encadraient une trentaine de soldats américains, d'autres étaient répartis avec leurs instructeurs pour qu'ils soient en confiance. Chaïm répercuta discrètement les ordres en anglais, à la surprise du sergent.

— Je ne veux pas qu'on sache que je parle l'anglais, dit avec fermeté Chaïm Richter, anticipant la question de Fleisher.

Une demi-heure avant l'offensive, les canons français concentrèrent leurs tirs sur la position avancée allemande. Les Américains se confrontaient pour la première fois à la réalité de la guerre. L'angoisse se lisait sur leurs visages tendus. Les obus faisaient trembler la terre.

À quinze minutes du coup de sifflet qui déclencherait l'attaque, tous les hommes resserrèrent les courroies de leur casque, vérifièrent fusils et baïonnettes, puis réajustèrent leurs équipements. Certains priaient les yeux fermés et multipliaient les signes de croix. D'autres, livides de terreur, semblaient absents. Quelques-uns vomissaient.

Chef avala du rhum et plongea la main dans la poche de sa vareuse pour tâter son dragon en colère. Fleisher et Richter parcoururent l'escouade américaine, donnant des tapes dans le dos, encourageant leurs effectifs de quelques mots.

Trois heures. Froid polaire. Un vent de désespoir soufflait sur la terre dévastée et durcie séparant les deux camps. Le coup de sifflet du capitaine Rosenberg ordonnant l'assaut finit de nouer de peur les entrailles des hommes. Sorties de la tranchée par les échelles de bois dans le déchaînement de l'artillerie, les troupes noires américaines se ruèrent droit devant en criant : « *God damn, let's go !*[1] » Courbés en deux, courant au petit trot, les soldats cherchaient des abris pour faire feu. Des geysers de terre les aveuglaient. Le vacarme était tel qu'ils hurlaient pour s'entendre.

Ceux d'en face répliquèrent en tirant des fusées blanches qui éclairèrent d'une lumière blafarde le champ de bataille. Les silhouettes se découpaient ainsi sur fond de nuit noire. Des cibles idéales. La première vague qui initia la charge fut couchée par les mitrailleurs allemands qui dézinguaient à tout va comme à la fête foraine. Certains soldats s'aplatissaient derrière les cadavres de chevaux ou les morts et prenaient appui sur ces corps pour riposter tant bien que mal. Les recrues américaines, comme à l'entraînement, rampaient, ne reculaient pas, mitraillaient. Ils grenadaient l'adversaire à la façon du lancer au base-ball. Ce furent des heures de fracas des canons, de duels d'artilleries qui déchiquetaient les vivants, d'obus qui retournaient la terre faisant ressurgir les dépouilles des assauts précédents. Chef gueulait et riait comme un dément, emporté par cette ivresse qui l'accompagnait dans chaque combat. « Ces cons-là tuent les macchabées », s'esclaffait-il.

Furie des soldats noirs, hallucinés, qui atteignirent la ligne allemande en hurlant de rage, de peur, et d'étonnement d'être encore en vie, et qui terrifièrent leurs ennemis dans les corps-à-corps. Premiers morts dans les rangs américains. Nettoyage au couteau et à la grenade de la tranchée conquise. Prisonniers allemands soulagés de ne pas être exécutés. L'artillerie française allongea le tir pour écraser la seconde ligne et empêcher toute velléité de reconquête. Trente mètres

---

1. « Nom de Dieu, allons-y ! »

de grignotés, cent soixante-cinq morts et deux cents blessés côté français et américains.

Quelques jours plus tard, le régiment regagna sa base arrière. Les nouvelles recrues avaient subi leur baptême du feu, perdu des hommes et, compte tenu de leur bravoure, tout leur bataillon fut intégré comme unité combattante dans la division qui repartait au front dès le lendemain. Les officiers supérieurs y allèrent de leurs mots ronflants qui se dispersaient dans les bourrasques de vent pour saluer la vaillance des troupes alliées. Zhang traduisit comme il le pouvait ces expressions qui sonnaient creux : « Ardent chef… audace et mordant légendaires… courage calme… vigueur remarquable… généreuse émulation… refoulant l'ennemi. » Les poilus haussaient les épaules face à ces déclamations mille fois entendues qu'ils n'écoutaient même plus et qui les lassaient. Pour les Noirs américains, c'étaient des mots neufs, élogieux, qu'ils recevaient avec fierté.

Une fois les discours terminés, Chef distribua des bidons de rhum aux Américains de son unité et, levant sa gourde, il hurla : « Maintenant, on passe aux choses sérieuses : à la santé de ces putains de négros, des vrais guerriers, qui ont foutu une branlée aux boches. » Zhang retranscrit en prenant quelques libertés : « Chef vous félicite et salue les grands guerriers que vous êtes, qui ont vaincu l'ennemi dans un premier combat. » Aussitôt, deux soldats originaires de Louisiane, qui comprenaient le français, éclatèrent de rire. Chaïm Richter secoua la tête en souriant.

À la suite de cette nuit arrosée où plus personne ne tenait debout, la consommation de rhum et de vin fut interdite pour protéger de l'ivresse les soldats américains.

Chef repéra Chaïm Richter qui semblait parler avec deux d'entre eux.

— Tu baragouines l'amerloque, Richter ?

— Quelques mots, Chef, pas plus. Ce sont des gars que j'ai entraînés.

— Tu t'rappelles c'que j't'ai promis ? Si tu sortais vivant du merdier, t'allais au trou.

— Oui, Chef.

— Dix jours d'arrêt de rigueur à partir de ce soir.

— À vos ordres, Chef.

27

Les soldats noirs américains du 369e régiment d'infanterie US furent désormais de toutes les batailles. Ils apprirent des prisonniers allemands qu'ils étaient surnommés les « Harlem Hellfighters » et en tirèrent fierté. L'artillerie ennemie pilonnait leurs positions, détruisait les tranchées et ensevelissait les hommes. L'artillerie française répliquait avec les mêmes effets. Les militaires reconstruisaient inlassablement les boyaux qui leur servaient de tombeau. Chef devenait enragé. Il semblait mener sa propre guerre et, pour être prêt plus rapidement que « ces salopards d'en face », comme il les invectivait, il utilisait la main-d'œuvre chinoise. Ainsi, Zhang, contre l'avis de Fleisher, travaillait en permanence comme terrassier dans la première ligne avec une centaine de ses camarades.

L'hiver rigoureux qui s'était installé de janvier à mars 1918 céda la place, à la mi-avril, à des pluies soutenues et froides transformant les tranchées en bourbiers dans lesquels s'enfonçaient les soldats jusqu'aux genoux. Pataugeant là-dedans pendant parfois quinze jours sans se déchausser, pour certains c'était le pourrissement des pieds assuré. Les Chinois étayaient les boyaux qui s'effondraient, remplissaient des sacs de terre pour les rehausser, posaient des planches sur les sols noyés d'eau. Zhang, après le repas, à la nuit tombée, pratiquait sa médecine sur ses compatriotes fourbus et sur des poilus qui disaient : « Après tout, ça peut pas faire de mal. » Il prenait ensuite grand soin de ses aiguilles, qu'il savait ne pas pouvoir remplacer en France.

En sa qualité d'interprète, le jeune homme se faisait également l'écho de la colère des ouvriers. Excédé du peu de considération que l'on manifestait à leur égard, il décida un jour de s'en ouvrir au capitaine Rosenberg. Celui-ci montrait à Fleisher une carte d'état-major avec les positions du régiment. Fleisher, concentré sur le déroulement des combats à venir, n'aperçut qu'au dernier moment son ami, le visage fermé. Rosenberg leva aussitôt vers lui un regard interrogatif.

— Capitaine Rosenberg, je suis le porte-parole de ma compagnie. Les conditions dans lesquelles nous sommes logés sont indignes, et on nous retient, tous les mois, de l'argent pour pouvoir dormir dans ces cabanes en très mauvais état.

Rosenberg et Fleisher découvraient, pour la première fois, Zhang furieux. Il poursuivit :

— Nous avons aussi des retenues sur nos salaires de misère pour des vêtements et des chaussures complètement usés qui ne sont jamais remplacés. Quel que soit le temps, nous portons toujours la même tenue. Des hommes sont malades. Nous avons décidé de ne plus travailler jusqu'à ce que les choses changent.

Considérant qu'il avait dit ce qu'il fallait, Zhang quitta les deux hommes, muets de stupeur.

— Il aurait pu m'en parler avant de venir te voir, s'indigna Fleisher.

— Je crois que la coupe est pleine, et s'il s'est adressé directement à moi, c'est qu'il estime que tu n'as pas pris en compte leurs récriminations.

— C'est pourtant faux. Je l'ai signalé à plusieurs reprises au fourrier, c'est lui qui est chargé de l'intendance. Il t'en a informé ?

— Pas le moins du monde. Je vais régler ça tout de suite avec lui. Ce n'est pas le moment d'avoir des problèmes de la sorte au sein du régiment.

Les soldats français et américains se tenaient prêts pour contrer un assaut que Chef pressentait. Malgré tout, il souhaitait que « ces putains de coolies qui bossent bien quand on est sur leur dos » finissent de fixer des échelles. Les guetteurs, de leur côté, n'apercevaient aucun signe d'une préparation de l'attaque et l'artillerie allemande ne bombardait pas encore. Un vent froid avait chassé les nuages et, pour la première fois depuis des semaines, les soldats levaient leur nez vers un ciel bleu pâle. Zhang, adossé à une paroi de la tranchée, était lui aussi concentré sur le ciel. David Fleisher, Chaïm Richter et Léon Nathan observaient leur ami, silencieux, qui semblait attendre quelque chose.

Soudain, des étourneaux apparurent. D'abord quelques-uns, puis des dizaines. Enfin, plusieurs centaines survolèrent la zone, comme s'ils s'étaient donné rendez-vous au-dessus du carnage. Les soldats regardaient, amusés, le vol rapide de ces oiseaux qui se regroupaient et s'écartaient aussitôt. Zhang fit glisser sa musette au sol et, sans les quitter des yeux, escalada l'échelle. Il apparut alors à la vue de tous, debout, contournant les barbelés et le séchoir, se déplaçant dans le no man's land, enjambant les soldats des deux camps figés dans la mort et s'arrêta. Là, il étendit ses bras en direction des étourneaux qui tournoyaient et s'apprêtaient à partir vers le sud. Des cris de stupeur s'élevèrent de toute part. Sans y prêter attention, il débuta une série de gestes lents, amples, élégants, qui ramenèrent les oiseaux au-dessus de lui. Guidés par Zhang, ils exécutaient des spirales, des vagues et d'autres figures harmonieuses.

Côté allemand, un tireur d'élite manœuvra la culasse de son fusil Mauser de précision et fit monter une balle dans la chambre. Il cala la tête de Zhang dans la ligne de mire et son index droit commença à exercer une pression sur la queue de détente. Dans une seconde, elle serait pulvérisée. Un tir facile, le jeune homme tête nue ne bougeait pas. Mais une main abaissa lentement et fermement le canon du fusil. Sur un geste de l'officier allemand, tous les soldats alentour posèrent leurs fusils et, accoudés aux rebords de la tranchée, admirèrent l'étrange ballet silencieux du Chinois dirigeant les oiseaux.

Chef, lui, éructait et balançait des jurons. Il renforça la première ligne, prête pour l'assaut, afin de répliquer à la mort certaine de l'inconscient. Mais les Français et les Américains comprirent que les Allemands ne tireraient pas. Ils posèrent à leur tour leur fusil, et eux aussi furent emportés par ce spectacle irréel. Zhang, comme un chef d'orchestre, interprétait une symphonie dans laquelle les oiseaux incarnaient les notes de la partition. Il accéléra ses mouvements sans brusquerie, les étourneaux se déplaçaient au-dessus du champ de bataille, amorçaient de grands cercles, et survolaient les tranchées en déclenchant des cris de joie chez les hommes. Puis Zhang, ramena ses bras lentement le long du corps, inclina sa tête et salua les oiseaux qui firent un dernier passage et filèrent vers le sud.

Zhang, le visage levé vers la nuée qui s'en allait, demeura un instant immobile, les accompagnant du regard jusqu'à ce qu'ils ne soient plus qu'un petit point dans le ciel. Des vivats, des hourras et des applaudissements éclatèrent alors, improbables dans ce paysage. Le jeune Chinois s'apprêtait à rejoindre la première ligne française, du pas d'un homme tranquille, quand il perçut un gémissement provenant d'un trou d'obus. Au fond gisait un chien couché sur le côté. Une balle lui avait transpercé le flanc. C'était un gros bâtard comme il y en avait des centaines sur les champs de bataille. Attelés à des chariots de munitions, ou transportant des messages entre états-majors, ils accomplissaient des tâches particulièrement dangereuses. D'autant que les soldats des deux camps s'entraînaient à tirer sur ces cibles qui galopaient quand ils estimaient que c'était un chien ennemi.

Zhang s'accroupit, le détacha des restes d'un attelage et le prit dans ses bras. L'animal sut que cet homme était bon et se laissa faire. Zhang regagna ensuite la tranchée française. Les applaudissements des deux camps continuèrent jusqu'à ce qu'il disparaisse au bas de l'échelle. Là, tous les hommes le regardaient avec admiration. Les Américains, plus exubérants que les Français, sifflaient, riaient, tapaient dans leurs mains et criaient : « Yes man, amazing, extraordinary. » Nathan, lui, s'agenouilla près du bâtard, ouvrit sa sacoche d'infirmier et lui injecta un calmant. Deux Chinois, sans un mot, emportèrent le chien inconscient posé sur un brancard.

Chef, les mains refermées sur son ceinturon, se planta devant Zhang et le regarda longuement. Aucune trace d'animosité dans ses yeux.

— Toi, on peut dire que t'as une sacrée paire de couilles. Comment tu t'appelles ?

— Jaune, chink', chinetoque, coolie, crevard, bon à rien, tête de citron ou baragouineur. Au choix, Chef.

— Me fais pas chier avec tes conneries. C'est quoi, ton nom ?

— Zhang, Chef. Je m'appelle Zhang et je viens de Kaifeng. Et vous ?

— Qu'est-ce qu'ça peut te foutre, hein ?

Zhang ne répondit pas, mais ne lâcha pas non plus Chef du regard. Finalement, celui-ci hocha la tête.

— Jean. Je viens de Quimper. J'avais un bateau de pêche, dit-il d'une voix atone.

Puis il se racla la gorge, cracha, et haussa le ton pour être entendu à la ronde, conscient de la présence de nombreux soldats dans son dos. Il ne voulait pas que son autorité soit affaiblie après ce court échange.

— C'est pas parce que tu fais tes pitreries dans le no man's land que j't'aurai pas à l'œil. Maintenant, retourne à ton boulot. D'ailleurs, le clebs que t'as ramené, c'est pour l'bouffer ? Y paraît que vous autres, les chinetoques, vous vous régalez de cette barbaque et de celle des chats.

Fier de sa repartie, il éclata d'un rire tonitruant amplifié par le silence de réprobation qui recouvrit la tranchée. Zhang, insensible à cette remarque, rejoignit Nathan au poste médical qui débordait de blessés, de défigurés, d'amputés et de mourants attendant d'être évacués. Les lieux puaient l'éther, le sang et la pourriture. Pourtant, plus personne n'y prêtait attention.

Le médecin-chef, habitué aux apparitions discrètes du jeune homme dans l'hôpital de campagne, roula une cigarette, passa sa langue sur le papier pour le coller, l'alluma avec un briquet-tempête qui empestait le pétrole et, les mains plantées dans les poches de sa blouse, s'approcha de celui qui apportait parfois son aide aux soignants.

— Je te vois à l'œuvre depuis un moment maintenant avec tes aiguilles. J'avoue que je ne suis pas encore revenu des effets qu'elles produisent. Si on s'en sort, il faudra que j'écrive quelque chose là-dessus.

— Pourquoi écrire ? Il y a déjà de nombreux livres en Chine qui décrivent tout ça, s'étonna Zhang.

— Je veux bien le croire et j'aurais aimé y avoir accès, répondit pensivement le médecin. On en reparlera. Pour l'heure, les états-majors estiment que nous entrons dans les dernières offensives de cette guerre, espérons que ce qu'ils racontent, pour une fois, soit exact. Les blessés graves seront innombrables. Au lieu de réparer les tranchées, je souhaiterais que tu travailles ici plus souvent. Qu'en dis-tu ?

— Je viendrai. Pouvez-vous me prêter des ouvrages de votre médecine ?

Son interlocuteur, aussi curieux que cela put paraître, ne fut pas surpris par la demande. Il trouvait ce jeune Chinois différent de tous les hommes qu'il avait côtoyés. Il regarda sa cigarette éteinte, fit tomber la cendre et ralluma le mégot.

— J'ai quelques livres d'anatomie et de chirurgie. Je les trimbale avec moi plus par affection que par nécessité. Je te les prête avec plaisir. Je ne sais pas si tu comprendras grand-chose, mais pourquoi pas.

Zhang s'inclina en guise de remerciement.

28

Les divisions militaires américaines, les vraies, celles des soldats blancs, comme aimait à le préciser l'état-major des États-Unis, se déployèrent dans les zones de combats où étaient déjà engagées des troupes françaises et les Hellfighters. Des centaines de coolies suivaient. Parmi eux, Shen Li et Sun Hao, les compagnons de route de Zhang dont il avait été séparé dès leur arrivée en France, à Marseille, un an et demi plus tôt.

Les deux hommes avaient été affectés comme interprètes dans des usines d'armement, loin des tranchées. Fidèles en amitié, ils essayaient depuis, par tous les moyens, de savoir ce qu'il était advenu de Zhang. Et c'est par le sergent chargé de leur encadrement qu'ils apprirent, en contrepartie de bouteilles d'alcool qu'ils dérobaient dans l'intendance de la caserne, que leur camarade et son groupe de travailleurs étaient à Boulogne-sur-Mer à disposition des Anglais. Ce sous-officier, ravitaillé à l'envi en rhum et cognac, renseignait les deux « Jaunes », comme il les appelait, sur les déplacements de l'escouade de Zhang. Il exigeait chaque fois plus d'alcool en échange des nouvelles que Shen Li et Sun Hao sollicitaient de plus en plus souvent. « Ben dame, se plaignait-il, faut qu'j'arrose aussi les gens des bureaux, elle est pas simple vot' affaire. »

Un soir où le sergent repartait avec deux bouteilles de cognac et deux de rhum, il leur annonça que Zhang se trouvait dans l'est de la France où ça chauffait. Les deux Chinois réfléchirent pour se faire affecter auprès d'unités combattantes et le rejoindre. Finalement, le hasard régla les choses quand, un matin de début mai 1918, un officier français se fit conduire les deux interprètes dans son bureau.

— Sur vos fiches il est indiqué que vous parlez l'anglais. C'est exact ?

Les deux Chinois, méfiants, restèrent sur leurs gardes. Le capitaine n'attendit pas leur réponse pour poursuivre :

— Si c'est écrit, c'est que c'est vrai. Prenez vos affaires, vous partez sur-le-champ dans l'Est, auprès des troupes américaines. Fini votre petit quotidien de planqués, payés à rien foutre. Vous allez en baver. Les tranchées, c'est la merde. La flotte, les cadavres, la putréfaction et les rats qui s'emparent de votre bouffe froide : la vie de château, quoi.

Les visages de Shen Li et Sun Hao s'éclairèrent soudain d'un grand sourire qui laissa pantois l'officier.

— C'est une bonne nouvelle, capitaine. Vous connaissez les tranchées ?

— Pas encore, c'est ce qu'on m'a raconté, expliqua-t-il d'un air gêné.

— Et vous y allez bientôt ?

— Euh, non… Moi, dit-il en tapotant du doigt un gros registre, j'ai fort à faire ici. C'est très important la tenue à jour des livres.

Un proverbe vint immédiatement à l'esprit de Shen Li qui s'adressa à Sun Hao en mandarin : « Immobile sur la digue, le pélican ne mouille pas ses ailes. » Dans la foulée, les deux hommes éclatèrent de rire.

— Qu'est-ce que vous venez de baragouiner ? demanda le capitaine.

— Mon ami dit que vous êtes un guerrier.

— Dégagez, j'veux plus vous voir. J'espère que vous allez en chier, et que vous perdrez ce sourire arrogant.

Apprenant leur départ, le sergent fit la gueule. Terminé l'alcool qu'il échangeait avec le tenancier d'un bordel local contre les faveurs de jeunes femmes. Pourtant, son plan était parfait : les renseignements qu'il refilait aux Chinois, il les tenait gratis de son frère qui, amputé d'une jambe, était en poste dans un obscur service administratif des armées.

Deux semaines plus tard, à Paris, les deux hommes rejoignirent des centaines d'ouvriers chinois gare de l'Est. Après un lent voyage, ils débarquèrent sur un quai envahi de militaires au milieu d'une campagne battue par des bourrasques. Ils apprirent qu'ils venaient d'arriver à destination sans plus de précision. Les routes qu'ils empruntèrent étaient défoncées, encombrées de régiments et de véhicules de toutes sortes. Les zones de combats se rapprochaient. Après plusieurs jours de marche, ils s'installèrent dans un endroit qui avait été autrefois un village. Seuls subsistaient quelques rares pans de murs calcinés et des troncs d'arbres déchiquetés. Les artilleries s'en étaient donné à cœur joie.

Un officier américain, juché sur une caisse d'obus, entouré de sous-officiers aux visages fermés, les mains dans le dos, s'adressa à la quinzaine d'interprètes et détailla le travail assigné aux coolies.

— Entretien du matériel, transport des munitions, maintien en état des voies de communication. Pour les détails, vous verrez avec les sous-officiers derrière moi. J'exige une discipline absolue, pas d'alcool, pas de jeux d'argent ni de bagarres. Ceux qui enfreindront la loi des États-Unis seront sévèrement punis.

Shen Li et Sun Hao profitèrent de leur statut pour se déplacer plus facilement dans les camps militaires. Ils étaient à la recherche de Zhang, le médecin de Kaifeng. Soit ils n'obtenaient aucune réponse, soit ils sentaient de la méfiance, de la réticence voire de l'hostilité de la part de leurs interlocuteurs, pourtant des compatriotes. Ils comprirent que l'animosité et le silence grandissant les guideraient vers leur camarade. Alors qu'ils questionnaient un petit groupe portant des outils de terrassier, ils furent abordés par deux hommes, un soldat français et un Chinois, tenant discrètement des poignards. Les ouvriers posèrent leurs outils et firent cercle autour des inconnus, les soustrayant à la vue des autres soldats. S'ils devaient les exécuter, autant que ce soit dans la discrétion.

Sans se laisser impressionner, Shen Li s'adressa au soldat et Sun Hao au Chinois.

— Nous sommes des amis proches de Zhang, et serions heureux de le revoir. Nous avons fait le voyage ensemble depuis la Chine.

— On va vous accompagner jusqu'à lui, expliqua le soldat. Si vous nous avez menti, on vous égorge.

Shen et Sun emboîtèrent le pas des deux hommes, traversèrent le camp des militaires français et des Hellfighters, dans leurs préparatifs des combats à venir, puis ils virent Zhang, de dos, agenouillé près d'un chien qui se laissait soigner. D'un geste, le Chinois leur intima de ne plus avancer.

— Zhang, appela Shen Li.

Celui-ci se releva et reconnut ses camarades, entourés de Guo et Chaïm Richter. Faisant comme s'il ne voyait pas les lames sorties, il hocha aussitôt la tête en souriant et s'avança vers les deux hommes qui n'osaient pas bouger, toujours encadrés de manière hostile. Le chien le suivit, lui mordillant le bout des doigts.

Alors que les poignards réintégraient leurs étuis, Zhang, Shen Li et Sun Hao se tinrent les mains en silence pendant plusieurs minutes, se redécouvrant après un an et demi de séparation. Ils se mirent ensuite à l'écart pour rattraper le temps perdu et parlèrent longtemps. Ils se racontèrent les moments de vie difficiles, un récit ponctué parfois de silence, mais rirent aussi, accompagnant de grands gestes leurs anecdotes. Zhang écoutait ses amis en caressant le chien qui finit par s'endormir.

Shen Li et Sun Hao détaillaient Zhang. Le jeune homme filiforme, naïf et insouciant dont ils avaient été séparés à Marseille avait disparu. Dix-huit mois d'un quotidien éprouvant, de guerre, d'humiliations, de privations, de menaces l'avaient profondément transformé. Sous sa gaieté apparente et sa bonté naturelle transparaissaient une force de caractère et une maîtrise de soi qui impressionnèrent ses camarades. De son côté, Zhang sentit aussi un grand changement chez eux, même s'ils s'efforçaient de dissimuler l'amertume et la violence qui les habitaient désormais. La guerre avait métamorphosé ces hommes à jamais.

À la nuit tombée, Shen Li et Sun Hao s'apprêtèrent à repartir vers leur campement, rassurés et heureux d'avoir retrouvé Zhang et de pouvoir reprendre leur chemin commun. Mais avant, ils s'entretinrent un instant avec Guo et Chaïm Richter, qui les attendaient, assis sur des caisses d'obus. Les Chinois parlèrent d'abord entre eux. Après quoi Sun Hao s'adressa à Richter :

— Nous étions étonnés de voir un Français avec Guo. Il nous a dit que tu es un initié, ce qui est très rare pour un Occidental. Shen Li et moi-même sommes membres aussi.

Richter regarda tour à tour les Chinois, des questions se bousculaient dans sa tête. Guo interrompit sa réflexion.

— Nous sommes plusieurs à faire en sorte qu'il n'arrive rien à Zhang. Fu Pei, qui faisait partie de notre société secrète, a tué deux hommes qui en voulaient à la vie de Zhang. Chaïm et moi avons éliminé des Loups blancs et leur chef, expliqua-t-il.

— Pourquoi protéger Zhang ?

— Quelques jours après son départ de Kaifeng, en compagnie de Shen Li et Sun Hao, le maître de Zhang, l'honorable Meng, a promis à son père qu'on veillerait sur son fils. On ne discute pas la parole de cet homme vénérable, celui qui préside notre société secrète en Chine.

29

Le carnage industrialisé continua de plus belle. Des deux côtés, les armées lâchaient tout ce qu'elles pouvaient dans ce qu'elles souhaitaient être les batailles ultimes. Les balles de mitrailleuses découpaient les soldats qui jaillissaient de leurs abris de fortune, les assauts étaient vains et désespérés. Des milliers de tonnes d'obus écrasaient nuit et jour les tranchées, broyant tout ce qui ressemblait à de la vie autour. Inlassablement, Français, Américains et Chinois remettaient à peu près en état leurs installations, évacuant comme ils le pouvaient les cadavres ou ce qu'il en restait. Les Allemands agissaient de même.

Dans la division française, Rosenberg avait tenu parole. Les Chinois reçurent des effets de rechange et leurs cabanes furent convenablement réparées. Ils reprirent alors leur travail. Mais Zhang et ses compagnons n'étaient plus les ouvriers demeurant loin des champs de bataille. Ils comptaient désormais des morts et des blessés dans leurs rangs, dus à l'artillerie qui pilonnait chaque mètre carré de terrain.

Un matin, Zhang, vindicatif, accompagné d'une quinzaine de compatriotes, s'adressa à Chef qui parcourait la tranchée en vociférant contre l'humanité tout entière.

— Chef, c'est terminé, on arrête de venir dans les zones de combats. C'est contraire à notre engagement. Nous en avons assez fait. On ne doit pas mourir pour une guerre qui n'est pas la nôtre. Je vais dire au capitaine Rosenberg que vous n'obéissez pas à ses instructions.

Chef sortit d'une de ses poches du saucisson et un couteau. Il coupa quelques rondelles, les mastiqua, cracha les peaux et les morceaux de gras coincés entre ses dents. Enfin, il daigna répondre :

— M'emmerde pas avec tes conneries. La Chine a déclaré la guerre à l'Allemagne. Vous êtes Chinois, donc vous êtes en guerre. Estime-toi heureux que j'vous file pas un flingot pour aller cavaler de l'autre côté. Réparez-moi cette putain de tranchée et fermez-là.

Chef s'éloigna, mais fut rattrapé par Fleisher, excédé :

— Chef, il ne faut plus que tu t'obstines avec Zhang et ses gars. Rosenberg t'a déjà ordonné de cesser de les exploiter sur la ligne de feu. Il y a des règles concernant la main-d'œuvre chinoise qui ont été rédigées par le Service de l'organisation des travailleurs coloniaux et qui stipulent que…

Chef se retourna, sa pelle de combat à la main qu'il planta de rage dans une des parois boueuses qui les entouraient.

— Fleisher, je me torche le cul avec ces papelards. Et je vais te dire un truc qui va t'étonner : je les connais par cœur ces conneries dictées par les états-majors. « Pour obtenir de la main-d'œuvre chinoise son rendement maximum, il importe avant tout de savoir ce qu'on peut lui demander et de bien connaître l'ouvrier que l'on emploie. » Crois-moi, tu peux vérifier. Eh ben, ces Jaunes, moi, je sais c'que je peux en tirer.

— Oui, dans leurs missions loin du front, répondit calmement Fleisher face à la fureur de Chef.

— Bordel, Fleisher, ouvre les yeux, c'est la guerre, tu t'en rends compte ? Il me faut des mecs pour réparer ces putains de boyaux. Je m'en tape des Chinois, ce sont des étrangers, des indigènes. Nos gars crèvent par centaines tous les jours, les négros et les Arabes aussi. Pourquoi pas eux ?

Des sifflements d'obus déchirant l'air se firent entendre. Dans moins de cinq secondes, des tonnes de terre seraient soulevées par des explosions d'acier et des hommes anéantis. Des coups de sifflet retentirent partout alentour pour prévenir d'un bombardement imminent. Chef hurla de se planquer. Des soldats se plaquèrent contre les parois de terre, illusoires protections. Les Chinois partirent dans tous les sens, apeurés. Zhang et cinq de ses amis demeurèrent figés, debout au fond de la tranchée, incapables de fuir, tétanisés. Fleisher, lui, chercha un abri en remontant le plus rapidement possible un boyau de communication, dans la cohue de ceux qui tentaient vaille que vaille de se sauver. Une heure durant, des obus de tous calibres laminèrent les zones françaises, hachant toute forme de vie. Quand les Allemands, baïonnettes au canon, se ruèrent sur les positions dévastées, ce fut au tour des artilleurs français de les rayer de la carte.

Silence. Les armées comptaient leurs morts et leurs blessés, et se préparaient au prochain assaut. Les soldats français et américains des lignes arrière affluèrent pour déblayer les gravats et sauver les hommes qui pouvaient l'être. David Fleisher, Chaïm Richter et Léon Nathan, pelles à la main, suivaient en courant un Chinois susceptible de leur indiquer, approximativement, l'endroit où se trouvait Zhang au début du bombardement. Leur guide, devant ce paysage bouleversé, avait du mal à s'orienter. Il désigna enfin ce qui restait de la tranchée sur une quarantaine de mètres. Plus rien. Aidés par les Hellfighters, ils creusèrent alors avec frénésie et découvrirent, bien plus loin, Zhang et ses compagnons ensevelis debout. La terre les maintenait droits. Ils ressemblaient aux guerriers d'argile de l'empereur Qin Shi Huangdi[1].

Léon Nathan sauta dans le trou. Les hommes étaient inconscients, mais vivants, respirant faiblement, au bord de l'asphyxie. Avec précaution, ils furent transportés au poste médical où les médecins et infirmiers s'affairaient déjà auprès de ceux qui avaient une chance de survivre. Voyant Zhang sur une civière, le médecin-chef, une fois son intervention terminée, examina lui-même le jeune homme qui revenait à lui.

Fleisher, dès les urgences gérées, fit remonter l'information à Rosenberg par le biais d'une note. « On ne peut plus employer des Chinois en première ligne, c'est contraire à toutes les instructions. Il faut à tout prix les maintenir à distance des artilleurs allemands. Ils ont eu des morts, des blessés et certains ont perdu la raison. » Dans la foulée, le capitaine rédigea un rapport qui suivit la voie hiérarchique. Le colonel Chapelle lut le document, porta dans la

1. L'empereur avait fait fabriquer près de huit mille statues de soldats et de chevaux en terre cuite qui furent enterrées dans son mausolée. Elles ont été découvertes en 1974 par des agriculteurs dans le Xian de Xiyang.

marge la mention : « Accordé avec effet immédiat », et le signa. Chef fulmina en regardant partir « ces fainéants de Jaunes ». Ils allaient vers les bases arrière pour effectuer leur travail loin des combats. Zhang, en revanche, refusa de se replier avec ses compatriotes. En fait, il avait exigé le retrait des zones dangereuses pour les ouvriers. Il posa ses affaires dans le poste médical.

30

La succession de toiles de tentes qui faisaient office d'hôpital de campagne débordait de patients malgré l'unité mobile, composée essentiellement d'infirmières, obtenue en renfort. Les visages de certains n'étaient que bouillie de chair et d'os. Les médecins et les infirmiers, happés par l'urgence, ne supervisaient même plus Zhang qui œuvrait, depuis plusieurs semaines, toutes les nuits à leurs côtés. Mais, pour l'heure, le médecin-chef, fasciné, ne pouvait détacher son regard du jeune Chinois qui extrayait un éclat d'obus de l'épaule d'un soldat, désinfectait la plaie et la suturait. Il travaillait vite, avec précision, tel un chirurgien aguerri. *C'est à peine croyable*, se dit le médecin-chef. *Il nous observe et il met en pratique ce qu'il lit dans mes livres.*

Fleisher, Nathan, Richter et Zhang se retrouvaient à la nuit tombée, dès qu'ils le pouvaient. Ils partageaient la nourriture envoyée par les familles de Fleisher et de Nathan, ou bien confectionnée par les cuisiniers chinois. Chocolat, confitures, gâteaux secs du quartier juif de Paris, mais aussi poulet, riz et thé chinois amélioraient l'ordinaire et réconfortaient ces hommes. Parfois, Chaïm invitait Guo et ses amis musiciens, les frères Johnson, originaires de La Nouvelle-Orléans. Ces derniers parlaient un mélange de français et de créole qui faisait sourire Zhang. Ils appartenaient à l'orchestre du 369e régiment, dirigé par Jim Reese Europe et donnaient des concerts pour remonter le moral des troupes, mais participaient aussi aux combats. À ces soirées improvisées prenaient également part, de plus en plus souvent, Shen Li et Sun Hao.

Lors d'un de ces repas, les deux Américains firent découvrir à leurs camarades leurs boîtes de ration de viande en conserve, les biscuits de mer et le café « prémoulu », comme ils disaient. Au milieu d'un épais papier d'emballage de munitions servant de nappe se mêlaient spécialités chinoises, juives et américaines. Là, pendant quelques heures, ces hommes au seuil de leur existence, aux origines et aux accents différents, parvenaient à oublier la guerre. Le seul plaisir d'être ensemble les réunissait. Ce soir-là, Zhang dessina rapidement les musiciens qui devinrent, sous la pointe de son crayon, deux vieillards édentés tenant leurs instruments sur leurs genoux. Cela le rendit heureux.

De temps à autre, il reprenait ses croquis, tracés dans un carnet qu'il avait réussi à récupérer. Tous ses portraits représentaient plus d'hommes jeunes que de vieillards. Zhang en avait pris son parti. Un seul visage féminin, très précisément dessiné, figurait au milieu de ceux-ci. La femme ne devait pas avoir plus de quarante ans. Les cheveux châtains ramassés en chignon, elle souriait.

Un jour, au moment où tous se séparèrent, David Fleisher tendit un paquet à Zhang.

— De la part de mon père. Ce sont trois ouvrages de théologie. Je lui ai décrit l'intensité que je voyais quand tu lis le Talmud qu'il t'a offert à Paris.

— Tu le remercieras. Dis-lui bien que je vais les lire.

Durant les nuits de l'été 1918, les soldats noirs américains, encadrés par des soldats français, dont Chef et Chaïm Richter, participèrent à des coups de main[1] dans les tranchées allemandes. Ils partaient munis de poignards et de grenades. À l'aube, Zhang, Nathan et les infirmiers attendaient le retour de l'escouade. Certains ne revenaient pas, d'autres regagnaient leur camp, blessés. Malgré les pertes, ces opérations commandos ne cessaient pas.

Un matin, Chef, Richter et leurs recrues, qui avaient tué plus que les nuits précédentes, se laissèrent glisser dans la première ligne, silencieux, les traits marqués par la sale besogne. Appuyés contre la paroi

1. Technique militaire, sortes d'opérations commandos, consistant à harceler l'ennemi de manière rapide dans les tranchées, de nuit, par petits groupes, et parfois à faire des prisonniers.

d'un boyau de terre, ils avalaient un café sucré brûlant en soufflant dessus et mangeaient du pain rassis. Chef et Richter se regardaient, et voyaient dans les yeux de l'autre ce qu'ils avaient commis. Leur comportement était pire que celui d'animaux sauvages, perdant toute humanité. Zhang les observait. Chaïm lui adressa un léger salut de la tête et alla se coucher, tout habillé, dans une cagna[1]. Chef, épuisé, le dévisagea à son tour avant de s'agacer.

— Qu'est-ce tu m'veux, tête de citron ?

— Zhang. Je m'appelle Zhang. Vous avez oublié, Chef ?

— Ça change rien. Qu'est-ce tu m'veux ? C'est le sang que j'ai sur moi qui t'gêne ? Et puis qu'est-ce tu fous là, en première ligne ? T'étais censé plus y être. T'as suffisamment pleurniché auprès des officiers pour te tirer d'là.

— Chef, chaque fois que vous partez en mission la nuit c'est pour défier la mort. Vous ne voulez pas finir écrasé par un obus comme un simple poilu qui n'a rien demandé. Vous cherchez une mort glorieuse, avec votre pelle de combat à la main et le couteau entre les dents. Je me trompe ?

Chef ne répondit pas. Le Chinois disait vrai, mais il ne voulait pas l'admettre. Zhang s'avança vers lui avec son carnet et lui montra le portrait d'un homme. Ce n'était pas un simple croquis. Un visage d'ivrogne, vieilli, les joues creusées, le regard vide remplissait toute une page. Chef scrutait alternativement Zhang et le portrait qu'il lui présentait.

— C'est quoi c'bordel ? murmura-t-il d'une voix sourde.

— Vous vous êtes reconnu, Chef, je le vois à vos yeux. C'est vous dans vingt, vingt-cinq ans. Pas besoin de courir au-devant de la mort, elle ne veut pas de vous. Elle préfère vous voir dépérir à petit feu.

— D'où tu sors ces conneries ?

— Je n'ai pas d'explication. Je vois. Quand je dessine quelqu'un, je sais s'il va vivre ou pas. J'avais arrêté, parce que tous ceux que j'esquissais n'avaient pas d'avenir. La guerre, tout simplement. Mais quelques-uns vieillissent sous la mine de mon crayon. Comme vous, Chef. Et j'ai vu que ce que vous allez devenir ne vous plaisait pas.

1. Sorte d'abri creusé dans la tranchée où les hommes s'entassaient pour dormir.

Sur ces mots, Zhang tourna les talons et fila vers l'hôpital de campagne.

— Zhang, cria Chef. J'ai pas fini d'te parler. C'est un ordre, bordel, reviens !

De rage, Chef jeta sa tasse de café en fer-blanc dans les barbelés. Il grimpa sur une des échelles et, le buste appuyé sur le rebord de la tranchée, refoulant les sanglots qui l'envahissaient, injuria les morts qui jonchaient le no man's land, les traitant de planqués. Il hurlait son désespoir. Il ne souhaitait qu'une chose : que la balle d'un tireur d'élite allemand lui traverse la tête. Mais elle ne vint pas.

31

Zhang se tenait à l'écart des lits de camp et des civières qui accueillaient des centaines de blessés et d'agonisants attendant leur transfert vers les hôpitaux, loin du front. Il parlait à voix basse à une jeune femme aux cheveux châtains enserrés dans une coiffe blanche quand son regard se porta sur un compatriote qui entrait dans la grande tente. Jen Tin. Zhang murmura quelques mots à l'infirmière et partit à la rencontre de son ami. Celui-ci, le visage tuméfié, un bras en écharpe, se déplaçait avec difficulté.

Les deux Chinois s'éloignèrent. Zhang prépara du thé pendant que son camarade lui racontait ce qui s'était passé. Le travail facile à la ferblanterie se déroulait dans de bonnes conditions. Jen Tin n'endurait ni les mauvais traitements infligés par les soldats anglais ni ne déchargeait des heures durant les caisses des bateaux sous le froid et la pluie. La nourriture était correcte. Surtout, il y avait Jeanne. Ils réussissaient à se voir discrètement tous les soirs en dehors de l'atelier, bien que ce soit risqué. Il avait même confectionné un jouet en fer pour la petite Élise. Et puis Jeanne était tombée enceinte. Elle refusa de donner le nom du père et dit qu'après la guerre elle partirait avec lui et ses enfants. Dans sa fureur, le cafetier enferma sa fille et, en questionnant les amies de Jeanne, il finit par apprendre que seul Jen Tin pouvait être le père.

Une nuit, alors que Jen Tin essayait de revoir Jeanne, le bistrotier et trois autres types, munis de manches de pioche, l'entraînèrent par surprise, dans une ruelle et le rouèrent de coups. Puis le Chinois, inanimé, fut jeté sous une charrette. Une patrouille anglaise le découvrit et le conduisit vers un poste médical. Le patron de la ferblanterie, quant à lui, déclara qu'il ne voulait pas de ce perturbateur dans son atelier. Alors, les Anglais le renvoyèrent vers sa compagnie de travailleurs d'origine.

— Je vais te soigner, le rassura Zhang. Ensuite, tu resteras avec moi. Quand la guerre sera terminée, je retrouverai Jeanne et ton fils et je parlerai au cafetier.

Jen Tin se confondit en remerciements. Il ouvrit sa veste de toile bleue et sortit avec précaution une photographie de sa bien-aimée. Elle souriait face à l'objectif. Zhang prit la photo, la regarda et la rendit à son camarade.

Au gré des offensives meurtrières, les armées progressaient lentement. La logistique et le service médical suivaient. Par leur bravoure, les soldats noirs américains impressionnaient les militaires français avec lesquels ils partageaient tout, la vie, les rires et la mort. Les Hellfighters recevaient des décorations aussi bien à titre individuel que collectif, ce qui contrariait fort leur état-major. En tout cas, le mois de septembre 1918 ne laissa aucun répit aux hommes. Les hécatombes se multipliaient. Tous savaient que se jouait la victoire. Les canons projetaient nuit et jour des milliers d'obus qui s'abattaient sur les armées.

Parenthèses dans ces moments de furie, Zhang et ses amis se retrouvaient parfois. Ils étaient surpris d'être toujours en vie. Zhang tentait de les rassurer. « Personne ne mourra pendant la guerre », leur disait-il très sérieusement. En réaction à cette prophétie, tous haussaient les épaules, amusés, et, malgré tout, se raccrochaient à ses paroles.

Une nuit où ces hommes étaient réunis, David Fleisher déboucha une bouteille de vin et remplit les quarts en fer-blanc. Il demanda le silence et, solennellement, leva le sien.

— Nous allons trinquer à la santé de Zhang, qui nous prédit que nous allons tous nous en sortir. Il faut le croire, je suis sûr qu'il dit vrai.

Rires de Zhang, Sun Hao, Jen Tin, Chaïm Richter, Léon Nathan, des frères Johnson et de Shen Li, qui traduisait pour Guo.

— Mais ce n'est pas tout, poursuivit Fleisher, je remercie Zhang de nous avoir rassemblés, Juifs et Chinois, nous qui paraissions si différents avant de nous connaître. Lui, il appartient aux deux cultures. Nous les Juifs, vous les Chinois, sommes devenus ses protecteurs. Avant de boire de cet excellent vin de Bourgogne, je salue également nos amis américains qui ont élargi notre cercle. *Lé'haïm*[1] !

Les hommes avalèrent une gorgée avec solennité. Ils entendaient le roulement continu des canons en train d'arroser d'obus, de répandre du gaz mortel et d'écraser les régiments qui les avaient relevés. Demain ce serait, de nouveau, à leur tour de partir à l'assaut. Alors oui, *Lé'haïm* !

— Fu Pei nous manque, ajouta Zhang après quelques minutes. Je lui dois la vie à deux reprises, il est mort en me défendant.

— Fu Pei, enchaîna Guo, a accompagné le professeur Meng quand celui-ci a promis à ton père de veiller sur toi. L'honorable Meng ne connaissait pas tes nouveaux amis, Shen Li et Sun Hao. Il a voulu s'assurer que tu étais en sécurité.

Zhang acquiesça, touché, et reprit :

— David, ce n'est pas moi qui vous ai rassemblés, c'est la guerre. Oui je suis juif et chinois et j'ai appris de nos deux civilisations. Mais nous avons tous, ici, en commun l'espoir. L'espoir, pour les cent quarante mille Chinois qui ont été recrutés, de permettre à la Chine de gagner en rayonnement. Pour les Juifs, d'être considérés comme des patriotes dans leur propre pays. Et pour les Noirs américains, d'être respectés autant que les Blancs quand vous rentrerez au pays. Tous les morts se valent.

Les hommes approuvèrent d'un signe de tête, excepté Chaïm Richter. Ils terminèrent ensuite leur repas en essayant de se projeter dans un avenir en paix, sans y parvenir. Jen Tin sortit son erhu du sac en toile qu'il portait en bandoulière. Il cala l'instrument sur son genou et, se tenant bien droit, promena l'archer sur les cordes. Des sons plaintifs, envoûtants, envahirent le campement. Quand la musique cessa, tous se séparèrent, se promettant, si la chance, le hasard, les prophéties de Zhang ou une intervention divine les épargnaient, de partager un prochain dîner.

1. « À la vie ! » ou « Vivons pleinement le moment présent », en hébreu.

Zhang se leva, le chien qui était couché à ses pieds se mit à courir en aboyant.

— Viens ici, Cric, ce n'est pas l'heure de jouer.

— Drôle de nom pour un chien, s'en amusa Léon Nathan. Je l'aurais bien vu plutôt pour un camion ou un outil, non ?

— Je l'appelle Cric parce qu'il a été habitué à supporter de lourdes charges pour son poids. Maintenant c'est fini, il est libre.

— Tu ne lui parles qu'en français, ou tu vas aussi le faire en chinois ?

— Bientôt ce chien comprendra aussi le mandarin.

Les deux jeunes hommes éclatèrent d'un rire d'adolescent, insouciants, comme ils l'étaient encore peu d'années auparavant. Jen Tin, lui, rangeait avec précaution son erhu. Zhang s'approcha de lui, Cric lui mordillant les mollets.

— Je suis heureux de voir que dans la violence que tu as subie, tes mains ont été épargnées.

— Moi aussi. J'ai très mal aux bras et je ne peux pas pratiquer longtemps, mais, avec le temps, cela ira en s'améliorant. L'erhu avec lequel je viens de faire quelques notes, je l'ai fabriqué pour mon fils, et nous jouerons ensemble.

— Ce sera très beau, j'en suis sûr.

Zhang regarda Chaïm qui s'éloignait avec Guo, Shen Li, Sun Hao et les frères Johnson. Alors que les Chinois allaient regagner leur camp, Chaïm s'adressa à Guo. Sun Hao traduisit :

— D'après ce qu'il se dit, ça se confirme que nous sommes dans les derniers mois de la guerre. Tu as pensé à ce que tu allais faire après ?

La question fit réagir les trois Chinois qui parlèrent très rapidement entre eux. Chaïm tira sur sa cigarette et s'adossa à un arbre. Les frères Johnson l'interrogèrent du regard, mais il se contenta d'afficher une moue signifiant : « J'en sais rien, attendons. » Puis Sun Hao, après l'assentiment de Guo, se lança :

— Vous, les Français, vous avez une expression qui dit : qu'avez-vous derrière la tête ? Alors Guo, avant de te répondre, te le demande.

Même s'il savait ce qu'il allait formuler, Chaïm Richter prit le temps d'allumer une autre cigarette qu'il tint entre le pouce et l'index, tournée vers l'intérieur de la paume. Les soldats fumaient tous de la sorte pour cacher le rougeoiement de la combustion, évitant ainsi de se signaler à l'ennemi et de recevoir une balle en pleine tête. Loin de la première ligne, ils conservaient cette habitude.

— Quand je suis dans les tranchées, ou bien dans le camp, j'entends les soldats discuter entre eux. Les paysans regardent le ciel et scrutent les saisons, ils parlent avec les larmes aux yeux de la ferme, des labours, des semailles, des moissons, des récoltes, des vendanges et de leurs animaux.

Chaïm, avant de poursuivre, laissa le temps à Sun Hao de traduire. Guo, très attentif, écoutait.

— D'autres évoquent l'usine, les bureaux, les enfants qui sont nés quelques mois après les permissions. Tous, paysans, ouvriers et employés, conservent précieusement des photos de leur femme, de leurs gosses, de leur fiancée qu'ils exhibent avec fierté. Mais nous, qu'avons-nous et qu'aurons-nous ? Rien, et personne ne nous attend. Il va falloir prendre notre destin en main. La France va s'occuper de reconstruire les zones dévastées, de soigner ses invalides et de raccommoder les gueules défigurées de ses poilus. J'ignore ce que la Chine et l'Amérique feront de vous, mais, croyez-moi, ceux qui se seront le plus sacrifiés dans cette guerre resteront sur le bas-côté de la vie. Les profiteurs, les planqués de l'arrière rafleront la mise. C'est une histoire universelle.

Les trois Chinois se remirent à échanger avec vivacité. Chaïm comprit qu'ils commentaient ce qu'il venait de dire. Guo prit la parole :

— Que proposes-tu ?

— Quand le carnage se terminera, les champs de bataille seront couverts de matériels militaires détruits, de véhicules, de canons, de ferraille, etc. Mais aussi d'armes et de munitions qui seront très recherchées. Je ne suis pas le seul à avoir eu cette idée. Il faut prendre de court tout le monde. Je sais comment récupérer les camions et écouler la marchandise. Par contre, je n'ai ni les chauffeurs ni la main-d'œuvre. Vous, les Chinois, oui.

— Quand la guerre sera finie, on devra rentrer en Chine, objecta Guo.

— Le contrat de travail que vous avez signé en 1916 est de cinq ans. Si les combats s'arrêtent dans quelques mois, on va vous employer pour nettoyer et réparer les dégâts. On peut s'associer et faire fortune. Voilà ce que j'ai derrière la tête.

Les Chinois se concertèrent. Les frères Johnson applaudirent et demandèrent :

— Et nous, on est de la partie ?

Chaïm leur répondit :

— On s'en parle plus tard.

Le conciliabule des Chinois fut bref.

— Ça m'intéresse, lança Guo.

32

Zhang observait avec intérêt Chaïm, Guo, Shen Li, Sun Hao et les frères Johnson. Le petit groupe s'était arrêté. Les discussions semblaient animées entre Chaïm et les Chinois. Si la distance ne lui permettait pas d'entendre ce qui se disait, il vit, à la fin de ces échanges, Chaïm Richter et Guo se serrer longuement la main. Les deux hommes venaient de sceller un pacte, Zhang en était convaincu.

Celui-ci rejoignait son baraquement lorsqu'un de ses compatriotes l'aborda. C'était un ouvrier du Shandong, connu pour être adroit de ses mains. En dehors des heures de travail, il confectionnait et réparait toutes sortes d'objets. L'homme était aussi un joueur. Il s'adressa à Zhang à voix basse :

— J'ai sur moi l'argent que j'ai gagné depuis un mois. Dans deux jours, je vais le remettre à l'officier chargé des envois postaux pour qu'il l'expédie à mes parents.

— Et en quoi je suis concerné ? s'étonna Zhang.

— Cette fois-ci, j'ai été chanceux et c'est une grosse somme. Je ne veux pas la garder sur moi pendant ces deux jours. D'autres le savent et je crains d'être attaqué. Je voudrais te la confier. Tu es intègre. Je serais plus tranquille si c'est toi qui l'avais.

— Est-ce que tu as gagné cet argent en trichant ?

— Non, je joue mieux que les autres, c'est tout.

— C'est une responsabilité importante, et je peux devenir une cible, moi aussi.

— Deux jours seulement, Zhang, insista l'ouvrier. Personne ne saura que tu caches mes gains.

Zhang accepta à contrecœur. L'homme lui remit un rouleau de billets crasseux lié par une ficelle bien serrée qu'il dissimula dans une poche de sa veste. Une fois le type reparti, il pénétra dans le baraquement, s'assurant d'un bref regard qu'ils n'avaient pas été épiés. Puis, comme tous les soirs, il lut un passage du Talmud et effectua ses prières.

Cette même nuit, Guo réunit une vingtaine de membres de sa triade avec Shen Li et Sun Hao. Sans entrer dans les détails de l'accord qu'il avait conclu avec Chaïm, il exigea d'eux leur disponibilité pour un travail bien payé dans les mois à venir. Les Chinois acquiescèrent sans poser de questions. Liés par leur serment, ils n'avaient pas le choix. La plupart étaient de toute façon, avant de rejoindre les rangs de sa triade, des bandits aguerris issus d'une société secrète appelée « Les Poings de la justice et de la concorde ». Quelques années plus tôt, cette même organisation avait combattu les puissances occidentales dans Pékin[1].

Chaïm Richter, lui, réfléchit avec les frères Johnson pour les intégrer à la combine. Eux n'avaient aucune chance de rester en France après la guerre, c'était le retour assuré aux États-Unis. S'ils « oubliaient » de monter sur le bateau en partance pour l'Amérique, ils seraient considérés comme déserteurs. Ils seraient alors recherchés et fusillés. Une seule solution : regagner la France immédiatement après leur démobilisation à New York. Avec leur statut de musicien professionnel et de héros de la Grande Guerre, Chaïm ne voyait aucune difficulté à ça. Les trois hommes vidèrent une bouteille de rhum pour fêter cet avenir commun qui se profilait. « À condition de rester en vie jusqu'à la fin », dit l'un d'eux en riant.

Le lendemain, le 26 septembre 1918, les troupes françaises et américaines furent réveillées bien avant l'aube. Des armées entières sortirent des tranchées et se mirent en marche. Les soldats surent, sans qu'on ait eu besoin de le leur dire, qu'une offensive d'envergure

1. Leur symbole était un poing fermé. Entre 1899 et 1901, ils déclenchèrent une révolte, appelée « guerre des Boxers », contre les réformes et les légations étrangères qu'ils assiégèrent. Les huit nations qui occupaient la Chine, dont la France, remportèrent la victoire. L'épisode est connu aussi sous le nom des « 55 jours de Pékin ».

était lancée. Ils avançaient, le dos voûté et la tête rentrée dans les épaules, leur barda en bandoulière, anticipant le déluge d'acier qui allait s'abattre sur eux. La plupart priaient en silence, tous avaient laissé des lettres à leur famille. Même les plus râleurs et les fanfarons la fermaient.

La logistique et les hôpitaux de campagne suivraient au plus près. Les milliers d'ouvriers chinois continueraient l'entretien des voies de communication à l'arrière pour préserver l'acheminement des hommes et du matériel. Zhang prépara donc rapidement ses affaires pour rejoindre le service médical qui s'apprêtait à accompagner les armées. Au moment où il quittait le baraquement en courant, deux Chinois qu'il ne connaissait pas le bloquèrent pendant qu'un troisième plantait la lame d'un couteau dans son ventre. Zhang s'écroula aussitôt, il sentit qu'on le fouillait et qu'on dérobait l'argent qui lui avait été confié. Fébrilement, il ouvrit sa sacoche, en sortit un linge de rechange qu'il plaqua contre la plaie pour retenir le sang qui coulait. Puis il perdit très vite connaissance.

33

Jen Tin découvrit Zhang inanimé, le chien Cric couché à ses côtés. Avec deux autres ouvriers, il l'allongea sur une petite charrette et le transporta en courant vers le poste médical. À la hâte, les infirmières organisaient les départs des blessés vers les hôpitaux de l'arrière. Ceux dont les chances de survie étaient nulles ne partaient pas. Le médecin-chef jeta un coup d'œil rapide à la blessure de Zhang.

— Je ne peux rien faire, pas le temps de commencer une intervention chirurgicale. Ce sont les ordres. On doit regagner les zones de combats, des urgences nous attendent. Un infirmier va s'occuper de votre ami, mais n'attendez rien de bon.

— C'est Zhang, s'insurgea Jen Tin. Médecin qui aide vous tout le temps. Pas le laisser comme ça.

— Désolé, mais Zhang comprendrait s'il était à ma place.

Quand il arriva, Léon Nathan trouva Jen Tin désemparé. Sans perdre de temps, il retira avec une pince les résidus de tissus, puis nettoya la plaie avant de la désinfecter longuement à la teinture d'iode. Zhang demeura inanimé malgré les points de suture posés à vif.

— Je ne sais pas s'il va s'en tirer. Il a perdu beaucoup de sang. Si l'infection se déclare ou si un organe vital a été touché, il n'a aucune chance.

— Comment savoir ? demanda Jen Tin.

— Tu le sauras très vite. Si la fièvre augmente, c'est qu'il y a infection. Il va falloir que tu désinfectes la plaie et que tu changes ses pansements au moins trois fois par jour. Je te laisse ce qu'il faut pour que tu lui injectes aussi de la morphine. Moi, je vais rester pour m'occuper de l'évacuation des blessés. Je passerai vous voir dès que je pourrai.

Jen Tin acquiesça et raconta ensuite à Léon Nathan ce qu'il avait appris d'un des ouvriers qui l'avait aidé à transporter son ami vers le poste médical. Apparemment, un Chinois, surnommé « le Joueur », avait été assassiné tôt le matin. Peu après, trois hommes avaient été aperçus s'enfuyant vers le campement chinois des Anglais.

— Léon, faut venger Zhang. Retrouver eux et tuer.

— Je n'ai jamais tué personne, même dans cette guerre. Je n'ai tiré que sur des cibles pendant l'entraînement. Attendons Chaïm, il saura quoi faire.

— Moi non plus jamais tuer. Mais si Chaïm pas revenir, trop tard pour Zhang. Bandits fuir loin.

— Il faut que tu ailles chercher Guo, il va nous aider. Je vais m'occuper de Zhang.

— Pas bouger, moi aussi m'occuper de lui. Mais pourquoi pas envoyer Zhang à l'hôpital maintenant ?

— Jen Tin, on n'évacue pas les blessés au ventre, ils doivent être traités sur place.

Léon Nathan rejoignit en courant un infirmier qui dirigeait le convoi d'ambulances, se positionnant pour accueillir une énième vague de grands blessés. Le type vociférait qu'il fallait se dépêcher. Des soldats, inaptes aux combats, prêtaient main-forte pour brancarder les mutilés, les amputés, les défigurés et les victimes de gaz asphyxiants aux yeux et aux poumons cramés. Des odeurs d'éther et de pourriture enveloppaient ces cortèges sans que cela gêne quiconque.

En fin de journée, Zhang se réveilla, délirant et fiévreux. Jen Tin n'avait cessé de prendre soin de lui, agissant de son mieux. Respectant à la lettre les consignes qui lui avaient été données, il lui administra de la morphine et parvint à lui faire boire de l'eau avec des comprimés d'aspirine écrasés. Toute la nuit, il veilla ensuite son ami. Léon Nathan et un infirmier déplacèrent les mourants dans une autre partie de l'unité médicale et essayèrent d'en maintenir certains en vie. Au moins jusqu'à la prochaine rotation des ambulances.

À l'aube, Zhang demanda sa sacoche d'une voix faible. Dès qu'on la lui apporta, il piocha dedans sa boîte à aiguilles, ferma les yeux, se remémora les méridiens et les points puis, lentement, il souleva son bandage, prit ses aiguilles, les planta autour de la plaie, sur le ventre et quelques-unes sur son visage. Jen Tin et Léon Nathan le regardaient faire. Quelques minutes plus tard, Zhang s'endormit, une main posée sur l'encolure de Cric.

Jen Tin regagna alors son campement et donna des nouvelles de son camarade aux ouvriers. Tous comprirent qu'il n'avait que très peu de chance de survivre. Malgré ça, il n'obtint que de vagues renseignements sur les trois agresseurs. Dans la foulée, il partit à la recherche de Guo, Shen Li et Sun Hao dans la zone américaine, mais ne parvint pas à les retrouver. Les troupes de Pershing engagées dans l'offensive avaient aussi levé le camp et ses amis, comme des centaines de travailleurs chinois, servaient la logistique de cette armée.

À son retour, deux compatriotes l'attendaient non loin de son baraquement.

— Y aura personne pour t'aider, nous ici on veut pas d'ennui. Mais tu sais, on n'est pas d'accord avec ce qui est arrivé à Zhang, dit l'un d'eux.

— Si tu veux punir les gars qui l'ont attaqué, tu auras besoin de ça, ajouta l'autre en lui tendant un revolver. C'est la seule solution pour que tu aies le dessus sur ces bandits. Tu es bien trop faible depuis qu'on t'a roué de coups.

— D'où tu tiens ça ?

— Il y a quelques mois, Chef nous a obligés à sortir de la tranchée, en pleine nuit, pour décrocher les morts des barbelés et rapporter leurs documents d'identité. Nous avons aussi discrètement récupéré les armes que des soldats avaient sur eux.

Jen Tin, le revolver dissimulé sous sa veste, entra à la tombée de la nuit dans l'hôpital de fortune. Zhang, à moitié redressé sur son lit de camp, examinait sa plaie et la nettoyait à l'alcool. Ses gestes lents trahissaient son extrême faiblesse. Comme le matin, il recommença à planter ses aiguilles. Il prenait également à heures fixes quelques gouttes d'un mélange odorant provenant de petites fioles.

— C'est pour enlever la douleur et calmer la fièvre, répondit-il à l'interrogation muette de Jen Tin. Notre médecine ancestrale est puissante.

— Zhang, tu connais ceux qui t'ont agressé ?

— Jamais vus.

— Ils ont aussi tué un homme surnommé « le Joueur ».

— Le Joueur ? Il m'avait confié l'argent qu'il avait gagné pour l'envoyer à sa famille.

— Avec Nathan, on va les retrouver.

— Surtout pas, ils sont trop dangereux. J'en parlerai à Chaïm et à Guo.

Après l'avoir quitté, Jen Tin alla rejoindre Léon Nathan et lui montra l'arme.

— Je vais obliger eux à rendre argent pour famille du Joueur. Après je dirai aux autorités militaires.

— Jen Tin, ce sont des criminels. Il faut tout de suite les dénoncer aux officiers anglais et français.

— Troupes loin devant nous. Tant pis. Moi aller avec revolver. Pas peur maintenant.

— Alors je vais y aller avec toi, conclut Léon Nathan.

Nouvelle nuit de veille. Zhang dormait, la température ne montait plus. Ses bienfaiteurs se relayaient à son chevet, attentifs à ce que la plaie ne s'infecte pas. Cric le chien était également à ses côtés. Les infirmiers avaient pris en sympathie l'animal. Ils le nourrissaient des restes de repas et s'assuraient que sa gamelle soit toujours remplie d'eau.

Le matin, Léon Nathan et Jen Tin laissèrent Zhang et se dirigèrent vers le campement anglais des travailleurs chinois. En chemin, Léon Nathan demanda à voir l'arme. Il bascula le barillet et vérifia qu'elle était bien chargée. Il préféra ensuite garder le revolver, peu confiant dans son maniement par Jen Tin. Les ouvriers, répartis sur plusieurs sites, nettoyaient des chars, chargeaient des camions et démontaient les baraquements. Jen Tin posait des questions. Certains répondaient par monosyllabe, d'autres se taisaient.

— Il paraît que les types que vous cherchez se trouvent vers les tanks, lâcha finalement l'un d'eux.

Quand ils atteignirent la zone, la rumeur les avait précédés. Une vingtaine de coolies les regardait approcher. Ils ne pouvaient plus reculer. Léon Nathan plongea la main dans la poche de sa vareuse et serra la crosse du revolver. Cela le rassurait quelque peu. Ils s'avancèrent parmi les tanks que des Chinois lavaient à grands coups de lances à incendie qui balançaient de puissants jets d'eau.

Là, trois hommes les attendaient. Ils se tenaient au centre d'un espace fermé par des chars alignés. Les Chinois qui avaient suivi Léon Nathan et Jen Tin se dispersèrent entre les engins. Le cercle était clos. Jen Tin se racla la gorge et parla d'une voix qu'il s'efforça d'affermir.

— Je suis venu reprendre l'argent que vous avez volé. Il est destiné à une famille de pauvres gens.

Silence des trois hommes. Ils ouvrirent leur combinaison et en sortirent de longs poignards. Une quinzaine de mètres les séparaient de Jen Tin et de Léon Nathan. Quand ils commencèrent à marcher dans leur direction, celui-ci, sans hésiter, pointa son revolver sur eux. Les Chinois qui observaient la scène poussèrent un cri d'étonnement. Les agresseurs se figèrent.

À cet instant, les lances à incendie entrèrent en action. L'eau percutait dans un vacarme assourdissant l'acier des tanks. Les spectateurs se mirent à chanter comme s'ils travaillaient.

— Que se passe-t-il ? demanda, inquiet, Léon Nathan.

— Rien. Ils nous laissent tranquilles. Si tu veux te servir de ton arme, personne n'entendra rien.

Soudain, les trois hommes se précipitèrent, poignards tendus, vers Jen Tin et Léon Nathan, qui fit feu à quatre reprises. Une balle atteignit l'un d'eux en pleine tête. Les autres munitions s'écrasèrent sur l'avant d'un char. Surpris, les deux bandits marquèrent un temps d'arrêt. Ils voyaient la main du tireur qui tremblait, ne maîtrisant plus son arme. Jen Tin, tétanisé par la peur, demeurait figé. Léon Nathan pointa maladroitement son arme, mais n'eut pas le temps de s'en servir. Le jet puissant d'une lance à incendie plaqua les deux agresseurs à terre. Une dizaine de Chinois accoururent et les immobilisèrent. L'un d'eux s'approcha de Jen Tin.

— Tu ne retrouveras pas l'argent, ils l'ont perdu au jeu. Nous allons enfermer les meurtriers et, quand Guo reviendra, c'est lui qui décidera de leur sort. Le mort, on va s'en occuper aussi.

Jen Tin acquiesça, reconnaissant. En repartant, il traduisit ces paroles à son camarade. Celui-ci ne parvenait pas à calmer ses tremblements, conscient a posteriori des risques qu'ils venaient de prendre. Il répétait sans cesse : « J'ai tué un homme », ce à quoi Jen Tin répondait : « Tu nous as sauvé la vie. »

Quand, ensemble, ils entrèrent dans la grande tente médicale, un infirmier, d'un mouvement de tête, signifia que tout allait bien. Zhang dormait encore. Léon Nathan examina la plaie. L'infection ne progressait plus. Rassuré, il toucha le front de son ami. La fièvre avait baissé, mais il estima le pouls assez faible. Il plaça un linge humide et froid sous la nuque de Zhang. Léon Nathan, alla droit vers une malle portant l'inscription « INSTRUMENTS DE CHIRURGIE » et en sortit du rhum. S'asseyant sur le couvercle, il prononça une phrase en hébreu, déboucha la bouteille et en avala une longue gorgée. Il toussa et en reprit une autre en buvant plus lentement.

— Je croyais juifs pas boire alcool, s'étonna Jen Tin.

— Juif boit alcool quand juif grande peur, mais demande pardon à son Dieu avant, répondit Léon en imitant, avec facétie, la façon de parler de Jen Tin.

Les deux hommes éclatèrent de rire. Jen Tin prit la bouteille que lui tendait Léon et but à son tour une belle rasade.

— Chinois grande peur aussi.

34

Les combats ne connurent plus aucune accalmie. Les armées saignées à blanc étaient au bord de la rupture. Les hommes mouraient par milliers.

Le 29 septembre, les soldats noirs américains se lancèrent à l'assaut du village de Séchault, objectif qui leur avait été assigné et qu'il fallait arracher à l'adversaire coûte que coûte. Leur régiment faillit être anéanti, mais la furie de ces combattants l'emporta, chargeant et écrasant les mitrailleuses ennemies. Malgré les pertes, les Allemands reculaient. Les Hellfighters ouvraient la voie et se distinguaient une fois de plus.

Chef entraînait ses troupes qui marchaient d'un pas lourd, hagardes, courbées, fusils et baïonnettes pointés vers l'avant. Dans leurs yeux se lisait une seule prière : « Qu'on en finisse, et vite. » D'autres pensaient : « Je veux être vieux, m'asseoir au soleil sur un banc et regarder mes petits-enfants grandir. Je veux être vieux. » En attendant, la terre qu'ils foulaient était soit dure et gelée, soit boueuse et aspirante. Question de saison. Déterminé, Chef avançait, la voix cassée à force de rugir des insanités ou des encouragements pour se faire entendre dans le fracas des armes. Les soldats tombaient tout autour de lui, décimés par les obus et les rafales de mitrailleuses. Il n'était que fureur, rage et violence. La riveteuse qu'il tenait à bout de bras balançait des centaines de balles. Il la serrait, ses mains enveloppées de chiffon pour continuer à tirer malgré le métal brûlant. Rien ne semblait pouvoir l'arrêter. Parfois, il partait d'un rire de dément, entrecoupé d'une toux grasse qu'il ponctuait d'un crachat et gueulait :

— J'suis invincible ! C'est c'putain d'chinetoque qui l'a dit.

Et puis la riveteuse cessa de fonctionner. Il venait de passer la dernière bande de munitions. Il se jeta au sol et se retourna pour appeler le servant en hurlant : « J'ai besoin de munitions, bordel ! » Le servant, ou ce qu'il en restait, se trouvait une dizaine de mètres derrière, les jambes séparées du tronc. Face à Chef, un soldat allemand canardait tout ce qu'il pouvait, massacrant par dizaines Français et Américains. Chef se mit sur le dos, glissa sa main dans la poche de sa vareuse et en sortit la balle avec la douille sculptée. Il inséra l'unique munition dans la culasse de l'arme et visa.

Son adversaire, confiant, s'était relevé pour mieux assurer son tir sur les vagues d'assaut alliées. Chef, désormais à plat ventre, ajusta la tête de l'ennemi dans sa ligne de mire.

— Tu vas te prendre en pleine tronche le dragon en colère et, fais-moi confiance, ça va t'faire du bien.

Chef bloqua sa respiration, ne quitta pas des yeux sa cible puis, sans trembler, remonta d'un doigt la queue de détente. Moins d'une seconde plus tard, le crâne d'en face explosait. Silence de la mitrailleuse. Chef, impassible, récupéra la douille éjectée et caressa la gravure. Il s'avança ensuite vers le soldat allemand mort dont le haut de la tête avait été emporté. Seul subsistait le bas du visage, imberbe. Il évalua son âge à 20 ans à peine avant de hausser les épaules en maugréant : « Ben ouais, c'est la guerre, quoi. »

Après ça, la poignée de soldats qui restaient de la section de David Fleisher et Chaïm Richter épaula les survivants de l'unité de Chef. Les troupes françaises et américaines, esquintées, laminées, marchaient inexorablement parmi des cadavres de toutes les nationalités et des chevaux éventrés, sur des terres mille fois retournées par les obus où toute trace de nature et d'humanité avaient disparu. Les Allemands reculaient.

35

Jen Tin et Léon Nathan racontèrent à Zhang l'expédition contre ses agresseurs. Il les écouta, marquant d'un lent mouvement de tête sa désapprobation. Ensuite, il serra contre lui les deux hommes avec affection.

— Je vous remercie de ce que vous avez fait. Si vous n'aviez pas eu le dessus, j'aurais perdu deux amis. Et toi, Jen Tin, tu n'aurais plus jamais revu Jeanne et ton fils. Croyez-vous que cela en valait la peine ? J'aurais réglé cette affaire plus tard.

Zhang, sans avoir totalement récupéré, n'était plus alité. Aux côtés des infirmiers, il participait, à son rythme, aux soins des blessés et pratiquait de petites interventions chirurgicales. Un soir, parmi les militaires évacués de la zone des combats, arriva un Hellfighter qui avait reçu une balle dans l'épaule droite. Le soldat, en état de choc, venait d'être transporté vers l'arrière, après qu'un chirurgien du front lui eut sommairement extrait le projectile.

Zhang le prit en charge, nettoya la plaie, changea les pansements et essaya de faire boire son patient. Au moment où on le souleva du brancard pour l'installer sur un lit de camp, Zhang remarqua un épais carnet qui appartenait au soldat. Il le prit pour le mettre dans les affaires du blessé, et le feuilleta. Dedans, des croquis représentaient, stylisés, les Noirs américains au combat. Des scènes de guerre et de chaos émaillaient les pages. Sur la couverture, à l'intérieur, figurait l'inscription : « *Horace Pippin*[1] *369th Infantry Regiment – US Army* ».

1. Horace Pippin (1888-1946) est un artiste peintre autodidacte qui a servi dans le 369e régiment d'infanterie. Grièvement blessé à l'épaule droite, il continuera de pratiquer son art de la main gauche.

Et, au-dessous, un portrait avait été brossé à grands traits. *Sans doute un autoportrait*, pensa Zhang. Finalement, il conserva le carnet pour éviter qu'il se perde.

Quand Horace Pippin reprit conscience, Zhang, après avoir désinfecté sa plaie, lui rendit son bien. Le soldat fut soulagé de le retrouver et remercia le jeune homme.

— Moi aussi, je dessine. Avant je jetais mes carnets, maintenant je les garde.

— Pourquoi tu les jetais ?

— La plupart des hommes que j'esquissais, je ne les voyais pas vieillir. Je savais qu'ils allaient mourir, je ne le supportais plus.

— Je comprends. Mais pendant la guerre beaucoup de soldats meurent.

Zhang ne souhaita pas livrer le fond de sa pensée sur ce qu'il appelait « ses visions ».

— Oui, bien sûr, acquiesça Zhang. Depuis, je me suis habitué à cette idée et je conserve mes carnets, maintenant.

Un voile de tristesse tomba sur le visage du Hellfighter.

— La balle qui m'a traversé l'épaule m'empêchera de dessiner et de peindre, je sens que je n'arrive déjà plus à bouger le bras et la main. Tout ce qui me passionne, c'est terminé pour moi.

— Peut-être que tu pourras récupérer ton bras, ou alors apprendre à te servir de ta main gauche. La force de l'esprit est puissante, si ton souhait de peindre est réel, tu y parviendras.

Pendant deux semaines, Zhang soigna les blessés qui affluaient sans discontinuer. Le soir, il encourageait Horace Pippin qui s'efforçait de tenir un crayon de la main gauche. Jen Tin et Léon Nathan regardaient, admiratifs, les deux hommes s'échanger leurs dessins et les commenter.

Début novembre Zhang, parfaitement remis, rassembla ses affaires et annonça à ses amis qu'il se rendrait davantage utile en allant sur la ligne de feu. Il n'écouta pas leurs arguments. Les « reste avec nous, tu es utile autant ici que là-bas, et puis tu es encore faible, tu vas te faire tuer » n'eurent aucun effet sur sa détermination. Alors qu'il s'apprêtait à monter dans un camion avec son chien, Cric, Horace Pippin lui tendit une feuille pliée en quatre en lui disant simplement : « Ouvre-la plus tard. Bonne chance, Zhang. »

Le convoi dans lequel il s'intégra mit deux jours pour parcourir les soixante kilomètres qui le séparaient des combats. Le bruit des canons allait en s'amplifiant. Après quatre années de guerre, les roulements incessants des tirs d'artillerie laissaient les soldats sourds au vacarme. L'habitude. Une fois à destination, Zhang fut affecté dans une unité médicale d'où les ambulances évacuaient les blessés par centaines. Les agonisants, regroupés sous des tentes de fortune, espéraient un miracle.

Sans tarder, il se renseigna auprès d'un lieutenant pour connaître la position du régiment des Hellfighters. Il savait qu'il y retrouverait David Fleisher et Chaïm Richter. L'officier déploya rapidement une carte et indiqua un point cinq kilomètres plein est. Puis il regarda avec étonnement le chien qui ne lâchait pas d'une semelle le jeune Chinois. Quelque temps plus tard, Zhang se mêla à une troupe de renfort qui partait dans cette direction. La zone des affrontements se rapprochait. Sur place, il repéra le poste médical avancé abrité dans des trous d'obus. Médecins et infirmiers ne savaient plus où donner de la tête pour tenter de sauver ceux qui pouvaient l'être. Il s'affaira aussitôt à leurs côtés. Le soir, les combats s'atténuèrent. Les Français balançaient des salves d'artillerie qui ne déclenchaient plus aucune riposte ennemie.

— Putain, c'est la grosse débandade chez les boches. Les gars, faut pas mollir, faut aller leur botter l'cul jusqu'à Berlin.

Zhang ne put s'empêcher de sourire. La voix et les jurons de Chef lui avaient presque manqué. Suivi de Cric, il sortit du poste médical pour le découvrir en train de fulminer auprès des soldats. Chef se retourna en entendant aboyer et marqua sa surprise en reconnaissant le chien.

— Bordel, Zhang, qu'est-ce tu fous là avec ton clébard ? Tu l'as pas encore bouffé ?

— Bravo, Chef, vous vous souvenez de mon nom. Et le chien, je le boufferai quand j'aurai faim. Où sont Fleisher et Richter ?

Chef partit d'un grand éclat de rire.

— Pour un chinetoque, t'as de l'humour, mais t'as aussi des couilles. Et ça j'te l'ai déjà dit et j'le maintiens. Ils sont dans le campement avec les négros à une centaine de mètres de là.

Les deux hommes se dévisageaient sans plus d'animosité. Après un court silence, Chef reprit :

— Le dragon en colère qu'un de tes Jaunes a sculpté sur une douille et m'a filé m'a sauvé la vie et celle d'un paquet de gars. Et tu sais pourquoi j'suis peinard ? Parce que t'as prédit que j'claquerai pas dans cette guerre. Pour le reste, on verra.

— Les soldats noirs américains ont beaucoup souffert, ces derniers temps ?

— Les négros ? Ils se sont battus comme des lions et ont perdu vachement de mecs. Ils m'ont impressionné. Ils foutaient la trouille à l'ennemi, ça c'est sûr. Avec des types pareils, on va au bout du monde. Mais t'as pas répondu à ma question : qu'est-ce qui t'amène ?

— Je suis ici pour me rendre utile dans l'hôpital de campagne.

Chef haussa les épaules. Zhang, peu de temps après, retrouva Fleisher et Richter. Ils avaient appris par des Chinois ce qui était arrivé à leur ami et ce qu'avaient fait Jen Tin et Léon Nathan pour lui.

— D'après Rosenberg, lui expliqua Fleisher, la guerre serait finie dans trois ou quatre jours. Il y a des pourparlers d'armistice dans l'air. Ce n'est pas le moment de se faire tuer.

— Personne ne va mourir, répéta Zhang.

Dans la soirée, il quitta ses camarades et passa la nuit avec les infirmiers et les médecins affairés auprès des blessés. Les armées, Hellfighters en tête, s'apprêtaient à franchir le Rhin. L'air froid provenant du fleuve recouvrait peu à peu les terres. Dans cette aube du 9 novembre 1918 où il gelait à pierre fendre, Zhang, épuisé, avala une tasse de café chaud sans saveur puis s'enroula dans une couverture et s'allongea sur un brancard, Cric toujours à ses côtés. À l'instant où il enfouit ses mains dans les poches de sa veste pour les réchauffer, il sentit le feuillet que lui avait donné Horace Pippin. Il le déplia et, à la lueur d'une bougie, sous le coup de crayon hésitant de la main gauche de l'artiste, découvrit son portrait.

36

Fin décembre 1918. Un vent froid chargé de pluie balayait le casernement. Les survivants des régiments noirs américains se tenaient au garde-à-vous dans un silence lourd, sans leurs armes, le barda à leurs pieds. Sans broncher. L'hiver rigoureux n'était rien au regard de ce qu'ils venaient de subir. Les Hellfighters arboraient tous fièrement, sur leurs uniformes marqués par les combats, la croix de guerre, la plus haute distinction militaire française. Cent soixante et onze d'entre eux bombaient le torse avec, en plus, la Légion d'honneur agrafée à côté. Cent quatre-vingt-onze jours au front. Plus qu'aucun autre régiment de leur patrie.

Le général Pershing et son état-major ne décoléraient pas, consternés par l'attitude des Français qui considéraient les Noirs comme leurs égaux. Et, si cela ne suffisait pas, les nègres s'étaient même vus remettre davantage de décorations que les vrais combattants américains, les Blancs, dont les milliers de corps jonchaient les champs de bataille. Leurs alliés, contrairement aux instructions formelles du Grand Quartier général, avaient insufflé leurs idéaux de liberté, d'égalité et de fraternité au cœur des régiments noirs. Impensable qu'ils importent ces aspirations. Raison pour laquelle il ne fallait pas perdre une minute et sortir, au plus vite, ces troupes d'un pays qui retrouvait la paix et ne connaissait pas la ségrégation raciale.

Un officier américain hurla : « Demi-tour, droite. En colonne par trois. En avant, marche. » Les soldats exécutèrent la manœuvre. Ils se dirigèrent vers les trains qui les emportèrent vers Brest. Puis, depuis ce port militaire où ils avaient débarqué un an plus tôt, ils grimpèrent à bord de trois navires. Là, à l'hiver 1917, les premières notes de jazz avaient retenti en France. Et, en ce 1er février 1919, sous la baguette de Jim Reese Europe, officier gazé au combat, elles accompagnèrent les Hellfighters qui montaient, d'un pas lourd, le long de la passerelle.

Retour aux États-Unis d'Amérique.

La veille de leur départ vers la gare, tous les amis s'étaient réunis. Zhang, Jen Tin, Guo, Shen Li, Sun Hao, Chaïm Richter, Léon Nathan, David Fleisher et les frères Johnson prirent leur dernier repas ensemble. Ils s'efforçaient d'être gais, la guerre était finie et, comme l'avait prédit Zhang, personne n'était mort. Pour autant, même s'ils s'étaient promis de se retrouver après le grand brassage des hommes qui commençaient, ils ne semblaient plus tout à fait certains d'y parvenir. C'est pour cela que la tristesse disputait à la gaieté de présider ce dîner.

— Vous êtes les premiers Américains à partir, observa Chaïm.

— Nos chefs ne veulent plus des nègres en France, répondit l'un des Johnson. Ils ont peur que l'on contamine nos frères restés au pays avec vos idées d'égalité. Pour ma part, je me fais pas d'illusion : là-bas, ce sera comme avant, ou pire.

— C'est pour ça que vous devrez, très vite, sauter dans le bateau du retour, martela Chaïm.

— Oui, c'est sûr… En tout cas, avant de vous quitter, on voudrait vous faire goûter une boisson qu'on fabrique chez nous dans le Sud. Amenez vos quarts. On l'a préparée exprès pour cette soirée d'adieux.

Chaïm regarda le bidon métallique que venait de déboucher l'un des Johnson qui collait son nez sur l'ouverture et respirait à plein nez les vapeurs d'alcool en souriant.

— Du *canned heat* ?

— Oui, Chaïm, je vois que tu connais.

— C'est violent comme tord-boyaux, et réputé pour faire des dégâts.

— Peut-être, mais moins que les obus, tu crois pas ? On l'a beaucoup coupé avec de l'eau et du sucre pour le rendre civilisé.

Zhang, Jen Tin, Guo, Shen Li, Sun Hao, Léon Nathan et David Fleisher tendaient leurs quarts avec appréhension. Les Johnson versèrent de petites rasades. Tous avalèrent lentement une gorgée, et tous la recrachèrent aussitôt sous les rires des frères Johnson et de Chaïm Richter qui s'était bien gardé de tremper ses lèvres dans cet alcool frelaté.

Les amis veillèrent ainsi toute la nuit. Dormir, c'était perdre des instants de fraternité. Jen Tin joua de l'erhu, Shen Li et Sun Hao fredonnèrent des mélopées. Puis les frères Johnson et quelques musiciens des Hellfighters les initièrent, à la guitare, au blues. Ces chansons évoquaient le dur travail dans les champs de coton des États du Sud américain. Chaïm Richter resta silencieux, il regardait parfois sa montre en or, songeur. Guo fumait. David Fleisher et Léon Nathan regrettaient de ne pas pratiquer d'un instrument. Zhang, lui, écoutait la musique et les chants en faisant rouler entre ses doigts la petite cage du criquet, pendant que son chien somnolait entre ses jambes.

37

Dans ce début d'année 1919, en gare de Boisleux dans le Pas-de-Calais, des centaines de Chinois descendirent des wagons. Comme l'avait prédit Chaïm Richter, leurs contrats se prolongeaient au-delà de la guerre. Dix mille d'entre eux allaient exhumer les corps des soldats, remblayer les tranchées, combler les trous d'obus, enlever les millions de rouleaux de barbelés, regrouper les armes et les munitions.

Attendant d'être affectés à ces tâches, Zhang et ses compatriotes, accompagnés d'un faible encadrement militaire dont David Fleisher, Léon Nathan et Chaïm Richter faisaient partie, patientaient sur le quai, vide. Pas de couverture, pas de nourriture, pas de combustible pour se chauffer. Tous remontèrent dans le train, grelottant dans le froid polaire de janvier. Deux jours plus tard, un repas insipide leur fut servi, puis on les dirigea vers leurs zones de travail. Ce n'était plus l'armée qui les payait, mais une entreprise qui avait remporté le marché du nettoyage et du désobusage des champs de bataille. Ils intervenaient sur une terre dévastée où plus rien, à perte de vue, ne subsistait. Parfois, un pan de mur ou un tronc d'arbre, telle une lance fichée dans le sol, rompaient la monotonie de ce « pays aplati », comme on l'appelait.

L'organisation mise en place par Chaïm Richter et Guo fonctionna très vite. Chaïm avait récupéré une quinzaine de camions parmi lesquels des Peugeot type 1525, des Berliet CBA, et même trois Liberty Truck américains. Guo, lui, remit un paquet de billets au sous-officier qui certifia la destruction des véhicules. Puis des Chinois prirent le volant pour aller vers la zone de nettoyage où la triade travaillerait.

Les ordres militaires étaient stricts : les armes et les munitions ramassées devaient être immédiatement enfermées dans le local de l'officier responsable du secteur. Une fois chargées dans un camion, il fallait les emmener dans un centre de regroupement. L'exécution de ces ordres l'était moins. En effet, moyennant un peu d'argent, du tabac ou de l'alcool, le soldat qui surveillait les opérations regardait ailleurs. Pour ne pas attirer l'attention des autorités, seul un véhicule sur trois prenait la voie du trafic imaginé par Chaïm Richter. Quatre par jour enrichissaient ainsi Chaïm et la triade, tant les armes et les munitions étaient nombreuses à récupérer sur les champs de bataille désormais déserts et muets. D'autres cargaisons, notamment de la simple ferraille, rapportaient énormément à leur trafic. Quand les camions regagnaient les zones de nettoyage après leurs livraisons, ils ramenaient de quoi soudoyer les gardiens. Chaïm ne manquait pas de fournir aux militaires ce dont ils avaient besoin, et tout allait bien.

Pendant qu'eux prospéraient, les autres Chinois, laissés à l'abandon, dans un total dénuement, trimaient et devaient se débrouiller pour se chauffer, se vêtir et se nourrir. En un mot, pour survivre dans une hygiène déplorable. L'entreprise française qui les employait détournait l'argent et les payait une misère. Sans compter que la manutention des obus qui n'avaient pas explosé, d'autant plus dangereuse qu'elle n'était pas encadrée, causait la mort de nombreux de ces travailleurs. Des munitions, pas neutralisées, leur sautaient au visage, les tuant ou les mutilant. Pas de médecin, pas d'infirmerie. Zhang, Jen Tin, David Fleisher et Léon Nathan soignaient de leur mieux ces ouvriers. D'autres, par centaines, périssaient de la grippe espagnole qui faisait, dans le monde, plus de victimes que la guerre.

Autour d'un grand feu alimenté par des traverses de chemin de fer volées, Zhang, Fleisher et Léon Nathan retrouvèrent Chaïm, Guo, Shen Li et Sun Hao.

— Chaïm, tout le monde est au courant de ta contrebande, c'est devenu un secret de polichinelle. Tu devrais faire attention. D'après ce qui se dit, les gendarmes et la police militaire seraient sur votre dos. Si tu es arrêté pour trafics d'armes, tu vas directement en prison et pour un bon moment.

— Je sais, David, merci de me prévenir, mais je ne suis pas inquiet, j'ai un type qui me renseigne sur les heures et les implantations des barrages. Les gendarmes et la police militaire, eux aussi, manquent de tout. Quand tu laisses de quoi manger, boire et fumer, plus quelques billets, les choses s'arrangent toujours. La pénurie est notre alliée. Les gourmands ont des familles qui crèvent de faim.

— Guo, intervint Zhang, nous sommes aussi venus te demander de l'aide. Vous offrez des cadeaux à ceux qui protègent votre commerce, ça peut se comprendre. Mais les ouvriers qui s'échinent sous la pluie n'ont rien, même pas une toile à se mettre sur le dos. Nos gens sont malades et crèvent de faim.

— Tu as bien fait de m'alerter, Zhang. Dis-leur qu'on va leur donner de quoi s'équiper et se réconforter.

Chaïm et Guo, conscients que leurs affaires touchaient à leur fin, avaient augmenté les livraisons. À l'autre bout de la chaîne, les acheteurs – « les Grossistes », comme ils les désignaient – étaient constitués de ferrailleurs, de bandits et d'anciens militaires. Habitués de cette contrebande, ils évaluaient très vite la qualité et le poids de la marchandise. Ils payaient cash sans discuter. Et leurs manutentionnaires transbahutaient le chargement. Systématiquement, les acheteurs venaient avec une dizaine d'hommes armés. Chaïm et Guo étaient protégés par autant de « soldats » de la triade. Les fusils se faisaient face. Personne ne parlait. Une demi-heure plus tard, la transaction terminée, chacun repartait sans se serrer la main. À qui revendaient-ils ensuite ? Ce n'était pas le problème de Chaïm, et encore moins celui de Guo.

— L'argent rentre à flots, sans jamais tuer personne, dit ce soir-là Chaïm à Fleisher et Zhang qui marquaient leur désapprobation sur ses trafics. La guerre a largement prélevé son quota de morts. Et puis il n'y a pas que nous qui exploitons ce chaos. Si vous saviez le nombre de profiteurs que l'on rencontre, des sales types qui ne sont même pas allés au combat et qui s'enrichissent sur le dos de malheureux, vous seriez consternés.

— Ce n'est pas une raison, Chaïm, votre commerce ne peut que mal finir. Les envieux et les jaloux s'en prendront à vous. Laissez tomber, il est temps.

Guo écoutait les traductions du dialogue par Sun Hao.

— Zhang, intervint-il, je n'ai aucun scrupule. Regarde comment sont traités nos compatriotes. Comme des chiens. Toute la journée ils creusent la terre pour sortir des cadavres pourris ou des morceaux humains et les entasser dans des cercueils en bois blanc. Tout le monde se fout de nous. Y compris cette entreprise privée qui vole nos salaires en toute impunité. Chaïm et moi, grâce à notre activité, nous allons nous occuper d'eux. Il s'agit d'entraide. Je te rappelle, Zhang, que c'était l'idéal des fondateurs des triades. Ce que nous accomplissons quand l'État qui nous a fait venir nous abandonne.

Silence entre les hommes, après la retranscription de ces paroles. Jen Tin se leva pour alimenter le grand feu qui crépitait et chassait l'humidité. Ensuite il se rassit, prit dans sa musette un gros cahier qu'il avait fabriqué et relié avec de la ficelle. David Fleisher observait ce jeune Chinois qui passait ses nuits à noircir d'idéogrammes le papier grossier. *J'aimerais bien lui demander ce qu'il écrit*, se dit-il. Léon Nathan, lui aussi, voyait Jen Tin concentré, et se fit la même réflexion.

— J'entends tes arguments, Guo, reprit Zhang. Ce qui m'ennuie, c'est que tu ne sais pas contre qui les armes que vous vendez vont se retourner. Peut-être contre vous, contre des innocents, ou bien elles seront utilisées pour d'autres guerres, comme si ce que nous avons vécu ne suffisait pas.

— Zhang, tu es un idéaliste, poursuivit Chaïm avec affection. Tu crois que tous les gens sont à ton image et veulent faire du bien. Tu te trompes, c'est la règle du plus fort qui l'emporte. Pour l'instant, c'est notre trafic qui est source de générosité. On verra de quoi demain sera fait.

— « Si demain tu n'es pas meilleur qu'aujourd'hui, à quoi te servira demain ? », récita Zhang, un léger sourire aux lèvres.

Tous le regardèrent, interloqués.

— C'est une phrase que j'ai lue dans un des livres que m'a offerts ton père, David. Dieu nous donne un aujourd'hui et un demain pour que l'on s'améliore. Je trouve que c'est juste.

Zhang se leva, salua ses amis et, Cric sur les talons, partit se coucher.

38

Les conditions inhumaines dans lesquelles vivaient les Chinois poussèrent certains d'entre eux à voler. Parfois même, les bandits, qu'on était allé chercher dans les prisons de Pékin et d'ailleurs pour répondre au quota des cent mille travailleurs prévus par la société de recrutement, allèrent jusqu'à commettre des meurtres. Ils maraudaient la nuit, s'attaquant aux habitants pour les détrousser, et terrorisaient la population.

Cette violence devint vite insupportable aux gens de la région, apeurés. David Fleisher, Léon Nathan, Zhang et Jen Tin protégeaient comme ils le pouvaient les ouvriers honnêtes de cette haine qui montait. Guo et Chaïm, soucieux quant à eux de préserver leurs trafics, maintenaient une discipline de fer auprès des membres de la triade, leur interdisant les sorties nocturnes et les pillages. Les militaires arrêtaient toutes les nuits des Chinois en errance.

En réalité, cette main-d'œuvre n'était plus acceptée en France. La classe politique, excédée, s'en mêla et ordonna de renvoyer chez eux, séance tenante, ces indésirables. Une agitation qui pesa sur le business de Chaïm et de Guo. Si bien que, quand certains de leurs camions de munitions et de ferraille furent saisis, ils eurent la sagesse de cesser leurs activités et prirent leurs précautions avant le départ précipité qu'ils pressentaient. Un soir, ils foncèrent chez une connaissance de Chaïm à Paris et troquèrent leur montagne de billets contre des lingots d'or plus faciles à dissimuler.

En fin d'année 1919, l'armée vint encadrer les ouvriers pour les réexpédier *manu militari*. Les rotations depuis le Nord et l'Est de la France commencèrent. À la capitale, gare de Lyon, ultime changement pour Marseille, les désertions furent nombreuses. C'était le moment ou jamais. Des hommes échappèrent à la surveillance de leurs gardiens et se sauvèrent. Sans le savoir, ceux-ci venaient de jeter les bases de l'immigration chinoise en France. Les autres, arrivés à Marseille, furent parqués dans des centres avant d'embarquer en direction de Shanghai ou d'autres ports de leur pays d'origine. Le *Porthos*, navire des messageries maritimes, accosta lentement, et les dockers marseillais accoururent pour l'amarrer. Bientôt, il reprendrait la mer sans risque de torpillage pour ramener un premier contingent de Chinois chez eux.

Zhang réfléchissait de longues heures durant, indécis, ne sachant s'il devait partir ou rester. Ses frères et sœurs, en sécurité dans la famille, n'attendaient plus son retour. À quoi bon revenir alors ? Parfois, il jouait à interroger Cric pour savoir ce qu'il devait faire. Jen Tin, lui, savait. Son objectif était clair : retrouver Jeanne et son fils, puis vivre en France. Léon Nathan rejoindrait la Tunisie une fois démobilisé. David Fleisher pensait à son lycée, à la prochaine rentrée des classes, et cela le réjouissait. Il espérait que Zhang s'installe également dans le quartier de son père. Chaïm, Guo, Shen Li et Sun Hao, enfin, échafaudaient des plans. Les trois Chinois avaient décidé de regagner la Chine pour mettre sur pied un nouveau trafic lucratif qu'ils comptaient développer avec Chaïm à Paris.

Tous, en tout cas, avaient conscience que le temps de la réflexion se réduisait. À l'occasion d'un de leurs derniers dîners, toujours autour d'un grand feu alimenté en traverses de chemin de fer, les uns et les autres firent part de leur projet. Zhang parla à la toute fin :

— J'ai bien étudié la question, je retourne en Chine. C'est mon pays, je serai médecin. Mais avant, comme je l'ai promis à Jen Tin, j'irai à Boulogne m'entretenir avec le père de Jeanne. Je suis sûr qu'il comprendra sa sincérité.

— Zhang, intervint Chaïm, je tiens à vous accompagner tous les deux. Je préfère. On ira avec un des camions. Grâce à un gendarme que j'ai régulièrement approvisionné en nourriture, j'ai tous les laissez-passer possibles. Et si le père de Jeanne veut ce véhicule en cadeau, je le lui laisserai volontiers pour mettre dans la corbeille de la mariée. Tous rirent de bon cœur.

Le lendemain très tôt, les trois hommes roulaient en direction de Boulogne-sur-Mer. Zhang avait confié ses affaires à Sun Hao et Cric à Shen Li. Jen Tin, son erhu posé sur ses cuisses, répétait sans cesse les phrases qu'il dirait pour montrer son honnêteté et sa volonté de fonder une famille. Quant à Chaïm, méfiant, il avait dissimulé sous sa veste un revolver. Un sac lourd était rangé à ses pieds. Comme prévu, tous les barrages furent passés sans encombre grâce aux documents qu'il avait en sa possession.

Le jour peinait à se lever quand ils arrivèrent devant le café encore fermé. Là, ils patientèrent, silencieux. Enfin, une petite lueur éclaira l'intérieur de l'établissement et la porte s'ouvrit. Le cafetier regarda d'un œil suspicieux le camion et ne cacha pas son mécontentement quand il vit descendre les deux Chinois avec un autre type inconnu.

— Qu'est-ce vous v'nez foutre ici ? J'croyais que l'aut' chinetoque, quand on lui a frictionné les côtes, avait compris qu'il fallait plus qu'il met' les pieds dans les parages.

Sur ces paroles, le père de Jeanne fit volte-face et rentra. Chaïm lui emboîta le pas, suivi de Zhang et Jen Tin. L'air mauvais, l'homme se campa derrière le comptoir. Ses poings posés sur le zinc exprimaient la menace. Chaïm lut dans ses yeux une haine viscérale. Son haleine exhalait les relents d'alcool de la nuit.

— Nous sommes venus pour vous parler, monsieur, reprit calmement Chaïm.

— Dégagez, j'vais pas vous l'dire deux fois.

— Notre ami Jen Tin, intervint Zhang, voudrait se marier avec votre fille et reconnaître l'enfant. Ce sera un bon mari et un bon père, et puis il sait travailler.

— Un Jaune dans ma famille ? Jamais. Il nous a déshonorés, maint'nant j'ai un bâtard sur les bras. Et vous voudriez, en plus, que ma fille épouse ce chinetoque ?

— Je vous assure, monsieur, je veux…

— Ta gueule, hurla le type en sortant de sous le comptoir un fusil de chasse dont il pointa le canon en direction de Jen Tin. Barrez-vous ou j'tire. J'vais pas l'répéter. J'risque rien, les gendarmes savent que les Chinois attaquent tout le monde et qu'c'est des bandits. J'ai fait qu'me défendre, j'dirai, et on m'croira.

— On vous menace pas, tenta encore Jen Tin.

— Toi l'salopard, j'vais t'dire un truc, elle est plus là, la Jeanne. Elle est partie avec ses mômes loin d'ici, avec un autre gars, un Blanc. Elle s'mariera jamais avec un sauvage comme toi.

— Sortez, ordonna Chaïm en s'adressant à Zhang et Jen Tin.

Ce dernier déposa délicatement l'erhu qu'il avait confectionné pour son fils dans un coin du café, gardant espoir qu'il lui parvienne, puis, sans discuter, les deux Chinois obéirent.

— Vous n'avez plus de raison de brandir votre fusil. Restez calme. Il faut qu'on parle.

Dès qu'il fut dehors, Jen Tin contourna le jardin et pénétra dans la maison en courant. Si Jeanne était partie, il voulait en avoir le cœur net. Zhang tentait de le retenir. Il craignait que le cafetier surgisse. Jen Tin appelait Jeanne. Il entrait dans les pièces comme un dément. Il ne restait plus qu'un étage à visiter quand un coup de feu retentit dans le café.

39

Zhang et Jen Tin se figèrent, puis ils dévalèrent l'escalier et se précipitèrent à l'extérieur. Chaïm ressortit du café en glissant le revolver dans sa ceinture. Il ouvrit la porte du camion.

— Montez, on s'en va.

Très vite, ils quittèrent Boulogne. Les deux Chinois n'osaient pas parler, ils redoutaient d'apprendre ce qu'ils pressentaient. Chaïm rompit finalement le silence :

— Il a entendu votre cavalcade dans la maison juste au-dessus de nous. Il était prêt à foncer avec son fusil. Quand je l'ai menacé de mon arme, il m'a mis en joue. J'ai aussitôt dévié le canon et je l'ai frappé avec la crosse du revolver sur la tête. En tombant, il a appuyé sur la détente et le coup est parti dans les bouteilles.

— Tu ne l'as pas tué, alors, se rassura Jen Tin.

— Je ne pense pas, mais, dans sa chute, son crâne a cogné le comptoir, et il s'est affalé par terre. Il n'est peut-être qu'assommé.

— Qu'est-ce qu'on fait ? demanda Zhang.

— On se sauve. Sinon on va nous accuser et on sera exécutés. Vous êtes deux Chinois et moi je suis connu comme trafiquant. La sentence est déjà écrite.

— On a quand même un peu de temps avant qu'on nous retrouve.

— Rien du tout. Il y a bien quelqu'un dans la rue qui a entendu le coup de feu et vu le camion. Le numéro d'immatriculation va faire le tour des gendarmeries et des barrages de la région. Ils vont vite faire le rapprochement avec mon laissez-passer.

— D'accord, mais pas avec nous, objecta Jen Tin.

— Sauf si le patron n'est pas mort. Il vous dénoncera aussi. Vous avez envie de courir ce risque ?

— Je ne partirai pas d'ici, s'obstina Jen Tin. Je retourne au camp. Faites ce que vous voulez.

Zhang essaya de le dissuader. Les arguments de Chaïm étaient justes. Il fallait fuir. Mais où ?

— Zhang, tu as confiance en moi ?

— Oui, mais j'ai laissé à Sun Hao toutes mes affaires, mes livres, la cage à criquet, mes aiguilles, et le chien avec Shen Li. Cric ne va pas comprendre.

— Tu les retrouveras plus tard, on n'a pas le choix.

Zhang ressentit une immense tristesse et le désespoir l'envahit soudain. Il allait tout abandonner. Il fuyait sans revoir ses amis alors qu'il n'avait rien fait. L'injustice qu'il détestait tant le frappait. Pourtant, la raison l'emportait. Ils déposèrent donc Jen Tin à quelques kilomètres du camp et poursuivirent leur chemin. Sans hésiter, Chaïm prit la direction de Lille. Il poussa le camion, un Berliet CBA, à fond, à vingt-cinq kilomètres/heure. Son passager se cramponnait à deux mains, secoué par les ornières des routes défoncées. Les ressorts fatigués du véhicule ne remplissaient plus leur rôle d'amortisseurs.

— Tu crois que le camion va tenir à ce rythme ?

— Il a parcouru la voie sacrée pendant la bataille de Verdun. C'est sûr, il ne va pas nous lâcher maintenant.

Les deux camarades traversaient des paysages de désolation parsemés de forêts en partie rasées. Là aussi, tout avait été saccagé par les tirs d'artillerie. Des villages entiers n'existaient plus.

— Où on va ? demanda Zhang.

— En Belgique. Je connais une filière qui va nous faire embarquer pour New York. Là-bas, je sais où trouver un Chinois qui a une combine avec le consulat de Chine. Il t'aura un nouveau certificat d'identité. Un vrai. Tu seras tranquille pour revenir en France, en Chine ou ailleurs. Tu pourras même choisir ton nom.

— Je n'ai pas d'argent pour tout ça.

— J'ai ce qu'il faut, le rassura son compagnon en touchant son sac du pied.

— Et toi ?

— On restera ensemble le temps qu'il faudra. Tu sais pourquoi on va s'en sortir ? Parce que je m'appelle Chaïm, et en hébreu ça veut dire « la vie ».

— Que Dieu t'entende.

— Ne t'inquiète pas, Zhang. Ce sera l'occasion de revoir les frères Johnson et d'autres Hellfighters. J'ai de nombreuses relations à New York, et je connais cette ville comme ma poche. Je ne t'en ai jamais parlé, si ?

Zhang ne répondit pas. Les circonstances le forçaient à décider. Et il plongeait dans l'inconnu. Encore. Il se souvenait, plus de trois ans en arrière, avant de quitter la Chine pour la France, avoir dit à Shen Li et Sun Hao : « J'ai vu une araignée qui tissait sa toile. C'est un bon présage. Je viens avec vous. Que faut-il faire ? » Mais aujourd'hui rien, aucun signe du destin. Il releva le col de sa veste et resserra son écharpe. *Il faut fermer la porte du vent*, pensa-t-il en référence au point situé à la base de la nuque. *C'est par là que le vent mauvais pénètre dans le corps.* Il s'apprêtait à boutonner son vêtement quand il sentit un livre dans la poche intérieure. C'était le livre de prières de ses ancêtres. Le livre mille fois ouvert, mille fois lu, mille fois transmis, mille fois préservé. Avec émotion, il posa la main dessus, cela le réconforta. Zhang n'était plus seul. Son livre était le bon présage.

TROISIÈME PARTIE

« Oh the gangster […]
He's a family man. »

Jig-Saw Puzzle – The Rolling Stones

1

Toute la nuit, Paul Dalmate avait écouté avec attention le récit du cafetier. Un instant, il avait relevé la tête. La pendule du bar, une publicité pour le Pastis Ricard, affichait 4 h 10. La nuit était tombée depuis bien longtemps. La rue, muette, désertée par les piétons et les voitures, enveloppait l'endroit de ce silence d'hiver où les gens restent calfeutrés chez eux. Dehors, le vent soufflait en rafales. À l'intérieur, seul subsistait un léger éclairage au-dessus de la table qu'ils occupaient.

À un moment, ils avaient été interrompus. L'homme avait pris un appel alors que son téléphone vibrait. Le nom de son correspondant était écrit en caractères chinois. Il avait fait quelques pas pour s'éloigner et, le dos tourné à Paul, avait parlé à voix basse. Il s'exprimait en chinois. Dalmate avait semblé percevoir qu'il s'adressait à son interlocuteur avec un ton déférent. Mais il n'aurait pas parié là-dessus. Peut-être que certaines des intonations en mandarin donnaient cette impression. Moins d'une minute plus tard, en tout cas, il avait raccroché.

Profitant de cette pause, le cafetier avait ensuite filé en cuisine. Après les huîtres et les langoustines, il avait prévu de servir une sole à son visiteur. Celui-ci, l'entendant manipuler la poêle sur le feu, avait appuyé sur le bouton du téléphone, négligemment posé sur le comptoir, qui n'était pas encore verrouillé. Il avait affiché les « appels récents » et photographié l'écran avec son propre portable. Ainsi, il avait pu envoyer les caractères chinois à Julien Caucher avec le message : « Trouve ce que ça veut dire. » Puis il avait pris le temps de consulter les textos de Sylvie Guyien.

La lieutenante avait laissé un laconique « Où es-tu ? » à 21 heures, un « Tout va bien ? » à 22 heures, et une série de points d'interrogation à 23 heures. Dalmate s'était empressé de répondre : « Désolé. Oui tout va bien. Je te raconterai. J'apprends pas mal de choses. On se voit demain. Ne t'inquiète pas. » Au passage, il avait aussi noté que son adversaire aux échecs était tombé dans le panneau en déplaçant son roi sous la pression du fou. Même s'il savait déjà comment articuler son piège en trois coups, il ne communiquerait la position de la reine qu'en fin de nuit prochaine.

À son retour, deux assiettes en main, le cafetier s'était remis à dérouler l'histoire des juifs et des Chinois dans la Grande Guerre. Il en parlait avec une affection et une tendresse non feintes. Dalmate découvrait Zhang, Shen Li, Sun Hao, Guo, Chaïm Richter, David Fleisher, Léon Nathan, Jen Tin, Fu Pei, les Hellfighters, et cela le passionnait. Intarissable, son hôte possédait un réel talent de conteur et les rendait vivants. Peu à peu, le flic s'était laissé imprégné par la vie de ces hommes disparus depuis longtemps et comprenait les liens qui les avaient unis. Il accédait à un monde qui lui était inconnu, celui de la rencontre entre Juifs et Chinois il y a plus d'un siècle. La période fondatrice de leurs relations.

Dalmate et le patron du bar tournèrent la tête en même temps, surpris par les coups répétés à la porte.

— Mon Dieu, il est déjà 6 h 15 ! s'exclama le propriétaire des lieux. C'est le boulanger. Dès 7 heures les premiers clients arrivent pour les cafés et les croissants.

Les deux commerçants échangèrent quelques mots au comptoir. Le boulanger avala son expresso en jetant un œil curieux au policier, puis s'en alla poursuivre ses livraisons.

— Expliquez-moi pourquoi vous connaissez toute cette époque aussi bien, et les gens qui l'ont traversée, demanda alors Paul. Il nous reste à peine trois quarts d'heure.

— Café ? Café au lait ? Croissants ?

— Café au lait, croissants et la fin de l'histoire.

Plutôt que de répondre, le patron du bar le servit, se leva, passa dans l'arrière-salle et revint avec un carton à dessin qu'il ouvrit avec solennité. Sur une table, il étala des photos en noir et blanc. La plupart, de bonne qualité.

— Je les ai toutes fait restaurer.

— C'est bien… ?

— Oui, vous avez compris. Les Chinois au travail durant la Première Guerre. Par exemple, sur cette photo de groupe prise au cours d'un nouvel an chinois, au passage à l'année du Cheval de terre, il y a Zhang, au centre, à sa gauche Shen Li et Sun Hao et là, sur la droite, David Fleisher qui fume la pipe.

Dalmate regardait, avec émotion, ces hommes dont il avait écouté l'histoire pendant plusieurs heures, et là, ils apparaissaient réels, il faillit dire « vivants ». Il se remémorait certaines parties du récit et scrutait ces visages, devinant le caractère de chacun. D'autres clichés défilèrent. Il découvrit Chaïm, Guo et Léon Nathan, mais aussi les attitudes suffisantes de Valette et Roussel. Elles tranchaient avec celles empreintes d'humanité des officiers de la 16e division d'infanterie qui avaient intégré les régiments des Noirs américains.

Malgré la restauration, certaines photos avaient souffert. On imaginait plus qu'on ne voyait ce qui y figurait, comme sur celle où Chef, de dos, escaladait un remblai pour se ruer à l'assaut de l'ennemi. D'autres clichés présentaient les Chinois et leurs amis dans les tranchées, dans les hôpitaux de campagne, autour d'un feu de camp. Tous posaient, immobiles, pour éviter le flou. Dalmate fut également touché de contempler l'orchestre des Hellfighters, ces soldats noirs qui arboraient fièrement leurs décorations.

— Je n'avais jamais entendu parler des Hellfighters avant ce soir.

— C'est normal. Les États-Unis ont volontairement passé sous silence leur existence, et leur fin a été tragique. Méprisés à leur retour, certains se sont fait casser la gueule ou lyncher par des Blancs parce qu'ils portaient l'uniforme américain. Leur statut de héros de la Grande Guerre n'a pas été plus loin que Brest. Quand la France a organisé le défilé de la victoire le 14 juillet 1919, elle a souhaité que toutes les nations paradent avec, bien sûr, en tête les Hellfighters. Les Américains ont dit : « OK ! mais pas les nègres. » Ils ont été les seuls à ne pas participer à la fête.

— Et les frères Johnson ?

Le patron du bar fouilla parmi les photos et en sortit deux, de meilleure qualité. On y voyait cinq musiciens noirs, tout sourires, jouant sur une petite estrade. Derrière eux, accrochée à un rideau qui décorait la scène, une pancarte en lettres brillantes : « BONNE ANNÉE 1923 ».

— En vérité, je ne sais pas ce qu'ils sont devenus, dit-il, évasif. Là, il s'agit d'autres musiciens de l'orchestre des Hellfighters dans un cabaret parisien. Ils sont revenus, six ou sept mois après la fin de la guerre, et ont lancé le jazz en France.

Dalmate acquiesça avant de se reconcentrer sur les portraits de Zhang, ce jeune Chinois, grand, filiforme, à l'élégance naturelle malgré ses vêtements usés. Tout son être rayonnait de bonté et d'intelligence. Dalmate se surprit à penser qu'il aurait aimé le rencontrer.

— Je ne vous cache pas que je ressens de l'affection quand je vois ces hommes dont je connais désormais, grâce à vous, une partie de leur histoire. Ce qui m'attriste, c'est la fin violente de leurs descendants, Albert Nathan, Shen Li, Sun Hao. Alors qu'ils étaient si proches, un siècle plus tard ils se massacrent.

— Vous comprenez pourquoi, lorsque vous m'avez posé la question sur Zhang, Jen Tin et Fu Pei, j'ai pris le temps de vous répondre. Sans eux, tout ça n'aurait pas existé. Elle n'est quand même pas banale, l'aventure de ce Juif chinois qui rapprocha les deux communautés.

— En effet. Mais, je me demande toujours comment vous avez vous-même appris, avec autant de détails, la naissance de toutes ces amitiés.

Le patron du bar fouilla à nouveau dans le carton d'archives et en tira une petite photo.

— Sans doute ma préférée. C'est Jen Tin qui joue de l'erhu.

Dalmate la contempla, silencieux. Il attendait la suite.

— C'est mon arrière-grand-père. Je m'appelle Jen Tin, comme mon père, mon grand-père et mon arrière-grand-père. Mon grand-père est né en 1918. Jeanne, mon arrière-grand-mère, a essuyé les foudres de son père toute sa vie et ne s'est jamais mariée. Elle a quitté Boulogne pour vivre ici à Étaples et élever seule sa fille et son fils qu'elle a baptisé Jen Tin. Mon père est né en 1948 et, une fois adulte, s'est mis en tête de reconstituer l'histoire de son propre grand-père. Il a soulevé des montagnes, passé des mois à chercher au sein des archives du ministère des Armées, à consulter celles des anciens combattants, d'associations diverses, d'universitaires, et…

— Il a retrouvé sa trace en Chine, conclut Paul.

— Exact. Le grand-père et le petit-fils se sont rencontrés dans un village reculé du Sichuan en 1980. Imaginez leur émotion.

— Votre arrière-grand-père est revenu en France ensuite ?

— Non. Il n'avait plus le courage de ressusciter les souvenirs et les lieux où il avait connu Jeanne. Il a pu rentrer dans son pays en 1920 sans être inquiété. Je crois que l'administration française de l'époque n'avait qu'une hâte, celle de virer tous les étrangers non blancs qui avaient participé à l'effort de guerre. La crainte du métissage était très forte.

— C'est donc de votre arrière-grand-père que vous tenez ce récit incroyable ?

— Il a tout écrit. Dans de gros cahiers qu'il avait confectionnés. Il a passé des nuits entières à retranscrire tout ce qu'il voyait, entendait et ce qu'on lui avait raconté. Il a fait cadeau de ces recueils à mon père avec un erhu. Celui qu'il avait apporté à Boulogne pour faire sa demande en mariage a été massacré par le père de Jeanne.

— Qui n'était donc pas mort…

— Bien assommé seulement. Mon arrière-grand-mère et les enfants étaient au dernier étage quand Zhang et Jen Tin sont entrés dans la maison. Elle s'apprêtait à ouvrir la porte quand elle a entendu le coup de feu et a pris peur. C'est pour cette raison qu'ils n'ont pas pu se retrouver.

Dalmate se laissa une fois de plus transporter par l'intensité de ces destins et regarda différemment l'homme debout devant lui.

— Quand mon arrière-grand-père a regagné la Chine après des semaines de bateau, il a joué et enseigné l'erhu à Pékin pendant quelques années, puis il a rejoint son village. La vie était devenue difficile sous Mao. De retour chez lui, il a fixé sur le mur, face à son lit, la photo de Jeanne qu'il admirait tous les soirs avant de s'endormir. À vrai dire, cet homme n'a pas eu de chance. Lors de la révolution culturelle, c'était le règne de la délation. Je ne sais pas pourquoi, mais il a été dénoncé pour avoir chez lui la photo d'une femme occidentale. Sacrilège à l'époque. Vous auriez pu être accusé d'espionnage pour moins que ça.

— Il a été emprisonné ?

— Il aurait pu, mais il a brûlé la photo à temps. Quand les Gardes rouges ont investi sa maison, ils n'ont rien trouvé, bien sûr. Au mur, dans la chambre, seule subsistait la marque d'un rectangle un peu plus pâle que le reste. Cela suffit à mon arrière-grand-père qui continua, avant d'éteindre sa lampe, à y voir le visage de celle qu'il considéra comme sa femme à jamais.

— Triste histoire.

— Comme vous dites. Qu'allez-vous faire, maintenant ?

— Réfléchir. Je connais à présent l'origine des amitiés qui se sont nouées entre ces communautés. Je pense que je vais me rapprocher des deux puissants chefs, Guo Tran et Avi Richter, qui sont en France pour régler les différends. Sans doute les petits-fils de Guo et de Chaïm.

— Non, les fils, ils les ont eus tardivement. Ils détiennent en effet la clef pour tout faire cesser. J'ai reçu un message de leur part et j'irai les rencontrer dans la semaine. Nous sommes très proches. Ils m'ont offert ce bar, une grande maison et ont payé les études de mes enfants. Grâce à eux, je n'ai jamais manqué de rien. Guo Tran vient même de m'envoyer de l'argent pour rénover mon commerce.

— Quelle est la contrepartie de cette générosité ?

— L'entretien de la mémoire et l'organisation, pour les Chinois, des visites annuelles des cimetières où sont enterrés nos travailleurs de la Grande Guerre. Pas loin d'ici, à Noyelles, huit cents d'entre eux ont été inhumés.

— Rien d'autre ?

Jen Tin éclata de rire.

— Je leur indique aussi ceux qui viennent poser des questions sur Fu Pei.

— Comme moi.

— Oui. Ils vous ont vu rester seul, devant sa tombe, après le départ de votre équipe. Guo m'a téléphoné pour m'informer de votre présence. Je vous attendais, j'avais passé le message au jardinier pour qu'il vous conduise ici. Ils m'ont demandé de tout vous raconter. Guo m'a rappelé cette nuit. Il voulait savoir comment ça se passait.

— Et alors, que lui aviez-vous dit ?

— Que c'est Zhang qui vous intéressait !

— Et justement, qu'est-il devenu ?

— En fait, je ne sais pas.

Dalmate sut que Jen Tin dissimulait la vérité. Il sortit son téléphone portable et regarda les photos sur la table.

— Je peux ?

— Pour votre procédure ?

— Pas du tout, cela ne me servirait à rien. C'est grâce à vous que ces hommes me sont devenus aussi familiers. J'aimerais faire tirer des reproductions pour moi. Pendant quelque temps, je sais que ces visages vont m'accompagner.

2

Les rafales de mitrailleuse firent exploser les phares, le capot de la voiture, le pare-brise et découpèrent le toit comme un ouvre-boîte. Paul Dalmate plongea sur le siège passager pour se protéger, le cœur battant, puis, passées les deux ou trois secondes où il reprit ses esprits, il se releva et s'installa derrière le volant, se traitant mentalement d'idiot. La grêle s'abattait avec force sur son véhicule. Il s'était arrêté, pris d'une brusque fatigue, sur l'aire d'autoroute d'Hardivilliers à une centaine de kilomètres de Paris. Aussitôt garé, il s'était endormi. La pendule du tableau de bord indiquait 10 h 20. Il avait quitté Étaples et le bar de Jen Tin un peu avant 9 heures. La nuit blanche pendant laquelle il avait voyagé dans la fureur de la Première Guerre l'avait imprégné du fracas des armes et des cris des soldats. Pas étonnant que la grêle qui s'était mise à frapper la carrosserie durant son sommeil se soit insinuée dans son rêve comme la bande-son d'une mitrailleuse.

Dalmate attendit que les éléments se calment. Il sortit de la voiture, le dos et les jambes ankylosés, fit quelques pas et entra dans la station, très peu fréquentée en ce début de matinée. Il observa un couple attablé devant un petit-déjeuner à peine entamé, chacun concentré sur son smartphone. Un peu plus loin, un type dans un costume usé avalait un café en regardant sa montre. Paul n'avait pas envie de café, il en avait trop pris. Il acheta une bouteille d'eau qu'il but d'un trait pour faire disparaître l'amertume qu'il avait dans la bouche. Il se dirigea ensuite vers les toilettes, aspergea son visage d'eau froide, se massa le cou et se passa les mains dans les cheveux.

Enfin, il regagna le parking. Il serait chez lui dans un peu plus d'une heure. Pendant plusieurs minutes, il roula vitres ouvertes pour finir de se réveiller.

Dalmate avait besoin de parler. Il appela Sylvie Guyien qui prit aussitôt de ses nouvelles. « Oui, tout va bien. Je fais un saut chez moi et on se retrouve à 15 heures au service. Réunis le groupe, je vous résumerai ce que j'ai appris. C'est intéressant. » Il appela ensuite Julien Caucher qui avait des infos à lui communiquer suite à sa requête nocturne. « Les caractères chinois du téléphone signifient patron ou le boss. Tu peux m'en dire plus ? – Il s'agit de Guo Tran, le Chinois qui est descendu au Crillon et qu'on a filoché jusqu'au cimetière d'Étaples – Tu veux qu'on le branche ? – Oui. Regarde aussi ses fadettes[1] et branche les numéros israéliens qu'il a contactés. On devrait avoir celui d'Avi Richter. »

Avant de rentrer, Dalmate s'arrêta en double file devant l'épicier chez qui il avait ses habitudes.

— Houlala, j'en connais un qui a fait la fête toute la nuit et qui a la gueule de bois. Je me trompe ? demanda le patron en riant.

— J'aurais préféré… Le travail, tout simplement. Qu'est-ce que tu me proposes, aujourd'hui ?

— Facile.

L'homme alla au fond de sa boutique et en revint avec un sac en papier qu'il posa sur le comptoir.

— Dedans, tu as une omelette espagnole que tu réchauffes quatre minutes au micro-ondes, un sachet de mâche et une bouteille de Badoit. Cadeau, j'ai ajouté des amandes et des dattes. Ça devrait aller, non ?

— C'est parfait. Je sais faire la vinaigrette.

Paul saisit le sac, posa 15 euros sur le comptoir et sortit sans attendre la monnaie. Avant de déjeuner, il prit une longue douche chaude et se rasa. Il nota ensuite dans un carnet toutes les réflexions que les révélations de Jen Tin avaient déclenchées.

* * *

1. Facture détaillée d'une ligne téléphonique.

À l'Hôtel de Crillon, Guo Tran et Avi Richter déjeunaient de leur habituel poisson et légumes vapeur accompagnés d'eau plate. Deux tables occupées par leurs gardes du corps respectifs faisaient écran pour écarter les éventuels intrus. Guo Tran regardait, songeur, la montre de gousset en or posée à côté sur la nappe.

— Je vois que tu l'as toujours. Elle fonctionne bien ?

— Révisée tous les ans. C'est la prunelle de mes yeux.

— Je me souviens du jour où Chaïm, ton père, te l'a offerte en te racontant son histoire.

— C'était en 1958, à l'occasion de mes 20 ans. Je ne l'oublierai jamais. Toi et ton père étiez venus pour mon anniversaire. C'était vraiment une belle fête et nous avons compris ce jour-là que nous marcherions dans les pas de nos pères.

— Oui, que de chemin parcouru ! Et combien d'amis nous avons perdus depuis…

— Au fait, reprit Avi Richter, que t'a dit Jen Tin sur sa rencontre avec le policier ?

— Que c'est un homme sensible, compréhensif, curieux et ouvert d'esprit.

— Tu crois qu'on peut lui proposer notre deal ?

— Oui, s'il veut que la vengeance se taise, que les armes regagnent leurs étuis et que la paix du business règle tout en silence, il devra accepter de ne mettre personne en prison.

— Mais s'il refuse, s'il se conduit en flic ? Parce que si sa bible c'est le Code pénal, tu conviendras que ce sera compliqué pour lui d'adhérer à notre offre.

— Entièrement d'accord, Avi, et j'en serai désolé. Je vais le faire contacter pour que nous nous entretenions avec lui dans les prochains jours.

Avi acquiesça, puis posa la main sur le bras de son ami.

— La voilà.

D'un geste, il signala aux hommes en protection de la laisser passer. Jasmine Sun, impressionnée, s'assit face à ceux qu'elle considérait comme les légendes vivantes des familles juives et chinoises. Guo parla d'une voix basse et douce, comme à son habitude. Il raconta l'expédition au cimetière d'Étaples avec, comme objectif, de pacifier les relations entre Éric Shen et Yannis Nathan. Jasmine Sun écoutait.

— Pour être tout à fait honnête avec toi, je crois que cela n'a pas servi à grand-chose. Il y avait de l'animosité dans leurs regards et ils ont à peine fait semblant de comprendre ce que l'on attendait d'eux.

— C'est ce qui nous inquiète, ajouta Avi Richter, les yeux baissés sur sa montre en or. En revanche, nous pensons que ce sera plus facile de réorganiser l'équilibre sur les clans chinois que sur les miens.

— C'est certain, confirma Guo. Éric Shen ne nous posera pas de difficulté. Ses frères et sa sœur continueront de favoriser le business avec les Juifs. Et il t'appartient désormais, Jasmine, de remettre en ordre de marche nos familles. Je vais passer ce message à tous. Avi, de ton côté, comment comptes-tu t'y prendre ?

— Yannis est un *meschugge*[1], Franck ne pèse rien, ce qui signifie que le clan Nathan va disparaître. Je ne vous cache pas que ça me dérange parce qu'Albert avait construit un véritable empire et aucun autre clan juif ne possède cette intelligence et le savoir-faire pour le développer. Il va falloir que j'étudie la question.

Jasmine Sun s'inclina, remercia, fit allégeance à Guo, assura Avi de son profond respect, et leur promit de ne pas chercher à venger les morts de Shen Li et de son père si tel était leur souhait.

— Il faut se battre pour l'avenir, pas pour le passé, approuva Guo.

* * *

Yannis, le torse bandé et un bras en écharpe, réfléchissait avec son frère Franck et une nouvelle équipe feu à des représailles sur Éric Shen. Franck n'était pas très chaud.

— Ça t'a pas suffi ce qui s'est passé au cimetière d'Étaples où tu as failli y rester ? Richter et son pote le Chinois vont nous éclater, si on continue.

— Sauf si on s'y prend bien. De toute façon, je ne peux pas rester les bras croisés. On doit rendre justice à Richard. Et puis si tu imagines que ce fils de pute d'Éric Shen va se contenter d'obéir au Chinois et ne rien tenter contre nous, tu te goures complètement.

— Le danger c'est que les deux vieux nous fassent flinguer, toi, moi et Éric Shen, si on déconne, histoire de calmer le jeu.

1. Un « fou », un « cinglé », en yiddish.

— Je n'y crois pas un seul instant. Attendons qu'ils repartent et après on règle nos comptes.

Yannis évalua sa nouvelle équipe feu et son chef, Dov. Celui-ci, un colosse un peu bourru, portait bien son prénom qui signifiait ours en hébreu. *Par contre, les autres, on dirait des étudiants*, se dit-il.

— Dov, prends tes gars et tu me renseignes sur ce que fabrique Éric Shen. Mais fais gaffe de ne pas t'approcher trop près de leurs maisons, il y a des caméras partout. Ils doivent être chauds bouillants et aux aguets. Regarde aussi du côté de leurs sociétés.

— J'ai repéré les carrefours par où passent obligatoirement les voitures quand Shen et sa bande sortent de chez eux. J'ai quelques vieilles camionnettes qui feront l'affaire. Pareil pour Aubervilliers, les bagnoles de livraisons seront parfaites.

— Tu me fais un point ici tous les soirs. Et pendant les surveillances, zéro téléphone, c'est compris ?

— On bosse toujours comme ça, pas de problème. On le flingue quand ?

— Quand j'en saurai assez sur ses déplacements et ses habitudes.

* * *

Éric Shen veillait à ce que son grand-père Tao ne soit pas dans les parages pour parler de sa stratégie contre les Nathan avec son équipe de tueurs. Depuis la mort de son père, il sentait qu'il avait les coudées plus franches. Sa sœur et ses frères avaient regagné la Chine. Ils attendaient que les affaires reprennent leur cours normal avant de revenir en France. Éric Shen portait encore sur son visage les stigmates des coups reçus au cimetière d'Étaples.

— Où en sommes-nous ? demanda-t-il en mandarin.

Avant de répondre, le chef, qui se prénommait Fang, réajusta ses lunettes, et regarda les six membres qui composaient l'ossature de son équipe. Des types jeunes, minces, vêtus avec une élégance discrète, dévoués et attentifs à la discussion.

— Je vais déployer un dispositif à Neuilly. Pas de voiture. Je prévois de recruter des mecs qui ressembleront aux coursiers en scooter qui livrent des repas. Dès qu'ils verront sortir un des Nathan de la villa, ils le suivront. On fera le point ici en fin de journée. Qu'en pensez-vous ?

— Très bien. On ne bouge pas tant que je n'ai pas donné d'ordre. Il faut qu'on connaisse leurs habitudes, ce sera plus facile de les buter.

— Qui on élimine en premier ? Yannis, Franck, les deux ?

— Yannis en priorité, Franck on s'en fout. Tes tireurs seront en scooter aussi. Comme ça, ils pourront disparaître sans problème dans la circulation. En plus, avec leurs casques, personne ne pourra savoir qui a fait le coup. Aucun signalement.

— Guo Tran s'en doutera, releva Fang.

— Possible, mais il ne pourra pas le prouver. Je veux que tu récupères les portables des gars qui vont se mettre sur cette mission, tu leur rendras le soir. Après les flingages, les flics vont travailler sur la téléphonie et passer au crible tous les numéros qui se trouvaient dans le périmètre. Avec les bornes des opérateurs et un bon logiciel, en trois jours, ils sauront qui était dans le secteur.

— C'était prévu. Comment vous évaluez la réplique des autres clans juifs ?

— À zéro. Une fois Yannis hors-jeu, le clan Nathan sera rayé de la carte. Les autres n'ont pas l'envergure pour continuer la guerre. Je proposerai à Darmon, Dray, Teboul et Smadja qu'ils se répartissent le business, et on reprendra avec eux comme avant. Sauf que c'est moi seul qui contrôlerai le trafic de la came. Tout le monde y gagnera.

— Et Jasmine Sun ? Vous ne lui demandez pas son avis avant de vous lancer dans l'élimination des Nathan ?

— Quand j'aurai réglé cette affaire, elle la fermera. C'était son père le juge de paix, pas elle.

3

Un Post-it collé sur le clavier de son ordinateur attendait Paul Dalmate. « Passez me voir à votre retour. M. V. » Les initiales du commissaire Martin Villeneuve. Dalmate entra dans le bureau de Sylvie Guyien.

— Villeneuve m'a convoqué. Je ne pense pas en avoir pour longtemps. Je ferai un point juste après.

Le commandant aperçut son supérieur en pleine conversation avec un chef de groupe. Il remuait machinalement son café tout en écoutant son interlocuteur. Il mit un terme à l'échange dès qu'il vit Dalmate.

— Paul, venez dans mon bureau, je souhaite que vous me débriefiez sur le déplacement des deux chefs mafieux à Étaples.

— C'est ce que je m'apprêtais à faire avec les équipes. Je peux leur demander de nous rejoindre ?

— Oui, bien sûr, mais auparavant je préfère m'entretenir avec vous de manière confidentielle.

Les deux hommes traversèrent un couloir et pénétrèrent dans une vaste pièce. Là, une fois la porte refermée, le commissaire se racla la gorge et reprit :

— Cette histoire de Gennevilliers me dérange. Vous savez, Brémond, le mari d'une des femmes de ménage de l'immeuble qui s'est fait défoncer par un type. Un officier du commissariat local veut vous entendre, et quelqu'un de l'IGPN viendra en observateur, parce que, paraît-il, vous auriez été présent sur les lieux.

— Chef, je ne vois pas de quoi on parle. Je ne connais pas ce Brémond. Je vais appeler Gennevilliers pour caler un rendez-vous et tirer ça au clair.

— Ils vous attendent demain à 10 heures. Voilà la convocation qui m'a été adressée par mail, annonça le commissaire en lui tendant un document. Paul, j'espère que vous ne me racontez pas de conneries. Prévenez vos gars, nous allons en salle de réunion.

Quand tous se furent installés, Paul Dalmate, debout, prit la parole. Il lui fallut plus d'une heure pour condenser l'essentiel des informations transmises par Jen Tin. Sur un tableau, il traçait au feutre, pendant son exposé, une sorte d'organigramme avec tous les protagonistes. Les officiers reportaient sur leurs carnets ces croquis, assimilant eux aussi cette incroyable histoire.

— On a sous les yeux les éléments fondateurs des relations entre Juifs et Chinois. Des événements qui se sont dilués dans le temps et ne sont jamais parvenus aux générations qui s'entretuent aujourd'hui, conclut le commandant.

— C'est intéressant pour notre compréhension, admit le commissaire Villeneuve, mais votre cafetier n'est pas allé beaucoup plus loin que 1920. Que s'est-il passé après ?

— Je suis sûr que les deux chefs présents au Crillon, Avi Richter et Guo Tran, les descendants directs des initiateurs de cette association mafieuse, ont des choses à dire. Je vais leur parler.

— D'après ce que vous avez observé à Étaples, ils seraient venus mettre un terme au conflit en amenant *manu militari* les fauteurs de troubles devant une tombe hautement symbolique. C'est bien ça ?

— C'est exact, mais, même si leur intervention est louable, ce n'est pas pour autant qu'ils repartiront avec notre absolution. Il y a eu des morts, donc des assassins iront en prison.

Après le départ du commissaire Villeneuve, Dalmate mit sur pied une stratégie d'enquête avec ses officiers. La « liste des courses », comme il l'appelait, était longue. Chacun nota précisément ce qu'il avait à faire, puis ils se dispersèrent.

En regagnant son bureau, Sylvie Guyien tomba sur Étienne, son ancien collègue de la financière, qui faisait les cent pas dans le couloir.

— Je viens de terminer un rendez-vous et, comme j'avais cinq minutes je me suis dit que je pouvais passer prendre un café avec toi.

— Étienne, c'est vraiment gentil de ta part, mais là on est à bloc de travail.

— Toujours sur les Juifs et les Chinois ?

— La priorité. On sort justement de réunion.

— Vous allez cibler les deux clans en même temps ?

— Non, Paul a plutôt en tête une ligne directrice sur les Nathan.

— Ah oui ? Mon service sera de la partie ?

— Oui, et tous les autres aussi. Faut que je me sauve, désolée. À très bientôt.

Quelques minutes plus tard, en rejoignant sa collègue, Dalmate lui posa une question surprenante. Il désirait savoir s'il existait un moyen d'interroger le TAJ[1] sans laisser de traces informatiques.

— Pour vérifier quoi, par exemple ? demanda Sylvie

— Si une victime a déposé plainte

— À qui tu penses ?

— À Khadija la femme de ménage.

— Pourquoi ?

— Pour rien

— À moins d'être le gestionnaire du fichier à la police scientifique à Écully[2], aucun moyen à ma connaissance.

1. Traitement des antécédents judiciaires.

2. Ville près de Lyon où se situe le siège du service national de la police scientifique.

4

Paul Dalmate se réveilla après huit heures d'un sommeil sans rêves. Enfin, pour être plus précis, il ne se souvenait pas avoir rêvé. Il se rasa avec soin, prit une longue douche, cira une paire de chaussures noires, puis s'habilla d'un costume gris foncé, d'une chemise blanche et d'une cravate bordeaux. Il arriva à Gennevilliers à 9 h 30, s'attabla dans une brasserie et s'offrit un petit-déjeuner.

À 10 heures précises, il franchissait les portes du commissariat et présentait sa carte de police au planton. Un gardien de la paix le conduisit dans le bureau du chef des enquêtes judiciaires. Là, son visage s'éclaira quand il reconnut la commandante Mélanie Déniel. Ils avaient participé à des stages de formation continue ensemble et échangé quelques renseignements sur des affaires depuis.

— Je ne savais pas que tu étais à Gennevilliers, dit Dalmate après les formules usuelles de convivialité.

— Ça fait quinze jours seulement. J'ai quitté la PJ de Rennes quand mon mari a obtenu une mutation au sein de sa banque à La Défense. Pour moi, c'était le poste disponible le plus proche de notre domicile.

— Pas trop difficile ?

— La came, les violences entre bandes rivales, les casses, les guerres de cités, les rodéos urbains… Bref, rien de nouveau.

— C'est toi qui traites l'affaire Brémond ?

— Oui, on me l'a refilée avant-hier, et ça ne me plaît pas.

— Pourquoi ne m'as-tu pas appelé ?

— Il faut que je te prévienne que…

Mélanie Déniel n'eut pas le temps de terminer sa phrase qu'un jeune type, grand, mince, barbe de trois jours, vêtu d'un jean, d'une veste et portant des chaussures de sport de marque, fit irruption à son tour.

— Carez, IGPN. Vous êtes Dalmate, je présume.

— Le commandant Paul Dalmate, en effet.

Déniel toussota pour masquer sa gêne devant la froideur des présentations et prit la parole. Elle résuma l'affaire. Serge Brémond, mari de Khadija, une des femmes de ménage qui travaillait au siège de la PJ parisienne, avait été violemment agressé par un type apparemment fou de rage. Elle allait poursuivre, mais Carez l'interrompit d'un geste. Il se saisit d'un procès-verbal d'audition qu'il parcourut tout en s'adressant à Dalmate :

— Pour la faire courte, et c'est pour ça que vous êtes là, Khadija a déclaré que vous aviez été insistant pour savoir qui l'avait battue. Selon elle, vous ne l'avez pas crue quand elle vous a dit avoir fait une chute. Il lui a même semblé que vous étiez troublé lors de cette discussion. Peut-on en déduire que cela vous touchait personnellement ?

Le commandant resta silencieux. Il devinait au ton sarcastique de son interlocuteur qu'il y avait autre chose.

— Le plus intéressant, continua celui-ci, les yeux rivés sur son document, c'est qu'elle affirme que le soir de l'agression de son mari, alors qu'elle se trouvait à la fenêtre, elle a vu un homme le suivre et pense vous avoir reconnu. Pas mal, non ? Qu'en dites-vous ?

— Rien. Je ne vois pas en quoi je suis concerné. Elle pense seulement.

L'officier de l'IGPN, satisfait de sa première intervention, n'avait pas dit son dernier mot. Il sortit quelques photos d'une pochette et les donna à Dalmate.

— Des commentaires ?

L'embarras se lisait sur le visage de Mélanie Déniel. Dalmate regarda les clichés et les rendit à Carez.

— C'est moi dans le métro. Et sur d'autres, il s'agit de la femme de ménage.

— Bravo ! Elles ont toutes été prises à une minute d'intervalle. Vous avez filé Khadija le soir de l'agression de son mari depuis votre bureau jusqu'à Gennevilliers. La RATP fait bien les choses, toutes les stations sont équipées de caméras qui enregistrent.

— Je ne conteste pas. J'avais effectivement rendez-vous ce soir-là à Gennevilliers avec un informateur dans le cadre de la guerre des clans dont je suis saisi.

— Il faut qu'on entende votre informateur, répondit Carez.

— Certainement pas, ce n'est pas la procédure, et vous le savez. Si vous l'ignorez, c'est que vous n'avez jamais mis les pieds dans un service actif. Maintenant, je souhaiterais être confronté à Khadija et à son mari.

Cette demande, formulée avec calme, déstabilisa quelque peu Carez, qui se reprit en souriant.

— Ça tombe bien, ils sont là.

La première confrontation eut lieu avec Khadija. Elle se tordait les mains, assise face à Dalmate qui la regardait avec bienveillance. Rapidement, elle s'emberlificota dans ses explications et ne fut plus très sûre de l'avoir reconnu depuis sa fenêtre.

— Il faisait nuit, on habite au 4e, c'est haut. En plus, ça s'est passé très vite. Et puis je pleurais.

L'officier de l'IGPN, agacé, argumentait. Il essayait par des questions insidieuses de ramener la femme de ménage à recentrer ses déclarations contre Dalmate. Mais rien n'y fit. Mélanie Déniel la raccompagna alors dans la salle d'attente.

— Carez, quel est votre grade ? lâcha Dalmate dès que la porte fut refermée.

— Capitaine.

— Très bien. Je suis commandant. La procédure voudrait que je sois entendu par un officier de l'IGPN du même grade que le mien. Je ne compte pas faire de difficultés, mais vos façons d'orienter les réponses du témoin sont inqualifiables. Encore une sortie de ce genre, je demande à être mis en garde à vue et j'exige la présence d'un avocat. C'est compris, Carez, ou je fais appeler vos supérieurs par mon chef de service pour vous dégager de là ?

Sans prêter attention au trouble qui grandissait chez son interlocuteur, Dalmate se tourna vers Mélanie Déniel qui regagnait déjà son bureau.

— Commandant Déniel, qui a eu l'idée de mettre l'IGPN dans la boucle alors que la procédure est bidon ?

Elle pointa vers le plafond le stylo qu'elle tenait dans une de ses mains. « Ça vient d'en haut. » Carez, livide, se taisait. Le ton de Dalmate, à la fois très cassant et très sûr, l'impressionnait.

— Rien ne m'étonne plus, conclut-il. Carez, faites venir Brémond qu'on en finisse.

Paul savait qu'il jouait gros et que le bluff pouvait ne pas tenir. En attendant que Serge Brémond les rejoigne, les trois policiers demeurèrent silencieux. Un gardien de la paix fit entrer le mari de Khadija. Il paraissait emprunté, loin du fier-à-bras qu'il était. Lorsqu'il s'installa, l'homme, mal à l'aise, ne quitta pas ses chaussures des yeux.

— Monsieur Brémond, commença Mélanie Déniel, vous nous avez affirmé que vous n'aviez pas pu identifier votre agresseur, car vous ne l'aviez jamais vu. C'est exact ?

— Oui, c'est ça.

— Prenez votre temps, et dites-nous si vous reconnaissez la personne qui est assise en face de vous.

Carez, debout derrière Brémond, faisait également face à Dalmate. Il voulait être sûr de pouvoir lire le regard de celui-ci. Serge Brémond tourna son visage vers le commandant et le fixa pendant une minute sans parler. Dalmate se tenait droit, les mains posées sur ses jambes croisées, l'expression neutre. Carez et Brémond n'eurent pas la même lecture de son regard. Carez n'y vit qu'une profonde indifférence, alors que Brémond ressentit encore une violence latente.

— Non, ce n'est pas lui, déclara ce dernier en baissant la tête. L'autre gars, c'était un sauvage.

Une demi-heure plus tard, Mélanie Déniel raccompagna Paul Dalmate jusqu'à la sortie du commissariat.

— Affaire classée, dit-elle, et j'en suis très contente pour toi.

— Tu n'as jamais douté de mon innocence, j'espère ?

— Bien sûr que non.

— Je pense que Khadija a déjà dû venir ici pour déclarer la violence dont elle est l'objet. Vérifie, s'il te plaît. Il faut l'écarter de ce sale type. Je déteste que l'on batte une femme.

— Oui bien sûr, répondit Mélanie. Je vais m'occuper de ce couple, et je te tiendrai au courant. Au fait, tu es très élégant aujourd'hui, tu as soigné ta présentation.

Paul sourit, puis regagna la brigade criminelle, soulagé. *Je l'ai échappé belle*, songea-t-il. Dès son retour, il rassura le commissaire Villeneuve et se consacra à la guerre des clans. Il prit de nouveau la décision de secouer le cocotier en se focalisant sur le traiteur qui était entré avec sa camionnette chez les Nathan le soir de l'assassinat de Sun Hao. Pour rendre le commerçant plus coopératif, il déclencha un contrôle par les services fiscaux et un autre par celui de l'hygiène alimentaire. À chacun d'eux, il demanda de saler l'addition.

* * *

Le traducteur-interprète en mandarin employé par la police judiciaire se présenta à l'accueil de la société de Sun Hao, à Aubervilliers, et demanda à parler à Jasmine Sun.

— Je viens sur recommandation de Shen Li, dit-il à la secrétaire qui s'enquérait de l'objet de sa visite.

Un quart d'heure plus tard, l'homme saluait Jasmine Sun, intriguée. Avec pudeur et modestie, il lui relata les relations qu'il avait entretenues avec Shen Li, son seul contact. Il lui raconta son travail d'écoute téléphonique effectué pour le compte de la brigade criminelle. Puis il se tut. La jeune femme réfléchissait très vite.

— Si vous souhaitez poursuivre cette relation de confiance avec moi, on le fera dans les mêmes termes qu'avec le regretté Shen Li.

Le traducteur inclina imperceptiblement le buste.

— Il y a sept portables qui sont branchés sur votre famille, dont le vôtre. Les conversations n'ont rien d'intéressant. Les policiers sont à la recherche des lignes occultes dont vous vous servez.

— Je pense qu'ils ne vont pas rester à compter les points et lanceront bientôt des vagues d'arrestations. Vous pourriez le savoir ?

— Quand la police monte ce genre d'opérations, elle installe un de leurs enquêteurs à nos côtés pour qu'il suive nos traductions en direct. Comme ça, il est aux premières loges pour appeler ses collègues sur le terrain s'il se passe quelque chose.

— Vous me préviendrez donc ?

— Tout à fait.

— Autre chose, je suppose que les interceptions sur le clan Shen Li n'ont pas grand intérêt non plus. Si tel n'était pas le cas, je souhaiterais que vous m'avertissiez. Éric Shen pourrait persister et s'en prendre encore au clan Nathan. Il mettrait alors en difficulté toute notre communauté, ce que personne ne veut.

— Ce n'est pas un problème. Il me faut juste un moyen sûr pour communiquer avec vous.

Jasmine Sun s'absenta quelques minutes et revint avec un livre.

— Tout d'abord, voilà un numéro sur lequel vous pourrez m'appeler. Il n'y a que vous qui le possédez. Le livre, c'est pour vous remercier.

Le traducteur hocha simplement la tête, reconnaissant. Dans l'ascenseur, il ouvrit le livre où une liasse de billets de cinq cents euros était coincée dans la couverture. Sans la compter, il la rangea dans la sacoche usée qu'il portait en bandoulière.

5

Paul Dalmate et Sylvie Guyien pénétrèrent dans le hall du Crillon et se dirigèrent vers la réception. Au préalable, le commandant s'était assuré que Guo Tran et Avi Richter s'y trouvaient. Il demanda à être mis en relation avec eux. Par téléphone, les deux chefs mafieux l'invitèrent à patienter quelques minutes. Dalmate en profita pour apprécier l'exposition d'une photographe bulgare présentée dans les salons du palace. Il s'attarda sur les tirages grand format en noir et blanc, des portraits de jeunes femmes dans un univers aquatique.

Enfin, ils les virent arriver, précédés de leurs protections rapprochées.

— Tu crois qu'ils auraient commis l'erreur d'être armés ? s'enquit Sylvie Guyien.

— Non, ils savent qu'ils auraient des problèmes. La carrure de leurs sbires suffit à éloigner les importuns.

Salutations brèves et sèches. Guo Tran, Avi Richter, Sylvie Guyien et Paul Dalmate s'assirent, les gardes du corps occupèrent ostensiblement l'entrée du salon.

— Nous vous avons observé au cimetière d'Étaples, démarra le commandant sans préambule. Il s'agissait d'une tentative de règlement du conflit, je présume.

— Nous aussi, nous vous avons remarqué. Le conflit est réglé. Vous connaissez maintenant toute l'histoire, Jen Tin vous l'a racontée, répondit Guo.

— Si de votre côté l'affaire est réglée, du côté de la justice, nous sommes loin du compte. Et je pense que vous avez des informations à me communiquer. Je suis ici pour vous remettre une convocation pour demain 16 heures à mon bureau.

Une fois les policiers partis, Avi Richter reposa son verre d'eau et se tourna vers Guo Tran.

— Nous voilà fixés. Même si nous nous y attendions, on va devoir accélérer les choses.

— Je vais joindre Jasmine Sun, annonça Guo en se levant avec difficulté du fauteuil dans lequel il était enfoncé.

Dans la voiture qui les ramenait à la brigade criminelle, Dalmate, de son côté, contacta Julien Caucher.

— On vient de quitter les deux chefs, on a une réaction sur leurs portables ?

— Jasmine Sun a reçu un appel de Guo l'invitant à le rejoindre au Crillon. Rien du côté du clan Nathan.

Le commandant ne se leurrait pas, le chef mafieux chinois savait les lignes téléphoniques sur écoute. Il ne pouvait en être autrement. Il souhaitait que le message adressé à Jasmine Sun soit intercepté par les policiers. Il indiquait par là qu'il contrôlait la situation. Ce dont il ne se doutait pas, en revanche, c'est que le traducteur-interprète avait envoyé un SMS à Jasmine Sun sur une ligne qui ne servait qu'à leurs conversations : « Les flics savent que vous allez rencontrer Guo Tran. »

— Tu crois qu'ils vont se présenter à la PJ ? demanda Sylvie Guyien dès qu'il raccrocha.

— Non, bien sûr. Cela me donnera l'occasion de leur mettre la pression.

À 19 h 30, Julien Caucher, en surveillance place de la Concorde, vit arriver Jasmine Sun dans une voiture avec chauffeur, collée de près par un véhicule de protection. La voiture repartit au bout d'un quart d'heure. Les consignes étaient de ne pas la suivre. Il transmit l'information à Dalmate.

Une fois chez elle, Jasmine Sun rédigea sur son ordinateur un message qu'elle imprima onze fois et qu'elle mit dans des enveloppes. Elle les confia à l'un de ses hommes de confiance avec une brève instruction. Puis elle prit une longue douche chaude, s'enveloppa dans un épais peignoir et, assise en tailleur sur un tapis de yoga, se livra à une séance de méditation.

Le lendemain matin, Guo Tran et Avi Richter décollèrent de l'aéroport du Bourget dans le jet du mafieux israélien pour atterrir, une heure quarante plus tard, à Rimini en Italie. De là, une limousine les conduisit en République de Saint-Marin, distante d'une trentaine de kilomètres, devant un immeuble bourgeois qui abritait un établissement financier. Un employé en costume sombre les attendait devant l'entrée. Très révérencieux, il les accompagna à l'intérieur de l'austère bâtiment.

Dalmate, lui, reçut deux informations. Du Crillon tout d'abord. « Guo Tran et Avi Richter se sont absentés pour soixante-douze heures, mais ils conservent leurs suites sans date de départ précise. » De l'aéroport du Bourget ensuite. « Un plan de vol a été transmis : Le Bourget/Rimini. Retour dans trois jours. » Le commandant pointa Rimini sur la carte d'Italie, puis son doigt glissa légèrement vers la gauche, sur la République de Saint-Marin. *Un paradis fiscal*, constata-t-il.

6

Yannis Nathan, dans le bureau de son père, était prêt à entendre le compte rendu des surveillances effectuées sur Éric Shen.

— C'est très compliqué, commença le chef de l'équipe feu.

— Tu t'attendais à quoi ? À suivre une classe de maternelle qui va à un spectacle de Guignol en se tenant par la main ?

Dov expliqua la stratégie imaginée par les Chinois consistant à simuler une panne dans un carrefour le temps que le véhicule d'Éric Shen et celui de sa protection soient loin. Il relata aussi les rares déplacements de la cible dans Paris, à pied, encadrée par au moins six personnes, ou bien les trajets entre son domicile et la société de son père à Aubervilliers escortée par des voitures de sécurité.

— Rien d'autre ? demanda Yannis, déçu.

— J'ai gardé le meilleur pour la fin. Tous les mercredis à 20 heures, il va chez un acupuncteur à Paris dans une tour de l'avenue de Choisy, au 9e étage. Ses mecs se placent dans l'escalier, au niveau des paliers inférieurs et supérieurs, devant la porte de l'appartement du praticien et dans la salle d'attente. C'est une des filles de mon équipe qui a levé le dispositif sans se faire remarquer.

— À quoi elle ressemble ?

— À rien. Petite, maigre, tu crois qu'elle est juste majeure alors qu'elle a 25 ans. Une invisible.

— C'est quoi ton idée, Dov ?

— On arrive avant et on se met plus haut. La fille est déjà dans le cabinet, elle a un mini Uzi[1] dans son sac. Elle rafale les deux gardes du corps et fonce pour flinguer Éric Shen. Dès qu'elle commence à tirer, on allume les mecs dans l'escalier.

— Dov, c'est un plan de fou furieux. En plein quartier chinois ! On ne peut pas déclencher un tel carnage, on n'est pas en Syrie. Imagine que le toubib se prenne une balle perdue, ou que l'un de vous y reste, tu mesures les conséquences ? Pourquoi ne pas les canarder dans le hall quand ils sortent ? Ou alors dans la circulation de l'avenue de Choisy ?

* * *

Éric Shen ne cherchait pas à masquer sa colère. Il faisait partie des onze personnes convoquées par cette « salope » de Jasmine Sun, comme il la surnommait désormais. *Mais bordel, pour qui elle se prend ?* avait-il fulminé en son for intérieur en lisant le message qu'un porteur venait de lui remettre. « Réunion chez moi dans deux jours à 10 heures. JS. » Avec l'application sécurisée Telegram et un portable que la police ne connaissait pas, il appela les autres chefs de clan. Tous avaient également reçu le message de Jasmine Sun, tous se rendraient au rendez-vous. Il perçut, dans leur intonation, qu'ils prêtaient allégeance à la jeune femme. À l'évidence, une consigne de Guo Tran avait précédé la convocation, mais n'avait pas été adressée à Éric Shen. Selon toute vraisemblance, le chef de la triade lui retirait sa confiance, mauvais signe pour l'avenir de son clan.

Le jour J, avant de prendre place autour d'une table, les onze hommes buvaient le thé rituel. Tous les téléphones éteints se trouvaient sur une console près de l'entrée de l'appartement. Certains participants parlaient entre eux, d'autres avec Jasmine Sun. Éric Shen, isolé, restait mutique. D'un geste, la jeune femme les invita à s'asseoir. Elle résuma l'entretien qu'elle avait eu avec Guo Tran et Avi Richter, du moins ce qu'elle était autorisée à révéler. Derrière un visage avenant, elle montrait une détermination absolue et leur expliqua sans détour ce qu'elle attendait d'eux.

---

1. Pistolet-mitrailleur court.

— Nous reprenons le business avec les familles juives, excepté avec les Nathan. Personne, je dis bien personne, ne touche à la drogue. Laissons ce trafic aux voyous des cités qui s'entretuent ou qui pourrissent en prison. Comme la drogue constitue la priorité des politiques, la police concentre tous ses efforts là-dessus. En vain, à mon avis, car elle ne réglera rien du tout, mais c'est tout bénéfice pour nous. Grâce à ça, nous pouvons continuer notre business sans attirer l'attention. Et on gagnera plus d'argent que ces idiots de narcos des banlieues qui se prennent pour des Escobar de séries télé.

Les chefs de clan qui se répartissaient les activités criminelles de l'Île-de-France acquiescèrent, sauf Éric Shen qui, par son attitude, semblait marquer son désaccord.

— Éric, tu as des commentaires dont tu veux nous faire part ?

— Aucun.

— Tu es d'accord avec ce que je viens d'annoncer ?

— Oui, dit-il du bout des lèvres.

— Parfait, je poursuis. Les règlements de comptes sont terminés. Notre regretté Shen Li et mon père ont été les victimes innocentes d'une guerre qu'ils n'avaient pas déclenchée. J'insiste pour que vous tous, ici autour de la table, manifestiez à haute voix votre accord.

Tous le firent, hormis Éric Shen. Les autres participants, embarrassés, évitaient de se tourner vers le jeune homme.

— Éric, je ne t'entends toujours pas.

— Je ne me livrerai pas à des représailles, mais je répondrai si je suis attaqué.

— Tu ne le seras pas.

Moue dubitative, mais le débat était clos. Une fois seule, elle appela Guo Tran par l'application Telegram. Tous deux parlèrent rapidement dans un dialecte du centre du pays. Jasmine Sun relata la tenue de la réunion et exprima ses doutes sur la loyauté de l'aîné des Shen. Les paroles de Guo la rassurèrent.

Quand Éric Shen rentra chez lui en fin de journée, Fang, son chef de la sécurité l'attendait.

— J'ai trouvé une ouverture pour supprimer le fils Nathan.

7

Il était 10 heures quand Yohan Nathan arrêta son chronomètre après avoir bouclé, à un rythme soutenu, les neuf kilomètres et quelques que compte le tour de Central Park à New York. *Avec de la persévérance, je peux améliorer ce temps*, se dit-il. Essoufflé, il fit une séance d'étirements puis avala à petites gorgées une boisson énergétique. Il s'assit ensuite sur un banc et parcourut d'un index rapide différents titres de chanson sur son lecteur. Avant de fermer les yeux face au soleil, il lança dans ses écouteurs *Paint it Black*, la version donnée à La Havane en mars 2016 par les Rolling Stones. Le solo de guitare de Keith Richards démarra, suivi du tempo de Charlie Watts à la batterie. Il revoyait Mick Jagger, l'indestructible leader du groupe, veste de satin orangée, t-shirt noir, pantalon noir moulant, attaquant le morceau de son inimitable voix. Yohan fredonnait, calé sur le rythme du chanteur. Soudain, il ouvrit les paupières, étonné de ne plus sentir le soleil sur sa peau. Devant lui se tenaient trois hommes. Deux grands Noirs aux cheveux grisonnants, les mains dans les poches, et un Asiatique âgé, de petite taille, flottant dans un costume trop large. Une volumineuse sacoche en cuir noir, usagé, pendait à une de ses mains. Yohan arrêta son lecteur et se leva d'un bond. Il s'attendait à être agressé, mais l'attitude pacifique des trois hommes le rassura et il ne masqua pas sa surprise en remarquant que le vieil Asiatique portait une kippa. Ce dernier s'adressa à lui en anglais :

— Vous êtes bien Yohan Nathan ?

— Oui… Comment connaissez-vous mon nom ?

— Je vous présente toutes mes condoléances pour le décès de votre père et celui de votre frère Richard, poursuivit le vieux monsieur qui éluda l'interrogation. Leur mort a été cruelle. Qu'ils reposent en paix.

— Qui êtes-vous ?

— Des amis. Nous aurions besoin de vous parler.

— Je vous écoute.

— Ici ? La discussion risque d'être longue.

— Hors de question que je sorte de ce parc avec vous.

— Détendez-vous. Nous avons passé l'âge d'agresser les gens, répondit-il en souriant, et si je vous appelle par votre nom c'est parce que nous sommes liés à la famille Nathan depuis bien plus longtemps que vous. Nous l'avons surtout été à votre arrière-grand-père Léon, un homme courageux, que Dieu le bénisse.

Yohan remit son téléphone dans sa poche et reconsidéra son interlocuteur.

— Je n'ai encore jamais vu de Juif asiatique.

— Mon nom est Huang, je suis juif d'origine chinoise.

Dans la foulée, Huang présenta les deux grands Noirs, Lewis Jones et Tyler Williams, qui se contentèrent de hocher la tête.

— Faites-moi confiance, ce que j'ai à vous dire est important.

— Très bien, marchons.

Tous les quatre, calés sur le pas de M. Huang, déambulèrent lentement dans les allées de Central Park. Les deux grands Noirs, qui ne participaient pas à la discussion, restaient derrière M. Huang et Yohan Nathan. *Comme des bodyguards*, pensa celui-ci. L'Asiatique lui fit savoir qu'il n'ignorait rien de ses études, de son travail, du prestigieux cabinet d'avocats d'affaires qu'il venait d'intégrer, et de sa vie personnelle. Il s'attendait à un légitime : « Comment savez-vous tout cela ? » qui ne vint pas. Yohan dissimula sa stupéfaction, et préféra se taire. Puis, ne se sentant pas menacé, il réfléchit quelques secondes et, piqué par la curiosité, se décida.

— Allons chez moi, nous serons plus confortables pour poursuivre cette conversation.

— Je n'osais pas vous le demander, et je vous remercie.

Une demi-heure plus tard, sous l'œil attentif du gardien de l'immeuble, les trois visiteurs inscrivirent leurs noms sur le registre pendant que la caméra enregistrait leurs visages. Les portes coulissantes de l'ascenseur s'ouvrirent au 19e étage d'un building qui en comptait vingt-cinq. L'appartement de Yohan, clair, vaste, meublé dans le style scandinave, respirait un luxe discret. Des tableaux d'art moderne accrochés aux murs renforçaient cette impression. Les quatre hommes prirent place autour d'une table basse de salon.

Une fois installé, M. Huang retint l'attention de son hôte quand il entama son récit par : « Voilà ce que l'on m'a autorisé à vous communiquer. » Il détailla aussitôt ce que Yohan avait déjà appris par bribes grâce à son frère Franck. Rien ne fut omis : la guerre entre sa famille et les Chinois, les victimes de part et d'autre, la liste qui risquait de s'allonger, etc. Yohan Nathan appréciait la pudeur avec laquelle M. Huang employait le mot « famille » au lieu de « clan mafieux ». Il s'évertuait aussi à ne jamais prononcer le mot « conflit », mais évoquait des « intérêts commerciaux contrariés », « divergents », pour lesquels les tribunaux de commerce n'étaient pas compétents.

— Les règlements de ces litiges sont parfois brutaux, mais jamais ils ne l'ont été autant entre les familles juives et chinoises, précisa-t-il avant de marquer une pause. Auriez-vous du thé, monsieur Nathan, s'il vous plaît ?

Le jeune homme, pris par l'histoire, se fit répéter la question. Quelques minutes plus tard, il déposait sur la table en verre des tasses, une bouilloire ainsi qu'une boîte de sachets de thé. Le vieux monsieur laissa infuser le thé et avala une première tasse en retenant une grimace. *C'est mieux que rien*, se dit-il, peu convaincu par cette eau chaude légèrement parfumée. Il poursuivit ensuite son récit par l'arrivée de Guo Tran et d'Avi Richter à Paris, révéla qui ils étaient, ce qu'ils représentaient, et leur désir profond de ramener une paix qu'ils jugeaient précaire. Il parla de leur déplacement au cimetière d'Étaples avec son frère Yannis et Éric Shen, les nouveaux chefs de clans, qu'ils avaient contraints à venir. Du policier chargé de l'enquête sur les homicides, un certain Paul Dalmate, qui avait observé cette scène de loin. Yohan écoutait et retenait tout. *Huang ne révèle rien gratuitement, ni sans y être autorisé, y compris le nom de ce policier*, songea-t-il.

Yohan Nathan recevait la confirmation du rôle joué par son père et ses frères dans la criminalité organisée. *Il faudra que j'interroge maman à ce sujet.* Un moment, il interrompit l'Asiatique et appela sa future fiancée pour annuler leur dîner. « Un travail inattendu qui va me demander du temps. Promis, on se voit demain. Bien sûr que je t'aime, quelle question. » Dès qu'il eut raccroché, M. Huang reprit le fil de sa narration et aborda la genèse des relations entre Juifs et Chinois pendant la Première Guerre. Près de deux heures sans s'arrêter. Une sorte de vertige gagnait Yohan à l'évocation de cette période et de ces événements auxquels son arrière-grand-père avait pris part. Toute une galerie de personnages défilait, rendue vivante grâce à la passion qui animait son visiteur. De temps à autre, Williams ou Jones consultaient les messages ou les mails reçus sur leur smartphone.

Profitant d'une pause, Yohan Nathan regarda sa montre, se leva et consulta les trois hommes :

— Pizza ou sushis ? Les deux sont casher.

Williams et Jones haussèrent les épaules, un geste que leur hôte traduisit par : « On s'en fout, on n'est pas juifs. » M. Huang opta pour la pizza. Yohan en commanda quatre avec des eaux minérales. Puis le monologue reprit plusieurs heures encore après le dîner. Jusqu'à ce que l'Asiatique ouvre sa sacoche et lui montre des photos ainsi que des documents. À cet instant, le jeune homme en savait autant que Paul Dalmate et, comme le policier, il ressentait de l'empathie pour ces hommes.

— Léon Nathan et Jen Tin qui ont voulu venger Zhang, c'est incroyable. Pourquoi mon père ne nous a-t-il jamais raconté cela ?

— Votre arrière-grand-père Léon est décédé alors que votre grand-père Maurice était encore jeune. Peut-être a-t-il manqué de temps pour lui transmettre cette partie de sa vie. On dit aussi que ceux qui ont subi de telles abominations se taisent et ne les évacuent jamais. C'est pour ça que votre père Albert a très mal connu les origines de votre famille.

Yohan se tourna vers Lewis Jones et Tyler Williams.

— Si vous accompagnez M. Huang, c'est que vous devez être partie prenante de près ou de loin de tout cela, je me trompe ?

Les deux hommes se regardèrent, Jones prit la parole.

— Nous sommes des descendants des Harlem Hellfighters et musiciens comme l'étaient avant nous nos parents et grands-parents.

On perpétue la tradition du 369e régiment. Les Noirs n'ont rien gagné de leur engagement pendant la Grande Guerre en France, au contraire, et vous connaissez parfaitement notre situation ici.

Tyler Williams approuva d'un signe de tête et poursuivit d'un ton désabusé :

— Obama, en 2015, a décerné la plus haute distinction militaire américaine, la médaille d'honneur, à Henry Johnson, décédé en 1929 pour ses faits d'armes dans votre pays. Il a fallu patienter quatre-vingt-quinze ans pour rendre hommage à son courage.

Yohan Nathan réfléchissait à l'issue de cette discussion. Certes, il comprenait davantage les liens qui existaient entre les deux communautés en découvrant la vie de son arrière-grand-père et celle de tous les hommes, Chinois, Juifs, Américains, qui l'avaient entouré et qui avaient été profondément unis, au-delà des races et des religions, pour survivre ensemble. Mais il recevait aussi, sans en avoir douté un seul instant, la confirmation que son père et ses aînés faisaient partie d'un système criminel. Et après ?

— Je présume que mes frères ignorent tout cela, n'est-ce pas ?

— Oui, tout comme les Chinois de votre génération qui s'opposent à votre famille, mais aussi tous les clans juifs alliés de votre père.

— Pourtant, il faudra bien qu'ils l'apprennent. Je présume que cela signerait la fin de cette guerre, comme vous l'appelez.

— Espérons-le. Vous êtes attendu à Paris. Avi Richter et Guo Tran, qui sont descendus à l'Hôtel de Crillon, souhaitent vous parler.

— Vous plaisantez ? Je n'ai rien à dire à deux chefs mafieux, je ne fais pas partie de ce monde.

Yohan Nathan éprouvait le besoin de rester seul pour assimiler toutes ces informations. Déjà, la nuit enveloppait New York. Il se leva et tendit la main aux trois hommes, mettant un terme à la discussion.

— C'était très intéressant, très enrichissant et je vous en remercie. Une dernière question : qu'est devenu Zhang ?

8

Élie Bokhobza se morfondait dans la salle d'attente de la brigade criminelle. Il regardait sa montre toutes les cinq minutes, se rongeait les ongles, et ne parvenait pas à se concentrer sur la lecture de son journal. « Une heure », répondit Sylvie Guyien quand Paul Dalmate voulut savoir depuis quand il poireautait. Le commandant prépara son bureau pour l'audition. Julien Caucher s'installa derrière l'ordinateur et s'assura que la caméra qui allait enregistrer les déclarations fonctionnait. Dès qu'ils furent prêts, Sylvie Guyien passa un bref appel en interne pour que l'on amène le traiteur.

Un adjoint de sécurité, probable futur gardien de la paix, ouvrit la porte et fit entrer Élie Bokhobza. Trois paires d'yeux le dévisagèrent. L'homme essayait de faire bonne figure, mais la peur se lisait sur ses traits. Dalmate, d'un geste, lui désigna une chaise.

— Nous avons besoin de vous entendre comme simple témoin, monsieur Bokhobza. Si vous n'avez rien à cacher, ça ira vite.

Julien Caucher s'occupa des traditionnelles questions/réponses qui débutent un procès-verbal, identité, domicile, ressources, etc. Une fois les préliminaires terminés, Sylvie Guyien poursuivit :

— Le soir où vous vous êtes rendu chez les Nathan avec votre camionnette, c'était dans quel but ?

— J'ai livré les plateaux de nourriture que m'avait commandés monsieur Albert et j'ai dîné dans la cuisine. C'était la veillée mortuaire de monsieur Richard, que Dieu le bénisse, et tout le monde pleurait…

— C'est bon, on sait tout ça, l'interrompit la lieutenante. Racontez-nous plutôt vos relations avec la famille Nathan et la marche de votre entreprise, ça nous intéresse.

Élie Bokhobza, rassuré, respira profondément et se lança dans des explications avec force détails sur ses liens avec la famille Nathan, sa place dans la communauté juive, etc. Il en faisait des tonnes. Plus il parlait, et plus il croyait se sortir de ce mauvais pas, d'autant que les flics ne revenaient pas à la charge. Un policier tapait rapidement sur les touches de son clavier, enregistrant ses déclarations. L'autre, le chef sans doute, l'écoutait avec ennui. Dalmate s'était en effet levé et regardait par la fenêtre la pluie qui s'abattait sur Paris. *La circulation va encore être épouvantable*, songea-t-il. Cela faisait plusieurs jours qu'un ciel gris et bas recouvrait la capitale, rendant les Parisiens moroses. Paul n'entendait plus les inepties de Bokhobza, il repensait au message de son père et au fait qu'il ne fuirait pas cette rencontre.

Élie Bokhobza, de son côté, appliquait à la lettre les consignes de Yannis Nathan, avec lequel il s'était entretenu après avoir reçu la convocation de la PJ. « Élie, tu la fermes, les flics n'ont rien du tout. Tu t'en tiens à ton job de traiteur, point barre – Oui, bien sûr monsieur Yannis, mais je crois que je vais morfler avec les impôts et le contrôle sanitaire. Vous m'aiderez ? – Fais pas chier avec ces conneries, c'est du vent, tu t'en tireras très bien. Il faut que je gère la mort de mon père et celle de mon frère, j'ai autre chose à foutre que de m'occuper de tes pleurnicheries. Si ça merde, demande comme avocat Louis Thomas. Retiens son nom, c'est un bon, je te le paye. »

Le silence qui régnait maintenant dans le bureau sortit Dalmate de sa rêverie. Il se retourna et comprit que Sylvie Guyien avait fait le tour du baratin de Bokhobza.

Le sang reflua du visage de celui-ci et il n'eut plus un gramme de salive. À la place, il avait la sensation que des copeaux de bois lui arrachaient la gorge quand il déglutissait. Le commandant, celui qu'il surnommait le chef, lui montra deux chemises. Sur l'une figurait en rouge et en lettres majuscules « IMPÔTS », sur l'autre « SANITAIRE ».

— Votre entreprise emploie quatre couples, le vôtre, ceux de vos deux fils et celui de votre fille, plus cinq autres salariés. En tout treize personnes. Exact ?

— Exact. Et une fois qu'on a tout payé, les fournisseurs, l'URSSAF, les charges sociales, les loyers, les assurances et tous les impôts, on se verse des salaires de misère, à peine le Smic. Regardez mon bilan, tout y est. On est massacrés par le fisc.

— Je vois. Mais il y a quelque chose qui cloche. Le lieutenant Caucher, qui enregistre vos déclarations, a la particularité d'être un excellent informaticien. Il a découvert que vos enfants ont des comptes Facebook. Sous un prétexte quelconque, après s'être créé un faux profil, il s'est fait ami, comme on dit, avec l'un d'eux. Cette imprudence nous a permis de mettre le doigt sur un aspect intéressant de votre vie.

À cet instant, Élie Bokhobza sut qu'il allait être foudroyé, mais sans pouvoir mesurer l'ampleur des dégâts. Paul Dalmate étala des photos extraites des réseaux sociaux. Le traiteur écarquilla les yeux, son cœur cognait à toute allure. Il se revoyait avec ses proches, insouciant, dans un endroit luxueux.

— Vos dernières vacances à Marbella, énonça Dalmate. Location d'une villa pour un mois à cinq mille euros la semaine, payée en cash. Je sais, tout le monde est content avec les transactions en espèces, ça semble tellement plus discret…

Le traiteur ne pouvait détacher son regard des clichés que Dalmate alignait. Il l'entendit, comme dans un brouillard, continuer de l'enfoncer de sa voix calme :

— Dans la famille, vous aimez les belles mécaniques. Trois Porsche Cayenne et une BMW X6 achetées l'an passé à Andorre où elles sont immatriculées. À ça s'ajoute le fait que vos rejetons et vous-même êtes titulaires de comptes bancaires crédités de plus de trois millions d'euros. D'ailleurs, une société bidon est enregistrée, toujours en Andorre, au nom de votre épouse, et sert à cette dissimulation. Bref, malgré la pression du fisc, vous vous en tirez plutôt bien. Pouvez-vous m'expliquer cela ?

Élie Bokhobza secouait la tête, dans l'impossibilité de prononcer une phrase cohérente. Il enfouit son visage entre ses mains et appuya ses coudes sur les genoux. Julien Caucher et Sylvie Guyien restaient silencieux.

— Vous devez vous douter que le contrôle fiscal dont vous avez fait l'objet a constaté de nombreuses incohérences. J'y reviendrai. Mais passons plutôt au volet sanitaire.

L'homme ne prit pas la peine de répondre, c'était inutile.

— Les inspecteurs ont listé plusieurs dizaines d'infractions concernant la tenue de votre commerce, sur l'hygiène et la propreté, les zones de froid insuffisantes de vos réfrigérateurs, les huiles de friture peu renouvelées, etc. Je ne vais pas toutes les énumérer, je vous laisserai lire leur compte rendu. Conclusion : demain je ferme votre entreprise, je lance le fisc aussi sur vos enfants, je saisis tout, voitures, appartements, comptes bancaires, et il y aura peut-être de la détention pour certains. C'est la première solution.

— Ou bien ? demanda le traiteur, livide.

— Racontez-moi ce que vous avez fait le soir où l'on vous a vu entrer chez les Nathan.

Silence de Bokhobza.

— Qu'est-ce que ça va changer ?

— Pour vous, ça reste compliqué, mais votre femme et vos enfants s'en tirent et votre société repart, une fois remise aux normes des services sanitaires s'entend.

Élie Bokhobza enfouit de nouveau son visage dans ses mains et sanglota. Les policiers ne bronchaient pas. Ils le sentaient, ils étaient près du but.

— OK. J'ai récupéré Meïr et sa bande et je les ai conduits chez Nathan, dit Bokhobza d'une voix à peine audible.

Dalmate regarda Sylvie Guyien, qui s'adressa au traiteur :

— Compte tenu de ce que vous venez d'affirmer, nous vous plaçons en garde à vue. Faites venir votre avocat, nous reprendrons l'audition dès qu'il sera là.

— Un conseil, monsieur Bokhobza, ajouta Dalmate, votre avocat peut vous suggérer de faire valoir votre droit au silence, c'est la loi, mais vous devrez vous expliquer d'une manière ou d'une autre.

— Je vais tout vous dire, je veux dealer avec vous pour savoir comment je peux m'en sortir.

Dalmate s'absenta un moment du bureau et revint avec des cafés et de l'eau. Quand l'avocat payé par Yannis Nathan se présenta une heure plus tard, Élie Bokhobza venait d'ingurgiter un sandwich, une bouteille d'eau et trois expressos. On leur mit aussitôt à disposition une pièce pour qu'ils puissent échanger en toute confidentialité. Là, Louis Thomas écouta d'abord le traiteur, puis reposa son stylo.

— Je constate que vous n'avez pas obéi aux consignes de M. Nathan, dit-il froidement. Avez-vous pensé aux conséquences ?

— J'aurais aimé vous y voir. Ils me tiennent. Soit je déballe tout, soit on est tous ruinés, et en plus on va en tôle.

— Qu'avez-vous déclaré d'autre, à part avoir récupéré Meïr et sa bande pour les conduire chez Nathan ? C'est important que vous soyez précis.

— Rien de plus. C'est déjà pas mal, non ? L'interrogatoire s'est arrêté dans la foulée, et le cirque de la garde à vue a commencé, j'ai enlevé mes lacets, ma ceinture, vidé mes poches, et signé deux procès-verbaux. Ensuite, je vous ai appelé.

— Bon. On a peut-être une carte à jouer.

9

À la quarante-huitième heure de garde à vue, Élie Bokhobza fut présenté devant le magistrat instructeur qui le plaça en détention. Le traiteur, prostré dans le fourgon du service pénitentiaire qui le conduisait à la prison de la Santé, ressassait les dernières phrases du juge : *À quoi vous attendiez-vous, monsieur Bokhobza ? Vous avez récupéré un commando qui a vraisemblablement commis un double assassinat et contribué à le soustraire à la justice.*

Dès que le verdict tomba, l'avocat, lui, rejoignit la villa des Nathan où un conseil de guerre s'organisa. Yannis, assis jambes croisées dans le fauteuil favori de son père, buvait également son whisky préféré. Il écoutait le compte rendu de Louis Thomas qui, après avoir déboutonné le col de sa chemise et desserré son nœud de cravate, arpentait de long en large le bureau en s'aidant de ses mains pour parler.

— Point négatif, il a reconnu qu'il avait transporté Meïr et sa bande jusqu'ici le soir où Sun Hao a été abattu.

— Quel connard !

— Les flics ont bien manœuvré sur ce coup, rien à dire.

— Dès que je l'ai vu dans la cuisine, complètement terrorisé, après avoir déposé les mecs, j'ai été sûr qu'Élie serait notre faiblesse.

— Point positif, reprit l'avocat, sur mes conseils il a martelé que tu n'avais rien à voir dans cette histoire. Il a déclaré que les ordres venaient de ton père et qu'il n'avait eu affaire qu'à lui.

— J'espère pour lui qu'il restera sur cette ligne. Je vais lui faire passer un message par quelques matons que j'arrose pour qu'il comprenne bien que, même dans sa cellule, je peux l'atteindre s'il déconne. Quoi d'autre ?

— Il a maintenu qu'il ignorait ce qu'avaient fait Meïr et sa bande. Au fait, où sont-ils, ceux-là ? Ça fait un bout de temps que je ne les ai pas vus.

— Je n'en sais rien. Ils doivent se planquer. J'ai demandé à mes mecs de les chercher. Comment t'a paru Dalmate ?

— Pas dupe, mais il n'a aucune preuve de ton implication pour le moment, sinon il serait déjà là. Il a planté son regard dans celui de Bokhobza et lui a dit, quand il a chargé ton père : « Un grand classique, monsieur Bokhobza, les morts ont toujours tort. »

— Louis, va falloir bétonner dur ma défense.

L'avocat écarta les mains en signe d'évidence, puis leva le verre d'alcool servi par Yannis Nathan et le porta à ses lèvres.

* * *

Au siège de la PJ aussi, un conseil de guerre avait lieu. Le commissaire Villeneuve écoutait le compte rendu des auditions de Bokhobza par Paul Dalmate.

Albert Nathan tenait de très nombreux commerçants sous sa coupe, qu'il favorisait en leur obtenant des marchés. Ainsi, le traiteur possédait un quasi-monopole pour tous les événements, fiançailles, mariages, naissances, communions, etc. de la communauté. C'était *le* traiteur. Sur ces contrats, il établissait des factures minorées des prestations commandées et percevait le reste en espèces, ou bien ne facturait rien du tout et recevait du cash. Il déclarait quarante pour cent de ses revenus au fisc. En contrepartie, quand Albert Nathan exigeait un service, tout ce petit monde répondait présent.

Malgré tout, Dalmate était intimement persuadé que, sur les conseils de l'avocat, Bokhobza chargeait le père pour protéger les fils. Il avait senti le changement d'attitude de l'homme dans la suite des auditions. « C'est inutile d'aller chercher les fils Nathan maintenant, nous n'avons pas assez d'arguments solides à leur mettre sous le nez », avait-il conclu.

Plus tard dans la soirée, Paul, seul dans son bureau éclairé par une lampe d'appoint qui diffusait une lumière chaude, debout devant le triptyque ouvert, méditait avec les photos de Meïr, Abitbol et des frères Cohen sous les yeux. *Ils se planquent, ils savent que Yannis veut les buter. Ils savent que je veux les coller en taule. Ils savent qu'ils n'échapperont pas à leur exécution quand ils seront en prison.*

Le bruit des roulettes du chariot poussé dans le couloir par Khadija tira Dalmate de ses réflexions. Il referma les panneaux et se retourna quand la femme de ménage entra dans la pièce. Khadija parut embarrassée quand elle le vit. C'était la première fois qu'ils se recroisaient depuis la convocation de Dalmate au commissariat de Gennevilliers. La jeune femme vida la corbeille à papier et s'apprêtait à nettoyer les meubles.

— Bonsoir, Khadija, comment allez-vous ? Est-ce que vos affaires s'arrangent ?

La tête baissée, elle répondit d'une petite voix :

— Ça va, merci. Vous savez, vos collègues, ils ont insisté pour que je décrive l'homme qui s'était battu avec mon mari, et j'ai pensé à vous, je ne sais pas pourquoi, je suis désolée, vraiment.

— Ce n'est pas important. Comment ça se passe avec votre mari ?

— Il est parti, je crois qu'une dame du commissariat a pris les choses en main, je ne sais pas comment elle a fait. C'est mieux maintenant.

Dans l'ascenseur qui descendait au parking, Paul se remémora une phrase qu'il avait lue ou entendue, il ne s'en souvenait plus, dans laquelle il ne cherchait pas une justification, mais qui donnait à réfléchir. Cela disait à peu près ceci : « Faire du mal si ça peut éviter un mal plus grand. »

10

Yohan Nathan patientait dans le salon de l'appartement de sa mère qu'elle possédait à New York. Une pièce chargée de souvenirs, et notamment de photos de son père et de Richard, de ses frères Yannis et Franck, et de lui-même. Quelques tableaux, des livres et des objets de collection, ayant tous appartenu à Albert Nathan, décoraient les lieux. À bien y regarder, le jeune homme ne vit pratiquement rien qui lui rappela sa mère. Pas de radio, pas de télévision non plus. Esther Nathan avait manifesté le désir de s'installer dans cette ville et acheminerait, plus tard, les meubles préférés de son mari.

Il attendait que la réunion théologique qu'elle organisait une fois par semaine avec des amies et un rabbin se termine et, pour passer le temps, écoutait leur discussion animée, en hébreu, autour de la puissance de la foi. Lorsque le rabbin jeta un bref coup d'œil à sa montre, il mit fin aux échanges.

— Il faut que je me sauve, j'ai un cours qui débute à la yechiva du quartier dans un quart d'heure. Mais nous reprendrons ce débat qui est loin d'être épuisé.

Une fois ses invités partis, Esther Nathan, vêtue de noir, serra son fils contre elle. La pâleur de son visage accentuée par ses cheveux blancs bouleversa le jeune homme. Elle se dirigea ensuite vers la bibliothèque et prit un cadre qu'elle lui tendit.

— Là-dessus, ton père a 30 ans, à peu de chose près ton âge. Tu lui ressembles beaucoup. Vous avez la même façon de vous tenir, très droit, le menton un peu relevé, comme si vous vouliez conquérir le monde. Je pense tous les jours à lui et à Richard. Le pire, c'est la nuit. Je prie pour que leurs assassins finissent leur vie en prison.

Yohan contempla la photo et répondit en souriant, espérant atténuer la douleur de sa mère, profondément marquée par la violence de ces décès.

— C'était quand il avait vingt kilos de moins.

Esther Nathan sourit à son tour, reposa le cadre en l'effleurant du bout des doigts, un geste de tendresse envers son mari.

— Je sens que tu as quelque chose à me dire, Yohan.

— J'ai fait une étrange rencontre. Deux Noirs américains et un Chinois m'ont abordé dans Central Park. Le Chinois m'a longuement parlé de notre famille, de choses dont j'ignorais tout. Cet homme est étrange, il est d'origine chinoise et de religion juive.

— Juif et Chinois ? Ce n'est pas ordinaire, en effet. J'interrogerai le rabbin la semaine prochaine.

Ensemble, ils s'installèrent dans les fauteuils et Yohan résuma ce qu'il avait appris de M. Huang. Il ne pouvait se résoudre à employer les mots qui, pour être justes, il en était persuadé, auraient effrayé sa mère. Il évita ainsi les termes de bandits, criminels ou de mafia, et se contenta d'évoquer des activités illicites, sans être trop précis. Malgré tout, il lui fit part de ses doutes à la vue de ceux qui avaient accompagné le cercueil de son frère Richard, et plus tard celui de son père, et qui ne ressemblaient en rien à des hommes d'affaires. Il omit enfin de lui révéler le résultat de ses recherches sur les entreprises et comptes bancaires du clan Nathan.

Esther écouta son fils sans l'interrompre, elle serrait dans ses mains un mouchoir en tissu blanc. Yohan, son récit terminé, leva les yeux vers elle.

— J'aimerais que tu me répondes avec sincérité : de quoi étais-tu au courant exactement ?

Elle parut réfléchir quelques instants avant de se résoudre à prendre la parole :

— Longtemps, je n'ai posé aucune question à ton père. Je m'occupais de votre éducation, de la tenue de la maison, des associations de bienfaisance. Tout allait bien et nous avions de plus en plus d'argent. « L'import/export, disait-il, il n'y a que ça de vrai. » La maison était une vraie ruche, nous recevions beaucoup. Les hommes, à la fin de chaque repas, quittaient la table et s'enfermaient dans le bureau pour fumer leur cigare et boire un verre, et surtout parler en toute discrétion. Je l'ai vite compris.

Yohan écoutait à son tour sa mère. Elle s'exprimait avec douleur, mais aussi avec le soulagement de se libérer d'un poids. Il alla dans la cuisine et rapporta une bouteille d'eau ainsi que deux grands verres. Elle l'en remercia d'un regard, but avec plaisir, prit une grande inspiration et continua :

— Un jour, tout a basculé. La police a débarqué chez nous, ils tenaient ton père et Richard menottés. C'était terrible de les voir ainsi. Yannis, Franck et toi étiez au lycée, heureusement. Les agents ont fait une perquisition, emportant surtout des documents, et ils m'ont demandé de les suivre. Dans leurs locaux, j'ai appris que nos revenus provenaient d'escroqueries. Les policiers hurlaient que j'allais finir en prison et qu'il fallait que je raconte tout. Mais je ne savais rien, et j'avais beau pleurer, ils ne me croyaient pas. Enfin, comme ils n'avaient aucune preuve contre moi, j'ai pu rentrer le soir. Après deux jours de garde à vue, ton père et Richard ont été relâchés. J'en ai beaucoup voulu à Albert de m'avoir menti et surtout d'avoir entraîné ton frère dans ses combines. Il a évité la prison de peu, mais a eu à payer une très forte amende.

Le jeune homme laissa le silence s'installer, réconfortant sa mère qui pleurait doucement. Il ne voulait pas la presser, conscient qu'il ravivait des moments pénibles.

— Quand je me suis adressée à ton père, j'avais pris une décision difficile, mais définitive, celle de t'envoyer à New York poursuivre tes études. Ça m'a déchiré le cœur.

— Papa ne s'y est pas opposé ?

— Non, il a compris qu'il n'y avait aucune discussion possible. Tu étais tellement différent de Yannis et de Franck qui ne pensaient qu'à imiter leur grand frère. Après ça, tu t'en doutes, ton père et Richard ont continué leurs activités, mais avec plus d'intelligence et de discrétion, jusqu'aux drames que l'on vient de vivre.

— Pourquoi ne m'avoir rien dit ?

— Pour te préserver. Je désirais à tout prix que tu restes loin de cette vie artificielle et dangereuse.

Esther Nathan se leva et se dirigea vers la cuisine où elle s'affaira. Yohan devina, aux bruits des ustensiles manipulés, qu'elle préparait du thé. Quelques instants plus tard, elle déposait sur la table une théière en argent, diverses boîtes de thé, deux tasses et des gâteaux secs.

— J'ai réfléchi, dit-elle, il faut que tu ailles à Paris rencontrer les deux hommes dont t'a parlé ce curieux M. Huang, et dont j'ai oublié les noms. Il faut que tu saches ce qu'ils veulent. Je suis terrorisée à l'idée que Yannis et Franck risquent de mourir.

11

La Peugeot 508 grise, louée avec de faux documents par Jérémy Abitbol et conduite par Rudy Meïr, s'arrêta à l'angle de la rue de la Mouzaïa et de la villa Eugène-Leblanc. Le moteur tournait au ralenti, sans bruit. L'éclairage numérique de la pendule du tableau de bord indiquait 2 heures. 2 heures du matin. Pas un chat aux alentours. La bruine qui tombait sans discontinuer refroidissait les ardeurs des noctambules.

— C'est là qu'habite ce connard de Dalmate, dit Rudy Meïr. La troisième maison sur la gauche.

Jérémy Abitbol à l'avant et les frères Cohen à l'arrière regardèrent en même temps vers l'endroit qu'il désignait. Ils distinguèrent une faible lumière qui filtrait à travers les volets. Paul, ignorant la présence du commando de tueurs à quelques pas de chez lui, jouait aux échecs avec son correspondant, situé à l'autre bout du monde. Il écoutait, en sourdine, un concert d'Ibrahim Maalouf.

— Comment tu vois les choses, Rudy ? demanda Abitbol.

— Comme quelqu'un qui veut éliminer une par une les sources d'emmerdements et qui veut vivre. On commence par le flic, et on s'occupe de Yannis dans la foulée. Franck vaut que dalle, je m'en fous. Il ne sait même pas reconnaître l'envers de l'endroit d'un flingue. Ensuite nous quatre on est peinards, on se barre et on monte un business en Belgique ou ailleurs.

— Admettons, reprit Abitbol. Tu sais déjà comment fonctionne ce flic ?

— Ce n'est pas un fantaisiste. Je l'ai pisté à plusieurs reprises. Le samedi soir, quand il ne bosse pas, il va se faire un film, il mange un morceau, et il rentre en métro.

— OK, donc si je te suis, on tire une camionnette, on monte une planque tous les samedis soir, et quand il se pointe on l'arrache, c'est ça ? demanda Michael Cohen.

— T'as tout compris, Mika. Après on fonce dans une forêt et on le bute.

— *Tu* le butes, précisa Marco Cohen. C'est *ton* idée. Et t'as pensé à la réaction de ses collègues ?

— Je sais, ça va être chaud un moment, mais sans preuve ils ne pourront rien faire. Avant d'embarquer Dalmate, même si ce sont des prépayés que personne ne connaît, on laissera tous nos portables éteints dans la planque. On n'est jamais trop prudent. La première des choses que feront les flics, c'est de savoir quels sont les téléphones qui auront borné autour de la forêt.

12

À 11 heures précises, Joseph Dray, Lucien Teboul, Ely Smadja et Max Darmon arrivèrent sur le parking de la société de Jasmine Sun. La veille, dans la luxueuse villa de Darmon sur les bords du lac d'Enghien, ils s'étaient réunis pour décider d'une attitude commune face aux Chinois. Pour les quatre hommes, à l'évidence, la jeune femme souhaitait mettre un terme à la guerre entre leurs clans, et le fait que Yannis Nathan ne soit pas convié signifiait sa mise à l'écart définitive. Ce qui les réjouissait. Tard dans la soirée, avant de se quitter, ils avaient donc élaboré un plan pour se partager les actifs, comme ils disaient en riant, du clan Nathan. Les bouteilles de champagne les avaient rendus audacieux.

Jasmine Sun ne les fit pas attendre et les accueillit entourée de plusieurs de ses conseillers. Ainsi, et c'était sans aucun doute volontaire, les Chinois se trouvaient en supériorité numérique par rapport aux Juifs, une façon de montrer son autorité et sa puissance. Jasmine organisait cette rencontre sans en avoir référé à Guo Tran, elle estimait inutile de l'en aviser puisque les relations devaient se normaliser.

Les chefs des clans juifs avaient vu juste. Elle parla de reprise du business sans jamais mentionner le clan Nathan, ce qu'ils se gardèrent bien de soulever. Puis elle montra définitivement l'ascendant de sa communauté quand elle annonça à Joseph Dray, qui prenait la parole davantage que les trois autres, que le deal allait changer. Malaise chez ses interlocuteurs qui évitèrent de se regarder. La crise – par pudeur, elle n'employait pas le mot « guerre » – que venaient de traverser les Juifs et les Chinois avait coûté beaucoup d'argent.

Bien sûr, les Chinois reprendraient dès demain les opérations de blanchiment, mais en augmentant le taux du service. Ses visiteurs et partenaires n'avaient pas le choix et acceptèrent du bout des lèvres. Avant de s'installer dans leur limousine Mercedes, Lucien Teboul résuma la situation :

— On n'est plus en conflit et c'est une bonne chose. En revanche, elle nous a fait comprendre qu'elle peut étrangler nos affaires sur un simple claquement de doigts et qu'on doit casquer. Les gars, on est unis depuis des décennies, réfléchissons à monter notre propre système pour se passer de cette alliance.

Cette dernière phrase plongea ses amis dans des abîmes de perplexité.

— C'est loin d'être évident, se prononça enfin Joseph Dray, mais pourquoi pas. On fonctionne avec ces nouvelles règles dans un premier temps, on voit ce que ça donne, et plus tard on étudie la proposition de Lucien.

À 13 heures, la Mercedes de Joseph Dray roulait au pas dans le parc de Saint-Cloud et s'engageait sur le parking d'un restaurant, quand le chauffeur désigna un Range Rover devant lequel se tenaient deux Chinois.

— Ils sont arrivés.

Joseph Dray entra dans l'établissement. Un Chinois l'accompagna jusqu'à une table ronde où deux couverts avaient été dressés. Éric Shen, souriant, se leva et l'accueillit d'une poignée de main chaleureuse. Les gardes du corps de chacun prirent place à des tables séparées, devant celle de leurs boss. Un écran avec le reste de la salle. Leur rôle était de la fermer, d'ouvrir les yeux et de repérer ce qui ne cadrait pas. S'observer à la dérobée faisait aussi partie du job. Toucher à leur assiette s'avérait facultatif.

— Comment ça s'est passé ? demanda Éric Shen sans préambule.

— Comme tu l'avais pressenti. Le business reprend, mais il va nous coûter beaucoup plus cher. Jasmine Sun a repris les rênes du clan, une main d'acier dans un gant de velours. Elle va nous étrangler financièrement, mais elle nous l'a dit avec son joli minois et une tasse de thé.

— Vous avez accepté le deal ?

— Pour l'instant oui. Il faut à tout prix qu'on dégage notre cash. Si les flics de la financière mettent le paquet et le découvrent, on ne s'en remettra pas. Après on verra.

— Combien vous avez ?

— Je ne sais pas, disons entre trente et quarante.

— Joseph, rappelle-toi notre engagement.

— Je n'ai pas oublié, dès que je le pourrai, je ferai transiter tout le liquide par tes structures. Mais, en priorité, je vais me dépêcher de rafler le business des Nathan avant que Teboul, Smadja et Darmon se réveillent. C'est la première étape.

— Les autres étapes ?

— Je m'attaque à Teboul. Ensuite, les deux autres tomberont comme des fruits mûrs. Éric, tu vas gagner beaucoup d'argent grâce aux commissions, et on pourra même s'associer sur les gros coups. Par contre, pour que tout ça fonctionne, tu dois remplir ta part de marché aussi.

— D'accord, je vais sortir Yannis Nathan du jeu. C'est possible que tu me confirmes certaines de ses habitudes ?

— Si j'ai les infos, naturellement. Et pour Jasmine Sun, tu prévois quoi ?

— Plus difficile, faut que je réfléchisse. L'idéal, ce serait d'agir lorsqu'elle se déplace à l'étranger.

— J'ai cru comprendre qu'elle était protégée.

— Oui, bien sûr. Mais si je me lance, c'est que moi aussi j'ai assuré mes arrières en Chine. Ce n'est pas la seule à avoir des soutiens.

— Et ici, tu as pensé aux réactions des autres clans ?

— Évidemment. La mer va être démontée quelque temps. Mais tous aspireront à renouer avec la paix et la sérénité d'un lac. À faire de l'argent en silence. Le seul bruit que l'on s'autorise, c'est celui des compteuses à billets.

Joseph Dray et Éric Shen levèrent leur coupe de champagne et trinquèrent en évitant de songer au précipice devant lequel ils se trouvaient.

* * *

En fin de soirée, alors que Jasmine Sun s'apprêtait à quitter son bureau, trois hommes insistèrent pour la rencontrer. La protection rapprochée de la jeune femme montra discrètement des armes. Les visiteurs haussèrent les épaules et ne bougèrent pas. L'instant d'après, ils furent plaqués contre un mur et fouillés. Quand Jasmine Sun apparut, sa sécurité se resserra autour d'elle. Le plus âgé, un Asiatique qui flottait dans un costume trop large pour lui, s'avança, laissant les deux grands Noirs à l'air paisible derrière lui. Il s'adressa en chinois à la jeune femme :

— Bonsoir, Jasmine, j'ai bien connu votre père, l'honorable Sun Hao ; j'aimerais vous parler de la petite cage à criquet que vous possédez.

Jasmine Sun, interloquée, fit répéter ce Chinois qui s'exprimait avec un accent indéfinissable et qui portait une kippa. Quelques minutes plus tard, M. Huang, Lewis Jones et Tyler Williams s'installèrent dans les fauteuils de son bureau.

— Avant toute chose, auriez-vous du thé ? demanda le vieux monsieur. Mais, s'il vous plaît, et si possible, pas en sachet.

Jasmine Sun donna des instructions. Elle masquait difficilement son impatience d'entendre ce que cet homme avait à lui dire. Une évidence s'imposa à M. Huang. *Yohan Nathan est davantage maître de ses émotions. Pourtant, c'est un Occidental.*

Une fois le rituel du thé accompli, ce dernier prit une profonde inspiration et, une nouvelle fois, entreprit de raconter l'histoire qu'il était venu délivrer.

13

Yohan Nathan venait de terminer de dîner dans l'avion qui l'emmenait à Paris. Il était accompagné de deux jeunes hommes, des grands Noirs athlétiques qui ressemblaient davantage à des sportifs d'une université américaine qu'à des gardes du corps. Ceux-ci s'étaient présentés dans la salle d'embarquement de l'aéroport J.F. Kennedy de New York avec une simple phrase : « Nous voyagerons en classe affaires avec vous jusqu'à Paris et nous serons en permanence avec vous. Ce sont les instructions de M. Huang. » Yohan Nathan n'avait pas discuté, c'était inutile, il n'était plus à un étonnement près.

— Vous êtes des musiciens de jazz, des lointains descendants des Harlem Hellfighters, c'est ça ? avait-il seulement demandé.

— Oui, aussi.

— Très bien, le « aussi » m'intéresse, nous ferons plus ample connaissance durant le vol.

Quand l'Airbus atterrit à Roissy, Yohan n'était pas plus avancé, il ne connaissait que leurs prénoms, Denys et Sydney. Toujours souriants, les deux Américains avaient précisé le programme avec courtoisie. Ils conduiraient Yohan Nathan à Neuilly et viendraient le chercher, vraisemblablement le lendemain, pour le rendez-vous à l'Hôtel de Crillon avec Guo Tran et Avi Richter. D'ici là, ils insistèrent pour que Yohan Nathan ne sorte pas de chez lui. Ce n'était pas dans les intentions du jeune homme qui envisageait plutôt de se reposer.

La grande villa de Neuilly, vide, à l'exception du personnel de maison, respirait la tristesse et l'absence. Après avoir déjeuné et échangé quelques mots avec la personne qui le servait, Yohan s'installa dans un des fauteuils du bureau et se laissa imprégner par l'ambiance qui y régnait. Il regarda les tableaux, les objets de collections, la cave à cigares, tous ces objets qui portaient l'empreinte de son père. Soudain, il fut tiré de sa rêverie par l'entrée de son frère Yannis.

— La femme de chambre m'a dit que tu venais d'arriver. Tu aurais pu me prévenir, lança-t-il, nerveux.

— Bonjour, Yannis. Je t'aurais appelé en fin de journée, répondit Yohan sur un ton calme.

— Qu'est-ce que tu viens faire ici ?

— J'ai rendez-vous avec deux personnes, Guo Tran et Avi Richter, ceux qui t'ont emmené en balade avec ton ami Éric Shen.

— C'est quoi ce bordel, Yohan ?

— Aucune idée. J'en saurai davantage bientôt.

— D'où tu connais ces types ?

— Je ne les connais pas. Un vieux Chinois m'a abordé à New York et m'a raconté l'histoire de notre famille. J'allais t'en parler.

Dès qu'il jugea avoir eu toutes les informations nécessaires, Yannis passa un bref coup de fil sur un portable sécurisé. « Une voiture et deux mecs demain matin à la villa », exigea-t-il.

— Quand tu sortiras, tu auras une protection, sans ça tu ne bouges pas.

— J'en ai déjà une. Deux Américains m'accompagnent depuis New York.

Son aîné, déconcerté, le dévisageait à présent comme s'il ne l'avait jamais vu.

— Tu peux m'en dire un peu plus, Yohan ? Je crois qu'il y a pas mal de zones d'ombre.

Yohan lui relata ce qu'il avait appris de M. Huang en resserrant le récit sur l'essentiel. Il expliqua que leur mère, qui connaissait aussi l'histoire, avait insisté pour qu'il rencontre Avi Richter et Guo Tran. Elle espérait dans ce rendez-vous, sans savoir pourquoi, la fin de ces drames. Ce jour-là, les deux frères discutèrent en taisant leurs querelles. Yannis entra enfin dans le détail des causes de la mort de Richard, raconta la méprise à l'origine de l'assassinat de Sun Hao, l'exécution de Shen Li qu'il avait ordonnée, leurs affaires financières et les chausse-trappes qui l'attendaient. Yohan était atterré d'entendre cette litanie, imprégné qu'il était de la genèse des relations fraternelles entre son arrière-grand-père Léon et les ascendants Sun Hao et Shen Li.

— Ce que notre famille a infligé à ces hommes est épouvantable, ce sont des crimes fratricides.

— Comment voulais-tu que je le sache ? répondit Yannis en haussant les épaules. Quand la vengeance est en marche, rien ne l'arrête.

Yannis continua son monologue. Il ne faisait en aucun cas confiance à Dray et ses amis et se méfiait des Shen. Il lui révéla que la police montait un dossier pour l'envoyer en prison et, le comble, que leur père avait été abattu par leur meilleure équipe de confiance. Yohan réagit avec colère à cette révélation. En toute logique, selon son schéma de pensée, il estima que c'était à la police de punir les coupables, mais son frère secoua la tête négativement.

— Ce n'est pas si simple. Les flics m'ont montré des photos où tu vois deux mecs se barrer dans un taxi quelques instants après l'assassinat de papa. Même si la qualité n'était pas géniale et que j'ai préféré la fermer, aucun doute, j'ai reconnu Meïr et Abitbol, et je suis sûr que les flics aussi.

— Donc ils vont faire le job.

— J'en doute. Avec mes gars, on a compris d'où venait le tir. Un balcon situé à deux cents mètres. L'appartement est occupé par un couple de très vieux. Je suis allé discuter avec la dame en me faisant passer pour un enquêteur. Le mari était dans un lit et n'a rien vu. Et la mémé, elle ne se souvient de presque rien. Ça veut dire qu'elle sera incapable d'identifier qui que ce soit. À chaud, c'était envisageable, je crois. Mais plus le temps passe, plus le témoin perd de son intérêt.

— J'en conclus que même si les flics savent, sans preuve, c'est impossible de traduire les meurtriers devant une cour d'assises.

— Oui. C'est pour ça que je vais agir comme Papa l'aurait fait. Je sais qui sont les assassins, ça me suffit. Je dois démontrer tous les jours que je suis l'héritier et que je ne faiblis pas.

Dans l'après-midi, Yannis Nathan quitta la villa, déstabilisé par l'intrusion inopinée de son frère dans son univers et par les révélations qui s'en étaient suivies. De cette discussion en découleraient d'autres, c'était sûr. L'écran de son téléphone afficha « appel inconnu » en provenance d'une application sécurisée. Il ne décrocha pas. Moins d'une minute plus tard, le même inconnu se manifestait. Il hésita, décrocha finalement. La voix d'un homme qui s'exprimait en français avec un fort accent israélien. « On vous attend à l'hôtel maintenant. » Puis l'interlocuteur coupa la communication.

Yannis ordonna au chauffeur de se diriger place de la Concorde. Il prévint ensuite son frère Franck de ce rendez-vous et lui demanda de ne pas quitter son appartement jusqu'à ce qu'il le recontacte. Arrivé devant le palace, sa protection lui ouvrit la portière. Il ne se déplaçait plus que dans cette Mercedes, avec les vitres et les portières blindées, acquise en Allemagne depuis peu. Dedans, il se sentait parfaitement en sécurité.

Dès qu'il pénétra dans le hall du Crillon, deux Israéliens le conduisirent dans un salon privé où Avi Richter prenait un café. Ni chaise ni fauteuil devant la table du vieux chef mafieux. Yannis Nathan, debout, encadré par les Israéliens, patientait. Avi Richter reposa sa tasse et garda quelques instants le silence.

— Je souhaite, dit-il enfin, donner une preuve de loyauté, de la part de nos familles, à mon frère et ami Guo. La paix retrouvée doit repartir sur des bases saines.

Yannis Nathan redoutait la suite.

— Je veux voir disparaître ceux qui ont abattu Shen Li et Sun Hao.

Yannis Nathan put ressentir une profonde détermination dans le regard et les paroles d'Avi Richter. Après s'être raclé la gorge, il donna les noms de Rudy Meïr et de son équipe.

— Bien. Guo exigera d'Éric Shen qu'il supprime ceux qui ont tué ton frère Richard et ton père, pour respecter l'équité.

Du bout des lèvres, Yannis Nathan lâcha que le meurtre de son père provenait de son propre clan. Étonnement non dissimulé d'Avi Richter, qui attendit davantage d'explications. De plus en plus mal à l'aise, Yannis avoua que Sun Hao avait été exécuté par erreur. Son père, qui avait aussitôt mesuré les conséquences de cette méprise, avait ordonné l'élimination de Rudy Meïr et de ses trois affidés, qui s'étaient mis en cavale, sentant le vent tourné.

Le jour de l'assassinat de son père, Yannis ne s'était pas posé de question. Il était évident que les Chinois étaient les auteurs de ce crime, par représailles. Mais une information, ultérieure, sûre, avait démontré que Rudy Meïr était le tireur, et qu'il avait été aidé dans sa fuite par Jérémy Abitbol.

— Il faut que tu règles rapidement cette histoire interne à ton clan.

— Tous mes gars les recherchent. Quand on les aura trouvés, je m'en occuperai moi-même.

Avi Richter se fit servir une autre tasse de café qu'il but sans s'en rendre compte, tant sa réflexion était intense. Au bout de quelques minutes, il leva son visage vers Yannis Nathan.

— Tu as commandité l'exécution de Shen Li. Qui l'a abattu ?

Yannis Nathan, les lèvres sèches, ne pouvait déglutir. Il sentait la chemise dans son dos collée par la sueur. Il n'avait pas d'autre choix que de livrer les noms des deux exécuteurs.

— Lucien Dahan et Jacky Peres.

— Je veux annoncer une bonne nouvelle à mon ami Guo avant la fin de la semaine.

— Ils sont en Israël, je ne sais pas où exactement.

14

Paul Dalmate coupa le moteur de la Ford Mondeo et resta quelques instants sans bouger, les mains crispées sur le volant, à écouter le silence. Il respirait profondément pour calmer l'angoisse qui le gagnait. Peu de véhicules stationnaient sur le parking de la résidence pour personnes âgées dans laquelle vivait son père. Un milieu d'après-midi d'un jour de semaine ordinaire. Il regardait le bâtiment de trois étages dont l'entrée faisait face à une pelouse entretenue et l'arrière donnait sur un parc planté d'arbres. Les lieux étaient ceints d'une grille métallique peinte en vert foncé. Une construction rectangulaire sans charme, aux murs beiges avec des fenêtres à double vitrage en PVC. Seuls les extérieurs, d'après ce qu'il en apercevait, avaient de l'allure.

Quand la mémoire de Paul le ramenait à cet homme qu'il s'apprêtait à revoir, il n'employait jamais le mot « père ». Un « il » ou un « lui » suffisaient généralement, à moins qu'il le désigne par des termes moins flatteurs, comme « le tortionnaire ». Appuyé contre l'aile de sa voiture, les yeux rivés sur l'établissement, il pensait. *Depuis combien de temps est-il là ? A-t-il passé sa vie à faire du mal à d'autres femmes, à d'autres enfants ?* Il hésita encore. Et puis, soudain, il se décida. *Je ne peux pas avoir fait tout ce chemin pour rien*, se dit-il.

Dalmate traversa le parking et emprunta un chemin dallé qui contournait la pelouse. Les portes vitrées automatiques s'ouvrirent. Une odeur de produit de nettoyage dominait toutes les autres. Il s'adressa à une hôtesse d'accueil assise derrière un comptoir. Elle déchiffra ensuite le planning des activités, répéta à voix basse

« Dalmate, Dalmate… » en promenant un index sur le document, et leva la tête vers la pendule.

— À cette heure-là, il est dans le parc. Mais, vous connaissez ce monsieur ?

— Oui.

— Parfait. Inscrivez votre nom sur le registre des visiteurs, puis allez tout droit jusqu'au bout du couloir. La porte qui donne dehors sera sur votre gauche. Il est 17 h 30, les pensionnaires dînent à 19 heures.

Dalmate remercia la dame, prit le stylo qu'elle lui tendait et écrivit sans hésiter le nom qui figurait sur la pendule qu'elle venait de consulter, MARTINI. Il était évident qu'il ne resterait pas une heure trente. Il s'accordait, tout au plus, cinq minutes. Il traversa le long couloir étroit, très haut de plafond, éclairé par des néons qui dispensaient une lumière blafarde. Des portes de bureaux, peintes dans un bordeaux terne, s'ouvraient sur sa droite. COMPTABILITÉ, RÉGISSEUR, INFIRMIÈRE, SALON DE LECTURE, indiquaient les inscriptions en lettres noires sur fond blanc derrière des supports en Plexiglas. Plus il approchait, plus il sentait son cœur battre et plus ses mâchoires serrées le faisaient souffrir.

Il s'arrêta à l'entrée du jardin qu'il balaya du regard. Une vaste pelouse, des chemins de terre tassée, des grands platanes qui avaient perdu en partie leurs feuilles, des tilleuls, un immense cèdre, et d'autres arbres qu'il n'identifia pas le composaient. Sous un barnum, des familles, installées autour de tables, bavardaient avec des personnes âgées. Quelques enfants assis dans l'herbe s'ennuyaient, d'autres jouaient avec des petites branches baptisées épées pour l'occasion. Des pensionnaires, à l'écart, dormaient sur des bancs, la tête inclinée sur la poitrine. Certains lisaient.

Il le vit de profil. Sur un fauteuil roulant. Seul. Comment aurait-il pu en être autrement ? Une couverture couvrait ses genoux, une autre ses épaules. Il était concentré sur les pièces d'un échiquier posé sur une table en fer. Paul n'éprouva aucune compassion à la vue de ce vieillard frêle et voûté, son tortionnaire. Une sorte de barrière invisible l'empêchait de s'aventurer plus avant, l'impression d'avoir les pieds vissés dans le sol. Il finit pourtant par réagir à la phrase qu'on lui répétait pour la troisième fois : « S'il vous plaît, monsieur, laissez-moi passer. » Derrière lui, un employé manœuvrait une desserte chargée de verres et de bouteilles de jus de fruits. Dalmate se décala, confus. Il inspira ensuite profondément, se saisit d'une chaise métallique pliante et s'avança jusqu'à la table où se trouvait son père. Là, il la déplia et s'assit sans le regarder. Son cœur cognait fort.

— Je me demandais si tu aurais assez de couilles pour te détacher du mur. Tu as toujours été un indécis, sans aucun courage. Je suis étonné de ta présence et encore plus que tu sois policier. Tu te caches derrière ton insigne et ton arme pour exister ?

Paul dévisageait maintenant ce vieillard recroquevillé. Curieusement, ses paroles ne le blessèrent pas, comme si le fait de l'entendre déverser sa haine le rendait insignifiant, pitoyable. Au contraire, ces mots eurent un effet libérateur.

— C'est vrai que question courage j'ai été à bonne école. Un type qui violente sa femme et martyrise son fils, c'est un grand bonhomme, un héros qu'il faut décorer. Il vous en a fallu, de la vaillance, pour combattre de tels ennemis ! Vous êtes vraiment admirable.

— Tu me vouvoies, maintenant ? constata son père en partant d'un rire qui sonnait faux.

— Je tutoie mes proches, mes amis, ceux que j'aime. Je vouvoie ma hiérarchie, les personnes que je ne connais pas ou que je respecte. J'utilise aussi le vouvoiement quand je méprise profondément mon interlocuteur.

Dalmate s'exprimait avec calme. Il observait la réaction de l'homme, assis en face de lui, les yeux écarquillés de s'entendre traiter ainsi.

— Ce qui me rassure, continua-t-il, c'est que je ne vous ressemble pas. En rien. Je me suis longtemps demandé si j'avais été adopté, mais je n'ai rien trouvé en ce sens, ou si j'étais un enfant adultérin. En tout cas, ça me réchauffait le cœur de savoir que vous n'étiez peut-être pas mon géniteur.

Le vieillard tremblait de rage, les mains crispées sur les accoudoirs de son fauteuil, incapable de prononcer une phrase. Paul jeta un coup d'œil à sa montre et considéra les pions du jeu d'échecs qui paraissaient attendre qu'une partie débute.

— Vous ne pensiez tout de même pas qu'on allait jouer, n'est-ce pas ?

Sur ces paroles, Dalmate se leva, prit le roi noir et le serra dans son poing. Il quitta la maison de retraite sans se retourner. Libéré, soulagé, il respirait enfin. Avant de regagner sa voiture, il jeta le roi noir dans une poubelle. Il afficha ensuite le numéro de téléphone de son père, activa la fonction « bloquer ce correspondant », et le supprima. Au moment où il démarra, FIP radio diffusait *Proud Mary*, la version de Ike et Tina Turner. Il ne l'avait jamais entendue. Il monta le son au-delà de ce qu'il faisait habituellement et se laissa emporter par l'énergie explosive de Tina Turner.

15

Après le départ de M. Huang et de ses deux accompagnateurs, Jasmine Sun demeura assise, abasourdie par ces révélations. Des pièces de puzzle comblaient ses interrogations. Elle connaissait maintenant l'origine de cette petite cage de criquet, et cela la rendait heureuse. Elle ne pourrait jamais plus la regarder ou la tenir sans penser à Zhang, ce jeune Chinois céleste qui l'avait construite et confiée à son aïeul avant de disparaître vers l'Amérique avec Chaïm Richter. M. Huang, à la fois paisible et amusant avec son accent, l'avait ensuite définitivement laissée interdite quand il lui avait révélé l'histoire du chien Cric placé sous la protection de Shen Li. Elle était émue en songeant que ce clan avait, pendant plus d'un siècle, élevé des dizaines de portées de chiots successives, perpétuant ainsi le nom de Cric et la mémoire de Zhang.

Et que dire des Nathan et des Shen Li ? Ces familles si unies auparavant et qui se combattaient aujourd'hui dans l'ignorance du fondement et de la puissance de leurs liens. Elle enrageait du mutisme de son père, de son ami Shen Li et de Tao. Ces hommes devaient savoir. Pourquoi avoir tu cet incroyable passé, ces amitiés extraordinaires ? À cette question, M. Huang s'était contenté, d'une moue, d'afficher son ignorance. Les dernières phrases de ce dernier résonnaient encore dans sa tête. *Yohan Nathan m'a paru réceptif à ce récit. Après avoir refusé de rencontrer Guo Tran et Avi Richter, il a changé d'avis, à mon grand soulagement. Espérons qu'il sortira quelque chose de positif de cet entretien.*

Jasmine Sun nota sur un Post-it, collé en évidence au centre de son sous-main, « Yohan Nathan » avec un point d'interrogation. Dès le lendemain, elle lancerait un de ses sbires dans une recherche sur cet homme qu'elle ne connaissait pas. Puis, dans la voiture qui la ramenait chez elle, la jeune femme essaya de définir une nouvelle stratégie. *Je dois tout reconsidérer. Il faut s'asseoir à la même table avec Éric Shen et les frères Nathan pour mettre les choses à plat.*

* * *

Au siège de la PJ, Paul Dalmate, dégagé de sa relation nocive avec son père, se sentait libre. Rarement ses équipiers l'avaient vu aussi détendu et souriant. Après un dîner pris ensemble dans une brasserie, il regagna son bureau et lut les dernières retranscriptions téléphoniques, en général insipides. Celles-ci ne dérogeaient pas à la règle. Les clans se sachant surveillés balançaient des absurdités. Il referma son ordinateur et rentra chez lui en pensant à Éléonore, sa voisine violoniste, qu'il n'avait pas vue depuis plusieurs jours.

Éric Shen, quant à lui, organisait avec Fang « sa visibilité », comme il l'appelait. Il fallait qu'on le voie, surtout le soir, que ce soit aux tables de jeux du casino d'Enghien ou dans les restaurants à la mode. La police le saurait très vite. Le clan Nathan aussi, mais il faisait confiance à son impitoyable protection. Le but était de se montrer, de se créer un alibi sur lequel ses avocats s'appuieraient quand il serait en garde à vue pour le meurtre de Yannis Nathan.

Yohan Nathan, en liaison avec son bureau new-yorkais, traitait des dossiers financiers ou participait à des visioconférences. Il estimait que sa présence à Paris ne pourrait excéder plus de trois ou quatre jours, rendez-vous avec les deux chefs mafieux ou pas. Cette nuit-là, après une longue réflexion, il déconnecta par sécurité Internet de son ordinateur, brancha un disque dur crypté qui contenait toutes les informations confidentielles sur les sociétés et comptes bancaires de son père et de ses frères. Plusieurs heures plus tard, le jour levé, les yeux rougis d'avoir trop longtemps fixé l'écran, il quitta son fauteuil le dos et les épaules ankylosés pour se raser et prendre une douche. Après le petit-déjeuner, il relut le mémo dans lequel il détaillait toutes les failles sur la constitution des différents business du clan et la faible dissimulation de leurs capitaux dans des paradis fiscaux trop connus. Du travail d'amateur. Mais les liens familiaux se resserrant, Yohan envisageait de proposer à Yannis de remettre de l'ordre dans tout le volet financier, à condition que leurs activités se réorientent vers un business légal.

Yannis et Franck Nathan finalisaient, avec Dov, l'élimination d'Éric Shen. Yannis jouait une carte hasardeuse, mais que, en professionnel du poker qu'il était, il jugeait solide. Il ferait porter le chapeau de la mort du Chinois à Rudy Meïr et sa bande. Il mettrait ensuite le paquet pour retrouver ceux qu'il appelait « les traîtres » et les exécuter. C'était un pari risqué. En revanche, si ça fonctionnait, ce plan n'entraînerait plus de représailles et il lui permettrait de venger, par la même occasion, son père et son frère. L'idéal serait de le mener à bien après le départ d'Avi Richter et de Guo Tran. Telle était en tout cas la stratégie qu'il martelait pour convaincre Franck et Dov qui dissimulaient mal leur scepticisme.

Avi Richter, dans un des salons du Crillon avec Guo Tran, regarda sa montre de gousset en or. Minuit, et il n'était pas fatigué. Comme son ami, ça faisait maintenant des années que le sommeil le fuyait. Il s'y était habitué. Songeur, il suggéra qu'il était temps de recevoir Yohan Nathan. Guo acquiesça aussitôt. Et il proposa aussi de discuter avec le policier, ce Dalmate. Il persistait à penser qu'ils pouvaient encore composer avec lui. Mais hors de question de se rendre à son bureau. Il émit l'idée de l'inviter à l'hôtel.

16

Dans la matinée, un des gardes du corps américains laissa un message WhatsApp à Yohan Nathan : « Rendez-vous hôtel demain 10 heures. Départ 9 h 30. » Ce dernier se surprit à effacer immédiatement ces quelques mots après les avoir lus. Ce geste impulsif le contraria. Il constatait que cette atmosphère de méfiance et de prudence déteignait sur lui.

La Mercedes de Yannis Nathan, suivie de sa protection, entra au pas dans l'allée de la villa familiale de Neuilly. Alors que Yannis s'apprêtait à descendre du véhicule, Dov s'approcha.

— Je crois qu'on a un problème. Il y a une voiture, une Alfa Romeo, un modèle survitaminé, stationnée dans la rue. Elle était déjà là hier. J'envoie mon équipe.

— Je te parie que ce sont les mecs qui sont avec Yohan. Il m'a dit que deux Blacks ne le lâchaient pas d'une semelle depuis qu'il avait quitté le sol US. Vérifie en douceur.

Quelques minutes plus tard, alors que Yannis et Yohan s'apprêtaient à prendre un café, Dov passa une tête dans le salon et adressa à Yannis un simple « Tu avais raison » avant de se retirer. Les frères parlèrent ensuite longuement, ils évoquaient des souvenirs d'enfance. Yannis trouvait Yohan moins arrogant, et il ne put s'empêcher de penser qu'il ferait un bon conseiller pour les affaires de la famille. Yohan voyait en Yannis moins d'agressivité, mais n'aborda pas le sujet du mémo qu'il avait rédigé. Il lui faudrait davantage de temps et de changement de la part de son aîné pour l'évoquer.

— J'ai un dîner demain jeudi à 21 heures dans un restaurant avec Franck et un ami qui devrait pouvoir se joindre à nous, annonça celui-ci. J'aimerais que tu sois des nôtres.

— Cet ami, il est dans le même business que toi ? Si c'est le cas, je refuse.

— Pas du tout, petit frère, sois cool. Parfois ce gars m'apporte des éclaircissements et me fait gagner du temps, c'est tout.

— OK. Quelle est l'adresse ?

— 12, rue de Presbourg, c'est dans le 16ᵉ, à proximité de l'Arc de Triomphe.

Yannis s'éclipsa ensuite pour se rendre dans une de ses sociétés. Calé sur la banquette arrière de sa Mercedes blindée, il mettait à profit le temps de la circulation chaotique pour téléphoner et régler ses affaires. Le chauffeur, connaissant les menaces qui pesaient sur son patron, et par ricochet sur lui-même, portait une attention extrême à l'itinéraire qu'il devait emprunter et qu'il étudiait avec Dov. Les deux hommes, en relation directe par radio, se parlaient souvent.

— Je ne sais pas si tu as remarqué, dit le chauffeur au chef de la sécurité, mais il y a de plus en plus de scooters de livraison.

— Ouais, j'ai vu. C'est la mode de se commander des pizzas ou des trucs qui font grossir et de se planter devant son ordinateur ou la télé.

— Y en a deux ou trois près de nous. Reste collé, tu vois pas qu'un de ces connards se glisse entre nos voitures et se plante. Ce sont les rois du zigzag.

— T'inquiète, je suis à dix centimètres de toi.

* * *

Les scooters, toujours pilotés par la même équipe, levèrent peu à peu leur filature, partirent chacun dans des directions différentes pour se rejoindre, finalement, dans un restaurant du quartier chinois de Paris, dans le 13ᵉ arrondissement entre la place d'Italie et la porte d'Ivry. Ils déjeunèrent en riant, discutant de tout et de rien, avant que le chef du dispositif fasse le point. Ils s'exprimaient dans un dialecte du centre de la Chine.

— Vous avez noté que la Mercedes est blindée ? Ça se voit à l'épaisseur des vitres. Une précaution inutile de la part de Nathan puisque de toute façon ce n'est pas le plan de l'attaquer dans sa voiture. On fera comme c'est prévu.

— Il y a aussi une Alfa Romeo qui reste en permanence devant la villa. C'est curieux qu'elle ne bouge pas, lança l'un des mecs. En plus, ce manège s'est mis en place très récemment.

— Il y a deux Blacks à l'intérieur. J'ai envoyé par texto le numéro d'immatriculation. Le patron va interroger des flics qu'il connaît. Ce sont peut-être des journalistes.

Lorsqu'il demanda si quelqu'un d'autre avait été confronté à une anomalie, personne ne se manifesta. A priori, il n'y avait rien de particulier à faire remonter. Les hommes se remirent donc à manger dans une ambiance légère.

* * *

En fin d'après-midi, Yohan Nathan sortit de la villa, patienta le temps que le flot de la circulation se tarisse et s'avança jusqu'à l'Alfa Romeo. Les deux Américains jaillirent de la voiture.

— Ne restez pas dehors, ce n'est pas prudent. Si vous voulez nous parler, rentrons chez vous.

Face au ton péremptoire de son interlocuteur, Yohan ne sut dissimuler son agacement.

— J'en ai pour une seconde. Je venais vous informer que demain soir, je dîne avec mes frères dans un restaurant, 12, rue de Presbourg. Il faudra partir d'ici vers 20 h 45.

— Nous allons effectuer un repérage des lieux pour assurer le coup. Attendez notre retour si vous voulez vous balader.

— C'est vraiment indispensable, tout ce bazar ?

— Sans doute non, mais ce sont les consignes.

17

Sur la demande insistante du commissaire Villeneuve, Paul Dalmate, pour conclure sa journée, organisa un briefing avec les services de police associés à l'enquête, dont celui des affaires financières. Étienne était plus attentif que quiconque. Dalmate évoqua l'épisode du cimetière d'Étaples, et ne mentionna que brièvement les relations entre Juifs et Chinois pendant la Première Guerre. Il aborda aussi le meurtre d'Albert Nathan, mais préféra taire l'implication de Rudy Meïr. Il laissa ainsi l'auditoire penser que cette exécution était imputable aux Chinois. Il ne souhaitait pas que cette information sorte de la brigade criminelle.

Après ça, le commandant formula l'hypothèse que Rudy Meïr et ses acolytes étaient selon toute vraisemblance les assassins de Sun Hao et de Shen Li en révélant l'implication et le témoignage de Bokhobza. Dalmate expliqua que, selon lui, le traiteur chargeait fort opportunément le vieux chef décédé pour protéger Yannis Nathan. Dalmate demanda ensuite aux services financiers de mettre la pression sur celui-ci. Puis il se livra à un rapide état des lieux sur les écoutes téléphoniques des clans juifs et chinois qui se résumait en deux mots : « Aucun intérêt. » Le commissaire Villeneuve voyait que Dalmate demeurait sur la réserve et ne communiquait pas toutes les informations dont il disposait. Il reprit la parole :

— Justement, c'est parce que les écoutes ne donnent rien que nous nous sommes munis d'un IMSI-catcher[1]. Il nous permettra d'intercepter les téléphones cachés utilisés par nos cibles. Paul, développez ce point.

Ce dernier détestait qu'on lui force la main pour aborder les investigations techniques, surtout celles qu'il souhaitait maintenir confidentielles. Il préférait maîtriser de bout en bout sa stratégie et ne délivrer ces données opérationnelles que lorsqu'elles étaient exploitables. Pour autant, il s'exécuta du bout des lèvres :

— Depuis ce matin, le véhicule banalisé équipé de l'IMSI suit Yannis Nathan dans tous ses déplacements. J'ai une entière confiance dans l'équipe pour ne pas se faire repérer. Dans deux ou trois jours, on aura les portables occultes des Nathan et un accès à leurs vraies communications. En fonction du résultat, vous recevrez les comptes rendus. Merci de maintenir ce point confidentiel.

Sitôt la réunion terminée, tous les participants se dispersèrent. Étienne s'éloigna du siège de la PJ, se réfugia dans sa voiture et appela Franck Nathan avec un prépayé, sur une ligne sécurisée.

— Il faut que je te parle, c'est important. T'es en voiture ?

— Non, pourquoi ?

— Le dîner de demain tient toujours ?

— Ouais, pas de problème. C'est quoi, le message ?

— Touchez surtout pas à vos téléphones bidon.

— OK. Tu nous en diras plus. À demain.

Étienne éjecta la carte SIM qu'il brûla avec l'allume-cigare et, avant de rentrer chez lui, il jeta le téléphone dans le canal de l'Ourcq. Franck fit de même avec le sien, qu'il balança dans un broyeur.

En regagnant son bureau, Paul Dalmate s'accorda quelques instants de réflexion et composa le numéro d'Éléonore. La jeune femme répondit d'un ton enjoué, puis elle lui coupa la parole alors qu'il débitait une succession de banalités.

---

1. Appareil de surveillance utilisé pour intercepter le trafic des communications mobiles, récupérer des informations à distance et suivre les mouvements des utilisateurs des terminaux. Leur fonctionnement est simple : ils imitent celui d'une antenne-relais de téléphone mobile, de manière que les appareils situés à proximité s'y connectent.

— Paul, je crois que vous souhaitez m'inviter à dîner, c'est bien ça ?

— En effet, admit-il, mal à l'aise. Que diriez-vous de demain soir ? J'ai lu dans un magazine qu'il y avait un restaurant rue Récamier, dans le 6e, spécialisé dans les soufflés.

— Quelle bonne idée !

— Parfait, je réserve. Nous pourrions peut-être y aller ensemble, comme nous sommes voisins. Qu'en pensez-vous ?

— Décidément, vous enchaînez les idées lumineuses, dit-elle avec un petit rire moqueur.

Dalmate la salua et raccrocha en se traitant mentalement de crétin timide. Il était pourtant heureux d'avoir sauté le pas.

* * *

L'Alfa Romeo entra au ralenti dans un parking souterrain. Denys et Sydney, casquette des Yankees, l'équipe de base-ball de New York, vissée sur la tête, remontèrent ensuite à pied la rue de Ponthieu et l'avenue des Champs-Élysées. Deux parfaits touristes qui flânaient à Paris. Dans un fast-food, ils commandèrent un hamburger et emportèrent leurs gobelets en carton remplis de Coca et de glaçons dans leur déambulation. Ils s'attardèrent devant un étalage de bagages de marque, contrefaits, posés sur une toile à même le sol à proximité d'une station de métro. Les Américains repérèrent aussitôt le guetteur appuyé contre un arbre, prêt à alerter le vendeur de l'arrivée de la police. La nonchalance des deux hommes n'était qu'apparente. Ils prêtaient attention à tout ce qui les entourait. Et ils eurent rapidement la certitude de ne pas être suivis.

Continuant leur repérage, ils firent le tour du rond-point de la place de l'Étoile par les avenues Marceau, d'Iéna, Kléber et Victor-Hugo où ils se séparèrent. Tandis que Denys se dirigeait vers l'avenue de la Grande-Armée, Sydney s'assit sur un banc près de l'avenue Foch. Il buvait son Coca à la paille, étudiait la synchronisation des feux tricolores et les voies où la circulation était la plus fluide. Des pigeons venaient de se poser à ses pieds et le fixaient de leurs yeux ronds, guettant d'impossibles miettes. Le jeune Américain nota mentalement la présence d'un bowling et d'une discothèque de part et d'autre de l'avenue Foch. Carrefours animés la nuit à éviter. L'endroit, avec ses pavés, était on ne peut plus bruyant. Quand il se déplaça pour élargir son champ de vision, il fut aussitôt entouré par un flot de touristes rigolards qui descendaient d'un bus pour se livrer à des selfies avec l'Arc de Triomphe en fond. Sur le qui-vive, il se dépêcha de quitter cette foule et de l'observer. Pas de menace.

Denys, dans la contre-allée de l'avenue de la Grande-Armée et à l'angle de la rue de Presbourg, repérait le stationnement et les caméras. Deux petites sur la façade de l'hôtel particulier dans lequel se trouvait le restaurant, dont une qui prenait en enfilade la contre-allée. Soudain, il entendit derrière lui un aboiement aigrelet, désagréable. Il se retourna. Une dame âgée aux cheveux roses tenait en laisse un tout petit chien hargneux au poil teint du même rose que sa maîtresse. Devant le regard peu amène que lui lança Denys, elle prit son animal dans ses bras en grommelant une phrase qu'il ne comprit pas et s'éloigna d'un air offusqué. Il se reconcentra sur son examen des systèmes de vidéosurveillance. Plus gênant, le mât planté en bordure de l'avenue de la Grande-Armée, dans l'axe de l'établissement, avec cinq caméras reliées certainement à la salle de commandement de la préfecture de police. Denys donnait l'illusion de faire des selfies, mais il photographiait les endroits critiques pour en parler avec son coéquipier.

Les deux Américains respectaient à la lettre les consignes transmises par M. Huang, qui les avait lui-même reçues d'Avi Richter. Repérer les lieux et prévoir des itinéraires de fuite si nécessaire. La protection de Yohan Nathan était la priorité. Ainsi, ils mémorisèrent les alentours et, par acquit de conscience, décidèrent de revenir quelques heures plus tard pour avoir une idée plus précise de la population de noctambules et de la densité de circulation en soirée.

— Que dit la météo pour demain ?

Denys ouvrit une application sur son smartphone.

— Temps couvert. Température 10 °C. Pas de pluie de prévue.

— Cool. Si on doit s'arracher rapidement, ce sera plus facile sur du sec.

* * *

De son côté, Yohan Nathan éprouvait le besoin d'aller dehors, de voir des gens, de respirer la vie normale et de se déconnecter de son ordinateur. L'empreinte de son père imprégnait la villa. L'atmosphère silencieuse, parfois interrompue par l'activité de la femme de ménage, lui pesait. Il en avait également assez de cette paranoïa sécuritaire, étouffante, et ne souhaitait pas dépendre de deux Américains pour aller se balader.

18 heures. Il enfila un blouson et sortit. Il avait envie de s'attabler à une terrasse, de prendre un verre et de lire un journal, comme n'importe qui. Il se persuada, sans difficulté puisque c'était la vérité, qu'il n'appartenait pas au monde des gangsters, des *mobsters*, comme il le disait en anglais, et donc qu'il ne représentait aucune menace et ne risquait rien. Au début, il n'eut pas l'esprit tranquille, mais, au bout de quelques minutes, il cessa de se retourner, se traitant d'idiot. Il croisa des hommes qui flânaient comme lui, des adolescents qui rentraient de classe, des mères de famille avec poussettes et paniers de courses. Il apprécia ce moment ordinaire.

Après avoir acheté *Le Monde* à un kiosque, il s'installa à la table d'un café et trempa avec plaisir ses lèvres dans une bière fraîche. Un des deux Chinois assis sur son scooter à proximité, le visage recouvert d'un casque intégral, le photographia avec son smartphone. Fang, le chef de la sécurité, montra ce cliché accompagné d'un point d'interrogation, reçu via l'application Telegram, à Éric Shen. Ce dernier prit son temps pour le détailler.

— Il ne manquait plus que lui.

— Qui est-ce ?

— Le plus jeune des fils Nathan, Yohan de mémoire. Une tête bien pleine, paraît-il.

— On le supprime ?

— Non, c'est trop tôt. D'abord Yannis, lui immédiatement après, ou les deux s'ils sont ensemble. Passe les consignes.

18

Le message du commissaire de police attaché de sécurité intérieure à l'ambassade de France à Tel-Aviv, adressé au commissaire Villeneuve et à Paul Dalmate, comportait un texte et une vidéo. Le commandant, entouré des membres de son équipe, visionna la vidéo datée de quarante-huit heures plus tôt. La séquence durait environ trois minutes, elle montrait deux hommes côte à côte, ligotés sur une chaise, le visage tuméfié, les vêtements tachés de sang. Les lieux, anonymes, ressemblaient à un hangar désaffecté. Dalmate augmenta le son de l'ordinateur. Une voix masculine leur parvint.

— On vous écoute, les gars.

Silence. Le type qui se tenait en retrait de la caméra parla en hébreu : « Rafraichis-leur la mémoire. » Un comparse cagoulé, ganté et portant une combinaison foncée entra dans le champ avec une perceuse électrique qu'il actionna. Les policiers retinrent leur souffle quand il approcha la mèche du genou d'un des suppliciés. Dalmate baissa le son pour cesser d'entendre ce bruit strident et s'épargner au maximum les cris de douleur qui ne manqueraient pas de remplir tout le bureau. Le détenu hurla d'arrêter. La perceuse devint muette, le tortionnaire quitta le champ.

— Je répète : on vous écoute, les gars.

Les deux hommes s'exprimaient en français. Les nez brisés et les lèvres enflées rendaient leur élocution laborieuse. Les policiers prenaient des notes.

— Je m'appelle Lucien Dahan, dit l'un.

— Jacky Peres, répondit l'autre.

— Je conduisais la moto le soir où on a supprimé Shen Li, dit Lucien Dahan.

— J'étais le passager de la moto, dit Jacky Peres. J'ai collé la mine magnétique qui a tué Shen Li et son chauffeur.

— OK, continuez.

Ils donnèrent ensuite des explications sur leurs moyens de fuite et leur arrivée en Israël. Ils répondaient aux questions qu'on leur posait. Enfin, sans doute satisfait par ces déclarations, le type donna un ordre en hébreu. Le comparse cagoulé passa derrière Lucien Dahan et Jacky Peres et leur logea deux balles dans la tête. Fin de la séquence.

Silence des policiers. Dalmate prit la parole :

— C'est épouvantable. Les Juifs font le ménage. Les Chinois vont agir de même. On retrouvera bientôt les cadavres des faux policiers qui ont abattu Richard Nathan, le chauffeur et le garde du corps.

Dalmate lut le texte du commissaire de l'ambassade de France qui accompagnait la vidéo. Il décrivait l'enlèvement de Dahan à Tel-Aviv et de Peres à Herzliya. Les deux corps avaient été découverts dans un fossé non loin de la ville d'Ashdod, avec leurs papiers d'identité et une clef USB sur laquelle était enregistrée la vidéo de leur exécution. Le message était clair, il était destiné aux services de police français. Côté israélien, la politique était plutôt de fermer les yeux. « Un règlement de comptes entre criminels, et alors ? Ils s'entretuent, c'est tout », avait résumé en haussant les épaules un enquêteur.

— L'élimination de leurs équipes respectives de tueurs fait partie de leur plan de rétablissement de la paix. Le sang lave le sang en quelque sorte, observa Dalmate.

— Le type qu'on ne voit pas n'a jamais cherché à savoir qui avait orchestré ces meurtres, souligna Sylvie Guyien.

— Tout le monde sait que Yannis Nathan est à la manœuvre, répondit Dalmate. Ce type agit sur ordre, et cet ordre exclut de demander le nom du commanditaire. On sait qui a éliminé Shen Li et son chauffeur. Maintenant, il faut établir le lien entre Dahan, Peres et les Nathan. Sylvie, tu prends un groupe et tu t'en charges.

— OK. On va récupérer des photos où ils sont plus présentables.

— Parfait. À nous de prouver que Yannis Nathan et Éric Shen sont à l'origine de tout ce bazar, et de trouver Rudy Meïr et sa bande avant qu'il ne soit trop tard.

— Ça, c'est pas gagné…, conclut Julien Caucher, résumant ainsi la pensée de tous les enquêteurs.

* * *

Un des membres de l'équipe d'Avi Richter transféra la vidéo de l'exécution de Dahan et Peres à Guo Tran, reçue quelques heures plus tôt sur leur messagerie sécurisée. Avi Richter ne prit pas la peine de la visionner, certain que ses instructions avaient été appliquées.

Sitôt ces images en sa possession, Guo Tran convoqua Éric Shen et Jasmine Sun, avec lesquels il s'entretint séparément. Le premier, d'abord, regarda la mise à mort des deux hommes.

— Les assassins de ton père et de son chauffeur ont été tués en Israël sur ordre d'Avi Richter. Yannis Nathan lui avait donné les noms.

— Vénéré Guo Tran, je vous prie de transmettre ma profonde reconnaissance à l'honorable Avi Richter.

— Je le ferai. Éric, je te rappelle que tu as déshonoré ton père en commanditant l'exécution de Richard Nathan qui a déclenché cette guerre stupide.

C'était une sentence. Silence d'Éric Shen qui redoutait la suite.

— J'exige que tu me fasses parvenir la preuve de l'élimination de ceux qui ont abattu Richard Nathan. Très vite.

Éric Shen s'inclina longuement avant de partir. Il ne pouvait s'opposer au chef de la triade. Ne pas agir le condamnerait. C'est donc résolu qu'il prit le chemin du retour, laissant sa place, sans le savoir, à Jasmine Sun.

Quelques minutes plus tard, la jeune femme s'installait. Guo Tran lui montra d'abord la vidéo et lui fit part de ce qu'il venait d'ordonner à Éric Shen puis, devinant ses réflexions depuis sa rencontre avec M. Huang, orienta leur échange sur le récit que ce dernier lui avait livré.

— Les révélations de M. Huang m'ont forcée à reconsidérer les rapports entre nos communautés, admit-elle.

— C'était le but.

— Honorable Guo Tran, j'envisage de convier Éric Shen et Yannis Nathan à un dîner pour rebâtir une union fondée sur l'histoire de nos familles.

— Je n'y suis pas favorable. Ce dîner est inutile.

Jasmine Sun ne posa pas de question, elle attendit la suite.

— M. Huang obéit aux instructions d'Avi et de moi-même. Il ne parlera ni à Éric Shen ni à Yannis Nathan. Ces deux-là ont seulement fait semblant de comprendre notre message au cimetière d'Étaples. Leur rappeler le passé n'est plus nécessaire.

— Je vois, acquiesça la jeune femme avec déférence. Qui est Yohan Nathan ? J'ai appris qu'il entamait une brillante carrière d'avocat fiscaliste à New York et il se dit qu'il est étranger à notre business. Pourtant, il est à Neuilly en ce moment.

— C'est parce que nous lui avons demandé de venir.

* * *

Fang, debout, le corps raidi, gardait le visage baissé après avoir écouté son patron.

— Parle. Je veux t'entendre et être sûr de ta loyauté.

L'homme ne répondit pas immédiatement, ce qui agaça Éric Shen.

— Si j'ai bien saisi vos instructions, il s'agit d'exécuter les frères Yang, ceux qui ont abattu Richard Nathan, son chauffeur et son garde du corps.

— C'est exact.

— Pourtant ils ont agi sur vos ordres et vous sont d'une fidélité à toute épreuve. Qu'ont-ils fait pour mériter cela ?

— Rien. L'ordre vient du chef de la triade. Ce sont eux ou moi. Tu sais où ils se trouvent ?

Fang consulta son smartphone sécurisé par toute une kyrielle de mots de passe.

— Ils sont à La Haye, aux Pays-Bas.

— Dans notre communauté ?

— Oui, ils y sont protégés. J'ai préféré qu'ils quittent Paris après avoir éliminé Richard Nathan.

— Tu peux les contacter ou les faire contacter ?

Fang se redressa, comme si son professionnalisme était en cause.

— Je sais exactement où sont mes équipes et comment communiquer avec chacun de mes gars, quelle que soit l'heure. Tous sont conscients que je peux avoir besoin d'eux à la seconde. C'est parce que j'ai rendu votre organisation très réactive que votre nom seul effraie la concurrence.

— Occupe-toi de ça cette nuit.

— Pardonnez-moi d'insister, mais ce sont nos deux meilleurs soldats, d'une confiance et d'une loyauté exemplaire. Ne peut-on pas les épargner ?

— Tu me feras parvenir la vidéo par Telegram.

* * *

La vie des frères Yang était réglée comme du papier à musique. Ils passaient leurs après-midi à faire du sport sur la plage de Scheveningen à La Haye, fréquentaient les discothèques à la mode la nuit et dormaient le matin, seuls ou avec une conquête éphémère. Tous les soirs, ils dînaient dans un des nombreux restaurants de poisson du coin. Fang dut répéter à plusieurs reprises ses instructions, tant elles paraissaient absurdes. Et c'est parce qu'il menaça d'abattre son interlocuteur que ce dernier finit par cesser de discuter son autorité.

Une heure plus tard, une moto stationna dans la pénombre, non loin d'un SUV Lexus, sur un des parkings du bord de mer. Le conducteur et son passager, vêtus de sombre, enlevèrent leur casque. Ils savaient qu'il n'y avait pas de caméras dans cette zone. D'un sac à dos, ils sortirent ensuite deux pistolets automatiques et virent arriver, peu de temps après, les frères Yang, naturellement aux aguets. Sans les perdre de vue, les tueurs s'accroupirent derrière une voiture.

Le conducteur déverrouilla à distance le SUV, ce qui eut pour effet d'allumer également les phares du véhicule. Ceux-ci éclairèrent une moto dont la plaque d'immatriculation était illisible. Une alerte se déclencha chez les frères Yang. Ils ouvrirent rapidement les portières pour saisir leurs armes, mais reçurent chacun une quinzaine de balles dans le dos. Les tirs en rafale, amortis par le silencieux, faisaient le même bruit que des feuilles de papier que l'on déchire à la hâte.

L'un des deux exécuteurs enclencha la vidéo de son smartphone et filma les corps gisant sur le bitume. Il s'attarda sur leurs visages, puis vérifia qu'ils étaient bien en possession de leurs documents d'identité.

À l'aube, Fang, qui avait veillé toute la nuit, regarda avec tristesse les images qu'il venait de recevoir.

19

Sydney, le passager de l'Alfa Romeo, baissa la vitre et fit un signe de dénégation au voiturier du Crillon qui allait ouvrir la portière arrière à Yohan Nathan.

— Qu'est-ce qu'on attend ? demanda le jeune homme. C'est l'heure.

— J'attends confirmation par SMS, répondit Sydney.

Quand Éric Shen, accompagné de Fang, sortit du palace, place de la Concorde, il repéra immédiatement l'Alfa Romeo. Un des policiers qu'il rémunérait l'avait informé par WhatsApp qu'il s'agissait d'un véhicule appartenant à un médecin de Versailles. Ça ne collait pas. Il avait donc envoyé un de ses gars vérifier cette info et avait reçu la photo d'une Alfa en tout point semblable à celle pilotée par les deux Blacks. Ces types avaient fait une doublette de la plaque d'immatriculation pour ne pas être identifiés. « Intéressant et à surveiller de près », avait-il conclu après discussion avec son chef de la sécurité. Et rapidement, les équipes en scooters confirmèrent que les deux Blacks protégeaient Yohan Nathan.

Fang et son patron se dirigèrent vers leur voiture sans regarder les occupants de l'Alfa Romeo qui, de leur côté, ne portèrent aucune attention à ces Chinois qu'ils ne connaissaient pas.

— Yohan Nathan vient rencontrer Avi Richter, supposa Fang.

— Et Guo Tran sans doute, ajouta Éric Shen. Les vieux sont en train de jouer à un drôle de jeu. Le pire, c'est qu'on ne peut pas savoir lequel. Lorsque Guo a vu la vidéo de La Haye, il a simplement hoché la tête et a dit : « Je te rappellerai. » Il y a des trucs qui se mettent en place sans nous. Prépare-moi le Range Rover, je le prendrai en fin d'après-midi. Je le veux nickel et sans rien de compromettant à l'intérieur.

— J'ai compris.

Sydney réceptionna un SMS et se tourna vers Yohan.

— C'est bon, on peut y aller.

Les gardes du corps l'encadrèrent et l'accompagnèrent dans le hall du palace où des hommes d'Avi Richter et de Guo Tran les reçurent. Entre les Américains et la protection des deux chefs, l'accueil se révéla chaleureux.

Yohan Nathan fut ensuite conduit dans un salon discret où Avi Richter et Guo Tran l'attendaient, debout. Malgré lui, et il n'oubliait pas qu'il était en présence de deux des plus grands chefs mafieux de son époque, il fut impressionné par leur allure. De vieux messieurs certes, mais avec beaucoup de prestance, affables, et des regards qui évaluent une personne en quelques secondes. Yohan Nathan serra, avec réticence, les deux mains tendues et s'assit en même temps qu'eux autour d'une table ronde. Il entendit à peine que la porte de la pièce se refermait.

Avant que les premières paroles soient échangées, un serveur poussant un chariot chargé de viennoiseries, de café, de thé et de jus de fruits entra. Il s'apprêtait à les servir quand Avi Richter le remercia d'une phrase. « Laissez, nous le ferons. »

— Savez-vous exactement qui nous sommes ? demanda d'abord Guo Tran, qui s'exprimait dans un français parfait et à voix basse.

Yohan Nathan, comme tout juriste qui se respecte devant une affaire complexe, avait pris le temps de se renseigner sur les triades chinoises et la criminalité israélienne. Grâce aux informations transmises par un relationnel discret du monde des affaires – autant de renseignements qui, un jour, nécessiteraient un renvoi d'ascenseur –, la question ne le déstabilisa pas. Il acquiesça, regarda tour à tour les deux hommes et répondit avec une certaine suffisance :

— Monsieur Guo Tran, vous êtes le chef de la triade 14K, la Tête de Dragon, dans votre terminologie. Je connais les activités de la triade, ou plutôt celles qui sont, bien entendu, rendues publiques.

J'ai lu quelque part que vous voyiez d'un bon œil la position de votre gouvernement sur l'expansion des routes de la soie qui va élargir votre champ d'action sur de nombreux pays occidentaux. Une influence et une richesse faramineuse en perspective pour votre pays et pour votre organisation.

Rire bref et discret de son vis-à-vis qui ne démentait pas cette analyse rapide et à l'emporte-pièce. Yohan Nathan poursuivit en se tournant légèrement vers Avi Richter.

— D'après ce que j'ai appris, mais qui peut être source d'approximations, votre communauté n'est pas régie par le même système hiérarchique que les triades. Pourtant, vos pairs vous considèrent comme celui qui détient l'autorité sur les cinq principales familles mafieuses qui se partagent des business lucratifs en Israël et ailleurs, notamment en Russie et aux États-Unis.

— Quoi d'autre, monsieur Nathan ? enchaîna Avi Richter qui, lui, parlait français avec un léger accent.

— Pas grand-chose de plus, si ce n'est que, selon M. Huang, vous êtes les fils de Guo Tran et de Chaïm Richter, deux hommes qui se sont rencontrés pendant la Première Guerre grâce à Zhang et se sont ensuite associés dans des trafics d'armes et de ferraille. C'est ainsi que tout a commencé.

— Effectivement, c'est un raccourci et, comme tout raccourci, il contient des approximations, mais passons, reprit Guo. Nos pères ont eu des liens fraternels très forts, comme le sont les nôtres, à Avi et moi-même. Ensemble, ils se sont engagés dans une voie relativement violente, dans laquelle « exposer sa vie » n'était pas une vaine expression.

— C'est toujours d'actualité, murmura Avi Richter en haussant les épaules.

— Oui, c'est vrai. À 50 ans passés, en 1938, ils occupaient une position dominante dans leurs domaines d'activité et leur sécurité matérielle était assurée. Ils ont estimé qu'il était temps d'avoir une descendance. Avi et moi avons conservé cet état d'esprit, même si, pour nous, la vie a été plus facile, comme elle l'est davantage encore pour nos enfants et petits-enfants.

— Pourquoi avoir sollicité cette entrevue ?

— Thé, café, jus de fruits ?

— Café, merci.

— Vous êtes impatient, sourit Avi Richter.

— Avouez que notre rencontre n'est pas banale. Vous deux, disons-le, chefs mafieux, et moi avocat d'affaires…

— Votre père et vos frères sont à la tête d'un clan. Nos relations ne sont peut-être pas si éloignées que ça, monsieur Nathan.

Yohan Nathan avait retenu plusieurs principes de ses nombreux stages dans de prestigieux cabinets d'avocats, celui de la réserve, de la prudence et l'importance de ne montrer ni ses émotions ni ses sentiments. Ainsi, il ne réagit pas à la réplique cinglante d'Avi Richter. Pour se donner une contenance, il prit une tasse de café.

— Nous avons souhaité faire votre connaissance, annonça enfin l'Israélien, pour aborder la querelle, je préfère ce mot à celui de guerre, qui oppose votre famille à celle de Shen Li et de Sun Hao.

Les trois hommes s'observaient. Yohan attendait la suite.

— Et pour vous parler de Zhang, ajouta Guo Tran.

Pendant que cet entretien se poursuivait, le concierge de l'hôtel appela Paul Dalmate.

— Vos clients ont beaucoup de visites aujourd'hui. Je tiens à votre disposition les enregistrements vidéo des va-et-vient.

— Je vous remercie, répondit Dalmate. J'envoie quelqu'un les récupérer.

20

Samuel Bettan, dit « Sam le Beau Gosse », dernière recrue en date de l'équipe d'hommes à tout faire de Dov, le chef de la sécurité de Yannis Nathan, déjeunait rue des Rosiers. Le quartier juif traditionnel regorgeait de restaurants aux menus typiques : falafels, toutes sortes de pitas, houmous, etc., et les touristes du monde entier se pressaient dans ce décor coloré et animé.

Sam appréciait les falafels. Mais il venait surtout dans cet établissement pour une des serveuses à la plastique de rêve. D'ordinaire, il employait d'autres mots, plus imagés et souvent accompagnés de gestes, pour la décrire. Pour être plus près de la jeune femme, longs cheveux bruns et grands yeux verts, il s'installait de préférence au comptoir. Il essayait des bons mots, qu'il croyait subtils. Il soignait plus que d'habitude son apparence et laissait traîner négligemment les clefs de sa voiture, le porte-clefs bien en évidence, celui d'une Jaguar. Une location à la semaine, aucun intérêt à ce qu'elle le sache.

Malgré tous ses efforts, la serveuse restait insensible. Aujourd'hui, il avait décidé de franchir le pas et de l'inviter à dîner. « Je vais porter l'estocade », se vantait-il de façon fort peu élégante devant ses amis. La jeune femme lui sourit pour la première fois. *C'est gagné*, jugea-t-il en échafaudant des plans sur la comète en moins de trois secondes. *Ça me donne chaud rien que d'y penser.* La réponse qui suivit le refroidit illico.

— Samuel, tu es un peu lourd. Je te vois venir depuis que tu es cramponné à ce comptoir. Je suis engagée avec un type et c'est du sérieux. Ici, tu auras des falafels tant que tu veux, mais rien d'autre.

— OK, de toute façon, je disais ça comme ça, mais si tu changes…

La jeune femme le coupa dans son élan en regardant son smartphone qui vibrait.

— Et en plus il m'appelle, lança-t-elle avec un large sourire.

Elle prit la communication et, quelques secondes plus tard, enclenchait la vidéo et minaudait à voix basse.

— Attends, quitte pas, je dois donner une addition.

Elle abandonna le téléphone sur le comptoir pendant qu'elle imprimait un ticket et le posait sur une soucoupe. Samuel Bettan, jaloux et curieux, jeta un œil à l'écran. Il aperçut le visage de l'homme en gros plan, se recula pour ne pas être repéré. Aucun doute, il s'agissait de Michael Cohen, Mika, celui que Yannis voulait voir pendu par les couilles, comme il le hurlait tous les matins quand il faisait le point avec Dov. D'ailleurs, il se promettait de réserver le même sort à Meïr et à ses acolytes.

Quand la serveuse reprit le smartphone, elle envoya un baiser à Mika Cohen en chuchotant : « OK, à tout à l'heure. »

Plus question de jouer les jolis cœurs pour Sam le Beau Gosse. Un coup phénoménal en perspective. Il paya et sortit rapidement du restaurant. La jeune femme secoua la tête en soufflant, soulagée qu'il parte. Une fois dehors, il resta à proximité pour garder à vue les issues. Il contacta un membre de l'équipe.

— Ben, amène-toi de suite avec ton scooter et un autre casque. Je t'attends à l'angle de la rue des Rosiers et de la rue des Écouffes. Bordel, discute pas, fonce !

Samuel Bettan raccrocha pour abréger la conversation, puis il se mit à consulter sa montre toutes les quinze secondes. Ben arriva une trentaine de minutes plus tard. Sam, au bord de l'apoplexie, eut envie de l'étrangler. Il était surexcité. Et quand Ben apprit la cause de son agitation, il eut à son tour une montée d'adrénaline.

— J'appelle Dov illico. Il va se pointer avec du monde, des bagnoles, des motos et on va se les faire.

— Que dalle, Ben. C'est toi et moi. La meuf, c'est pas l'ennemie publique numéro un, non plus. On risque pas de la paumer. Une fois qu'on aura la planque, on la filera à Dov qui montera le dispo pour gauler les quatre mecs. Là, on sera les rois du monde, mon pote !

— Franchement Sam, c'est un plan à la con… Imagine qu'on la perde.

— T'inquiète, mec, ça va le faire.

Ben adressa une prière silencieuse à tous les saints en levant les yeux au ciel. Il n'était ni pratiquant ni croyant, mais dans les cas qu'il jugeait désespéré, il priait. *Ça ne peut pas faire de mal*, se répétait-il en boucle. Le problème de Samuel Bettan, il le savait, était d'ordre purement affectif. Il était persuadé que personne ne l'aimait, et souffrait du besoin de reconnaissance. Ben redoubla ses prières.

La jeune femme quitta son service à 18 heures. Écouteurs dans les oreilles, elle chantonnait. Elle fila à pied, sans jamais se retourner, jusqu'à la rue Vieille-du-Temple, monta dans sa voiture, une Smart, et démarra en trombe. Elle les surprit par sa rapidité, mais Ben conduisait le 560 TMAX adroitement et rattrapa la Smart bloquée dans un embouteillage, tout en conservant une distance de sécurité avec sa cible. Au bout d'une petite heure, la serveuse se garait rue Raynouard dans le 16e arrondissement, quartier de Passy. Elle marcha encore sur une centaine de mètres, s'arrêta au pied d'un immeuble et téléphona. Quelques minutes plus tard, Mika Cohen apparaissait, regardait de tous les côtés, méfiant. Rassuré, il enlaça la jeune femme et le couple pénétra dans le hall.

— Maintenant, ils vont s'éclater. La fille, c'est un canon.

— M'en parle pas, répondit, dépité, Samuel.

Ils attendirent là, sans aucun plan précis. Ben relançait Samuel pour qu'il appelle Dov, Samuel répétait qu'il fallait patienter. À 20 heures passées, la jeune femme s'éclipsa, seule. Les deux hommes maintinrent leur planque. Après une demi-heure, Samuel, ne sachant plus quoi faire, se décida à joindre Dov. Il s'apprêtait à appuyer sur le nom pour lancer la communication quand Mika Cohen sortit. Celui-ci alluma une cigarette, resta quelques instants à fumer, observant les allées et venues, puis il écrasa sa cigarette et partit d'un pas rapide. Samuel le prit en filature en empruntant le trottoir parallèle. La circulation des véhicules et le nombre important de piétons le dissimulaient aux yeux de Mika Cohen. Ben suivait à distance et au ralenti avec son scooter. Son téléphone relié à une oreillette dans son casque lui permettait d'être en contact permanent avec Samuel.

— Dépêche-toi, rapplique, hurla presque ce dernier. Mika vient de monter dans une Austin et il se barre.

Quelques secondes plus tard, Sam sautait derrière son pote, se cramponnait en enfilant son casque et donnait des indications sur le trajet de l'Austin Mini. Ben réussit l'exploit de ne pas perdre Mika Cohen qui se livrait à des coups de sécurité. Il tournait trois fois autour d'un rond-point, roulait à faible allure, accélérait brutalement, changeait de direction, revenait sur ses pas. Au bout d'une heure de ce manège, persuadé qu'il n'était dans le collimateur de personne, il adopta une conduite plus souple et se dirigea vers l'est de Paris. Il s'arrêta dans une rue paisible de Saint-Maur, dans le Val-de-Marne, descendit de sa voiture et attendit. Ben et Samuel étaient épuisés. Presque aussitôt, Rudy Meïr, Jeremy Abitbol et Marco Cohen sortirent d'un petit immeuble banal et rejoignirent Mika. Les quatre hommes, aux aguets, s'engouffrèrent dans une Peugeot 508 qui déboîta devant une camionnette, s'attirant les foudres et les coups de klaxon du chauffeur.

— Je suis trop crevé pour les suivre, décréta Ben. C'est reparti pour des coups de sécurité à n'en plus finir, et on risque de se faire défoncer s'ils nous repèrent.

— On s'en fout, on a l'adresse, répondit Samuel Bettan, satisfait.

Dov avait l'habitude de dire, en riant de Samuel Bettan qui portait toujours une eau de toilette puissante : « On le sent avant de le voir. » Mais là, l'heure n'était pas à la moquerie. Il n'en revenait pas de ce qu'il apprenait. Il devait bien admettre que ses deux gars avaient géré.

— Alors, les champions, racontez-nous comment vous avez levé la planque de Meïr. Je vais en parler avec Yannis, mais, à mon avis, les mecs y sont morts demain, et ils le savent même pas. J'espère pour eux que ce soir ils vont bien kiffer, parce que après, fini la rigolade.

— Un coup de bol, s'empressa d'expliquer Samuel Bettan. On était tous les deux dans un resto falafels de la rue des Rosiers. La serveuse a reçu un coup de fil en visio. Comme on était au comptoir, on a jeté un coup d'œil et on a reconnu la tronche de Mika Cohen.

— Pourquoi vous m'avez pas appelé ?

— Parce que la fille terminait son service et elle a dit : « J'arrive. » Heureusement qu'on était en scooter. On n'a pas réfléchi, on l'a suivie.

— D'accord, Sam, tu as bien fait. Mais après, un de vous deux aurait dû me téléphoner pendant que vous étiez en planque.

— On voulait assurer le coup et rien lâcher.

— Ça s'est passé comme ça, Ben ?

— Ouais, pareil.

— Vous avez eu du bol de ne pas perdre Mika Cohen. Je vous le répète : même si vous me rapportez une sacrée bonne nouvelle, je ne suis pas content de votre attitude. C'est pas pro, les gars.

— Ça ne se reproduira plus.

— OK, on en reparlera à l'occasion. Quand même, ce Mika Cohen il a rien dans la tête. Si Meïr le savait, il l'aurait défoncé. Tout ça pour une gonzesse !

21

Yohan écoutait attentivement Avi Richter qui racontait la suite du récit que M. Huang lui avait offert quelques jours plus tôt chez lui, aux États-Unis.

— Mon père a conduit le camion jusqu'en Belgique, la nuit où Zhang et lui se sont enfuis. À peine arrivé à Anvers, il vendit son véhicule et acheta deux billets pour voyager à bord d'un cargo qui partait le lendemain direction New York. Il avait dans son sac, qu'il ne souhaitait pas ouvrir devant la faune qui peuplait le port, une très importante somme d'argent en or. À ce moment-là, les dangers étaient partout. Des déserteurs, des fuyards, des prisonniers libérés et des voleurs écumaient les villes en ruine et les régions dévastées. Mon père était déterminé, et le revolver et le poignard qu'il ne dissimulait pas ont dû calmer les ardeurs de certains. Je suis sûr qu'il s'en est servi, mais Zhang n'a jamais rien révélé.

Guo Tran connaissait l'histoire, mais la redécouvrait toujours avec plaisir. Yohan Nathan laissa son imagination prendre les commandes. Les images se superposaient aux paroles du vieil homme qui lui-même revivait l'aventure de son père. D'ailleurs, le regard d'Avi Richter semblait désormais perdu dans le passé, comme s'il remontait le temps.

— Il ne faut pas en vouloir aux hommes de cette époque. Ils ont fait ce qu'ils ont pu, abandonnés de tous. Souvent mon père me répétait une phrase que David Fleisher, une nuit dans les tranchées où ils avaient tous cru mourir, avait prononcée. C'était une citation de Sénèque qui disait à peu près ceci : « Parfois, même vivre est un acte de courage. » Je comprends ceux qui, comme mon père et son ami Guo Tran, ont saisi les opportunités qui se sont offertes à eux. Quand on pense au sort pitoyable qui a été réservé aux invalides de la Grande Guerre...

Avi Richter laissa sa phrase en suspens. Son amertume était grande.

— D'après ce que m'a raconté M. Huang, intervint Yohan, curieux, les croquis de Zhang ne représentaient pas David Fleisher sous les traits d'un homme âgé.

— David Fleisher et toute sa famille sont morts à Auschwitz.

Silence.

— Quand les Chinois furent considérés comme indésirables en 1919, reprit Guo Tran, un certain nombre d'entre eux a faussé compagnie aux militaires français qui les embarquaient gare de Lyon en direction de Marseille où les attendaient des navires pour rejoindre leur pays d'origine. Ils s'établirent alors dans ce quartier ou bien se mirent au service de maroquiniers juifs installés dans Paris. Lors de la Seconde Guerre mondiale, la plupart de ces commerçants furent envoyés dans les camps de la mort. Ceux qui en réchappèrent retrouvèrent leurs boutiques. Les Chinois les leur avaient gardées. Ceux-ci reprirent à leur compte les ateliers des malheureux qui ne revinrent pas.

Les deux chefs mafieux interrompirent cet échange quelques instants. Avi Richter se leva avec difficulté, fit quelques pas. « Mon médecin me répète sans cesse que je ne marche pas assez. Il faudra que je me balade davantage au bord de la mer à Tel-Aviv », confia-t-il à voix basse à son ami qui l'avait imité. Guo Tran répondit avec un sourire : « Mon médecin me dit la même chose. Je viendrai me promener avec toi, je suis sûr qu'on aura les services de renseignement israélien et chinois sur le dos pour savoir ce qu'on complote. Ça me réjouit rien que d'y penser. » À son tour, Avi Richter s'amusa de cette idée, puis il entrebâilla la porte du salon et s'adressa à un membre de la sécurité. En reprenant sa place, il annonça :

— J'ai commandé le déjeuner. Poisson à la vapeur et légumes pour nous, et hamburger salade pour vous, Yohan. Je crois que c'est votre plat préféré.

— Comment le savez-vous ? demanda celui-ci, surpris.

Ne faisant pas cas de son étonnement, le vieux monsieur replongea aussitôt dans son histoire :

— Mon père et Zhang débarquèrent à New York et, le soir même, ils étaient accueillis à bras ouverts chez des amis, des juifs de Pologne. Ils vécurent trois ou quatre mois dans ce quartier de Manhattan, le Lower East Side, le temps que Chaïm pose les bases de son business, que je n'évoquerai pas ici. Deux mois plus tard, Guo Tran les rejoignait et structurait leurs activités avec des Chinois de New York. Ils recrutèrent également quelques Hellfighters et des juifs américains. Chaïm et Guo prenaient leur envol.

— Je sais que c'est anecdotique, mais ça m'intrigue que vous connaissiez même mon plat préféré.

— Je vais y venir. Vous avez appris par M. Huang combien Zhang était un homme à part. Il voyait qui étaient les autres. Il entrait en communion avec les oiseaux, la nature, il possédait la médecine, je devrais même dire qu'il *était* la médecine. Un homme bon et altruiste. Vous vous souvenez que Zhang a failli mourir poignardé ? De ses deux camarades qui se sont levés pour le venger ? Ils étaient seuls à ce moment-là. Ce n'étaient ni les plus aguerris ni les plus forts. Jen Tin et votre arrière-grand-père Léon Nathan. Depuis ce temps, nous sommes tous liés. Nos pères ont protégé autant que possible la lignée de Jen Tin. Votre famille et d'autres familles juives ont monté leur business à Paris en s'alliant avec les familles chinoises. Nous, nous suivons de loin en loin ces relations.

Guo Tran coupa l'Israélien en lui montrant un message qu'il venait de recevoir. Celui-ci le lut avec attention, hocha la tête et répondit :

— Il faudra régler cela en priorité, mais après ce qui nous a amenés ici.

Guo acquiesça. Avi Richter reprit le fil de ses explications :

— Quand nous avons su pour votre installation aux États-Unis, nous avons demandé à nos amis, les descendants des Hellfighters, de garder un œil sur vous, discrètement. Que rien de fâcheux ne vous arrive. Parfois, les comptes rendus qui nous parvenaient mentionnaient, sans doute avec humour, ce que vous mangiez, et notamment ces fameux hamburgers. C'est pour cela que M. Huang a été autorisé à dire qu'il connaissait tout de vous.

Yohan ne savait que penser. Il s'efforçait de ne rien laisser paraître face à ces deux hommes qui l'avaient protégé. Il ne pouvait s'empêcher de reconsidérer son jugement. Les questions se bousculaient, mais il préférait attendre la fin de l'histoire.

— Zhang, avec une nouvelle identité fournie moyennant finances par le consulat de Chine à New York, put enfin retrouver sa liberté de mouvement. Il se mit à disposition de l'armée américaine pour faire partie des équipes qui luttaient contre la terrible grippe espagnole. Et puis, un matin, il a serré nos pères dans ses bras et est parti sans dire où il allait. Il a emporté un sac avec quelques vêtements et son matériel d'acupuncture, mais il a refusé l'argent qu'ils avaient gardé pour lui.

— Ils ont découvert, poursuivit Guo Tran, près de deux ans plus tard, que Zhang se déplaçait entre la Géorgie, l'Alabama et le Mississippi. Trois États ségrégationnistes dans lesquels il proposait des consultations gratuites avec ses aiguilles qui soignent. Il était en permanence accompagné de Hellfighters. Chaïm et Guo veillaient sur lui, à distance.

— Qu'est-ce qui a motivé Zhang à quitter New York ?

— Les persécutions qui frappaient les Noirs et les brimades qu'ils avaient subies pendant la Première Guerre. Zhang était un homme qui ne supportait pas l'injustice, et à sa manière il tentait de la combattre.

— Il a terminé sa vie là-bas ? Il s'est marié ? Il a eu des enfants ?

— Est-ce si important de savoir tout cela ? D'ailleurs, un être comme lui s'éteint-il vraiment ?

— Zhang, reprit Avi Richter, est devenu très riche grâce à des mécènes, des banquiers qui ont souhaité se donner bonne conscience en envoyant des dons. Il n'a jamais touché un dollar de cette fortune. La vie qu'il menait le comblait. Chaïm et Guo ont fait en sorte que sa richesse ne tombe pas entre les mains d'escrocs, mais qu'elle serve de justes causes. Nous avons ensuite pris le relais. Et nous désirons maintenant vous la confier.

22

Perdu dans ses pensées, Yohan Nathan se rendit compte qu'il était arrivé à la villa de Neuilly quand un des gardes du corps lui ouvrit la portière. Il était 18 heures. Il se sentait confus. La discussion s'était poursuivie encore et, au fur et à mesure que Guo Tran et Avi Richter parlaient, toujours sur ce ton qui se voulait amical, mais sous lequel pointaient quelques inflexions d'autorité, le jeune homme avait mesuré la puissance de ses interlocuteurs. Il n'avait pas voulu répondre immédiatement à la proposition de « prendre le relais pour administrer la fortune de Zhang », préférant accorder toute son attention aux autres propositions qui l'avaient laissé perplexe. Au moment de s'en aller, il avait promis aux deux chefs mafieux de réfléchir à tout ça. L'Israélien avait acquiescé, non sans préciser : « Nous quittons Paris dans deux ou trois jours et nous aurons besoin de connaître votre position. »

Dès qu'il le put, Yohan Nathan s'isola dans sa chambre et appela longuement sa mère. Après l'avoir écouté, elle resta silencieuse. Son fils l'entendait respirer et réfléchir.

— Pourquoi pas. Je sais qu'avec toi, les choses seraient différentes. Le plus difficile sera de convaincre Yannis. Franck, lui, suivra son frère. Choisis bien les mots que tu vas prononcer.

— Je n'ai pas encore pris ma décision.

À 19 h 30, pas tout à fait certain d'y voir plus clair, Yohan Nathan raccrocha et se prépara pour le dîner avec ses frères.

Au même moment, Éric Shen, à bord de son Range Rover, suivi d'une voiture qui transportait quatre membres de sa sécurité non armés, prit la direction du casino d'Enghien. Une heure plus tard, les cinq hommes, élégamment vêtus, présentèrent leur carte d'identité et s'acquittèrent du droit d'entrée dans l'établissement de jeu. Ils échangèrent à la caisse pour trente mille euros de jetons.

Vingt heures. Paris. La Mercedes blindée s'engagea lentement dans la contre-allée de l'avenue de la Grande-Armée et se mit directement en position de départ. La BMW de protection manœuvra de façon identique. Deux des gardes du corps des Nathan se placèrent de part et d'autre des portières arrière du véhicule, pendant que deux autres se dirigeaient vers le restaurant. Ils en revinrent au bout de quelques minutes. Le chauffeur de la Mercedes baissa la vitre. « Tout est OK. » Entourés de leur sécurité, Yannis et Franck Nathan franchirent rapidement la quinzaine de mètres qui les séparaient du hall. Ils montèrent ensuite l'escalier pour accéder à la salle de restauration. Une jeune femme en mini-robe noire moulante les conduisit à une table où Étienne patientait déjà. Deux de leurs gars se postèrent sur le trottoir devant l'établissement, les deux autres près des berlines. Tous les quatre étaient armés, portaient des gilets pare-balles dissimulés sous leur chemise, et étaient reliés entre eux par des oreillettes.

Une autre employée, elle aussi vêtue d'une robe noire moulante qui soulignait ses formes généreuses, leur présenta des menus. Étienne ne pouvait détacher ses yeux de la serveuse qui repartait. Yannis tapota la carte devant Étienne.

— Pendant que tu reluquais la fille, j'ai placé sous la carte une enveloppe. Prends-la discrètement, va aux toilettes, et compte le fric.

— Je sais que vous êtes généreux, monsieur Yannis, je vous fais confiance.

— Moi pas. Fais ce que je te dis.

Étienne obtempéra, fit glisser l'enveloppe sur ses genoux, la cacha sous sa veste et se dirigea vers les toilettes.

— Pourquoi tu lui parles comme ça ? s'étonna Franck auprès de son frère.

— Quand il verra ce qu'il y a dans l'enveloppe, il nous mangera dans la main. Rappelle-toi ce que disait Papa : « Quand un type se contente de cinq mille euros de temps en temps, c'est un gagne-petit. Il faut toujours se méfier de ces gars-là. »

Quand Étienne se rassit, son visage était rouge de confusion.

— Merci, monsieur Yannis, c'est extrêmement généreux de votre part.

— Combien tu as compté ? demanda Yannis.

— Soixante mille.

Franck, qui ignorait le montant, écarquilla les yeux de surprise, mais ne fit aucune remarque.

— Bon, maintenant, on t'écoute, et tu as compris que j'en voulais pour mon argent. À 21 heures, notre frère Yohan, que tu ne connais pas, nous rejoindra. On a peu de temps pour faire un point. Ensuite, tu la fermes, tu ne dis pas que tu es flic. Invente un truc, loueur de bagnoles, ou n'importe quoi. Yohan est avocat d'affaires, il vit aux États-Unis et n'est pas du tout dans notre monde.

Étienne répondit par un bref signe de tête. Il leur livra un compte rendu détaillé de la réunion de Paul Dalmate. Pour être sûr de n'avoir rien oublié, il parcourut son carnet de notes et ajouta quelques précisions.

— C'est quoi ce bordel d'IMSI-catcher ?

— Une voiture va vous suivre avec, à son bord, un puissant dispositif qui enregistre les numéros de téléphone que vous utilisez et ceux que vous appelez.

— Tu peux me donner le modèle de la voiture ?

— Un Renault Kangoo gris clair.

— Retiens ça, Franck, ordonna Yannis Nathan. Ce soir, tu passeras l'info aux mecs de notre sécu. Tant qu'on verra cette caisse, on ne touchera pas aux portables. Et pour les Chinois ?

— Dalmate n'a rien dit à ce sujet.

— Tu sais pourquoi je suis généreux, Étienne ?

Moue négative du flic.

— Parce que aujourd'hui, j'ai reçu deux bonnes nouvelles. D'abord, j'ai appris où se planquaient Meïr et sa bande, ceux qui ont flingué mon père. Et ensuite, tu m'as filé de super-infos.

— Et pour Meïr ? demanda Étienne, inquiet.

— C'est simple. On va pas tarder à les rayer de la carte.

— Ne dites pas ça devant moi, monsieur Yannis. Je suis policier, je ne veux pas entendre parler de meurtres, ce n'est pas possible.

— T'as soixante mille boules dans ta poche. Tu crois que c'est pourquoi ? Mais rassure-toi, on va faire les choses proprement. On va les couler dans du béton et les balancer dans la Seine. Toi, tu vas garder tes yeux et tes oreilles ouverts. Si tu sens que tes copains de la Crim' s'agitent pour une raison ou une autre, tu nous préviens immédiatement. Et si le fric que je viens de t'offrir te brûle les mains, rends-le et dégage.

Étienne estima les soixante mille euros bien au chaud contre sa poitrine. Il murmura : « On fait comme ça, monsieur Yannis, pas de problème. » Il se rassurait comme il le pouvait, se répétant qu'on n'avait jamais vu des blocs de ciment remonter du fond du fleuve et flotter. Les trois hommes changèrent de sujet. Tout était dit. Peu de temps après, un grand Noir traversa la salle en direction de la table des Nathan. Il s'adressa à Yannis en anglais. Ce dernier reconnut un des hommes de la protection de son frère et devina la question plus qu'il ne la comprit. Il hocha la tête. Quelques minutes plus tard, Yohan Nathan s'asseyait avec eux et dévisageait le type qui se présenta comme Étienne, dirigeant d'entreprise.

Sur le trottoir, les deux descendants des Hellfighters parlèrent avec un membre de la sécurité des frères Nathan qui bafouillait quelques mots d'anglais. L'Alfa Romeo se trouvait elle aussi en position de départ, devant les autres voitures.

La nuit tombait sur Paris, déclenchant l'allumage de l'éclairage public. Le vacarme de la circulation sur les pavés, les discussions animées des clients à la terrasse d'un bar tout proche et les fumeurs riant avec le portier placèrent les membres de la sécurité, reconnaissables à leurs oreillettes, dans un état de vigilance maximum.

Sydney et Denys se mirent légèrement en retrait. Leurs yeux balayaient sans discontinuer la rue de Presbourg, l'avenue de la Grande-Armée, les passants, les véhicules qui roulaient au ralenti ou qui s'attardaient.

Personne ne détecta les passages rapides, espacés d'une minute chacun, de cinq scooters de livraison.

23

— Dans quel domaine travaillez-vous ? demanda Yohan Nathan à Étienne.

— J'ai une société de location de voitures.

— Ah oui, elle est connue ?

— En fait, je suis le fournisseur exclusif de sociétés du CAC 40.

— C'est intéressant. Quelles sociétés, exactement ?

— Yohan, que fais-tu de ta discrétion légendaire ?

Franck volait au secours du flic qui n'allait pas résister bien longtemps à l'interrogatoire.

Yohan leva son verre en souriant, imité par les trois autres. Il n'était pas dupe. Par intuition, il savait que cet homme n'était pas le chef d'entreprise qu'il se prétendait être. Il n'en possédait ni les codes ni le langage.

— À la santé des sociétés du CAC 40.

Les discussions roulèrent sur des banalités, mais sur un ton amical entre Yannis, Franck et Étienne. Le dîner devint vite ennuyeux pour Yohan qui ne possédait pas les sujets à la mode de la vie parisienne. Il manifesta son désir de partir à peine sa tasse de café reposée. Vingt-deux heures quarante, Yannis régla l'addition et appela Dov pour le prévenir qu'ils se préparaient à sortir.

Sur le trottoir opposé à l'établissement, un type en costume noir et chemise blanche, lui aussi doté d'une oreillette, observait le manège des gardes du corps qui se mettaient en mouvement. Il porta son poignet à hauteur de sa bouche et parla brièvement dans le micro dissimulé dans sa manche, puis il s'éloigna sans se presser.

Sydney, entendant le moteur de la Mercedes démarrer, fit de même avec l'Alfa Romeo. Il déplaça la voiture de quelques mètres pour la positionner au début de l'avenue de la Grande-Armée. Puis il rejoignit Denys pour aller à la rencontre de Yohan.

Étienne et les frères Nathan, précédés par leur sécurité, descendirent l'escalier jusqu'à l'entrée du restaurant où Dov, d'un geste, leur intima l'ordre d'attendre. Étienne en profita pour dépasser Yohan et murmurer à l'oreille de Yannis, de nouveau, sa reconnaissance et sa loyauté. Dov s'assura que la voie était libre et fit signe qu'ils pouvaient y aller.

Soudain, cinq scooters, tel un essaim d'abeilles, arrivèrent en même temps. Trois en sens interdit par la rue de Presbourg et deux par l'avenue de la Grande-Armée, dans un mouvement en tenaille. Sans même prendre le temps de mettre pied à terre, les tueurs ouvrirent le feu simultanément à l'arme automatique.

Les premières rafales touchèrent à la tête deux des gardes du corps des Nathan qui s'écroulèrent. Franck, Yannis et Étienne, atteints à leur tour, s'effondrèrent. Yohan, sidéré, ne bougeait pas, protégé par l'imposant Dov qui recula et riposta. Les fumeurs sur le trottoir devinrent des victimes collatérales.

Vingt secondes depuis le début de la fusillade. Sydney et Denys se précipitèrent et ouvrirent le feu à leur tour. Ils abattirent les types qui avaient surgi de l'avenue de la Grande-Armée. Fléchis sur leurs jambes, ils lâchaient de courtes rafales, faisant mouche à chaque coup.

Trente secondes. Ils concentrèrent leurs tirs sur les deux tueurs qui manœuvraient leur scooter pour se dégager. Le troisième avait été descendu par Dov.

Quarante-cinq secondes. L'un d'eux parvint à s'enfuir. Quatre restèrent sur le carreau. Trois membres de la sécurité des Nathan avaient été abattus.

Cinquante-cinq secondes. Sydney et Denys se jetèrent sur Yohan et l'entraînèrent vers l'Alfa Romeo qui démarra en trombe, doubla les voitures au feu rouge, slaloma sur la place de l'Étoile et plongea dans l'avenue Marceau. Le jeune homme, sur le siège arrière, se cramponnait, envahi par les images et les staccatos des armes automatiques. Sa vie venait de basculer. Plus tard, il raconterait à très peu de personnes ce qu'il avait ressenti et vécu cette nuit-là. À ces rares occasions, il emploierait le mot lucidité pour décrire ce bref moment où l'on avait tiré sur lui, mais qu'il avait perçu comme une éternité.

Pendant la fusillade, alors qu'il était pétrifié, spectateur de l'horreur, des scènes d'enfance lui étaient revenues en mémoire. Il se revoyait avec ses frères, jouant aux cow-boys et aux Indiens. Immanquablement il était l'Indien. « Pan ! pan ! pan ! t'es mort, t'es mort, tu dois tomber ! », criaient Yannis ou Franck. Maintenant, ils gisaient au sol. Yohan ignorait s'ils étaient vivants ou morts quand il avait été propulsé dans l'Alfa Romeo.

Une minute. Dov s'engouffra dans la Mercedes blindée qui, pleins phares, fonça moteur hurlant dans la rue de Presbourg en faisant patiner ses pneus. Le lourd véhicule projeta contre la façade d'un immeuble l'un des scooters à terre et écrasa le corps d'un tueur déjà mort. Les curieux inconscients qui couraient dans la rue bondirent sur le trottoir pour éviter d'être percutés par la grosse limousine en pleine accélération. Celle-ci s'engagea à droite dans l'avenue Foch, qu'elle dévala à une allure folle jusqu'à la porte Dauphine. Elle disparut ensuite dans le bois de Boulogne.

Entre les cris, les cavalcades, les voitures qui étaient parties dans tous les sens et les rafales d'armes automatiques, les témoins de la terrasse d'un bar voisin s'emberlificotèrent dans la description de qui avait fait quoi, qui avait tiré sur qui, et répétaient à l'envi : « C'était la guerre. On n'a pas eu le temps de sortir les portables pour filmer. »

* * *

Éléonore et Paul savouraient le dessert. Des soufflés au Grand Marnier. Un pur délice. La jeune femme regardait Paul avec un léger sourire, le bras gauche le long de son assiette. Paul avait envie de poser sa main sur celle d'Éléonore, mais se disait que c'était peut-être trop tôt, qu'il risquait de tout gâcher. Il répondit alors simplement à son sourire et s'apprêtait à lui confier qu'il ne se souvenait pas de la dernière fois où il avait été aussi heureux quand la faible sonnerie de son téléphone brisa son élan.

— Pardonnez-moi, c'est mon état-major, dit-il, confus, en voyant le numéro qui s'affichait sur l'écran.

Dalmate changea de couleur au fur et à mesure des informations qui lui parvenaient. Il prit rapidement des notes sur son carnet. Avant de raccrocher, il demanda que l'on prévienne son groupe de le rejoindre sur place avec tous les renforts possibles.

— Éléonore, je suis désolé, il y a une scène de crime liée à une de mes enquêtes qui m'attend près de la place de l'Étoile. Une fusillade. Je ne vais pas pouvoir vous raccompagner.

— Je comprends, je vous remercie pour cette soirée, c'était vraiment très agréable.

Comme pour lui signifier qu'elle ne lui tenait vraiment pas rigueur de cet imprévu, elle s'approcha de lui et l'embrassa sur la joue. Avant de partir, partagé entre des sentiments contradictoires, redoutant la violence dans laquelle il allait se plonger après ces instants agréables, Paul régla l'addition et jeta un dernier coup d'œil par-dessus son épaule.

* * *

Vingt-trois heures trente. Bien trop tôt pour qu'Avi Richter et Guo Tran dorment. Le Chinois envoyait des consignes à sa triade sur une messagerie cryptée. L'Israélien lisait en écoutant d'une oreille distraite une chaîne d'information en continu. C'est finalement le débit rapide et saccadé d'une reporter qui ramena son attention sur l'écran de télévision. Il monta le son. La jeune journaliste tendait son micro à des gens surexcités qui répétaient en boucle les mêmes phrases : « On se serait cru à la guerre », « Ça mitraillait de partout », « Des hommes sont morts ». Par contre, tous se contredisaient dans les marques et les modèles des voitures qui avaient vidé les lieux sur les chapeaux de roues.

Avi Richter regardait d'un œil distrait ce type de scène que l'on voyait aujourd'hui dans tous les pays : les gyrophares bleus des ambulances et des véhicules de police, des agents en uniforme qui maintenaient une foule à distance, etc. Sur un bandeau en incrustation au bas de l'écran défilait une information, précédée de la mention « Dernière minute » en caractères rouges. « Avenue de la Grande-Armée, une fusillade aurait fait plusieurs victimes. Les forces de l'ordre avancent l'hypothèse d'un règlement de comptes. »

Las de cette communication hystérisée, il pointa la télécommande vers le téléviseur et l'éteignit. Il s'installa dans son lit et, calé contre ses oreillers, reprit avec satisfaction son livre.

Vingt-trois heures cinquante. Des ambulances conduisirent les victimes collatérales, légèrement blessées par des balles perdues, vers différents hôpitaux.

Minuit cinquante. Trois véhicules du SAMU emportant les frères Nathan et Étienne, grièvement atteints, prirent la direction de l'Hôtel-Dieu, escortés par des motards.

Deux heures quarante. Les caméras et les micros tendus enregistraient les déclarations du chef de la PJ et du procureur de la République. Aucune information ne fut lâchée sur l'identité des victimes malgré les questions pressantes des journalistes. Tous les médias reprirent en boucle les mêmes éléments de langage : « Dix victimes dont sept morts et trois blessés en urgence absolue. Le pire règlement de comptes qu'a connu la capitale depuis bien longtemps. » De quoi alimenter les talk-shows pendant au moins quarante-huit heures.

Deux heures cinquante. Éric Shen et sa protection rapprochée quittèrent le casino d'Enghien après avoir perdu trente-sept mille euros. Dès qu'il sortit du parking, suivi de près par son escorte, il alluma la radio. Quand il entendit « règlements de comptes meurtriers à Paris », il sourit, mais son sourire s'effaça lorsque le reporter ajouta : « Sept morts, trois blessés en urgence absolue et des blessés légers. » Il devrait attendre les précisions de Fang, son chef de la sécurité.

Trois heures vingt. Les constatations sur les corps, leur positionnement et les photos terminées, les services mortuaires chargèrent les cadavres pour qu'ils soient autopsiés à l'Institut médico-légal.

Quatre heures dix. Dalmate et ses équipes vinrent à bout de leurs premières investigations. Le rituel parfaitement huilé du traitement d'une scène de crime se déroulait sans accroc. Modélisation des lieux en 3D, vidéos, photos des corps, recueil et positionnement des dizaines de douilles, recherches des balles perdues, premières auditions des témoins, etc. Le commandant s'assit dans sa voiture et, par téléphone, fit un point détaillé à l'état-major de la PJ : « C'est un règlement de comptes entre le clan Nathan et celui des Chinois. Je ne sais pas si c'est celui d'Éric Shen ou de Jasmine Sun. Quatre Asiatiques ont été abattus. Ce sont eux qui, a priori, ont déclenché ce carnage. Leur identité reste à confirmer parce qu'ils ne portaient aucun papier sur eux. Un cinquième tireur est en fuite. Trois membres connus d'une équipe feu de la famille Nathan sont morts. Pronostic vital largement engagé pour Yannis et Franck Nathan. Le troisième blessé grave est un commandant de police de la brigade financière, Étienne Bailly. Il avait sur lui soixante mille euros. S'il s'en sort, il aura des explications à nous fournir. Cinq personnes souffrent de blessures légères, aux jambes pour l'essentiel, du fait de balles perdues. Deux voitures, sans doute une Mercedes noire pour l'une, ont quitté précipitamment les lieux après la fusillade. Il y avait, d'après le directeur du restaurant, un quatrième type à la table des Nathan, mais, pour l'instant, on n'a rien sur lui. Les caméras qui sont censées filmer les abords de l'établissement sont hors service depuis plusieurs mois. Prochaine étape : on envoie toutes les douilles à la PTS pour recherches ADN et balistiques, les empreintes digitales et prélèvements génétiques pour recherche d'identité des quatre Asiatiques. »

Les groupes de la brigade criminelle et de la brigade de répression du banditisme regagnèrent ensuite le siège de la PJ, rue du Bastion. Dalmate maintint le tronçon de la rue de Presbourg fermé à la circulation des piétons et des voitures. *Il faudra y revenir en plein jour*, songea-t-il.

Quatre heures quarante. Rudy Meïr dormait mal. La cavale crée des insomnies, donne des maux d'estomac et rend fou. On voit des ennemis partout. Il faut dire que se coucher avec la main posée sur un fusil à pompe chargé de balles pour tuer les sangliers ne prédispose pas à une nuit paisible peuplée de beaux rêves bucoliques. Aussi, quand son portable vibra, Rudy bondit hors du lit le cœur battant, cramponné à son arme. Il alluma la lumière de sa chambre et lut le SMS provenant d'un numéro inconnu. « Écoute les infos. Tu peux dormir tranquille, maintenant. Les frères Nathan sont morts. » Rudy Meïr dut attendre le flash de 5 heures. Vingt minutes qui lui semblèrent une éternité. Puis la confirmation tomba : « Selon une source proche de l'enquête, l'affrontement qui a fait sept morts et trois blessés en urgence absolue serait la poursuite de la guerre qui oppose les clans chinois et juifs de Paris. D'autres éléments devraient nous parvenir dans les prochaines heures. »

Il lui fallut quelques minutes pour assimiler cette nouvelle qui changeait tout. Il posa son fusil, alla déboucher une bouteille de champagne et servit quatre verres en riant tout seul. Puis il réveilla Abitbol et les frères Cohen qui, eux aussi, ne dormaient que d'un œil. Ensemble, ils se congratulèrent et vidèrent quelques coupes chacun. L'événement valait bien ça.

— Les gars, la voie est libre. Il ne reste plus que Dalmate, autant dire que c'est du gâteau.

Cinq heures. Avi Richter, en peignoir de bain, s'essuya le visage après s'être douché et rasé. Il contacta le room service et commanda un double café. Le petit-déjeuner viendrait plus tard. Guo Tran, lui, lisait sur sa tablette un journal de Pékin. La sonnerie en sourdine de son smartphone, insistante, le dérangea. Jasmine Sun l'appelait via l'application sécurisée Telegram. La communication dura moins d'une minute. Le Chinois ne fut pas étonné de la nouvelle que la jeune femme lui apprit, même si la colère l'envahit. Il enfila une robe de chambre et se dirigea vers la suite d'Avi Richter qui ouvrait justement sa porte à un serveur.

— Apportez-moi la même chose, s'il vous plaît, demanda-t-il en entrant dans la chambre de son ami.

24

Six heures. Le décalage horaire jouait en faveur de Yohan. Il appellerait sa mère vers 15 heures, 9 heures à New York. D'ici là, cela lui laissait le temps de s'organiser. Depuis 2 heures du matin, il contactait tous les hôpitaux parisiens pour espérer savoir où ses frères avaient été transportés et s'ils vivaient. Il obtenait, sèchement, toujours la même fin de non-recevoir : « Nous ne donnons pas ce genre de renseignements par téléphone, adressez-vous au service enquêteur. »

Le jeune homme s'assit pour la première fois derrière le bureau de son père, dans l'imposant fauteuil en cuir havane patiné par le temps. Une émotion l'envahit, plus forte que ce qu'il aurait pu imaginer. Il caressa les accoudoirs, un geste qu'il avait vu faire mille fois. Puis il porta son regard sur les tableaux de Berthe Morisot mis en valeur par des éclairages discrets. Lui aussi appréciait ces peintures lumineuses.

Yohan s'attarda sur les objets familiers, le coupe-papier, le sous-main, les stylos, la lampe. Il semblait les redécouvrir. Sa mère avait ordonné que l'on ne touche à rien. Albert Nathan affectionnait particulièrement un calendrier en cuivre qui avait appartenu à son propre père et une pendulette d'officier, cadeau de mariage d'un lointain parent. Chaque jour, le chef de famille manipulait une petite molette pour changer la date du calendrier. Les mois étaient inscrits, recto-verso, sur six rectangles de bristol. Yohan remarqua que le temps s'était figé depuis la mort de son père. Il prit délicatement le calendrier et l'avança à la date du jour. Il remonta ensuite la pendule à clef et la mit à l'heure. Puis il ferma quelques secondes les yeux, écoutant le tic-tac qui égrenait de nouveau la vie.

Les deux jeunes Américains, assis en face de lui, l'observaient prendre possession d'un monde. Yohan se racla la gorge.

— Je vous remercie, vous m'avez sauvé la vie, et peut-être celle de mes frères qui auraient été achevés sans votre intervention. J'essaye encore de savoir ce qu'ils sont devenus, mais les hôpitaux n'ont pas l'intention de répondre à mon inquiétude. J'attends par contre un point de votre part. Vous m'avez déposé ici après 23 heures et vous ne réapparaissez que maintenant, presque sept heures plus tard. Expliquez-moi pourquoi, et surtout ne me racontez pas d'histoire. D'ailleurs, commençons par les armes. J'ignorais que vous en aviez.

Sydney et Denys, qui n'avaient pas l'air affectés par les événements de la nuit, se regardèrent et firent un mouvement de tête signifiant : « OK, on y va. » Sydney se lança :

— Les armes ont été fournies en off par un de nos amis de l'ambassade des États-Unis. C'était prévu. On les lui a rendues. À cette heure-ci, elles sont broyées. Il faut que rien ne vous arrive.

— J'ai remarqué que vous saviez vous en servir.

— C'est pour cela qu'on nous a choisis.

— Je vois. Il y a des caméras dans Paris, l'Alfa Romeo va être identifiée, si ce n'est déjà fait, et celui qui l'a louée aussi.

— Aucun risque, assura Denys. J'avais repéré exactement le même véhicule que le nôtre et m'étais permis d'emprunter son numéro d'immatriculation. Pas d'inquiétude de ce côté, l'Alfa a récupéré ses plaques d'origine et je l'ai également restituée ce matin. En même temps qu'elle, j'avais loué, mais dans une autre agence, une Tesla pour l'avoir en réserve. C'est cette voiture que nous allons utiliser à partir d'aujourd'hui.

— Vous avez pensé à tout.

— J'espère. On a pris une douche et on s'est changés. Nos vêtements sont dans un incinérateur. Si la police intervenait maintenant, nous pourrions passer tous les tests, nous n'avons aucun résidu de poudre sur nous.

* * *

Au même moment Éric Shen contenait difficilement sa colère. Il écoutait le compte rendu de la fusillade par Fang, qui y avait assisté, planqué dans un appartement de la rue de Presbourg.

— Un de mes gars en faction devant le restaurant a donné le top départ pour lancer l'opération quand il a vu la sécu des Nathan qui se positionnait pour les escorter.

— Ton gars, c'était un Chinois ?

— Non, bien sûr. J'ai choisi un mec qui ressemblait à un énième employé d'une boîte de sécurité. Il y en a des quantités devant les endroits à la mode. Personne ne fait plus attention à eux. J'en ai quelques-uns qui bossent bien.

— OK. Continue.

— Les scooters sont arrivés selon le plan prévu. Les types ont opéré un tir croisé sur les Nathan et leurs gardes du corps. Très vite, on les a éliminés. Par contre, les deux hommes de la protection de Yohan Nathan, qui étaient à l'écart, ont pris à revers deux des membres de mon équipe et les ont abattus. Ils ont ensuite fait feu sur les trois autres. Un seul a pu se sauver.

— Conclusion, Fang, tu as foiré l'opération.

— Mes exécuteurs venaient des Pays-Bas, temporisa celui-ci. Ils n'ont jamais été arrêtés par les Néerlandais. Ni leur ADN ni leurs empreintes digitales ne figurent dans aucun fichier. Ils resteront des inconnus pour la police française. Impossible d'établir un lien entre eux et vous.

— Je souhaite pour toi que ton analyse soit juste. Parle-moi des Blacks qui protègent Yohan Nathan.

— J'avoue avoir été surpris par leur réactivité. On aurait dit un commando des forces spéciales.

— Je te paye cher pour ne pas être surpris. Si les Nathan s'en sortent, tout est à refaire. Tu ne mesures même pas les conséquences de ce qu'un tel échec impliquerait.

* * *

Six heures cinquante. Dov se présenta à la villa. Encadré par les Américains, Yohan Nathan l'accueillit dans le bureau de son père. Longue poignée de main entre les deux hommes. Une lampe diffusait une lumière chaude, elle donnait à la pièce une ambiance intime. Dov attendit que Yohan lui désigne un siège pour s'asseoir. Il observait la maturité du plus jeune des Nathan. *C'est comme si la fusillade l'avait transformé*, songea-t-il. Les deux gardes du corps se tenaient debout, appuyés contre la porte, derrière Dov.

— Dov, avant tout, je vous remercie, car cette nuit vous m'avez sauvé la vie. Je vous en suis très reconnaissant.

— C'est normal, monsieur Nathan.

— Vous m'avez fait un rempart de votre corps, au péril de votre vie. Vous en avez conscience ?

— Dans ces moments-là, on ne se pose pas de question.

Yohan Nathan regardait le chef de la sécurité qui ne manifestait aucune émotion, ou peut-être la satisfaction du travail bien fait.

— Hier soir, ma famille a failli être anéantie. Je ne cesse d'y penser. J'ignore si mes frères ont survécu, mais il faut parler de l'avenir. Qui a commandité notre élimination ?

— Les Chinois, sans aucun doute.

— Savez-vous qui sont Avi Richter et Guo Tran ?

Signe de tête affirmatif de Dov.

— Ils m'ont fait venir exprès de New York pour s'entretenir avec moi. J'avais reçu des assurances de leur part. Soi-disant, la guerre entre nos communautés était enterrée.

— Visiblement, une de leurs familles a décidé de se passer de leur autorité et continue sa vengeance.

— Vous envisagez quelqu'un en particulier ?

— Éric Shen. Il n'a pas les épaules pour prendre la succession de son père Shen Li, abattu sur ordre de votre frère, mais il veut affirmer son autorité sur le clan de Sun Hao, aujourd'hui piloté par sa fille Jasmine.

— On ne s'en sortira jamais.

— Voulez-vous que je réplique ?

— Certainement pas. Je pense avoir d'autres moyens pour ramener Éric Shen à plus de raison. Je vais régler cette question avec Guo Tran et Avi Richter.

— Je suis à votre disposition si vous changez d'avis.

Yohan Nathan apprécia le côté rassurant, protecteur de Dov et sa fidélité à toute épreuve. Dov, l'« ours » en hébreu, que Yannis surnommait en privé « nounours ». La quarantaine, deux mètres, cent kilos de muscles, courageux et furieux comme une armée entière, des battoirs à la place des mains, capable de tirer avec deux armes automatiques à la fois. Mais aussi Dov avec un regard bon et un sourire chaleureux. Un nounours, admit Yohan.

— Dov, pourquoi avez-vous souhaité me rencontrer ?

Le ton qu'adoptait Yohan à son égard différait de celui de Yannis. Le vouvoiement courtois remplaçait le tutoiement brutal. Dov fut touché par cette marque de politesse.

— Vous savez qui sont Rudy Meïr, Jérémy Abitbol et les frères Cohen ?

— Ce sont les assassins de mon père. Yannis me l'a appris récemment.

— Ils ont aussi flingué Sun Hao, croyant qu'il s'agissait de Shen Li. Je sais qu'ils prévoient d'abattre votre frère Yannis qui désire, plus que tout, venger votre père. Il représente un réel danger pour eux. Sauf que je connais leur planque.

— La police pourrait se charger de ces hommes ?

— Elle n'a, selon moi, aucune preuve et n'en aura jamais aucune. Sauf si un des quatre se mettait à parler, ce qui est impossible.

— Je vois.

— Monsieur Nathan, si vous l'acceptez, je vais reconstituer des équipes. Si vos frères, grâce à Dieu, s'en sortent, il faudra qu'ils soient entourés. Et vous aussi.

— Ma famille, si je m'en tiens aux événements de la nuit, n'existe pratiquement plus, Dov. À ce jour, je suis le seul encore debout. Je doute que vous ayez des candidats.

— J'ai mon idée. Rien n'est perdu, monsieur Nathan. Laissez-moi faire, s'il vous plaît.

Le jeune homme donna son accord d'un simple mouvement de tête.

— Merci, que Dieu vous bénisse. Une dernière chose, si vous avez besoin de moi, je suis là.

Une heure plus tard, Yohan Nathan appela Louis Thomas, l'avocat de Yannis. Aucune chance que qui que ce soit intercepte la conversation à partir de son portable américain.

— Je vous attends à 9 heures à la villa. Nous irons ensemble à la police judiciaire. Je veux m'expliquer sur ma présence, hier soir, pendant la fusillade. Je n'ai rien à me reprocher. Ne pas me manifester serait un aveu de culpabilité.

Quand Louis Thomas raccrocha, il n'en revenait pas du ton comminatoire sur lequel Yohan Nathan s'était adressé à lui. Et le plus extravagant, c'est qu'il avait accepté l'ordre sans broncher. La surprise, peut-être.

* * *

Huit heures trente. Jasmine Sun téléphona à Éric Shen via une application sécurisée.

— Éric, il faudrait que l'on se voie rapidement, dans la matinée ce serait l'idéal. Nous avons des choses à caler. Qu'en dis-tu ? Choisis l'endroit, si tu veux.

La jeune femme s'exprimait avec des intonations amicales.

— D'accord. Je te propose que l'on se retrouve dans une heure dans mon restaurant de la rue de Belleville.

— J'y serai.

Éric Shen appela tout de suite Fang.

— On va à Belleville avec le Range.

— Je prends du monde ?

— Le chauffeur, toi et un de tes gars, ça suffira.

Lorsque les quatre hommes descendirent dans le garage, Éric Shen consultait ses mails tout en marchant. Le chauffeur s'installa et démarra, le garde du corps prit place à l'avant. Fang ouvrit la portière arrière droite à son patron qui s'assit sans s'apercevoir du pistolet pointé sur sa tempe. La balle lui traversa la tête. Pour faire bonne mesure, le chef de la sécurité tira encore à quatre reprises. Ni le chauffeur ni le garde du corps ne firent un mouvement.

— Brûlez la voiture et le corps.

Quand le Range Rover quitta la demeure d'Éric Shen, Fang contacta Guo Tran pour lui rendre compte de la bonne exécution de ses instructions. Jasmine Sun reçut également confirmation de l'élimination d'Éric Shen.

25

8 heures 30. Les policiers bossaient non-stop et carburaient aux cafés pour venir à bout de la liste des premières actions à mener qu'ils avaient constituée une heure et demie plus tôt. Interpeller Éric Shen et Jasmine Sun. Vérifier les alibis qu'ils ne manqueraient pas de faire valoir. Mettre un nom sur le quatrième homme qui s'était évaporé pendant la fusillade. Récupérer les images des dispositifs de surveillance de la préfecture de police. Les occupations étaient nombreuses après les événements de la veille.

Julien Caucher lança les enregistrements des caméras positionnées avenue de la Grande-Armée, place de l'Étoile, et dans les avenues avoisinantes. Les vidéos défilèrent sur le mur d'écrans de la salle de commandement de la PJ. Paul Dalmate et ses équipes scrutaient les moindres détails, déçus que la fusillade ne figure sur aucun des plans. La hauteur des arbres masquait la rue de Presbourg. En revanche, ils virent les démarrages en catastrophe de l'Alfa Romeo et de la Mercedes, sans pour autant pouvoir identifier les passagers. Ils perdaient la trace des véhicules, dans le 7e arrondissement pour la première, et dans le bois de Boulogne pour la seconde. Des arrêts sur image montrèrent les numéros d'immatriculation. L'un renvoya à une société de Yannis Nathan et l'autre à un médecin de Versailles. Étonnement du commandant qui sollicita la PJ de Versailles pour s'assurer de cette information. En attendant, il ordonna les interpellations de Jasmine Sun et d'Éric Shen.

Neuf heures cinquante. Yohan Nathan sondait du regard Paul Dalmate. Le nom de ce policier ne lui était pas étranger. M. Huang l'avait prononcé lors de leur longue entrevue. Le rencontrer ne le laissait pas indifférent. *Il connaît notre histoire familiale, celle des Chinois et, surtout, celle de Zhang. C'est un homme qui pourra être accessible à une discussion le moment venu*, songea-t-il. De son côté, le commandant jaugeait Yohan Nathan, visage relevé, menton volontaire, regard direct, costume bleu marine, visiblement sur-mesure, chemise blanche, cravate. Une autre dimension que ses aînés.

— La présence de votre avocat est inutile, sauf si je suis amené à prendre une mesure de garde à vue à votre encontre. Je vous écoute.

— Comment vont mes frères ? Je n'ai aucune nouvelle. Où sont-ils ?

— À l'Hôtel-Dieu, sous protection policière. Pronostic vital engagé. Ils ont été atteints de plusieurs balles. Les médecins les ont placés sous coma artificiel.

— Ma mère est aux États-Unis, je ne l'ai pas encore prévenue.

— Ce serait plus prudent qu'elle vous rejoigne, vu la situation.

Julien Caucher fit signe à son supérieur qu'il était prêt pour l'audition. Celle-ci dura près de trois heures. Le jeune homme avait réponse à tout et précisait de nombreux points. Il relata le dîner prévu avec ses frères, ignorait qui était Étienne et manifesta un réel étonnement quand il apprit que c'était un policier. Il revint plusieurs fois, à la demande de Paul Dalmate, sur la description de la scène de la fusillade telle qu'il l'avait vécue, mais passa sous silence le rôle des deux jeunes Américains. Paul Dalmate avait imprimé, depuis Google Maps, des photos de la rue de Presbourg ainsi qu'un plan de la place de l'Étoile et des avenues alentour. Yohan Nathan marquait avec un crayon ses positions au fur et à mesure de ses déclarations.

— Redites-moi par quel moyen vous êtes arrivé au restaurant.

— À pied. Auparavant je m'étais promené sur les Champs-Élysées.

— Parlez-moi de nouveau de la fusillade. De votre point de vue, comment ça s'est déroulé ? Vous êtes, pour l'instant, notre seul témoin direct.

— Je vous l'ai déjà dit. Le dîner terminé, nous avons descendu l'escalier. Je me trouvais dans le renfoncement près de la sortie, mes frères et Étienne étaient devant moi, c'est pour cela qu'ils ont été touchés en premier quand on nous a tiré dessus.

— D'accord. Aussitôt, les gardes du corps de votre famille ont riposté. Trois y ont d'ailleurs laissé leur vie. Mais quatre de vos agresseurs ont été abattus. D'après les douilles récupérées, un membre de votre sécurité a arrosé depuis la porte d'entrée. Vous deviez, logiquement, être derrière lui. Ce type a disparu. Qui est-ce ?

— Ce n'est pas comme ça que j'ai perçu les choses, commandant. La fusillade a duré, peut-être, une minute maximum. Le temps que je passe à la décrire est plus long que ce que j'ai vécu. Les sensations sont indescriptibles.

— C'est toujours comme ça. Je me permets pourtant d'insister : qui est la personne qui vous a, en quelque sorte, protégé ?

— Je n'en sais rien. Je suis arrivé des États-Unis il y a moins de trois jours pour régler des questions successorales, je ne connais pas l'entourage de mes frères.

— Admettons. Mais je ne saisis toujours pas comment vous réchappez à ce carnage. J'ai besoin que vous m'éclairiez.

— J'ai paniqué. Je me suis enfui en courant, sans réfléchir.

— Soyez plus précis, je ne parviens pas à reproduire cette séquence telle que vous la relatez. C'est presque trop simple.

— Vous n'imaginez même pas la terreur que c'est d'être la cible de tueurs qui veulent vous assassiner ! Ça tirait de tous les côtés sans discontinuer, mes frères sont tombés devant moi ! J'étais dans un état second, c'est l'instinct de survie qui a primé. Je m'attendais à tout moment à recevoir une rafale dans le dos quand je me suis sauvé. J'ai sauté dans le premier taxi qui passait. C'était, je crois, dans une avenue proche de l'Étoile. Et je suis rentré à Neuilly. Là, j'ai retrouvé mon calme progressivement.

— Et puis ?

— J'ai appelé, vers 2 ou 3 heures du matin, tous les hôpitaux de Paris pour savoir où étaient Yannis et Franck, mais personne n'a voulu me répondre.

— Comment avez-vous payé le taxi ?

— En espèces.

— Je dois dire que j'ai du mal à accréditer cette version, monsieur Nathan. Vous vous doutez bien que je vais tout faire pour vérifier vos déclarations. Je pense que la prochaine fois que vous pénétrerez dans ce bureau, la présence de votre avocat sera plus que nécessaire. Veuillez me remettre votre passeport, le retour aux États-Unis ne sera pas pour tout de suite.

Yohan Nathan se sépara de son passeport français et garda l'américain. Paul Dalmate livra ensuite son point de vue à ses équipes : « C'est certain qu'il nous balade sur la façon dont il est arrivé au restaurant et surtout dont il en est reparti après la fusillade. À tous les coups, il était dans l'Alfa, mais avec qui ? Le reste semble à peu près cohérent. »

La PJ de Versailles confirma la quasi-certitude des policiers de la brigade criminelle sur l'Alfa Romeo. La voiture appartenait bien à un médecin qui, au moment de la fusillade, dînait avec des amis à Louveciennes. Le ticket de carte bancaire et le voiturier de l'établissement écartèrent toute implication de cet homme. Piste fermée.

Quinze heures. Jasmine Sun pénétra dans les locaux de la PJ. Avant de se rendre dans la salle d'audition, Dalmate, en même temps qu'il écoutait le compte rendu de l'officier qui avait conduit l'interpellation, regardait la jeune femme à travers la glace sans tain. Aucune émotion ne transparaissait d'elle. À l'évidence, elle n'était pas affectée par la situation. Elle sacrifiait pourtant son brunch hebdomadaire et le lèche-vitrines rue du Faubourg Saint-Honoré. *Il y en aura d'autres*, pensa-t-elle avec fatalisme. Elle espérait que sa journée de golf, le lendemain, à Saint-Nom-la-Bretèche, ne serait pas compromise.

— Elle n'a pas quitté son domicile depuis 20 heures hier soir. Le gardien est formel et je l'ai vérifié sur l'enregistrement vidéo de sa résidence qui couvre l'entrée et le parking souterrain.

— La perquisition ?

— Strictement rien. Ni arme, ni fric, ni quoi que ce soit. Pareil dans son bureau d'Aubervilliers. On a saisi les ordinateurs du secrétariat, de la comptabilité, son portable, sa tablette et son ordinateur perso. J'avais une équipe cynophile avec des chiens détecteurs de billets de banque. Une cinquantaine d'euros chez elle, autant dire rien. Du jamais vu chez des gens connus pour brasser des montagnes de cash à longueur de journée. C'est à n'y rien comprendre.

— Le ménage a été fait. Elle a pris ses précautions parce qu'elle est persuadée que la guerre avec les Nathan n'est pas terminée. Et puis, c'était logique qu'on fourre le nez dans ses affaires après la fusillade. Reste à savoir qui a commandité l'opération, elle ou Éric Shen.

En réalité, les flics étaient passés à côté du petit coffre-fort, sans molette ni serrure apparentes, dissimulé dans un placard d'une cuisine de très grand luxe, derrière une pile d'assiettes. Il renfermait de l'argent dans un sac étanche, un disque dur crypté et des portables sécurisés.

— Bonjour, commandant Dalmate, dit-elle avec un sourire non feint dès que le policier mit un pied dans la pièce. Que se passe-t-il ?

L'audition de la jeune femme dura un peu plus d'une heure. Pas de garde à vue. Jasmine Sun repartit libre. Pour évacuer cette séquence, elle se fit conduire dans le patio de l'hôtel *Prince de Galles*, avenue George-V, où elle dégusta une pâtisserie accompagnée d'un thé. Elle ignora deux Moyen-Orientaux qui fumaient le cigare et avalaient des whiskys tout en la dévorant des yeux.

Seize heures. Où était passé Éric Shen ? L'équipe chargée de son interpellation était rentrée bredouille. Ni chez lui ni à son bureau. Un employé de maison, du nom de Fang, certifia aux officiers que son patron s'en était allé précipitamment en début de matinée avec son Range Rover. Il leur communiqua la couleur et l'immatriculation de la voiture. « À rechercher en priorité. » L'identité d'Éric Shen et les caractéristiques du véhicule furent diffusées dans les bases de données Schengen, accessibles à tous les services de police et de gendarmerie européens.

Dix-sept heures. La police scientifique livra son verdict. Empreintes digitales et ADN inconnus des quatre Asiatiques abattus. Les résultats des relevés d'empreintes sur la centaine de douilles récupérées sur les lieux de la fusillade ne seraient, quant à eux, pas disponibles avant une quinzaine de jours. De son côté, le médecin légiste formula ses premières conclusions sur les cadavres : « Ils étaient âgés d'une vingtaine d'années, deux d'entre eux portaient des cicatrices anciennes de coups de couteau reçus au thorax, ils avaient le haut du corps recouvert de tatouages. Je vous enverrai les photos par mail, c'est peut-être une piste à exploiter pour les identifier. »

L'IMSI-catcher qui avait suivi la voiture de Yannis Nathan ne donna rien non plus. Aucune communication émise à partir d'un téléphone dont la police ignorait le numéro. *C'est impossible*, se dit Paul Dalmate. *Ce serait bien la première fois que des voyous n'utilisent pas des portables prépayés à usage unique*. Pris d'un doute, il consulta la feuille de présence émargée par la cinquantaine de policiers qui avaient assisté à son dernier point de situation. Il surligna en jaune le nom d'Étienne Bailly et fit le rapprochement avec les soixante mille euros découverts sur ce type après le dîner avec les Nathan. *J'aimerais vraiment que tu t'en sortes, ne serait-ce que pour que tu t'expliques.*

Vingt-quatre heures après la fusillade. Paul, assis sur un tabouret chez son ami l'épicier tunisien, buvait une bouteille d'eau et mangeait des dattes, trop épuisé pour rentrer chez lui et se préparer un dîner. La télé, calée sur une chaîne d'info, rediffusait en boucle les mêmes images que celles de la nuit précédente, SAMU, ambulances, véhicules de police, témoignages recuits. Autant dire rien. Des « experts » se relayaient sur les plateaux en pérorant.

— Omar, est-ce que tu peux zapper ?

— Bien sûr, acquiesça-t-il, suffisamment perspicace pour ne pas s'étonner de cette requête.

Une chaîne musicale succéda au ton grave des pseudo-experts. Dalmate sentait le sommeil le gagner, et ce n'était pas avec ce week-end qui commençait qu'il se reposerait. Il avait en effet donné rendez-vous à ses équipes dès le lendemain à 9 heures. En attendant, il écoutait avec plaisir Omar s'enthousiasmer du recrutement du PSG « qui allait tout rafler cette année ». Cela lui changeait les idées après ces dernières heures parmi les morts, les blessés et les menteurs. Soudain, le vibreur de son téléphone lui fit quitter l'épicier et la ligue 1 de football. Il s'agissait de l'état-major.

— Bonsoir, Paul, je ne te réveille pas, n'est-ce pas ? demanda la voix amicale de Léa Casanova, capitaine de permanence.

— J'espère surtout que je pourrai dormir après ton appel.

— À toi de voir. La PJ de Reims vient de nous aviser. Ils ont reçu un signalement anonyme concernant la présence d'une voiture et d'un cadavre carbonisés dans la forêt près de l'étang de Nanteuil. Pour être bien sûr que les collègues avaient enregistré le message, la personne l'a répété deux fois.

— Je parie que c'est un Range Rover, soupira le commandant.

— Gagné. L'immatriculation, qui restait lisible à l'avant du véhicule, a confirmé que c'était bien celui que tu recherchais. Selon la PJ, la dépouille, sans doute un homme, a été touchée à cinq reprises à la tête.

— Recontacte les collègues, remercie-les pour leur aide et donne-leur le feu vert pour qu'ils traitent la scène de crime. Demain matin, je règle le déplacement avec le magistrat et j'envoie une équipe. Bonne nuit, Léa.

Paul transmit un mémo au commissaire Martin Villeneuve : « Un appel anonyme à la PJ de Reims leur a indiqué l'endroit où se trouvaient un corps et un véhicule calcinés. Il s'agit vraisemblablement d'Éric Shen. Je parierais pour un règlement de comptes interne aux Chinois. Ils voulaient qu'on découvre le cadavre. À mon avis, c'est une des étapes qui doit mener à la recomposition des clans. »

26

Samedi. Cinq heures cinquante-cinq. Roissy. Arrivée du vol Air France en provenance de New York. Yohan Nathan, sous l'œil attentif de Sydney et Denys, accueillit sa mère qui s'effondra dans ses bras. La veille, Esther avait décroché à la première sonnerie. Deux mots, quatre syllabes, une intonation. Elle avait compris immédiatement le drame dans le « bonjour, maman » et s'était effondrée. Son fils avait essayé de la rassurer, de maintenir l'espoir, disant que rien n'était perdu. Éplorée, elle avait répété, encore et encore : « Je n'ai plus que toi, Yohan. Ne m'abandonne pas. » Il lui avait alors parlé pendant plus d'une heure pour tenter de la calmer : « Maman, je m'occupe de tout. Je viens de vérifier sur Internet, tu as un vol à 16 h 30 qui atterrit aux alentours de 6 heures à Roissy. Il y a des places, je prends le billet et tu le retireras au comptoir d'Air France. Je viendrai te chercher. Tu verras, tout ira bien. »

En pénétrant dans la grande villa, il sembla à Esther Nathan qu'elle y revenait après des siècles. Yohan regardait sa mère, amaigrie, éprouvée par les deuils et par l'incertitude planant sur les vies de Yannis et Franck, suspendues à un fil. *Elle ne va jamais tenir le coup.* Quand il lui demanda, avec douceur, si elle désirait prendre un petit-déjeuner, elle tressaillit.

— Je ne pourrais rien avaler. Je vais aller me reposer. Tu sais, Yohan, cette maison a toujours respiré la vie, il y avait sans cesse du mouvement, ici. Parfois trop. J'entendais ton père, de sa voix forte, discuter au téléphone ou se quereller avec tes frères. Même ces disputes me manquent, parce qu'elles n'étaient pas réelles. Les déjeuners et les dîners avec des invités s'enchaînaient. Les enfants de Richard jouaient ici le mercredi. Je ne reconnais plus cet endroit. Son silence me fait peur. Je n'arrête pas de prier notre Dieu miséricordieux pour qu'il épargne Yannis et Franck.

— Tu verras, maman, petit à petit, tout ira mieux. Mes frères vont s'en sortir.

— J'aimerais que tu aies raison, mais je sais que tu veux me rassurer.

— Tu as l'air si fatiguée. J'ai contacté ton docteur. Il connaît notre situation, il va arriver.

Le médecin administra un calmant à Esther Nathan, qui, conjugué aux effets du décalage horaire, la plongea dans un profond sommeil.

Dix heures trente. Joseph Dray, Lucien Teboul, Ely Smadja et Max Darmon patientaient, debout, dans le grand hall de la villa à Neuilly. Yohan Nathan, après une vingtaine de minutes, demanda à un employé qu'on les conduise jusqu'à lui.

— Monsieur Nathan va vous recevoir, si vous voulez bien me suivre.

Cette phrase eut le don d'exaspérer les visiteurs, surtout Joseph Dray qui ne put s'empêcher de marmonner : « Mais pour qui il se prend, le petit. » Le jeune homme, costume sombre, les attendait dans le bureau de son père. Il se montra froid et distant. Les chefs de clan arboraient des mines de circonstance. Horrifiées, en l'occurrence. Yohan, de la main, mit un terme aux débordements, aux « quels malheurs », « comment c'est possible », « votre pauvre mère », « quelle épreuve » et autres formulations de ce genre.

— Je vous remercie de vous être déplacés pour me témoigner votre soutien et me transmettre vos condoléances. J'en ferai part à ma mère, elle se repose.

— C'est normal, Yohan, répondit Joseph Dray. On est tous soudés. Tu as l'âge de mon plus jeune fils et ton père et moi étions comme deux frères. Je devrais dire plutôt que nous étions comme cinq frères, avec nos amis ici présents. Alors on va se tutoyer.

— Je vous renouvelle mes remerciements pour votre compassion. Vous aviez autre chose à me communiquer ?

Ambiance polaire. Les « amis » ne savaient plus quoi dire.

— Nous sommes là, reprit finalement Dray, les mâchoires serrées, parce qu'on pense que, avec votre père et vos trois frères disparus, ça va être très compliqué pour vous de gérer les affaires. Je crois savoir qu'en plus vous habitez aux États-Unis. Alors voilà ce que nous…

— Pardonnez-moi de vous interrompre, mais Yannis et Franck ne sont pas morts, vous allez un peu vite en besogne. Et, de toute façon, je ne vois pas où sont les difficultés. Cela fait plusieurs mois que je suis au fait des investissements et du fonctionnement des entreprises de ma famille. Je n'ai pas l'intention d'abandonner le navire dans de pareilles circonstances.

À tour de rôle, chacun du « Club des Quatre », comme les surnomma plus tard Yohan Nathan, essaya sans conviction de présenter sous un jour favorable une association d'intérêts. Leur hôte regarda ostensiblement la pendulette, puis sa montre, se leva et mit fin à l'entretien.

— Merci, vraiment, de vous être déplacés pour me proposer votre aide. Je vais vous faire raccompagner.

Aussitôt, les deux Noirs américains, qui dominaient de plus d'une tête les chefs de clan, les escortèrent jusqu'à la sortie de la villa. Ils montèrent dans leur voiture, encore sous le coup de cette courte discussion, et admirent, sans se concerter, que la donne avait changé. À partir de ce jour, les quatre hommes, sidérés de l'audace et de la froideur de Yohan Nathan, ne l'appelèrent plus entre eux « le petit Nathan ». Sans se l'avouer, ils avaient eu l'impression de revoir le jeune Albert Nathan.

Dès qu'il fut seul, Joseph Dray chercha à joindre Éric Shen, en vain, ce qui décupla sa colère. Il jura comme jamais. Tout était en train de lui échapper.

Onze heures. Yohan Nathan recevait par mail des dossiers complexes du cabinet d'avocats new-yorkais qui l'employait. *Je ne vais pas fermer l'œil pendant des nuits*, songea-t-il en les découvrant. Il avait prétexté un empêchement lié à la succession de son père pour retarder son départ, mais avait assuré qu'il demeurait disponible. Alors qu'il était en pleine réflexion sur un de ces dossiers, Sydney le dérangea. Dov, accompagné d'un autre gars, insistait pour être reçu.

— On les a fouillés, ils sont clean.

Yohan acquiesça. Il porta son regard sur la personne qui entra dans le bureau juste derrière Dov. Le type, cheveux courts, athlétique, posture droite, costume, était visiblement un spécialiste de la sécurité. *Je ne suis pas le bureau de recrutement*, pensa-t-il. *Il faudra que j'explique à Dov que j'ai trop de travail pour gérer ça.*

— Monsieur Nathan, je vous présente Sacha qui nous a rejoints. Il a quelque chose d'intéressant à vous dire, c'est pour ça qu'il est là.

Yohan prononça deux mots de bienvenue et invita ses visiteurs à prendre place.

— Je vous écoute.

Sacha, qui faisait jusqu'alors partie de la protection rapprochée de Joseph Dray, rapporta l'entretien entre celui-ci et Éric Shen dans le restaurant du parc de Saint-Cloud. Il termina en rappelant sa fidélité à la seule communauté juive. Yohan Nathan le remercia et souhaita rester en tête à tête avec Dov.

— Dov, si ce que dit Sacha est exact, ça signifie que Dray tente de récupérer le business de ma famille et qu'il était d'accord pour renseigner Éric Shen sur Yannis. Jasmine Sun se trouve, elle aussi, dans le collimateur.

— Je ne doute pas de la parole de Sacha. Je le connais depuis pas mal de temps et, parfois, on boit des verres ensemble. Pour être transparent, il m'avait déjà raconté, sur le ton de la confidence, que Dray, Smadja, Teboul et Darmon se concertaient pour mettre la main sur vos actifs, comme ils disent. Je n'étais pas inquiet.

— Mais là, il était question de l'élimination de mon frère. Ce n'est plus du tout pareil.

— Voulez-vous que je m'occupe de Dray ?

— Non. Je le ferai à ma façon.

— Et pour Éric Shen ?

— Non plus.

— Monsieur Nathan, sans vouloir vous offenser, permettez-moi de vous dire que votre absence de réaction pourrait être interprétée comme de la faiblesse.

— Je le sais. Mais il existe d'autres moyens pour parvenir aux mêmes fins.

À cet instant, un WhatsApp détourna l'attention de Yohan. « Des événements regrettables nous forcent à vous revoir. Soyez disponible à 12 h 30. AR GT. »

27

Midi trente. La Tesla stationna devant l'Hôtel de Crillon. Denys s'assura de la sécurité des lieux avant d'ouvrir la portière à Yohan. À l'intérieur, ils étaient attendus. Deux types de la protection d'Avi Richter prirent le relais des deux Américains et escortèrent Yohan Nathan jusqu'à l'un des salons privés. Là, Avi Richter et Guo Tran, le visage préoccupé, parlaient à voix basse, debout, avec une jeune femme asiatique. Celle-ci observa le nouvel arrivant, lui tendit la main, et se présenta. Jasmine Sun. Robe de soie noire, maquillage discret, cheveux coiffés au carré, parfum subtil.

Une fois les portes fermées, tous les quatre s'assirent autour d'une table ronde. Avi Richter plongea son regard bleu dans celui de Yohan.

— Comment vont vos frères ?

— Je l'ignore. Placés en coma artificiel, leur pronostic vital est engagé. Je ne suis pas confiant quant à l'issue. Ils sont sous protection policière.

— Cela n'aurait jamais dû se produire, murmura Guo Tran. Nous sommes heureux de vous savoir sain et sauf.

Jasmine Sun gardait les yeux baissés.

— On m'a laissé entendre que la tuerie dont a été victime ma famille proviendrait d'un clan chinois.

Guo Tran et Jasmine Sun écoutaient avec attention Yohan Nathan qui s'exprimait sans haine ni colère. Avi Richter contemplait ses mains posées à plat sur la table. Ils attendaient la suite.

— Le nom d'Éric Shen m'a été rapporté. Je ne connais pas personnellement cette personne.

— Votre information est exacte. Le nécessaire a été fait, annonça de sa voix basse le vieux Chinois.

Yohan Nathan hocha imperceptiblement la tête.

— Il souhaitait, m'a-t-on dit, vous réserver le même sort, mademoiselle Sun, ajouta celui-ci.

Silence. Échange de regards sans animosité entre les deux jeunes gens.

— Voyez-vous, reprit Avi Richter, nous pensions que notre venue aurait mis un terme à cette guerre incompréhensible. Force est de constater que, malgré ce que nous avons exigé de votre frère Yannis et d'Éric Shen, la violence a continué.

— Nous ne pouvions plus assister au cycle infernal de la vengeance sans réagir, chuchota presque Guo Tran.

L'Israélien marqua un temps pour donner plus de poids au message qu'il adressa à ses hôtes :

— L'histoire fondatrice de nos familles est primordiale. Nous avons mandaté M. Huang pour que vous en soyez les seuls dépositaires. Vos arrière-grands-parents, Léon Nathan et Sun Hao, ont partagé souffrances et espoirs avec nos pères, avec Shen Li, mais aussi avec ces formidables Noirs américains et d'autres Juifs courageux. Zhang, cet homme céleste, juif et chinois à la fois, a été notre dénominateur commun. Grâce à lui, nos communautés se sont unies alors que la mort emportait, chaque jour, des milliers de vies. Aujourd'hui, il vous appartient à l'un et à l'autre, car vous êtes les héritiers de l'histoire, de renouer des liens apaisés. À personne d'autre.

Avi Richter et Guo Tran laissèrent implicitement la parole à Jasmine Sun et Yohan Nathan.

— Merci de votre confiance et de l'honneur que vous me faites, répondit posément la jeune femme. Soyez assurés que je ferai tout mon possible pour me montrer à la hauteur de cette mission.

Silence de Yohan Nathan, qui regardait alternativement les deux grands chefs mafieux. Il réfléchissait.

— Monsieur Nathan, insista le vieux Chinois, nous sommes toujours dans l'attente de votre retour sur les propositions que nous vous avons faites avant-hier. Depuis, vous avez vécu une tragédie qui, il me semble, précipite votre prise de décision.

— J'ai encore besoin d'un peu de temps, expliqua, sans agressivité, Yohan Nathan. Mais je reprendrai contact avec vous demain matin sans faute.

Quatorze heures. Les jeunes gens traversèrent côte à côte le palace et s'arrêtèrent sur le trottoir devant leurs véhicules portes ouvertes, prêts à partir. Les Chinois de Jasmine Sun et les Noirs américains de Yohan Nathan, sur le qui-vive, attentifs aux moindres faits et gestes des uns et des autres, guettaient les réactions de leurs boss respectifs.

Yohan Nathan aida Jasmine Sun à enfiler son manteau, puis il boutonna le sien et releva son col. Ils se serrèrent ensuite longuement la main. Détente perceptible chez les gardes du corps.

— J'aimerais que nous travaillions ensemble, je suis sûre que les choses se passeraient bien.

— Je suis d'accord avec vous, mademoiselle Sun. J'envisage d'ailleurs d'accepter une partie de la proposition qui m'a été faite.

— Celle qui va consister à administrer la fortune de Zhang, j'imagine. Je comprends. Vous en avez la légitimité professionnelle et vos compétences lui donneront toute l'aura qu'elle mérite.

— En revanche, je dois réfléchir aux activités de ma famille. Celles qui sont directement connectées aux clans chinois, dont le vôtre, ne me satisfont pas.

— Je serais ravie que vous changiez d'avis. Nous pourrions entrevoir un avenir différent en unissant nos forces.

Jasmine Sun regarda les deux Noirs américains.

— Je vois que vous avez une protection différente de celle de votre père et de vos frères.

— Oui, ce sont les arrière-petits-fils des Hellfighters, mais je suis certain que vous l'aviez deviné. J'apprécie beaucoup ces hommes.

En partant, Jasmine Sun adressa, derrière la vitre de sa voiture, un léger signe de la main à Yohan, qui lui répondit d'un sourire.

Les deux chefs, une fois seuls, commentèrent, en déambulant dans les couloirs du palace, les réactions des jeunes gens. Ils espéraient que Yohan donnerait aussi son accord.

— Je n'ai pas de secret pour toi, Avi, et tu le sais. J'ignore combien j'ai éliminé de personnes, combien j'en ai fait éliminer et combien ont disparu dû au fonctionnement de ma triade. Plusieurs centaines probablement. Je n'ai jamais rien ressenti. Aucune émotion. C'était eux ou moi.

— Tao ? supposa l'Israélien.

— Oui, Tao. J'ai un chagrin immense. C'est la seule exécution que j'ai ordonnée qui me broie le cœur. Je me répète sans cesse que j'ai fait abattre Éric Shen, le petit-fils de Tao, mon ami.

— Tu n'avais pas le choix.

— Il m'a téléphoné pour me demander de l'aide. Je t'ai ensuite appelé, et notre venue à Paris, au lieu de tout pacifier, a, semble-t-il, précipité la violence.

— Cette violence, Guo, était trop profondément ancrée pour qu'on l'arrache. Sun Hao et Shen Li ont été abattus. Eux qui portaient le nom de leurs grands-pères avec tant de fierté. Chez les Juifs, même la mort fratricide a frappé. Il ne reste que Yohan Nathan qui hésite à reprendre le flambeau de son père, et pourtant c'est le seul qui en soit digne. L'espoir repose sur lui et Jasmine Sun. Je pense qu'aussi cruelle que soit la disparition d'Éric Shen pour Tao, elle mettra fin à cette guerre.

— Souhaitons-le. Demain, nous aurons la réponse du jeune Nathan, et il sera temps pour nous de regagner Jérusalem et Pékin.

* * *

Dix-sept heures. La petite chambre de Tao n'était éclairée que par une veilleuse qui dispensait une faible lueur. Le cœur du vieillard battait lentement. Allongé sur son lit, il respirait avec difficulté. Il ne regrettait pas d'avoir contacté Guo. Malgré le chagrin immense qu'il ressentait, il savait que c'était un mal nécessaire pour rétablir l'ordre. Que tout ça était juste. Son petit-fils avait commis une erreur et l'avait payé le prix fort.

Aujourd'hui, Tao acceptait avec soulagement et sérénité les derniers instants de sa vie. Cric savait aussi. Il s'approcha de son maître et lui lécha les doigts. Le vieillard posa sa main sur la tête de son fidèle compagnon, murmura « Bon chien » et s'éteignit.

28

Dix-huit heures. Brigade criminelle. Dernier point de situation de la journée. Les équipes de Dalmate ont les yeux braqués sur le triptyque couvert de photos de lieux, de voitures, de surveillances, de scènes de crimes, mais surtout de personnes. Celles barrées d'une croix rouge pour les morts, celles entourées de bleu pour les blessés. Partout, des flèches jaunes les relient les unes aux autres. À part, Dalmate a positionné les portraits de Meïr, Abitbol et des frères Cohen. Plus loin encore, celui de Yohan Nathan avec un gros point d'interrogation.

— Éric Shen supprimé, le message est clair. Les Chinois n'ont pas commandité la tentative d'assassinat sur les frères Nathan, c'était une initiative isolée du fils de Shen Li. Ils ont fait en sorte de régler le contentieux et que le corps soit vite découvert. Je n'ai pas imaginé une seconde que cette exécution soit imputable aux clans juifs. Les Nathan n'étaient pas en mesure de riposter et leurs amis laissent faire, ils se frottent les mains en voyant la famille dominante rayée de la carte.

— Et Yohan Nathan ? questionna Sylvie Guyien.

— Le plus intelligent de la fratrie. Il doit avoir cinq coups d'avance. J'ignore lesquels, mais les Dray et consorts ont du souci à se faire s'il décide de rentrer dans le jeu. Sauf événement particulier, nous, on reprend lundi. Merci à tous. Bon dimanche.

Alors que les équipes partaient, Paul Dalmate referma les panneaux à clef et demanda à Sylvie Guyien de rester quelques instants.

— Est-ce qu'Étienne Bailly a cherché à obtenir des informations sur les Nathan auprès de toi ?

— Il a abordé le sujet, oui, mais comme j'étais pressée et que je suis discrète, je l'ai gentiment éconduit. Il n'a pas été plus insistant que ça.

— Julien a envoyé des réquisitions bancaires, on en saura davantage dans les jours à venir. Je te parie que son compte ne fonctionne qu'avec les prélèvements obligatoires, loyer, électricité, assurances, etc., et que sa carte bancaire ne sert à rien. Il doit tout payer en cash avec le fric de la corruption.

— Je me souviens d'une affaire de cercle de jeux sur laquelle on a bossé. Les croupiers qui détournaient l'argent ne touchaient pas à leurs comptes. Pour certains, depuis des années. En audition, ils étaient très mal pour s'expliquer. Enfin bref, on va vite être fixés. Tu fais quoi, ce week-end ?

— Ce soir, j'ai envie de manger des huîtres avec du pain grillé et du beurre salé. Et de boire un verre de vin blanc. Après, j'irai sans doute au cinéma. Demain, je n'ai rien de prévu.

Il faut que je trouve un prétexte pour revoir Éléonore, pensa-t-il très fort.

* * *

Dix-huit heures. Esther Nathan buvait une tasse de thé à petites gorgées, assise dans un fauteuil du bureau de son mari. Elle observait son fils qui avait pris possession de cet espace sans presque rien déplacer ou modifier. Yohan souffrait de voir sa mère dévastée de douleur. Il hésitait à lui annoncer que le commanditaire du guet-apens qui les avait visés était mort, exécuté sur ordre du chef de la communauté chinoise. Il aviserait le moment venu. En revanche, il lui parla de son entretien avec Avi Richter, Guo Tran et Jasmine Sun. Esther Nathan, à la fin de son compte rendu, inclina la tête et ferma les yeux. Après plusieurs minutes, elle releva son visage et regarda son fils.

— J'ai beaucoup réfléchi aux propositions de ces deux hommes. Administrer la fortune de Zhang et relancer l'activité de ton père. Je ne me trompe pas, c'est de ça qu'il s'agit ?

— C'est bien ça.

— Tu dois accepter. Ce que ton père a bâti, même dans les circonstances que nous connaissons, ne peut pas disparaître du jour au lendemain. Je ne suis pas au courant de tout, comme tu l'imagines, mais je sais qu'il y a des commerces, de l'immobilier, des affaires honnêtes au milieu de tout le reste.

— Si je reprends le business de la famille, je le ferai à ma manière.

— C'est comme ça que je l'entends, mon fils. Et je m'aperçois que tu as commencé à t'engager dans cette voie, dit-elle en balayant la pièce d'un grand geste de la main. La façon dont tu as fait tien cet endroit, sans rien en changer, me le montre. Tu es quelqu'un de droit et de respectueux. Yohan, la mort a suffisamment frappé cette maison.

Vingt-trois heures trente. Yohan Nathan, qui discutait avec Sydney et Denys, vit débouler Dov sur l'écran de surveillance. Ce dernier, malgré l'heure tardive, sonnait avec insistance au portail de la villa.

— Désolé de vous déranger de nouveau, monsieur Nathan, mais y a un truc pas net qui se prépare.

Le chef de la sécurité raconta. Il avait positionné deux véhicules sur la planque de Meïr et sa bande pour connaître leurs intentions. D'après lui, avec ce genre de mecs, des jusqu'au-boutistes déterminés, il fallait faire gaffe. On ne savait jamais vraiment ce qu'ils avaient derrière la tête. Tant qu'ils ne seraient pas hors-jeu, il les considérait donc comme un danger pour le clan Nathan. Dov expliqua ensuite que l'équipe de Meïr était apparue dans l'après-midi et était montée dans la Peugeot 508 identifiée par Sam le Beau Gosse. La berline, conduite par Mika Cohen, avait roulé sans but précis, manifestement en repérage ou à la recherche de quelque chose. Ses gars avaient pu la suivre. Avec difficulté, mais sans jamais la perdre. En fin de journée, dans le nord de Paris, Meïr avait finalement volé un fourgon Renault et abandonné la 508 dans une ruelle tranquille. Et la camionnette, avec la bande au complet, s'était positionnée, sur les coups de 20 heures, rue de la Mouzaïa dans le 19e arrondissement.

— Ils s'apprêtent à enlever quelqu'un, c'est sûr.

— Qui ? demanda durement Yohan Nathan.

— Aucune idée. J'ai laissé mes mecs en planque pour le savoir. Ils sont en retrait, impossible qu'on les repère. On a aussi balisé le fourgon par précaution.

— Que voulez-vous dire ? s'étonna Yohan Nathan.

— On fait comme les flics. Les balises s'achètent sur Internet. C'est facile et, grâce à ça, on peut traquer les voitures de nos ennemis avec nos portables. On fait tous ça.

— Et là ?

— C'est sûr, c'était risqué. Mais comme il pleut, ils ne bougent pas du véhicule. J'ai envoyé un de mes gars poser la balise aimantée à l'arrière. Personne ne pouvait le détecter dans les rétros.

— C'est insensé. Pourquoi me prévenir si tard ?

— Je voulais être sûr que personne de chez nous n'habitait dans le quartier. Et je confirme : la cible, c'est quelqu'un d'autre.

— Qu'attendez-vous de moi ?

— Eh bien, je me suis dit qu'on avait dans le viseur, en pleine nuit, les assassins de votre père, alors…

— On ne bouge pas. Nous savons où ils se trouvent. Cela nous laisse le temps de réfléchir.

À cet instant, Dov regarda le message WhatsApp qui venait d'arriver sur son téléphone. Il mit quelques secondes pour admettre ce qu'il lisait.

— Ils ont enlevé Dalmate, le commandant de police.

29

Dimanche. Minuit quinze. Yohan Nathan demeura interdit, stupéfait par l'annonce de l'enlèvement du policier. Pendant que Dov lisait les WhatsApp qui se succédaient, il traduisit, pour Sydney et Denys, la situation en quelques phrases.

— Le fourgon est parti rapidement, renseigna le chef de la sécurité. Mes voitures le suivent à distance. Qu'est-ce qu'on fait ? Vous voulez prévenir les flics ? On peut leur donner la position du véhicule, c'est facile.

Yohan Nathan, silencieux, ne lâchait pas Dov du regard.

— Non. Nous allons rejoindre vos gars. Avertissez-les.

— OK. Nous avons tous des téléphones espagnols prépayés que l'on détruira tout à l'heure. Un conseil, monsieur Nathan, laissez le vôtre et ceux de vos Américains dans la maison.

Ses recommandations furent prises en compte. Quelques minutes plus tard, Dov conduisait la Tesla avec maîtrise et fonçait en direction de l'autoroute de l'Ouest pour rattraper les deux voitures de son équipe. Yohan Nathan était assis à l'avant, Sydney et Denys à l'arrière.

— Quelle est votre analyse, Dov ?

— Ils vont le flinguer et cramer le corps. Ils iront ensuite brûler la camionnette très loin de l'endroit où ils auront abattu Dalmate. Meïr sait ce que représente l'assassinat d'un flic. Au moindre soupçon sur leurs têtes, ils vivront avec une cible accrochée dans leur dos. Donc il fait le nécessaire pour qu'on ne remonte pas jusqu'à lui et sa bande.

Au bout de quarante minutes, la Tesla, qui faisait des pointes à plus de 200 km/h, arriva dans le sillage d'une Mercedes et d'une BMW qui roulaient à 140 km/h. Bref appel de phares pour se signaler.

— Le fourgon est à environ cinq cents mètres devant nous, constata Dov. Il ne peut pas nous détecter, et on ne peut pas le perdre.

Yohan Nathan échangeait régulièrement avec Sydney et Denys. Dov ne comprenait pas un seul mot de ce qu'ils se racontaient. Il ne percevait que le ton interrogatif des Américains et celui affirmatif de Yohan Nathan, son patron.

— Il prend la direction de Rambouillet. Il va fumer le flic dans la forêt.

— Dov, doublez vos équipes et passez-moi votre portable que je regarde la progression du fourgon balisé.

Le jeune homme observait le point sur le GPS du smartphone et le comparait à la cartographie qui s'affichait sur le grand écran de bord de la Tesla. Le fourgon ralentit et s'engagea sur une voie en terre.

— Coupez les phares, on va quitter la route principale et prendre un chemin parallèle. Yohan désignait du doigt l'itinéraire sur le GPS de la voiture.

La consigne fut aussitôt transmise à la Mercedes et à la BMW. Yohan continua d'indiquer l'itinéraire, délivrant des informations précises pour être efficace.

— Dans trois cents mètres, le fourgon arrivera dans une clairière, le chemin ne va pas plus loin. Dov, accélérez, il faut que l'on parvienne à destination avant eux.

Les trois voitures allaient aussi rapidement que le leur permettaient les ornières et l'obscurité. La lune, sans être pleine, diffusait une lumière blanchâtre qui leur offrait un peu de visibilité.

— Arrêtez-vous, ordonna Yohan. La clairière est à deux cents mètres sur la gauche.

Quelques secondes plus tard, ils descendirent des voitures sans refermer les portières, sauf celles de la Tesla. Personne ne parlait, attendant les ordres de Dov qui se tourna vers Yohan Nathan.

— Vous êtes armés ? demanda celui-ci.

Signe de tête affirmatif. Dov s'adressa à voix basse à l'un de ses gars qui se dirigea vers la BMW, ouvrit le coffre et en sortit un fusil. Les deux Américains remarquèrent que les ampoules des plafonniers, des portières et du coffre des véhicules de sécurité avaient été enlevées, les rendant indétectables la nuit. Ils trouvèrent l'idée ingénieuse et décidèrent de la mettre en pratique dès leur retour à New York.

Avec les deux Américains et Yohan, la troupe comptait neuf hommes. Ils progressèrent sans bruit. Dov et Yohan en tête. Puis, une trentaine de mètres devant eux, éclairés par les phares du fourgon, ils virent Meïr qui examinait les lieux et Dalmate jeté au sol, dans un cri de douleur, par les frères Cohen.

— Il faut qu'on se rapproche, chuchota Yohan Nathan.

De là où ils se postèrent, ils entendirent Jérémy Abitbol dire : « Rudy, à toi de jouer et on se casse. » Les frères Cohen essuyaient en râlant leurs chaussures couvertes de boue. Abitbol trimbalait un jerrycan de vingt litres d'essence qu'il posa à côté de Dalmate. Et Meïr, sans se faire prier, colla le 9 mm sur l'oreille droite du policier. Dov regarda Yohan Nathan, qui approuva d'un léger signe de tête.

La détonation résonna dans toute la forêt. Des animaux détalèrent, d'autres s'envolèrent. Le crâne de Rudy Meïr explosa, percuté par la balle de calibre 7,62 mm. La stupéfaction des frères Cohen et de Jérémy Abitbol fut telle qu'ils se pétrifièrent pendant deux ou trois secondes, n'en croyant pas leurs yeux. Ils devinrent alors des cibles faciles pour le tireur au fusil qui leur logea à chacun une balle en pleine tête. Six secondes. Suppression de l'équipe au complet.

Silence. Yohan, qui se trouvait à proximité du sniper, déjà en train de récupérer les douilles éjectées, resta assourdi quelques instants sous l'effet des quatre détonations. Dov fit signe à ses gars de ne pas parler.

— Monsieur Nathan, ne restez pas là, murmura-t-il. Partez avec vos gars, je passerai à la villa quand tout sera fini.

30

Cinq heures. Yohan, Dov et les deux Américains prenaient un café dans le bureau d'Albert Nathan. Personne ne parlait. Chacun garderait en mémoire les quatre puissantes détonations qui ponctuèrent la fin des représailles. L'adrénaline ne refluait pas, elle maintenait les hommes éveillés. Finalement, ce fut le chef de la sécurité qui rompit le silence :

— Vous avez fait ce qu'il fallait, monsieur Nathan.

Aucune réaction du jeune homme face à cette affirmation.

— Que s'est-il passé après notre départ ?

À son tour, Dov, ne répondit pas immédiatement. Il réfléchissait aux mots qu'il allait employer.

— Après les tirs, mes gars n'ont pas dit un mot. C'était la consigne. Si le flic reste en vie, il fera tout son possible pour se rappeler ce moment où il a failli mourir. Autant qu'il n'ait aucune info. Seule la forêt connaît l'histoire.

Yohan comprit qu'il ne saurait rien de plus. Plus jamais il ne posa de questions sur la nuit où il devint chef du clan. Il s'en tiendrait à une seule version si, par le plus grand des hasards, la police venait à l'interroger : « Cette nuit-là, je n'ai pas bougé de chez moi. Mes gardes du corps, Sydney et Denys, non plus. Ma mère pourra le confirmer. »

Yohan Nathan regarda l'heure sur la pendulette.

— Je me rendrai à 11 heures au Crillon, annonça-t-il. Je vais prévenir mes interlocuteurs de ce rendez-vous. Dov, je souhaiterais que vous m'y conduisiez également. Nous partirons d'ici vingt minutes avant.

Il traduisit ensuite cette même information pour les deux Américains et, une fois seul, envoya plusieurs mails cryptés aux États-Unis et d'autres à Paris, vers ce qu'il appelait « ses contacts ». Six heures à Paris, minuit à New York. Il était persuadé que la plupart de ses messages seraient lus très vite.

Neuf heures. Sydney et Denys rendirent la Tesla nettoyée de fond en comble à l'agence de location. Chez un autre loueur, ils choisirent une Mercedes Classe E de couleur noire.

Dix heures cinquante-cinq. Flanqué de Dov, de Sydney et Denys, Yohan se fit la réflexion, en parcourant le palace, qu'il commençait à être familier des lieux. Et il se moquait bien que le concierge de l'hôtel renseigne la police sur les visiteurs que recevaient Avi Richter et Guo Tran. Il n'avait rien à cacher à personne.

Même salon que la veille. Avi Richter et Guo Tran, tels de vieux sphinx, observaient attentivement Yohan Nathan qui serrait la main de Jasmine Sun. Jamais ils ne purent décrypter, avec exactitude, l'attitude du jeune homme ce matin-là. En revanche, malgré le masque imperturbable qu'affichait son visage, et le calme apparent de ses gestes, ils surent avant même qu'il ne parle qu'il accepterait de gérer la fortune de Zhang, mais, surtout, qu'il était prêt à s'emparer des rênes du clan. La première étape.

Midi et demi. Yohan et sa mère déjeunèrent à la villa. Il lui fit part de ses décisions après sa dernière rencontre avec les deux vieux chefs. Il rassura sa mère et lui redit sa conception différente quant à la gestion des affaires de la famille. Esther savait que Yohan allait affronter des vents contraires, mais ne voulait pas lui partager ses inquiétudes. Elle pressa la main de son fils et murmura : « Que Dieu te protège. »

* * *

Quatorze heures. Paul Dalmate reprenait à peine connaissance, le cerveau embrumé. Il devina, malgré la vision floue de son œil valide, qu'il était dans une chambre d'hôpital. L'odeur caractéristique des désinfectants le lui confirma. Il ne pouvait remuer ni les bras ni les jambes, sa tête semblait prise dans un étau et il avait la gorge extrêmement sèche. Il ne se rappelait pas bien.

L'enlèvement. Meïr et sa bande. La forêt. Il avait entendu quatre coups de feu. Le silence était tombé autour de lui. Des pas s'étaient approchés. Il avait essayé, sans y parvenir, de se retourner pour voir. N'avait aperçu que des ombres qui l'entouraient. Puis tout s'était obscurci. Son visage avait été recouvert d'une cagoule. Il avait senti qu'on le soulevait de terre avec précaution, mais les douleurs avaient été tellement vives qu'il s'était évanoui.

Il se rendormit moins de trois minutes plus tard, oubliant à nouveau où il se trouvait. Tout était blanc et cotonneux.

31

Trois jours après avoir échappé à la mort, Paul Dalmate parvint, pour la première fois, à redresser le haut de son lit avec la télécommande. Être en position semi-assise lui parut une avancée considérable. Une pompe à morphine lui injectait régulièrement le précieux antidouleur qui lui donnait l'illusion de ne pas trop souffrir et une perfusion l'hydratait. Bilan de son excursion : une jambe et un bras cassés, de nombreuses côtes fêlées, le visage enflé, couvert d'hématomes, le nez et la mâchoire brisés. Et des difficultés à parler. Le chirurgien l'avait rassuré : « Rien de vital, tout reviendra dans l'ordre dans quelques mois. Pas d'inquiétude, juste de la patience. » *C'est une vision optimiste des choses*, avait songé Paul, qui ne pouvait s'empêcher de penser à Éléonore. *En tout cas, il vaut mieux qu'elle ne me voie pas dans cet état.*

Jusque-là, il avait passé quasiment tout son temps à dormir, mais, maintenant que la fatigue s'estompait, il était content de voir Sylvie Guyien et Julien Caucher. Tous les deux se tenaient, debout, de part et d'autre du lit. Ils avaient apporté un bouquet de fleurs colorées.

— Les chocolats et les bouquins quand tu te seras remis, promit la lieutenante en souriant.

Ensemble, ils discutèrent un peu de tout et de rien. Julien, lui, avait plus de mal à masquer sa colère de voir son supérieur sur ce lit d'hôpital.

— Paul, tu te souviens de ce qui t'est arrivé ?

— Plus ou moins, murmura Dalmate. J'ai été enlevé par Meïr, Abitbol et les Cohen qui m'ont massacré à coups de batte de base-ball et embarqué dans un fourgon. Après je ne me rappelle pas grand-chose, je souffrais trop et je n'étais plus très conscient. J'ai eu l'impression que le voyage durait une éternité.

Dalmate s'interrompit pour demander à boire. Sylvie Guyien lui tendit un gobelet. Après avoir avalé quelques gorgées à la paille, il reprit :

— Je sais qu'on m'a jeté par terre. Je pense que j'étais dans un bois, ça sentait la terre et le vent secouait les branches des arbres. Impossible de dire où. J'ai entendu quatre coups de fusil tirés d'affilée. Je ne me souviens de rien d'autre.

— Quatre tirs. Meïr et ses acolytes ont vraisemblablement été abattus. Si on retrouve les corps, on aura de la chance, remarqua Sylvie Guyien.

— On verra bien. Comment je suis arrivé là ?

— Un taxi t'a déposé aux urgences, répondit Julien. Un taxi bidon bien sûr avec des fausses plaques. J'ai vérifié. Le chauffeur portait un imper long avec une capuche, on ne voit même pas son visage sur la vidéosurveillance. Les infirmiers, concentrés sur ton état au moment de t'installer sur un brancard, n'ont aucun souvenir du type. Il leur a dit qu'il allait se garer pour donner ses coordonnées, mais, comme tu t'en doutes, il n'est jamais revenu. Tes bienfaiteurs avaient tout prévu. Tu as une idée, toi, de qui peuvent être ces bons samaritains qui t'ont sauvé la vie ?

— Aucune.

Une fois les deux policiers partis, Dalmate reçut la visite du commissaire Martin Villeneuve et, plus tard encore, celle d'autres collègues. À la fin de la journée, il était épuisé. Soulagé d'être enfin seul, il repensa à la dernière question de Julien Caucher : « Tu as une idée, toi, de qui peuvent être ces bons samaritains qui t'ont sauvé la vie ? » Meïr et sa bande étaient les assassins d'Albert Nathan et de Sun Hao. Légitimement, les représailles pouvaient venir soit du clan Nathan, soit de celui de Jasmine Sun. Du côté des Nathan, seul Yohan était aujourd'hui en mesure de donner un tel ordre, mais en était-il capable ? L'implication de Jasmine Sun semblait être une théorie plus probable. Paul, trop fatigué, ne pouvait plus réfléchir. Il y reviendrait. Il ferma les yeux et se remémora ce dîner au restaurant Récamier.

* * *

Avant de faire un aller-retour aux États-Unis pour y installer définitivement sa mère, Yohan avait obtenu du juge d'instruction l'autorisation de se rendre au chevet de ses frères, toujours en soins intensifs à l'Hôtel-Dieu. Esther, qui l'accompagnait, s'était effondrée quand le diagnostic du chirurgien n'avait laissé place à aucun espoir pour Yannis. Franck, lui, survivrait, mais devrait rester encore plusieurs mois hospitalisé.

Dix jours après la tentative de meurtre sur Paul Dalmate, une quinzaine d'hommes, assis dans le grand bureau d'Albert Nathan, n'auraient manqué pour rien au monde l'invitation – la convocation, diront plus tard certains – de Yohan Nathan. La curiosité était pourtant assortie de méfiance. Ces hommes, des chefs d'entreprises du bâtiment, de groupes hôteliers, de chaînes de restaurants ou de l'immobilier directement liés au clan, ne perdaient pas un mot de ce que martelait leur hôte. Assis à côté de lui, un nouveau venu.

Une semaine auparavant, Yohan Nathan, grâce à son passeport américain s'était déplacé à New York. Il n'y était resté que le temps de recruter deux autres descendants des Hellfighters, qui rejoindraient Sydney et Denys, et un Français à peine plus âgé que lui, Matthieu Lévy. Yohan avait, avec sa fiancée, également organisé leur nouvelle vie entre New York et Paris. La jeune femme se réjouissait de découvrir, bientôt, la France qu'elle ne connaissait pas.

L'heure des présentations était arrivée. Et il était aussi temps de donner ses directives concernant leur avenir à tous.

— Matthieu Lévy et moi, avons fait nos études ensemble à New York. Il sera mon conseiller et parlera en mon nom pendant mon absence. Il assurera le suivi de l'activité de vos affaires, qui sont celles de ma famille. J'ai constaté que depuis le décès de mon père il y avait eu un relâchement, ce qui est normal. Nous allons y remédier et faire un examen approfondi de chacune de vos sociétés. Je suis certain que tout le monde y trouvera son compte.

« On a fini de rire, là », traduisirent, pour eux, chacun des participants à cette réunion que le ton de Yohan Nathan avait rendue glaciale. Tous savaient maintenant à quoi s'en tenir, ils venaient d'assister à la reprise en main du clan.

Les jours suivants, Yohan Nathan et Matthieu Lévy examinèrent les documents transmis par Avi Richter, ainsi que les relevés bancaires de la fortune que Zhang n'avait jamais touchée. Avec le temps et les intérêts, cela représentait plusieurs dizaines de millions de dollars. La conclusion pour ces deux juristes relevait de l'évidence, il fallait administrer une fondation afin de financer les associations, les vraies, celles vouées à soigner les plus démunis avec abnégation et non celles qui recevaient des fonds aussitôt détournés. Elle porterait le nom de « Fondation Zhang ».

* * *

Joseph Dray masquait mal son inquiétude. Un appel de Yohan Nathan avait sonné la fin de sa tranquillité, et les mots du jeune homme l'avaient surpris. « Bonjour Joseph, j'aimerais, si vous êtes disponible, vous rencontrer pour que nous parlions affaires. – Bien sûr, Yohan, s'était-il entendu répondre. Quand le souhaitez-vous ? – À votre convenance, envoyez-moi un message quand vous aurez consulté votre agenda. »

Dray s'était précipité chez ses amis, Teboul, Darmon et Smadja, pour solliciter leur avis, qui avait été unanime. « Vas-y, comme ça tu sauras ce qu'il a dans le ventre, et après on s'organise. Si ça se trouve, il va commettre une erreur. Après tout, c'est nous qui avons l'expérience, pas lui. » Facile à dire. En fait, Joseph Dray avait une trouille bleue. La trouille que Yohan ait appris qu'il avait dealé avec Éric Shen pour l'élimination de son clan. Si c'était le cas, il ne sortirait jamais vivant de la villa de Neuilly. Mais comme il avait entrepris de jouer en solo avec les Chinois, il ne pouvait se confier davantage, au risque de se mettre ses alliés à dos.

Depuis que les deux hommes se tenaient face à face, Yohan Nathan jouait au chat et à la souris. Joseph Dray le sentait. À tout moment il s'attendait à ce que la nouvelle garde rapprochée, ces grands Noirs américains, fasse irruption, lui enfonce un sac en plastique sur la tête, l'étouffe et le fasse disparaître. Il transpirait de peur.

— Vous avez eu une discussion avec Éric Shen dans laquelle vous ne vous êtes pas opposé à la disparition de ma famille, ce qui a bien failli se produire.

Yohan Nathan parlait posément. Il égrenait une évidence. *Nous y voilà*, pensa Dray. *Je vais y passer, c'est sûr.* Un coup contre la porte le fit sursauter. Livide, il se retourna.

— N'ayez crainte, Joseph. Ce n'est rien, personne ne va entrer vous faire du mal. Ces temps sont révolus.

Le jeune homme quitta son fauteuil, fit le tour du bureau et se tint à côté de son visiteur, assis, qui osait à peine respirer.

— Levez-vous, Joseph, approchez.

Celui-ci obéit et regarda Yohan Nathan ouvrir une épaisse chemise cartonnée puis étaler plusieurs dossiers.

— Qu'en dites-vous ?

Joseph Dray chaussa ses lunettes et feuilleta rapidement les documents. Il pâlit.

— Ce sont les statuts et les bilans des sociétés que je possède en Afrique. Comment en avez-vous eu connaissance ? Même mes amis ignorent ces pans de mon activité.

— Il suffit d'être en relation avec les bonnes institutions. J'ai découvert que vous déteniez sept casinos et une compagnie d'aviation privée. Petite compagnie, j'en conviens. Nous allons faire une modification dans les statuts de ces entreprises. J'ai décidé d'en prendre le contrôle à quatre-vingts pour cent. Je vous ferai parvenir les nouveaux contrats, vous n'aurez qu'à les signer.

— Mais ce n'est pas possible, monsieur Nathan, balbutia Joseph Dray. C'est, c'est, c'est…

— C'est quoi, Joseph ? Je laisse vingt pour cent de sociétés rentables à un homme qui était d'accord pour que toute ma famille, moi compris, soit rayée de la carte. Je pense être plutôt généreux et magnanime.

32

Paul Dalmate avait repris le travail à temps partiel, en attendant d'être complètement rétabli. Et il n'avait pas renoncé à sonder sa mémoire pour y dénicher un élément qui lui permettrait d'identifier les « bons samaritains ». Les corps de Meïr et de sa bande demeuraient introuvables, de même que le fourgon du boulanger qui avait servi à le transporter. Sur un panneau, il avait épinglé un plan de Paris et de la région. À partir de la pointe d'un compas plantée sur son domicile, il avait tracé des cercles qui répondaient à une question : « Où peut-on aller en pleine nuit en une heure trente et à différentes vitesses ? » Sylvie Guyien et les équipes qui l'aidaient dans ses recherches avaient demandé : « Pourquoi une heure trente ? » Dalmate avait estimé qu'entre le moment où il avait été enlevé, et celui où il avait été déposé devant l'hôpital, un délai d'un peu plus de trois heures s'était écoulé. Les policiers restreignaient donc leurs investigations aux bois et forêts situés dans cette zone de temps.

Dalmate suivait aussi la recomposition des clans juifs et chinois. Il assistait notamment à la montée en puissance de la famille Nathan et à l'affaiblissement des Dray, Teboul, Smadja et Darmon. Yohan menait sa barque d'une main de maître. Parallèlement, le clan de Jasmine Sun s'affirmait. Un matin, seul dans son bureau, Paul Dalmate ouvrit le panneau du triptyque réservé aux « bandits » et retira la photo de Yohan Nathan. Il se retint de la déchirer et la rangea dans un tiroir. *On ne sait jamais.*

* * *

M. Huang conduisait en respectant, au mile près, la limitation de vitesse. Yohan Nathan, à l'arrière, regardait, sans vraiment le voir, le paysage qui défilait sous ses yeux. Sydney et Denys somnolaient. Climat subtropical, plus de 35 °C dans le centre de l'Alabama. La climatisation de l'imposant SUV Chevrolet remplissait bien sa fonction.

Yohan et ses deux accompagnateurs avaient voyagé, la veille, de New York à Montgomery, la capitale de l'Alabama. Quatre heures de vol. Puis ils avaient pris un avion privé à destination d'un aéroport secondaire. Une heure de vol. Les trois hommes, une fois les portes automatiques de l'aérogare franchies, avaient reçu de plein fouet la chaleur moite qui les avait accablés. M. Huang les attendait à la sortie, la veste de son éternel costume noir, trop large, pliée sur son bras.

Le véhicule roulait maintenant depuis près de deux heures dans un silence à peine troublé par un blues que Yohan Nathan écoutait d'une oreille distraite. Il envoya un message à sa mère pour lui dire que tout allait bien et se rendit compte, trop tard, que ces trois mots – « Tout va bien » – ne signifiaient plus rien pour cette femme submergée par le chagrin. Car il le savait, si l'élan repris par le clan apportait un peu de baume au cœur d'Esther Nathan, comme le fait d'avoir décidé de faire vivre la mémoire des siens, rien ne viendrait jamais combler l'absence de son père, de Richard, de Yannis qui n'avait pas survécu à ses blessures. Rien ne la consolerait de la souffrance de Franck qui enchaînait les opérations pour retrouver une vie à peu près normale.

Le jeune homme envisageait malgré tout les étapes à venir. Avec son conseiller, ils s'apprêtaient à mettre au pas Teboul, Darmon et Smadja qui, de l'aveu même de Joseph Dray, auraient bien voulu dépouiller la famille Nathan de tous ses biens. Le traître ne souhaitait pas être le seul à payer les pots cassés, comme il le répétait. Soudain, M. Huang tira Yohan de ses pensées :

— Nous sommes bientôt arrivés.

— J'aimerais bien qu'on puisse s'arrêter avant pour boire quelque chose de frais.

Quelques minutes plus tard, le SUV pénétrait au ralenti sur le parking d'un bar-restaurant et stationnait sous un auvent en tôle qui abritait des pick-up poussiéreux. De nouveau, la chaleur torride étouffa les quatre hommes quand ils descendirent du véhicule. Ils marchèrent sans parler. M. Huang à côté de Yohan, Sydney et Denys derrière eux. L'établissement, heureusement, était très climatisé. Deux tables occupées par sept ou huit clients. Casquettes d'équipes de football américain enfoncées jusqu'aux oreilles, barbes longues, t-shirts sans manches, bras de culturistes entièrement tatoués, ces derniers somnolaient devant leurs verres de bière vides. Musique country présente sans être gênante.

Sans se concerter, ils s'assirent à l'écart. Une fois les consommations servies, Denys rompit le silence :

— Ce voyage est important pour Sydney et moi-même, monsieur Nathan. Nous sommes originaires de cet État, comme l'étaient nos arrière-grands-pères qui ont combattu pour la France pendant la Première Guerre.

Sydney posa une petite boîte en fer sur la table.

— Ils ont quitté les champs de coton de l'Alabama pour chercher du travail dans le Nord, à New York. Mais comme ils étaient doués pour la musique, ils ont préféré jouer dans des clubs. Ils se sont ensuite enrôlés, avec leur orchestre, dans un régiment qui a montré une vaillance hors du commun sous le nom des Harlem Hellfighters.

Sur ces mots, il ouvrit la boîte qui contenait les précieuses décorations de leurs ancêtres. Les quatre hommes levèrent leur verre.

— À leur mémoire, murmura en français Yohan Nathan.

— Avant le terme de notre périple, intervint M. Huang dans la même langue, je vous dois quelques explications.

— Vous parlez le français ? s'étonna le jeune chef de clan.

— C'est Zhang qui me l'a enseigné. J'ai été son disciple pendant près de vingt ans, sans lui arriver à la cheville, comme vous dites chez vous. À moins d'une demi-heure d'ici, vous allez voir le dispensaire où il a œuvré jusqu'à la fin de ses jours. C'était un grand maître en médecine. C'était même, plus généralement, un grand érudit. Il connaissait tant de choses.

Les Noirs américains ne comprenaient rien à ce qu'ils se racontaient. Ils se contentaient d'observer discrètement la salle.

— D'où vient votre judéité ?

— J'ai été converti par Zhang. Avec une poignée d'autres disciples, nous avons érigé une petite synagogue.

— Parlez-moi de sa vie.
— Avi Richter et Guo Tran vous l'ont déjà racontée.
M. Huang jeta un coup d'œil à sa montre.
— Il est temps d'y aller.

33

Une demi-heure plus tard, le SUV Chevrolet quitta la route goudronnée et s'arrêta sur une esplanade en terre battue devant un long bâtiment en brique rouge. Des personnes, majoritairement des Noirs, patientaient à l'extérieur, à l'ombre de grands arbres. Des femmes agitaient des journaux en guise d'éventails, d'autres allaitaient leurs bébés debout, des hommes parlaient entre eux.

— Voilà le dispensaire. Mais je ne comprends pas, on dirait que les consultations et les soins ont repris. Je me demande comment c'est de nouveau possible.

— J'ai fait le nécessaire, dit Yohan Nathan. Il n'y aura plus de difficulté.

Ce dernier visita le centre, il se montrait discret. Il s'attendait presque à voir Zhang surgir d'une des salles. C'était absurde, il le savait bien. En fait, il repensait, bien plus souvent qu'il ne l'aurait cru, à l'histoire de Zhang et de son arrière-grand-père Léon.

Quand ils eurent fait le tour, M. Huang entraîna Yohan à l'arrière du bâtiment et lui désigna une petite synagogue. Il fit signe à Sydney et Denys de ne pas les suivre. Le jeune homme mit sa kippa et entra seul dans ce lieu de culte modeste qui ne pouvait contenir qu'une vingtaine de fidèles. Il se recueillit et dit plusieurs prières en hébreu pour les défunts de sa famille. Puis il rejoignit son guide à l'extérieur. M. Huang lui indiqua un portail en fer forgé qui donnait sur un petit cimetière entouré d'un muret de pierres ocre. Là, il découvrit quelques tombes couvertes d'une chape de ciment. Toutes portaient l'étoile de David.

— Contre le mur, au fond, c'est celle de Zhang.

Yohan s'avança dans cette chaleur écrasante qu'il ne ressentait plus. Il se posta devant une sépulture, humble, sur laquelle figuraient l'étoile de David, l'inscription « Zhang 1898 – 1975. *Though dead he still liveth*[1] » et le numéro 9124, le matricule qui lui avait été attribué à son départ de Chine, lorsqu'il avait été enrôlé. Il ne pouvait détacher son regard de ce petit carré de terre. Dessous reposait un être qui avait dédié sa vie au bien et aux autres. Le jeune homme pensait à toute la lignée des Nathan, depuis son arrière-grand-père Léon jusqu'à son père et ses frères. *Je ne dois pas les décevoir.*

Soudain, son attention fut attirée par le vacarme assourdissant des oiseaux. Il leva la tête. Des milliers d'étourneaux volaient de façon coordonnée, ne faisant qu'un. Ils réagissaient ensemble et en même temps. Yohan ne les quittait pas des yeux. Ils donnaient l'illusion d'être des vagues qui ondulaient en harmonie. Cette masse sombre se déplaçait très vite, en cercle, au-dessus du dispensaire, du cimetière, s'éloignait et revenait. Il songea alors avec émotion à Zhang, chef d'orchestre, artiste, poète, en communion avec la nature. *Sans doute vole-t-il désormais avec eux.* Yohan Nathan était reconnaissant et infiniment heureux d'assister à ce spectacle ici. Les oiseaux dessinèrent enfin une spirale ascendante qui s'étira comme un long ruban, avant de filer puis disparaître.

Le jeune homme, selon la tradition juive, déposa quelques petits cailloux sur la tombe de Zhang. *Je me suis recueilli et j'ai honoré ta mémoire.* Il retrouva ensuite M. Huang qui rangeait dans la poche de son pantalon un grand mouchoir blanc avec lequel il venait de s'éponger le front. Ce dernier ne fit aucune allusion au spectacle des étourneaux.

— Vous connaissez l'hébreu ?

— Et le yiddish, répondit Yohan Nathan en acquiesçant.

— Vous aurez aussi besoin du mandarin.

---

1. « Même mort il continue de vivre. » Une des phrases que l'on trouve sur les tombes des travailleurs chinois décédés pendant la Grande Guerre et enterrés dans le cimetière de Noyelles-sur-Mer.

M. Huang sortit un vieux livre de sa sacoche qu'il tendit, à deux mains et avec précaution, à Yohan.

— Le livre de prières juives qui n'a jamais quitté Zhang. Il a appartenu à tous les hommes de sa famille. Faites-en bon usage.

REMERCIEMENTS

L'auteur remercie François Laurent, ancien directeur général adjoint d'Univers Poche qui a suivi pas à pas ce roman, depuis l'idée esquissée jusqu'au point final de l'histoire. Ses encouragements m'ont été d'une aide précieuse.

Merci à toute l'équipe de Fleuve Éditions, et bien sûr à Florian Lafani et Amandine Le Goff qui ont porté un regard attentif sur le texte et qui ont été, eux aussi, sources d'encouragements.

Merci à toutes celles et ceux qui m'ont raconté de fortes histoires sur les « Célestes », ces 140 000 Chinois venus en terre de France pendant la Grande Guerre et sur les « Harlem Hellfighters », ces soldats Noirs américains qui ont combattu dans les tranchées aux côtés de nos Poilus. Ils ont été nombreux à y laisser leur vie.

Mes remerciements vont également à ceux qui, de manière confidentielle, m'ont parlé des Triades chinoises et de la criminalité organisée israélienne.

S'il y a des erreurs dans ce roman, j'en suis le seul responsable, pas eux.

Composition et mise en pages
Nord Compo à Villeneuve-d'Ascq

Achevé d'imprimer en décembre 2022
par Normandie Roto Impression s.a.s.
61250 Lonrai
N° d'impression : 2205865
Imprimé en France